全—本—全—译

夢溪筆談

〔北宋〕沈括 著

谦德书院 译

团结出版社

图书在版编目（CIP）数据

梦溪笔谈 / (北宋) 沈括著 ; 谦德书院译. -- 北
京 : 团结出版社, 2023.7
ISBN 978-7-5126-9835-2

Ⅰ.①梦… Ⅱ.①沈… ②谦… Ⅲ.①笔记—中国—
北宋②《梦溪笔谈》—译文 Ⅳ.①Z429.441

中国版本图书馆CIP数据核字(2022)第213645号

出版：团结出版社
（北京市东城区东皇城根南街84号 邮编：100006）
电话：（010）65228880 65244790（传真）
网址：www.tjpress.com
Email：65244790@163.com
经销：全国新华书店
印刷：大厂回族自治县德诚印务有限公司

开本：148×210 1/32
印张：19.5
字数：326千字
版次：2023年7月 第1版
印次：2023年7月 第1次印刷

书号：978-7-5126-9835-2
定价：68.00元

《谦德国学文库》出版说明

　　人类进入二十一世纪以来，经济与科技超速发展，人们在体验经济繁荣和科技成果的同时，欲望的膨胀和内心的焦虑也日益放大。如何在物质繁荣的时代，让我们获得内心的满足和安详，从经典中获取智慧和慰藉，或许是我们不二的选择。

　　之所以要读经典，根本在于，我们应当更好地认识我们自己从何而来，去往何处。一个人如此，一个民族亦如此。一个爱读经典的人，其内心世界必定是丰富深邃的。而一个被经典浸润的民族，必定是一个思想丰赡、文化深厚的民族。因为，文化是民族之灵魂，一个民族如果不能认识其民族发展的精神源泉，必定就会失去其未来的生机。而一个民族的精神源泉，就保藏在经典之中。

　　今日，我们提倡复兴中华优秀传统文化，当自提倡重读经典始。然而，读经典之目的，绝不仅在徒增知识而已，应是古人所说的"变化气质"，进一步，是要引领我们进德修业。《易》曰："君子以多识前言往行，以畜其德。"实乃读经典之要旨所在。

基于此理念，我们决定出版此套《谦德国学文库》，"谦德"，即本《周易》谦卦之精神。正如谦卦初六爻所言："谦谦君子，用涉大川"，我们期冀以谦虚恭敬之心，用今注今译的方式，让古圣先贤的教诲能够普及到每一个人。引导有心的读者，透过扫除古老经典的文字障碍，从而进入经典的智慧之海。

作为一套普及型的国学丛书，我们选择经典，不仅广泛选录以儒家文化为主的经、史、子、集，也将视野开拓到释、道的各种经典。一些大家所熟知的经典，基本全部收录。同时，有一些不太为人熟知，但有当代价值的经典，我们也选择性收录。整个丛书几乎囊括中国历史上哲学、史学、文学、宗教、科学、艺术等各领域的基本经典。

在注译工作方面，版本上我们主要以主流学界公认的权威版本为底本，在此基础上参考古今学者的研究成果，使整套丛书的注译既能博采众长而又独具一格。今文白话不求字字对应，只在保证文意准确的基础上进行了梳理，使译文更加通俗晓畅，更能贴合现代读者的阅读习惯。

古籍的注译，固然是现代读者进入经典的一条方便门径，然而这也仅仅是阅读经典的一个开端。要真正领悟经典的微言大义，我们提倡最好还是研读原本，因为再完美的白话语译，也不可能完全表达出文言经典的原有内涵，而这也正是中国经典的魅力所在吧。我们所做的工作，不过是打开阅读经典的一扇门而已。期望藉由此门，让更多读者能够领略经典的风采，走上领悟古人思想之路。进而在生活中体证，方能直趋圣贤之境，真得圣贤典籍之大用。

经典，是古圣先贤留给我们的恩泽与财富，是前辈先人的智慧精华。今日我们在享用这一份恩泽与财富时，更应对古人心存无尽的崇敬与感恩。我们虽恭敬从事，求备求全，然因学养所限、才力不及，舛误难免，恳请先贤原谅，读者海涵。期望这一套国学经典文库，能够为更多人打开博大精深之中华文化的大门。同时也期望得到各界人士的襄助和博雅君子的指正，让我们的工作能够做得更好！

团结出版社

2017年1月

前　言

　　北宋时期有三大笔记，分别是《容斋随笔》《困学纪闻》以及《梦溪笔谈》。其中，《梦溪笔谈》是一部涉及中国古代自然科学、工艺技术以及社会历史现象的综合性笔记体著作。它被英国科学史学家李约瑟誉为"中国科学史上的里程碑""中国科学史上的坐标"。它的作者沈括，被纪晓岚称为北宋最博学之人，李约瑟更是奉沈括为偶像，赞誉他是"中国科学史上最卓越的人物"。

　　沈括（1031—1095），中国北宋时期的科学家、地理学家，字存中，号梦溪丈人，杭州钱塘县（今浙江杭州）人，曾任察访使、安抚使、翰林院学士、集贤院学士、龙图阁直学士等。

　　沈括出身于仕宦世家，幼年跟随父亲四处宦游。嘉祐八年（1063），进士及第，授扬州司理参军。宋神宗时期，沈括参与了熙宁变法，受到王安石的器重。元丰三年（1080），出知延州，兼鄜延路经略安抚使，戍守边境，抵御西夏，后来因为永乐城之战的牵连被贬，晚年隐居"梦溪园"。绍圣二年（1095），因病离世，享年六十五岁。

沈括可谓是一位全才，他精通天文、经济、军事、物理、化学、文学、音乐、书画等等，并且在每一项领域都取得了不菲的成就。比如，在天文学方面，沈括对测量天体方位的浑仪、测定时刻的漏刻以及测日影的圭表等天文仪器的制造进行了改进。同时，他还发现了"日有盈缩"，提出了实行阳历"十二气历"的建议，比类似的英国萧伯纳历早了800多年。在物理学方面，沈括是世界上最先用实验证实磁针"能指南，常微偏东"，发现地磁子午线和地理子午线有一磁偏角的人，比西方早了400多年。沈括在《梦溪笔谈》中还精心设计了一个声学共振的实验。他裁剪了一个纸人，然后把纸人固定在一根弦上，拨动与该弦频率成简单整数比的弦时，它便振动使纸人跳跃起来，而拨其他弦时，纸人则不动。沈括把这一现象称为"应声"。这比意大利人的共振实验早了500多年。在数学方面，沈括建立了隙积术和会圆术两种数学理论，今天我们用到的等差数列和由弦求弧就是从他的这两个理论发展而来的。可以说，隙积术和会圆术的建立，为中国古代数学的发展开辟了新的航向。在地理学方面，沈括对浙江雁荡山、陕北黄土高原地貌地质进行了考察，提出了流水侵蚀作用的理论，他首先提出华北平原曾经是海滨，是由河水冲积而形成的。在地图制作方面，《天下州县图》可谓是地图学上的一座丰碑，他还发明了以熔蜡和木屑制作立体地图，这比西方早了700多年。在化学方面，沈括曾率先采用胆水炼铜、用石油制墨的技术。最值得说明的是，沈括当时已经发现了石油的重要性，他断言"此物必大行于世"。他在《梦溪笔谈》中记载："鄜延境内有石油，旧说'高奴县出脂水'，即此也。生于水际，沙石与泉水相杂，惘惘而出，土人以雉尾裛之，乃采入缶中。颇似淳漆，然之如麻，但烟甚浓，所沾幄幕皆黑。……此物后必大行于世，自余始为之。盖石油至多，生于地中无穷，不若松木有时而竭。""石油"一词，就是由沈括首先提出并沿用至今的。在经济学方面，沈括改革了盐钞法和铸铜法，提出"钱利于流"的货币理论。在水利工程方面，沈括曾主持过沭水的治理，参与了芜湖万春圩的修筑，以及汴河的疏浚工程等。写了很多关于圩田方面的著作，提出了"分层筑堰测量"理论。在军事方面，沈括曾驻守边境多年，取得过"灵武之役"的胜利，撰写了《修城法式条约》《边州阵法》等军事著作。在医药学方面，沈括广搜医方，撰写了《良方》《灵苑方》两部医药学巨著。在生物学方面，对有关动、植物，尤其是对药用植物等的记载多达数十条。此外，沈括还详细记载了毕昇所发明的"泥活字印刷术"，这是世界上最早关于活字印刷的可靠史料。

以上这些辉煌成就在《梦溪笔谈》中都有详细记录。

1088年，年近花甲的沈括携妻子儿女移居润州（今江苏镇江）。在这里，他自筑"梦溪园"。关于"梦溪"的由来，他在《梦溪自记》中有详细记载："翁年三十许时，尝梦至一处，登小山，花木如覆锦，山之下有水，澄澈极目，而乔木翳其上，梦中乐之，将谋居焉。自尔岁一再或三、四梦至其处，习之如平生之游。后十余年，翁谪守宣城，有道人无外，谓京口山川之胜，邑之人有圃求售者，及翁以钱三十万得之，然未知圃之所在。又后六年，翁坐边议谪废，乃庐于浔阳之熨斗洞，为庐山之游，以终身焉。元祐元年，道京口，登道人所置之园，恍然乃梦中所游之地。翁叹曰：'吾缘在是矣。'于是弃浔阳之居，筑室于京口之陲。巨木蓊然，水出峡中，渟萦杳缭环地之一偏者，目之曰：'梦溪。'"此后，他隐居于"梦溪园"，潜心著述，把自己所听所看到的一些琐碎的传闻、历史、轶事、知识、考证等一一记录下来，并称之为"笔谈"，这就是日后驰名中外的《梦溪笔谈》。

《梦溪笔谈》全书二十六卷，《补笔谈》三卷，《续笔谈》一卷，内容涵盖故事、辩证、乐律、象数、人事、官政、权智、艺文、书画、技艺、器用、神奇、异事、谬误、讥谑、杂志、药议等诸多门类，具体涉及典章制度、财政、经济、军事、外交、考古、文学、艺术以及科学技术等众多领域，可谓是包罗万象。比如，关于典章制度，书中有官制、礼制、兵制、舆服、仪卫、文牍、掌故等；关于国家财政，则有茶法、盐法、均输法等；关于军事，则有阵法、兵器、筑城、战守、粮运、谋略等；关于外交，则有沈括在熙宁八年（1075）受命使辽，与其谈判边界争议的记录，可以说是史籍中关于宋辽使节往来最翔实、精确的实录；关于考古，沈括对出土文物的时代、形状、花纹、文字等都有翔实的考证；关于艺术，书中有书法、绘画、音乐等，尤其在音乐方面详细叙述了清乐、雅乐、燕乐以及律制、音制、乐器等。

《梦溪笔谈》文字优美、叙事生动、夹叙夹议，让人读起来妙趣横生。可以说，《梦溪笔谈》不仅是一部优秀的科技文艺小品，还是一部文笔极为精美的散文佳作。比如，考场作弊的情况自古以来就有，因此历朝历代都发明了很多防止作弊的方法。《梦溪笔谈》中记述了这样一件有趣的事情：当时礼部在贡院进行进士考试时，为了防止送茶水的人暗地里给考生递送答案，因而不准给考生供应茶水。那么，考生要是渴了该怎么办呢？他们只能喝用来研墨的水，结果一场考试下来，人人都成了黑嘴唇。另外，《梦溪笔谈》中还记录了很多可以给读者人生启迪的小故事。比如，有一位翰林学士梅询，有一天，他要写的诏书有很多，构思非常辛苦，他就拿着笔沿着台阶散步，忽然见到一位老兵，躺在太阳底下，很舒服地伸着懒腰。梅询忽然感叹地说："真快活啊！"于是又问他说："你识字吗？"老兵回答说："不识字。"梅询说："这就更快活了啊！"

《梦溪笔谈》现在所能见到的最早版本是元大德九年（1305）陈仁子东山书院刻本，此本据南宋乾道本重刊。其后，又有明弘治徐瑶刊本，明崇祯四年（1631）嘉定马元调本，清嘉庆十年（1805）海虞张学鹏学津讨原本，清光绪番禺陶氏爱庐刊本等。各版本在文字上略有出入。此次出版，原文我们以元大德九年陈仁子东山书院刻本为底本，同时参考其他通行版本进行整理，对其中的误字、脱文、衍文等直接修改，不作校注。为了便于现代读者阅读，编者对原文做了通俗流畅的译文。囿于能力，书中难免有所疏漏，恳请读者不吝赐教。

目　录

序

　　予退处林下，深居绝过从，思平日与客言者，时纪一事于笔，则若有所晤言，萧然移日。所与谈者，唯笔砚而已，谓之《笔谈》。圣谟国政，及事近宫省，皆不敢私纪。至于系当日士大夫毁誉者，虽善亦不欲书，非止不言人恶而已。所录唯山间木荫，率意谈噱，不系人之利害者，下至闾巷之言，靡所不有。亦有得于传闻者，其间不能无阙谬。以之为言则甚卑，以予为无意于言可也。

　　【译文】我遭罢职后退居山林，深居简出，与过往的朋友们断绝了来往，想到往常与朋友们谈及的那些话语，便不时地提笔来记录一两件事，就好像和他们当面谈话一样，以此在寂寞中凄凉地度过了一天又一天。能够和我交流的，就只有毛笔与砚台了，因此我把这本书称为《笔谈》。皇帝的诏命、国家的大政方针，以及与宫廷和官府有关的事情，我都不敢擅自记录。至于与当时士大夫们有关的毁谤和称誉，即使是好的我也不想写，并非仅仅是不想说人的坏话而已。我所记录下来的，只是在山野的树荫之下随意谈笑的话题，与人们的利害没有任何关系，那些街头巷尾的言谈，倒是没有不写的。其中也有一些是我从传闻中听到的，不能保证没有缺失和错误之处。把这些东西作为谈资太过浅薄，只当作我无意间的记录就可以了。

卷一·故事一

扫码听谦德
君为您导读

上亲郊，郊庙册文皆曰："恭荐岁事。"先景灵宫，谓之"朝献"；次太庙，谓之"朝飨"；末乃有事于南郊。予集《郊式》时，曾预讨论，常疑其次序。若先为尊，则郊不应在庙后；若后为尊，则景灵宫不应在太庙之先。求其所从来，盖有所因。按唐故事，凡有事于上帝，则百神皆预，遣使祭告，唯太清宫、太庙则皇帝亲行。其册祝皆曰："取某月某日有事于某所，不敢不告。"宫、庙谓之"奏告"，余皆谓之"祭告"，唯有事于南郊，方为"正祠"。至天宝九载，乃下诏曰："'告'者，上告下之词。今后太清宫宜称'朝献'，太庙称'朝飨'。"自此遂失"奏告"之名，册文皆为"正祠"。

【译文】皇帝亲自行郊祭礼，郊祭、庙祭的祝册文辞都写着："恭荐岁事。"先到景灵宫祭祀，叫作"朝献"；然后到太庙祭祀，叫作"朝飨"；最后才到南郊去祭天。我奉诏编修《南郊式》一书的时候，曾经参加过讨论，经常怀疑这个次序是否合理。如果以先享者为尊，那么郊祭不应该排在庙祭之后；如果以后享者为尊，那么去景灵宫的次序不应该在去太庙之前。探求这种次序的来由，是有原因的。按照唐代的先例，只要是祭祀上天，各种神灵都要一起祭祀，都需皇帝派遣使者来祭告，只有太清宫和太庙需要皇帝亲自行礼。所以祝册的文辞写的都是："某月某日在某地祭祀，不敢不告。"太清宫、太庙的册文都称为"奏告"，其余的都称为"祭告"。只有在南郊祭祀上天时，才叫作"正祠"。到了天宝九年，皇帝下诏说："'告'是以上告下所用的词语。以后太清宫的祭祀应当称作'朝献'，太庙的祭祀应该称作'朝飨'。"所以从这以后就取消了"奏告"这个说法，册文上都称为"正祠"了。

正衙法座，香木为之，加金饰，四足，堕角，其前小偃，织藤冒之。每车驾出幸，则使老内臣马上抱之，曰"驾头"。辇后曲盖谓之"筤"。两扇夹心，通谓之"扇筤"。皆绣，亦有销金者，即古之华盖也。

【译文】正衙上君主听政用的坐具，以香木制作，加上金饰、四条腿和圆角，前面稍微有些凹陷，座面用编好的藤条覆盖。每次皇帝的车驾出行，就让年纪大的宦官在马上抱着，叫作"驾头"。车辇后面有顶部弯曲的伞盖，叫作"筤"，左右被两扇相夹的"筤"，通称为"扇筤"。这些"扇筤"都绣有花纹，也有镶嵌金线的，这就是古代仪仗中的华盖。

唐翰林院在禁中，乃人主燕居之所，玉堂、承明、金銮殿皆在其间。应供奉之人，自学士已下，工伎群官司隶籍其间者，皆称"翰林"，如今之翰林医官、翰林待诏之类是也。唯翰林茶酒司止称"翰林司"，盖相承阙文。

【译文】唐代的翰林院设在禁苑中，那里是皇帝退朝之后闲居的地方，玉堂、承明、金銮殿都在它的附近。凡是在那里供职的人，从学士往下，包括工匠、艺人、各类府衙官员隶属于翰林院的，都叫作"翰林"，相当于现在的翰林医官、翰林待诏之类。唯独翰林茶酒司只称为"翰林司"，大概是在沿袭中省略的。

唐制，自宰相而下，初命皆无宣召之礼，惟学士宣召，盖学士院在禁中，非内臣宣召，无因得入，故院门别设复门，亦以其通禁庭也。又学士院北扉者，为其在浴堂之南，便于应召。今学士初拜，自东华门入，至左承天门下马待诏，院吏自左承天门双引至阁门。此亦用唐故事也。唐宣召学士，自东门入者，彼时学士院在西掖，故自翰林院东门赴召，非若今之东华门也。至如挽铃故事，亦缘其在禁中，虽学士院吏，亦止于玉堂门外，则其严密可知。如今学士院在外，与诸司无异，亦设铃索，悉皆文具故事而已。

【译文】按照唐代的制度，从宰相以下的官职初次任命都没有宣召之礼，只有学士可以受宣召，大概是因为学士院设在禁苑中，如果没有内臣宣召，就不能进入，所以它的院门另外设立了重门，也是因为它与禁庭相通的缘故。学士院开北门也是因为它在浴堂殿的南边，所以方便学士们应承皇帝的命令。现在的翰林学士初次拜见圣上，是从东华门进入，到左承天门下马等待召见，被学士院的官吏从左承天门一前一后引导到文德殿的东西披门，这也是延续的唐代成例。唐代宣召学士，是从东门进入，当时学士院在禁苑西边，所以是从翰林院的东门赴召，不像现在是从东华门进入。至于拉铃铛的成例，也是因为学士院在禁苑中，即使是学士院的官员，也只能止步于玉堂门外，所以其管理的严密程度可想而知。现在学士院在禁苑之外，与其他机关没有什么差异，却也设有拉铃铛的绳索，但这只是为了文饰成例而已。

学士院玉堂，太宗皇帝曾亲幸。至今唯学士上日许正坐，他日皆不敢独坐。故事：堂中设视草台，每草制，则具衣冠据台而坐，今不复如此，但存空台而已。玉堂东承旨阁子窗格上有火然处，太宗尝夜幸玉堂，苏易简为学士，已寝，遽起，无烛具衣冠，宫嫔自窗格引烛入照之。至今不欲更易，以为玉堂一盛事。

【译文】学术院的玉堂，太宗皇帝曾经亲自到过，直到今天，学士们只有在上任那天允许到厅上就座，其他日子都不敢独自去坐。按照成例：玉堂中设置有视草台，每次代皇帝草拟诏书时，就会穿好衣冠坐在台上，现在已经不再像这样了，仅留存了一个空台而已。玉堂东边翰林学士承旨的阁子窗格上有被火烧过的地方，太宗皇帝曾经在晚上来到玉堂，当时苏易简是翰林学士，已经就寝而连忙起身，没有烛光照明就穿戴衣冠，于是宫女从窗格间拿着烛火为他照明。直到现在人们都不打算更换这个被火烧过的窗台，并把它视为玉堂的一大盛事。

东西头供奉官，本唐从官之名。自永徽以后，人主多居大明宫，别置从官，谓之"东头供奉官"。西内具员不废，则谓之"西头供奉官"。

【译文】东西头供奉官，本来是唐代从属官员的名称。自从唐高宗永徽年间以后，皇帝多居住在大明宫，另外设置了属官，称为"东头供奉官"，大内西边原有的属官也没有废置，就称为"西头供奉官"。

唐制，两省供奉官东西对立，谓之"蛾眉班"。国初，供奉班于百官前横列。王溥罢相为东宫，一品班在供奉班之后，遂令供奉班依旧分立。庆历中，贾安公为中丞，以东西班对拜为非礼，复令横行。至今初叙班分立，百官班定，乃转班横行，参罢复分立，百官班退乃出，参用旧制也。

【译文】按唐朝的制度，中书、门下两省供奉官在朝廷上东西两向对立，称为"蛾眉班"。本朝初年，供奉班在百官队列前以横排排列。王溥罢相后任东宫一品官员，由于他所在的一品班位排在供奉班之后，所以皇帝下令让供奉班依旧分立在两侧。庆历年间，贾昌朝任御史中丞，认为东西两班对拜不合礼仪，所以再次下令改为横列。现在，供奉班在初叙班时分立两侧，等百官排好班列后，再转为横列，参奏结束后再分东西排列，百官班列退出之后才出殿，是参酌采用了过去的制度。

衣冠故事，多无著令，但相承为例。如学士舍人蹑履见丞相，往还用平状，扣阶乘马之类，皆用故事也。近岁多用靴简，章子厚为学士日，因事论列，今则遂为著令矣。

【译文】翰林学士的衣冠成例，大多没有正式条令，只是承袭以往的习惯成为惯例。就像学士、舍人穿鞋见宰相，往来书信都用平等的文书，骑马可以牵到宫门之类的，都是遵循惯例。近年来学士见宰相多穿靴子持笏板，章子厚当学士的时候，曾趁见宰相的机会实行旧制，于是现在就成为了正式的条令。

中国衣冠，自北齐以来，乃全用胡服。窄袖绯绿短衣、长靿靴，有蹀躞带，皆胡服也。窄袖利于驰射，短衣、长靿，皆便于涉草。胡人乐茂草，常寝处其间，予使北时皆见之。虽王庭亦在深荐中。予至胡庭日，新雨过，涉草，衣裤皆濡，唯胡人都无所沾。带衣所垂蹀躞，盖欲佩带弓剑、帉帨、算囊、刀砺之类。自后虽去蹀躞，而犹存其环，环所以衔蹀躞，如马之鞦根，即今之带銙也。天子必以十三环为节，唐武德、贞观时犹尔。开元之后，虽仍旧俗，而稍褒博矣，然带钩尚穿带本为孔。本朝加顺折，茂人文也。

【译文】中原的衣冠，从北齐到现在，采用的都是少数民族的服装式样。像红绿色的窄袖、短上衣、长筒靴、以及用以悬挂兵器等物件的腰带，都是少数民族的服饰。窄袖利于骑马射箭，短衣、长靴都便于在草丛中行走。胡人喜欢丰茂的草地，经常在里面坐卧起居，我出使辽国时都曾见过，即使是王庭也在深深的草丛中。我到胡人王庭的时候，刚下过一场新雨，我在草地中行走，衣服裤子都沾湿了，只有胡人身上什么都没有沾到。衣带上垂挂的蹀躞，大概是用来佩戴弓剑、手巾、放东西的算袋、磨刀石之类的东西的。自此之后虽然去掉了蹀躞，但仍然保留了它的挂环，挂环是用来挂蹀躞的，就像套车时拴在牛马大腿后的革带，也就是现在附于腰带上的装饰品。天子必须以佩戴十三环为礼节，唐代武德、贞观年间也是这样的，开元年间之后，虽然仍沿袭旧俗，但衣、带都变得稍微宽大了一些，然而带钩仍然穿在带子本身的孔中。本朝又加上了腰带下垂的金属饰物，是为了繁荣礼乐人文。

幞头一谓之"四脚"，乃四带也。二带系脑后垂之，二带反系头上，令曲折附顶，故亦谓之"折上巾"。唐制，唯人主得用硬脚。晚唐方镇擅命，始僭用硬脚。本朝幞头有直脚、局脚、交脚、朝天、顺风，凡五等，唯直脚贵贱通服之。又庶人所戴头巾，唐人亦谓之"四脚"，盖两脚系脑后，两脚系额下，取其服劳不脱也，无事则反系于顶上。今人不复系额下，两带遂为虚设。

【译文】幞头又称为"四脚",是因为有四根带子。其中两根带子系在脑后垂下,两根带子反过来系在头上,使它弯过来附在头顶,所以也叫作"折上巾"。按照唐代制度,只有皇帝能够用硬质的幞头。晚唐时期藩镇割据各自为政,节度使开始僭越等级使用硬脚幞头。本朝的幞头有平直硬脚、弯曲硬脚、巾脚上曲、一脚下垂以及一脚上曲等五种类型,只有平直硬脚是不论贵贱都能使用的。此外,平民百姓所戴的头巾,唐人也称为"四脚",其实是它的两根带子系在脑后,两根带子系在下巴底下,为的是劳动时不会脱落,没事的时候就反系在头顶上。现在人们不再把它系在下巴底下,那两根带子也就成了虚设了。

唐中书指挥事谓之"堂帖子",予曾见唐人堂帖,宰相签押,格如今之堂札子也。

【译文】唐代中书省处理公务的文书叫作"堂帖子",我曾经见过一份唐人的堂帖子,上面有宰相的签署画押,格式就像现在的堂札子一样。

予及史馆检讨时,议枢密院札子问宣头所起。余按唐故事,中书舍人职掌诏诰,皆写四本,一本为底,一本为宣。此"宣"谓行出耳,未以名书也。晚唐枢密使自禁中受旨,出付中书,即谓之"宣"。中书承受,录之于籍,谓之"宣底"。今史馆中尚有故《宣底》二卷,如今之"圣语簿"也。梁朝初置崇政院,专行密命。至后唐庄宗复枢密使,使郭崇韬、安重海为之，始分领政事，不关由中书直行下者，谓之"宣"，如中书之"敕"。小事则发头子、拟堂贴也。至今枢密院用宣及头子，本朝枢密院亦用札子。但中书札子，宰相押字在上，次相及参政以次向下；枢密院札子，枢长押字在下，副贰以次向上，以此为别。头子唯给驿马之类用之。

【译文】我担任史馆属官的时候，枢密院行文询问宣头的由来。我考查了唐代的成例，中书舍人负责起草诏书，都要写四本：其中一本是底本，一本是宣本。这里的"宣"意思是颁行出去，还没有作为文书的名字使用。晚唐枢密使从宫中接受圣旨，出来交付中书省，就是所谓的"宣"。中书省承受圣旨之后，将它记录在案，就叫作"宣底"。如今史馆中还有梁朝的两卷《宣底》，类似现在记载皇帝指示的簿册。梁朝首次设置崇政院，专门下达皇帝的机密指令。到后来唐庄宗恢复枢密使一职，让郭崇韬、安重诲担任，才开始分走崇政院一部分的政事，枢密院的那些不经由中书省而直接向下发布的命令称为"宣"，其性质就像中书省发布的"敕"。如果是小事，枢密院发的叫作"头子"，中书省拟的叫作"堂帖"。至今枢密院还在用"宣"和"头子"，本朝枢密院也用札子。但是中书省的札子是宰相签押在上，副宰相以及参知政事依次向下签押；枢密院的札子是枢密使签押在下，副枢密使依次向上，以此作为区别。枢密院的头子则只有在供给驿马之类的小事上才会使用。

百官于中书见宰相，九卿而下，即省吏高声唱一声"屈"，则趋而入。宰相揖及进茶，皆抗声赞喝，谓之"屈揖"。待制以上见，则言"请某官"，更不屈揖，临退仍进汤。皆于席南横设百官之位，升朝则坐，京官已下皆立。后殿引臣寮，则待制已上宣名拜舞；庶官但赞拜，不宣名，不舞蹈。中书略贵者，示与之抗也。上前则略微者，杀礼也。

【译文】百官在中书政事堂拜见宰相，九卿以下的官员，由中书省官吏高声传呼一声"屈"后，小步快走进来。宰相作揖行礼以及上茶的时候，都要高声赞喝，叫作"屈揖"。待制以上的官员觐见，就说"请某官"，不行屈揖礼，临近退出时才上茶。会见时，百官的位子都横设在宰相座次的南边，上朝时高级官员可以就坐，京官以下的官员都需站立。皇帝在后殿宣见臣僚，待制以上的官员报上名字并行拜舞礼；其他官员则只行赞拜之礼，不报名字也不行拜舞礼。在中书省减少高官的礼节，是表示他们与宰相地位平等。在君主面前减少低级官员的礼节，是降低礼节等次的做法。

唐制，丞郎拜官，即笼门谢。今三司副使已上拜官，则拜舞于阶上；百官拜于阶下，而不舞蹈。此亦笼门故事也。

【译文】唐代的制度，被授予丞、郎等官职的官员，要向着殿门跪拜。本朝三司副使以上官职的百官在台阶上行拜舞礼仪；其余百官就在阶下跪拜而不舞蹈，这也是笼门的成例。

学士院第三厅学士阁子当前有一巨槐，素号"槐厅"。旧传居此阁者，多至入相。学士争槐厅，至有抵彻前人行李而强据之者。余为学士时，目观此事。

【译文】翰林学士院第三厅的学士阁子前有一棵大槐树，素来被称为"槐厅"。以前有传说说居住在这个阁子里的人，大多能成为宰相。所以学士们都争着要住槐厅，以至于有到任后搬出前人行李而强行霸占这里的。我当学士的时候，就亲眼见到了这种事情。

谏议班在知制诰上，若带待制，则在知制诰下，从职也，戏语谓之"带坠"。

【译文】谏议官的班次排在起草诏书的知制诰之上，如果带上待制衔，就在知制诰之下，因为那是从属职位，被戏称为"带坠"。

《集贤院记》："开元故事，校书官许称学士。"今三馆职事，皆称"学士"，用开元故事也。

【译文】《集贤院记》记载："按照开元年间的成例，校书官允许被称为学士。"今天的昭文馆、史馆、集贤院的三馆职事都被叫作"学士"，也是采用的开元年间的旧例。

馆阁新书净本有误书处，以雌黄涂之。尝校改字之法：刮洗则伤纸，纸贴之又易脱，粉涂则字不没，涂数遍方能漫灭。唯雌黄一漫则灭，仍久而不脱。古人谓之铅黄，盖用之有素矣。

【译文】馆阁新抄写的誊清本有误写的地方，可以用雌黄涂抹。我曾经考察过各种改字的方法：如果是刮洗会伤到纸张，在原纸上贴纸，又容易脱落，用粉涂抹则误字不容易被遮盖，要涂抹很多遍才能遮住。只有用雌黄，涂一遍就能遮住误字，而且长时间都不脱落。古人称雌黄为铅黄，可见使用它已经很久了。

余为鄜延经略使日，新一厅，谓之"五司厅"。延州正厅乃都督厅，治延州事。五司厅治鄜延路军事，如唐之使院也。五司者，经略、安抚、总管、节度、观察也。唐制：方镇皆带节度、观察、处置三使。今节度之职，多归总管司；观察归安抚司；处置归经略司。其节度、观察两案并支掌、推官、判官，今皆治州事而已。经略、安抚司不置佐官，以帅权不可更不专也。都总管、副总管、钤辖、都监同签书，而皆受经略使节制。

【译文】我担任鄜延经略安抚使的时候，新设置了一处机构，叫作"五司厅"。延州衙门的正厅是都督厅，负责管理延州的事务。五司厅治理的则是鄜延路的军事，就像唐朝节度使的治所一样。所谓五司，是指总掌一路军政的经略、安抚、掌管军事的总管、节度与观察五处机构。唐代的制度：地方军政长官都兼有节度使、观察使与处置使三职。现如今节度使的职责多归于总管司，观察使的职责归于安抚司，处置使的职责归于经略司。幕府中的节度使和观察使，与观察支使和节度掌书记，以及推官、判官现在都只是处理州上的事务而已。经略、安抚司都不设置副职，为了保证统帅的权力专一。都总管、副总管、钤辖与都监等统兵官需共同签署文书，但他们都受到经略使的节制。

银台司兼门下封驳，乃给事中之职，当隶门下省，故事乃隶枢密院，下寺监皆行札子；寺监具申状，虽三司亦言"上"。银台主判不以官品，初冬独赐翠毛锦袍。学士以上，自从本品。行案用枢密院杂司人吏，主判食枢密厨，盖枢密院子司也。

【译文】银台司兼有门下省封驳政令的权力，是给事中的职责，应当隶属于门下省，按旧例是隶属于枢密院的，它下达寺与监两级官署的文书都用札子；寺、监对它的文书则用申状以向上级表达不同意见，即使是三司也要称"上"。银台的主管官员不论官员品级，每到初冬都会特别赏赐翠毛锦袍。如果是学士以上的官员兼任银台司主管，就会按照他本身的官品来论赏。银台司处理案件使用的是枢密院的人员，按枢密院标准供给伙食，其实是枢密院的下属机关。

大驾卤簿中有勘箭，如古之勘契也。其牡谓之"雄牡箭"，牝谓之"辟仗箭"。本胡法也。熙宁中罢之。

【译文】天子的车驾仪仗中有以金铜为镞的雌雄两个礼仪

用箭，就像是古代的勘契。雄箭叫作"雄牡箭"，雌箭叫作"辟仗箭"，这本来是胡人的礼仪，在熙宁四年时被废除了。

前世藏书，分隶数处，盖防水火散亡也。今三馆、秘阁，凡四处藏书，然同在崇文院。其间官书，多为人盗窃，士大夫家往往得之。嘉祐中，置编校官八员，杂雠四馆书。给吏百人，悉以黄纸为大册写之，自此私家不敢辄藏。校雠累年，仅能终昭文一馆之书而罢。

【译文】前代的藏书，分别藏在很多地方，是为了防止水灾与火灾导致的散佚。现在的三馆、秘阁虽分四个地方藏书，但都在崇文院。那里的官方藏书，大多被人盗窃，士大夫家往往能够得到。嘉佑年间，设编八名校书官，把三馆、秘阁四处的图书互相校勘，并配给了属吏一百多名，都用黄纸做成大本的册子抄写，从此私家不敢再偷藏书籍。校勘多年，才只能校完昭文馆一个馆的藏书而已。

旧翰林学士地势清切，皆不兼他务。文馆职任，自校理以上，皆有职钱，唯内外制不给。杨大年久为学士，家贫，请外，表辞千余言，其间两联曰："虚忝甘泉之从臣，终作莫敖之馁鬼；从者之病莫兴，方朔之饥欲死。"

【译文】过去的翰林学士地位清贵并亲近皇帝，都不兼任其他的职务。在文馆中任职的职官，从负责书籍校勘的校理级别往上，都有职钱，唯独加制诰的内外制官员不给。杨亿当了许多年学士，家境贫寒，于是请求外放地方，上表千余言请求解职，其中有两联写道："虚担了甘泉宫侍臣的名声，免不了莫敖饿鬼的下场；孔子的随从饿得爬不起身，东方朔饿得几乎死去。"

京师百官上日，唯翰林学士敕设用乐，他虽宰相亦无此礼。优伶并开封府点集。陈和叔除学士时，和叔知开封府，遂不用女优。学士院敕设不用女优，自和叔始。

【译文】京城百官上任的日子，只有翰林学士有皇帝下旨安排的宴会伴乐，其他的官职即使是宰相也没有这样的礼节。宴会上的艺人都由开封府召集。陈绎任翰林学士的时候，已兼任开封府的知府，于是就罢去了女艺人。学士院设宴不用女艺人的传统，就是从陈绎开始的。

礼部贡院试进士日，设香案于阶前，主司与举人对拜，此唐故事也。所坐设位供张甚盛，有司具茶汤饮浆。至试学究，则悉彻帐幕毡席之类，亦无茶汤，渴则饮砚水，人人皆黔其吻。非故欲困之，乃防毡幕及供应人私传所试经义。盖尝有败者，故事为之防。欧文忠有诗："焚香礼进士，彻幕待经生。"以为礼数重轻如此，其实自有谓也。

【译文】礼部在贡院举行进士科考试的那天，会在台阶前设置香炉和案桌，主持考试的官员与举人相对作揖，这是唐代旧例。

为考生设的座位准备得极为隆盛，有关部门还负责提供茶水饮料。等到考学究科的时候，则把帐幕毡席之类的都撤掉，也不提供茶水，考生渴了就喝砚台里的水，每个人的嘴巴都被染黑了。这并不是故意要为难考生，而是为了防止利用毡幕作弊和供应茶水的人私下传递考试的经义答案。大概曾经有因此而败露的人，所以就这样来预防。欧阳修有诗说道："焚香迎进士，彻幕待经生。"是认为这些礼数的轻重差异如此明显，其实是自有其道理的。

嘉祐中，进士奏名讫，未御试，京师妄传王俊民为状元，不知言之所起，人亦莫知俊民为何人。及御试，王荆公时为知制诰，与天章阁待制杨乐道二人为详定官。旧制：御试举人，设初考官，先定等第，复弥封之，以送覆考官，再定等第，乃付详定官，发初考官所定等，以对覆考之等，如同即已，不同，则详其程文，当从初考，或从覆考为定，即不得别立等。是时王荆公以初、覆考所定第一人皆未允当，于行间别取一人为状首。杨乐道守法，以为不可。议论未决，太常少卿朱从道时为封弥官，闻之，谓同舍曰："二公何用力争？从道十日前已闻王俊民为状元，事必前定。二公恨自苦耳。"既而二人各以己意进禀，而诏从荆公之请。及发封，乃王俊民也。详定官得别立等，自此始，遂为定制。

【译文】嘉祐年间，礼部试后，贡院已将合格举人的名册呈进皇帝，当时还没有进行殿试，京城里就有谣传称王俊民将为状元，但不知道谣言是从哪儿来的，也不知道王俊民是什么人。等到殿试的时候，当时王安石任知制诰，和天章阁待制杨畋二人担任详定官。按过去的规定：殿试举的人试卷，先发给初考官评定等级次第，再把考卷糊名，送给覆考官来再次评定等级次第，然后移送详定官，由详定官打开，把初考官定的等级与覆考官评定的相比对，如果一样就没什么问题，不同的话就要仔细地检视试卷，确定是应该采纳初考官的决定还是当从覆考官的决定，不能另外设立等次。当时，王安石认为初考官和覆考官所确定的第一名都不合适，想从考生中另外取一人为状元。杨畋坚持旧法，认为不能这样做。二人的议论没有决定，太常少卿朱从道当时任封弥官，听说这件事之后和同舍的人说："二公何必要力争呢？我十天前就听说王俊民为状元，事情早就预定好了，二公只是自寻烦恼罢了。"之后两人分别将自己的意见禀告皇帝，皇帝下诏采纳王安石的请求。等到打开试卷的密封，状元正是王俊民。详定官可以另立等次的制度也从此开始，后来就形成了定制。

选人不得乘马入宫门。天圣中选人为馆职，始欧阳永叔、黄鉴辈，皆自左掖门下马入馆，当时谓之"步行学士"。嘉祐中，于崇文院置编校局，校官皆许乘马至院门。其后中书五房置习学公事官，亦缘例乘马赴局。

【译文】选人不允许骑马进入宫门，天圣年间选人担任馆职，从欧阳修、黄鉴等人开始，都在左掖门下马入馆，当时被称为"步行学士"。嘉祐年间，在崇文馆设置编校局，校官都允许骑马到院门口。后来中书省的五个基本职能部门设置习学公事官，也援引此例子骑马前往官署。

车驾行幸，前驱谓之"队"，则古之清道也。其次卫仗，"卫仗"者，视阑入宫门法，则古之"外仗"也。其中谓之"禁围"，如殿中仗。《天官》掌舍："无宫，则供人门"，今谓之"殿门天武官"，极天下长人之选八人。上御前殿，则执钺立于紫宸门下；行幸则为禁围门，行于仗马之前。又有衡门十人，队长一人，选诸武力绝伦者为之。上御后殿，则执梃东西对立于殿前，亦古之虎贲、人门之类也。

【译文】皇帝的车驾出行，前驱叫作"队"，就像古代的清道。其次是卫仗，"卫仗"可以看作不能擅自闯入宫门的执法，就像古代的"外仗"。中间的叫作"禁围"，就像殿中的仪仗。《周礼·天官》掌舍官的职责是在没有宫围的时候，就安排人来守门，现在这个职位称作"殿门天武官"，选择天下最魁梧的八人来担任。皇帝在前殿，他们就拿着斧钺站在紫宸门下，皇帝出行时就担任禁围的职责，走在仪仗马队的前面。又有殿前侍卫十人，队长一人，都挑选武力绝伦的人来担任。皇帝在后殿时，他们就拿着梃站在大殿的东西两侧，就像古代的虎贲、人门等护卫一样。

余尝购得后唐闵帝应顺元年案检一通，乃除宰相刘昫兼判三司堂检。前有拟状云："具官刘昫，右，伏以刘昫经国才高，正君志切，方属体元之运，实资谋始之规。宜注宸衷，委司邦计，渐期富庶，永赞圣明。臣等商量，望授依前中书侍郎，兼吏部尚书、同中书门下平章事，充集贤殿大学士，兼判三司，散官勋封如故，未审可否？如蒙允许，望付翰林降制处分，谨录奏闻。"其后有制书曰："宰臣刘昫，右，可兼判三司公事，宜令中书、门下依此施行。付中书、门下，准此。四月十日。"用御前新铸之印。与今政府行遣稍异。

【译文】我曾经买到一份后唐闵帝应顺元年的档案，是授予宰相刘昫兼判三司堂检的政事堂档案。前面有初拟的奏状说道："具官刘昫。刘昫有经国的高才，辅佐君主的志向恳切，适逢陛下建功立业之际，实际上依赖的是谋略开局的规划。应当倾心眷顾，委以三司判官，希望能够使国家日益富庶，永远辅佐陛下的圣明。臣等商量，希望能授予他官职，依其旧任加中书侍郎兼吏部尚书、同中书门下平章事，充集贤殿大学士，兼判三司，官爵、勋封依旧不变，不知道可以吗？如果能被允许，希望交付翰林学士发布诏书处理。谨慎地记录下来奏请陛下听闻。"后面有诏书说："宰相刘昫，可以兼判三司的公事，应当令中书省与门下省按照这个来施行。交付中书省、门下省，同意。四月十日。"最后盖有御前新铸造的印章，与现在政府发布诏令稍有不同。

本朝要事对禀，常事拟进入，画可然后施行，谓之"熟状"。事速不及待报，则先行下，具制草奏知，谓之"进草"。熟状白纸书，宰相押字，他执政具姓名。进草即黄纸书，宰臣、执政皆于状背押字。堂检，宰执皆不押，唯宰属于检背书日，堂吏书名用印。此拟状有词,宰相押检不印,此其为异也。大率唐人风俗,自朝廷下至郡县,决事皆有词,谓之判,则书判科是也。押检二人,乃冯道、李愚也。状检瀛王亲笔,甚有改窜勾抹处。按《旧五代史》:"应顺元年四月九日己卯,鄂王薨。庚辰,以宰相刘昫判三司。"正是十日,与此检无差。宋次道记《开元宰相奏请》、郑畋《凤池稿草》《拟状注制集》悉多用四六,皆宰相自草。今此拟状,冯道亲笔,盖故事也。

【译文】本朝有要事禀告,一般的事情就草拟处理意见后送呈,由皇帝画押许可后再施行,这叫作"熟状"。急事来不及禀报的,就先让下面施行,再详细拟制奏疏,这叫作"进草"。熟状用白纸书写,宰相在上面签押,其他执政官一起署名。进草在黄纸上写,宰相与执政官都在背面签押。政事堂的档案,宰相和执政官都不签押,只有宰相的属官在背面写上日期,政事堂的官员署名并加盖印章。这份拟状有文词,但宰相有押签却没有印章,这是和一般拟状不同的地方。大概唐人的风俗,从朝廷下到郡县,判决事情都有文词,称为"判",就是制举中的书判拔萃科所考的内容。签押的两位官员是冯道与李愚。状子由冯道亲自书写,有很多改动涂抹的地方。按照《旧五代史》的记载:"应顺元年四月九日己卯,鄂王去世。庚辰,以宰相刘昫掌管三司。"正是四月十日,与这份档案没有差别。宋敏求记载的《开元宰相奏请》与郑畋的《凤池稿草》《拟状注制集》都大多使用四六骈体,且都是宰相自己草拟。现在这份拟状由冯道亲拟,大概也是承袭旧例。

旧制，中书、枢密院、三司使印并涂金。近制，三省、枢密院印用银为之，涂金，余皆铸铜而已。

【译文】旧的制度，中书省、枢密院、三司使的官印都要涂金。近来规定，中书、门下、尚书三省以及枢密院的官印用银制造并涂金，其他的官印则都用铜铸造。

卷二·故事二

　　三司使班在翰林学士之上，旧制权使即与正同，故三司使结衔皆在官职之上。庆历中，叶道卿为权三司使，执政有欲抑道卿者，降敕时，移权三司使在职下结衔，遂立翰林学士之下，至今为例。后尝有人论列，结衔虽依旧，而权三司使初除，阁门取旨，间有叙学士者，然不为定制。

　　【译文】三司使的班次在翰林学士的上面，按旧制，代理三司使与正三司使的地位相同，所以"三司使"三个字都放在官职名称之前。庆历年间，叶清臣任代理三司使，当政者有想要贬抑叶清臣的人，就在下达任命的政令时，把叶清臣"三司使"的职称移到官职之后，所以他的班次就排在了翰林学士之后。直到今天都还保留了这种制度。后来曾经有人上奏讨论这件事，虽然"代理三司使"的结衔没有改变，但是初次被任命为代理三司使的时候，在阁门接旨有时也会排在翰林学士之前，但这没有形成定制。

宗子授南班官，世传王文正太尉为宰相日，始开此议，不然也。故事：宗子无迁官法，唯遇稀旷大庆，则普迁一官。景祐中，初定祖宗并配南郊，宗室欲缘大礼乞推恩，使诸王宫教授刁约草表上闻。后约见丞相王沂公，公问前日宗室乞迁官表何人所为，约未测其意，答以不知。归而思之，恐事穷且得罪，乃再诣相府。沂公问之如前，约愈恐，不复敢隐，遂以实对。公曰："无他，但爱其文词耳。"再三嘉奖，徐曰："已得旨别有措置，更数日当有指挥。"自此遂有南班之授。近属自初除小将军，凡七迁则为节度使，遂为定制。诸宗子以千缣谢约，约辞不敢受。余与刁亲旧，刁尝出表稿以示余。

【译文】授予皇族子弟南班官的职位，世人相传是王旦太尉担任宰相时开的先例，但其实不是这样的。按照旧例：皇族子弟没有升迁官职的规定，只有遇到罕见的隆重庆典时，才会普遍升迁一级。景祐年间，初次规定在南郊祭天地，并以太祖、太宗、真宗配祭，宗室希望借此大礼的机会祈求皇帝施恩，命令负责皇室子弟教学的学官刁约草拟表文上报皇帝。后来刁约遇到丞相王曾，王曾问起之前宗室向皇帝请求升迁的表文是谁写的，刁约猜不透王曾是什么意思，回答不知道。回去之后细想，害怕事情被揭露会得罪王曾，就再次拜谒丞相府。王曾还是像之前那样问他，刁约更加害怕了，不再敢隐瞒，于是就将实情告诉了王曾。王曾说："没什么事，就是喜欢那篇表文的文辞而已。"并且多次称赞刁约，又慢慢地说："已经得到皇帝的旨意说另外有安排了，再过几天应该就会有诏令。"从此就有了授予宗室子弟南班官的例子。近来宗室开始担任小将军的职衔，只要经过七次升迁后的就可任节度使，于是成为定例。各宗室都拿双丝的细绢感谢刁约，刁约推辞不敢接受。我和刁约有亲戚关系，他曾经把表文的底稿拿给我看过。

大理法官皆亲节案，不得使吏人。中书检正官不置吏人，每房给楷书一人，录净而已。盖欲士人躬亲职事，格吏奸，兼历试人才也。

【译文】大理寺的官员都亲自断案，不允许委派给胥吏。中书五房检正官不设置办事人员，每一房只派一人用楷书誊清文书而已。大概是希望士大夫亲自处理本职事务，防止胥吏奸诈擅权，同时也有历练与考察人才的意思。

太宗命创方团球带赐二府文臣。其后枢密使兼侍中张耆、王贻永皆特赐，李用和、曹郡王皆以元舅赐，近岁宣徽使王君贶以耆旧特赐，皆出异数，非例也。

【译文】太宗皇帝命令创设方团毬筘头带赏赐给中书、枢密二府的文臣。之后的枢密使兼侍中张耆、王贻永都是特别赏赐的，李用和、曹佾都因为是皇帝的内兄而受到赏赐，近年来宣徽院长官王拱辰因为是老臣而特别受到赏赐，都是出于特殊情况，不是惯例。

近岁京师士人朝服乘马，以黪衣蒙之，谓之"凉衫"，亦古之遗法也，《仪礼》"朝服加景"是也。但不知古人制度章色如何耳。

【译文】近年来京师的士大夫穿朝服骑马的时候，用浅青黑色的衣服蒙在外面，称之为"凉衫"，这也是古代遗留下来的做法，《仪礼》说的"朝服加景"就是这样。但是不知道古代"景"的形制与服色是什么样的。

内外制凡草制除官，自给谏、待制以上，皆有润笔物。太宗时，立润笔钱数，降诏刻石于舍人院。每除官，则移文督之。在院官下至吏人院驺，皆分沾。元丰中，改立官制，内外制皆有添给，罢润笔之物。

【译文】内外两制凡是负责草拟任命官员的诏书的，从给事中、谏官和待制到以上的，都有赏赐润笔费。太宗时曾规定过润笔费的钱数，下诏刻在中书舍人院中的石头上。每次任命官员的时候，就发出文书督促发放。在院的官员下至负责养马的属吏都有分沾。元丰年间改革官制，内外两制的官员都添了薪俸，就废除了润笔之物。

唐制，官序未至而以他官权摄者为"直官"，如许敬宗为"直记室"是也。国朝学士、舍人皆置直院。熙宁中，复置直舍人、学士院，但以资浅者为之，其实正官也。熙宁六年，舍人皆迁罢，阁下无人，乃以章子平权知制诰，而不除直院者，以其暂摄也。古之兼官，多是暂时摄领，有长兼者，即同正官。余家藏《海陵王墓志》谢朓文，称"兼中书侍郎"。

【译文】唐代的制度，官品没有达到而以其他官职代理职务的人被称为"直某官"，就像许敬宗被称为"直记室"一样。本朝的翰林学士、中书舍人都设置有直院官。熙宁年间，又再次设置直舍人、学士院的官职，只让资历较浅的人担任，但其实都是正式任命的官员。熙宁六年，中书舍人都因升迁或罢免离职，舍人院中一时无人，就让章衡代理知制诰但没有授予他直院官，这是因为他是暂时兼任的缘故。古代兼任官职，大多是暂时代理，如果有长期兼任的，那么就和正式官一样。我家中藏有谢朓写的《海陵王墓志》，他就自称"兼中书侍郎"。

三司、开封府、外州长官升厅事，则有衙吏前导告喝。国朝之制，在禁中唯三官得告，宰相告于中书，翰林学士告于本院，御史告于朝堂，皆用朱衣吏，谓之"三告官"。所经过处，阁吏以梃扣地警众，谓之"打仗子"。两府、亲王，自殿门打至本司及上马处；宣徽使打于本院；三司使、知开封府打于本司。近岁寺、监长官亦打，非故事。前宰相赴朝，亦有特旨许张盖、打仗子者，系临时指挥。执丝梢鞭入内，自三司副使以上，副使唯乘紫丝暖座从入。队长持破木梃，自待制以上。近岁寺、监长官持藤杖，非故事也。百官仪范，著令之外，诸家所记，尚有遗者。虽至猥细，亦一时仪物也。

【译文】三司、开封府、外州长官上堂处理公事，就有衙门官吏在前开道传告。本朝制度，在禁苑中只有三种官职可以传告，宰相在中书政事堂传告，翰林学士在翰林院传告，御史在朝堂传告，都用穿红色衣服的属吏，称之为"三告官"。三告官经过的地方，负责守门的属吏拿着木棒敲击地面警示众人，这叫作"打仗子"。宰相、枢密使、亲王从殿门打到自己官署以及上马的地方；宣徽使在自己官署打；三司使、知开封府在自己衙门打。近年来，寺与监的长官也打，但这不是旧例。以前宰相上朝，也有特别旨令准许张开伞盖和打仗子的，但属于临时降下的旨意。拿着丝梢鞭入内的，是三司副使以上的官员，副使只能乘坐紫丝暖座进入。随从队长拿着破木棒的，是待制及其以上的官员。近年来寺、监的长官拿着藤杖，不是旧例。百官的礼仪规范，除正式法令外，各家所记载的仍有遗漏。即使是非常细微的事情，也当时的礼仪典制。

国朝未改官制以前，异姓未有兼中书令者，唯赠官方有之。元丰中，曹郡王以元舅特除兼中书令，下度支给俸。有司言："自来未有活中书令请受则例。"

【译文】 本朝没有改革官制之前，宗室以外的人没有兼任过中书令，只有死后追赠官职的时候才有。元丰年间，曹佾因为是皇舅特别被授予兼任中书令，下令财务部门发放俸禄。有关部门的官员称："从来没有活着的中书令领取薪俸的成例。"

都堂及寺观百官会集坐次，多出临时。唐以前故事，皆不可考，唯颜真卿与左仆射定襄郡王郭英乂书云："宰相、御史大夫、两省五品以上、供奉官自为一行,十二卫大将军次之,三师、三公、令仆、少师、保傅、尚书、左右丞、侍郎自为一行,九卿、三监对之。从古以来,未尝参错。"此亦略见当时故事,今录于此,以备阙文。

【译文】百官在尚书省长官的办公场所以及寺观集会时的座位次序,大多是临时决定的。唐朝以前的成例都无从考证了,只有颜真卿与左仆射定襄郡王郭英乂的书信中说道:"宰相、御史大夫、两省五品之上、供奉官排为一行,十二支京师卫戍部队的大将军排在其后,太师、太傅、太保三师,太尉、司徒、司空三公,尚书令和尚书左右仆射,少师、少保、少傅,吏、户、礼、兵、刑、工六部长官,尚书省的副长官、六部副长官等排为一行,太常、光禄、卫尉、宗正、太仆、大理、鸿胪、司农、太府九卿,国子监、少府监、将作监三监在他们对面。从古至今,都没有差错。"从中也能大致看到当时的旧例,现在记录在这里,以备补充记载的缺失。

赐"功臣"号,始于唐德宗奉天之役。自后藩镇下至从军资深者,例赐"功臣"。本朝唯以赐将相。熙宁中,因上皇帝尊号,宰相率同列面请三四,上终不允,曰:"徽号正如卿等'功臣',何补名实?"是时吴正宪为首相,乃请止"功臣"号,从之。自是群臣相继请罢,遂不复赐。

【译文】赐予"功臣"的称号,开始于唐德宗平定朱泚叛乱的奉天之役。从那以后藩镇幕府中下至从事和参军资历较深的人,都依例赐予"功臣"称号。本朝只赐给将相大臣。熙宁年间，为了给神宗加上尊号，宰相带领同列多次当面向皇帝请示，皇帝始终不答应，说道："徽号就像你们的'功臣'一样，对名实有什么作用呢？"当时吴充任首相，就请求停止赐予"功臣"的名号，得到皇帝的准允。大臣们因而相继请求罢免自己的称号，于是就不再赏赐。

卷三·辨证一

钧石之石，五权之名，石重百二十斤。后人以一斛为一石，自汉已如此，"饮酒一石不乱"是也。挽蹶弓弩，古人以钧石率之；今人乃以粳米一斛之重为一石。凡石者，以九十二斤半为法，乃汉秤三百四十一斤也。今之武卒蹶弩，有及九石者，计其力，乃古之二十五石，比魏之武卒，人当二人有余。弓有挽三石者，乃古之三十四钧，比颜高之弓，人当五人有余。此皆近岁教养所成。以至击刺驰射，皆尽夷夏之术，器仗铠胄，极今古之工巧。武备之盛，前世未有其比。

【译文】钧石的石，是五种重量单位中的名称，一石重一百二十斤。后人把一斛称为一石，从汉朝时就已经这样了，正所谓"饮酒一石不乱"就是。用手拉弓或用脚蹬弓弩，古人都用钧石来计算；现在人们以一斛粳米的重量为一石。每石以九十二斤半为标准，就是汉秤的三百四十一斤。现在的武士踏弩，有能达到九石重量的，计算他用的力量，就是古代的二十五石，和魏国的武士相比，一人能顶两人多。拉弓有能拉三石的，相当于古代的三十四钧，与颜高的弓相比，一人能当五人多。这都是近年来教习训练的功效。以至于刺击、骑射，都掌握了夷狄和华夏的各种技艺，武器铠甲，都极尽现世与古代的工巧。军备的兴盛，前代没有一个能够相比的。

《楚词·招魂》尾句皆曰"些"，苏个反。今夔、峡、湖、湘及南、北江獠人，凡禁咒句尾皆称"些"。此乃楚人旧俗，即梵语"萨嚩诃"也。萨，音桑葛反；嚩，无可反；诃，从去声。三字合言之，即"些"字也。

【译文】《楚词·招魂》句尾都念作"些"，苏个反。现在的长江三峡地区、洞庭湖、湘水流域以及湖北江陵以东到洞庭湖一带的少数民族，他们的禁语、咒语的句尾也都念作"些"。这是楚人的旧俗，"些"就是梵语的"萨嚩诃"。萨，音桑葛反；嚩，无可反；诃，从去声。这三个字连起来念，就是"些"字。

阳燧照物皆倒，中间有碍故也。算家谓之"格术"。如人摇橹，臬为之碍故也。若鸢飞空中，其影随鸢而移，或中间为窗隙所束，则影与鸢遂相违：鸢东则影西，鸢西则影东。又如窗隙中楼塔之影，中间为窗所束，亦皆倒垂，与阳燧一也。阳燧面洼，以一指迫而照之则正；渐远则无所见；过此遂倒。其无所见处，正如窗隙、橹臬、腰鼓碍之，本末相格，遂成摇橹之势。故举手则影愈下，下手则影愈上，此其可见。阳燧面洼，向日照之，光皆聚向内。离镜一二寸，光聚为一点，大如麻菽，著物则火发，此则腰鼓最细处也。岂特物为然？人亦如是，中间不为物碍者鲜矣。小则利害相易，是非相反；大则以己为物，以物为己。不求去碍而欲见不颠倒，难矣哉！《酉阳杂俎》谓"海翻则塔影倒"，此妄说也。影入窗隙则倒，乃其常理。

【译文】用聚光取火的凹面铜镜照物体，照出来的像都是倒像，这是因为物体与镜面中间有阻碍的缘故。数学家称之为"格术"。就像人摇动船桨时，装在船侧用来支撑橹的小木桩就是"碍"的原因。就像鹁鹰在天空中飞翔，它的影子随着移动的方向而移动，如果光照在鹁鹰身上，再穿过窗上的小孔，那么它的影子运动的方向就会和鹁鹰飞行的方向相反：鹁鹰往东飞，影子就向西移动，鹁鹰往西飞，影子就向东移动。又如窗孔外楼塔的影子，光线穿过小孔照进来，楼塔的影子就都是倒着的，这与用凹面铜镜照物体的原理是一样的。凹面镜的镜面下凹，用一根手指靠近镜面，就会看到正像，手指逐渐移远，像就消失了，过了这个距离再远一点，镜子里就会出现倒像。看不见手指的那个距离，就像窗户上的小孔、船上撑橹的木桩、腰鼓的腰一样，都是"碍"，正与倒相反，就像摇橹一样。所以举起手，影子反而越往下，放下手影子却越往上，从这一现象上就能证明。凹面镜的镜面下凹，对着太阳照，光线都向内聚焦。离开镜面一二寸的位置，光线聚焦为一点，像麻籽和豆粒一样大，把物体放在那里就会燃烧，这就是腰鼓最细处的那个"碍"。难道只是物体是这样吗？人也是这样的，人与人之间很少有不被其他东西所阻碍的。轻则利害更易、是非颠倒，重则把自己的感觉看做事物，把事物看做自己的感觉。不追求去除"碍"，还希望见不到颠倒，这是很困难的啊！《酉阳杂俎》中说"海翻倒过来会导致塔的影子颠倒"，这是不正确的说法。影子通过窗缝就会呈现倒像，乃是通常的道理。

先儒以日食正阳之月止谓四月，不然也。正、阳乃两事，正谓四月，阳谓十月，"岁亦阳止"是也。《诗》有"正月繁霜""十月之交，朔月辛卯。日有食之，亦孔之丑"二者，此先王所恶也。盖四月纯阳，不欲为阴所侵；十月纯阴，不欲过而干阳也。

【译文】过去的学者认为日食发生在正阳之月只是指四月，其实不是这样的。"正""阳"是两回事，"正"指四月，"阳"指十月，就是《诗经》所谓的"岁亦阳止"。《诗经》有"正月繁霜"和"十月之交，朔月辛卯。日有食之，亦孔之丑"两件事，这都是先王所忌恶的。大概四月是纯阳，不希望被阴气侵蚀；十月是纯阴，不希望太盛而干扰阳气。

余为《丧服后传》，书成，熙宁中欲重定五服敕，而余预讨论。雷、郑之学，阙谬固多，其间高祖、远孙一事，尤为无义。《丧服》但有曾祖齐衰三月，曾孙缌麻三月，而无高祖、远孙服。先儒皆以谓"服同曾祖、曾孙，故不言可推而知"，或曰"经之所不言则不服"，皆不然也。曾，重也。由祖而上者皆曾祖也，由孙而下者皆曾孙也，虽百世可也。苟有相逮者，则必为服丧三月，故虽成王之于后稷亦称曾孙。而祭礼祝文无远近皆曰曾孙。《礼》所谓"以五为九"者，谓傍亲之杀也。上杀、下杀至于九，傍杀至于四，而皆谓之族，族昆弟父母、族祖父母、族曾祖父母。过此则非其族也，非其族则为之无服。唯正统不以族名，则是无绝道也。

【译文】我编撰《丧服后传》，书成之后，参加了熙宁年间打算重新确定五服法令的议论。雷次宗、郑玄之学的缺漏和错误本来就很多，其中高祖、远孙的服制一事，尤其没有道理。《丧服》中只有为曾祖服齐衰三月，曾孙服缌麻三月，而没有高祖、远孙的服制。先儒都说："丧服等同于曾祖、曾孙，所以虽然没有说明，但是可以通过推测知道"，也有人说："经书上没有说的，就不需要服丧"，这些都是不对的。曾，是重的意思。在祖父以上的都是曾祖，在孙子以下的都是曾孙，虽然过了百世也可以这样叫。假如遇到丧事，就一定要服丧三个月，所以即使是周成王面对后稷时也要自称曾孙。但祭祀时的祝文，无论远近都称为曾孙。《礼》所说的"以五为九"，指的就是横向关系的等级差别。祖父、子孙的差等数到九世之内，横向关系的差等数到四世之内，都可以称为亲族，族昆弟父母、族祖父母、族曾祖父母。超过这个界限就不是亲族了，因此就不需要服丧。只有宗室不用祖的名称，是为了显示子孙绵延不绝。

旧传黄陵二女，尧子舜妃。以二帝化道之盛始于闺房，则二女当具任、姒之德。考其年岁，帝舜陟方之时，二妃之齿已百岁矣。后人诗骚所赋，皆以女子待之，语多渎慢，皆礼义之罪人也。

【译文】旧时相传黄陵庙供奉的两位女子，是尧的女儿、舜的妃子。从尧、舜二帝以道德教化天下的伟绩始于治家来看，这两位女子应当具有周文王母亲太任与周武王母亲太姒那样贤惠的品德。考察他们的年纪，帝舜巡视四方的时候，二妃已经一百多岁了。后人所写的文学作品提及此事时，都以年轻女子来描写他们，言语之间有很多亵渎怠慢，这些都是礼义的罪人。

历代宫室中有谸门，盖取张衡《东京赋》"谸门曲榭"也。说者谓"冰室门"。按《字训》："谸，别也。"《东京赋》但言别门耳，故以对曲榭，非有定处也。

【译文】历代宫室中都有旁门，大概取自于张衡《东京赋》中的"谸门曲榭"。也有人说是"冰室门"的意思。根据《字训》的说法："谸，别也。"《东京赋》却只说是旁门罢了，所以和曲折的台榭相对，并没有固定的位置。

水以"漳"名、"洛"名者最多，今略举数处：赵、晋之间有清漳、浊漳，当阳有漳水，灞上有漳水，郜郡有漳江，漳州有漳浦，亳州有漳水，安州有漳水。洛中有洛水，北地郡有洛水，沙县有洛水。此概举一二耳，其详不能具载。余考其义，乃清浊相蹂者为漳。章者，文也、别也。漳谓两物相合有文章且可别也。清漳、浊漳，合于上党。当阳即沮、漳合流，灉上即漳、溳合流，漳州余未曾目见，郫郡即西江合流，亳漳则漳、涡合流，云梦则漳、郧合流。此数处皆清浊合流，色理如蝃蝀，数十里方混。如璋亦从章，璋，王之左右之臣所执，《诗》云："济济辟王，左右趣之。济济辟王，左右奉璋。"璋，圭之半体也，合之则成圭。王左右之臣，合体一心，趣乎王者也。又诸侯以聘女，取其判合也。有事于山川，以其杀宗庙礼之半也。又牙璋以起军旅，先儒谓"有鉏牙之饰于剡侧"，不然也。牙璋，判合之器也，当于合处为牙，如今之合契。牙璋，牡契也，以起军旅，则其牝宜在军中，即虎符之法也。洛与落同义，谓水自上而下，有投流处。今沘水、沱水，天下亦多，先儒皆自有解。

【译文】水流以"漳""洛"命名的最多，现在略微举几处：山西、河北之间有清漳、浊漳，当阳有漳水，灉水的上游有漳水，郫郡有漳江，漳州有漳浦，亳州有漳水，安州有漳水。西京洛阳一带有洛水，北地郡有洛水，沙县有洛水。这里不过略举一二，详细的不能全部记载。我考查他们的意思，清水与浊水相混合就叫作漳。章，是纹采与区分的意思。漳就是指两种物体相混合，有纹采并且可以区分的意思。清漳、浊漳在上党合流。沮水、漳水在当阳合流，漳水、溳水在灉上合流，漳州我没有亲眼见到过，郫郡是漳江与西江的合流地，亳漳是漳水和涡水的合流地，云梦是漳水和郧水的合流地。这几处都是清浊合流，色彩纹理像彩虹一样，绵延数十里以后才混合如一。就像璋的偏旁也是章，璋是君王左右的大臣所持的玉器，《诗经·大雅·棫朴》说道："济济辟王，左右趣之。济济辟王，左右奉璋。"璋是圭的一半，两个璋合在一起就成了圭。这正是君王左右的大臣要合体一心，趋向君王的意思。又如诸侯之间用璋来互相聘问，是取其能分合的意思。在山川进行祭祀活动时用璋，是因为要比宗庙祭祖的礼仪削减一半。此外牙璋用来调动军队，过去的学者认为是"像锯齿一样的装饰在刀刃边缘的纹饰"，不是这样的。牙璋是能够分合的器物，在相合的地方有锯齿，就像今天拼合才能生效的兵符。牙璋是凸起的一半牙契，用来调动军队，那么下凹的一半牙契应该在军队中，就是虎符的方法。洛与下落是一个意思，是说水流自上而下流注的地方。现在名为洮水、沱水的河流，天下也有很多，过去的学者都有解释。

解州盐泽，方百二十里。久雨，四山之水悉注其中，未尝溢，大旱未尝涸。卤色正赤，在版泉之下，俚俗谓之"蚩尤血"。唯中间有一泉，乃是甘泉，得此水然后可以聚。其北有尧梢音消水，亦谓之巫咸河。大卤之水，不得甘泉和之，不能成盐。唯巫咸水入则盐不复结，故人谓之"无咸河"，为盐泽之患，筑大堤以防之，甚于备寇盗。原其理，盖巫咸乃浊水，入卤中，则淤淀卤脉，盐遂不成，非有他异也。

【译文】 解州的盐池，方圆一百二十里。长时间下雨后，四面山上的雨水都注入盐池，从未从中溢出，大旱时也没有干涸过。卤水的颜色是正红色，在硝板下面，俗称为"蚩尤血"。只有中间有一眼泉水是淡水泉，找到此水的人才能在这里定居。盐池的北部有尧梢音消水，又称为亚咸河。浓度高的卤水，如果不能与淡水泉结合，就不能结晶成盐。唯独亚咸河的水流入盐池会再也结不出盐，所以人们称之为"无咸河"，是盐池的一大隐患，因此人们修筑大堤来防备它，比防备盗贼还要花力气。追究其中的原理，大概是因为亚咸河是浊水，进入卤水中，就会因为淤积沉淀，造成盐脉的堵塞，盐就无法生成了，并没有其他特殊的原因。

《庄子》云："程生马。"尝观《文字注》："秦人谓豹曰程。"余至延州，人至今谓虎豹为"程"，盖言"虫"也。方言如此，抑亦旧俗也。

【译文】《庄子》说："程生马。"我曾经看《文字注》说："秦人把豹子称为程。"我到延州的时候，那里的人直到现在还把虎豹称为"程"，大概是想说"虫"吧。方言既然如此说，大概也是旧有的习俗了。

《唐六典》述五行，有"禄""命""驿马""湴河"之目，人多不晓"湴河"之义。余在鄜延，见安南行营诸将阅兵马籍，有称"过范河损失"。问其何谓"范何"？乃越人谓"淖沙"为"范河"，北人谓之"活沙"。余尝过无定河，度活沙，人马履之，百步之外皆动，颎颎然如人行幕上。其下足处虽甚坚，若遇其一陷，则人马驼车，应时皆没，至有数百人平陷无孑遗者。或谓此即"流沙"也，又谓沙随风流，谓之"流沙"。

涩，字书亦作"堲"蒲滥反。按古文，堲，深泥也。术书有"涩河"者，盖谓陷运，如今之"空亡"也。

【译文】《唐六典》记述五行，有"禄""命""驿马""涩河"等条目，人们大多不知道"涩河"的意思。我在鄜延的时候，看见安南行营的将领们阅览军籍册，有"过范河损失"的内容。我问他们什么是"范河？回答说"范河"就是南方人说的"淖沙"，北方说的"活沙"。我曾经到过无定河，穿越过活沙，人和马走在上面，百步之外都会动，那种晃动的感觉就像人走在帘幕上一样。下脚的地方虽然很坚实，但如果遇到一处塌陷，人、马、驼、车立刻就会全部陷落，以至于出现数百人陷入而无一生还的情况。有人说这就是"流沙"，又说沙子随着风而流动，所以称之为"流沙"。涩在字典上也写作"堲"蒲滥反。按照古文，堲是深泥的意思，占卜书上也有"涩河"，大概是说厄运，就像现在所说的"空亡"。

古人藏书辟蠹用芸。芸，香草也，今人谓之七里香者是也。叶类豌豆，作小丛生，其叶极芬香，秋后叶间微白如粉污，辟蠹殊验。南人采置席下，能去蚤虱。余判昭文馆时，曾得数株于潞公家，移植秘阁后，今不复有存者。香草之类，大率多异名，所谓兰荪，荪，即今菖蒲是也；蕙，今零陵香是也；茝，今白芷是也。

【译文】古时候人们藏书防蠹虫用芸。芸是一种香草，今天人们说的七里香就是它。芸草的叶子类似豌豆，呈小丛状生长，它的叶子及其芬芳，秋后的叶子间稍微有些白，就像被白粉沾染过一样，用来防虫特别有效。南方人采集芸草放在席子下面，能够去除跳蚤和虱子。我担任昭文馆判官的时候，曾经在文彦博家中得到几株芸草，将它们移植到秘阁的后面，如今已经不再有存活的了。香草一类的东西，大概有很多别名，比如所谓的兰荪，荪就是现在的菖蒲；蕙就是现在的零陵香；茝就是现在的白芷。

祭礼有腥、燖、熟三献。旧说以谓腥、燖备太古、中古之礼，余以为不然。先王之于死者，以之为无知则不仁，以之为有知则不智。荐可食之熟，所以为仁；不可食之腥、燖，所以为智。又一说，腥、燖以鬼道接之，馈食以人道接之，致疑也。或谓鬼神嗜腥、燖，此虽出于异说，圣人知鬼神之情状，或有此理，未可致诘。

【译文】祭礼有生肉、半熟的肉、熟肉三种祭品。以前的说法，生肉和半熟肉具备了太古和中古的礼仪，我认为不是这样的。先王对于死者的判断，如果认为他们无知，就算不上仁，认为他们有知，就算不上智。所以献祭可以直接食用的熟肉来表示仁，献祭不可食用的生肉和半熟肉是为了表示智。又有一种说法，认为献祭生肉和半熟肉是用鬼神的行为规范对待他们，献祭熟肉则是用人的行为规范对待他们，我对此表示怀疑。有人说鬼神喜欢生肉和半熟肉，这虽然是出于经义之外的说法，但是圣人了解鬼神的情况，或许有这样的道理，不能怀疑否定它。

世以玄为浅黑色，璊为赭玉，皆不然也。玄乃赤黑色，燕羽是也，故谓之玄鸟。熙宁中，京师贵人戚里多衣深紫色，谓之黑紫，与皂相乱，几不可分，乃所谓玄也。璊。赭色也。"毳衣如璊音门。"稷之璊色者谓之縻，縻字音门，以其色命之也。《诗》："有縻有芑。"今秦人音糜，声之讹也。縻色在朱黄之间，似乎赭，极光莹，掬之，粲泽熠熠如赤珠。此自是一色，似赭非赭。盖所谓"璊"，色名也，而从玉，以其赭而泽，故以谕之也。犹"鸻"以色名而从鸟，以鸟色谕之也。

【译文】世人认为玄就是浅黑色，璊是赭色的玉，都不是这样的。玄是红黑色，就像燕子的羽毛一样，所以燕子被称为玄鸟。熙宁年间，京城里的贵人和皇亲国戚大多穿深紫色衣服，称为黑紫，色泽与黑色相混，几乎难以分辨，也就是所谓的玄色。璊是赭色，《诗经》中说："上衣彩绘、下裳刺绣的礼服的颜色与璊相近。璊，音门。"稷如果是璊色就被称为縻，縻字音门，是用颜色来命名的。《诗经·大雅·生民》中说："维縻维芑。"现在秦人念成糜，是读音上的讹误。縻色介于红黄之间，与赭色类似，极其光洁晶莹，捧起来鲜亮有光泽，熠熠生辉像赤色的宝珠一般。这自是一种颜色，既像赭色又不是赭色。所谓的"璊"是一种颜色名，偏旁是玉，是因为与赭色相近又有光泽，因此得名。就像"鸻"是颜色的名字，但是从鸟部，是用鸟的颜色比喻的。

世间锻铁所谓"钢铁"者，用"柔铁"屈盘之，乃以"生铁"陷其间，泥封炼之，锻令相入，谓之"团钢"，亦谓之"灌钢"。此乃伪钢耳，暂假生铁以为坚，二三炼则生铁自熟，仍是柔铁。然而天下莫以为非者，盖未识真钢耳。余出使至磁州锻坊，观炼铁，方识真钢。凡铁之有钢者，如面中有筋，濯尽柔面，则面筋乃见。炼钢亦然，但取精铁锻之百余火，每锻称之，一锻一轻，至累锻而斤两不减，则纯钢也，虽百炼不耗矣。此乃铁之精纯者，其色清明，磨莹之，则黯黯然青且黑，与常铁迥异。亦有炼之至尽而全无钢者，皆系地之所产。

【译文】世间炼铁所谓的"钢铁"，是用"柔铁"曲折盘绕起来，再把"生铁"陷入其中，用泥将他们封起来烧炼，通过锻打使它们相互混杂，称之为"团钢"，也叫作"灌钢"。这其实是假钢，只是暂时借助生铁来使其坚硬，经过两三次锻炼生铁自然就成了熟铁，但仍然是柔软的铁。但是天下人都不认为这种钢铁是假的，大概是不认识真的钢铁的缘故。我出任河北西路访察使时到过磁州锻造坊，观看他们炼铁才知道什么才是真钢。大凡铁中间含有钢的，就好比面中含有面筋，把柔软的面全部洗掉，面筋才会出来。炼钢也是这样，只取精铁经过百余次煅烧，每次煅烧的时候称一次，每煅烧一次就轻一次，直到多次煅烧而重量不减少时，就是纯钢了，即使锻炼上百次也不会有损耗。这才是铁中精纯的部分，它的颜色清澈明亮，打磨之后色泽暗淡呈青黑色，和一般的铁有很大差别。也有炼到最后铁料全部炼尽而完全没有钢的情况，这都取决于铁的产地。

《诗》："芄兰之支，童子佩觿。"觿，解结锥也。芄兰生荚支,出于叶间,垂之正如解结锥。所谓"佩觿"者,疑古人为觿之制,亦当与芄兰之叶相似,但今不复见耳。

【译文】《诗经·卫风·芄兰》中有"芄兰之支,童子佩觿。"觿是解绳结用的锥子。芄兰长出的果荚从叶间伸出,下垂的样子正像解结用的锥子。所说的"佩觿",恐怕古人制造觿的形状也应当与芄兰的叶子相似,但是现在不再能见到罢了。

江南有小栗,谓之"茅栗"茅音草茅之茅。以余观之,此正所谓芧也。则《庄子》所谓"狙公赋芧"者芧音序,此文相近之误也。

【译文】江南有一种小栗子叫作"茅栗"茅读草茅之茅的音。在我看来,这正是所谓的芧。那么《庄子》中说到的"狙公赋芧"芧音序,是因为文字相近产生的讹误。

余家有阎博陵画唐秦府十八学士,各有真赞,亦唐人书,多与旧史不同。姚柬字思廉,旧史乃姚思廉字简之。苏台、陆元朗、薛庄,《唐书》皆以字为名。李玄道、盖文达、于志宁、许敬宗、刘孝孙、蔡允恭,《唐书》皆不书字。房玄龄字乔年,《唐书》乃房乔字玄龄。孔颖达字颖达,《唐书》字仲达。苏典签名从日从九,《唐书》乃从日从助。许敬宗、薛庄官皆直记室,《唐书》乃摄记室。盖《唐书》成于后人之手,所传容有讹谬，此乃当时所记也。以旧史考之，魏郑公对太宗云："目如悬铃者佳。"则玄龄果名，非字也。然苏世长，太宗召对玄武门，问云："卿何名长意短？"后乃为学士，似为学士时，方更名耳。

【译文】我家中藏有阎立本画的唐代秦府十八学士图，各题有赞语，也是唐人所书，大多与《旧唐书》有所不同。比如：姚柬字思廉，《旧唐书》中写的是姚思廉字简之。苏台、陆元朗、薛庄，《旧唐书》中都是把他们的字当作名。李玄道、盖文达、于志宁、许敬宗、刘孝孙、蔡允恭，《旧唐书》中都不记载他们的字。房玄龄字乔年，《旧唐书》称他房乔字玄龄。孔颖达字颖达，《旧唐书》称他字仲达。苏典签名旭，《旧唐书》称他名勖。许敬宗、薛庄官都是直记室，《旧唐书》记作摄记室。大概是因为《旧唐书》成于后人之手，据传言写成，所以可能有很多错误，而这幅图赞是当时记载的。用旧史考证，魏征对太宗说"目如悬铃者佳。"那么玄龄果然是名字而不是字。然而唐太宗在玄武门召见苏世长时问他："你为何名长意短？"之后他才成为学士，可能是当学士时，才改的名字。

唐贞观中，敕下度支求杜若，省郎以谢朓诗云"芳洲采杜若"，乃责坊州贡之，当时以为嗤笑。至如唐故事，中书省中植紫薇花，何异坊州贡杜若，然历世循之，不以为非。至今舍人院紫微阁前植紫薇花，用唐故事也。

【译文】唐贞观年间，皇帝下令度支司访求杜若，度支郎依据谢朓诗中说的"芳洲采杜若"，要求坊州上贡杜若，当时被传为笑柄。至于一些唐代的旧例，比如中书省中种植紫薇花，又与要求坊州上贡杜若有什么区别呢？然而历代却因循这种做法，并不认为这是不对的。直到今天的中书舍人院的紫微阁前面还种植有紫薇花，袭用的是唐代的旧例。

汉人有饮酒一石不乱，余以制酒法较之，每粗米二斛，酿成酒六斛六斗。今酒之至醨者，每秫一斛，不过成酒一斛五斗，若如汉法，则粗有酒气而已。能饮者饮多不乱，宜无足怪。然汉之一斛，亦是今之二斗七升，人之腹中，亦何容置二斗七升水邪？或谓："石乃钧石之石，百二十斤。"以今秤计之，当三十二斤，亦今之三斗酒也。于定国食酒数石不乱，疑无此理。

【译文】汉人有喝一石的酒却不醉倒的，我用制酒的方法来考较，每两斛粗米能酿成六斛六斗的酒。现在最稀薄的酒，用一斛高粱米，不过能酿成一斛五斗的酒，如果用汉代酿造的方法，那就不过稍微有些酒气而已。酒量大的人喝多了不醉，也没有什么值得奇怪的。然而汉代的一斛，相当于现在的二斗七升，人的肚子又怎么能容得下二斗七升的水呢？有人说："石是钧石的石，即一百二十斤。"用现在的秤来计算，应当有三十二斤，也就是现在的三斗酒。于定国能饮酒很多石却不醉，恐怕没有这样的道理。

古说济水伏流地中，今历下凡发地皆是流水，世传济水经过其下。东阿亦济水所经，取井水煮胶，谓之"阿胶"。用搅浊水则清。人服之，下膈，疏痰、止吐，皆取济水性趋下、清而重，故以治淤浊及逆上之疾。今医方不载此意。

【译文】古代说消失的济水潜流于地下，现在历下一带凡是向地下挖掘都能见到流水，世人相传就是济水就流经那里的地下。东阿也是济水经过的地方，取那里的井水煮驴皮，被称为"阿胶"。用它来搅拌浊水，水就会变清。人服用后可以疏通食气、化痰止吐，都是由于济水往下走、水清不滞且重而不浊的性质，所以用它来治疗食气瘀滞以及不能通下的病症。现在的医方没有记载这一层意思。

余见人为文章多言"前荣"，荣者，夏屋东西序之外屋翼也，谓之东荣、西荣。四注屋则谓之东霤、西霤。未知前荣安在？

【译文】我看见人们写文章很多说"前荣"，荣就是大屋子东西墙外侧的两端侧翼，叫作东荣与西荣。四边有檐的屋子就叫作东霤、西霤。不知道前荣在什么地方？

宗庙之祭西向者，室中之祭也。藏主于西壁，以其生者之处奥也。即主祐而求之，所以西向而祭。至三献则尸出于室，坐于户西南面，此堂上之祭也。户西谓之宸，设宸于此。左户、右牖，户、牖之间谓之宸。坐于户西，即当宸而坐也。上堂设位而亦东向者，设用室中之礼也。

【译文】宗庙祭祀要向西行礼的，是室内的祭祀。把神主收藏在西面的墙壁里，因为那里是活人居住的地方。对着藏神主的石匣祈祷，所以要面向西方祭拜。到了献酒三次后代表死者受祭的神尸从屋里出来，坐在门户的西侧面向南，这就是堂上的祭祀。门户的西边叫作戾，因为戾设置在那里。左边是门，右边是窗，门、窗之间称为戾。坐在门的西边，就是当戾而坐。到堂上设置位次也要向东，是用的室内祭祀的礼节。

"人而不为《周南》《召南》，其犹正墙面而立也。"《周南》《召南》乐名也。"胥鼓《南》""以《雅》以《南》"是也。《关雎》、《鹊巢》，二《南》之诗，而已有乐有舞焉。学者之事，其始也学《周南》《召南》，末至于舞《大夏》《大武》。所谓为《周南》《召南》者，不独诵其诗而已。

【译文】《论语》中说："为人却不学《周南》《召南》，就像面向墙壁站立，什么也看不见。"《周南》《召南》是乐曲的名称。所以有《礼记》所谓的"乐官演奏《南》"和"用《雅》和《南》"。《关雎》《鹊巢》都是二《南》中的诗，却已经有乐舞相配了。对于学习者来说，先要学习《周南》《召南》，最后再学习《大夏》《大武》。所谓的学《周南》《召南》，不单单是诵读那些诗篇而已。

《庄子》言："野马也，尘埃也。"乃是两物。古人即谓野马为尘埃,如吴融云:"动梁间之野马。"又韩偓云:"窗里日光飞野马。"皆以尘为野马,恐不然也。野马乃田野间浮气耳,远望如群马,又如水波,佛书谓"如热时野马阳焰",即此物也。

【译文】《庄子》说:"野马就是尘埃",但其实这是两种东西。古人直接把野马称为尘埃,就像吴融说的:"动梁间之野马。"又像韩偓说的:"窗里日光飞野马。"都是把尘埃当作野马,这恐怕不是这样的。野马是田野间浮起来的雾气,远望过去就像一群野马,又像水波,佛经所说的"如热时野马阳焰"就是这种东西。

蒲芦,说者以为蜾蠃,疑不然。蒲芦,即蒲苇耳。故曰:"人道敏政,地道敏艺",夫政犹蒲芦也,人之为政,犹地之艺蒲苇,遂之而已,亦行其所无事也。

【译文】有人说蒲芦就是细腰蜂,我怀疑不是这样的。蒲芦,应该是香蒲和芦苇。所以《中庸》说:"治人的途径是勤勉施政,治地的途径是勤勉种树",政事这种东西,就像蒲芦,人们为政,就像大地生长香蒲和芦苇,只是顺从它们的成长而已,这也是无为而治的意思。

余考乐律及受诏改铸浑仪,求秦汉以前度量斗升,计六斗当今一斗七升九合,秤三斤当今十三两,一斤当今四两三分两之一，一两当今六铢半。为升中方，古尺二寸五分十分分之三，今尺一寸八分百分分之四十五强。

【译文】我考订乐律并接受诏令改铸浑天仪，推算秦汉之前的度量衡，计算出当时的六斗相当于现在的一斗七升九合，当时三斤的重量相当于现在的十三两，一斤相当于现在的四又三分之一两，一两相当于现在的六铢半。当时容量单位升的中间是古尺二寸五分三见方，相当于现在尺度的一寸八分四五多一些。

十神太一：一曰太一，次曰五福太一，三曰天一太一，四曰地太一，五曰君基太一，六曰臣基太一，七曰民基太一，八曰大游太一，九曰九气太一，十曰十神太一。唯太一最尊，更无别名，止谓之太一。三年一移。后人以其别无名，遂对大游而谓之小游太一，此出于后人误加之。京师东西太一宫，正殿祠五福，而太一乃在廊庑，甚为失序。熙宁中，初营中太一宫，下太史考定神位。余时领太史，预其议论。今前殿祠五福，而太一别为后殿，各全其尊，深为得体。然君基、臣基、民基，避唐明帝讳改为"基"，至今仍袭旧名，未曾改正。

【译文】十位太一神是：第一是太一，第二是五福太一，第三是天一太一，第四是地太一，第五是君基太一，第六是臣基太一，第七是民基太一，第八是大游太一，第九是九气太一，第十是十神太一。只有太一是最尊贵的，更没有别的名字，只是叫作太一。太一神三年移动一宫。后人因为它没有别名，所以和大游太一相对而称之为小游太一，这是出于后人误加的名字。京城东、西有太一宫，正殿供奉五福太一，而把太一神放在偏殿，很不恰当。熙宁年间，开始营建中太一宫，命令太史考定神位。我当时担任太史，参与了讨论。现在前殿供奉五福太一，而为太一另外设置了后殿供奉，这样都保全了它们的尊贵，非常合乎礼仪。然而君基太一、臣基太一、民基太一为了避唐明皇的讳都被改成了"棋"，至今仍然沿袭旧的名称，还没有改正。

余嘉祐中客宣州宁国县，县人有方玙者，其高祖方虔，为杨行密守将，总兵戍宁国，以备两浙。虔后为吴人所擒，其子从训代守宁国，故子孙至今为宁国人。玙有杨溥与方虔、方从训手教数十纸，纸扎皆精善。教称"委曲"书，押处称"使"，或称"吴王"。内一纸报方虔云："钱镠此月内已亡殁。"纸尾书"正月二十九日。"按《五代史》钱镠以后唐长兴三年卒，杨溥天成四年已僭即伪位，岂得长兴三年尚称"吴王"？溥手教所指挥事甚详，翰墨印记，极有次序，悉是当时亲迹。今按，天成四年岁庚寅，长兴三年岁壬辰，计差二年。溥手教，予得其四纸，至今家藏。

【译文】我在嘉祐年间曾客居宣州宁国县，县里有个人叫方玙，他的高祖父方虔是杨行密的守将，任总兵官戍守宁国县，以防备两浙一带的割据势力来犯。方虔后来被吴越之人擒获，他的儿子方从训代替他戍守宁国县，所以方氏子孙至今都是宁国人。方玙藏有杨溥给方虔、方从训的数十张手书，纸张都很精美。手书中称"委曲"，签押处称"使"，或者称"吴王"。其中一张纸告知方虔说："钱镠这个月内已经亡故了。"纸的末尾写"正月二十九日。"根据《五代史》的记载，钱镠是在后唐长兴三年去世的，而杨溥在天成四年已经僭越称帝，怎么会长兴三年还自称"吴王"呢？杨溥的手书中所写指挥处置的事情很详细，书写和印章都很有次序，应该是当时的真迹。现在考证，天成四年是庚寅年，长兴三年是壬辰年，之间相差两年。杨溥的手书，我得到了其中的四份，至今还收藏在家里。

卷四·辨证二

　　司马相如《上林赋》叙上林诸水曰："丹水，紫渊，灞、浐、泾、渭，""八川分流，相背而异态。""灏溔潢漾，东注太湖。"八川自入大河，大河去太湖数千里，中间隔太山及淮、济、大江，何缘与太湖相涉？郭璞《江赋》云："注五湖以漫漭，灌三江而漰沛。"《墨子》曰："禹治天下，南为江、汉、淮、汝，东流注之五湖。"孔安国曰："自彭蠡，江分为三，入于震泽后，为北江而入于海。"此皆未尝详考地理。江、汉至五湖自隔山，其末乃绕出五湖之下流，径入于海，何缘入于五湖？淮、汝径自徐州入海，全无交涉。《禹贡》云："彭蠡既潴，阳鸟攸居。三江既入，震泽底定。"以对文言，则彭蠡水之所潴，三江水之所入，非入于震泽也。震泽上源，皆山环之，了无大川。震泽之委，乃多大川，亦莫知孰为三江者。盖三江之水无所入，则震泽壅而为害；三江之水有所入，然后震泽底定。此水之理也。

【译文】司马相如《上林赋》叙述上林苑的各条水系说："丹水，紫渊、灞水、浐水、泾水、渭水，八条河流分流，相互呼应而形态各异。水流荡漾没有边际，向东注入太湖。"这八条河流入黄河，黄河距离太湖有数千里，中间隔着泰山和淮水、济水、长江，怎么会与太湖相关呢？郭璞《江赋》中说："水流入太湖，水势广远而无际，灌注三条江水，水声浩大而响亮。"《墨子》说："大禹治理天下，南方的长江、汉水、淮水、汝水都往东流并注入太湖。"孔安国说："从鄱阳湖开始，长江分为三，流入太湖后，经过北江而流入大海。"这都是没有详细考证过的地理。长江、汉水到太湖已有山岭隔绝，他们的下游则绕过太湖向下流去，径直流入大海，怎么会流入太湖呢？淮水、汝水经过徐州径直流入大海，也是和太湖完全没有交集的。《禹贡》说："水在鄱阳湖聚集，鸿雁一类的候鸟也在这里栖息。湖水流入三江，太湖于是风平浪静。"从文字的对应关系来说，鄱阳湖是水积聚的地方，三江是水流入的地方，并非是流入太湖。太湖的上流都是群山环绕，根本没有大的河流。太湖的下流，才有很多大河，也不知道什么是三江。大概三江的水没有去处，太湖就会雍塞而成灾；三江的水有去处，太湖就能风平浪静。这是水的特性。

海州东海县西北有二古墓，《图志》谓之"黄儿墓"。有一石碑，已漫灭不可读，莫知黄儿者何人。石延年通判海州，因行县见之，曰："汉二疏，东海人，此必其墓也。"遂谓之"二疏墓"，刻碑于其傍，后人又收入《图经》。余按，疏广，东海兰陵人，兰陵今属沂州承县，今东海县乃汉之赣榆，自属琅琊郡，非古之东海也。今承县东四十里自有疏广墓，其东又二里有疏受墓。延年不讲地志，但见今谓之东海县，遂以"二疏"名之，极为乖误。大凡地名如此者至多，无足纪者。此乃余初仕为沭阳主簿日，始见《图经》中增此事，后世不知其因，往往以为实录。谩志于此，以见天下地书皆不可坚信。其北又有"孝女冢"，庙貌甚盛，著在祀典。孝女亦东海人，赣榆既非东海故境，则孝女冢庙，亦后人附会县名为之耳。

【译文】海州东海县的西北有两座古墓，《图志》称之为"黄儿墓"。那儿有一块石碑，上面的字迹已经漫灭不可辨认了，不知道黄儿是什么人。石延年通判海州的时候，因为在县内巡行见到了这两座墓，说："汉代的疏广、疏受二人是东海人，这一定是他们的墓。"所以称此墓为"二疏墓"，在旁边刻了一座碑，后人又把此碑收入《图经》。我考察过，疏广是东海兰陵人，兰陵现在属于沂州承县，现在的东海县是汉代的赣榆县，本来属于琅琊郡，不是古代的东海。现在承县往东四十里有疏广的墓，再往东二里有疏受的墓。石延年不讲地理文献，只看见现在那里称东海，所以用"二疏"命名，是极大的错误。大凡地名像这种情况的有很多，简直不值得一一辩证。这是我刚刚担任沭阳主簿的时候，第一次看见《图经》中增加了此事，后世人不知道原因，往往认为这是据实所录。因而我随意地记录在这里，借此可以得见天下的地理书都不能完全相信。古墓的北边又有一个"孝女墓"，庙宇的样貌形状非常壮观，是属于官府祭祀的庙宇。孝女也是汉代的东海人，现在的东海既然不是从前东海的领域，那么孝女的墓和庙，也是后人附会县名而成的。

《杨文公谈苑》记江南后主患清暑阁前草生，徐锴令以桂屑布砖缝中，宿草尽死。谓《吕氏春秋》云"桂枝之下无杂木"，盖桂枝味辛螫故也。然桂之杀草木，自是其性，不为辛螫也。《雷公炮炙论》云："以桂为丁，以钉木中，其木即死。"一丁至微，未必能螫大木，自其性相制耳。

【译文】《杨文公谈苑》记载江南后主李煜忧虑清暑阁前杂草丛生，徐锴下令用桂树的碎屑密布在砖缝中，隔年生的草全部都死了。并说《吕氏春秋》中说"桂枝之下没有杂木"，大概是因为桂树的枝干味道辛辣致害。然而桂枝能杀死草木，自然是因为它的本性，不是因为其辛辣致害。《雷公炮炙论》说："用桂树做成钉子，钉入树中，树就会死去。"一个钉子那么小，未必能伤害大的树木，自是因为它的本性能与其他草木相克的缘故。

天下地名错乱乖谬，率难考信。如楚章华台，亳州城父县、陈州商水县、荆州江陵、长林、监利县皆有之。乾溪亦有数处。据《左传》，楚灵王七年，"成章华之台，与诸侯落之"。杜预注："章华台，在华容城中。"华容即今之监利县，非岳州之华容也。至今有章华故台，在县郭中，与杜预之说相符。亳州城父县有乾溪，其侧亦有章华台，故台基下往往得人骨，云楚灵王战死于此。商水县章华之侧，亦有乾溪。薛综注张衡《东京赋》引《左氏传》乃云："楚子成章华之台于乾溪。"
皆误说也，《左传》实无此文。章华与乾溪，元非一处。楚灵
王十一年，"王狩于州来，使荡侯、潘子、司马督、嚣尹午、陵
尹喜帅师围徐以惧吴，王次于乾溪"，此则城父之乾溪，灵王
八年许迁于夷者，乃此地。十二年，公子比为乱，使观从从师
于乾溪，王从溃，灵王亡，不知所在。平王即位，杀囚，衣之王
服，而流诸汉，乃取葬之，以靖国人，而赴以乾溪。灵王实缢
于芋尹申亥氏，他年申亥以王柩告，乃改葬之，而非死于乾溪
也。昭王二十七年，吴伐陈，王帅师救陈，次于城父，将战，王
卒于城父。而《春秋》又云："弑其君于乾溪。"则后世谓灵王
实死于是，理不足怪也。

【译文】天下的地名错误混乱，大都难以论定和信从。比如
楚国的章华台，在亳州城父县、陈州商水县、荆州江陵、长林、监利
县都有。乾溪也有好几处，根据《左传》记载，楚灵王七年"建成
章华台，与诸侯一起参与落成仪式"。杜预注："章华台在华容城
中。"华容就是现在的监利县，并非是岳州的华容县。监利县的城
墙中至今有章华故台，与杜预说的相符合。亳州城父县有乾溪，乾
溪的旁边也有章华台，所以台的地基下面往往会挖出人骨，传说楚
灵王战死在这里。商水县的章华台旁边，也有乾溪。薛综注张衡的
《东京赋》引《左传》说："楚王在乾溪旁边建成章华台。"都是错
误的说法，《左传》实际上没有这段文字。章华台和乾溪，原来就
不在一处。楚灵王十一年，"楚王到州来巡狩，派遣荡侯、潘子、司
马督、嚣尹午、陵尹喜率领军队围攻徐地来威吓吴国，楚王在乾溪

驻扎"，这就是城父县的乾溪，楚灵王八年许国迁移到夷地，就是
此地。楚灵王十二年，楚灵王之弟公子比作乱，派遣观从跟随部
队在乾溪驻扎，灵王的部队溃败，灵王逃亡，不知道去哪里了。楚
平王即位，杀了一名囚犯，给尸体穿上灵王的衣服，让尸体漂在汉水
上，于是捞上来安葬，以此来安定国人，并把灵柩安葬在乾溪。真
正的灵王其实是缢死在芋尹申亥氏那里的，几年后申亥把灵王真
正安葬的地方告诉了平王，这才重新改葬，所以灵王并不是死在乾
溪。昭王二十七年，吴国讨伐陈国，昭王率领军队救援陈国，驻扎
在城父县，将要开战的时候，昭王死在了城父县。而《春秋》又说：
"在乾溪杀死了君王。"因此后世说楚灵王实际上是死在那里，也
就不足为怪了。

今人守郡谓之"建麾"，盖用颜延年诗："一麾乃出守。"
此误也。延年谓"一麾"者，乃指麾之"麾"，如武王"右秉白
旄以麾"之麾，非旌麾之麾也。延年《阮始平》诗云"屡荐不
入官，一麾乃出守"者，谓山涛荐咸为吏部郎，三上武帝，不
用，后为荀勖一挤，遂出始平，故有此句。延年被摈，以此自
托耳。自杜牧为《登乐游原》诗云："拟把一麾江海去，乐游
原上望昭陵。"始谬用"一麾"，自此遂为故事。

【译文】现在人们出任地方郡县长官称为"建麾"，大概是用
了颜延年的诗："一麾乃出守"的缘故。这是错误的。颜延年所说的
"一麾"，是指麾之麾，就像武王"右手拿着白旄指挥"的麾，不是
旌旗的麾。颜延年《阮始平》的诗中说的"屡荐不入官，一麾乃出

守",是说山涛推荐阮咸为吏部尚书,三次申请都没有得到魏武帝的任命,后来一遭到荀勖排挤,就出任始平太守了,所以诗句才这样说。颜延年因为被朝廷摒弃,所以用这句诗来自我寄托。自从杜牧作《登乐游原》诗说:"拟把一麾江海去,乐游原上望昭陵。"开始用错"一麾"的意思,从此就成了惯用的典故。

除拜官职谓除其旧籍,不然也。"除"犹"易"也,以新易旧曰"除",如新旧岁之交谓之"岁除",《易》:"除戎器,戒不虞。"以新易弊,所以备不虞也。阶谓之"除"者,自下而上,亦更易之义。

【译文】把"除拜官职"说成是解除原来的职务,这是错误的。"除"是"更易"的意思,用新的替换旧的叫作"除",就像新旧年交替的日子叫作"岁除",《易·萃·象》说"除戎器,戒不虞。"意思是用新的兵器更换掉旧的,以备意外情况的发生。台阶也可以称为"除",是因为它是从下到上攀登的,也有更易的意思。

世人画韩退之,小面而美髯,著纱帽。此乃江南韩熙载耳,尚有当时所画,题志甚明。熙载谥文靖,江南人谓之韩文公,因此遂谬以为退之。退之肥而寡髯。元丰中,以退之从享文宣王庙,郡县所画,皆是熙载。后世不复可辨,退之遂为熙载矣。

【译文】世间人们所画的韩愈画像,脸小且有漂亮的胡须,还带着乌纱帽。但这实际上是南唐韩熙载的形象，现在还有当时顾闳中所画韩熙载的画像，上面的题词非常明确。韩熙载谥号文靖，所以南唐人称之为韩文公，因此就被错误地认为是韩愈。韩愈较胖并且胡子少。元丰年间，韩愈获准从享孔庙，各地孔庙中所画的韩愈像都是韩熙载。后世人就不再能够辨别了，韩愈也就变成了韩熙载的模样。

今之数钱，百钱谓之陌者，借"陌"字用之，其实只是佰字，如什与伍耳。唐自皇甫镈为垫钱法，至昭宗末，乃定八十为陌。汉隐帝时，三司使王章每出官钱，又减三钱，以七十七为陌，输官仍用八十。至今输官钱有用八十陌者。

【译文】现在计算钱币，把一百文钱叫作"陌"，这里是借"陌"字使用而已，其实只是"佰"字，就像"什"与"伍"一样。唐朝从皇甫镈开始发明了垫钱法，到唐昭宗末年，才定八十钱为一陌。汉隐帝时，三司使王章每次支付官府经费，又减少三文钱，以七十七钱为一陌，但是交纳国库的时候还是以八十钱为一陌。直到现在上缴国库仍有以八十钱为一陌的。

《唐书》："开元钱重二铢四参。"今蜀郡亦以十参为一铢。参乃古之絫字，恐相传之误耳。

【译文】《旧唐书》记载："开元时期的钱重二铢四参。"现在四川地区也以十参为一铢。参就是古代的"絫"字，恐怕是因字形相近而在流传中形成的错误。

前史称严武为剑南节度使，放肆不法，李白为之作《蜀道难》。按孟棨所记，白初至京师，贺知章闻其名，首诣之，白出《蜀道难》，读未毕，称叹数四。时乃天宝初也，此时白已作《蜀道难》。严武为剑南，乃在至德以后肃宗时，年代甚远。盖小说所记，各得于一时见闻，本末不相知，率多舛误，皆此文之类。李白集中称"刺章仇兼琼"，与《唐书》所载不同，此《唐书》误也。

【译文】前代的史书说严武担任剑南节度使的时候，行为放肆不守法度，李白因此而创作了《蜀道难》。按照孟棨所记载的，李白刚到京师的时候，贺知章听闻了他的名声，于是第一个去拜访他，李白拿出《蜀道难》来给他看，贺知章还没有读完就多次称赞。当时是在天宝初年，这时李白已经完成了《蜀道难》的创作。严武任剑南节度使是在唐肃宗至德年间之后的事情，与李白写《蜀道难》的年代相距很远。大概小说家所记载的，都出于自己一时的道听途说，事情的原因与结果都不清楚，所以有很多的错误，就像本文所说的这种情况。李白的集子中称《蜀道难》是讽刺章仇兼琼的，这和《唐书》的记载不一样，应该是《唐书》的记载有误。

旧《尚书·禹贡》云："云梦土作乂。"太宗皇帝时，得古本《尚书》，作"云土梦作乂"，诏改《禹贡》从古本。余按，孔安国注："云梦之泽在江南。"不然也。据《左传》："吴人入郢，楚子涉睢济江，入于云中。王寝，盗攻之，以戈击王，王奔郧。"楚子自郢西走涉睢，则当出于江南，其后涉江入于云中，遂奔郧，郧则今之安陆州。涉江而后至云，入云然后至郧，则云在江北也。《左传》曰："郑伯如楚，王以田江南之梦。"杜预注云："楚之云、梦，跨江南北。"曰"江南之梦"，则云在江北明矣。元丰中，余自随州道安陆，于入汉口，有景陵主簿郭思者，能言汉、沔间地理，亦以谓江南为梦，江北为云。余以《左传》验之，思之说信然。江南则今之公安、石首、建宁等县，江北则玉沙、监利、景陵等县，乃水之所委，其地最下。江南上淅，水出稍高，云方土而梦已作乂矣，此古本之为允也。

【译文】旧本《尚书·禹贡》说："云梦泽中有部分高地的土露出了水面，可以耕作。"太宗皇帝时，得到一本古本的《尚书》，上面所记是"云泽中有部分高地的土露出了水面，梦泽就可以耕作了"的句子，于是下诏将《禹贡》的这句话根据古本更改。据我考证，孔安国注说："云梦泽在江南。"但其实不是这样的。根据《左传》所说："吴国人入侵楚国都城郢都，楚王渡过睢水和长江，逃入云泽中。楚王睡觉的时候遭到强盗攻击，强盗用戈攻击楚王，楚王于是又出奔到郧。"楚王从郢都向西走渡过睢水，那么就应该逃出了江南，之后又渡过长江逃到云泽中，遭到攻击于是又出奔到郧。郧应该是现在的安陆州，渡过长江然后才到云泽，进入云泽之后才到郧，所以云泽的位置应该在江北。《左传》说："郑伯来到楚国，楚王和他一起在江南的梦泽打猎。"杜预注释说："楚国的云泽与梦泽跨越了长江南北。"《左传》既然说"江南的梦泽"，那么云泽很明显就在江北了。元丰年间，我从随州取道安陆州，到达汉口，有一名名叫郭思的景陵主簿，他通晓汉水一带的地理知识，也说位处江南的是梦泽，位处江北的是云泽。我用《左传》征验，认为郭思的说法可以取信。江南就是现在的公安、石首、建宁等县，江北就是现在的玉沙、监利、景陵等县，这一带是各条河流汇聚的地方，地势也最为低下。江南的地势稍微高一些，云泽才露出一些土地的时候，梦泽就已经能够耕作了，所以古本《尚书》的记载较为正确。

《周礼》："凡乐，圜钟为宫，黄钟为角，太蔟为徵，姑洗为羽。若乐六变，则天神皆降，可得而礼矣。函钟为宫，太蔟为角，姑洗为徵，南吕为羽。若乐八变，即地祇皆出，可得而礼矣。黄钟为宫，大吕为角，太蔟为徵，应钟为羽。若乐九变，则人鬼可得而礼矣。"凡声之高下，列为五等，以宫、商、角、徵、羽名之。为之主者曰宫，次二曰商，次三曰角，次四曰徵，次五曰羽，此谓之序。名可易，序不可易。圜钟为宫，则黄钟乃第五羽声也，今则谓之角，虽谓之角，名则易矣，其实第五之声，安能变哉？强谓之角而已。先王为乐之意，盖不如是也。世之乐异乎郊庙之乐者，如圜钟为宫，则林钟角声也。乐有用林钟者，则变而用黄钟，此祀天神之音云耳，非谓能易羽以为角也。函钟为宫，则太蔟徵声也。乐有用太蔟者，则变而用姑洗，此求地祇之音云耳，非谓能易羽以为徵也。黄钟为宫，则南吕羽声也。乐有用南吕者，则变而用应钟，此求人鬼之音云耳，非谓能变均外间声以为羽也。应钟、黄钟，宫之变徵。文、武之世，不用二变声，所以在均外。鬼神之情，当以类求之。朱弦、越席、太羹、明酒，所以交于冥莫者，异乎养道，此所以变其律也。

声之不用商，先儒以谓恶杀声也。黄钟之太蔟，函钟之南吕，皆商也，是杀声未尝不用也。所以不用商者，商，中声也。宫生徵、徵生商，商生羽，羽生角，故商为中声。降兴上下之神，虚其中声人声也。遗乎人声，所以致一于鬼神也。宗庙之乐，宫为之先，其次角，又次徵，又次羽。宫、角、徵、羽相次者，人乐之叙也，故以之求人鬼。世乐之叙宫、商、角、徵、羽，此但无商耳，其余悉用，此人乐之叙也。何以知宫为先、其次角、又次徵、又次羽？以律吕次叙知之也。黄钟最长，大吕次长，太蔟又次，应钟最短，此其叙也。圆丘方泽之乐，皆以角为先，其次徵，又次宫，又次羽。始于角木，木生火，火生土，土生水。越金，不用商也。木、火、土、水相次者，天地之叙，故以之礼天地。五行之叙：木生火，火生土，土生金，金生水。此但不用金耳，其余悉用。此叙，天地之叙也。何以知其角为先、其次徵、又次宫、又自羽？以律吕次叙知之也。黄钟最长，太蔟次长，圜钟又次，姑洗又次，函钟又次，南吕最短，此其叙也。此四音之叙也。

天之气始于子，故先以黄钟；天之功毕于三月，故终之以姑洗。地之功见于正月，故先之以太蔟；毕于八月，故终之以南吕。幽阴之气，钟于北方，人之所终归，鬼之所藏也，故先之以黄钟，终之以应钟。此三乐之始终也。角者，物生之始也。徵者，物之成。羽者，物之终。天之气始于十一月，至于正月，万物萌动，地功见处，则天功之成也，故地以太蔟为角，天以太蔟为徵。三月万物悉达，天功毕处，则地功之成也，故天以姑洗为羽，地以姑洗为徵。八月生物尽成，地之功终焉，故南吕以为羽。圆丘乐虽以圜钟为宫，而曰"乃奏黄钟，以祀天神"；方泽乐虽以函钟为宫，而曰"乃奏太蔟，以祭地祇"。盖圆丘之乐，始于黄钟；方泽之乐，始于太蔟也。天地之乐，止是世乐黄钟一均耳。以此黄钟一均，分为天地二乐。黄钟之均，黄钟为宫，太蔟为商，姑洗为角。林钟为方泽乐而已。唯圜钟一律，不在均内。天功毕于三月，则宫声自合在徵之后，羽之前，正当用夹钟也。二乐何以专用黄钟一均？盖黄钟正均也，乐之全体，非十一均之类也。故《汉志》："自黄钟为宫，则皆以正声应，无有忽微。他律虽当其月为宫，则和应之律有空积忽微，不得其正。其均起十一月，终于八月，统一岁之事也，他均则各主一月而已。"古乐有下徵调，沈休文《宋书》曰："下徵调法：林钟为宫，南吕为商。林钟本正声黄钟之徵变，谓之下徵调。"马融《长笛赋》曰："反商下徵，每各异善。"谓南吕本黄钟之羽，变为下徵之商，皆以黄钟为主而已。此天地相与之叙也。人鬼始于正北，成于东北，终于西北，萃于幽阴之地也。始于十一月，而成于正月者，幽阴之魄，稍出于东方也。全处幽阴，则不与人接；稍出于东方，故人鬼可得而礼也；终则复归于幽阴，复其常也。唯羽声独远于他均者。世乐始于十一月，终于八月者，天地岁事之一终也。鬼道无穷，非若岁事之有卒，故尽十二律然后终，事先追远之道，厚之至也，此庙乐之始终也。人鬼尽十二律为义，则始于黄钟，终于应钟，以宫、商、角、徵、羽为叙，则始于宫声，自当以黄钟为宫也。天神始于黄钟，终于姑洗，以木、火、土、金、水为叙，则宫声当在太蔟徵之后，姑洗羽之前，则自当以圜钟为宫也。地祇始于太蔟，终于南吕，以木、火、土、金、水为叙，则宫声当在姑洗徵之后，南吕羽之前，中间唯函钟当均，自当以函钟为宫也。天神用圜钟之后，姑洗之前，唯有一律自然合用也。不曰夹钟，而曰圜钟者，以天体言之也。不曰林钟，曰函钟者，以地道言之也。黄钟无异名，人道也。此三律为宫，次叙定理，非可以意凿也。

圜钟六变，函钟八变，黄钟九变，同会于卯，卯者，昏明之交，所以交上下、通幽明、合人神，故天神、地祇、人鬼可得而礼也。自辰以往常在昼，自寅以来常在夜，故卯为昏明之交，当其中间，昼夜夹之，故谓之夹钟。黄钟一变为林钟，再变为太蔟，三变南吕，四变姑洗，五变应钟，六变蕤宾，七变大吕，八变夷则，九变夹钟。函钟一变为太蔟，再变为南吕，三变姑洗，四变应钟，五变蕤宾，六变太吕，七变夷则，八变夹钟也。圜钟一变为无射，再变为中吕，三变为黄钟清宫，四变合至林钟，林钟无清宫，至太蔟清宫为四变；五变合至南吕，南吕无清宫，直至大吕清宫为五变；六变合至夷则，夷则无清宫，直至夹钟清宫为六变也。十二律，黄钟、大吕、太蔟、夹钟四律有清宫，总谓之十六律。自姑洗至应钟八律，皆无清宫，但处位而已。此皆天理不可易者。古人以为难知，盖不深索之。听其声，求其义，考其序，无毫发可移，此所谓天理也。

一者人鬼，以宫、商、角、徵、羽为序者；二者天神，三者地祇，皆以木、火、土、金、水为序者；四者以黄钟一均分为天地二乐者；五者六变、八变、九变皆会于夹钟者。

【译文】《周礼》说："大凡音乐之中，以十二律中的夹钟为宫声，以黄钟为角声，以太蔟为徵声，以姑洗为羽声。用这种调式演奏六段乐，就会使天神降临，人们就可以用礼仪来祭祀他们。以函钟为宫声，以太蔟为角声，以姑洗为徵声，以南吕为羽声，用这种调式来演奏八段乐，就会使地神出现，人们就可以用礼仪来祭祀他们。以黄钟为宫声，以大吕为角声，以太蔟为徵声，以应钟为羽声。用这种调式来演奏九段乐，就会使祖先的神灵降临，从而能够用礼仪来祭祀他们。"音阶的高低有五等，分别命名为宫、商、角、徵、羽。主音是宫，次音叫作商，次三是角，次四是徵，次五是羽，这就是音阶的次序。音阶名字可以改变，但次序不能改变。以夹钟为宫声时，那么黄钟就是第五的羽声，现在却说是角声，虽然说是角声，名称变化了，但其实还是第五声，次序怎么能变呢? 只不过是强行说是角声而已。先王作乐的意图，大概不是这样的。世俗的音乐和郊庙祭祀的音乐是不一样的，例如如果以夹钟为宫声，那么林钟就是角声。音乐中逢用到林钟时改用黄钟，这是祭祀天神之乐的需要，并不是说能把羽声变成角声。如果以林钟为宫声，那么太蔟就是徵声。音乐中逢用到太蔟时改用姑洗，这是祭祀地神之乐的需要，并不是说羽声能变为徵声。如果以黄钟为宫声，那么南吕就是羽声。音乐中逢用到南吕时改用应钟，这是祭祀祖先神灵时的需要，不是说能把音阶之外的声音变成羽声。应钟是黄钟宫的变徵。周文王、周武王时不用变徵、变商，所以它在音阶之外。鬼神的情况，应当根据他们的属性推求。朱弦、越席、太羹、明酒，这些物品是用来和神冥沟通的，和平日里的习惯不同，所以音乐也要变调。

祭祀的时候不用商调，过去的学者认为商声是杀声，所以不宜用于祭祀。但是黄钟宫调里的太蔟，函钟宫调里的南吕，都是商声，可见杀声也未尝不可使用。而之所以不用商声，是因为商声是中声。宫生徵、徵生商，商生羽，羽生角，所以商声是中声。因为要祭祀天神与地神，所以要略去代表人声的中声。略去中声，是为了向鬼神表示虔敬。宗庙祭祀用的音乐，是以宫声为先的，其次是角声，再其次是徵声，又次是羽声。以宫、角、徵、羽次序排列的，是人乐的次序，所以用这种次序的音乐向祖先祈祷。世俗音乐以宫、商、角、徵、羽为次序，这里只是没有商，其余的都用，这就是人乐的次序。怎么知道这次序是以宫为先、其次是角，再其次是徵，最后是羽的呢？是通过律吕的次序知道的。黄钟的律管最长，大吕次长，太蔟又次，应钟最短，这就是它们的次序。在圜丘、方泽等祭祀场所演奏的音乐，都是以角为先，其次是徵，再其次是宫，最后是羽。从角声开始是因为角代表木，木生火，火生土，土生水。跳过金，是因为祭祀不用商调。以木、火、土、水次序排列的，是天地自然的次序，所以用这种次序的音乐来祭祀天地。五行的顺序是：木生火，火生土，土生金，金生水。这里只是不用金而已，其余的都用。这种顺序就是天地自然的顺序。那么怎么知道要以角为先，其次是徵，又次为宫，最后是羽的呢？还是通过律吕的次序知道的。黄钟的律管最长，太蔟第二长，圜钟又次，姑洗短一点，函钟又短一点，南吕最短，这就是它们的次序。这是祭祀音乐中四音的次序。

天的阳气从十一月开始生长，所以以黄钟为先；阳气生长到三月时停止，达到繁盛，所以姑洗排在最后。地的阴气在正月开始生长，所以以太蔟为先，阴气在八月达到繁盛，所以南吕排在最后。幽阴之气集中在北方，是人们最终的归宿，也是鬼的藏身之处，所以以黄钟开始，以应钟结尾。这就是三大祭祀用乐的音调始终。角声代表着万物生长的开始。徵声代表着万物的形成。羽声代表着万物的终结。天的阳气在十一月开始生长，到了正月时，万物萌动，地之功开始显现，而这时天功已经有所成了，所以祭地以太蔟为角声，祭天以太蔟为徵声。三月时万物都已经生长起来，天之功全部完成了，地之功也已经完成，所以祭祀天以姑洗为羽声，祭祀地以姑洗为徵声。八月时万物都已经成熟，地之功也告终了，所以祭祀地以南吕为羽声。在圆丘祭祀用乐虽然是以圜钟为宫，但却说"演奏黄钟来祭祀天神"；在方泽祭祀用乐虽然是以函钟为宫，但却说"演奏太蔟来祭祀地神"。这是因为圆丘的祭祀用乐从黄钟开始；方泽的祭祀用乐从太蔟开始。祭祀天地的音乐，只是世俗音乐中黄钟宫的其中一调而已。把这个黄钟宫的一调分成天地二乐。而黄钟宫的音调，是以黄钟为宫，太蔟为商，姑洗为角。林钟则是在方泽祭祀地所用的音乐。只有圜钟这一调，不在音阶之内。天之功在三月完成，那么宫声自然应该排在徵声之后、羽声之前，所以正应当用夹钟。那么祭祀天地所用的二乐为什么专用黄钟一调呢？因为黄钟宫的乐音最为纯正准确，可以定准其他的十一律，所以和其他律都不一样。所以《汉志·律历志》说："把黄钟当作宫调主音，那么其他音都是准确的正声，没有差错。其他的律吕虽然各以其对应之乐为宫调主音，但是应和而成的音律会有些轻微的误差，不是准确的正声。黄钟宫始于对应的十一月，终于八月，能够统领一年的大事，其他的律吕则各自主导一月而已。"古代的音乐有下徵调，沈约的《宋书》说："下徵调的调法是：以林钟为宫调，以南吕为商调。在林钟宫中，正声黄钟为变徵，所以称之为下徵调。"马融的《长笛赋》说道："反商下徵，每各异善。"意思是说南吕本为黄钟宫中的羽声，在下徵调中变了商声，所以都是以黄钟为主。这就是祭祀天地的顺序。祭祀祖先魂灵的音乐从正北的黄钟开始，到东北的太蔟而成熟，最终在西北的应钟结束，荟萃到幽阴的地方。它开始于十一月，而成熟于正月，代表幽阴的魂魄在这时逐渐出现在东方。如果它完全处于幽阴的北方，就没有办法与人接触；只有逐渐出现在东方，我们才能接触到祖先的魂灵并使之得到祭祀；祖先的魂灵最终才能回到幽阴之地，恢复其常态。唯独羽声的音调比其他音调更长，因为世俗的音乐开始于十一月、结束于八月，以表示天地运行一个循环的终止。鬼道则没有穷尽的时候，不像岁时那样有终结，所以只有穷尽十二律之后才会有终结，以此来体现慎终追远的道理，用意是十分深远的。这是祭祖之乐的始终。祭祀祖先的魂灵以穷尽十二律为要义，所以就应该从黄钟开始，在应钟结束，以宫、商、角、徵、羽为顺序，既然是从宫声开始，自然应当以黄钟为宫声。祭祀天神的音乐从黄钟开始，结束于姑洗，以木、火、土、金、水为顺序，那么宫声应当在太蔟徵之后、姑洗羽之前，所以自然应当以圜钟为宫调。祭祀地神的音乐从太蔟开始，在南吕结束，以木、火、土、金、水为顺序，那么宫声应当在姑洗徵之后，在南吕羽之前，中间就只有函钟符合音阶，自然应当以函钟为宫调。祭祀天神的音乐中，宫声在圜钟之后，姑洗之前，中间只有一个音是自然合用的。而这里不称夹钟，只称圜钟，是因为用天的形状来称呼它。不称林钟却称函钟，是因为用地的性质来称呼它。黄钟没有其他的名字，是因为它代表的是人道。以这三种律吕为宫声时，它们的次序都有着严格的规定，不可以随意穿凿附会。

圜钟六变、函钟八变，黄钟九变，都在卯时会合，卯时是昏明的交点，所以能够交流上下、沟通幽明、汇合人神，所以天神、地神、祖先的魂灵都可以进行祭祀。从辰时以后一般就是白昼了，从寅时以前一般就是黑夜，所以卯时是暗与明的交点，夹在昼夜之间，所以称为夹钟。黄钟首先变为林钟，再变成太蔟，三变为南吕，四变为姑洗，五变为应钟，六变为蕤宾，七变为大吕，八变为夷则，九变为夹钟。函钟一变为太蔟，再变为南吕，三变为姑洗，四变为应钟，五变为蕤宾，六变为太吕，七变为夷则，八变为夹钟。圜钟一变为无射，再变为中吕，三变为黄钟清宫，四变正好到林钟，林钟没有清宫，所以到太簇清宫为四变；五变正好到南吕，南吕也没有清宫，直到大吕清宫为五变；六变正好到了夷则，夷则也没有清宫，直到夹钟清宫为六变。十二律中，黄钟、大吕、太簇、夹钟四律有清宫，一共被总称为十六律。从姑洗到应钟这八律中都没有清宫，只是占据一个位置而已。这些都是不可改变的天理。古人认为这些规律很难知晓，恐怕是没有深入地求索而已。聆听它们的声音，探求它们的意义，考察他们的次序，发现他们丝毫不能改变，就能明白所谓的天理了。

总之，一是祭祀祖先魂灵的音乐，以宫、商、角、徵、羽为次序，二是祭祀天神的音乐，三是祭祀地神的音乐，都以木、火、土、金、水为次序，四是以黄钟一调分成的天地二乐，五是六变、八变、九变都会合于夹钟的音乐。

六吕：三曰钟，三曰吕。夹钟、林钟、应钟，大吕、中吕、南吕。钟与吕常相间，常相对，六吕之间，复自有阴阳也。纳音之法：申、子、辰、巳、酉、丑为阳纪，寅、午、戌、亥、卯、未为阴纪。亥、卯、未，曰夹钟、林钟、应钟，阴中之阴也。黄钟者，阳之所钟也；夹钟、林钟、应钟，阴之所钟也，故皆谓之钟。巳、酉、丑，大吕、中吕、南吕，阴中之阳也。吕，助也，能时出而助阳也，故皆谓之吕。

【译文】六吕是指三钟与三吕。夹钟、林钟、应钟、大吕、中吕、南吕。钟与吕常相间也常相对，六吕之间还自有阴阳的区分。按照纳音的方法：申、子、辰、巳、酉、丑是阳纪，寅、午、戌、亥、卯、未是阴纪。亥、卯、未分别对应于夹钟、林钟与应钟，都是阴中的阴气。黄钟是阳气汇集的律吕；夹钟、林钟、应钟则是阴气汇聚的律吕，所以他们都叫作钟。巳、酉、丑则对应着大吕、中吕与南吕，都是阴中的阳气。吕是帮助的意思，所以能经常出来辅助阳气，所以这些都叫作吕。

《汉志》："阴阳相生，自黄钟始而左旋，八八为伍。"八八为伍者，谓一上生与一下生相间。如此，则自大吕以后，律数皆差，须自蕤宾再上生，方得本数。此八八为伍之误也。或曰："律无上生吕之理，但当下生而用浊倍。"二说皆通。然至蕤宾清宫生大吕清宫，又当再上生。如此时上时下，即非自然之数，不免牵合矣。自子至巳为阳律、阳吕，自午至亥为阴律、阴吕。凡阳律、阳吕皆下生，阴律、阴吕皆上生。故巳方之律谓之中吕，言阴阳至此而中也，中吕当读如本字，作"仲"非也。至午则谓之蕤宾。阳常为主，阴常为宾。蕤宾者，阳至此而为宾也。纳音之法，自黄钟相生，至于中吕而中，谓之阳纪；自蕤宾相生，至于应钟而终，谓之阴纪。盖中吕为阴阳之中，子午为阴阳之分也。

【译文】《汉书·律历志》说："阴阳相生，从黄钟开始向左旋转，八八为伍。"所谓的"八八为伍"，是指每隔八个律上生一次与每隔八个律下生一次相间。如此一来，则从大吕之后的律数就都不对了，必须从蕤宾开始再向上推算，才能得到正确的律数。这就是"八八为伍"说法的错误。有人说："律声没有向上推算吕声的道理，应当是向下推算并按照浊音之例加倍。"这两种说法都是相通的。然而到了蕤宾清声生大吕清声的时候，又应当再往上推算一次。但如此有时上有时下，就不是自然的规律了，不免会牵强。从子到巳代表的是黄钟、太蔟、姑洗三个阳律，与大吕、夹钟、中吕三个阳吕，从午到亥代表的是蕤宾、夷则、无射三个阴律，与林钟、南吕、应钟三个阴吕。只要是阳律、阳吕都是向下推算，阴律、阴吕则都是向上推算。所以巳所对应的音律被称为中吕，意思是阴阳到这里得到了中和，中吕应当按其本字的读音来读，读作"仲"是错误的。到了午就称为蕤宾，在午之前是以阳为主，以阴为宾。蕤宾的意思就是说阳到这里就开始为宾。按照纳音的法则，从黄钟开始相生，到了中吕就到了一半，这部分被称为阳纪；从蕤宾开始相生，到了应钟就结束，这部分被称为阴纪。这大概是因为中吕是阴阳的中点，而子午是阴阳的分界。

《汉志》言数曰："太极元气，函三为一。极，中也；元，始也。行于十二辰，始动于子，参之于丑，得三；又参之于寅，得九；又参之于卯，得二十七。历十二辰，得十七万七千一百四十七。此阴阳合德，气钟于子，化生万物者也"。殊不知此乃求律吕长短体算立成法耳，别有何义？为史者但见其数浩博，莫测所用，乃曰"此阴阳合德，化生万物者也"。尝有人于土中得一朽弊捣帛杵，不识，持归以示邻里。大小聚观，莫不怪愕，不知何物。后有一书生过，见之曰："此灵物也。吾闻防风氏身长三丈，骨节专车。此防风氏胫骨也。"乡人皆喜，筑庙祭之，谓之"胫庙"。班固此论，亦近乎"胫庙"也。

【译文】《汉书·律历志》谈术数说："太极的元气，是将天道、地道、人道涵容为一。这里的极是中正的意思，元是开始的意思。元气在十二时辰之间流转，从子时开始，以子为一，乘以三得到丑，所以丑就是三；又乘以三得到寅，所以寅就是九，又乘以三得到卯，所以卯就是二十七。经过十二时辰，共得到十七万七千一百四十七。这就代表着阴阳合于大德，阳气汇聚在子时，能够化生万物"。却不知这只是计算律吕的长短所规定的方法，哪有什么其他的意义呢？写史书的人只看到这个数字很大，也不知道它有什么用处，就说出"这代表着阴阳合于大德，能够化生万物"这样的话。这就像曾经有人在土中挖出了一根腐朽了的破棒子，不知道那是什么东西，就拿回去给邻居们看。邻居的大人小孩都出来观看，都感到十分惊奇，不知道这是什么东西。后来有一个书生经过，看到这个破棒子后说："这是一个灵物。我听说上古部落的领袖防风氏身高三丈，一节骨头就能装满一辆车。这就是防风氏的小腿骨。"乡人们听了之后都很高兴，修筑庙宇来祭祀这根木棒，并将庙宇命名为"胫庙"。班固的这种说法，就跟"胫庙"的故事差不多一样荒谬。

吾闻《羯鼓录》序羯鼓之声云："透空碎远，极异众乐。"唐羯鼓曲，今唯有邠州一父老能之，有《大合蝉》《滴滴泉》之曲。余在鄜延时，尚闻其声。泾原承受公事杨元孙因奏事回，有旨令召此人赴阙。元孙至邠，而其人已死，羯鼓遗音遂绝。今乐部中所有，但名存而已，"透空碎远"了无余迹。唐明帝与李龟年论羯鼓云："杖之弊者四柜。"用力如此，其为艺可知也。

【译文】我读《羯鼓录》，上面描述羯鼓的声音是这样的："透空碎远，与其他乐器的声音很不一样。"唐代的羯鼓乐器，现在只有邠州的一个父老能够演奏，还有《大合蝉》《滴滴泉》的曲子，我在鄜延的时候，还听过那声音。泾原承受公事杨元孙因此上奏朝廷说邠州仍有会演奏羯鼓的人，于是朝廷宣召此人入朝。但当杨元孙来到邠州的时候，那个人已经死了，羯鼓的遗音也因此断绝了。现在乐班中所保留的羯鼓曲目，都只是存了一个名字而已，"透空碎远"的声音已经再难寻觅踪迹了。唐明皇与李龟年曾讨论羯鼓说："敲坏了的鼓杖就装了四个柜子。"如此用力，那种技艺也可想而知了。

唐之杖鼓，本谓之"两杖鼓"，两头皆用杖。今之杖鼓，一头以手拊之，则唐之"汉震第二鼓"也，明帝、宋开府皆善此鼓。其曲多独奏，如鼓笛曲是也。今时杖鼓，常时只是打拍，鲜有专门独奏之妙。古典悉皆散亡。顷年王师南征，得《黄帝炎》一曲于交趾，乃杖鼓曲也。"炎"或作"盐"。唐曲有《突厥盐》《阿鹊盐》。施肩吾诗云："颠狂楚客歌成雪，妖媚吴娘笑是盐。"盖当时语也。今杖鼓谱中有炎杖声。

【译文】唐代的杖鼓本来叫作"两杖鼓"，演奏时两边都要用杖来敲击。而现在的杖鼓，演奏时有一边是用手拍的，这实际上是唐代的"汉震第二鼓"，唐玄宗、宋璟都擅长演奏这种乐器。杖鼓的乐曲多为独奏，就像鼓笛曲一样。现在的杖鼓通常只是用来打拍子的，很少有专门独奏的。就连古曲也都已经散亡了。近年来王师南征交趾，在那儿得到一首叫《黄帝炎》的古曲，这就是杖鼓的曲子。"炎"也可能是"盐"。唐代的曲子还有叫《突厥盐》和《阿鹊盐》的。施肩吾的诗中说："颠狂楚客歌成雪，妩媚吴娘笑是盐。"大概是当时的说法。现在的杖鼓曲谱中还有炎杖的声音。

元稹《连昌宫词》有"逡巡大遍凉州彻"。所谓"大遍"者，有序、引、歌、𪻐、嗺、哨、催、攧、衮、破、行、中腔、踏歌之类，凡数十解，每解有数叠者。裁截用之，则谓之"摘遍。"今人大曲，皆是裁用，悉非"大遍"也。

【译文】元稹的《连昌宫词》中有"逡巡大遍凉州彻"的说法。所说的"大遍"，由序、引、歌、𪻐、嗺、哨、催、攧、衮、破、行、中腔、踏歌组成，分为数十段，每段有很多曲调重复的重章叠唱。如果摘取部分演奏段落则称为"摘遍"。今人的大曲，都是节选，都不是真正的"大遍"了。

鼓吹部有拱辰管，即古之叉手管。太宗皇帝赐今名。

【译文】鼓吹乐部中有拱辰管，就是古代的叉手管。只是太宗皇帝给它赐予了现在的名称。

边兵每得胜回，则连队抗声凯歌，乃古之遗音也。凯歌词甚多，皆市井鄙俚之语。余在鄜延时，制数十曲，令士卒歌之，今粗记得数篇。其一："先取山西十二州，别分子将打衙头。回看秦塞低如马，渐见黄河直北流。"其二："天威卷地过黄河，万里羌人尽汉歌。莫堰横山倒流水，从教西去作恩波。"其三："马尾胡琴随汉车，曲声犹自怨单于。弯弓莫射云中雁，归雁如今不记书。"其四："旗队浑如锦绣堆，银装背嵬打回回。先教净扫安西路，待向河源饮马来。"其五："灵武西凉不用围，蕃家总待纳王师。城中半是关西种，犹有当时轧吃根勿反儿。"

【译文】边塞的战士每次胜利归来，就会全队高唱凯歌，凯歌是古代流传下来的。凯歌的歌词非常地多，但都是市井鄙俗的语言。我在鄜延的时候，曾经创作了数十支凯歌让战士们歌唱，现在还粗略地记得几篇。其一是"先取山西十二州，别分子将打衙头。回看秦塞低如马，渐见黄河直北流。"其二是"天威卷地过黄河，万里羌人尽汉歌。莫堰横山倒流水，从教西去作恩波。"其三是"马尾胡琴随汉车，曲声犹自怨单于。弯弓莫射云中雁，归雁如今不记书。"其四是"旗队浑如锦绣堆，银装背嵬打回回。先教净扫安西路，待向河源饮马来。"其五是"灵武西凉不用围，蕃家总待纳王师。城中半是关西种，犹有当时轧吃根勿反儿。"

《柘枝》旧曲，遍数极多，如《羯鼓录》所谓《浑脱解》之类，今无复此遍。寇莱公好《柘枝舞》，会客必舞《柘枝》，每舞必尽日，时谓之"柘枝颠"。今凤翔有一老尼，犹是莱公时柘枝妓，云"当时《柘枝》，尚有数十遍。今日所舞《柘枝》，比当时十不得二三。"老尼尚能歌其曲，好事者往往传之。

【译文】《柘枝》的旧曲有非常多的段落，就像《羯鼓录》所说的《浑脱解》之类的乐曲，但现在已经不再有这一段了。寇准喜欢看《柘枝舞》，每次会客都一定要有《柘枝舞》，每次舞《柘枝》必定要跳上一整天，所以当时人称他为"柘枝颠"。现在凤翔的一位老尼姑，是当时寇准府上舞《柘枝》的舞妓，她说："当时的《柘枝》还有数十段，今日所舞的《柘枝》已比不上当时的十分之二三了。"老尼姑现在还能唱出其中的曲词，此事也常常被有兴趣的人所传唱。

古之善歌者有语，谓当使"声中无字，字中有声"。凡曲，止是一声清浊高下如萦缕耳，字则有喉、唇、齿、舌等音不同。当使字字举本皆轻圆，悉融入声中，令转换处无磊魁，此谓"声中无字"，古人谓之"如贯珠"，今谓之"善过度"是也。如宫声字而曲合用商声，则能转宫为商歌之，此"字中有声"也，善歌者谓之"内里声"。不善歌者，声无抑扬，谓之"念曲"。声无含韫，谓之"叫曲。"

【译文】古代擅于唱歌的人说，唱歌时要做到"声中无字，字中有声"。凡是乐曲，只不过是清浊高下不同的一种曲折连贯的声音而已，像盘绕的丝线一样。吐字发音则从喉、唇、齿、舌等不同发音部位发出，应当使每个字自始自终都轻松圆润，全部融入乐声之中，使声调转换处没有障碍，这就是所谓的"声中无字"，古人称之为"如贯珠"，也就是今人所说的"善过度"。比如宫声的字却使用商声的曲调，那么就可以将宫声转为商声来唱，这就是"字中有声"，擅长歌唱的人称之为"内里声"。那些不擅长歌唱的人，他们的声音没有抑扬顿挫，只能叫作"念曲"。声音不够含蓄蕴藉的，则只能叫作"叫曲。"

　　五音：宫、商、角为从声，徵、羽为变声。"从"谓律从律，吕从吕；"变"谓以律从吕，以吕从律。故从声以配君、臣、民，尊卑有定，不可相逾；变声以为事、物，则或过于君声无嫌。六律为君声，则商、角皆以律应，徵、羽以吕应。六吕为君声，则商、角皆以吕应，徵、羽以律应。加变徵，则从、变之声已渎矣。隋柱国郑译始条具七均，展转相生，为八十四调，清浊混淆，纷乱无统，竟为新声。自后又有犯声、侧声、正杀、寄杀、偏字、傍字、双字、半字之法。从、变之声，无复条理矣。

　　【译文】五音中，宫、商、角是从声，徵、羽是变声。"从"的意思是说律从律，吕从吕；"变"的意思是律从吕，吕从律。所以从声可以与君、臣、民相配，他们的尊卑是确定的规矩，不能逾越；变声则可以与事、物相配，即使超过君声也没有关系。以六律为君声，则商声、角声都以律声相对应，徵声、羽声则以吕声相对应。以六吕为君声，那么商声、角声都以吕声相对应，徵声、羽声都以律声相对应。后来加上变徵、变宫，那么从、变的规律就已经乱了。隋朝柱国郑译首次确定七音，并将七音与十二律相配合，形成了八十四调。从此清音浊音相互混淆，纷乱而没有条理，人们争相演奏新声。从此以后又有犯声、侧声、正杀、寄杀、偏字、傍字、双字、半字等方法。从声、变声的说法就再也没有条理了。

外国之声，前世自别为四夷乐。自唐天宝十三载，始诏法曲与胡部合奏。自此乐奏全失古法，以先王之乐为雅乐，前世新声为清乐，合胡部者为宴乐。

【译文】前代把中原以外的声音单独区分为四夷乐。从唐代天宝十三年开始，下诏命令法曲与胡乐合奏。从此音乐演奏就完全丧失了古代的法度，我们把先王流传下来的乐曲称为雅乐，把汉魏六朝创作的新乐曲称为清乐，把与胡乐合奏的称为宴乐。

古诗皆咏之，然后以声依咏以成曲，谓之协律。其志安和，则以安和之声咏之；其志怨思，则以怨思之声咏之。故治世之音安以乐，则诗与志、声与曲，莫不安且乐；乱世之音怨以怒，则诗与志、声与曲，莫不怨且怒。此所以审音而知政也。诗之外又有和声，则所谓曲也。古乐府皆有声有词，连属书之。如曰贺贺贺、何何何之类，皆和声也。今管弦之中缠声，亦其遗法也。唐人乃以词填入曲中，不复用和声。此格虽云自王涯始，然贞元、元和之间，为之者已多，亦有在涯之前者。又小曲有"咸阳沽酒宝钗空"之句，云是李白所制，然李白集中有《清平乐》词四首，独欠是诗，而《花间集》所载"咸阳沽酒宝钗空"，乃云是张泌所为，莫知孰是也。今声词相从，唯里巷间歌谣，及《阳关》《捣练》之类，稍类旧俗。然唐人填曲，多咏其曲名，所以哀乐与声尚相谐会。今人则不复知有声矣，哀声而歌乐词，乐声而歌怨词。故语虽切而不能感动人情，由声与意不相谐故也。

【译文】古诗都是用来吟咏的，然后用声调配合吟咏才成曲子，这被称为协律。如果要表达安定和平的意思，就要用安和的声调来配合歌咏；如果要表达幽怨沉思的意思，就要用怨思的声调来歌咏。所以治世的音乐安逸快乐，这种环境下的诗歌与情感、声调与乐曲，都无不安逸且快乐；乱世的音乐哀怨愤怒，这种环境下的的诗歌与情感、声调与乐曲，也都无不哀怨且愤怒。这就是所谓的根据音乐就可以了解政治的原理。诗歌之外又有和声，就是所谓的曲。古乐府的音乐都是有和声有词句的，通常合起来记录在一起。像贺贺贺、何何何之类的声音，都是和声。现在乐曲中使用的缠声，就是从和声中流传下来的唱法。到唐时人们才把词填入曲中，也不再使用和声。这种方法虽然说是从王涯开始的，但在贞元与元和年间，已经有很多人这样做了，也有不少在王涯之前的人这样做过。又有小曲中有"咸阳沽酒宝钗空"的句子，据说是李白所作，但是李白的集子中只有《清平乐》四首词，唯独缺少这首诗，而《花间集》中所记载的"咸阳沽酒宝钗空"却被认为是张泌所为，不知道哪种说法是对的。现在声音能与词义紧密配合的，只有里巷之间的歌谣，以及《阳关》《捣练》之类的乐曲则比较接近过去的传统。然而唐人填曲，大多是根据曲名来吟咏，所以情感的哀乐与声音还能协调一致。现在的人们已经不知道声调也有哀乐之分了，于是用哀婉的声调来唱欢快的词句，用欢快的声调来唱哀怨的词句。所以语言虽然深切却不能感动人情，这是声音与意义不能协调一致而导致的。

　　古乐有三调声，谓清调、平调、侧调也。王建诗云"侧商调里唱伊州"是也。今乐部中有三调乐，品皆短小，其声嘹杀，唯道调、小石法曲用之。虽谓之三调乐，皆不复辨清、平、侧声，但比他乐特为烦数耳。

　　【译文】古乐有三种声调，即所谓的清调、平调与侧调。也就是王建诗中说到的"侧商调里唱伊州"。现在乐部中也有三调乐，但曲子都比较短小，声音激越急促，只有道调、小石调的法曲使用这种调式。所以虽然称作三调乐，但已经无法分辨清调、平调与侧调了，只是比其他音乐的音调更为复杂而已。

　　唐《独异志》云："唐承隋乱，乐虡散亡，独无徵音。李嗣真密求得之。闻弩营中砧声，求得丧车一铎，入振之于东南隅，果有应者。掘之，得石一段，裁为四具，以补乐虡之阙。"此妄也。声在短长厚薄之间，故《考工记》："磬氏为磬，已上则磨其旁，已下则磨其端。"磨其毫末，则声随而变，岂有帛砧裁琢为磬，而尚存故声哉。兼古乐宫、商无定声，随律命之，迭为宫、徵。嗣真必尝为新磬，好事者遂附益为之说。既云：
"裁为四具"，则是不独补徵声也。

【译文】唐代的《独异志》说："唐代承续隋朝的混乱，悬挂
钟磬之类乐器的支架都已散失不全，也已经没有能够奏出徵音的
乐器。李嗣真通过私下访求才找到这样的乐器。他听到弩营中有捣
砧的声音，就找来一个丧车上的铃铛，在弩营里摇铃，果然听到东
南角有应和之声。他找到地方挖开后，得到一段石头，将其截成四
段，来补充钟磬架的缺失。"然而这种说法是错误的。声音取决于
乐器的长短与薄厚，所以《考工记》说："磬工造磬时，声音太高就
要打磨磬的两侧，声音太低就要打磨磬的顶端。"即使是只做了很
细微的打磨，声音都会随之改变，哪有捣洗衣物的石板被切断打
磨了，还能保持原来的声音而不变的？再说古代音乐的宫声、商声没
有固定的音高，都是根据律吕决定的，同一音声，律调不同就可能
换作宫声与徵声。李嗣真一定是曾经做过新的磬，于是有好事的人
把这件事附会到他身上。故事里说他将砧石"分成四段"，这样就
不只是补上徵音了。

《国史纂异》云："润州曾得玉磬十二以献，张率更叩其
一，曰：'晋某岁所造也。是岁闰月，造磬者法月数，当有十三，
宜于黄钟东九尺掘，必得焉。'从之，果如其言。"此妄也。法
月律为磬，当依节气，闰月自在其间，闰月无中气，岂当月律？
此懵然者为之也。扣其一，安知其是晋某年所造？既沦陷在地
中，岂暇复按方隅尺寸埋之？此欺诞之甚也。

【译文】《国史纂异》说："润州曾经挖出了十二个玉磬献给朝廷，率更令张文成敲了其中一个磬说：'这是晋代某年制造的，因为那一年有闰月，造磬的人根据月份的数量造磬，所以应该一共有十三个磬，应当到埋着黄钟磬的位置向东挖九尺，一定会挖到第十三个磬。'有人听从了他的话，果然像他所说挖到了第十三个磬。"然而这种说法却是错误的。所谓的效法月律来制造磬，实际上应该是依据节气的变化造磬，闰月本身就在节气之间，又没有中气，怎么会与月律对应呢？根据月律造磬的说法是糊涂的人瞎说的。再说了，张文成敲了其中一个磬，怎么就能知道这是晋代某年所造的呢？既然是淤陷在泥土里，又怎么能有机会再按方位和尺寸来埋藏它呢？这真是欺妄荒诞到了极点。

《霓裳羽衣曲》，刘禹锡诗云："三乡陌上望仙山，归作《霓裳羽衣曲》。"又王建诗云："听风听水作《霓裳》。"白乐天诗注云："开元中，西凉府节度使杨敬述造。"郑嵎《津阳门诗》注云："叶法善尝引上入月宫，闻仙乐。及上归，但记其半，遂于笛中写之。会西凉府都督杨敬述进《婆罗门曲》，与其声调相符，遂以月中所闻为散序，用敬术所进为其腔，而名《霓裳羽衣曲》。"诸说各不同。今蒲中逍遥楼楣上有唐人横书，类梵字，相传是《霓裳谱》，字训不通，莫知是非。或谓今燕部有《献仙音曲》，乃其遗声。然《霓裳》本谓之道调法曲，今《献仙音》乃小石调耳。未知孰是。

【译文】所谓《霓裳羽衣曲》，刘禹锡有诗说道："三乡陌上望仙山，归作《霓裳羽衣曲》。"王建又有诗说："听风听水作《霓裳》。"白居易的诗注说："《霓裳羽衣曲》是西凉府节度使杨敬述在开元年间所创。"郑嵎《津阳门诗》自注中说："道士叶法善曾经引导唐玄宗升入月宫，玄宗因此听到了仙乐。但等到他回来时，却只能记得一半的乐调，于是就用笛子吹了出来。恰逢西凉府都督杨敬述进献《婆罗门曲》，它的声调和玄宗所听的仙乐声调相符，所以就以月中听来的乐调为散序，用杨敬述所进的曲调为旋律，并命名为《霓裳羽衣曲》。"关于此事的各种说法都不一样。现在蒲中的逍遥楼门楣上有唐人写的横书，类似于梵字，相传那就是《霓裳谱》，但是因为字义难以解释，也不知道是不是就《霓裳谱》。有人说现在燕乐部有《献仙音曲》，是《霓裳羽衣曲》流传下来的遗音。但是《霓裳羽衣曲》本来是道调法曲，现在的《献仙音》却是小石调的。这些说法也不知道哪种是对的。

《虞书》曰："戛击鸣球，搏拊琴瑟以咏，祖考来格。"鸣球非可以戛击，和之至，咏之不足，有时而至于戛且击；琴瑟非可以搏拊，和之至，咏之不足，有时而至于搏且拊。所谓手之舞之、足之蹈之，而不自知其然，和之至，则宜祖考之来格也。和之生于心，其可见者如此。后之为乐者，文备而实不足，乐师之志，主于中节奏、谐声律而已。古之乐师，皆能通天下之志，故其哀乐成于心，然后宣于声，则必有形容以表之。故乐有志，声有容，其所以感人深者，不独出于器而已。

【译文】《尚书·虞书》说："戛击鸣球，搏拊琴瑟以咏，祖考来格。"圆形的玉磬本来是不可以用戛击的方式来演奏的，但是演奏时声调和谐到了极点，咏叹都不足以表情时，有时就会又刮奏又拍打。这就是所说的都已经手舞足蹈了，但自己却没意识到的情况，此时声调和谐到了极点，祖先也就降临了。而这种和谐是生发自内心的，手舞足蹈只是可见的表现于外的特征而已。后代演奏音乐的人，虽然形式上完备了但内心却不够充实，乐师的志向也只是符合节奏、声律规范而已。古代的乐师却能通晓天下人的志向，所以他们的哀乐之情生成在内心，然后感发为音乐，必然通过动作表情表现出来。所以古代的音乐有情志，声音有感情，它们能够感人至深，并不仅仅是依靠乐器而已。

《新五代史》书唐昭宗幸华州，登齐云楼，西北顾望京师，作《菩萨蛮》辞三章，其卒章曰："野烟生碧树，陌上行人去。安得有英雄，迎归大内中？"今此辞墨本犹在陕州一佛寺中，纸札甚草草。余顷年过陕，曾一见之，后人题跋多盈巨轴矣。

【译文】《新五代史》记载唐昭宗到华州，登上齐云楼，向西北方向回望京城，写下了《菩萨蛮》辞三章，这其中最后一章说的是："野烟生碧树，陌上行人去。安得有英雄，迎归大内中？"现在此辞的墨本还留在陕州的一座佛寺中，只是纸张已经粗糙，字迹也潦草了。我往年路过陕州，曾经见过该墨本一面，上面后人的题跋倒是多得写满了一巨幅卷轴。

世称善歌者皆曰"郢人"，郢州至今有白雪楼。此乃因宋玉问曰："客有歌于郢中者，其始曰《下里巴人》，次为《阳阿薤露》，又为《阳春白雪》，引商刻羽，杂以流徵。"遂谓郢人善歌，殊不考其义。其曰"客有歌于郢中者"，则歌者非郢人也。其曰"《下里巴人》，国中属而和者数千人；《阳阿薤露》，和者数百人；《阳春白雪》，和者不过数十人；引商刻羽，杂以流徵，则和者不过数人而已。"以楚之故都，人物猥盛，而和者止于数人，则为不知歌甚矣。故玉以此自况，《阳春白雪》皆郢人所不能也。以其所不能者明其俗，岂非大误也？《襄阳耆旧传》虽云："楚有善歌者，歌《阳菱白露》《朝日鱼丽》，和之者不过数人。"复无《阳春白雪》之名。

又今郢州，本谓之北郢，亦非古之楚都。或曰：楚都在今宜城界中，有故墟尚在。亦不然也。此鄢也，非郢也。据《左传》："楚成王使斗宜申为商公，沿汉泝江，将入郢，王在渚宫下见之。"沿汉至于夏口，然后泝江，则郢当在江上，不在汉上也。又"在渚宫下见之"，则渚宫盖在郢也。楚始都丹阳，在今枝江，文王迁郢，昭王迁都，皆在今江陵境中。杜预注《左传》云："楚国，今南郡江陵县北纪南城也。"谢灵运《邺中集》有诗云："南登宛郢城。"今江陵北十二里有纪南城，即古之郢都也，又谓之南郢。

【译文】世上把善于唱歌的人都称为"郢人"，郢州直到现在还有白雪楼。这是因为宋玉曾问道："有位客人在郢州城中唱歌，开始时唱《下里巴人》，后来又唱《阳阿薤露》，再之后唱《阳春白雪》，最后引林钟之商加于黄钟之羽上，使黄钟之正宫变为林钟之流徵，实现了转调变音。"因此就说郢人善于唱歌，却完全没有考究这段话的意思。宋玉所说的"有一位客人在郢州城中唱歌"，可见唱歌的不是郢人。他所说的"唱《下里巴人》，城中能跟着唱的有数千人；唱《阳阿薤露》，能跟着唱的只有数百人；唱《阳春白雪》，能跟唱的不超过数十人；转调变音演唱时，能跟唱的人不过数人而已。"以楚国故都的规模，人物众多，而能跟着唱的却只有数人，那不懂音乐的人可真是太多了。所以宋玉以此来自况，《阳春白雪》都是郢人所不会唱的。用楚人不会唱的音乐来代表他们的风俗，难道不是严重的错误吗？《襄阳耆旧传》虽然有记载说："楚国有善于歌唱的人，能唱《阳菱白露》和《朝日鱼丽》，能跟着唱的人不超过数十人。"并未记载《阳春白雪》的歌名。

此外，现在的郢州，本来称为北郢，并不是古代楚国的都城。有人说："楚国都城在现在宜城界内，那里还有以前的遗迹在。但也不是这样的，宜城的遗迹是鄢，不是郢。据《左传》所说："楚成王命令斗宜申为商公，斗宜申沿着汉水上溯长江，将要到达郢城，楚王就在渚宫下见他。"沿着汉水到达夏口，然后再上溯长江，所以郢州城应当在长江边上，而不在汉水边上。楚王又是在渚宫召见他，那么渚宫应该是在郢州的。楚国最初在丹阳建都，即在现在的枝江，楚文王将都城迁至郢州，楚昭王又迁到了鄀州，但都在现在的江陵境内。杜预注《左传》说："楚国，在现在的南郡江陵县北纪南城。"谢灵运《邺中集》中有诗说道："南登宛郢城。"现在江陵的北十二里处有纪南城，这里就是古代的郢都，又被称为南郢。

六十甲子有纳音，鲜原其意。盖六十律旋相为宫法也。一律含五音，十二律纳六十音也。凡气始于东方而右行，音起于西方而左行，阴阳相错而生变化。所谓气始于东方者，四时始于木，右行传于火，火传于土，土传于金，金传于水。所谓音始于西方者，五音始于金，左旋传于火，火传于木，木传于水，水传于土。纳音与《易》纳甲同法：乾纳甲而坤纳癸，始于乾而终于坤。纳音始于金，金，乾也；终于土，土，坤也。纳音之法，同类娶妻，隔八生子，此《汉志》语也。此律吕相生之法也。五行先仲而后孟，孟而后季，此遁甲三元之纪也。甲子金之仲，黄钟之商。同位娶乙丑，大吕之商。同位，谓甲与乙、丙与丁之类。下皆仿此。隔八下生壬申，金之孟。夷则之商。隔八，谓大吕下生夷则也。下皆仿此。壬申同位娶癸酉，南吕之商。隔八上生庚辰，金之季。姑洗之商。此金三元终。若只以阳辰言之，则依遁甲逆传仲、孟、季。若兼妻言之，则顺传孟、仲、季也。庚辰同位娶辛巳，中吕之商。隔八下生戊子，火之仲。黄钟之徵。金三元终，则左行传南火也。戊子娶己丑，大吕之徵。生丙申，火之孟。夷则之徵。丙申娶丁酉，南吕之徵。生甲辰，火之季。姑洗之徵。甲辰娶乙巳，中吕之徵。生壬子，木之仲。黄钟之角。火三元终，则左行传于东方木。如是左行至于丁巳，中吕之宫，五音一终。复自甲午金之仲，娶乙未，隔八生壬寅，一如甲子之法，终于癸亥。谓蕤宾娶林钟，上生太簇之类。自子至于巳为阳，故自黄钟至于中吕皆下生；自午至于亥为阴，故自林钟至于应钟皆上生。甲子乙丑金，与甲午乙未金虽同，然甲子乙丑为阳律，阳律皆下生；甲午乙未为阳吕，阳吕皆上生。六十律相反，所以分为一纪也。予于《乐论》叙之甚详，此不复纪。

【译文】六十甲子有纳音的方法，但很少有人去推究其意义。而这种纳音之法其实是六十个音律轮流构成不同调式的方法。一律中含有五个音阶，十二律就包括六十个音阶。大凡产生于东方的气按顺时针旋转，产生于西方的气按逆时针旋转，阴阳交错就能产生变化。所谓的气产生于东方，是说四时从木开始运动，向顺时针方向传到火，从火传到土，从土传到金，从金传到水。而所谓的音产生于西方，是说五音从金开始运动，向逆时针方向传到火，火传到木，从木传到水，从水传到土。纳音的方法与《周易》的纳甲之法相似：乾卦纳甲，坤卦纳癸，从乾卦开始，到坤卦结束。纳音从金开始，金就是乾；到土终止，土就是坤。纳音的方法，就是娶同类的律吕为妻，隔八位而生子，这是《汉书·律历志》中的话。而这也就是律吕相生的方法。五行之中仲在先，然后是孟，孟后面是季，这就是古代术数方法中"循甲"与"三元"的次序。甲子是金的仲，即黄钟的商音。甲子娶同位的乙丑，即大吕的商音。同位的意思是甲与乙、丙与丁之类，以下都仿照这个排列方式类推。相隔八位三分损一生出壬申，这是金的孟。即夷则的商声。相隔八位就是大吕三分损一生出夷则。以下也都仿照此来类推。壬申娶同位的癸酉，即南吕的商声。相隔八位三分益一生出庚辰，就是金的季。即姑洗的商声。到这里就是金的三元终结了。如果只是对阳辰而言，这种排序是依照循甲的次序，逆向传过仲、孟、季。如果对兼顾所娶的同位之妻而言，那么就是按顺向传过孟、仲、季。庚辰娶同位的是辛巳，即中吕的商声。相隔八位三分损一生成戊子，是火的仲。即黄钟的徵声。金的三元终结时，就会逆时针传到南方的火。戊子娶同位的己丑，即大吕的徵声。生出丙申，就是火的孟。即夷则的徵声。丙申娶同位的丁酉，即南吕的徵声。生出甲辰，就是火的季。即姑洗的徵声。甲辰娶同位的乙巳，即中吕的徵声。生出壬子，就是木的仲，即黄钟的角声。火的三元终结时，就向逆时针旋传到东方的木。按照这样的顺序逆时针传到丁巳，就是中吕的宫声，至此五音经历了一次循环。然后再从甲午金的仲开始，娶同位的乙未，相隔八位生出壬寅，还是像甲子一样开始循环，在癸亥结束。指蕤宾娶同位的林钟，三分益一生出太蔟之类的。从子到巳是阳，所以从黄钟到中吕都是三分损一；从午到亥是阴，所以从林钟到应钟都是三分益一。甲子、乙丑的金，和甲午、乙未的金虽然相同，但是甲子、乙丑是阴律，阳律都是三分损一而生；甲午、乙未是阳吕，而阳吕都是三分益一而生。六十律就这样相互对应，所以分为一个循环。对此我在《乐论》中已经解释得很详细了，这里就不再多说。

今太常钟镈，皆于甬本为纽，谓之旋虫，侧垂之。皇祐中，杭州西湖侧，发地得一古钟，匾而短，其枚长几半寸，大略制度如《凫氏》所载，唯甬乃中空，甬半以上差小，所谓衡者。予细考其制，亦似有义。甬所以中空者，疑钟縻自其中垂下，当衡甬之间，以横栝挂之，横栝疑所谓旋虫也。今考其名，竹箭之箭，文从竹、从甬，则甬仅乎空。甬半以上微小者，所以碍横栝，以其横栝所在也，则有衡之义也。其横栝之形，似虫而可旋，疑所谓旋虫。以今之钟镈校之，此衡甬中空，则犹小于甬者，乃欲碍横栝，似有所因。彼衡、甬俱实，则衡小于甬，似无所因。又以其栝之横于其中也，则宜有衡义。实甬直上植之，而谓之衡者何义? 又横栝以其可旋而有虫形, 或可谓之旋虫。今钟则实其纽不动, 何缘得 "旋" 名? 若以侧垂之, 其钟可以掉荡旋转, 则钟常不定, 击者安能常当其燧? 此皆可疑, 未知孰是。其钟今尚在钱塘, 予群从家藏之。

【译文】现在太常寺的钟镈, 都在钟顶的长柄下部挂有环纽, 叫作旋虫, 偏向侧边垂着。皇祐年间, 在杭州西湖一侧发掘出了一口古钟, 古钟的形状扁且短, 钟带之间凸起的部分几乎长达半寸。其大概的形制就像《考工记·凫氏》所记载的那样, 只是钟柄是中空的, 且钟柄的上半部分比较小, 而这部分就是所谓的衡。我仔细考察了这种形制, 这样设计好像也有它的道理。钟柄之所以是中空的, 可能是因为挂钟的绳子要从中间垂下, 在钟柄顶部与钟柄之间, 用横栝挂起来, 横栝可能就是所谓的旋虫。现在考察它的名字, 中空的竹筒的 "筩" 字, 从竹从甬, 那么甬本身就有表示空的含义。甬的上半部分比较小, 是为了挡住横栝, 因为横栝就在这个位置, 所以像绑在牛角上的横木, 即衡的意思。至于横括的形状则像虫子一样并可以旋转, 所以怀疑这就是所谓的旋虫。拿现在的钟镈来比较, 这个古钟的衡和甬中空, 因而衡比甬小, 是为了挡住横栝, 似乎有道理。而现在的衡和甬都是实心的, 因此衡比甬小, 好像就没什么理由了。又因为空心的甬是有横括在其中间的, 所以理应有衡的意思。实心的甬直接就接在钟上, 还称为衡是有什么意思呢? 此外横括因为能够旋转并且是虫子的形状, 大概可以称为 "旋虫"。现在的钟则把纽固定在钟上不能移动, 那又怎么能叫 "旋" 呢? 如果是侧着挂起来, 那么钟就会不断旋转摆动, 钟的位置既然无法固定，那么击打钟的人怎么能敲准位置呢？这些都很可疑，不知道哪种说法是对的。那口钟现在还在钱塘，在我同族的子弟家中收藏着。

海州士人李慎言，尝梦至一处水殿中，观宫女戏毬。山阳蔡绳为之传，叙其事甚详。有《抛毬曲》十余阕，词皆清丽。今独记两阕："侍燕黄昏晓未休，玉阶夜色月如流。朝来自觉承恩醉，笑倩傍人认绣毬。""堪恨隋家几帝王，舞裀揉尽绣鸳鸯。如今重到抛毬处，不是金炉旧日香。"

【译文】海州士人李慎言，曾经在梦中到了一处临水的宫殿，并在其中观看宫女玩毬。山阳人蔡绳记载了这件事，叙述得非常详细。其中有十余首《抛毬曲》，语词都很清丽。但我现在只能记住其中的两首，分别是："燕黄昏晓未休，玉阶夜色月如流。朝来自觉承恩醉，笑倩傍人认绣毬。""堪恨隋家几帝王，舞裀揉尽绣鸳鸯。如今重到抛毬处，不是金炉旧日香。"

《卢氏杂说》："韩皋谓嵇康琴曲有《广陵散》者，以王凌、毌丘俭辈皆自广陵败散，言魏散亡自广陵始，故名其曲曰《广陵散》。"以余考之，"散"自是曲名，如操、弄、掺、淡、序、引之类。故潘岳《笙赋》："辍张女之哀弹，流广陵之名散。"又应璩《与刘孔才书》云："听广陵之清散。"知"散"为曲名明矣。或者康借此名以谏讽时事，"散"取曲名，"广陵"

乃其所命，相附为义耳。

【译文】《卢氏杂说》记载："韩皋说嵇康有《广陵散》琴曲，并且因为王凌、毌丘俭等人都在广陵战败身亡，所以说曹魏的灭亡也从广陵开始，因此就将这首曲子命名为《广陵散》。"根据我的考证，"散"本来就是曲调名，就像操、弄、掺、淡、序、引之类的一样。所以潘岳的《笙赋》说："辍张女之哀弹，流广陵之名散。"此外，应璩的《与刘孔才书》也说："听广陵之清散。"所以可见"散"很明显是曲名。又或者嵇康借此名称来讽谏时事，以"散"作为曲名，以"广陵"作为标题，两者结合就有一定的意义了。

马融《笛赋》云："裁以当簻便易持。"李善注谓"簻，马策也。裁笛以当马簻，故便易持。"此谬说也。笛安可为马策？簻，管也。古人谓乐之管为簻。故潘岳《笙赋》云："修簻内辟，余箫外逶。"裁以当簻者，余器多裁众簻以成音，此笛但裁一簻，五音皆具。当簻之工，不假繁猥，所以便而易持也。

【译文】马融的《笛赋》说道："裁以当簻便易持。"李善注道："簻，是马鞭的意思。用笛子当马鞭，所以能简便而容易握持。"但这种说法是错误的。簻应该是管子的意思。古人把管乐器的乐管叫作簻。所以潘岳的《笙赋》说："修簻内辟，余箫外逶。"而所谓的"裁以当簻"，其实是说其他的乐器需要很多根乐管才能发音，而笛子只需要一根乐管就能五音具备。而且制笛的工艺中没有繁杂的步骤，所以说它便而易持。

笛有雅笛、有羌笛，其形制所始，旧说皆不同。《周礼》："笙师掌教篴箫。"或云："汉武帝时，丘仲始作笛。"又云："起于羌人。"后汉马融所赋长笛，空洞无底，剡其上孔五孔，孔一出其背，正似今之"尺八"。李善为之注云："七孔，长一尺四寸。"此乃今之横笛耳，太常鼓吹部中谓之"横吹"，非融之所赋者。融《赋》云："《易》京君明音律，故本四孔加以一。君明知加孔后出，是谓商声五音毕。"沈约《宋书》亦云："京房备其五音。"《周礼·笙师》注："杜子春云：'箫乃今时所吹五空竹箫。'"以融、约所记论之，则古箫不应有五孔，则子春之说，亦未为然。今《三礼图》画箫，亦横设而有五孔，又不知出何典据。

【译文】笛子的种类有雅笛、有羌笛，他们最初的形制如何，旧说中都不一样。《周礼》说："笙师负责教授篴箫这种横吹管乐器。"有人说："汉武帝的时候，丘仲开始发明了笛子。"又有人说："笛子本来是起源于羌人。"后汉马融《长笛赋》中所赋的长笛是中空无底的，在竹管上削五个孔，一个孔开在这些孔的后面，正像现在的"尺八"一样。李善作注说："七孔，长一尺四寸。"这说的是现在的横笛，太常寺鼓吹部中称之为"横吹"，但这并不是马融赋中的长笛。马融《长笛赋》中说："精通《易》学的京房也通识音律，所以在四孔笛的基础上增加了一孔。京房所加的那一孔是后面才在笛子上出现的，所以说到这时加上商声，五音才全备。"沈约《宋书》也说："京房让五音完备。"《周礼·笙师》注说："杜子春说：'箫就是现在吹的五空竹笛。'"然而依据马融、沈约的记载讨论，则古笛不应该有五个孔，那么杜子春的说法也未必对了。现在的《三礼图》画箧，也是横吹并有五个孔，又不知道有什么依据。

琴虽用桐，然须多年木性都尽，声始发越。予曾见唐初路氏琴，木皆枯朽，殆不胜指，而其声愈清。又常见越人陶道真畜一张越琴，传云古冢中败棺杉木也，声极劲挺。吴僧智和有一琴，瑟瑟徽碧，纹石为轸，制度音韵皆臻妙。腹有李阳冰篆数十字，其略云："南溟岛上得一木，名伽陀罗，纹如银屑，其坚如石，命工斲为此琴。"篆文甚古劲。琴材欲轻、松、脆、滑，谓之四善。木坚如石，可以制琴，亦所未谕也。《投荒录》云："琼管多乌懑、哕陀，皆奇木。"疑"伽陀罗"即"哕陀"也。

【译文】琴虽然是用桐木制作，但是必须使用生长多年的桐木，等到木头的性质都全部丧失之后，制出的琴声音才能变得激扬。我曾经见过唐初的路氏琴，琴木都已经枯朽不堪了，几乎没法用手指弹拨，但它的声音却越发清亮。我曾经又见到了越人陶瞻收藏的一张琴，相传是用古墓中出土的腐败的杉制棺木做成的，琴声听起来非常劲健有力。江浙的僧人智和有一把琴，颜色像绿松石一样碧绿，并用带花纹的石头作琴轴，其形制、音韵都至臻绝妙。琴腹处刻有李阳冰写的几十个篆体字，大概说的是："在南海岛上得到了一种木材，名叫伽陀罗，它的花纹像银屑一样，质地像石头一样坚固，我命令工匠将其斫削加工而成此琴。"篆文写得非常古雅遒劲。琴材最好能达到轻、松、脆、滑的标准，这就是所谓的四善。但是李阳冰说木材像石头一样坚硬就可以制琴，这种说法倒是没有听说过。《投荒录》说："琼州多生长乌梨木、哶陀等树，都是珍奇之木。"我怀疑所谓的"伽陀罗"就是"哶陀"。

高邮人桑景舒，性知音，听百物之声，悉能占其灾福，尤善乐律。旧传有虞美人草，闻人作《虞美人曲》，则枝叶皆动，他曲不然。景舒试之，诚如所传。乃详其曲声，曰："皆吴音也。"他日取琴，试用吴音制一曲，对草鼓之，枝叶亦动，乃谓之《虞美人操》。其声调与《虞美人曲》全不相近，始末无一声相似者，而草辄应之，与《虞美人曲》无异者，律法同管也。其知音臻妙如此。景舒进士及第，终于州县官。今《虞美人操》盛行于江吴间，人亦莫知其如何为吴音。

【译文】高邮人桑景舒，天性通晓音律，就算是聆听百物的声音，都能根据声音占卜其是祸还是福，他还尤其精通乐律。旧传有虞美人草，听到人演奏《虞美人曲》就会枝叶都随着摇动，但听到其他的曲调就不会摇动。桑景舒试验了一下，虞美人草果真像传说中的一样动起来。于是他仔细揣摩曲声说："这是吴音。"有一天桑景舒拿来琴，试着用吴音制作了一支曲子，对着虞美人草弹奏，虞美人草的枝叶也随着摇动了，所以就将这首曲子命名为《虞美人操》。但此曲与《虞美人曲》完全不相近，从始至终没有一个音是相似的，但是虞美人草在听到后就跟听到《虞美人曲》时一样地随之摇动，这是因为它们的乐律是相同的。可见桑景舒对音乐通晓得到了如此致臻绝妙的地步。他是进士出身，死在州县官任上。

现在《虞美人操》盛行于江南一带，人们也不清楚为什么它就是吴音。

卷六·乐律二

前世遗事，时有于古人文章中见之。元稹诗有"琵琶宫调八十一，三调弦中弹不出。"琵琶共有八十四调，盖十二律各七均，乃成八十四调。稹诗言"八十一调"，人多不喻所谓。余于金陵丞相家得唐贺怀智《琵琶谱》一册，其序云："琵琶八十四调。内黄钟、太蔟、林钟宫声，弦中弹不出，须管色定弦。其余八十一调，皆以此三调为准，更不用管色定弦。"始喻稹诗言。如今之调琴，须先用管色"合"字定宫弦，乃以宫弦下生徵，徵弦上生商，上下相生，终于少商。凡下生者隔二弦，上生者隔一弦取之。凡弦声皆当如此。古人仍须以金石为准，《商颂》"依我磬声"是也。今人苟简，不复以弦管定声，故其高下无准，出于临时。怀智《琵琶谱》调格与今乐全不同。唐人乐学精深，尚有雅律遗法。今之燕乐，古声多亡，而新声大率皆无法度。乐工自不能言其义，如何得其声和？

【译文】前代的遗文逸事可以经常在古人的文章中看到。元稹诗有"琵琶宫调八十一,三调弦中弹不出"之句。然而琵琶一共有八十四个调,是因为十二律各有七调,于是形成了八十四调。因此元稹诗中称"八十一调",人们大多不明白是什么意思。我在金陵丞相王安石家中看到了唐代贺怀智的《琵琶谱》一册,其序说:"琵琶有八十四调。其中的黄钟、太蔟、林钟宫声,在弦中都是弹不出的,必须通过调弦才能弹出。其余的八十一调,都以这三调为基准,就不需要调弦了。"看到这个之后才明白元稹诗的意思。就像现在的调琴,需要先用管乐记谱的方法确定宫弦,再用宫弦下生徵声,用徵声上生商声,依次相生,最终确定少商弦。只要是下生时就要相隔二弦,上生时则相隔一弦取定。大凡弦乐的声律应当都是这样的。古人定音调还必须以金石乐器为标准,这就是《诗经·商颂》所谓的"依我磬声"。然而现在的人苟且贪图简便,不再用弦管定音,所以音高就没有标准了,都是出于临时所取。贺怀智《琵琶谱》的调格与现在的乐律已经完全不同了。唐人的音乐之学精深,而且还有上古流传下来的古雅音律。但现在的燕乐中,古声大多已经亡佚,而新声基本上都没有什么法度。就连乐工自己也说不出其中的道理与用意,又如何能让声律和谐呢?

今教坊燕乐,比律高二均弱。"合"字比太蔟微下,却以"凡"字当宫声,比宫之清宫微高。外方乐尤无法,大体又高教坊一均以来。唯北狄乐声,比教坊乐下二均。大凡北人衣冠文物,多用唐俗,此乐疑亦唐之遗声也。

【译文】现在的教坊燕乐，比唐律的乐声高了二律不到。黄钟比太蔟声音稍低，却用应钟当作黄钟清宫，又比黄钟清宫稍高。中原以外的音乐尤其没有法度，大体上又高出教坊一律多。只有北方少数民族的乐声，比教坊音乐低二律。而北方少数民族的衣冠制度大多沿袭的是唐代风俗，所以恐怕他们的乐律也是唐代流传下来的。

今之燕乐二十八调，布在十一律，唯黄钟、中吕、林钟三律，各具宫、商、角、羽四音，其余或有一调至二三调，独蕤宾一律都无。内中管仙吕调，乃是蕤宾声，亦不正当本律。其间声音出入，亦不全应古法。略可配合而已。如今之中吕宫，却是古夹钟宫；南吕宫，乃古林钟宫；今林钟商，乃古无射宫；今大吕调，乃古林钟羽。虽国工亦莫能知其所因。

【译文】现在的燕乐二十八调，分布在十一律中，但只有黄钟、中吕、林钟三律，各自具备宫、商、角、羽四音，其余的或有一调，最多就二三调，只有蕤宾是一律也没有。其中的中管仙吕调是蕤宾声，也不正好和本律相同。其间音调的高低出入，也和古法不完全一致，只是大略可以相配合而已。比如，现在的中吕宫对应的是古代的夹钟宫；现在的南吕宫，对应古代的林钟宫；现在的林钟商，对应古代的无射宫；现在的大吕调，对应古代的林钟羽。即使是国家的乐工也不知道这是什么原因。

十二律并清宫，当有十六声。今之燕乐止有十五声，盖今乐高于古乐二律以下，故无正黄钟声，只以"合"字当大吕，犹差高，当在大吕、太蔟之间，"下四"字近太蔟，"高四"字近夹钟，"下一"字近姑洗，"高一"字近中吕，"上"字近蕤宾；"勾"字近林钟，"尺"字近夷则，"下工"字近南吕，"高工"字近无射，"下凡"字近应钟，"下凡"字为黄钟清。"高凡"字为大吕清，"下五"字为太蔟清，"高五"字为夹钟清。法虽如此，然诸调杀声，不能尽归本律，故有偏杀、侧杀、寄杀、元杀之类。虽与古法不同，推之亦皆有理。知声者皆能言之，此不备载也。

【译文】十二律加上清宫应当共有十六声。现在的燕乐却只有十五声，大概因为现在的乐律比古乐高不到二律，所以没有准确的黄钟声，只能把"合"字当大吕，但还是偏高，其实应当在大吕、太蔟之间，"下四"字近于太蔟，"高四"字近于夹钟，"下一"字近于姑洗，"高一"字近于中吕，"上"字近于蕤宾；"勾"字近于林钟，"尺"字近于夷则，"下工"字近于南吕，"高工"字近于无射，"下凡"字近于应钟，"下凡"字为黄钟清。"高凡"字为大吕清，"下五"字为太蔟清，"高五"字为夹钟清。音乐的律法虽然是这样，但是各种音调的结束音还是不能回归到本来的音律上去，所有有所谓的偏杀、侧杀、寄杀、元杀之类的结尾方式。这些律法虽然和古法不一样，但推算起来还是都有道理的。通晓音律的人都能讲清楚，这里就不详细记录了。

古法，钟磬每虡十六，乃十六律也。然一虡又自应一律，有黄钟之虡，有大吕之虡，其他乐皆然。且以琴言之，虽皆清实，其间有声重者，有声轻者。材中自有五音，故古人名琴，或谓之清徵。或谓之清角。不独五音也，又应诸调。余友人家有一琵琶，置之虚室，以管色奏双调，琵琶弦辄有声应之，奏他调则不应，宝之以为异物，殊不知此乃常理。二十八调但有声同者即应；若遍二十八调而不应，则是逸调声也。古法，一律有七音，十二律共八十四调。更细分之，尚不止八十四，逸调至多。偶在二十八调中，人见其应，则以为怪，此常理耳，此声学至要妙处也。今人不知此理，故不能极天地至和之声。世之乐工，弦上音调尚不能知，何暇及此？

【译文】按照古法，悬挂钟磬的立柱上一般都挂十六口钟，这就是十六律的音声。每一口钟对应一个声律，有黄钟律、有大吕律，其他乐器也都是这样。姑且用琴来举例，琴的声音虽然都清越不虚，但其间也有重音、清音的区别。琴的材质中自然就有五音，所以古人为琴命名时，有的称为"清徵"，有的称为"清角"。而且不仅仅是五音，乐器还可以与各种调式相对应。我朋友家中有一把琵琶，放在空旷的房间中，用管乐吹奏双调曲，琵琶的弦就有声音相应和，但如果是演奏其他的乐调便没有声应，我朋友因此将这把琵琶视为珍奇的宝物，殊不知这其实是常理。二十八调只要遇到相同的音声就会有响应；如果奏遍二十八调都不响应，就是二十八调或八十四调以外的声调。按照古法来说，一律有七个音，十二律一共有八十四种调式。再细分起来，还不止八十四种，可见逸调有很多。人们偶然在二十八调中发现音声相应的现象，就会以为很奇怪，但其实是常理，这就是声学中最具精微奥妙的地方。现在的人不理解这种道理，所以不能穷极天地之间最和谐的声音。世上的乐工，对于弦上的音调尚且不知道，又何谈能顾及到这些呢？

卷七·象数一

　　开元《大衍历法》最为精密，历代用其朔法。至熙宁中考之，历已后天五十余刻，而前世历官皆不能知。《奉元历》乃移其闰朔。熙宁十年，天正元用午时。新历改用子时；闰十二月改为闰正月。四夷朝贡者用旧历，比未款塞。众论谓气至无显验可据，因此以摇新历。事下有司考定，凡立冬晷景，与立春之景相若者也，今二景短长不同，则知天正之气偏也。凡移五十余刻，立冬、立春之景方停。以此为验，论者乃屈。元会使人亦至，历法遂定。

　　【译文】开元年间的《大衍历法》最为精密，历代都沿用它的朔法。到了熙宁年间考核历法，发现当时所用的《崇天历》已经比实际天象落后五十余刻了，但前代的历法官却都没有察觉。于是《奉元历》就改变了它的闰期和朔日，熙宁十年，计算历法的起点本来取在冬至日午时，新历中改成了子时，闰十二月也改成了闰正月。但是四方少数民族朝贡的人仍然在使用旧的历法，等到该来的时候都没有来。大家都说节气没有明显迹象可以为据，因此怀疑并反对使用新历。这件事情让有关部门考定后指出：立冬时日晷的影子应该和立春时的影子相同，但是现在这两天的日影长短不同，可见冬至的节气时间已经偏离原轨了。只有在移动了五十余刻之后，立冬、立春的影子才相同。以此作为证据，批评者才无话可说。元旦君主朝会群臣及使臣时，四方的使节也都到了，于是确定了新历。

六壬天十二辰：亥曰"登明"，登，避仁宗嫌名，为正月将；戌曰"天魁"，为二月将。古人谓之合神，又谓之太阳过宫。合神者，正月建寅合在亥，二月建卯合在戌之类。太阳过宫者，正月日躔娵訾，二月日躔降娄之类。二说一也，此以《颛帝历》言之也。今则分为二说者，盖日度随黄道岁差。今太阳至雨水后方躔娵訾，春分后方躔降娄。若用合神，则须自立春日便用亥将，惊蛰便用戌将；今若用太阳，则不应合神；用合神，则不应太阳，以理推之，发课皆用月将加正时，如此则须当从太阳过宫。若不用太阳躔次，则当日当时日月、五星、支干、二十八宿，皆不应天行。以此决知须用太阳也。然尚未是尽理，若尽理言之，并月建亦须移易。缘目今斗杓昏刻已不当月建，须当随黄道岁差。今则雨水后一日方合建寅，春分后四日方合建卯，谷雨后五日合建辰，如此始与太阳相符，复会为一说，然须大改历法，事事厘正。如东方苍龙七宿，当起于亢，终于斗；南方朱鸟七宿，起于牛，终于奎；西方白虎七宿，起于娄，终于舆鬼；北方真武七宿，起于东井，终于角。如此历法始正，不止六壬而已。

【译文】用来占卜吉凶的方术六壬的天十二辰中，亥叫作"登明"，登是为了避仁宗的讳。是正月将；戌叫作"天魁"，是二月将。古人所说的"合神"，又叫作"太阳过宫"。合神就是正月建寅而与亥合，二月建卯而与戌合之类的。太阳过宫是说正月太阳运行到娵訾宫，二月太阳运行到降娄宫之类的。按照《颛顼历》来说，这两种说法实质上是一样的，现在却分为两种说法，是因为日度随着黄道的运行产生了岁差。现在太阳到了雨水节气后才运行到娵訾宫，春分节气后才运行到降娄宫。如果用合神法的话，就需要从立春日使用亥将，惊蛰日使用戌将。所以现在若用太阳过宫法，就不应该用合神法；如果使用合神法，就不应该用太阳过宫法，用这样的道理推算，按六壬法开始占卜的时候，都要先将天盘、地盘上代表本月的月将与占卜时辰的位置对准，这样就必须使用太阳过宫法了。如果不计算太阳的运行轨道，那么当日当时的日月、五星、支干、二十八宿，就都不符合天体的运行规律。由此可知必须使用太阳过宫法计算。然而这样也还没有完全合乎天体运行的规律，如果要完全遵循规律的话，就连根据初昏时北斗星斗柄所指位置来确定月份的月建也需要改易。因为现在的斗柄在黄昏时所指的方位已经不符合原来的月建了，因此必须按照黄道的岁差加以修正。现在雨水节气后一日才符合建寅，春分节气后四日才符合建卯，谷雨节气后五日才符合建辰，这样才与太阳过宫所计算的相符，两种方法才能吻合，但如果是这样，就要对历法进行较大的修改，事事都需要加以修正。比如东方的苍龙七宿，应当从亢宿开始，到斗宿结束；南方的朱鸟七宿，应当从牛宿（东井）开始，到奎宿（角）结束；西方的白虎七宿，应当从娄宿开始，到舆鬼（参）结束；北方的玄武七宿，应当从东井宿（牛）开始，到角宿（奎）结束。如此历法才正确，不只是六壬的问题。

六壬天十二辰之名，古人释其义曰："正月阳气始建，呼召万物，故曰登明。二月物生根魁，故曰天魁。三月华叶从根而生，故曰从魁。四月阳极无所传，故曰传送。五月草木茂盛，逾于初生，故曰胜先。六月万物小盛，故曰小吉。七月百谷成实，自能任持，故曰太一。八月枝条坚刚，故曰天罡。九月木可为枝干，故曰太冲。十月万物登成，可以会计，故曰功曹。十一月月建在子，君复其位，故曰大吉。十二月为酒醴，以报百神，故曰神后。"此说极无稽。据义理，余按：登明者，正月三阳始兆于地上，见龙在田，天下文明，故曰登明。天魁者，斗魁第一星也，斗魁第一星抵于戌，故曰天魁。从魁者，斗魁第二星也，斗魁第二星抵于酉，故曰从魁。斗杓一星建方，斗魁二星建方，一星抵戌，一星抵酉。传送者，四月阳极将退，一阴欲生，故传阴而送阳也。小吉，夏至之气，大往小来，小人道长，小人之吉也，故为婚姻酒食之事。胜先者，王者向明而治，万物相见乎此，莫胜莫先焉。太一者，太微垣所在，太一所居也。天罡者，斗刚之所建也。斗杓谓之刚，苍龙第一星亦谓之刚，与斗刚相直。太冲者，日月五星所出之门户，天之冲也。功曹者，十月岁功成而会计也。大吉者, 冬至之气, 小往大来, 君子道长, 大人之吉也, 故主文武大臣之事。十二月子位, 北方之中, 上帝所居也。神后, 帝君之称也。天十二辰也, 故皆以天事名之。

【译文】关于六壬中天十二辰的名字由来, 古人是这样解释其意义的: "正月阳气开始产生, 能够召唤万物, 所以叫作登明。二月万物长出了根芽, 所以叫作天魁。三月植物的花与叶从根部长出, 所以叫作从魁。四月阳气达到极盛便不再增长, 所以说叫作传送。五月草木生长茂盛, 已胜过初生的样子, 所以叫作胜先。六月万物生长得小有盛状, 所以叫作小吉。七月百谷都结出了果实, 都能依靠自己的力量支撑自己, 所以叫作太一。八月植物的枝条坚硬, 所以叫作天罡。九月树木成材, 所以叫作太冲。十月万物长成, 可以考核其功绩了, 所以叫作功曹。十一月月建在子位, 天帝恢复了原位, 所以叫作大吉。十二月要制作甜酒来祭祀百神, 所以叫作神后。"但是这种说法却极其没有根据。按照义理分析, 我认为: "登明"是说正月时三阳之气开始在大地上显现, 阳气初生, 天下万物焕发光彩, 所以叫作登明。"天魁"是北斗星的第一星天枢, 当北斗星的斗柄指向卯位时, 天枢星位抵达戌位, 所以叫作天魁。"从魁"是北斗星的第二星天璇, 当北斗星的斗柄指向辰位时, 天枢星抵达了酉位, 所以叫作从魁。斗柄是一颗星表示方位, 斗口是两颗星表示方位, 其中一星指向戌位, 一颗指向酉位。"传送"是说四月阳气达到鼎盛后就要衰退, 阴气将要萌生, 所以"传送"是迎接阴气而送走阳气的意思。"小吉"是说夏至之气, 阳气离开而阴气升起, 这时小人就要交好运, 是小人的吉兆, 所以象征婚姻酒食之类的事情。"胜先"是说王者面向南方而治理天下，万物在此时都相见，其他时间都比不上此时的繁盛程度。"太一"是说七月北斗的斗柄指向太微垣的区域，这里也是太一星的居所。"天罡"是指斗柄指向方位的那颗星。斗柄就叫作"刚"，苍龙七宿的第一星角宿也称为"刚"，这颗星也与斗柄正好相对。"太冲"是日月五星进出的门户，是天庭的要冲。"功曹"是指十月时一年的事情完成了就可进行考核。"大吉"是说冬至之气，此时阴气往而阳气来，君子就将要得志，这是大人的吉兆，所以象征文武大臣之事。十二月将位于北方的中央，那里是上帝居住的地方。神后则是帝君的称呼。因为说是天十二辰，所以都以天上的事物来命名。

　　六壬有十二神将，以义求之，止合有十一神将。贵人为之主，其前有五将，谓腾蛇、朱雀、六合、勾陈、青龙也，此木火之神在方左者。方左谓寅、卯、辰、巳、午。其后有五将，谓天后、太阴、真武、太常、白虎也，此金水之神在方右者。方右谓未、申、酉、亥、子。唯贵人对相无物，如日之在天，月对则亏，五星对则逆行避之，莫敢当其对。贵人亦然，莫有对者，故谓之天空。空者，无所有也，非神将也，犹月杀之有月空也。以之占事，吉凶皆空。唯求对见及有所伸理于君者，遇之乃吉。十一将，前二火、二木、一土间之，后当二金、二水、一土间之，真武合在后二，太阴合在后三，今二神差互，理似可疑也。

　　【译文】六壬有十二神将，但按照义理推求，应该只有十一神将。其中贵人是神将之主，在它前面的有五位神将，即所谓的腾蛇、朱雀、六合、勾陈、青龙，它们都是位于左方的木、火之神。方左即指寅、卯、辰、巳、午。在贵人之后的也有五位神将，即所谓的天后、太阴、真武、太常、白虎，这都是位于右方的金、水之神。方右即指未、申、酉、亥、子。所有神将中只有贵人没有相对应的事物，就像太阳在天上，月亮和它相对就有亏缺，五星与之相对就会逆行避开，都不敢处在它的对立面上。贵人也是这样的，没有事物能与它相对，所以才称其为天空。空就是没有东西的意思，不是指没有神将。就像月杀也有月空那样。以此来占卜事情，吉凶都会落空。只有那些要求见面并且有道理要向君主申诉的人，遇到此象才是吉利的。十一将指的是，前面两位火将、两位木将、中间加一位土将，后面两位金将、两位水将、中间加一位土将。按这样的排序，真武应该在后二，太阴应该在后三，现在这两位的位置却是颠倒的，按理似乎有些可疑。

　　天事以"辰"名者为多，皆本于"辰巳"之"辰"，今略举数事：十二支谓之"十二辰"，一时谓之"一辰"，一日谓之"一辰"，日、月、星谓之"三辰"，北极谓之"北辰"，大火谓之"大辰"，五星中有"辰星"，五行之时，谓之"五辰"，《书》曰"抚于五辰"是也，已上皆谓之"辰"。今考子丑至于戌亥谓之"十二辰"者，《左传》云："日月之会是谓辰。"一岁日月十二会，则"十二辰"也。日月之所舍，始于东方，苍龙角、亢之星起于辰，故以所首者名之。子、丑、戌、亥之月既谓之"辰"，则十二支、十二时皆子、丑、戌、亥，则谓之"辰"无疑也。一日谓之"一辰"者，以十二支言也。以十干言之，谓之"今日"，以十二支言之，谓之"今辰"，故支干谓之"日辰"。日、月、星谓之"三辰"者，日、月、星至于辰而毕见，以其所首者名之，故皆谓之"辰"。四时所见有早晚，至辰则四时毕见，故"日"加"辰"为"晨"，谓日始出之时也。星有三类：一经星，北极为之长；二舍星，大火为之长；三行星，辰星为之长，故皆谓之"辰"。北辰居其所而众星拱之，故为经星之长。大火天王之座，故为舍星之长。辰星日之近辅，远乎日不过一辰，故为行星之长。五行之时谓之"五辰"者，春、夏、秋、冬各主一时，以四时分属五行，则春、夏、秋、冬虽属木、火、金、水。而建成、建未、建戌、建丑之月各有十八日属土，故不可以时言，须当以月言。十二月谓之"十二辰"，则五行之时谓之"五辰"也。

【译文】与天有关的事多以"辰"为名，且都用的是"辰巳"的"辰"之意，现在大略举几个例子：十二支被称为"十二辰"，一个小时叫作"一辰"，一天也叫作"一辰"，日、月、星被称为"三辰"，北极星称为"北辰"，心宿二称为"大辰"，五星之中有"辰星"，五行与四季相配合，称为"五辰"，《尚书》所谓的"抚于五辰"就是这个意思，上面所说的这些例子中都有称为"辰"的。现在考察子丑到戌亥之所以被称为"十二辰"的原因，《左传》说："日月相会称为辰。"一年之间日月相会有十二次，所以就有"十二辰"。日月的运行从东方开始，苍龙座的角宿、亢宿则从辰开始运动，所以用起始的方位命名。子、丑、戌、亥的月份既然叫作"辰"，那么十二支、十二时都是子、丑、戌、亥组成的，称之为"辰"也没有疑义。一天被称为"一辰"，也是根据十二支而言的。如果按照十天干来说，就称为"今日"，按照十二地支来说，则称为"今辰"，所以天干地支就统称为"日辰"。日、月、星被称为"三辰"，是因为日、月、星到了辰时会同时出现，根据它们出现的时辰来命名，所以就都称为"辰"。四季中日、月、星同时出现的时间有早有晚，到了辰时则无论四季都能见到，所以"日"加"辰"为"晨"字，意思为太阳刚出现的时候。星星有三种类型：第一类是恒星，北极星是它们的首领；第二类是舍星，心宿二是它们的首领；第三类是行星，水星是它们的首领，所以北极星、心宿二与水星都称为"辰"。北极星处在自己的位置上，而众星都拱卫着它，所以北极星是恒星的首领。心宿二是天王的宝座，所以是舍星的首领。水星是太阳的近邻，离太阳的距离不超过一辰，所以是行星的首领。五行和四季相搭配称为"五辰"，是因为春、夏、秋、冬各自代表一个季节，用四季分属五行来算，那么春、夏、秋、冬虽然属于木、火、金、水，但三月、六月、九月、十二月中各有十八日属土，所以就不能按照季节来说，必须按照月份来说。十二月既然称为"十二辰"，那么用五行搭配四季就称为"五辰"了。

《洪范》"五行"数，自一至五。先儒谓之此"五行生数"，各益以土数，以为"成数"。以谓五行非土不成，故水生一而成六，火生二而成七，木生三而成八，金生四而成九，土生五而成十，合之为五十有五，唯《黄帝·素问》："土生数五，成数亦五。"盖水、火、木、金皆待土而成，土更无所待，故止一五而已。画而为图，其理可见。为之图者，设木于东，设金于西，火居南，水居北，土居中央。四方自为生数，各并中央之土，以为成数。土自居其位，更无所并，自然止有五数，盖土不须更待土而成也。合五行之数为五十，则大衍之数也，此亦有理。

【译文】《洪范》中"五行"的数，是从一到五。之前的学者称之为"五行生数"，各自再加上土数而变为"成数"。这是说五行非土不成，所以水生于一而成于六，火生于二而成于七，木生于三而成于八，金生于四而成于九，土生于五而成于十，所有的加起来就是五十五。而只有《黄帝内经·素问》认为："土生的生数是五，成数也是五。"因为水、火、木、金都必须待土而成，土则不需要其他元素而成就，所以只是一个五而已。这样的道理在画成图后就很明显了，所画的图是：把木设在东方，金设在西方，火设在南方，水设在北方，土设在中央。四方各自为生数，分别加上中央的土就是成数。土独自在中央，没有什么需要合并的，自然只有五这个数字，是因为土不需要再与土合并才能成形了。把五行的成数全部加起来就是五十，这就是大衍之数的数字，这也是有道理的。

揲蓍之法：四十九蓍，聚之则一。而四十九隐于一中；散之则四十九，而一隐于四十九中。一者，道也。谓之无则一在，谓之有则不可取。四十九者，用也。静则归于一，动则惟睹其用，一在其间而不可取，此所谓"大衍之数五十，其用四十有九。"

【译文】用蓍草占卜的方法是这样的：取四十九根蓍草，合起来就是一个整体。而四十九就蕴含在这个一之中；分散运算就是四十九根蓍草，那么这个一就蕴含在四十九之中。一就是道，说它不存在，但一这个整体是存在的，如果说它存在，却又不可单独取出。这四十九根蓍草就是道的运用。静则归结为一个整体，动则只能看见它的运用，一在其间而不能取出，这就是所谓的"大衍之数五十，其用四十有九。"

世之谈数者，盖得其粗迹。然数有甚微者，非特历所能知，况此但迹而已。至于感而遂通天下之故者，迹不预焉。此所以前知之神，未易可以迹求，况得其粗也。余之所谓甚微之迹者，世之言星者，恃历以知之，历亦出乎亿而已。余于《奉元历序》论之甚详。治平中，金、火合于轸，以《崇真》《宣明》《景福》《明》《崇》《钦天》凡十一家大历步之，悉不合，有差三十日以上者，历岂足恃哉？纵使在其度，然又有行黄道之里者、行黄道之外者、行黄道之上者、行黄道之下者，有循度者、有失度者、有犯经星者、有犯客星者，所占各不同，此又非历之能知也。又一时之间，天行三十余度，总谓之一宫。然时有始末，岂可三十度间阳阳皆同，至交他宫则顿然差别？世言星历难知，唯五行时日为可据，是亦不然。世之言五行消长者，止是知一岁之间，如冬至后日行盈度为阳，夏至后日行缩度为阴，二分行平度。殊不知一月之中，自有消长。望前月行盈度为阳，望后月行缩度为阴，两弦行平度。至如春木、夏火、秋金、冬水，一月之中亦然。不止月中，一日之中亦然。《素问》云："疾在肝，寅卯患，申酉剧。病在心，巳午患，子亥剧。"此一日之中，自有四时也。安知一时之间无四时？

安知一刻、一分、一刹那之中无四时邪？又安知十年、百年、一纪、一会、一元之间，又岂无大四时邪？又如春为木，九十日间，当疀疀消长，不可三月三十日亥时属木，明日子时顿属火也。似此之类，亦非世法可尽者。

【译文】世上谈论象数之学的人，大概都只是粗浅地了解到其迹象而已。而象数却有非常多微妙的地方，不是依靠历法就能够得知的，况且就连这些微妙之处也仅仅是迹象而已。至于想要根据阴阳交感的原理来通晓天下万物的，就更不可能与这些迹象有关了。这就是先知的神妙之处，不是那么容易就可以从迹象来推求的，何况只是得到粗略的迹象呢？我所说的非常微妙的迹象，是说世上谈论星象的人根据历法而了解到的知识，然而就算历法也只是出于推测而已。这些知识我在《奉元历序》中已经详细地讨论过了。治平年间时，金星、火星在轸宿会合，但依据《崇玄历》《宣明历》《景福历》《明天历》《崇天历》与《钦天历》等十一家官方历法推算都无法符合，甚至有的相差三十日以上，这样看来，历法难道能够依赖吗？星象即使在正确的宿度上，又有运行在黄道内测、外侧、上侧、下侧的，有合乎法度的，也有不合乎法度的，有犯恒星的，还有犯彗星、新星、超新星等不可推算的天象的，占卜的结果又各不相同，这又不是历法所能知晓的。此外，一个时辰中天体运行了三十多度，这三十多度总称为一宫。然而时辰有开始和结束，怎么可能保证三十多度之间的阴阳都相同呢，到了进入另一宫时，难道就会顿时有差别吗？世人说星象、历法难以知晓，只有五行配合四季、月日可以作为依据，但也是不对的。世人说五行的消长，只是在一年的范围内说，比如世人知道冬至后太阳行度增加为阳，夏至后太阳行度缩减为阴，春分、秋分时太阳行度平衡。却不知道太阳在一月之中，自有消长。在满月之前，月亮行度增加为阳，满月之后，月亮行度缩减为阴，上弦月、下弦月时，月亮行度平衡。至于说春属木、夏属火、秋属金、冬属水，在一月之中也是这样的。而且不只在一月之中，就连一日之中也是这样的。《素问》说："病灶在肝上时，寅卯时患病，申酉时加剧。病灶在心上时，巳午时患病，子亥时加剧。"这就是说在一日之中，自有四时之分。那么怎么知道在一时之间有没有四时呢？又怎么知道在一刻、一分、一刹那中有没有四时呢？又怎么知道在十年、百年、一千五百年、一万零八百年、十二万九千六百年之间，有没有大的四时呢？又如春属木，但在春季的九十天之内，应当是不断地消长变化的，不可能三月三十日的亥时还属木，到明日的子时就突然间属火了。像这些情况，也不是用世间的一般方法就可以穷尽的。

历法步岁之法，以冬至斗建所抵，至明年冬至所得辰、刻、衰、秒，谓之"斗分"。故"岁"文从步、从戌。戌者，斗魁所抵也。

【译文】历法中推算一年长度的方法，以冬至时斗柄所指的方位算起，到明年冬至时指向同一方位所用的辰、刻、衰、秒，称作"斗分"。所以"岁"这个字的偏旁从步、从戌。因为戌就是斗口上的星所指的方位。

正月寅、二月卯，谓之建，其说谓斗杓所建，不必用此说。但春为寅、卯、辰，夏为巳、午、未，理自当然，不须因斗建也。缘斗建有岁差，盖古人未有岁差之法。《颛帝历》："冬至日宿牛初"，今宿斗六度。古者正月斗杓建寅，今则正月建丑矣。又岁与岁合，今亦差一辰。《尧典》曰："日短星昴。"今乃日短星东壁。此皆随岁差移也。

【译文】正月寅、二月卯称为斗建，这种说法是指它们在北斗星斗柄所指的方位上，但其实不必使用这种说法。单说春是寅、卯、辰，夏是巳、午、未就行了，这是理所当然的，不必依据斗建的理论来确定。因为计算斗建时有岁差的现象，但古人却没有计算岁差的方法。《颛顼历》说："冬至时太阳停在牛宿零度"，而现在冬至的时候，太阳却停在斗宿六度。古代正月时北极星的斗柄指向寅位，而现在正月时却指向丑位。再比如拿古今一年的起始点相比，应该是吻合的，但现在也差了一个时辰。《尧典》说："冬至黄昏时，昴宿在天顶上。"但现在冬至时却是壁宿在天顶。这些都是因为有岁差的存在而产生的变化。

《唐书》云："落下闳造历，自言后八百年当差一算。至唐，一行僧出而正之。"此妄说也。落下闳历法极疏，盖当时以为密耳。其间阙略甚多，且举二事言之：汉世尚未知黄道岁差，至北齐张子信方候知岁差。今以今古历校之，凡八十余年差一度。则闳之历八十年自己差一度，兼余分疏阔，据其法推气朔五星，当时便不可用，不待八十年，乃曰"八百年差一算"太欺诞也。

【译文】《唐书》记载："落下闳编定历法，自己说八百年后应该会相差一度。到了唐代，一行和尚便出来纠正了历法的偏差。"但这种说法是错误的。落下闳编订的历法非常粗疏，只是当时以为其精密而已。其间有很多的阙漏，这里姑且举两个例子说明：汉代时人们还不知道有黄道岁差这件事，到北齐张子信时才发现岁差。现在用今古的历法来校准，大致上每八十多年会相差一度。那么落下闳的历法经过八十年时就已经相差一度了，加上他的取值比实际大得多，那么按照他的历法来推算节气、朔望、五星运行，在当时也是不能使用的，更不用等到八十年了，而他自己却说"八百年差一度"也太荒谬了。

天文家有浑仪，测天之器，设于崇台，以候垂象者，则古玑衡是也。浑象，象天之器，以水激之，或以水银转之，置于密室，与天行相符，张衡、陆绩所为，及开元中置于武成殿者，皆此器也。皇祐中，礼部试《玑衡正天文之器赋》，举人皆杂用浑象事，试官亦自不晓，第为高等。汉以前皆以北辰居天中，故谓之极星，自祖暅以玑衡考验天极不动处，乃在极星之末犹一度有余。熙宁中，余受诏典领历官，杂考星历，以玑衡求极星。初夜在窥管中，少时复出，以此知窥管小，不能容极星游转，乃稍稍展窥管候之。凡历三月，极星方游于窥管之内，常见不隐，然后知天极不动处，远极星犹三度有余。每极星入窥管，别画为一图。图为一圆规，乃画极星于规中。具初夜、中夜、后夜所见各图之，凡为二百余图，极星方常循圆规之内，夜夜不差。余于《熙宁历奏议》中叙之甚详。

【译文】天文家有浑天仪，是用来观测天体位置的仪器，一般设置在高台上，以便观测天象，也就是古代的"璇玑玉衡"。又有浑象，也是观测天体运行的仪器，用水或者水银提供动力，使它旋转，放置在密室中，使其与天体的运行相符，是张衡和陆绩所制造的，那些开元年间放置在武成殿的，也都是这种仪器。皇祐年间，礼部试题为《玑衡正天文之器赋》，应试举人都杂用浑仪、浑象的典故，考官自己也不明白，就将这些应试举人拔为高等。汉代以前，人们都认为北辰居于天空的中央，所以将其称之为北极星，自从祖暅用浑象观测验证后，才发现天极的不动点其实在距离北极星还有一度多的位置上。熙宁年间，我奉诏提举为司天监，掌管历法，所以曾综合考察过星象历法，用浑天仪测量北极星的位置。发现初夜时北极星在观测管中，但过不了多久会溢出观测管之外，据此知道观测管的口径不够，不能容纳北极星的运动范围，于是稍微扩大了观测管的口径。这样过了三个月，才使北极星运行于观测管范围之内，始终能够看到并不会消失，然后才知道天极的不动点，离北极星还有三度多。每当北极星进入观测管范围时，我就另外画一张图。图是一个正圆形，在这个圆形图中描绘北极星的运动轨迹。把初夜、中夜、后夜所见的位置都分别画下来，一共得到二百多幅图，这样北极星的运行轨迹才能在圆形内循环运动，其轨迹夜夜不差。关于这一点，我在《熙宁历奏议》中已描述得非常详细。

古今言刻漏者数十家，悉皆疏谬。历家言晷漏者，自《颛帝历》至今，见于世谓之大历者，凡二十五家。其步漏之术，皆未合天度。余占天候景，以至验于仪象，考数下漏，凡十余年，方粗见真数，成书四卷，谓之《熙宁晷漏》，皆非袭蹈前人之迹。其间二事尤微：一者，下漏家常患冬月水涩，夏月水利，以为水性如此；又疑冰澌所壅，万方理之，终不应法。余以理求之，冬至日行速，天运未期而日已过表，故百刻而有余；夏至日行迟，天运已期，而日未至表，故不及百刻。既得此数，然后复求晷景漏刻，莫不泯合。此古人之所未知也。二者，日之盈缩，其消长以渐，无一日顿殊之理。历法皆以一日气短长之中者，播为刻分，累损益，气初日衰，每日消长常同；至交一气，则顿易刻衰。故黄道有觚而不圆，纵有强为数以步之者，亦非乘理用算，而多形数相诡。大凡物有定形，形有真数。方圆端斜，定形也；乘除相荡，无所附益，泯然冥会者，真数也。其术可以心得，不可以言喻。黄道环天正圆，圆之为体，循之则其妥至均，不均不能中规衡；绝之则有舒有数，无舒数则不能成妥。以圆法相荡而得衰，则衰无不均；以妥法相荡而得差，则差有疏数。相因以求从，相消以求负；从负相入，会一术以御日行。以言其变，则秒刻之间，消长未尝同；以言其齐，则止用一衰，循环无端，终始如贯，不能议其隙。此圆法之微，古之言算者，有所未知也。以日衰生日积，反生日衰，终始相求，迭为宾主。顺循之以索日变，衡别之求去极之度，合散无迹，泯如运规。非深知造算之理者，不能与其微也。其详具余《奏议》，藏在史官，及余所著《熙宁晷漏》四卷之中。

【译文】古今以来讨论刻漏计时的有数十家，但都说得比较粗疏荒谬。历法家讨论日晷和刻漏的，从《颛帝历》开始到现在，能见于世上官修历法的，就有二十五家。而他们计算刻漏的方法，都不符合天体运行的规律。我观察了天象和日影，并用浑仪、浑象来校验，考核数据以及刻漏有十余年时间了，这才粗浅地发现了自然的真实规律，将此写成四卷书籍，叫作《熙宁晷漏》，其中的内容完全没有袭蹈前人的。书中有两件事情尤其微妙：其一，操作刻漏的人经常感到困扰，因为冬天水流滞涩，夏天水流流畅，他们就认为这是水性如此，然后又怀疑是冬天结冰堵住了壶嘴，于是多方调理，但还是找不到解决的方法。我按照理论推理，冬至的时候太阳运行得较快，观测天象时还没到一天，而观测日晷已经过了表影，所以一天超过了一百刻；夏至的时候太阳运行迟缓，观测天象时已经到一天了，而观测日晷还没有过表影，所以一天就不到一百刻。现在既然已经得到了这个数据，然后再去校正晷影和漏刻，就没有不吻合的了。而这都是古人所未知的。其二，太阳运行与消长的速度变化是渐渐的，没有一天之内骤变的道理。历法上都用一个节气中各天长短的平均值均分为刻与分，将每天的盈余与缩减累积起来，第一个节气的日差在每天的变换都相同，等到了下一个节气，就突然改变了日差量。按照这样计算的话，就像黄道有了棱角而不圆了，纵使有勉强使用数值进行运算的，其计算也不合理，并且算出来的数据大多与天体轨道的形状不合。大凡物体都有规定的形状，每种形状都有符合实际的数值。其方、圆、正、斜都是确定的形状，通过乘除运算，就算不附加别的参数也能使算出来的形状与数据自然吻合，这才是符合实际的数值。这其中的运算方法，是只可意会而不可言传的。黄道是一个环绕天空的正圆，而圆这种形体，沿着其轨迹运行则盈余与缩减得都非常均匀，不均匀的话就不符合圆规的度量；而如果不沿着其轨迹运行，其运行速度就会有慢有快，没有慢快也就不会有盈缩。且根据圆形的法则运算会得到差额，这些差额都是相等的；根据盈缩法运算也会得到差额，但这些差额有大有小。对这些差额相乘以求积、相减以求差；把积差一并汇总运算，就得到一种把握太阳运行规律的方法。用这种方法计算太阳的运行变化，则其每一时刻的增减都不相同；而从太阳运行规律的一致性来说，只用一个差额就能循环往复地计算，且始终连贯，不会发现间断的地方。这是圆形算法的微妙之处，也是古代算历法的人所不了解的。通过日差求日积差，然后反过来算日差，通过不断交替迭代运算。顺循这种计算方法就能得出每天太阳运行长度的变化，根据其差就能计算太阳距离北极的度数，聚合离散都没有差错，就像圆规画圆一样吻合。而不精通运算的人，就不能体会其中的微妙了。详细的内容我都写在了《奏议》里面，现在藏在史官之处，还写在我所著的《熙宁晷漏》四卷之中。

予编校昭文书时，预详定浑天仪。官长问余："二十八宿，多者三十三度，少者止一度，如此不均，何也？"予对曰："天事本无度，推历者无以寓其数，乃以日所行分天为三百六十五度有奇。日平行三百六十五日有余而一期天，故以一日为一度。既分之，必有物记之，然后可窥而数，于是以当度之星记之。循黄道，日之所行一期，当者止二十八宿星而已。度如伞橑，当度谓正当伞橑上者。故车盖二十八弓，以象二十八宿。则余《浑仪奏议》所谓：'度不可见，可见者星也。日月五星之所由，有星焉。当度之画者凡二十有八，谓之舍。舍所以挈度，度所以生数也。'今所谓'距度星'者是也。非不欲均也。黄道所由当度之星，止有此而已。"

【译文】我在昭文馆编校书籍的时候，曾参与了详细审定浑天仪的工作。长官问我说："二十八宿之间的距度，多的有三十三度，少的只有一度，如此不均匀，这是为什么呢？"我回答道："天体运行本来就没有什么度的概念，只是推算历法的人无法进行数据推算，才按照太阳运动的轨道把周天划分为三百六十五度多一点。太阳运行三百六十五日多一点就是一个周期，所以把太阳每天所行的路径作为一度。既然划分了度数，就必定需要有东西来标记，在这之后才能观测和计算，于是就把处于恰当位置可以作为分度界点的星体作为标记。太阳按照黄道运行一周，合适的星体也就只有这二十八宿星而已。度就像伞骨，'当度'就是指正好处在伞骨上。所以车盖有二十八条弓架，用来象征二十八星宿。就是我在《浑仪奏议》中说的：'度是看不见的，能看见的只有星体。日、月、五星所经之处都有很多星体。正好可以作为分度界点的就有二十八宿，称之为"舍"。而"舍"就是用来分别和产生度数的。'这二十八宿星也就是现在所谓的'距度星'。并非是不想使其均匀。而是因为黄道经过的可以作为分度标记的星体，只有这些而已。"

又问予以"日月之形，如丸邪？如扇也？若如丸，则其相遇岂不相碍？"余对曰："日月之形如丸。何以知之？以月盈亏可验也。月本无光，犹银丸，日耀之乃光耳。光之初生，日在其傍，故光侧而所见才如钩；日渐远，则斜照，而光稍满。如一弹丸，以粉涂其半，侧视之，则粉处如钩；对视之，则正圆，此有以知其如丸也。日、月，气也，有形而无质，故相直而无碍。"

【译文】又问我说："日月的形状，是像弹丸呢？还是像扇子呢？如果是像弹丸，那么它们相遇时难道不会相妨碍吗？"我回答道："日月的形状像弹丸，是怎么知道的呢？因为有月亮的盈亏可以验证。月亮本来是不发光的，就像一颗银丸一样，只有太阳照射到它才反射光芒。月初的时候，只能看到月牙，那是因为太阳就在它的旁边，所以光从侧面照过来，我们所见的月亮就像弯钩一样；等到太阳渐渐远离月亮，就变成斜照，月亮看起来就逐渐变圆。这就像一个弹丸，用粉彩涂半面弹丸，从侧面看，粉彩的地方就像是钩形；正对着看，就是正圆形，由此可知日月都像弹丸一样。又因为日、月都是由气形成的，有形状却没有实体，所以它们相遇也没有妨碍。"

又问："日月之行，月一合一对，而有蚀不蚀，何也？"余对曰:"黄道与月道,如二环相叠而小差。凡日月同在一度相遇,则日为之蚀;在一度相对,则月为之亏。虽同一度,而月道与黄道不相近,自不相侵;同度而又近黄道、月道之交,日月相值,乃相凌掩。正当其交处则蚀而既;不全当交道,则随其相犯浅深而蚀。凡日蚀,当月道自外而交入于内,则蚀起于西南,复于东北;自内而交出于外,则蚀起于西北,而复于东南。日在交东,则蚀其内;日在交西,则蚀其外。蚀既,则起于正西,复于正东。凡月蚀,月道自外入内,则蚀起于东南,复于西北;自内出外,则蚀起于东北,而复于西南。月在交东,则蚀其外;月在交西,则蚀其内。蚀既,则起于正东,复于西。交道每月退一度余,凡二百四十九交而一期。故西天法罗睺、计都,皆逆步之,乃今之交道也。交初谓之'罗睺',交中谓之'计都'。"

【译文】长官又问道:"日月的运行,每月都有一次会合与一次正对,但有时候会发生日蚀或者月蚀,而有时候却不会发生,这是为什么呢?"我回答说:"太阳运行的黄道与月亮运行的白道,就像两个圆环相叠但有细小的偏差。但是日月在同一黄经度上相遇时,就会发生日蚀;在同一黄经度上相对时,就会发生月蚀。虽然在同一黄经度上,但如果太阳和月亮不在白道和黄道相交的两个交点附近的话,自然也不会相互侵犯;如果在同一黄经度而又接近黄道、白道的交点时,日月相遇,就会相互侵犯遮掩。如果正好在黄道与白道的交点上相遇,就会发生全食;如果相遇时不完全在黄白交点上，就随着相互侵犯的深浅程度而发生偏食。凡是日蚀，当月亮自黄道以南向北运行，通过黄白交点而进入黄道以北时，日蚀就从西南方向开始，而从东北方向恢复；当月亮自黄道以北通过交点而进入黄道以南时，日蚀就从北面发生；而如果太阳在交点以西时，日蚀就从南面发生。如果是发生日全食，就从正西方向开始，而从正东方向恢复。凡是月蚀，如果月亮从黄道以南进入黄道以北时，月蚀就从东南方向开始，而从西北方向恢复；如果月亮从黄道以北进入黄道以南时，月蚀就从东北方向开始，而从西南方向恢复。而如果月亮在黄白交点的东边，那么月蚀就会从南面发生；如果月亮在黄白交点的西边，月蚀就会从北面发生。如果是发生月全食，则从正东方向开始，而从正西方向恢复。黄白交点每月向西退一度多，经过二百四十九次交会就成为一个周期。所以西天的印度历法中有罗睺、计都二星，都是根据日月的运行而逆推的，而此二星，实际上就是现在所说的黄白交点。交初点叫作'罗睺'，交中点叫作'计都'。"

古之卜者，皆有繇辞。《周礼》："三兆，其颂皆千有二百。"如"凤凰于飞，和鸣锵锵""间于两社，为公室辅""专之渝，攘公之羭，一薰一莸，十年尚犹有臭""如鱼窥尾，衡流而方羊，裔焉，大国灭之，将亡，阖门塞窦，乃自后逾""大横庚庚，予为天王，夏启以光"之类是也，今此书亡矣。汉人尚视其体，今人虽视其体，而专以五行为主，三代旧术，莫有传者。

【译文】古代的占卜都有根据龟甲烧后的裂纹来判断吉凶的繇辞。《周礼》说："上古流传的三部占卜书中，有一千二百条颂词。"比如"凤凰于飞，和鸣锵锵""间于两社，为公室辅""专之渝，攘公之羭，一薰一莸，十年尚犹有臭""如鱼窥尾，衡流而方羊，裔焉，大国灭之，将亡，阖门塞窦，乃自后逾""大横庚庚，予为天王，夏启以光"之类的，然而现在这些书都亡佚了。汉代人还有能看懂兆象的，现在的人虽然能判断兆象，却以五行为依据，上古三代的旧方法一点都没有流传下来。

北齐张子信候天文，凡月前有星，则行速，星多则尤速。月行自有迟速定数，然遇行疾，历其前必有星，如子信说。亦阴阳相感自相契耳。

【译文】北齐的张子信观测天文，发现凡是月亮前方有行星时，其运行速度就会加快，行星越多则运行速度就越快。月亮的运行速度自有其一定的规律，然而在遇到运行速度加快的时候，它的前方必定有行星，就像张子信说的那样。这也是阴阳相互感应、相互契合的结果。

医家有五运六气之术，大则候天地之变，寒暑风雨，水旱螟蝗，率皆有法；小则人之众疾，亦随气运盛衰。今人不知所用，而胶于定法，故其术皆不验。假令厥阴用事，其气多风，民病湿泄。岂溥天之下皆多风，溥天之民皆病湿泄邪？至于一邑之间，而旸雨有不同者，此气运安在？欲无不谬，不可得也。大凡物理有常、有变：运气所主者，常也；异夫所主者，皆变也。常则如本气，变则无所不至，而各有所占。故其候有从、逆、淫、郁、胜、复、太过、不足之变，其法皆不同。若厥阴用事，多风，而草木荣茂，是之谓从；天气明洁，燥而无风，此之谓逆；太虚埃昏，流水不冰，此谓之淫；大风折木，云物浊扰，此之谓郁；山泽焦枯，草木凋落，此之谓胜；大暑燔燎，螟蝗为灾，此之谓复；山崩地震，埃昏时作，此谓之太过；阴森无时，重云昼昏，此之谓不足。随其所变，疾疠应之。皆视当时当处之候，虽数里之间，但气候不同，而所应全异，岂可胶于一定？熙宁中，京师久旱，祈祷备至，连日重阴，人谓必雨。一日骤晴。炎日赫然。余时因事入对，上问雨期，余对曰："雨候已见，期在明日。"众以谓频日晦溽，尚且不雨，如此旸燥，岂复有望？次日，果大雨。是时湿土用事，连日阴者，从气已效，但为厥阴所胜，未能成雨。后日骤晴者，燥金入候，厥阴当折，则太阴得伸，明日运气皆顺，以是知其必雨。此亦当处所占也。若他处候别，所占亦异。其造微之妙，间不容发。推此而求，自臻至理。

【译文】医家有五运六气的术法，往大了说可以观测天地的变化，寒暑风雨、水旱蝗灾，通常都有一定的规律；往小了说，那么人体的各种疾患，也都随着六气的盛衰而变化。现在的人不知道如何使用，只是拘泥于死板的套路，所以他们的法术都不灵验。假如由厥阴之气主导，就说它的气多风，民众就会患腹泻病。但难道普天之下都多风，天下民众就都会患腹泻病吗？甚至小到一座城邑之间，晴天、雨天都会有所不同，那它们的气运又会如何呢？如此拘泥死板还想不出错，那是不可能的。大体来说，事物的运动有常态、也有变化：五运六气所主导的是常态，和主导之气所不同的都是变化。常态遵循本气，变化则无所不至，但都各有征兆。所以有从、逆、淫、郁、胜、复、太过、不足的变化，这些征兆的外在表现都不相同。如果是厥阴木运占主导地位，多风并且草木荣茂，就称为"从"；天气晴朗，干燥而没有风，就称为"逆"；天空中尘土飞扬，水流不结冰，就称为"淫"；大风吹断了树木，乌云翻滚，就称为"郁"；山泉枯竭，草木凋零，就称为"胜"；干燥炎热，螟蝗成灾，这就称为"复"；山崩地震，不时尘土飞扬，这就称为"太过"；长时间阴森，重云密布，这就称为"不足"。跟随着气候的变化，瘟疫也会相应流行。但都要根据当时、当地的征候，即使在数里之间，只要气候不同，相应的现象就全都不同，怎么能拘泥于死板的套路呢？熙宁年间，京都汴梁久旱不雨，各种祈祷的方法都用上了，连日间天阴得厉害，人们说必定会下雨了。结果有一天却忽然放晴了，烈日当空。我当时因为有事而面见皇上，皇上问我什么时候能下雨，我回答道："下雨的征候已经显现出来了，估计就在明天。"众人都说连日阴沉闷热，尚且不下雨，如此晴朗干燥，哪还有希望会下雨呢？结果第二天果然下了大雨。因为这时是太阴土运占主导地位，连日阴沉，随从之气已经显露了，但是被厥阴木运所抑制，所以没能化成雨。后来突然放晴，是阳明金运进入的征候，厥阴木运应当被克制，太阴之气就得以伸展，第二天五运六气都会顺应，因此知道明天必然会下雨。这也是根据当地的情况推断，如果是别的地方气候不同，推断的结果也会有不同。其间的精微奥妙之处，不容许有丝毫的差错。据此来进行推求，自然可以达到尽善尽美的境界。

岁运有主气、有客气，常者为主，外至者为客。初之气厥阴，以至终之气太阳者。四时之常叙也，故谓之主气。唯客气本书不载其目，故说者多端，或以甲子之岁天数始于水下一刻，乙丑之岁始于二十六刻，丙寅岁始于五十一刻，丁卯岁始于七十六刻者，谓之客气。此乃四分历法求大寒之气，何预岁运？又有"相火之下，水气承之"，"土位之下，风气承之"，谓之客气。此亦主气也，与六节相须，不得为客。大率臆计，率皆此类。凡所谓客者，岁半以前，天政主之；岁半以后，地政主之。四时常气为之主，天地之政为之客，逆主之气为害暴，逆客之气为害徐。调其主客，无使伤沴，此治气之法也。

【译文】一年的运气中有主气，也有客气，经常起主导作用的是主气，除此之外起作用的是客气。六气从"厥阴风木"开始，到"太阳寒水"结束。这是四季的正常次序，所以称为主气。只有客气在《黄帝内经·素问》中没有记载它的名目，所以有各种不同的说法，有的说甲子年始于太阳寒水结束的下一刻，乙丑年始于前一年结束后的二十六刻，丙寅年起始于前一年结束后的五十一刻，丁卯年始于前一年结束后的七十六刻，这些称为客气。这是四分历法中推算大寒之气的方法，与一年之中的运气又有什么关系呢？又有人把"相火之下，水气承之"，"土位之下，风气承之"等说法称为客气。但这也是主气，是与六个节气相关联的，不能算作客气，大体上那些主观臆测的说法，都和这些差不多。而大凡所谓的客气，上半年的初、二、三气由司天之气支配，下半年的四、五、终气由地政之气主导。四季的常气是主气，司天、地政主导的是客气。如果扰乱了主气，造成的危害较为迅猛，如果扰乱了客气，造成的危害就较缓慢。调解主气、客气，不使它们受到伤害，这就是治理气运的方法。

六气，方家以配六神。所谓青龙者，东方厥阴之气。其性仁，其神化，其色青，其形长，其虫鳞，兼是数者，唯龙而青者可以体之，然未必有是物也。其他取象皆如是。唯北方有二，曰玄武，太阳水之气也；曰螣蛇，少阳相火之气也。其在于人为肾，肾亦二，左为太阳水，右为少阳相火。火降而息水，水腾而为雨露，以滋五脏，上下相交，此坎离之交以为否泰者也，故肾为寿命之藏。左阳、右阴、左右相交，此乾坤之交，以生六子者也，故肾为胎育之脏。中央太阴土曰勾陈，中央之取象，唯人为宜。勾陈者，天子之环卫也。居人之中，莫如君，何以不取象于君？君之道无所不在，不可以方言也。环卫居人之中央，而中虚者也。虚者，妙万物之地也。在天文，星辰皆居四傍而中虚，八卦分布八方而中虚，不虚不足以妙万物。其在于人，勾陈之配，则脾也。勾陈如环。环之中则所谓黄庭也。黄者，中之色；庭者，宫之虚地也。古人以黄庭为脾，不然也。黄庭有名而无所，冲气之所在也。脾不能与也，脾主思虑，非思之所能到也。故养生家曰："能守黄庭，则能长生。"黄庭者，以无所守为守。唯无所守，乃可以长生。或者又谓："黄庭在二肾之间。"又曰："在心之下。"又曰："黄庭有神人守之。"皆不然。黄庭者，虚而妙者也。强为之名。意可到则不得谓之虚，岂可求而得之也哉？

【译文】方术家拿六气来配合六神。所谓的青龙，主东方的厥阴之气。它的性格仁慈，神态能够变化，颜色为青色，形状修长，有鳞甲，兼有这几项特点的，只有青龙符合，然而未必真有这种动物。其他气的取象也都是这样。唯独北方有两个神，一个称为"玄武"，主太阳寒水之气；另一个称为"腾蛇"，主少阳相火之气。它们在人身体上对应于肾，肾也有两个，左侧为太阳寒水，右侧为少阳相火。火气下降而止息水气，水气上升而化为雨露，以此滋润五脏，上下相互交融，就是水火、阴阳相交而生出吉凶，所以肾是关乎寿命的脏器。左侧为阳、右侧为阴，左右相互交融，就是乾坤交汇而以此化生出六个子女，所以肾又是关系生长发育的脏腑。中央太阴土的神称为"勾陈"，中央位置的取象，只有人才合适。"勾陈"则是指天子的护卫，而处于人群之中，没有谁比"勾陈"更像君主的，那为什么不用君主取象呢？因为君主的道无处不在，不能单独拿来代表一方。天子的护卫也处在人群的中央，而其中间却是虚空的。虚空正是化生万物的场所。在天象上说，星辰都居留在四方而中央空虚，八卦分布在八方而中间空虚，不虚就不足以化生万物。在人身体上说，"勾陈"对应的是脾。"勾陈"就像一个环，环的中间就是所谓的"黄庭"。黄是中央的色彩，庭是房屋中的空旷地方。然而古人把"黄庭"当作脾，却是不对的。黄庭有名称而没有真实的所在，是冲虚之气居处的场所，脾是对应不了的，脾主管思虑，而黄庭不是意念所能抵达的。所以养生家说："能守黄庭，就能得以长生。"黄庭把无从守护作为守护，正因为无从守护，所以才能长生。有的人又说："黄庭处在两肾之间。"也有人说："黄庭在心的下面。"还有人说："黄庭有神人守护。"但这都是不对的。"黄庭"是空虚而又神妙的东西，它是勉强赋予的名称，如果意念能抵达到的话就不能称之为"空虚"了，又怎么能去寻求坐实它呢？

《易》象九为老阳，七为少；八为少阴，六为老，旧说阳以进为老，阴以退为老。九六者，乾坤之画，阳得兼阴，阴不得兼阳。此皆以意配之，不然也。九七、八六之数，阳顺、阴逆之理，皆有所从来，得之自然，非意之所配也。凡归余之数，有多有少，多为阴，如爻之偶；少为阳，如爻之奇。三少，乾也，故曰老阳，九揲而得之，故其数九，其策三十有六。两多一少，则一少为之主，震、坎、艮也，故皆谓之少阳。少在初为震，中为坎，末为艮。皆七揲而得之，故其数七，其策二十有八。三多，坤也，故曰老阴，六揲而得之，故其数六，其策二十有四。两少一多，则多为之主，巽、离、兑也，故皆谓之少阴。多在初为巽，中为离，末为兑。皆八揲而得之，故其数八，其策三十有二。物盈则变，纯少阳盈，纯多阴盈。盈为老，故老动而少静。吉凶悔吝，生乎动者也。卦爻之辞，皆九六者，惟动则有占，不动则无朕，虽《易》亦不能言之。《国语》谓"贞《屯》悔《豫》

皆八"；"遇《泰》之八"是也。今人以《易》筮者，虽不动，亦引
爻辞断之。《易》中但有九六，既不动，则是七八，安得用九六
爻辞？此流俗之过也。

【译文】在《易》卦中，九是老阳，七是少阳；八是少阴，六是
老阴。过去认为，阳以较大者为老、阴以较小者为老，把九和六作
为乾与坤的画数，是因为阳可以兼阴，而阴却不能兼阳。但这些都
是人们根据臆断配合出来的，其实并不是这样。九七、八六这些
数字，以及阳顺、阴逆的道理，都是有各自的来历的，它们来源于
自然，不是由主观随意配合的。大凡揲蓍归余的数目有多有少，数
多的就是阴，如同阴爻的双画；少的就是阳，如同阳爻的单画。"归
余"后三个都是少，就是乾卦，所以称为老阳，剩下的蓍草可经九
次揲数，所以它的数字是九，其总共的"策数"有三十六。如果"归
余"后两多一少，则以单独的少作为主，算出来是震卦、坎卦、艮
卦，所以都称为"少阳"。一少出现在"一变"是震卦，出现在"二变"是
坎卦，出现在"三变"是艮卦。这些卦都是剩下的蓍草揲七次才得到
的，所以它的数字是七，其总共的"策数"有二十八。如果"归余"
后三个都是多，就是坤卦，所以称为老阴，剩下的蓍草要揲六次才
得到，所以它的数字是六，其总共的"策数"有二十四。如果"归
余"后两少一多，则以单独的多作为主，算出来是巽卦、离卦、兑
卦，所以都称为"少阴"。一多出现在"一变"是巽卦，出现在"二变"是
离卦，出现在"三变"则是兑卦。这些卦都是剩下的蓍草揲八次才得
到的，所以数字是八，其总共的"策数"有三十二。事物充溢了就会
生出变化，三少是阳气充盈，三多则是阴气充盈。充盈就是老，所以老

数动而少数静。占卜的吉凶悔吝，都产生于变动。卦爻之辞一律都以九、六称呼阳、阴爻的原因，就是由于只有变动才能占测，没有变动就没有征兆，即使是《易》也不能推断。也就是《国语》所谓的"贞《屯》悔《豫》皆八"、"遇泰之八"，讲的就是变卦的问题。现在人们用《易》来占卜，即使爻象不变，也引用爻辞来占断。《易》中只有九、六的爻辞，既然爻象没有变化那就是七、八，怎么能使用九、六的爻辞呢？这是世俗的失误。

江南人郑夬曾为一书谈《易》，其间一说曰："乾、坤，大父母也；复、姤，小父母也。乾一变生复，得一阳；坤一变生姤，得一阴。乾再变生临，得二阳；坤再变生遁，得二阴。乾三变生泰，得四阳；坤三变生否，得四阴。乾四变生大壮，得八阳；坤四变生观，得八阴。乾五变生夬，得十六阳；坤五变生剥，得十六阴。乾六变生归妹，本得三十二阳；坤六变生渐，本得三十二阴。乾坤错综，阴阳各三十二，生六十四卦。"夬之为书，皆荒唐之论，独有此变卦之说，未知其是非。余后因见兵部侍郎秦君玠，论夬所谈，骇然叹曰："夬何处得此法？玠曾遇一异人，授此数历，推往古兴衰运历，无不皆验，常恨不能尽得其术。西都邵雍亦知大略，已能洞吉凶之变。此人乃形之于书，必有天谴，此非世人得闻也。"余闻其言怪，兼复甚秘，不欲深诘之。今夬与雍、玠皆已死，终不知其何术也。

【译文】江南人郑夬曾经写了一本谈《易》的书，其中有一段说："乾、坤，是大父母，复、姤，是小父母。乾一变而生复，得一阳；坤一变而生姤，得一阴。乾再变而生临，得二阳；坤再变而生遁，得二阴。乾三变而生泰，得四阳；坤三变而生否，得四阴。乾四变而生大壮，得八阳；坤四变而生观，得八阴。乾五变而生夬，得十六阳；坤五变而生剥，得十六阴。乾六变而生归妹，本得三十二阳；坤六变而生渐，本得三十二阴。乾坤错综，阴阳各三十二，生六十四卦。"但郑夬写的书中多有荒唐的说法，但只有这段关于卦象变化的论述，不知道是对还是错。我后来见到兵部侍郎秦君玠，和他谈起郑夬的这段话，秦君玠大为惊叹地说："郑夬是从何处得知这种方法的呢？我曾经遇到过一位异人传授这套法术，用他的方法一一推求历史上的兴衰气运，就没有不应验的，我常常遗憾不能完全学到他的方法。河南的邵雍也是只对这种方法略知一二，却已经能洞悉吉凶的变化了。此人居然把它写成书，必定会受到上天的惩罚，这不是一般人所能知道的。"我听完他的话后觉得他说得很奇怪，并且还很神秘，就不想再深追入究了。现在郑夬与邵雍、秦君玠都已经去世了，终究也不知道这是什么法术。

庆历中，有一术士姓李，多巧思。尝木刻一"舞钟馗"，高二三尺，右手持铁简，以香饵置钟馗左手中。鼠缘手取食，则左手扼鼠，右手运简毙之。以献荆王，王馆于门下。会太史言月当蚀于昏时，李自云："有术可禳。"荆王试使为之，是夜月果不蚀。王大神之，即日表闻，诏付内侍省问状。李云："本善历术，知《崇天历》蚀限太弱，此月所蚀，当在浊中。以微贱不能自通，始以机巧干荆邸，今又假禳禬以动朝廷耳。"诏送司天监考验。李与判监楚衍推步日月蚀，遂加蚀限二刻，李补司天学生。至熙宁元年七月，日辰蚀东方，不效。却是蚀限太强，历官皆坐谪。令监官周琮重修，复减去庆历所加二刻。苟欲求熙宁日蚀，而庆历之蚀复失之，议久纷纷，卒无巧算，遂废《明天》，复行《崇天》。至熙宁五年，卫朴造《奉元历》，始知旧蚀法止用日平度，故在疾者过之，在迟者不及。《崇》《明》二历加减，皆不曾求其所因，至是方究其失。

【译文】庆历年间，有一个姓李的术士，颇有巧妙的构思。他曾经用木头雕刻了一樽能够活动的"舞钟馗"像，高二三尺，右手拿着铁板子，左手则放有散发香气的诱饵。老鼠沿着左手取食时，它就会用左手抓住老鼠，这时右手就用铁板把老鼠打死。李术士拿着这个像献给荆王，荆王就把他招入王府作为门客。正好赶上司天监官员报告当天黄昏时会有月蚀，李术士说："我有法术可以禳解月蚀。"荆王就命令他试试看，结果这天晚上果然没有发生月蚀。荆王感到非常神奇，马上就向皇帝报告，皇帝下令交由内侍省询问情况。李术士说："我本来就擅长历法术数，知道《崇天历》的蚀限太弱，这次月蚀的位置应该在地平线以下。然而因为我的地位卑微，不能自荐，就先通过巧妙的器物到荆王府干谒，现在再借助禳除不祥来引起朝廷的注意。"皇帝于是下诏命他去司天监考核试用。李术士与判监楚衍推算日月蚀，于是把蚀限增加了二刻，李术士被补授为司天监学生。到了熙宁元年七月某日，辰时应在东方发生的日蚀却没有应验。原来是蚀限太强了，历官都因此被贬职处分。同时命令监官周琮重新修定历法，于是又减去庆历年间所增加的二刻蚀限。然而本来想姑且算出熙宁年间的日蚀，不料庆历年间的日月蚀又不准了，因此长时间地讨论纷纷，最终也没有合适的算法，所以就废止了《明天历》而重新起用《崇天历》。到了熙宁五年，卫朴编制《奉元历》时，才知道以前推算日月蚀的方法只采用了太阳的平均速度，所以在太阳运行速度偏快时就算过头，在太阳运行速度偏慢时就没算到。《崇天历》与《明天历》只是加减蚀限，却都不曾推求其原因，直到卫朴时才弄清了其中的失误。

四方取象：苍龙、白虎、朱雀、龟蛇。唯朱雀莫知何物，但谓鸟而朱者，羽族赤而翔上，集必附木，此火之象也。或谓之"长离"，盖云离方之长耳。或云："鸟即凤也，故谓之凤鸟。少昊以凤鸟至，乃以鸟纪官，则所谓丹鸟氏，即凤也。"又旗旒之饰皆二物，南方曰鸟隼，则鸟、隼盖两物也。然古人取象，不必大物也。天文家"朱鸟"，乃取象于鹑，故南方朱鸟七宿，曰鹑首、鹑火、鹑尾是也。鹑有两种，有丹鹑，有白鹑，此丹鹑也。色赤黄而文，锐上秃下，夏出秋藏，飞必附草，皆火类也。或有鱼所化者。鱼，鳞虫、龙类，火之所自生也。天文东方苍龙七宿，有角亢、有尾。南方朱鸟七宿，有喙、有嗉、有翼而无尾，此其取于鹑欤。

【译文】四个方位的象征神物是：苍龙、白虎、朱雀、龟蛇。唯独朱雀不知道是什么东西，只说是朱红颜色的鸟，羽毛赤红而能飞翔，降下来一定落在树木上，这是火的象征。也有人说朱雀是"长离"，意思是说它是南方之主。还有人说："鸟就是凤凰，所以称为凤鸟。少昊因为即位时有凤鸟降临，于是就以鸟来称呼官职，那么所谓的丹鸟氏就是凤凰。"此外，方位旗上的装饰都是两件东西，南方的称为鸟隼，可见鸟和隼是两种东西。然而古人所取的形象，不一定是大东西。天文家所取的"朱鸟"之象，实际上是鹌鹑，所以南方的朱鸟七宿，有鹑首、鹑火、鹑尾三个部分。鹌鹑有两个种类，一种是丹鹑，一种是白鹑，天文家所取的就是丹鹑。其毛色红黄而有花纹，头小尾秃，夏天时出没，秋天就躲藏起来，飞翔时必定依附草丛，都与火的属性类似。也有的鹑是鱼变化而成的，鱼属于鳞虫与龙的同类，火就是由这些动物所产生出来的。天象上东方的苍龙七宿，有角、有喉、有尾巴。南方的朱鸟七宿，有喙、有喉、有翅膀却没有尾巴，这恐怕就是采取了鹌鹑的形象吧。

司马彪《续汉书》候气之法："于密室中以木为案，置十二律琯，各如其方。实以葭灰，覆以缇縠，气至则一律飞灰。"世皆疑其所置诸律，方不逾数尺，气至独本律应，何也？或谓："古人自有术。"或谓："短长至数，冥符造化。"或谓："支干方位，自相感召。"皆非也。盖彪说得其略耳，唯《隋书·志》论之甚详。其法：先治一室，令地极平，乃埋律琯，皆使上齐，入地则有浅深。冬至阳气距地面九寸而止。唯黄钟一琯达之，故黄钟为之应。正月阳气距地面八寸而止，自太蔟以上皆达，黄钟大吕先已虚，故唯太蔟一律飞灰。如人用针彻其经渠，则气随针而出矣。地有疏密，则不能无差忒，故先以木案隔之，然后实土案上，令坚密均一。其上以水平其概，然后埋律其下，虽有疏密，为木案所节，其气自平，但在调其案上之土耳。

【译文】司马彪在《续汉书》中讲到的"候气之法"是："在密室中准备一个木材制作的案板，把十二根律管按照各自的方位摆放好。在管里面填上芦苇内壁上薄膜的灰，管口再盖上轻薄的丝织品，节气到了则相应的那一根律管中的灰就会飞起来。"然而世人都怀疑，那些放好的律管之间相隔不到数尺，为什么节气到了时只有对应的一根律管会受到感应呢？有人说："这是古人自有的法术。"又有人说："律管的长短达到了一定的长度，就会冥冥中自与造化相符。"还有人说："干支的方位与节气可以相互感召。"但这些说法都是不对的。大概是因为司马彪说得过于简略了，就只有《隋书·律历志》介绍得较为详细。其方法是：先整理好一间房子，使其地面非常平整，然后就把律管埋入土中，使管口与地面齐平，埋入地下的部分则有深有浅。冬至的时候，阳气停止在距地面九寸的地方。只有黄钟这一根律管能达到这样的深度，所以黄钟管会为这一气发生反应。正月的时候，阳气停止在距离地面八寸的地方，比太蔟管长的律管都能达到这个深度，但是黄钟、大吕管中的灰在此之前就已经飞走了，所以只有太蔟这一根律管的灰会飞起。假如有人拿针在管口盖的丝织品上穿一个孔，那么阳气就会随着针孔而逸出。因为土壤有疏密松紧，就不可能不产生误差，所以先要用木头案板来阻隔好，然后把土填在案板上，使其紧密如一，表面再用水来量齐水平度，然后再埋好律管。这样虽然下面的土壤有疏密，但是被木案板所调节，阳气的到达自然就平准了，不过还要调节案板上的土才能达到目的。

《易》有纳甲之法，未知起于何时。予尝考之，可以推见天地胎育之理。乾纳甲壬，坤纳乙癸者，上下包之也。震、巽、坎、离、艮、兑纳庚、辛、戊、己、丙、丁者，六子生于乾坤之包中，如物之处胎甲者。左三刚爻，乾之气也；右三柔爻，坤之气也。乾之初爻交于坤，生震，故震之初爻纳子午；乾之初爻子午故也。中爻交于坤，生坎，初爻纳寅申。震纳子午，顺传寅申，阳道顺；上爻交于坤，生艮，初爻纳辰戌亦顺传也。坤之初爻交于乾，生巽，故巽之初爻纳丑未；坤之初爻丑未故也。中爻交于乾，生离，初爻纳卯酉；巽纳丑未，逆传卯酉，阴道逆。上爻交于乾，生兑，初爻纳巳亥。亦逆传也。乾坤始于甲乙，则长男、长女乃其次，宜纳丙丁；少男、少女居其末，宜纳庚辛。今乃反此者，卦必自下生，先初爻，次中爻，末乃至上爻。此《易》之叙，然亦胎育之理也。物之处胎甲，莫不倒生，自下而生者，卦之叙，而冥合造化胎育之理。

纳音图

此至理合自然者也。凡草木百谷之实，皆倒生，首系于干，其上抵于隶处，反是根。人与鸟兽生胎，亦首皆在下。

【译文】《易》有纳甲的方法，但不知道起源于什么时候。我曾经对它们进行过考察，觉得其法可以推广到大自然孕育万事万物的道理。乾纳甲、壬，坤纳乙、癸，这是在上下包孕其他的卦。震、巽、坎、离、艮、兑纳庚、辛、戊、己、丙、丁，是指六名子女产生在乾坤的包孕之中，就好比事物处在胞胎的阶段。左侧的三支阳爻，是乾的气息；右侧三支阴爻，是坤的气息。乾的初爻与坤交合而生出震，所以震的初爻纳子、午；这是因为乾的初爻是子、午的缘故。乾的中爻与坤交合而生出坎，所以坎的初爻纳寅、申；震纳子、午，顺向传承到寅、申，阳气的运行是顺向的。乾的上爻与坤交合而生出艮，所以艮的初爻纳辰、戌；也是顺向相传的。坤的初爻与乾交合而生出巽，所以巽的初爻纳丑、未；这是因为坤的初爻是丑、未的缘故。坤的中爻与乾交合而生出离，所以离的初爻纳卯、酉；巽纳丑、未，逆向传承到卯、酉，阴气的运行方向是逆向的。坤的上爻与乾交合而生出兑，所以兑的初爻纳巳、亥。这也是逆向传承。乾坤始于甲、乙，长男、长女跟在他们后面，应该纳丙、丁；少男、少女在最后，应该纳庚、辛。但现在却与此相反，因为卦必定从下面衍生，先初爻、其次中爻，最后才到上爻。这是《易》的次序，但也是大自然孕育万物的道理。万物处于胞胎的孕育初始阶段时，没有不是倒着生长的，从下面衍生是卦的次序，但却暗中与自然造化、孕育万物的道理相吻合。是因为这种真理合乎自然规律。大凡草木百谷的果实，都是倒着生长的，它们的头部连接在枝干上，它上面附属的果实反倒是根部。人与鸟兽生育后代时，胎儿也是头部朝下出来的。

扫码听谦德君为您导读

卷八·象数二

《史记·律书》所论二十八舍、十二律，多皆臆配，殊无义理。至于言数，亦多差舛。如所谓"律数者，八十一为宫，五十四为徵，七十二为商，四十八为羽，六十四为角。"此止是黄钟一均耳。十二律各有五音，岂得定以此为律数？如五十四，在黄钟则为徵，在夹钟则为角，在中吕则为商。兼律有多寡之数，有实积之数，有短长之数，有周径之数，有清浊之数。其八十一、五十四、七十二、四十八、六十四，止是实积数耳。又云："黄钟长八寸七分一，大吕长七寸五分三分一，太蔟长七寸七分二，夹钟长六寸二分三分一，姑洗长六寸七分四，中吕长五寸九又三分二，蕤宾长五寸六分二分一，林钟长五寸七分四，夷则长五寸四分三分二。南吕长四寸七分八，无射长四寸四又三分二，应钟长四寸二又三分二。"此尤误也。此亦实积耳，非律之长也。盖其间字又有误者，疑后人传写之失也。余分下分母，凡"七"字皆当作"十"字，误屈其中画耳。黄钟当作"八寸十分一",太蔟当作"七寸十分二",姑洗当作"六寸十分四",林钟当作"五寸十分四",南吕当作"四寸十分八"。凡言"七分"者,皆是"十分"。

【译文】《史记·律书》所谈论的二十八星宿、十二律,大多都是主观随意搭配出来的,一点都没有道理。乃至于所讲的律数也有很多错误。例如,它所说的"律数以八十一为宫、五十四为徵、七十二为商、四十八为羽、六十四为角",只是就黄钟宫这一调而言的。十二音律各有五个音阶,怎么能把这些固定为律数呢? 比如五十四,在黄钟宫就是徵声的数值,在夹钟宫就是角声的数值,在中吕宫就是商声的数值。加上音律有多寡之数、实积之数、短长之数、周径之数、清浊之数等各种标准。上述所谓的八十一、五十四、七十二、四十八、六十四,则只是实积之数而已。它又说:"黄钟长八寸七分之一,大吕长七寸五又三分之一,太蔟长七寸七分之二,夹钟长六寸二又三分之一,姑洗长六寸七分之四,中吕长五寸九又三分之二,蕤宾长五寸六又二分之一,林钟长五寸七分之四,夷则长五寸四又三分之二,南吕长四寸七分之八,无射长四寸四又三分之二,应钟长四寸二又三分之二。"这些说法则更为错误。因为这也是实积数而已,不是律管的长度。而且其中的文字还有讹误,因此怀疑是后人传抄过程中弄错的。其余数下面的分母,凡是"七"字都应该是"十"字,是传抄者误把中间的一竖写弯曲了。黄钟当作"八寸十分一",太蔟当作"七寸十分二",姑洗当作"六寸十分四",林钟当作"五寸十分四",南吕当作"四寸十分八"。凡说"七分"的,其实都是"十分"。

今之卜筮，皆用古书，工拙系乎用之者。唯其寂然不动，乃能通天下之故。人未能至乎无心也，则凭物之无心者而言之。如灼龟墨瓦，皆取其无理，则不随理而震，此近乎无心也。

【译文】现在的卜筮，都使用古代的典籍，但运用得好不好要看使用的人怎么样。因为古书能够寂然不动，所以从中可以通晓天下万事。但人却不能达到没有思维的寂然状态，因此就需要借助没有思维的东西来立言。比如灼烧龟甲后形成裂纹之类的，都是取其没有主观理性，所以也不会受到理性影响而改变，这就是近于无心的状态。

吕才为卜宅、禄命、卜葬之说，皆以术为无验。术之不可恃，信然，而不知彼皆寓也。神而明之，存乎其人，故一术二人用之，则所占各异。人之心本神，以其不能无累，而寓之以无心之物，而以吾之所以神者言之，此术之微，难可与俗人论也。才又论："人姓或因官，或因邑族，岂可配以宫商？"此亦是也。如今姓敬者，或更姓文，或更姓苟。以文考之，皆非也。敬本从苟音亟、从攴，今乃谓之苟与文，五音安在哉？此为无义，不待远求而知也。然既谓之寓，则苟以为字，皆寓也，凡视听思虑所及，无不可寓者。若以此为妄，则凡祸福吉凶、死生变化、孰为非妄者？能齐乎此，然后可与论先知之神矣。

【译文】吕才谈论的选宅、运命、丧葬的说法中，都认为术数是无法验证的。术数不可倚信，的确是这样，但是吕才不知道那些占验却都是有所寄托的。它们能不能灵验，关键在于运用者，所以同一数术由两个不同的人使用，他们占卜的结果却各不相同。人的心灵本身就是通灵的，但因为心灵不能不受到影响，所以就要寄托在没有心灵的事物上，借助我们认为神明的东西来述说，这就是术数的精微之处，难以与一般人讨论。吕才又说："人的姓氏有的来自官职，有的来自封邑，怎么能与音律相匹配呢？"这也是对的。例如现在姓敬的人，有的后来改姓文，有的改姓苟。但按照字面来考察，都是不对的。"敬"字本来从茍音亟、从攴，现在却称作苟与文，本身蕴涵的五音又在哪里呢？从这一点来看这种说法是没有意义的，不需要深入考究就能明白。然而既然说那些占验都是一种寄托，那么只要把它们作为文字，就都能变成一种寄托，凡是看到、听到、想到、考虑到的，就没有什么不是寄托的。但如果把占验看作是虚妄的东西，那么凡是祸福吉凶、死生变化，哪一样不是虚妄的呢？能理解到这个程度，然后才可以去讨论先知的神明。

历法，天有黄、赤二道，月有九道。此皆强名而已，非实有也。亦由天之有三百六十五度，天何尝有度？以日行三百六十五日而一期，强谓之度，以步日月五星行次而已。日之所由，谓之黄道；南北极之中，度最均处，谓之赤道；月行黄道之南，谓之朱道；行黄道之北，谓之黑道。黄道之东，谓之青道；黄道之西，谓之白道。黄道内外各四，并黄道为九。日月之行，有迟有速，难可以一术御也。故因其合散，分为数段，每段以一色名之，欲以别算位而已。如算法用赤筹、黑筹，以别正负之数。历家不知其意，遂以谓实有九道，甚可嗤也。

【译文】根据历法说明，天上有黄道与赤道，月亮运行也有九条轨道。但这些都是人们勉强安上的名称而已，并不是实际所具有的。再比如说，认为天有三百六十五度，但天何尝有度数呢？因为太阳运行三百六十五天而形成一个周期，所以人们勉强地为之划分了刻度，以方便来推算太阳、月亮、五星的运行轨道而已。太阳所运行的轨道称为黄道；南北极之间，最中间且与四周距离最均匀的纬线称为赤道；月亮运行在黄道以南时，其轨道就称为朱道；运行在黄道以北时，其轨道就称为黑道。在黄道以东时，就称为青道；在黄道以西时，就称为白道。黄道内外各有四道，再加上黄道一共就是九道。太阳、月亮的运行速度，有时迟缓、有时迅速，很难用一种方法来测量与概括。所以根据它们的会合与离散的情况，可以分成数段区域，每段区域用一种颜色来命名，准备用来区分与计算它们所在的方位而已。就像计算方法上用赤筹、黑筹来区分正、负数一样。然而历法家却不明白它的用意，就以为真的有九条轨道，真是可笑。

二十八宿，为其有二十八星当度，故立以为宿。前世测候，多或改变。如《唐书》测得毕有十七度半，觜只有半度之类，皆谬说也。星既不当度，自不当用为宿次，自是浑仪度距疏密不等耳。凡二十八宿度数，皆以赤道为法。唯黄道度有不全度者，盖黄道有斜、有直，故度数与赤道不等。即须以当度星为宿，唯虚宿末有奇数，自是日之余分，历家取以为斗分者，此也。余宿则不然。

【译文】二十八星宿的由来，是因为它们有二十八颗星处在恰当的度数上，因此被立为了星宿。但是前代测量时，多次有人改变它们的度数。例如《唐书》记载说测得毕宿占十七度半，觜宿只有半度之类的，都是错误的说法。星星既然不在恰当的度数上，也自然不应当作为标定行星轨迹的星宿，这应该是浑仪刻度疏密不均而导致的。凡是二十八星宿的度数，都要以赤道度数为标准。只有黄道的度数有不是整度的情况，这是因为黄道有斜、有直，所以它的度数与赤道的度数不完全等同。但必须以处在恰当度数上的星体作为星宿，而只有虚宿的末尾带有小数，这本来是周天度数中的余数，此前的历法家取作斗分运算的就是这个余数。其余的星宿就不是这样的。

予尝考古今历法五星行度，唯留逆之际最多差。自内而进者，其退必向外；自外而进者，其退必由内。其迹如循柳叶，两末锐，中间往还之道，相去甚远。故两末星行成度稍迟，以其斜行故也；中间成度稍速，以其径绝故也。历家但知行道有迟速，不知道径又有斜直之异。熙宁中，予领太史令，卫朴造历，气朔已正，但五星未有候簿可验。前世修历，多只增损旧历而已，未曾实考天度。其法须测验每夜昏、晓、夜半月及五星所在度秒，置簿录之，满五年，其间剔去云阴及昼见日数外，可得三年实行，然后以算术缀之。古所谓"缀术"者，此也。是时司天历官，皆承世族，隶名食禄，本无知历者，恶朴之术过己，群沮之，屡起大狱。虽终不能摇朴，而候簿至今不成。《奉元历》五星步术，但增损旧历，正其甚谬处，十得五六而已。朴之历术，今古未有，为群历人所沮，不能尽其艺，惜哉！

【译文】我曾经考核过古今历法中五大行星运行的度数数据，发现只有行星处于稽留和逆行时的数据相差得最多。从黄道以北顺行的行星，逆行时必定会在黄道以南；从黄道以南顺行的行星，逆行时必定在黄道以北。它的轨迹就像沿着柳叶运行一样，两头尖，中间往返的轨道则相去甚远。所以，行星运行到两端时速度就较慢，这是因为它相对于黄道是斜行的缘故；运行到中间时速度就较快，这是因为它径直穿过黄道的缘故。历法家们只知道行星的运行速度有快慢，却不知道它们的运行轨迹有斜直的不同。熙宁年间，我曾经担任太史令，卫朴修造新历，节气、朔望都已经校正，但只有五大行星还没有观测记录可以检验。前代修造新历法，大多只是对旧历进行增删而已，没有实际考察过天体的运行度数。观测的方法是必须检验每天黄昏、拂晓以及夜半时月亮和五大行星所在的位置，并设置簿册记录下来，观测满五年，并剔除中间因为多云阴天和它们在白天出现无法观测的日子，可以得到三年的实际运行资料，然后用算法推算出其完整的轨迹，这就是古代所谓的"缀术"。当时司天监的官员，都是世袭相承的，大多靠挂名领取俸禄，根本就不懂历法，他们嫉妒卫朴的本领超过了自己，就聚在一起阻挠卫朴，多次挑起重大的诉讼案件。虽然最终也无法动摇卫朴的位置，但是却使得观测记录至今还没做完。因此，《奉元历》要推算五大行星的运行，也只能通过增删旧历，纠正其中的错误之处，但准确率也只有达到十分之五六而已。卫朴的历算才能是古今所没有过的，却被一群历官阻挠，不能充分发挥他的本领，实在是可惜啊!

国朝置天文院于禁中，设漏刻、观天台、铜浑仪，皆如司天监，与司天监互相检察。每夜天文院具有无谪见、云物、祯祥，及当夜星次，须令于皇城门未发前到禁中。门发后，司天占状方到，以两司奏状对勘，以防虚伪。近岁皆是阴相计会，符同写奏，习以为常，其来已久，中外具知之，不以为怪。其日月五星行次，皆只据小历所算躔度誊奏，不曾占候，有司但备员安禄而已。熙宁中，予领太史，尝按发其欺，免官者六人。未几，其弊复如故。

【译文】本朝在皇宫禁苑内设有天文院，所设的漏刻、观天台、铜浑仪等仪器，都和司天监的配置一样，以便与司天监互相检查监督。每天夜里天文院要报告上奏有没有吉凶灾异、云物、祥瑞的天象以及当夜的行星位置等记录，必须在皇城还没有开门之前送到宫中。皇城门开启后，司天监的观测报告才送到，拿这两部门的报告相互核对，以防止弄虚作假。但是近年来，两个部门都是私下里商量好，把报告上写一样的内容，这种做法习以为常，由来已久了，朝廷内外的官员都知道，也都不以为怪。报告中的那些太阳、月亮以及五大行星的运行方位，都仅仅是根据民间历法推算的行度抄录上报，根本没有实际观测过，历法官员也只是占着位置而白领俸禄而已。熙宁年间，我担任太史，曾经揭露过这种欺诈行为，罢免了六个人的官职。但是没有过多久，这种弊病依然如故。

司天监铜浑仪，景德中历官韩显符所造，依仿刘曜时孔挺、晁崇、斛兰之法，失于简略。天文院浑仪，皇祐中冬官正舒易简所造，乃用唐梁令瓒、僧一行之法，颇为详备，而失于难用。熙宁中，予更造浑仪，并创为玉壶浮漏、铜表，皆置天文院，别设官领之。天文院旧铜仪，送朝服法物库收藏，以备讲求。

【译文】司天监的铜浑仪，是景德年间司天监官员韩显符所铸造的，依据的是前赵刘曜时孔挺、北魏晁崇、斛兰的方法，但有过于简略的缺点。天文院的浑仪，是皇祐年间司天监冬官正舒易简制造的，采用了唐代梁令瓒和僧一行的方法，较为详密完备，但缺点是难于使用。熙宁年间，我重新制造了浑仪，同时创制了玉壶浮漏和铜圭表等仪器，都放置在天文院，另外专门设置了官员来管理。天文院的旧铜仪则被送到朝服法物库收藏，以备参考。

卷九·人事一

　　景德中，河北用兵，车驾欲幸澶渊，中外之论不一，独寇忠愍赞成上意。乘舆方渡河，虏骑充斥，至于城下，人情恟恟。上使人微觇准所为，而准方酣寝于中书，鼻息如雷。人以其一时镇物，比之谢安。

　　【译文】景德年间，河北地区发生了辽军大举南下侵扰的战事，皇上想要御驾亲征澶渊督战，但朝廷内外意见不一，唯独寇准完全赞同皇上的主张。当皇上和大队宋军的的车马刚刚渡过黄河时，辽军的骑兵就已经大规模地兵临城下了，因此城中人都非常惶恐不安。于是皇上命人悄悄查看寇准此时在做什么，不料寇准正在随军的宰相议事处睡得非常深沉，鼾声犹如雷声大作。人们便把他这种在战时镇定人心的做法，与晋朝名将谢安相比。

　　武昌张谔，好学能议论，常自约：仕至县令则致仕而归，后登进士第,除中允。谔于所居营一舍,榜为中允亭,以志素约也。后谔稍稍进用,数年间为集贤校理、直舍人院、检正中书五房公事、判司农寺,皆要官,权任渐重。无何,坐事夺数官,归武昌。未几捐馆,遂终于太子中允。岂非前定?

【译文】武昌人张谔喜欢学习,也善于对人或事发表自己的意见,他曾经自我规定:当官至县令后就退休回家。后来,他考中了进士,被授予中允的官职。于是,张谔就在自己的居住处造了一间屋舍,并题名为"中允亭",用来记下平生的志向。之后张谔逐渐被提拔重用,数年之间,已经担任了集贤校理、直舍人院、检正中书五房公事、判司农寺等官职,这些都是显要部门的官位,执掌的权力也在逐步扩大。但是没过多久,张谔就因事获罪,并被削去了多个官职,回到武昌。回去不久就去世了,而最终的官职就是太子中允。这难道不是冥冥中注定的吗?

许怀德为殿帅,尝有一举人,因怀德乳姥求为门客,怀德许之。举子曳襕拜于庭下,怀德据座受之。人谓怀德武人不知事体,密谓之曰:"举人无设阶之礼,宜少降接也。"怀德应之曰:"我得打乳姥关节秀才,只消如此待之!"

【译文】许怀德担任殿前司主帅时,曾经有一个举人,通过许怀德奶妈的关系,谋求做许怀德门下的食客,许怀德答应了他。于是这位举人便拖着襕衫在厅堂阶下拜见他,许怀德也在堂上坐在座椅上接受了他的拜见。有人认为,许怀德毕竟是个武人,不懂事理，就私下里对他说："举人没有在阶下行礼的礼节，您应该稍微下阶迎接。"许怀德回答他说："对于一个通过我的奶妈来说人情的秀才，我也只需要这样对待！"

夏文庄性豪侈，禀赋异于人：才睡，即身冷而僵，一如逝者；既觉，须令人温之，良久方能动。人有见其陆行，两车相连，载一物巍然，问之，乃绵帐也，以数千两绵为之。常服仙茅、钟乳、硫黄，莫知纪极。晨朝每食钟乳粥。有小吏窃食之，遂发疽，几不可救。

【译文】夏竦生性奢华，但天赋异禀：当他刚刚睡下时，就会浑身冰冷且僵硬，像死去的人一样；睡醒后，还需要让别人来温暖他，要很长一段时间后才能活动自如。有人曾经看见他在路上行走时，驾着相互连接的两辆车子，车上面载着一个很高的东西，问他那是什么，原来是一个绵帐篷，是用数千两丝绵制成的。平时，夏竦还经常服食仙茅、钟乳、硫黄等中药，没有限度。每天早晨，他都要食用钟乳粥，有一个小吏偷偷吃了这种粥，身上立刻长出了毒疮，几乎无法救治。

郑毅夫自负时名，国子监以第五人送，意甚不平。谢主司启词，有"李广事业，自谓无双；杜牧文章，止得第五"之句。又云："骐骥已老，甘驽马以先之；臣鳌不灵，因顽石之在上。"主司深衔之。他日廷策，主司复为考官，必欲黜落，以报其不逊。有试业似獬者，枉遭斥逐；既而发考卷，则獬乃第一人及第。

【译文】郑獬自认为享有一时的名望，却被国子监作为第五名选送，心中非常不满。所以在答谢主考官的书信中写道"创建了像李广一般的功绩，自认为是举世无双；又具有像杜牧一样的文采，却也只落得第五名"的句子。文中又这样写道："骏马已经老却，所以甘心让劣马跑在它前面；巨大的海龟不灵便了，是因为有一块愚蠢无知的石头压在它上面。"由此，主考官怀恨在心。等到君王在宫殿内亲自考核选送考生的那一天，这位主考官又被任命为主考人，他一心想着一定要让郑獬落选，借以报复他的傲慢。有一个人的试卷文风很像郑獬，就冤枉地被斥落在榜外，不久，等到揭开考卷发榜时，发现郑獬竟以第一的名次进士及第。

又嘉祐中，士人刘幾，累为国学第一人。骤为怪险之语，学者翕然效之，遂成风俗。欧阳公深恶之，会公主文，决意痛惩，凡为新文者一切弃黜。时体为之一变，欧阳之功也，有一举人论曰："天地轧，万物茁，圣人发。"公曰："此必刘幾也。"戏续之曰："秀才剌，试官刷。"乃以大朱笔横抹之，自首至尾，谓之"红勒帛"，判大纰缪字榜之。即而果幾也。复数年，公为御试考官，而幾在庭。公曰："除恶务本，今必痛斥轻薄子，以除文章之害。"有一士人论曰："主上收精藏明于冕旒之下。"公曰："吾已得刘幾矣。"既黜，乃吴人萧稷也，是时试《尧舜性仁赋》，有曰："故得静而延年，独高五帝之寿；动而有勇，形为四罪之诛。"公大称赏，擢为第一人，及唱名，乃刘辉。人有识之者曰："此刘幾也，易名矣。"公愕然久之。因欲成就其名，小赋有"内积安行之德，盖禀于天"，公以谓"积"近于"学"，改为"蕴"，人莫不以公为知言。

【译文】嘉祐年间，有一个士人叫作刘幾，多次被国子监选为第一名。他经常用怪僻险涩的语言写文章，引得其他学生也都一味地效仿他，于是形成了一时文风。但是欧阳修非常讨厌这种文风，正好赶上他主持贡举，就决心严加惩戒，使凡是写这种文章的举子一律黜落。让当时的文风为之一变，这就是欧阳修的功劳，有一个举人在文章中写道："尽管遭受了天地的排挤，但万物仍在茁壮成长，圣人也由此被发掘出来。"欧阳修一见此语，就说："这必定是刘幾的卷子。"因而戏谑地补续了"秀才剌，主考官刷除"的句子，又用大红笔把这篇文章从头到尾横着涂抹了一遍，称之为"红勒帛"，并用红笔写上"大纰缪"几个字把它张榜公布。后来一看，果然是刘幾的卷子。又过了几年，欧阳修升任殿试主考官，适逢刘幾也在这场考试中。欧阳修便说："去除邪恶必须尽力，现在更要严厉斥责言语轻佻的士子，以革除文章的弊端。"有一个士人在文章中论道："君主已经将世上的精英收罗在自己的身边了。"欧阳修一见此语，便说："我已经找到刘幾的卷子了。"等到斥落此人后，才发现这是江浙人萧稷的考卷。当时的考试题目是《尧舜性仁赋》，有人写到："故得静而延年，独高五帝之寿；动而有勇，形为四罪之诛。"欧阳修对此大为称赏，选拔此人为第一名，等到发榜唱名的时候，发现其名为刘辉。有人认识这个人，就说："这其实就是刘幾，他是改名参加考试的。"欧阳修吃惊了很久。于是就想成就他的名声，于是对他的小赋中的"内积安行之德，盖禀于天"一句稍作修改，欧阳修认为句中的"积"字近于"学"，不如改为"蕴"字，听说此事的人没有不说欧阳修改得好的。

古人谓贵人多知人，以其阅人物多也。张邓公为殿中丞，一见王东城，遂厚遇之，语必移时，王公素所厚唯杨大年，公有一茶囊，唯大年至，则取茶囊具茶，他客莫与也。公之子弟，但闻"取茶囊"，则知大年至。一日公命"取茶囊"，群子弟皆出窥大年；及至，乃邓公也。他日，公复取茶囊，又往窥之，亦邓公也。子弟乃问公："张殿中者何人，公待之如此？"公曰："张有贵人法，不十年当据吾座。"后果如其言。

【译文】古代的人常说有身份的人大多具有识别人的品行和才能的眼力，是因为他们观察的人物很多。张士逊担任殿中丞时，初次结识王旦，就被他以非常的热情相待，每次谈话的时间都很长，王旦平时热情接待的只有杨亿，他备有一个装茶的袋子，只有杨亿来了，才会用茶袋里的茶叶为杨亿泡茶，其他客人来都没有这项待遇。王旦的家中的孩子们，只要听到说"取茶囊"，就知道是杨亿来了。有一天，王旦命令"取茶囊"，一群孩子们都出来想偷偷看看杨亿，等客人到了，才发现是张士逊。又有一天，王旦又命令"取茶囊"，孩子们又过去偷看，发现又是张士逊。于是它们便问王旦："这个殿中丞张士逊是什么人啊，您待他如此热情？"王旦说："张士逊有贵人相貌，不出十年，必当接替我的位置。"后来果然就像他说的那样。

又文潞公为太常博士,通判兖州,回谒吕许公。公一见器之,问潞公:"太博曾在东鲁,必当别墨。"令取一丸墨濒阶磨之,揖潞公就观:"此墨何如?"乃是欲从后相其背。既而密语潞公日:"异日必大贵达。"即日擢为监察御史,不十年入相。潞公自庆历八年登相,至七十九岁,以太师致仕,凡带平章事三十七年,未尝改易。名位隆重,福寿康宁,近世未有其比。

【译文】文彦博任太常博士时,又任兖州的通判,回京后拜见吕夷简。吕夷简一看到他就十分器重他,并借故问文彦博道:"您曾经去过东鲁,一定能识别墨的优劣吧。"于是命人取来小一颗墨球,在临近的台阶上打磨,拉着文彦博来看,并问道:"这块墨怎么样?"其实是想从后面观察他的背部。不一会儿,吕夷简小声地对文彦博说:"你以后一定会十分显贵。"不久,文彦博就被提拔为监察御史,不到十年又升为宰相。文彦博从庆历八年登上宰相之位,到他七十九岁时,以太师的身份退休,带着同中书门下平章事的职衔有三十七年,一直没有变动过。他位高名重,多福长寿,在近世以来,无人能比。

王延政据建州,令大将章某守建州城,尝遣部将刺事于军前,后期当斩,惜其材,未有以处,归语其妻。其妻连氏有贤智,私使人谓部将曰:"汝法当死,急逃乃免。"与之银数十两,曰:"径行,无顾家也。"部将得以潜去,投江南李主,以隶查文徽麾下。文徽攻延政,部将适主是役。城将陷,先喻城中："能全连氏一门者，有重赏。"连氏使人谓之曰："建民无罪，将军幸赦之。妾夫妇罪当死，不敢图生。若将军不释建民妾愿先百姓死，誓不独生也。"词气感慨，发于至诚。不得已为之，戢兵而入，一城获全。至今连氏为建安大族，官至卿相者相踵，皆连氏之后也。

【译文】王延政占据建州后，命令大将章某镇守建州城，章某曾派部将去刺探敌方军情，部将因为延误了军期，按律应当处斩，但章某可惜他的才华，所以没有按军法处置，于是章某回去后与妻子商量此事。他的妻子连氏，既贤惠又有智谋，她偷偷派人跟部将说："按照军法你应当被处死，现在你赶快逃跑，才能避开这一死罪。"并给了他数十两银子，又说："直接走，不要惦念家了。"那位部将因此得以逃走，投靠了南唐李主，隶属于查文徽的部队。后来，查文徽攻打王延政时，这位部将恰好是这场战役的主将。当城池将要被攻破时，部将先对城中军民说："谁能保全连氏一家的人，可以得到重金奖赏。"连氏听得此话后，却派人对他说："建州城内的百姓是没有罪过的，希望将军能赦免他们。而我与丈夫是罪该万死的，也不敢谋求活命。您如果不放过建州的百姓，我宁愿死在百姓之前，发誓不独自存活。"这些既动人又慷慨的话语，出自内心的诚恳，使得这位部将不得不按照连氏的要求，整顿部队收敛了兵器进城，使全城百姓的性命得以保全。直到现在，姓连的还是建州一带的望族，官位到达卿相的接连出现，这些人都是连氏的后裔。

又李景使大将胡则守江州，江南国下，曹翰以兵围之三年，城坚不可破。一日，则怒一饔人鲙鱼不精，欲杀之。其妻遽止之曰："士卒守城累年矣。暴骨满地，奈何以一食杀士卒耶？"则乃舍之。此卒夜缒城，走投曹翰，具言城中虚实。先是，城西南依险，素不设备。卒乃引王师自西南攻之，是夜城陷，胡则一门无遗类。二人者，其为德一也，何其报效之不同？

【译文】南唐中主李景曾大将胡则镇守江州，此时南唐的国都已经被攻占了，曹翰率军包围了江州，也已有三年，但由于江州城十分坚固，所以没有被攻占。一天，胡则因为一名厨师烧鱼没有烧好而大发脾气，想要杀了他。胡则的妻子赶忙阻止他说："士卒坚守此城已经好几年了。现在满地都是暴露的尸骨，你怎么能因为一份菜肴再去杀死士兵呢？"于是胡则就放了这个人。这个役卒夜里就从城墙上顺着绳子逃跑出城，投靠了曹翰，并把江州城中的情况全部告诉了曹翰。在这之前，江州城的西南一带仗着有险恶的地势，一直没有设置防守的兵力，于是这个士兵就带着曹翰的部队从西南方向进攻江州城，这天夜里，江州城沦陷，胡则一家没有一个活下来的。连氏与胡则的妻子，她们二人给人的恩德是一样的，但得到的回报却是多么的不同啊？

王文正太尉局量宽厚，未尝见其怒。饮食有不精洁者，但不食而已。家人欲试其量，以少埃墨投羹中，公唯啖饭而已。问其何以不食羹，曰："我偶不喜肉。"一日又墨其饭，公视之曰:"吾今日不喜饭,可具粥。"其子弟愬于公曰:"庖肉为饔人所私,食肉不饱,乞治之。"公曰:"汝辈人料肉几何?"曰:"一斤,今但得半斤食,其半为饔人所廋。"公曰:"尽一斤可得饱乎?"曰:"尽一斤固当饱。"曰:"此后人料一斤半可也。"其不发人过皆类此。尝宅门坏,主者彻屋新之,暂于廊庑下启一门以出入。公至侧门,门低,据鞍俯伏而过,都不问。门毕,复行正门,亦不问。有控马卒,岁满辞公,公问:"汝控马几时?"曰:"五年矣。"公曰:"吾不省有汝。"既去,复呼回曰:"汝乃某人乎?"于是厚赠之。乃是逐日控马,但见背,未尝视其面,因去见其背,方省也。

【译文】太尉王旦为人宽宏大量,从未见他发怒过。在吃喝的东西中有不好或者不干净的,他也只是不吃而已。家人想试探他的度量,就把一些细小的墨渣放到他的肉羹里,王旦就只吃饭。家人问他为什么不吃肉羹,他说:"我偶尔也不喜欢吃肉。"一天,家人又把墨渣倒进他的饭里,王旦看了看自己碗中的饭,说:"我今天不喜欢吃饭了,可以给我准备一些粥。"后来,他的孩子告诉他说:"厨房里的肉常常被厨师私占,我们都吃不饱,希望您整治一下。"王旦便对孩子们说:"你们吃多少肉能饱呢?"答道:"一斤,但现在只能得到半斤肉,另外的半斤都被厨师中饱私囊了。"王旦说:"给够你们一斤的话能吃饱吗?"答道:"给足一斤当然能吃饱。"王旦就说:"那以后给你们每人一斤半就行了。"王旦不愿意揭发别人的过错就与上述做法类似。曾经遇上家里的大门坏了,负责修门的人把门拆下来重修,所以就暂时在堂前门廊下开了一扇小门进出。王旦来到这个侧门，发现门楣太低了，只好就在马鞍上俯下身子过去，却从未问过为何要走这样的门。等到新门修好了，又继续走正门，他也没打听过。有一个负责牵马的役卒，因为服役期满，向王旦辞别，王旦问："你驾驭马车有多久时间了？"答道："五年了。"王旦说："我怎么不记得你呢？"等这人往外走，王旦又叫他回来说："你是某某吧？"于是赠给他很多财物。原来是因为以前他牵马时，王旦看到的都是他的后背，没有见过他的脸，因为士卒离开时又看到他的后背，这才想起来他是谁。

石曼卿居蔡河下曲，邻有一豪家，日闻歌钟之声。其家僮仆数十人，常往来曼卿之门。曼卿呼一仆，问："豪为何人？"对曰："姓李氏，主人方二十岁，并无昆弟，家妾曳罗绮者数十人。"曼卿求欲见之，其人曰："郎君素未尝接士大夫，他人必不可见。然喜饮酒，屡言闻学士能饮酒，意亦似欲相见。待试问之。"一日，果使人延曼卿，曼卿即着帽往见之。坐于堂上，久之方出。主人著头巾，系勒帛，都不具衣冠。见曼卿，全不知拱揖之礼。引曼卿入一别馆，供张赫然。坐良久，有二鬟妾，各持一小槃至曼卿前，槃中红牙牌十余。其一槃是酒，凡十余品，令曼卿择一牌；其一槃肴馔名，令择五品。既而二鬟去，有群妓十余人，各执肴果乐器，妆服人品皆艳丽粲然。一妓酌酒以进，酒罢乐作，群妓执果肴者，萃立其前，食罢则分列其左右，京师人谓之"软槃"。酒五行，群妓皆退；主人者亦翻然而入，略不揖客，曼卿独步而出。曼卿言："豪者之状，懵然愚騃，殆不分菽麦，而奉养如此，极可怪也。"他日试使人通郑重，则闭门不纳，亦无应门者。问其近邻，云："其人未尝与人往还，虽邻家亦不识面。"古人谓之"钱痴"，信有之。

【译文】石曼卿居住在蔡河下曲时，与一户富豪人家的住处相邻，每天都可以听到他家传来歌声和乐器的演奏声。那户人家有数十个家童和仆人，经常从石曼卿门口过。一天，石曼卿叫住一个仆人，问道："这富豪是什么人？"仆人回答说："主人姓李，大概二十岁，家中没有兄弟，穿着绫罗绸缎的婢女有十几个人。"石曼卿表示想见一见这个人，那个仆人说："我家主人从来没接待过做官的人，其他人更不会接待了。但是他喜欢喝酒，又经常说起听说学士您酒量很好，好像也想和您相见。等我试探着问问他吧。"某一天，富豪之家果然派人来延请石曼卿去会面，石曼卿马上穿戴好衣帽前去拜见。在他家客厅里坐了好一会儿，等了很久主人才出来。主人戴着头巾，围着丝织的腰带，没穿会客的正装。见到石曼卿后，全不知待人接物作揖打躬的基本礼节。他带着石曼卿进入一间别馆，只见室内陈设非常华丽，令人吃惊。又坐了好一会儿，有两位婢女出来，各自拿着一个小盘来到石曼卿面前，两只盘子中放着十余枚红色的象牙骨牌。其中一只盘子中放着写了酒名的牙牌，共有十几种品名，主人请石曼卿选一种喝。而另外一只盘子中放着写了菜名的牙牌，让他选择五种。过了一会儿，这两名婢女就退下了，又有十几名婢女，各自拿着菜肴、果品、乐器进来，妆服、相貌都艳丽夺目。一名婢女斟酒送上来，喝完酒就开始奏乐，那群拿着水果、菜肴的婢女，就簇拥在两人面前，等他们吃完后就分开站在左右，京城里人称之为"软盘"。斟过五次酒后，这群婢女都退了下去，那位主人也随随便便地去了其他房间，没有作揖送客，石曼卿独自走出他家。石曼卿说道："看这位富豪的样子，既懵懂又愚蠢，恐怕连豆子和麦子都分不清楚，却得到如此优厚的生活待遇，实在是太奇怪了。"隔了几天，石曼卿派人去问候，这家却紧关着门，不让人进去，也没有人到门边回话。问他周围的邻居，他们说道："那个人从来不曾和别人来往过，即使是邻家也没见过面。"古代人们所说的"钱痴"，看来确实是有的。

颍昌阳翟县有一杜生者，不知其名，邑人但谓之"杜五郎"。所居去县三十余里，唯有屋两间，其一间自居，一间其子居之。室之前有空地丈余，即是篱门。杜生不出篱门凡三十年矣。黎阳尉孙轸曾往访之，见其人颇萧洒，自陈："村民无所能，何为见访？"孙问其不出门之因，其人笑曰："以告者过也。"指门外一桑曰："十五年前，亦曾到桑下纳凉，何谓不出门也？但无用于时，无求于人，偶自不出耳，何足尚哉！"问其所以为生，曰："昔时居邑之南，有田五十亩，与兄同耕。后兄之子娶妇，度所耕不足赡，乃以田与兄，携妻子至此。偶有乡人借此屋，遂居之。唯与人择日，又卖一药，以具饘粥，亦有时不继。后子能耕，乡人见怜，与田三十亩，令子耕之，尚有余力，又为人佣耕，自此食足。乡人贫，以医自给者甚多，自食既足，不当更兼乡人之利，自尔择日卖药，一切不为。"又问："常日何所为？"曰："端坐耳，无可为也。"问："颇观书否？"曰：

"二十年前，亦曾观书。"问："观何书？"曰："曾有人惠一书册，无题号。其间多说《净名经》，亦不知《净名经》何书也。当时极爱其议论，今亦忘之，并书亦不知所在久矣。"气韵闲旷，言词精简，有道之士也。盛寒，但布袍草履。室中枵然一榻而已。问其子之为人，曰："村童也。然质性甚淳厚，未尝妄言，未尝嬉游。唯买盐酪，则一至邑中，可数其行迹，以待其归。径往径还，未尝傍游一步也。"余时方有军事，至夜半未卧，疲甚，与官属闲话，轸遂及此。不觉肃然，顿忘烦劳。

【译文】颍昌阳翟县有一个姓杜的读书人，不知道他的名字，当地人只称呼他为"杜五郎"。他家距离县城三十余里，只有两间屋子，其中一间自己居住，另外一间他儿子住。屋的前面有一块一丈多宽的空地，再前面就是用篱笆做成的门。三十年来杜五郎未走出这篱笆门。黎阳县尉孙轸曾经去拜访过杜五郎，发现这个人颇为潇洒大方，他主动说道："我作为一介村民没什么能耐，您为什么要来呢？"于是孙轸问他不出门的原因，这人笑着说："这怕是告诉您的人说错了。"然后指了指门外的一棵桑树说："十五年前，我还曾经到这棵桑树下纳凉呢，怎么能说没出过门呢？只是现在我已成了没用的人，又对别人没有什么要求，偶尔自己不出门罢了。有什么值得称道的呢？"又问他依靠什么生活，他回答道："过去我曾经住在县城的南面，有五十亩田，和兄长一起耕作。后来，兄长的儿子娶了媳妇，考虑到耕种出来的粮食不足以养活一家人，我就把自己的田产让给兄长了，自己带着妻子和儿女来到了这里。碰巧有一位乡人把这间屋子借给我，我就居住了下来。只是靠给人算命，再卖一些草药，混口饭吃，也有断炊的时候。再后来，我儿子能耕地了，乡里人觉得我们可怜，就给了他三十亩田去耕，不过他还有余力呢，就给别人帮工，这才有足够的粮食填饱肚子。乡里人都比较贫穷，很多人也依靠行医占卜来维持生计，既然自己能吃饱，就不应该再占乡里人的利益，从这以后，什么算命啊、卖药啊，我就都不干了。"又问起他："那平日里都做些什么呢？"他说："就是端端正正地坐着，也不干什么。"问他："看些书吗？"他回答："二十年前，也曾经看过书。"问道："看什么书呢？"他答道："曾经有人送给我一本书，没有书名。书中间大多讲的《净名经》的事，也不知道《净名经》是什么书。当时特别喜欢谈论这本书，现在忘掉了，而且连书也不知道放在什么地方了。"他气度旷达，神态悠闲，说话简洁，像有修养的人。隆冬时节，他却只穿布袍和草鞋。屋子里空空荡荡的，只有一张狭长低矮的床而已。又问起他儿子的为人，他答道："只是个乡村孩子而已，但他本性非常淳朴，从不乱说话，也不曾嬉戏游荡。只有在买盐酪的时候，才会去一趟县城，可以计算他往来的路程，等他按时回来。他从来都是直接去直接回，不会去别处游玩一步。"我当时正好有军务在身，到半夜了还没有睡下，疲惫极了，就与部下谈些闲话，孙轸就说起了这个人。我听了之后不觉肃然起敬起来，顿时忘却了烦恼和疲劳。

　　唐白乐天居洛，与高年者八人游，谓之"九老"。洛中士大夫至今居者为多，继而为九老之会者再矣。元丰五年，文潞公守洛，又为"耆年会"，人为一诗，命画工郑奂图于妙觉佛寺，凡十三人：守司徒致仕韩国公富弼，年七十九；守太尉判河南府潞国公文彦博, 年七十七; 司封郎中致仕席汝言, 年七十七; 朝议大夫致仕王尚恭, 年七十六; 太常少卿致仕赵丙, 年七十五; 秘书监刘几, 年七十五; 卫州防御使冯行己, 年七十五; 太中大夫充天章阁待制楚建中, 年七十三; 朝议大夫致仕王慎言, 年七十二; 宣徽南院使检校太尉判大名府王拱辰, 年七十一; 太中大夫张问, 年七十; 龙图阁直学士通议大夫张焘, 年七十; 端明殿学士兼翰林侍读学士太中大夫司马光, 年六十四。

【译文】唐代白居易晚年闲居在洛阳, 和八位年事甚高的退休官员交游, 称为"九老"。现在闲居在洛阳的士大夫仍然很多, 于是接着又一次发起了类似九老会的聚会。元丰五年, 文彦博在洛阳任职时, 又发起了"耆年会", 与会者每人作诗一首, 请画工郑奂画在妙觉佛寺内, 总共十三人: 年已七十九岁的退休守司徒——韩国公富弼; 年已七十七岁的守太尉兼管河南府的潞国公——文彦博; 年已七十七岁的退休司封郎中——席汝言; 年已七十六岁的退休朝议大夫——王尚恭; 年已七十五岁的退休太常少卿——赵丙; 年已七十五岁的秘书监——刘几; 年已七十五岁的卫州防御使——冯行己; 年已七十三岁的太中大夫充天章阁待制——楚建中; 年已七十二岁的退休朝议大夫——王慎言; 年已七十一岁的宣徽南院使检校太尉兼管大名府的王拱辰; 年已七十岁的太中大夫——张问; 年已七十岁的龙图阁直学士通议大夫——张焘; 年已六十四岁的端明殿学士兼翰林侍读学士太中大夫——司马光。

王文正太尉气羸多病。真宗面赐药酒一注瓶，令空腹饮之，可以和气血，辟外邪。文正饮之，大觉安健，因对称谢。上曰："此苏合香酒也。每一斗酒，以苏合香丸一两同煮。极能调五脏，却腹中诸疾。每冒寒夙兴，则饮一杯。"因各出数榼赐近臣。自此臣庶之家皆仿为之，苏合香丸盛行于时，此方本出《广济方》，谓之"白术丸"，后人亦编入《千金》《外台》，治疾有殊效。余于《良方》叙之甚详。然昔人未知用之。钱文僖公集《箧中方》，"苏合香丸"注云："此药本出禁中，祥符中尝赐近臣。"即谓此也。

【译文】王旦太尉身体羸弱多病，宋真宗就当面赏赐了一瓶药酒，让他空腹时喝下，可起到调和气血，排除外来致病因素的作用。王旦喝了这药，深感安定康健多了，就乘上朝当面拜谢真宗。真宗说："这是用苏合香丸和酒合制而成的药酒。每一斗酒，要用配上一两苏合香丸一起烧煮。最能调理人体的内脏，驱除腹中的各种疾病。每次寒天早起时，就喝上一杯。"于是又拿出了几瓶赐给左右亲近的大臣。从这以后，群臣百官之家都仿造这种酒，而苏合香丸也盛行一时。其实，这个方子本来出自唐朝的医药书——《广济方》，书中称之为称为"白术丸"，后人又把它编入了《千金方》和《外台秘要》中，治疗疾病有着不寻常的功效。我也在《良方》的医药书对它有很详细的介绍。但是过去的人不知道使用它。钱惟演在他所结集的《箧中方》中，对"苏合香丸"注说："这味药本来从宫廷中传出，祥符年间皇上曾经把它赏赐给近臣。"说的就是这件事。

李士衡为馆职，使高丽，一武人为副。高丽礼币赠遗之物，士衡皆不关意。一切委于副使。时船底疏漏，副使者以士衡所得缣帛藉船底，然后实已物，以避漏湿。至海中，遇大风，船欲倾覆，舟人大恐，请尽弃所载，不尔，船重必难免。副使仓惶，悉取船中之物投之海中，更不暇拣择。约投及半，风息船定。既而点检所投，皆副使之物。士衡所得在船底。一无所失。

【译文】李士衡在担任馆职时，被派出使高丽，由一名武人担任副使。高丽君王所赠送的礼品钱财等东西，李士衡都不关心，一切都交给那位副使管理。当时，船底漏水，这位副使就将李士衡得到的那些丝织品垫在船底缝隙的上，然后再把自己所得的礼品放在上面，避免被漏进来的水弄湿。船行到大海中时，遇到了大风浪，有翻船的危险，驾舟的人十分恐惧，请求他们把船上所装载的东西都扔掉，不这样的话，由于船太重，免不了会沉没。副使在匆忙和紧张之中把船上的东西都拿出来投入海中，也没时间去挑拣选择该扔什么，不该扔什么，大约扔到一半，风停息了，船也稳定下来。过一会儿检查所扔掉的东西，发现都是副使自己的东西，而李士衡所得全都放在船底，没有一点损失。

刘美少时善锻金。后贵显，赐与中有上方金银器，皆刻工名，其间多有美所造者。又杨景宗微时，常荷畚为丁晋公筑第，后晋公败，籍没其家，以第赐景宗。二人者，方其微贱时，一造上方器，一为宰相筑第，安敢自期身飨其用哉。

【译文】刘美年轻时擅长打造金属器具，后来地位显赫了，被皇帝赐予了一些御用的金、银器具，上面都刻有工匠的名字，其中有不少是刘美他自己所打造的。杨景宗落魄的时候，曾经挑着竹筐为丁谓修建宅子，后来丁谓获罪下台，君王没收了他的家产入官，就把他的这所住宅赐给了杨景宗。这两个人，当他们社会地位低下时，一个为皇上锻造御用金银器，一个为宰相建造宅子，哪儿敢预料到自己亲身享用到这些成果呢？

旧制：天下贡举人到阙。悉皆入对，数不下三千人，谓之"群见"。远方士皆未知朝廷仪范，班列纷错，有司不能绳勒。见之日，先设禁围于著位之前，举人皆拜于禁围之外，盖欲限其前列也。至有更相抱持，以望黼座者，有司患之。近岁遂止令解头入见，然尚不减数百人。嘉祐中。余忝在解头，别为一班，最在前列，目见班中唯从前一两行稍应拜起之节，自余亦终不成班缀而罢，每为阁门之累。常言殿庭中班列不可整齐者，唯有三色，谓举人、蕃人、骆驼。

【译文】按照旧制规定：凡各地推选的举人到京城后，都要在赴考前拜见皇帝，因为人数不少于三千人，所以人们便把这一规定称为"群见"。僻远地区来的士子们都不知道朝廷的礼仪规范，队列就站得纷乱错杂，管理人员们也无法约束他们。在群见的那一天，只好在举子站立位置的前面设置禁围，让他们都在禁围以外拜见行礼，希望用这种办法控制他们前排的队形。可是一到拜见时，这些举子甚至有人互相抱举着观望御座的情况，让管理人员们非常头痛。所以近年来，就只允许乡试中第一名的举子拜见，然而人数还是不少于几百个人。嘉祐年间，我有幸在解元之列，被另外排为一队，排在最前面的行列中，亲眼见到队列中只有前面一两排的举子稍微行了拜见的礼节，而其他的队伍到拜见结束时都还没排列好，只好作罢，这件事也每每成为阁门的负担。人们常说：在宫廷中队列排不整齐的只有三种情况：举人、外族人和骆驼。

两浙田税，亩三斗。钱氏国除，朝廷遣王方赟均两浙杂税，方赟悉令亩出一斗。使还，责擅减税额，方赟以谓："亩税一斗者，天下之通法。两浙既已为王民，岂当复循伪国之法？"上从其说，至今亩税一斗者，自方赟始。唯江南、福建犹循旧额，盖当时无人论列，遂为永式。方赟寻除右司谏，终于京东转运使。有五子：皋、准、覃、巩、罕。准之子珪，为宰相，其他亦多显者。岂惠民之报欤？

【译文】两浙路的田亩税赋是每亩三斗。当吴越国被灭后，朝廷派遣王方赟去两浙路进行考察税赋的工作，王方赟便下令每亩只收一斗税。等到他回到朝廷后，皇上却责备他擅自减免税赋的收取额度，王方赟便说："每亩收一斗税，这是天下的通法。现在两浙地区已属我宋朝，那里的百姓也是君王的子民了，难道还继续遵循吴越国的法令吗？"皇上于是听从了他的主张，直到今天，两浙地区每亩收税一斗的规定，就是自王方赟那时开始的。只有江南、福建一带，仍然遵循着原先的税赋额度，大概是因为当时没人提出讨论，于是原先的规定就成为固定法令了。不久之后，王方赞升为右司谏，最后在京东转运使的任上去世。他有五个儿子：王皋、王准、王覃、王巩、王罕。其中王准的儿子王珪官至宰相，其他子孙也多有显贵。这难道不是他惠民而得到的回报吗？

孙之翰，人尝与一砚，直三十千。孙曰："砚有何异，而如此之价也？"客曰："砚以石润为贵，此石呵之则水流。"孙曰："一日呵得一担水，才直三钱，买此何用？"竟不受。

【译文】曾经有人送给孙之翰一块砚台，价值三万钱。孙之翰问："这块砚台有什么特别之处，而价值如此呢？"那位送砚台的人说："砚台以石料润泽为上品，如果对这块砚石呵气，那气就会变成水流下来。"孙之翰便说："那就算一天能呵出一担水，也仅值三个钱而已，买这个东西有什么用呢？"最终没有接受。

王荆公病喘，药用紫团山人参，不可得。时薛师政自河东还，适有之，赠公数两，不受。人有劝公曰："公之疾非此药不可治，疾可忧，药不足辞。"公曰："平生无紫团参，亦活到今日。"竟不受。公面黧黑，门人忧之，以问医。医曰："此垢污，非疾也。"进澡豆令公颒面。公曰："天生黑于予，澡豆其如予何！"

【译文】王安石患有哮喘病，配药需要用到紫团山人参，但一时之间又找不到。当时薛向从河东回来，恰好有这种药，就送了他几两，王安石推辞不接受。有人劝王安石说："您的病不吃这种药是治不好的，你的疾病令人担忧，既然送的是药就不需要推辞了。"王安石说："我平生没有吃过紫团山人参，但也活到了今天。"最终还是没有接受。王安石的脸色黑黄，他的学生们都很担忧，就去问医生，医生说："这是污渍，不是什么病。"于是就送了一些澡豆给王安石洗脸。王安石说："天给了我这张黑脸，那澡豆对我又有什么用呢？"

王子野生平不茹荤腥，居之甚安。

【译文】王子野生平不吃鱼肉等食物，生活过得也很满足。

赵阅道为成都转运使，出行部内唯携一琴一鹤，坐则看鹤鼓琴。尝过青城山，遇雪，舍于逆旅。逆旅之人不知其使者也，或慢狎之。公颓然鼓琴不问。

【译文】赵抃担任成都转运使时，在辖区内巡察，只带着一张琴和一只鹤，闲坐时就看鹤弹琴。有一次他路过青城山，遇上下大雪，就住在旅舍里。旅舍里的人不知道他是当地的转运使，有的还轻慢、戏弄他，但他只是平静地弹琴，不问其他。

淮南孔旼，隐居笃行，终身不仕，美节甚高。尝有窃其园中竹，旼愍其涉水冰寒，为架一小桥渡之。推此则其爱人可知。然余闻之，庄子妻死，鼓盆而歌。妻死而不辍鼓可也，为其死而鼓之，则不若不鼓之愈也。犹邴原耕而得金，掷之墙外，不若管宁不视之愈也。

【译文】淮南人孔旻住在偏僻的地方，行为敦厚，终身不外出做官，品德十分高尚。曾经有一个小偷偷窃了他园中的竹子，孔旻怜悯小偷要淌过冰冷的河水，就特地为他架了一座小桥，以方便小偷过河，据此可以推想他爱人的心怀了。但是我听说，庄子的妻子死了，他便敲着盆唱起歌来。妻子死了而不停下敲盆是可以的，但如果是为了她的死而特意去敲，那就不如不敲更好。就像邴原耕地时挖出了一块黄金，他把它扔到了墙外，这自然不如管宁不看一眼金子更好。

狄青为枢密使，有狄梁公之后，持梁公画像及告身十余通，诣青献之，以谓青之远祖。青谢之曰："一时遭际，安敢自比梁公？"厚有所赠而还之。比之郭崇韬哭子仪之墓，青所得多矣。

【译文】狄青担任枢密使时，有一位狄仁杰的后人，拿着狄仁杰的画像和十多份官职文凭来到狄青住处进献，认为狄仁杰是狄青的远祖。狄青婉辞拒绝他说："我只是侥幸取得现在的成功，哪里敢自比狄梁公的功业呢？"于是赠给那人很多财物，并把他带来的东西又还给了他。比起后唐的郭崇韬哭拜在郭子仪墓前的做法，狄青的所作所为得到的反而更多。

郭进有材略，累有战功。尝刺邢州，今邢州城乃进所筑，其厚六丈，至今坚完，铠仗精巧，以至封贮亦有法度。进于城北治第，既成，聚族人宾客落之，下至土木之工皆与。乃设诸工之席于东庑，群子之席于西庑。人或曰："诸子安可与工徒齿？"进指诸工曰："此造宅者。"指诸子曰："此卖宅者，固宜坐造宅者下也。"进死，未几果为他人所有。今资政殿学士陈彦升宅，乃进旧第东南一隅也。

【译文】郭进很有才干谋略，积累了很多战功。他曾经担任邢州刺史，现在的邢州城就是郭进当年筑造的，城墙厚六丈，直到现在仍坚固完好。铠甲和兵器十分精巧，以至于封存贮藏也很有法度。郭进在城北修建了私宅，建好后，把族人、宾客都请来参加落成典礼，下至土木工匠等都参与其中。于是在东厢安排了各位工匠的席位，在西厢安排了子弟们的席位。有人说："贵公子们怎么能和工匠之流并列坐席呢？"郭进指着工匠们说："这些是给我造宅子的人。"又指着子弟说："这些是卖我宅子的人，固然应该坐在造宅子的人之下。"后来郭进去世不久，这些宅子果然落入外人之手。现在资政殿的学士陈彦升的宅第，就是郭进原来宅第东南的一角。

有一武人，忘其名，志乐闲放，而家甚贫。忽吟一诗曰："人生本无累，何必买山钱？"遂投檄去，至今致仕，尚康宁。

【译文】有一位武夫，我已经忘记他的名字了，此人本性闲散自在，但是家里非常贫穷。后来忽然有一天，他吟出一句诗说："人生本无累，何必买山钱？"于是辞官回乡，到现在他已经正式退休了，依然健康平安。

真宗皇帝时，向文简拜右仆射，麻下日，李昌武为翰林学士，当对。上谓之曰："朕自即位以来，未尝除仆射，今日以命敏中，此殊命也，敏中应甚喜。"对曰："臣今自早候对，亦未知宣麻，不知敏中何如？"上曰："敏中门下，今日贺客必多。卿往观之，明日却对来，勿言朕意也。"昌武候丞相归，乃往见。丞相谢客，门阑，俏然已无一人。昌武与向亲，径入见之。徐贺曰："今日闻降麻，士大夫莫不欢慰，朝野相庆。"公但唯唯。又曰："自上即位，未尝除端揆。此非常之命，自非勋德隆重，眷倚殊越，何以至此？"公复唯唯，终未测其意，又历陈前世为仆射者勋劳德业之盛，礼命之重，公亦唯唯，卒无一言。既退，复使人至庖厨中，问"今日有无亲戚宾客、饮食宴会？"亦寂无一人，明日再对，上问："昨日见敏中否？"对曰："见之。""敏中之意何如？"乃具以所见对。上笑曰："向敏中大耐官职。"向文简拜仆射年月，未曾考于国史，熙宁中，因见中书题名记："天禧元年八月，敏中加右仆射。"然密院题名记："天禧元年二月，王钦若加仆射。"

【译文】真宗皇帝时，任命向敏中为右仆射，在下诏的那天，李宗谔作为翰林学士，恰好要上朝面见皇上。真宗对他说："自从我继承皇位以来，从来没有授予过仆射的官职，现在要以此来任命向敏中，这可是非同寻常的任命啊，向敏中应该很高兴才是。"

李宗谔回答说："我今日一早就在等候面圣，也不知道宣诏的事情，不清楚向敏中现在的情况怎么样。"皇帝说："向敏中今日家中必然有很多前来庆贺的客人。你去他家看一看，明天来把情况告诉我，不要说是我派你去探望的。"李宗谔等到向敏中回家了，才到他家中探视。发现丞相府今日谢客，大门口非常安静，静悄悄地没有一个人。李宗谔素来与向敏中亲近，就自己直接进去见他。缓缓地向他道喜说："我今天听说降下圣旨拜您为相，大臣们没有不感到欢欣鼓舞的，真可以说是朝廷和民间共同欢庆了。"向敏中只是顺着答应。李宗谔又说："自从皇帝即位以来，还没有授予给谁尚书仆射。这可真是不一般的任命，如果不是您功勋卓著、德望隆重，再加上皇帝的爱重信赖，怎么能有这样的任命呢？"向敏中听了这番话后还是只顺着答应，李宗谔最终也不能揣测他的内心所想。于是李宗谔又历数前朝担任仆射的人的功勋与德行如何盛大，对他们的礼遇、任命又如何隆重，向敏中还是只顺着答应，最终也不说一句话。李宗谔告辞后，又派人到向敏中家中的厨房中去打听："今天有没有什么亲戚宾客需要招待？有没有准备饮食宴会？"结果厨房里也是寂静地没有一个人。第二天，李宗谔上朝面见圣上，真宗问："昨天见到向敏中了吗？"李宗谔回答说："见到他了。""那向敏中的情况怎么样啊？"李宗谔就据实把所见所闻都向真宗禀告了。真宗笑着说："向敏中很有气度，宠辱不惊能当大官啊。"向敏中被任命为仆射的具体年月没有记载在国史中，熙宁年间，我偶然看见《中书题名记》上写道："天禧元年八月，向敏中加右仆射。"但在《枢密院题名记》中却明确写着："天禧元年二月，王钦若加官为右仆射。"

晏元献公为童子时，张文节荐之于朝廷，召至阙下。适值御试进士，便令公就试。公一见试题，曰："臣十日前已作此赋，有赋草尚在，乞别命题。"上极爱其不隐。及为馆职时，天下无事，许臣寮择胜燕饮。当时侍从文馆士大夫为燕集，以致市楼酒肆，往往皆供帐为游息之地。公是时贫甚，不能出，独家居，与昆弟讲习。一日选东宫官，忽自中批除晏殊。执政莫谕所因，次日进覆，上谕之曰："近闻馆阁臣寮，无不嬉游燕赏，弥日继夕。唯殊杜门，与兄弟读书。如此谨厚，正可为东宫官。"公既受命，得对，上面谕除授之意，公语言质野，则曰："臣非不乐燕游者，直以贫，无可为之。臣若有钱，亦须往，但无钱不能出耳。"上益嘉其诚实，知事君体，眷注日深。仁宗朝，卒至大用。

【译文】晏殊还是未成年的孩子时，张知白就把他推荐给了朝廷，等到真宗下诏命令他入京面圣，正好赶上皇上在亲自考试进士，于是就让晏殊也一起考。晏殊一见到试题，就说："我在十天之前就已经写过这个题目的赋了，赋文的草稿还留着呢，请求另外出一道题吧。"皇上非常喜欢他的诚实的态度。等到晏殊在史馆任职时，天下尚很平安，朝廷也允许大臣们选择好地方在一起聚会宴饮。当时侍从文馆的士大夫都各自集会宴饮，以至一些饭店、酒楼之间，往往成为士大夫设帐游戏休息的场所。晏殊这时候还很贫穷，不能去参与聚会，于是就独自留在家中，和兄弟们一起读书学习。一天，皇帝要选择辅导太子的官员，忽然从宫中传旨，授予晏殊这个官职。主持政务的大臣不明白其中的原因，就在第二天请求皇帝审察，皇帝解释说："近来听说馆阁的大臣们，没有几个不喜欢嬉游宴赏的，夜以继日。只有晏殊闭门不出，与兄弟们在一起读书。如此恭谨敦厚，完全可以做东宫官。"晏殊受命之后，得以面见皇帝，皇帝当面向他解释了授官的原因，晏殊言语质朴，说："我并非不喜欢宴饮游玩，只是因为没有钱，没办法参与罢了。我如果有钱，也一定会去的，只是因为没钱才不能出门的。"皇帝因此更加嘉赏了他的诚实，认为他懂得侍奉君主的大体，日益眷顾与关注他。到了仁宗朝，晏殊终于得到了重用。

宝元中，忠穆王吏部为枢密使。河西首领赵元昊叛，上问边备，辅臣皆不能对，明日，枢密四人皆罢，忠穆谪虢州。翰林学士苏公仪与忠穆善，出城见之。忠穆谓公仪曰："靦之此行，前十年已有人言之。"公仪曰："必术士也。"忠穆曰："非也。昔时为三司盐铁副使，疏决狱囚，至河北。是时曹南院自陕西谪官初起为定帅。靦至定，治事毕，玮谓靦曰：'决事已毕，自此当还，明日愿少留一日，欲有所言。'靦既爱其雄材，又闻欲有所言，遂为之留，明日，具馔甚简俭，食罢，屏左右曰：'公满面颧骨，不为枢辅，即边帅。或谓公当作相，则不然也。然不十年，必总枢柄。此时西方当有警，公宜预讲边备，搜阅人材，不然，无以应卒。'靦曰：'四境之事，唯公知之，幸以见教。'曹曰：'玮实知之，今当为公言。玮在陕西日，河西赵德明尝使人以马博易于中国，怒其息微，欲杀之，莫可谏止。

德明有一子，方十余岁，极谏不已，曰："以战马资邻国，已是失计；今更以货杀边人，则谁肯为我用者？'玮闻其言，私念之曰：'此子欲用其人矣，是必有异志。'闻其常往来牙市中，玮欲一识之，屡使人诱致之，不可得。乃使善画者图形容，既至，观之，真英物也。此子必须为边患，计其时节，正在公秉政之日。公其勉之！'籲是时殊未以为然。今知其所画，乃元昊也。皆如其言也。"四人：夏守赟、籲、陈执中、张观。康定元年二月，守赟加节度，罢为南院；籲、执中、观各守本官罢。

【译文】宝元年间，吏部长官王籲担任枢密使。河西首领赵元昊叛变，皇帝问起边境的武备情况，几个执政大臣都不能应答，第二天，枢密院的四位长官就都被撤职了，王籲也被贬到虢州去做官。翰林学士苏公仪与王籲友善，就出城为他送行。王籲对苏公仪说："我这次被贬，早在十年前就已经有人告诉我了。"苏公仪说："一定是懂占卜的术士告诉你的。"王籲说："不是的。当年我作为三司盐铁副使，为清理积滞的犯罪案件来到河北。这时曹玮从陕西贬官后，刚刚起用为定州长官。我来到定州，把事情都处理完毕后，曹玮对我说：'公务已经处理完了，您也该回去了，但是希望您明天能多留一天，我有话想和您说。'我很喜爱他的杰出的才干，又听到他有话要对我说，就为此停留了一天。第二天，他准备了一些简便的饭菜款待我，等吃完以后，就把左右的侍从支走，对我说：'您颧骨突出，将来不入枢密院，便会成为边境大帅。也有人可能说您能当丞相，但恐怕就未必了。然而不用十年，你必定会执掌枢密院的大权。此时西方边境会有紧急情况，您应该预先整饬边防军备，搜罗人才，不然的话，最终会无法应对。'我说：'四方边境上的事情，只有您最了解，希望您能指教一二。'曹玮说：'我确实知道一些，现在就对您说。我在陕西的时候，河西赵德明曾经派人用马匹和中原大量交易物资，又因为赚钱少了就发怒，便想要杀那些在边境上做生意的人，没人能够劝阻他。赵德明有一个儿子，才十几岁，坚决劝阻，他说："把战马卖给邻国，已经是失策的举动；现在又因为贸易去杀边境上的人，那以后谁还肯为我们效力呢？"我听到那孩子的话，内心暗想：'这孩子已经想到让边境上的人为他所用，一定会图谋不轨。'我听说他经常往来边境集市，就想结识一下他。多次派人想把他招引过来，却一直没有成功。于是就让善绘画的人画了一幅他的画像，等画像送来后我一看，还真是英雄的模样。这个孩子以后必定会挑起边境上的战事，计算一下作乱的时间，恰好在您主政的时期。所以您要早做准备啊。'我当时还很不以为然。现在知道画像上的人，正是赵元昊啊，果然一切都如曹玮所预料的那样了。"枢密院的这四位长官分别是：夏守赟、王鬷、陈执中、张观。康定元年二月，夏守赟加节度，贬为宣徽南院使；王鬷、陈执中、张观各以守本官贬职。

石曼卿喜豪饮，与布衣刘潜为友。尝通判海州，刘潜来访之，曼卿迎之于石闼堰，与潜剧饮。中夜酒欲竭，顾船中有醋斗余，乃倾入酒中并饮之。至明日，酒醋俱尽。每与客痛饮，露发跣足，着械而坐。谓之"囚饮"。饮于木杪，谓之"巢饮"。以稿束之，引首出饮，复就束，谓之"鳖饮"。其狂纵大率如此。廨后为一庵，常卧其间，名之曰"扪虱庵"。未尝一日不醉。仁宗爱其才，尝对辅臣言，欲其戒酒，延年闻之。因不饮，遂成疾而卒。

【译文】石曼卿喜欢放量饮酒，他与平民刘潜成为好朋友时，正在海州任通判，刘潜来石曼卿处拜访他，石曼卿就在石闼堰迎接他，并与他痛饮。喝到半夜时，酒就要喝光了，他们看到船上有一斗多的醋，于是就拿来倒入酒中一起喝，继续痛饮。一直到了第二天，把酒和醋都喝完了。石曼卿每次与客人尽情喝酒时，就披散着头发，光着脚，戴着枷锁坐着喝，并称这种喝酒方式为"囚饮"。他有时还坐在树梢上喝酒，称之为"巢饮"。他还把自己裹在席子里，把头露出来喝，喝完再缩回去，称之为"鳖饮"。他的狂放纵情大致就是这样。在他的官署后面有一间小庙，他经常躺在里面，称之为"扪虱庵"，他没有一天是不醉的。仁宗皇帝爱惜他的才华，曾经对身边的执政大臣说，希望石曼卿能把酒给戒了，石曼卿听到这话后，就不再饮酒了，但也由此而生病去世。

工部胡侍郎则为邑日，丁晋公为游客，见之。胡待之甚厚，丁因投诗索米。明日，胡延晋公，常日所用樽罍悉屏去，但陶器而已，丁失望，以为厌己，遂辞去。胡往见之，出银一箧遗丁曰："家素贫，唯此饮器，愿以赆行。"丁始谕设陶器之因，甚愧德之。后晋公骤达，极力推挽，卒至显位。

【译文】工部侍郎胡则任知县的时候，丁谓还是四方游历的平民。丁谓去拜访胡则，胡则很热情地招待了他，丁谓于是献上了自己的诗篇求取口粮。第二天，胡则宴请丁谓，把日常所用的酒器都撤换了下去，只剩下一些陶制的饮食用具而已，丁谓很失望，以为胡则讨厌自己，就起身告辞离去了。胡则只好到丁谓的住处去见他，拿出一小箱银器送给丁谓说："我家一向不富裕，家里的银子也只有这些盛酒器了，希望以此当你的远行的盘缠吧。"丁谓这才明白胡则宴会使用陶器的原因，十分惭愧并感激胡则如此施恩于自己。后来，丁谓飞黄腾达，便极力提拔胡则，终于使他也官至高位。

庆历中，谏官李兢坐言事，谪湖南物务。内殿承制范亢为黄、蔡间都监，以言事官坐谪后多至显官，乃悉倾家物，与兢办行。兢至湖南，少日遂卒。前辈有言："人不可有意，有意即差。"事固不可前料也。

【译文】庆历年间，谏官李兢因为进谏而获罪，被贬往湖南为官。内殿承制范亢在黄州、蔡州之间担任都监一职，觉得谏官被贬后大多都能升为高官，于是就把家里的钱物都拿出来，为李兢置办行李。结果李兢到了湖南，没过几天就死了。前人曾经这样说过："人做事不能别有意图，如果别有意图就难以如愿。"因为事情本来就不可能预先料及的。

朱寿昌，刑部朱侍郎巽之子。其母微，寿昌流落贫家，十余岁方得归，遂失母所在。寿昌哀慕不已。及长，乃解官访母，遍走四方，备历艰难。见者莫不怜之。闻佛书有水忏者，其说谓欲见父母者诵之，当获所愿。寿昌乃昼夜诵持，仍刺血书忏，摹版印施于人，唯愿见母。历年甚多，忽一日至河中府，遂得其母。相持恸绝，感动行路。乃迎以归，事母至孝。复出从仕，今为司农少卿。士人为之传者数人，丞相荆公而下，皆有《朱孝子诗》数百篇。

【译文】朱寿昌是刑部侍郎朱巽的儿子。他的生母地位卑微，朱寿昌出生后曾经流落到贫穷的人家，直到十几岁时才回到父亲身边，于是与生母失去了联系。这使朱寿昌思念不已。于是等他成年之后，竟辞去官职去寻找生母，走遍了各个地方，也历尽了各种苦难的考验。凡是见到他的人，就没有不怜悯他的。他听说佛书上有"水忏"的说法，说是想见到父母的人，只要诵读它的内容，就能实现愿望。于是朱寿昌就昼夜诵读，还刺破手指，用血书写忏悔经文，并刻印书版赠送给别人，表达自己只想见到生母的意愿。这样又过了很多年，忽然有一天，朱寿昌来到河中府，终于见到了他的母亲。母子两人相拥而哭，连路人都为之感动。于是就把母亲迎接了回去，朱寿昌侍奉母亲十分周道、孝顺。这以后，朱寿昌再出来当官，现在已经是司农少卿了。很多士人都为他作传，传颂其事迹，从王安石丞相一直到下面的一些大臣，都写有《朱孝子诗》，这些诗有好几百篇。

朝士刘廷式，本田家。邻舍翁甚贫，有一女，约与廷式为婚。后契阔数年，廷式读书登科，归乡闾。访邻翁，而翁已死，女因病双瞽，家极困饿。廷式使人申前好，而女子之家辞以疾，仍以佣耕，不敢姻士大夫。廷式坚不可："与翁有约，岂可以翁死子疾而背之?"卒与成婚。闺门极雍睦,其妻相携而后能行,凡生数子。廷式尝坐小谴,监司欲逐之,嘉其有美行,遂为之阔略。其后廷式管干江州太平宫而妻死,哭之极哀。苏子瞻爱其义,为文以美之。

【译文】朝士刘廷式本来出身农家。邻居有一位老人家中十分贫穷,有一个女儿,已与刘廷式签订了婚约。后来二人分别数年,刘廷式读书中了进士,回到家乡去拜望邻舍老翁,但老翁已经去世了,他的女儿因为生病而双目失明,家境非常地困窘。刘廷式托人重申之前的婚约,但那位女子的家人却以女子有病为由推辞,并且觉得自己还是靠帮别人耕地度日的人,不敢与士大夫结为亲家。刘廷式表示坚决不同意,他说:"我与你家老翁有约在先,怎么可以因为老翁去世、女儿患病就背弃约定呢?"最终还是与这家女子成婚了。在家庭中夫妇相处非常和睦,他的妻子需要被搀扶着才能行走,二人还生了几个孩子。刘廷式曾经犯了一些轻微的过失,监司想要罢免他的职位,但是因为欣赏他的美德,就宽恕了他。后来,刘廷式主管江州太平宫时,他的妻子去世了,他哭得非常哀恸。苏轼因为欣赏刘廷式重情谊的品德,便写了文章来赞扬他。

柳开少好任气,大言凌物。应举时,以文章投主司于帘前,凡千轴,载以独轮车。引试日,衣襕,自拥车以入,欲以此骇众取名。时张景能文,有名,唯袖一书,帘前献之。主司大称赏,擢景优等。时人为之语曰:"柳开千轴,不如张景一书。"

【译文】柳开年轻时很任性，好意气用事，经常说大话，用来表示自己高人一等。参加科举时，曾当场把自己的文章在帘前献给主考官，共有一千多份卷轴，用独轮车装着。考试的那天，他穿着襕衫，自己推着独轮车来到考场，希望靠这种阵势吓倒考生们来取得功名。当时，张景也是因为善于写文章而出名，但他只带了一篇文章放在衣袖里，到考官的帘前呈献。主考官读了之后大为称赏，便选拔张景为优等及第。当时人们称这件事为："柳开千轴，不如张景一书。"

卷十·人事二

　　蒋堂侍郎为淮南转运使日，属县例致贺冬至书，皆投书即还。有一县令使人，独不肯去，须责回书；左右谕之皆不听，以至呵逐亦不去，曰："宁得罪。不得书，不敢回邑。"时苏子美在坐，颇骇怪，曰："皂隶如此野很，其令可知。"蒋曰："不然，令必健者，能使人不敢慢其命令如此。"乃为一简答之，方去。子美归吴中月余，得蒋书曰："县令果健者。"遂为之延誉，后卒为名臣。或云乃大章阁待制杜杞也。

　　【译文】蒋堂侍郎担任淮南转运使的时候，下属县令按照惯例送来祝贺冬至节的书信，送信的人都是放下信后就回去了。唯独有一位县令派来的人不肯回去，一定要拿到回信才肯走，旁人劝他都没用，以至于要大声呵斥驱逐，但他还是不肯回去，并说："我宁可冒犯大人。但如果得不到回信，我就不敢回到县城。"当时，苏舜钦恰好在座，非常惊骇奇怪，说："差役都这样蛮不讲理，其县令的水平也可想而知。"蒋堂说:"不是这样的,我看县令必定是个能干的人,能让下属不敢怠慢他的命令到如此地步。"于是,蒋堂写了一封回函给他,差役这才回去。苏舜钦回到吴中一个多月后,收到蒋堂的来信说:"那位县令果然是位能干的人。"于是为他广泛地传播美名,最终使县令成为名臣。有人说,那位县令就是天章阁待制杜杞。

国子博士李馀庆知常州,强于政事,果于去恶,凶人恶吏,畏之如神,末年得疾甚困。有州医博士,多过恶,常惧为馀庆所发,因其困,进利药以毒之,服之洞泄不已,势已危。馀庆察其奸,使人扶舁坐厅事,召医博士,杖杀之,然后归卧,未及席而死。葬于横山,人至今畏之,过墓者皆下马。有病虐者,取墓土着床席间,辄差,其敬惮之如此。

【译文】国子博士李馀庆担任常州知州时,处理政令事务,十分强硬,惩治凶恶势力也很果决,使得那些凶猛强悍的人和作恶多端的官吏都像敬畏神灵一样地畏惧他。李馀庆晚年患病十分痛苦,常州有一位医官,犯有不少过失和罪行,常常担心被李馀庆揭发,于是趁着他得病痛苦之际,送上泻药来毒害他。李馀庆服用此药后,顿时腹泻不止,生命已在危在旦夕。李馀庆已察觉到这是医官的奸计,就派人把自己抬到府衙里坐下,又召来医官,命人把他乱棍打死,然后回去躺下,但还没等他躺倒在床上就去世了。李馀庆去世后被葬在横山,这里的人们直到现在还敬畏他,经过他的墓都会下马祭拜。有犯了疟病的人,取一点他墓上的土放在病床中间，病就可以痊愈，人们对他的敬畏就到了这种程度。

盛文肃为尚书右丞，知扬州，简重少所许可。时夏有章自建州司户参军授郑州推官，过扬州，文肃骤称其才雅，明日置酒召之。人有谓有章曰："盛公未尝燕过客，甚器重者方召一饭。"有章荷其意，别日为一诗谢之，至客次，先使人持诗以入。公得诗不发封，即还之，使人谢有章曰："度已衰老，无用此诗。"不复得见。有章殊不意，往见通判刁绎，具言所以。绎亦不谕其由，曰："府公性多忤，诗中得无激触否？"有章曰："无，未曾发封。"又曰："无乃笔札不严？"曰："有章自书，极严谨。"曰："如此，必是将命者有所忤耳。"乃往见文肃而问之："夏有章今日献诗何如？"公曰："不曾读，已还之。"绎曰："公始待有章甚厚，今乃不读其诗，何也？"公曰："始见其气韵清修，谓必远器。今封诗乃自称'新圃田从事'，得一幕官，遂尔轻脱。君但观之，必止于此官，志已满矣。切记之，他日可验。"贾文元时为参政，与有章有旧，乃荐为馆职。有诏候到任一年召试，明年除馆阁校勘。御史发其旧事，遂寝夺，改差国子监主簿，仍带郑州推官。未几卒于京师。文肃阅人物多如此，不复挟他术。

【译文】盛度以尚书右丞的职位调任扬州知州，他为人严肃郑重，很少轻易推许别人。当时，夏有章从建州司户参军的位置擢升为郑州推官，路过扬州，盛度却忽然称赏他的才华与风度，第二天还设置酒宴来招待他。有人对夏有章说："盛公从来没有宴请过路过的客人，只有他非常器重的人才会被招待一顿饭。"夏有章领受了话中的含义，改天作了一首诗感谢他，到了客馆之后，就先派人拿着诗去拜见盛公。盛度得到诗以后，没有打开看就还了回去，命人答谢夏有章说："我已经年老力衰了，用不着再看这些诗了。"从此就不再会见他。夏有章完全没想到会这样，就去拜见通判刁绎，把情况详细地将给他听。刁绎也不明白这其中的缘由，问道："盛公性格不是那么的随和，你的诗中不会有什么刺激冒犯他的地方吧？"夏有章回答道："不会，他都没打开信封。"刁绎又问道："是不是你信封上的字写得不工整？"夏有章答道："那是我亲自书写的信封，非常严谨工整。"刁绎回答说："既然如此，那么一定是送信的人惹恼了盛公吧。"于是刁绎前往拜见盛度，并且询问这个情况说："夏有章今天献的诗怎么样？"盛度说："没读过，已经还给他了。"刁绎问："您一开始热情地招待夏有章，现在却不肯读他的诗，这是为什么呢？"盛度说："开始的时候，我见他外表气韵清操不凡，以为他是个有远大前途，能承担大事的人。今天看见信封上竟然自称'新圃田从事'，得了一个幕府属官，就如此地不稳重了。您往后看吧，他肯定也就做到这种官为止了，因为他已经志得意满了。您切记着我的话，今后可以验证。"贾昌朝当时担任参知政事，因为与夏有章有旧交，就推荐他入馆阁任职。皇帝有旨命他到任一年后再参加考试，第二年授予夏有章馆阁校勘的职位。结果御史揭发了他以前犯下的过错，于是就取消了他的任命，改派他到国子监任主簿，不过仍兼带郑州推官的职衔。但在不久之后，夏有章就在京城去世了。盛度观察人物大多像上面说的那样，并没有什么诀窍。

林逋隐居杭州孤山，常畜两鹤，纵之则飞入云霄，盘旋久之，复入笼中。逋常泛小艇，游西湖诸寺。有客至逋所居，则一童子出应门，延客坐，为开笼纵鹤。良久，逋必棹小船而归。盖尝以鹤飞为验也。逋高逸倨傲，多所学，唯不能棋。常谓人曰："逋世间事皆能之，唯不能担粪与着棋。"

【译文】林逋隐居在杭州孤山，常常饲养着两只鹤，一把他们放出来，就会飞入云霄，盘旋很长时间后，又回到笼子中。林逋经常划着小艇去游访西湖附近的各个寺庙。如果有客人来到林逋的住处，就有一位童子出来开门，接待客人在屋里坐下，然后打开笼子把鹤放出去。过了一段时间，林逋必定会划着小船回来。大概他是以两只鹤飞起来作为信号的。林逋的性格清高闲逸，又倨傲不群，学的东西很多，唯独不会下棋。他常常对人说："世间的各种事情我都会做，唯独不会担粪与下棋。"

庆历中，有近侍犯法，罪不至死，执政以其情重，请杀之。范希文独无言，退而谓同列曰："诸公劝人主法外杀近臣，一时虽快意，不宜教手滑。"诸公默然。

【译文】庆历年间，有皇帝身边的一位侍从犯了法，但其罪还不至于判处死刑，执政大臣认为他的情节严重，就请求杀了他。唯独范仲淹一言不发，等到退朝后，范仲淹对他的同僚们说道："你们劝皇上不按照法令的规定处死近臣，虽然一时痛快，但是不应该教皇上手滑乱杀人啊。"同僚们听了之后无话可说。

景祐中，审刑院断狱，有使臣何次公具狱。主判官方进呈，上忽问："此人名'次公'者何义？"主判官不能对，是时庞庄敏为殿中丞、审判院详议官，从官长上殿，乃越次对曰："臣尝读《前汉书》，黄霸字次公，盖以'霸'次'王'也，此人必慕黄霸之为人。"上颔之。异日复进谳，上顾知院官问曰："前时姓庞详议官何故不来？"知院对："任满，已出外官。"上遽指挥中书，与在京差遣，除三司检法官，俄擢三司判官，庆历中，遂入相。

【译文】景祐年间，审刑院断案，有使臣何次公上奏的案情。主判官正要进呈，皇帝忽然问道："此人名字叫作'次公'，是什么意思？"主判官一时答不上来，这时庞籍作为殿中丞、审刑院详议官，跟随长官上殿奏对，就越级回答道："臣曾经读过《前汉书》，看到里面有'黄霸，字次公'，大概是因为'霸'次于'王'吧，这个人想必是仰慕黄霸的为人。"皇上点点头。过了一段时间，又赶上审刑院递交案情，皇上看到知院长官就问道："前一段时间那个姓庞的详议官为什么不来？"知院长官回答他道："他的任期已满，现在出京任外职去了。"皇上急忙命令中书省给他安排在京的职务，授予他三司检法官，不久又提拔他为三司判官，庆历年间，庞籍就入朝成为了宰相。

扫码听谦德
君为您导读

卷十一·官政一

　　世称陈恕为三司使，改茶法，岁计几增十倍。余为三司使时，考其籍，盖自景德中北戎入寇之后，河北籴便之法荡尽，此后茶利十丧其九。恕在任，值北虏讲解，商人顿复，岁课遂增，虽云十倍之多，考之尚未盈旧额。至今称道，盖不虞之誉也。

　　【译文】世人称颂陈恕担任三司使的时候，改进了茶法，每年的税收几乎增加了十倍。我担任三司使的时候，就曾经考察过他的有关簿籍，自从景德年间辽军大举南侵之后，河北实行的便籴之法就完全不存在了，在这之后茶的税利就丧失了九成。陈恕在任上时，正巧赶上与辽国讲和，商人顿时又活跃起来，每年征收的捐税也就增加了，尽管增长了十倍之多，但核查下来，总额还是没有超过原先的数量。直到现在陈恕还在被世人称道，这真是想不到的赞誉啊。

世传算茶有"三说法"最便。"三说"者，皆谓见钱为一说，犀牙、香药为一说，茶为一说，深不然也。此乃三分法，其谓缘边入纳粮草，其价折为三分，一分支见钱，一分折犀象杂货，一分折茶尔，后又有并折盐为四分法，更改不一，皆非"三说"也。余在三司，求得"三说"旧案。"三说"者，乃是三事：博籴为一说，便籴为一说，直便为一说。其谓之"博籴"者，极边粮草，岁入必欲足常额，每岁自三司抛数下库务，先封椿见钱、紧便钱、紧茶钞。"紧便钱"谓水路商旅所便处，"紧茶钞"谓上三山场榷务。然后召人入中。"便籴"者，次边粮草，商人先入中粮草，乃诣京师算请慢便钱、慢茶钞及杂货。"慢便钱"谓道路货易非便处，"慢茶钞"谓下三山场榷务。"直便"者，商人取便，于缘边入纳见钱，于京师请领。三说，先博籴，数足，然后听便籴及直便。以此商人竞趋争先赴极边博籴，故边粟常先足，不为诸郡分裂，粮草之价，不能翔踊，诸路税课，亦皆盈衍，此良法也。余在三司，方欲讲求，会左迁，不果建议。

【译文】世间盛传茶税有"三说法"最为简便。而所谓的"三说"，都说折合成现金为一说，折合成犀牛角、象牙、香料、药物为一说，折合成茶为一说，但其实完全不是这样的。这只是"三分法"罢了，指的是商人在边塞关防地区交纳粮草时，官府使用的三种结算方式，一部分支予现金，一部分折算成犀角、象牙等杂货，一部分折算成茶，后来又加上以盐折算，成为了第四种方法，这些结算方式前后变动不一，但都不是所谓的"三说"。我在三司任上时，找到了"三说"的旧档案。而所谓的"三说"，实际上是三件事：博籴是一说，便籴是一说，直便是一说。其中所谓的"博籴"，是说最边远地区的粮草，每年入纳必须保证足够的定额，每年从三司下达计划数额给有关仓库，都要先封存检点现钱、紧便钱和紧茶钞。"紧便钱"是指水路商旅便于交换的凭证，"紧茶钞"是指一种在上三山场领取茶叶的凭证。然后再招募商人到沿边地区入纳粮草。而所谓的"便籴"，就是指次边远地区的粮草籴买，由商人先在沿边地区直接交纳粮草，再到京城结算领取慢便钱、慢茶钞及杂货。"慢便钱"是指因道路不畅通，给交换货物带来不便所用的凭证，"慢茶钞"则指下三山场领取茶叶的凭证。而所谓的"直便"，是说商人根据自己的便利，在沿边地区直接缴纳的现钱，在京城请领货物。这种"三说"之中，要优先保证博籴的数量充足，然后才允许便籴以及直便。因此，商人趋利而竞相跑到极边远的地区进行"博籴"，所以边境的粮食常常能首先完成指定数额，不被内地的州郡所分占，粮草的价格，也不会飞涨，许多路缴纳的税收，也都有了余额，这是个很好的方法啊。我在三司的时候，正好想要将这种方法推行，但正好碰到被降职处分，没有来得及向朝廷提出建议。

延州故丰林县城，赫连勃勃所筑，至今谓之赫连城。紧密如石，劚之皆火出。其城不甚厚，但马面极长且密。予亲使人步之，马面皆长四丈，相去六七丈，以其马面密，则城不须太厚，人力亦难攻也。余曾亲见攻城，若马面长则可反射城下攻者，兼密则矢石相及，敌人至城下，则四面矢石临之。须使敌人不能到城下，乃为良法。今边城虽厚，而马面极短且疏，

若敌人可到城下，则城虽厚，终为危道。其间更多刜其角，谓
之团敌，此尤无益。全藉倚楼角以发矢石，以覆护城脚。但使
敌人备处多，则自不可存立。赫连之城，深可为法也。

【译文】延州原有的丰林县城，是赫连勃勃时建造的，直到
现在还都叫它"赫连城"。赫连城的城墙紧密得像石头一样，砍它
就会冒出火花，但城墙实际上并不很厚，只是城墙的马面很长而且
分布得很密。我曾经亲自派人去丈量过，马面都长达四丈，相距有
六七丈远，因为马面修建得很密，所以城墙不需要很厚，敌人用人
力很难攻下。我曾经亲眼见到攻城时的场景，如果马面长的话，就
可以从马面上用箭反射城脚下的攻城敌人，再加上马面密的话，
就可以一并使用箭矢和炮石，如果敌人来到城下，可以四面齐发箭
矢与炮石，砸到他们头上。必须要让敌人无法攻到城下，这才是最
好的方法。而现在边境的城墙虽然很厚，但是马面都很短并且分
布得十分稀疏，如果敌人攻到城脚下的话，即使城墙很厚，可终究
还是很危险的事情。这其间还有很多城把马面削成圆形的，称之为
"团敌"，这么做就更没有好处了。因为兵士们全靠在楼角上发射
箭矢与炮石，用来保护城脚。只要让到达城墙脚下的敌人不得不
需要多方面防备，那他们自然就无法站住脚了。因此，赫连城的建
造模式，很值得学习的。

刘晏掌国计，数百里外物价高下，即日知之。人有得晏一
事，余在三司时，尝行之于东南，每岁发运司籴米于郡县，
未知价之高下，须先具价申禀，然后视其贵贱，贵则寡取，贱

则取盈。尽得郡县之价，方能契数行下，比至则粟价已增，所以常得贵售。晏法则令多粟通途郡县，以数十岁籴价与所籴粟数高下，各为五等，具籍于主者。今属发运司。粟价才定，更不申禀，即时廪收，但第一价则籴第五数，第五价即籴第一数，第二价则籴第四数，第四价即籴第二数，乃即驰递报发运司。如此，粟贱之地，自籴尽极数，其余节级，各得其宜，已无枉售。发运司仍会诸郡所籴之数计之，若过于多，则损贵与远者；尚少，则增贱与近者。自此粟价未尝失时，各当本处丰俭。即日知价，信皆有术。

【译文】刘晏掌管国家财政时，几百里以外地方的物价高低，他当天就知道了。有人了解到刘晏的一项措施，我在三司任上时，曾经在东南地区施行过这项措施。原来，每年发运司从各州县征购粮食时，事前并不知道粮价的高低，必须让各地先开列当地的价格呈报上来，然后根据各地粮价的高低，价格高的就少买，价格低的就多买。要在各地的粮价了解之后，才能根据核定后的数字发到郡县执行，但往往公文送到的时候，当地的粮价已经上涨了，所以常常会高价买粮。刘晏的方法则是让产量多、交通便利的郡县，将几十年粮食收购价与粮食收购数量按照高低顺序分为五等，全部在主管部门备案。现在属于发运司管理。粮价刚一确定，就不再需要呈报，可以立即开仓收购粮食，凡是第一等价格按第五等数量收购，第五等价格就按第一等数量收购，第二等价格按第四等数量收购，第四等价格按第二等数量收购，同时派人即刻把收购情况快递呈报给发运司。如此一来，粮价低的地方，自然就收购了最多的粮食，其余各地，也按等级购入了适当数量的粮食，于是就避免了不合理价格的收购。发运司还要统计各地已收购到的粮食数目，如果收得过多，就减少粮价高或者偏远州郡的收购量；如果还不够，就增加粮价低或者就近州郡的收购量。从此以后，定出的粮价就从没有失去好的时机，各自与当地粮食收成的好坏相适应。所以刘晏能当天就知道粮价，看来是有一定办法的。

旧校书官多不恤职事，但取旧书，以墨漫一字，复注旧字于其侧，以为日课。自置编校局，只得以朱围之，仍于卷末书校官姓名。

【译文】过去的校书官，大多不尽心工作，只是拿来旧书，用墨笔随意涂黑一格字，又把原来的字注在墨涂处的旁边，以此作为每天的工作量。但自从设置了编校局以后，便规定只允许用朱笔把错字圈起来，并且还要在书的卷末写上校书官的姓名。

五代方镇割据，多于旧赋之外，重取于民。国初悉皆蠲正，税额一定。其间有或重轻未均处，随事均之。福、歙州税额太重，福州则令以钱二贯五百折纳绢一匹，歙州输官之绢止重数两。太原府输赋全除，乃以减价籴粜补之。后人往往疑福、歙折绢太贵，太原折米太贱，盖不见当时均赋之意也。

【译文】五代的时候，由于方镇割据，经常在原有的赋税之外再向百姓收纳租税。在本朝建国之初，就把这些重复收取的租税全部免除了，税额也有了确定的标准。这中间有时会出现赋税标准轻重不均衡的地方，就根据具体情况进行调整。比如福州、歙州的税额太高了，那么在福州就规定用二贯五百钱折合成一匹绢来交纳租税，歙州缴纳给官府的绢则只有几两。又如太原府缴纳的赋税全部免除，就用减价买卖粮食进行补贴。后来的人往往觉得福州、歙州租税折合的绢价太贵了，而太原府所折合的米价又太便宜了，这是完全没有了解到当时有意搞均赋税的缘故啊。

夏秋沿纳之物，如盐曲钱之类，名件烦碎。庆历中，有司建议并合，归一名以省帐钞。程文简为三司使，独以谓仍旧为便，若没其旧名，异日不知。或再敷盐曲，则致重复。此亦善虑事也。

【译文】夏、秋两季按以前的习惯缴纳钱物作为税收，比如盐、曲之类的，名目、事项都很繁杂琐碎。庆历年间，有关部门就建议将琐碎而繁杂的名目合并起来，归并为一个名目，以节省账目抄写。程琳当时任三司使，唯独他坚持认为还是按照旧的名目记录更为方便，如果没有那些旧名目，等以后不了解情况时，就有可能再设置盐、曲一类的名目另行征收，那就会造成重复。这也是他考虑事情周密的一面啊。

近岁邢、寿两郡，各断一狱，用法皆误，为刑曹所驳。寿州有人杀妻之父母昆弟数口，州司以不道，缘坐妻子。刑曹驳曰："殴妻之父母，即是义绝，况其谋杀。不当复坐其妻。"邢州有盗杀一家，其夫妇即时死，唯一子明日乃死。其家财产依户绝法给出嫁亲女。刑曹驳曰："其家父母死时，其子尚生，财产乃子物。出嫁亲女，乃出嫁姐妹，不合有分。"此二事略同，一失于生者，一失于死者。

【译文】 近年来，邢州、寿州两个地方，各自判决了一桩案件，但使用的法令都不对，于是被刑曹驳回了。寿州有一个人杀了妻子的父母和她的兄弟一家几口人，州郡官员认为是大逆不道的事，并凭借这个原因把他的妻子也连坐定罪。刑曹在驳词中说："殴打妻子的父母，就已经是断绝了夫妻之间的情谊了，更况且还是谋杀，就更不应当再连坐其妻子了。"邢州有一个大盗在偷盗时杀害了一家人，这户夫妇两人当场毙命，只有一个孩子第二天才断气。邢州官府认为他们家的财产应当按照户绝法，继承给已经出嫁的亲生女儿。但刑曹回驳道："那户人家的父母死时，他们儿子还活着，这个时候，那些财产就已经是儿子的了。而此时出嫁的亲生女儿，也就是那孩子的姐姐，不应当再继承财产。"这两件事差不多，一件对活着的人不公，一件对死去的人不公。

深州旧治靖安，其地碱卤，不可艺植，井泉悉是恶卤。景德中，议迁州。时傅潜家在李晏，乃奏请迁州于李晏，今深州是也。土之不毛，无以异于旧州，盐碱殆与土半，城郭朝补暮坏，至于薪刍，亦资于他邑。唯胡卢水粗给居民，然原自外来，亦非边城之利。旧州之北，有安平、饶阳两邑，田野饶沃，人物繁庶，正当徐村之口，与祁州、永宁犬牙相望。不移州于此，而恤其私利，亟城李晏者，潜之罪也。

【译文】深州原先的州城在靖安，那里的土地盐碱化太严重，不能种植作物，就连井泉都是含着重碱的苦水。景德年间，开始商议要搬迁州城。当时傅潜的家就在李晏，于是他上书皇帝请求把深州的州城迁到李晏去，也就是现在的深州城。但这个地方的水土也不长庄稼，和原先的靖安城没什么区别，盐碱地几乎占到土地的一半，城墙就算是早晨修好了，到了晚上又倒塌了，甚至于民用的柴草，也需要从其他州县供应。只有胡卢河水可以勉强供给居民用水，但是水源还是需要从外面引进来，这也不利于边境的防守。旧州的北面，有安平、饶阳两个县，田野富饶肥沃，人口众多物产繁盛，又正好对着徐村的要道，与祁州、永宁两地成犬牙交错的地势。当时不把州城往这里迁徙，而是为了自己的私利，就匆匆忙忙地把州城迁到李晏，这是傅潜的罪过啊。

律云："免官者，三载之后，降先品二等叙。免所居官及官当者，期年之后，降先品一等叙。""降先品"者，谓免官二官皆免，则从未降之品降二等叙之。"免所居官及官当"止一官，故降未降之品一等叙之。今叙官乃从见存之官更降一等者，误晓律意也。

【译文】律条说："被免除官职的人，三年之后，可降低他原品级的两个等级任用。免除了实际官职以及用官职抵罪的人，满一周年之后，可降低其原品级的一个等级任用。"而所谓的"降低原先品级"，是说免去官职时官职和勋官都免去了，那么就从他降级以前的品级往下降低两个等级任用他。所谓的"免去实际官职和以官职抵罪"，是说只免去了一个官职，所以从他降级以前的品级往下降低一个等级任用他。现在按等级次第进职的官员是从现在存留的官职再降低一个等级，这是错误地理解了条律的本意。

律累降虽多，各不得过四等。此止法者，不徒为之，盖有所碍，不得不止。据律："更犯有历任官者，仍累降之；所降虽多，各不得过四等。"注："各，谓二官各降，不在通计之限。"二官，谓职事官、散官、卫官为一官，勋官为一官。二官各四等，不得通计，乃是共降八等而止。余考其义，盖除名叙法：正四品于正七品下叙，从四品于正八品上叙，即是降先品九等。免官、官当若降五等，则反重于除名，此不得不止也。此律今虽不用，然用法者须知立法之意，则于新格无所抵牾。余检正刑房公事日，曾遍询老法官，无一人晓此意者。

【译文】按条律规定，接连降职的时候，最多不能超过四个等级。这种降级有限度的规定，不是凭空设置的，而是因为执行时遇到了一些问题，所以才不得不规定其限度。按照条律规定："官员再次犯罪但还剩有历任官职的情况下，仍然继续降低他的品级；但是降级再多，也各不能超过四个等级。"注："'各'的意思是说二官各自降级，不在合计的限制之内。"二官，说的是职事官、散官、卫官作为一官，勋官是一官。二官各自降四等，不可以合并计算，就是一共最多降八个等级才停止。我考察这一规定，是关于除名与叙用的方法：正四品任命为正七品下，从四品任命为正八品上，就是降低原品级的九个等级。那么免官、官当如果降低了五个等级，就反而比除名的惩罚还重，所以就不得不规定降级的限度。这项律令现在虽然不采用了，但是执法的人必须知道当时立法的本意，这样对于新的规定就不会有矛盾的地方。我担任检正刑房公事的时候，曾经到处询问年长的执法官员，但没有一个人明白这一规定的意图。

边城守具中有战棚，以长木抗于女墙之上，大体类敌楼，可以离合，设之顷刻可就，以备仓卒，城楼摧坏或无楼处受攻，则急张战棚以临之。梁侯景攻台城，为高楼以临城，城上亦为楼以拒之，使壮士交槊，斗于楼上，亦近此类。预备敌人，非仓卒可致。近岁边臣有议，以谓既有敌楼，则战棚悉可废省，恐讲之未熟也。

【译文】边城的防御设施中有一种战棚，用长木头架在城垛上，大体上类似于敌楼，不过可以拆卸，也可以安装组合，架起来也很快就能完成，这是为了准备仓促之下城楼被摧坏，或在没有城楼的地方遭到攻击时，也可以紧急张开战棚来应战。梁代的侯景在进攻台城的时候，架起高楼来攻城，城上也架起了城楼来应战，士兵们长矛相接，在城楼上格斗，这种设备就类似于战棚。但是需要预先造好来防御敌人的进攻，不是在仓促之间就能准备好的。近些年来，边疆大臣中有人商议，认为既然已经有城楼了，那么战棚就完全可以废弃掉了，但是恐怕筹划得不够周全吧。

鞠真卿守润州，民有斗殴者，本罪之外，别令先殴者出钱以与后应者。小人靳财，兼不愤输钱于敌人，终日纷争，相视无敢先下手者。

【译文】鞠真卿镇守润州的时候，遇到民众中有打架斗殴的案子。鞠真卿要求这些人在打斗的罪名之外，先动手打的人拿钱给后动手打的人。那些人格卑劣的人吝惜自己的钱财，又不甘心把钱输给对方，结果整天争吵不停，互相怒视却又没人敢先动手。

曹州人赵谏尝为小官，以罪废，唯以录人阴事控制闾里，无敢迕其意者。人畏之甚于寇盗，官司亦为其羁绁，俯仰取容而已。兵部员外郎谢涛知曹州，尽得其凶迹，逮系有司，具前后巨蠹状奏列，章下御史府按治。奸赃狼籍，遂论弃市，曹人皆相贺。因此有"告不干己事法"著于敕律。

【译文】曹州人赵谏曾经担任过下级官员，因为犯了罪而被除名了，于是他只能靠记录别人私下里干的坏事来控制乡里，因此乡人没人敢忤逆他的意愿。人们怕他甚至比怕强盗还严重，就连官府也受到他的牵制，还要看他的脸色办事。兵部员外郎谢涛任曹州知州时，完全掌握了他作恶的劣迹，就把他逮捕并关押了起来，并把他前前后后各种罪行都开列出来向上呈报，案件批文下到御史台详察办理。赵谏也因其奸邪贪赃的狼藉罪行，被判在闹市处以死刑，曹州的人们都互相庆贺。因为这件事才有了"告不干己事法"列入法律条文。

驿传旧有三等，日步递、马递、急脚递。急脚递最遽，日行四百里，唯军兴则用之。熙宁中，又有金字牌急脚递，如古之羽檄也。以木牌朱漆黄金字，光明眩目，过如飞电，望之者无不避路，日行五百余里。有军前机速处分，则自御前发下，三省、枢密院莫得与也。

【译文】驿传在过去有三种等级，称为"步递""马递""急脚递"。"急脚递"最为急迫，每天要跑四百里路，只有在发生战事的时候才采用它。熙宁年间，又出现了金字牌急脚递，就像古代的羽檄一样。用木牌红漆黄金字，亮得使人眼发花，经过时就像飞过的闪电一般，看到他的人没有不避开在一旁路途让路的，金字牌急脚递每天要跑五百余里路。有战争前线的机密文件需要快速处理的，就从皇帝那里直接下发，即使是三省、枢密院都不得参与。

皇祐二年，吴中大饥，殍殣枕路，是时范文正领浙西，发粟及募民存饷，为术甚备，吴人喜竞渡，好为佛事。希文乃纵民竞渡，太守日出宴于湖上，自春至夏，居民空巷出游。又召诸佛寺主首，谕之曰："饥岁工价至贱，可以大兴土木之役。"于是诸寺工作鼎兴。又新敖仓吏舍，日役千夫。监司奏劾杭州不恤荒政，嬉游不节，及公私兴造，伤耗民力，文正乃自条叙所以宴游及兴造，皆欲以发有余之财，以惠贫者。贸易饮食、工技服力之人，仰食于公私者，日无虑数万人。荒政之施，莫此为大。是岁，两浙唯杭州晏然，民不流徙，皆文正之惠也。岁饥发司农之粟，募民兴利，近岁遂著为令。既已恤饥，因之以成就民利，此先王之美泽也。

【译文】皇祐二年，吴中一带发生了严重的饥荒，饿死的人多得都叠压在道路上，当时范仲淹主持两浙西路，于是便发放了粮食，并且组织募捐以慰问灾民，准备得非常周到。江浙一带的人喜欢划船比赛，也喜欢做佛事。范仲淹就鼓励百姓开展划船比赛，他还每天到湖上摆放宴席，从春天摆到夏天，老百姓因此全都离开家出来玩。他又召集各个佛寺的住持，吩咐他们说："灾荒年的工价非常低，此时可以大兴土木建造庙宇。"于是各个寺院的修建工程非常兴盛。他又翻新了粮仓和官吏的住处，每天劳役上千的劳力。监察部门上奏弹劾杭州长官不顾救荒荒废政务，百姓嬉游不加节制，并且不管官府还是私人都大兴建造之风，大量损耗民力。范仲淹于是自拟奏章条陈，逐一解释之所以鼓励宴游以及兴造工程的原因，表示这都是想发掘有余的财力，来救济贫穷的人。从事商业、饮食业、建筑业等行业的人，依赖于公私宴游和土建工程而糊口的人，每天不下数万人。救荒年的政策措施中，没有比这种方法更好的了。这一年，两浙一带的灾区只有杭州平安无事，老百姓中没有人外出流浪，这都是范仲淹的恩德啊。饥荒之年发放官府的粮食，募集老百姓干有益的事，近年来已经列为法令了。这样不仅能救荒灾，还能借此为民间兴利，这真是先王的德政啊！

凡师行，因粮于敌，最为急务，运粮不但多费，而势难行远。余尝计之，人负米六斗，卒自携五日干粮，人饷一卒，一去可十八日；米六斗，人食日二升，二人食之，十八日尽。若计复回，只可进九日。二人饷一卒，一去可二十六日；米一石二斗，三人食，日六升，八日，则一夫所负已尽，给六日粮遣回。后十八日，二人食日四升并粮。若计复回，止可进十三日。前八日，日食六升。后五日并回程，日食四升并粮。三人饷一卒，一去可三十一日；米一石八斗，前六日半，四人食，日八升。减一夫，给四日粮。十七日，三人食，日六升。又减一夫，给九日粮。后十八日，二人食日四升并粮。计复回，止可进十六日。前六日半，日食八升。中七日，日食六升，后十一日并回程，日食四升并粮。三人饷一卒，极矣，若兴师十万，辎重三之一，止得驻战之卒七万人，已用三十万人运粮，此外难复加矣。放回运夫，须有援卒。缘运行死亡疾病，人数稍减，且以所减之食，准援卒所费。运粮之法，人负六斗，此以总数率之也。其间队长不负，樵汲减半，所余皆均在众夫。更有死亡疾病者，所负之米，又以均之。则人所负，常不啻六斗矣。故军中不容冗食，一夫冗食，二三人饷之，尚或不足。若以畜乘运之，则驼负三石，马骡一石五斗，驴一石。比之人运，虽负多而费寡，然刍牧不时，畜多瘦死，一畜死，则并所负弃之。较之人负，利害相半。

【译文】凡是部队出征，设法从敌方获取粮草是最紧急的任务，因为靠自己后方运粮的话，不但花费很大，而且军队势必难以远程进军。我曾经计算过，如果每个民夫能背六斗米，每个士兵自带五天的干粮，一个民夫供应一个士兵，那么单程可以维持十八天的进军；一共六斗米，一人每天吃两升，两个人吃的话，十八天就吃完了。而如果算上返程的话，就只能供应九天。如果两个民夫供应一个士兵，那么单程就可以维持二十六天的进军；一共一石二斗米，三个人一起吃，每天吃掉六升，到了进军第八天的时候，一个民夫所背的粮草就已经吃完了，给他六天的口粮让他返回。后十八天，两个人一起吃，每天吃四升，加上士兵的干粮就还能继续进军。但如果算上返程，就只能供应十三天。前八天，每天吃六升。后五天加上返程的十三天，再加上士兵的干粮每天吃四升。如果三个民夫供应一个士兵的话，单程就可以维持三十一天；一共是一石八斗米，前六天半，四个人吃，每天吃八升。减少一个民夫，给他四天的口粮。中间七天，三个人吃，每天吃六升。再遣返一个民夫，给他九天的口粮。最后十八天，两个人吃，加上带的干粮每天吃四升。但如果算上返程，就只能供应十六天。前六天半，每天吃八升。中间七天，每天吃六升，后二天半加上返程，加上士兵带的干粮每天吃四升。用三个民夫供应一个士兵就已经是极限了，如果用兵十万的话，那么押送辎重的士兵就要占到三分之一，防守作战的士兵就只有七万人，而这就已经需要用三十万人来运粮了，此外再难以增加作战的兵力了。遣返的民夫，还必须同时配置支援的士兵。因为行军回程路上会遇到死亡、疾病等情况，所以人数还会减少，因为减员而省出来的粮食，就可以抵作支援士兵的粮食供应。按照民夫运粮的规定，每人要背六斗，这是按总人数计算的平均值。其中队长不背，砍柴、打水的人只背一半，多出来的都要平均分摊到众民夫头上。还有死亡、生病的人，那些本来由他们背负的米，又要分摊到其他人那里。那么每个民夫所背负的粮食，常常不止六斗。所以军队中不允许有吃闲饭的人，如果有一个人吃闲饭，那么就需要两三个民夫来供应他，有时还尚且不够。如果用牲口搬运粮草的话，骆驼能背三石的粮草，马、骡能背一石五斗，驴则能背一石。与用人力运输相比，不仅背得多而且花费少，但是如果行军中不能按时喂养的话，牲口多会病死，一头牲口病死了，就要连同它所背的粮食一起弃置。因此与人力运输的弊端比起来，其实是利害各半。

忠、万间夷人，祥符中尝寇掠，边臣苟务怀来，使人招其酋长，禄之以券粟。自后有效而为之者，不得已，又以券招之。其间纷争者，至有自陈："若某人，才杀掠若干人，遂得一券；我凡杀兵民数倍之多，岂得亦以一券见给？"互相计校，为寇甚者，则受多券。熙宁中会之，前后凡给四百余券，子孙相承，世世不绝。因其为盗，悉诛锄之，罢其旧券，一切不与。自是夷人畏威，不复犯塞。

【译文】在忠州、万州一带的少数民族，曾经在祥符年间侵犯劫掠过边境百姓，而守卫边防的官员只图用怀柔笼络的办法息事宁人，便派人把他们的头领招来，把领取粮食的官券送给他们。在这以后就有人仿效着他们来侵犯边境的百姓，边防官员迫不得已，又用官券去招抚他们。这件事在他们中间发生了纠纷争执，甚至有人自称道："像某某人，只杀了几个人，就能得到一张券；而我所杀的士兵和老百姓超过了他的几倍，怎么能也只给我一张官券呢？"在这样的互相算计比较中，侵犯边境的情况越严重，能得到的官券就越多。到熙宁年间进行了统计，发现前后一共给出了四百多张官券，得券者的子孙相承，世世不绝。后来朝廷趁着他们抢劫杀人时，全部铲除了他们，并把以前发给他们的官券都作废了，从此什么都不给他们。从这以后，这些外族人畏惧国家的威力，也不再敢侵犯边塞了。

庆历中，河决北都商胡，久之未塞，三司度支副使郭申锡亲住董作。凡塞河决垂合，中间一埽，谓之"合龙门"，功全在此，是时屡塞不合。时合龙门埽长六十步，有水工高超者献议，以谓埽身太长，人力不能压，埽不至水底，故河流不断，而绳缆多绝。今当以六十步为三节，每节埽长二十步，中间以索连属之，先下第一节，待其至底空压第二、第三。旧工争之，以为不可，云："二十步埽，不能断漏。徒用三节，所费当倍，而决不塞。"超谓之曰："第一埽水信未断，然势必杀半。压第二埽，止用半力，水纵未断，不过小漏耳。第三节乃平地施工，足以尽人力。处置三节既定，即上两节自为浊泥所淤，不烦人功。"申锡主前议，不听超说。是时贾魏公帅北门，独以超之言为然，阴遣数千人于下流收漉流埽。既定而埽果流，而河决愈甚，申锡坐谪。卒用超计，商胡方定。

【译文】庆历年间，黄河在北都商胡决堤，很长一段时间里都没能堵上，三司度支副使郭申锡亲自前往督察施工。通常堵塞河堤决口的时候，在决口将要合拢时，再放下中间的一个埽，称为"合龙门"，这是能否成功堵塞决口的关键所在，但当时多次填塞都无法合拢。当时合龙门用的埽长达六十步，有一位名叫高超的水工进献建议，认为是因为埽身太长，人力不能将其压到水底，这样埽沉不到底，所以水流截不断，反而拉断了捆吊埽的大部分绳缆。现在应该把六十步埽分成三节，每节埽长二十步，中间各节之间用绳索连接起来，先放下第一节，等它沉到水底之后再压上第二、第三节。老河工与他争辩，认为这么做不行，他们说："二十步一埽，不仅无法阻断水流。还会白白地填进去三节，花费加倍，但是决口还是不能堵住。"高超对他们说："下第一节埽时水确实不会被阻断，但是水势必然会减半。这时再压第二埽，就只需要使用一半的力气了，即使水流还没截断，但剩下的也不过是小的漏洞而已。压第三节是在平地上施工，可以充分使用人力。安放好三节埽以后，其中的前两节自然会被淤泥堆积起来，也就不用多废人力了。"但郭申锡还是主张沿用老办法施工，不肯采纳高超的建议。这时贾昌朝是大名府的最高长官，唯独认为高超的方法好，就暗自派遣了数千人到下流拦截合龙失败后被水冲下来的埽。郭申锡用旧的办法施工之后，埽果然都被冲了下来，而黄河的决堤也更加严重了，郭申锡因此被贬官。最后还是采用了高超的计策，才将商胡的决口堵住。

盐之品至多，前史所载，夷狄间自有十余种，中国所出亦不减数十种。今公私通行者四种：一者"末盐，"海盐也，河北、京东、淮南、两浙、江南东西、荆湖南北、福建、广南东西十一路食之。其次"颗盐"，解州盐泽及晋、绛、潞、泽所出，京畿、南京、京西、陕西、河东、褒、剑等处食之。又次"井盐"，凿井取之，盖、梓、利、夔四路食之。又次"崖盐"，生于土崖之间，阶、成、凤等州食之。唯陕西路颗盐有定课，岁为钱二百三十万缗，自余盈虚不常，大约岁入二千余万缗。唯末盐岁自抄三百万，供河北边籴，其他皆给本处经费而已。缘边籴买仰给于度支者，河北则海、末盐，河东、陕西则颗盐及蜀茶为多。运盐之法，凡行百里，陆运斤四钱，船运斤一钱，以此为率。

【译文】盐的种类非常多，根据前代的史书记载，在偏远的少数民族地区就有十多种盐，中原所生产的也不少于几十种。现在官营、私营的食盐通常有四种：一种是"末盐"，也就是海盐，河北、京东、淮南、两浙、江南东西、荆湖南北、福建和广南东西等十一路的民众就吃这种盐。第二种是"颗盐"，产自解州盐池以及晋州、绛州、潞州、泽州等地，供京畿、南京、京西、陕西、河东、襄城和剑阁等地的民众食用。第三种是"井盐"，是通过凿井获取的，供益州、梓州、利州和夔州四路的民众食用。第四种是"崖盐"，出产于土崖之间，供阶州、成州、凤州等地的民众食用。其中，只有陕西路的颗盐有定额的税收，每年为二百三十万贯，其余地方的税收则多寡不均，大约每年总收入二千多万贯。唯独末盐每年从收入中取出三百万贯，供给河北边境地区的官府购买粮食，其他的都作为本地的经费而已。各边境地区购买粮食依赖于中央财政机构支付，在河北则靠海盐、末盐税收收入，在河东和陕西则主要靠颗盐以及蜀茶的税收。运盐的收费有规定，凡是走一百里，陆运每斤收费四文钱，水运每斤收费一文钱，以此为标准。

　　太常博士李处厚知庐州慎县，尝有殴人死者，处厚往验伤，以糟醶灰汤之类薄之，都无伤迹，有一老父求见曰："邑之老书吏也。知验伤不见其迹，此易辨也。以新赤油伞日中覆之，以水沃其尸，其迹必见。"处厚如其言，伤迹宛然。自此江淮之间官司往往用此法。

　　【译文】太常博士李处厚担任庐州慎县知县时，曾经有一个人被别人殴打致死，李处厚前往检验尸体伤口，用腌制过的肉块灰汤之类的东西泼洒在死者身上，却都没有看见伤口的痕迹，有一位老人求见，说："我是县里的老书吏。了解到您此次检验尸体的伤口却看不到痕迹，但这其实是很好辨别的。您用新近涂过红油的伞在正午太阳底下罩着尸体，再用水浇在尸体上，那伤痕一定会显现出来。"李处厚便按他说的做了，伤痕果然清晰地显现出来。从这以后，江淮之间的官府常常用这种方法来验尸察迹。

　　钱塘江，钱氏时为石堤，堤外又植大木十余行，谓之"滉柱"。宝元、康定间，人有献议取滉柱，可得良材数十万。杭帅以为然。既而旧木出水，皆朽败不可用。而滉柱一空，石堤为洪涛所激，岁岁摧决。盖昔人埋柱以折其怒势，不与水争力，故江涛不能为患。杜伟长为转运使，人有献说，自浙江税场以东，移退数里为月堤，以避怒水。众水工皆以为便，独一老水工以为不然，密谕其党曰："移堤则岁无水患，若曹何所衣食？"众人乐其利，乃从而和之。伟长不悟其计，费以巨万，而江堤之害，仍岁有之。近年乃讲月堤之利，涛害稍稀。然犹不若滉柱之利，然所费至多，不复可为。

【译文】钱塘江在五代吴越时修筑了石堤，石堤外又埋下了十几排深水大木桩，人们称之为"滉柱"。宝元、康定年间，有人建议把滉柱取出来，认为这样可以得到数十万根上好的木材。杭州长官认为这一建议可行。但等旧的木材取出水后，却发现全都已经朽败得不能用了。而滉柱一经取空，石堤就受到江水的洪涛冲激，每年都会决堤。原来，前人埋设滉柱就是为了减轻浪涛的冲撞猛势，不让石堤与水发生直接的碰撞，所以江涛也就不至于造成危害了。杜杞担任转运使时，有人献计说，在浙江盐税场以东，退后数里外的地方修筑一道月牙形的堤岸，这样能避免水浪的冲击。大多数水工都觉得这样做可行，只有一个老水工认为不可以，他暗中告诉自己的同党们说："要是把月堤后移，那么每年就没有水灾了，没了水灾你们靠什么吃饭呢？"大家都觉得老水工的话符合自己的切身利益，于是就附和他的意见。杜杞没有察觉到其中的阴谋，结果花费了上万巨款，可是江堤决口的水害，仍然每年都有。近些年来，地方长官才认识到月堤岸的好处，终于使水害逐渐减轻。但终究还是比不上滉柱的办法好，只是筑造滉柱要耗费的钱物太多，已经不可能再办到了。

陕西颗盐，旧法官自搬运，置务拘卖。兵部员外郎范祥始为钞法，令商人就边郡入钱四贯八百售一钞，至解池请盐二百斤，任其私卖，得钱以实塞下，省数十郡般运之劳。异日辇车牛驴以盐役死者，岁以万计，冒禁抵罪者，不可胜数，至此悉免。行之既久，盐价时有低昂，又于京师置都盐院，陕西转运司自遣官主之。京师食盐，斤不足三十五钱，则敛而不发，以长盐价；过四十，则大发库盐，以压商利，使盐价有常。而钞法有定数，行之数十年，至今以为利也。

【译文】对于陕西的颗盐，以前的办法是由官府自己搬运，并专门设置贸易机构来管理买卖。兵部员外郎范祥开始最先实行钞法，让商人到边境州郡，每缴纳四贯八百文钱，官府就售予他一张盐票，商人再到解州盐池凭票提领两百斤盐，并任由他们自行出售，而官府用售盐票所得到的钱可以用来充实边塞开支，还省下了数十州郡人民搬运食盐的辛劳。过去用牛驴拉着辇车运盐，这些因为运盐而死的牛驴，每年都有上万头，违反食盐专卖法令而获罪的人，更是不可胜数，而至此以后这些情况都没再发生了。这项制度实行一段时间后，盐价时有起伏波动，于是就又在京城设置了都盐院，由陕西转运司自行派遣官员主管。京城的食盐，如果每斤卖不到三十五文钱，就只敛藏入库而不发售，以此使盐价上涨；而一旦超过每斤四十文钱时，就大批发放库存的食盐，用来压低盐价，防止商人牟取暴利，使盐价稳定且盐票的发行有定额。这一方法推行了几十年，到现在都还很便利。

河北盐法，太祖皇帝尝降墨敕，听民间贾贩，唯收税钱，不许官榷。其后有司屡请闭固，仁宗皇帝又有批诏云："朕终不使河北百姓常食贵盐。"献议者悉罢遣之。河北父老，皆掌中掬灰，藉火焚香，望阙欢呼称谢。熙宁中，复有献谋者。余时在三司，求访两朝墨敕不获，然人人能诵其言，议亦竟寝。

【译文】对于河北一带的盐法，太祖皇帝曾经降下亲笔书写的御旨，允许民间老百姓买卖，只收取税钱而已，不允许官方专营。这以后一些有关部门多次请求禁止民间贩盐，仁宗皇帝又下有手批的诏书说："朕无论如何不能让河北地区的老百姓常吃高价盐。"凡是那些建议专营的官员都被罢官外放了。河北地区的父老乡亲，都在手掌中捧着香灰，点火焚香，向着皇帝居住的方位欢呼拜谢。熙宁年间，又有人献计要求官府专营食盐。我当时在三司任职，求访太祖、仁宗两朝的亲笔御旨却都没找到，然而人人都能背诵他们的话，于是最终这个建议也被搁置了。

卷十二·官政二

　　淮南漕渠，筑埭以畜水，不知始于何时，旧传召伯埭谢公所为。按李翱《来南录》，唐时犹是流水，不应谢公时已作此埭。天圣中，监真州排岸司右侍禁陶鉴始议为复闸节水，以省舟船过埭之劳。是时工部郎中方仲荀、文思使张纶为发运使、副，表行之，始为真州闸。岁省冗卒五百人，杂费百二十五万。运舟旧法，舟载米不过三百石。闸成，始为四百石船。其后所载浸多，官船至七百石，私船受米八百余囊，囊二石。自后，北神、召伯、龙舟、茱萸诸埭，相次废革，至今为利。余元丰中过真州，江亭后粪壤中见一卧石，乃胡武平为《水闸记》，略叙其事，而不甚详具。

　　【译文】淮南的运粮水道，都是通过修筑石坝来蓄水，此事不知是从什么时候开始的，过去传说召伯埭是东晋的谢安修建的。但是按照李翱的《来南录》记载，这条水道在唐时还是流水，不可能在谢安时就已经修建了这道石坝。天圣年间，管理真州排岸司的右侍禁陶鉴开始提议设置复闸来控制水位，以节省船只通过石坝时的费用和劳力。当时，工部郎中方仲荀、文思使张纶担任发运使和发运副使，他们向君王上表奏请建闸，获准施行，这才修建了真州闸。每年能节省多余的士兵五百多人，杂费一百二十五万。按以往的行船规定，每条船装载的米不得超过三百石。等真州闸修建好，才开始允许每船装载四百石。在这以后所装载的米量日益增多，官船的可载量达到了七百石，老百姓的船可以装米八百多袋，每袋重二石。自此以后，北神埭、召伯埭、龙舟埭、茱萸各埭，都先后废旧革新，改建成复闸，到现在都还有很大的便利。我在元丰年间路过真州，在江边亭子后的污泥中看见一块倒了的石碑，原来是胡武平撰写的《水闸记》，简略地记载了这件事，但是不是很详细。

张杲卿丞相知润州日，有妇人夫出外数日不归，忽有人报菜园井中有死人，妇人惊往视之。号哭曰："吾夫也。"遂以闻官。公令属官集邻里就井验是其夫与非，众皆以井深不可辨，请出尸验之。公曰："众皆不能辨，妇人独何以知其为夫？"收付所司鞫问，果奸人杀其夫，妇人与闻其谋。

【译文】张杲卿丞相以前在担任润州知州的时候，有一位妇人的丈夫外出好几天没有回家，忽然有人报信说在菜园子的井中有一具尸体，那个妇人吃惊地过去一看，就连喊带叫地号啕大哭说："这是我丈夫啊。"于是向官府报了案。张杲卿命令下属官吏将那女子周围的邻里聚集起来，到井边指认死者是不是妇人的丈夫，众人都觉得井太深，不能辨认，请求把井中的尸体捞出来再检验。张杲卿说："大家都认不出来，为什么唯独这个妇人知道死者就是她丈夫呢？"于是将那妇人抓到官府进行审讯，果然是与她通奸的男子杀害了她的丈夫，而这位妇人也参与了谋杀。

庆历中，议弛茶盐之禁及减商税。范文正以为不可："茶盐商税之入，但分减商贾之利耳，行于商贾未甚有害也。今国用未减，岁入不可阙，既不取之于山泽及商贾，须取之于农。与其害农，孰若取之于商贾？今为计莫若先省国用，国用有余，当先宽赋役，然后及商贾。弛禁非所当先也。"其议遂寝。

【译文】庆历年间，有人提出应该解除茶盐专营的禁令，和减轻商人赋税的问题。范仲淹认为不能这样做，他指出："国家取得茶盐以及商业税的收入，只是为了削减商人的利益罢了，实行起来对商人并没有什么过大的损害。现在国家的开支没有减少，那么每年的税收收入也就不可或缺，如果不从茶盐贸易以及商人这里获得，就必然会从农民那里收取。与其伤害农民的利益，为何不从商人那里收取呢？现在考虑计划不如先从节省国家的开支入手，一旦国家的开支有了节余，也应当先放宽农民的赋税和徭役，然后再考虑到商人。因此解除茶盐专营禁令的事情，不应该排在前面。"这样一来，那些解除茶盐禁令和削减商人税利的议论也就停止了。

真宗皇帝南衙日，开封府十七县皆以岁旱放税，即有飞语闻上，欲有所中伤，太宗不悦。御史探上意，皆露章言开封府放税过实，有旨下京东、西两路诸州选官覆按。内亳州当按太康、咸平两县，是时曾会知亳州，王冀公在幕下，曾爱其识度，常以公相期之。至是遣冀公行，仍戒之曰："此行所系事体不轻，不宜小有高下。"冀公至两邑，按行甚详。其余抗言放税过多，追收所放税物，而冀公独乞全放，人皆危之。明年，真宗即位。首擢冀公为右正言，仍谓辅臣曰："当此之时，朕亦自危惧。钦若小官，敢独为百姓伸理，此大臣节也。"自后进用超越，卒至入相。

【译文】真宗皇帝在担任开封府长官时，开封府十七个县都因为当年大旱而减免税收，于是马上就有流言蜚语传到皇帝耳中，想要中伤诬陷真宗，太宗很不高兴。御史觉察出了皇帝的意图，都公开上奏说开封府减税太过头了，于是皇帝下旨让京东、京西两路各州选派官员重新调查此事。其中亳州应当重新核查太康、咸平两个县，当时是曾会担任亳州长官，王钦若在他的幕府里，曾会一直很欣赏王钦若的见识，时常以公卿宰相来期望他。因此，曾会就派遣王钦若去办这件事，并且告诫他说："这次前去处理此事所关系的利害是不小的，不应稍有差池。"王钦若来到这两个县城，考察得非常详细。其他县的调查者都说减税太多了，并且追收了纳税的财物，唯独王钦若一人请求全部免去税收，人们都认为这是很危险的做法。第二年，真宗即位，第一件事就是提拔王钦若为右正言，并且对宰辅大臣说："当时，连朕自己都感觉危险和害怕。王钦若只是个小官，却敢站出来为百姓伸张正义，这是大臣的节操啊。"从此以后，王钦若的晋升超出常规，最终做到了丞相。

国朝初平江南，岁铸七万贯。自后稍增广，至天圣中，岁铸一百余万贯。庆历间，至三百万贯。熙宁六年以后，岁铸铜铁钱六百余万贯。

【译文】本朝刚刚平定江南的时候，每年铸造钱币七万贯。在这以后，数量逐渐增加，到天圣年间时，每年铸造钱币达到一百多万贯。庆历年间，达到每年三百万贯。熙宁六年以后，每年铸造铜钱、铁钱六百余万贯。

天下吏人，素无常禄，唯以受赇为生，往往致富者。熙宁三年，始制天下吏禄，而设重法以绝请托之弊。是岁，京师诸司岁支吏禄钱三千八百三十四贯二百五十四。岁岁增广，至熙宁八年，岁支三十七万一千五百三十三贯一百七十八。自后增损不常，皆不过此数，京师旧有禄者，及天下吏禄，皆不预此数。

【译文】全国的属吏，向来没有固定的俸禄，只能靠收受贿赂为生计，其中往往有因此而大发横财的人。熙宁三年，开始制定了全国属吏的俸禄标准，并且设置了严刑峻法来杜绝请托受贿的弊政。这一年，京城各个部门一年支付给属吏的俸禄有三千八百三十四贯二百五十四文钱。此后每年都扩大发放范围，到了熙宁八年时，一年就支取了三十七万一千五百三十三贯一百七十八文钱。从这以后或增或减，但都不超过这个数字，京城原有的拿俸禄的属吏，以及京城以外各地属吏的俸禄，都还不包括在此数之内。

国朝茶利，除官本及杂费外，净入钱禁榷时取一年最中数，计一百九万四千九十三贯八百八十五，内六十四万九千六十九贯茶净利。卖茶，嘉祐二年收十六万四百三十一贯五百二十七，除元本及杂费外，得净利十万六千九百五十七贯六百八十五。客茶交引钱，嘉祐三年，除元本及杂费外，得净利五十四万二千一百一十一贯五百二十四。四十四万五千二十四贯六百七十茶税钱。最中嘉祐元年所收数，除川茶钱在外。通商后来，取一年最中数，计一百一十七万五千一百四贯九百一十九钱，内三十六万九千七十二贯四百七十一钱茶租。嘉祐四年通商，立定茶交引钱六十八万四千三百二十一贯三百八十，后累经减放，至治平二年，最中分收上数。八十万六千三十二贯六百四十八钱茶税。最中治平三年，除川茶税钱外会此数。

【译文】本朝政府经营的茶叶收入，除去官府的本钱以及其他费用的开支以外，净收入在官府专营时取一年的中间数，共计为一百零九万四千零九十三贯八百八十五文钱，其中的六十四万九千零六十九贯钱是茶的净利润。卖茶，在嘉祐二年收入为十六万零四百三十一贯五百二十七文钱，除了原来的成本以及其他费用外，得到净利润为十万六千九百五十七贯六百八十五文钱。茶商交给专卖机构的交引钱，在嘉祐三年，除去原来的成本以及其他费用外，得到净利润为五十四万二千一百一十一贯五百二十四文钱。四十四万五千零二十四贯六百七十文是茶税钱。这中间数是指嘉祐元年所收的钱数，其中川茶钱还不在此内。允许商人自由买卖之后，取一年收入的中间数，共计为一百一十七万五千一百零四贯九百一十九文钱，其中三十六万九千零七十二贯四百七十一文钱是茶租钱。嘉祐四年开始允许自由买卖，规定了茶交引的钱款为六十八万四千三百二十一贯三百八十文钱，后来经过多次缩减和放宽，到治平二年，中间数就是上面所说的数字。八十万六千零三十二贯六百四十八文钱是茶税钱。这一中间数是治平三年所收的数目，除去川茶税钱以外，就是这个数了。

本朝茶法：乾德二年，始诏在京、建州、汉、蕲口各置榷货务。五年，始禁私卖茶，从不应为情理重。太平兴国二年，删定禁法条贯，始立等科罪。淳化二年，令商贾就园户买茶，公于官场贴射，始行贴射法。淳化四年，初行交引，罢贴射法。西北入粟，给交引，自通利军始。是岁，罢诸处榷货务，寻复依旧。至咸平元年，茶利钱以一百三十九万二千一百一十九贯三百一十九为额。至嘉祐三年，凡六十一年，用此额，官本杂费皆在内，中间时有增亏，岁入不常。咸平五年，三司使王嗣宗始立三分法，以十分茶价，四分给香药，三分犀象，三分茶引。六年，又改支六分香药犀象，四分茶引。景德二年，许人入中钱帛金银，谓之三说。至祥符九年，茶引益轻，用知秦州曹玮议，就永兴、凤翔以官钱收买客引，以拣引价，前此累增加饶钱。至天禧二年，镇戎军纳大麦一斗，本价通加饶，共支钱一贯二百五十四。乾兴元年，改三分法，支茶引三分，东南见钱二分半，香药四分半。天圣元年，复行贴射法，行之三年，茶利尽归大商，官场但得黄晚恶茶，乃诏孙奭重议，罢贴射法。明年，推治元议省吏、计覆官、旬献等，皆决配沙门岛；元详定枢密副使张邓公、参知政事吕许公、鲁肃简各罚俸一月，御史中丞刘筠、入内内侍省副都知周文质、西上閤门使薛昭廓、三部副使，各罚铜二十斤；前三司使李谘落枢密直学士，依旧知洪州。皇祐三年，算茶依旧只用见钱。至嘉祐四年二月五日，降敕罢茶禁。

【译文】本朝的茶法，乾德二年，开始下诏书在京城、建州、汉口、蕲口等地分别设置官府专营机构。乾德五年，开始禁止私人出售茶叶，再也不因为重情理而有所松动。太平兴国二年，删定了禁止私人贩卖的法规条文，开始正式设立罪名和等级。淳化二年，命令商人到园户那里买茶，国家在官办茶场贴射，开始实行贴射法。淳化四年，开始施行证券的交引制度，停止了贴射法。商人在西北边境上缴钱粮，官府发放交引，是从通利军这一地区开始的。这一年，同时停止了各地的官府专营机构，但不久后又恢复了过去的做法。到了咸平元年，茶税的收入是以一百三十九万二千一百一十九贯三百一十九文为额度的。到嘉祐三年，一共经过了六十一年，也还一直采用这一额度，官府的成本以及杂费都在其内，这期间时有盈亏，每年的收入也不固定。咸平五年，三司使王嗣宗开始使用三分法，把茶价分为十份，四分支付给香料、药物，三分支付给犀角、象牙，三分支付给茶引。咸平六年，又改为支付六分的香料、药物、犀角、象牙，支付四分的茶引。景德二年，法律允许商人到边地缴纳钱帛金银，称之为"三说"。到祥符九年，茶引逐渐贬值，便又采纳了秦州知州曹玮的建议，在永兴、凤翔两地用官府的钱收购茶引，以维持茶引的价格，在此之前还多次设立名目增加税费。到了天禧二年，在镇戎军地区缴纳大麦一斗，本价一律加上利钱，一共需要支付一贯二百五十四文钱。到乾兴元年，改为施行"三分法"，即三分用茶引支付，二分半在东南一带领取现金，四分半用香料、药物支付。到了天圣元年，又恢复施行贴射法，施行了三年，茶叶贸易的利润又都全落入大商人手中，官方只得到了质量低下的劣质茶，于是下诏命孙奭重新议定办法，并停止了贴射法。第二年，追究原来建议推行贴射法的官员责任，相关的三司官员都被判处流放沙门岛，原来的详定枢密副使张士逊、参知政事吕夷简、鲁宗道各自罚一个月的俸禄，御史中丞刘筠、入内内侍省副都知周文质、西上阁门使薛昭廓，以及户部、度支、盐铁三部副使，各自罚铜二十斤；原三司使李谘被免去枢密直学士之职，但依旧担任洪州知州。皇祐三年，茶税的计算仍然只用现钱缴纳。到嘉祐四年二月五日，才降下旨令解除茶禁。

国朝六榷货务，十三山场，都卖茶岁一千五十三万三千七百四十七斤半，租额钱二百二十五万四千四十七贯一十。其六榷货务取最中，嘉祐六年抛占茶五百七十三万六千七百八十六斤半，租额钱一百九十六万四千六百四十七贯二百七十八。荆南府租额钱三十一万五千一百四十八贯三百七十五，受纳潭、鼎、澧、岳、归、峡州、荆南府片散茶共八十七万五千三百五十七斤;汉阳军租额钱二十一万八千三百二十一贯五十一,受纳鄂州片茶二十三万八千三百斤半。蕲州蕲口租额钱三十五万九千八百三十九贯八百一十四,受纳潭、建州、兴国军片茶五十万斤。无为军租额钱三十四万八千六百二十贯四百三十,受纳潭、筠、袁、池、饶、建、歙、江、洪州、南康、兴国军片散茶共八十四万二千三百三十三斤。真州租额钱五十一万四千二十二贯九百三十二,受纳潭、袁、池、饶、歙、建、抚、筠、宣、江、吉、洪州、兴国、临江、南康军片散茶共二百八十五万六千二百六斤。海州租额钱三十万八千七百三贯六百七十六,受纳睦、湖、杭、越、衢、温、婺、台、常、明、饶、歙州片散茶共四十二万四千五百九十斤。

十三山场租额钱共二十八万九千三百九十九贯七百三十二,共买茶四百七十九万六千九百六十一斤。光州光山场买茶三十万七千二百一十六斤,卖钱一万二千四百五十六贯。子安场买茶二十二万八千三十斤,卖钱一万三千六百八十九贯三百四十八;商城场买茶四十万五百五十三斤,卖钱二万七千七十九贯四百四十六。寿州麻步场买茶三十三万一千八百三十三斤,卖钱三万四千八百一十一贯三百五十。霍山场买茶五十三万二千三百九斤,卖钱三万五千五百九十五贯四百八十九。开顺场买茶二十六万九千七十七斤,卖钱一万七千一百三十贯。庐州王同场买茶二十九万七千三百二十八斤,卖钱一万四千三百五十七贯六百四十二。黄州麻城场买茶二十八万四千二百七十四斤,卖钱一万二千五百四十贯。舒州罗源场买茶一十八万五千八十二斤，卖钱一万四百六十九贯七百八十五。太湖场买茶八十二万九千三十二斤，卖钱三万六千九十六贯六百八十。蕲州洗马场买茶四十万斤，卖钱二万六千三百六十贯。王祺场买茶一十八万二千二百二十七斤，卖钱一万一千九百五十三贯九百九十二。石桥场买茶五十五万斤，卖钱三万六千八十贯。

【译文】本朝有六个专卖机构，十三个山场，总计每年卖茶一千零五十三万三千七百四十七斤半，其中支付租额钱为二百二十五万四千零四十七贯一十文钱。那六个专营机构出售的茶叶取中间数，在嘉祐六年得抛占茶五百七十三万六千七百八十六斤半，支付租额钱为一百九十六万四千六百四十七贯二百七十八文钱。荆南府支付租额钱三十一万五千一百四十八贯三百七十五文钱，收取潭、鼎、澧、岳、归、峡等各州及荆南府片散茶共八十七万五千三百五十七斤。汉阳军支付租额钱二十一万八千三百二十一贯五十一文钱，收取鄂州片茶二十三万八千三百斤半。蕲州蕲口支付租额钱三十五万九千八百三十九贯八百一十四文钱，收取潭州、建州、兴国军得到片茶五十万斤。无为军支付租额钱三十四万八千六百二十贯四百三十文钱，收取潭、筠、袁、池、饶、建、歙、江、洪等各州及南康、兴国两军片散茶共八十四万二千三百三十三斤。真州支付租额钱五十一万四千零二十二贯九百三十二文钱，收取潭、袁、池、饶、歙、建、抚、筠、宣、江、吉、洪等各州及兴国、临江、南康军片散茶共二百八十五万六千二百零六斤。海州支付的租额钱三十万八千七百零三贯六百七十六文钱，收取睦、湖、杭、越、衢、温、婺、台、常、明、饶、歙等各州片散茶共四十二万四千五百九十斤。

十三处山场支付租额钱共二十八万九千三百九十九贯七百三十二文钱，共买入茶叶四百七十九万六千九百六十一斤。光州光山场买入茶叶三十万七千二百十六斤，出售后得钱一万二千四百五十六贯。子安场买入茶叶二十二万八千三十斤，出售后得钱一万三千六百八十九贯三百四十八文钱。商城场买入茶叶四十万五百五十三斤，出售后得钱二万七千零七十九贯四百四十六文钱。寿州麻步场买入茶叶三十三万一千八百三十三斤，出售后得钱三万四千八百一十一贯三百五十文钱。霍山场买入茶叶五十三万二千三百零九斤，出售后得钱三万五千五百九十五贯四百八十九文钱。开顺场买入茶叶二十六万九千零七十七斤，出售后得钱一万七千一百三十贯。庐州王同场买入茶叶二十九万七千三百二十八斤，出售后得钱一万四千三百五十七贯六百四十二文钱。黄州麻城场买入茶叶二十八万四千二百七十四斤，出售后得钱一万二千五百四十贯。舒州罗源场买入茶叶一十八万五千零八十二斤，出售后得钱一万零四百六十九贯七百八十五文钱。太湖场买入茶叶八十二万九千零三十二斤，出售后得钱三万六千零九十六贯六百八十文钱。蕲州洗马场买入茶叶四十万斤，出售后得钱二万六千三百六十贯。王祺场买入茶叶一十八万二千二百二十七斤，出售后得钱一万一千九百五十三贯九百九十二文钱。石桥场买入茶叶五十五万斤，出售后得钱三万六千零八十贯。

发运司岁供京师米，以六百万石为额。淮南一百三十万石，江南东路九十九万一千一百石，江南西路一百二十万八千九百石，荆湖南路六十五万石，荆湖北路三十五万石，两浙路一百五十万石，通余羡岁入六百二十万石。

【译文】发运司每年供应京城的粮食，以六百万石为定额。淮南路出一百三十万石，江南东路出九十九万一千一百石，江南西路出一百二十万八千九百石，荆湖南路出六十五万石，荆湖北路出三十五万石，两浙路出一百五十万石，加上多余的部分，每年提供的稻米为六百二十万石。

熙宁中，废并天下州县。迄八年，凡废州、军、监三十一：仪、滑、慈、郑、集、万、乾、儋、南仪、复、蒙、春、陵、宪、辽、窦、壁、梅、汉阳、通利、宁化、光化、清平、永康、荆门、广济、高邮、江阴、富顺、涟水、宣化。废县一百二十七：晋州赵城、杭州南新、普州普康、磁州昭德、华州渭南、德州德平、陵州贵平、籍县、忠州桂溪、兖州邹县、广州信安、四会、陕府湖城、硖硖石、河中河西、永乐、巴州七盘、其章、坊州升平、春州铜陵、北京大名、洹水、经城、永济、莫州莫、长丰、梧州戎城、邛州临溪、梓州永泰、河阳汜水、沧州饶安、临津、融州武阳、罗城、象州武化、归州兴山、汝州龙兴、怀州脩武、武陟、道州永明、庆州乐蟠、华池、瀛州束城、景城、顺安高阳、澶州顿邱、洺州曲周、临洺、丹州云岩、汾川、潞州黎城、琼州舍城、火山火山、横州永定、宜州古阳、礼丹、金城、述昆、汾州孝义、延州金明、丰林、延水、太原平晋、随州光化、邢州尧山、任县、平乡、秦州长道、达州三冈、石鼓、蜀、扬州广陵、赵州隆平、柏乡、赞皇、雅州百丈、荣经、祁州深泽、同州夏阳、嘉州平羌、河南洛阳、福昌、颍阳、缑氏、伊阙、滨州招安、慈州文城、吉乡、成都犀浦、戎州宜宾、绵州西昌、荣州公井、宁化宁化、乾宁乾宁、真定灵寿、井陉、荆南建宁、枝江、辰州麻阳、招谕、陈州南顿、桂州脩仁、永宁、安州云梦、忻州定襄、剑门关剑门、汉阳汉川、恩州清阳、熙州狄道、河州枹罕、卫州新乡、卫、渝州南川、虢州玉城、果州流溪、利州平蜀、许州许田、岢岚岚谷、蓬州蓬山、良山、冀州新河、涪州温山、阆州晋安、岐平、复州玉沙、润州延陵。

【译文】熙宁年间，撤销、合并全国的州县两级地方行政区划。到熙宁八年，共撤销州、军、监行政区共三十一处：仪州、滑州、慈州、郑州、集州、万州、乾州、儋州、南仪州、复州、蒙州、春州、陵州、宪州、辽州、窦州、壁州、梅州、汉阳军、通利军、宁化军、光化军、清平军、永康军、荆门军、广济军、高邮军、江阴军、富顺监、涟水军、宣化军。撤销县共计一百二十七处：晋州赵城、杭州南新、晋州普康、磁州昭德、华州渭南、德州德平、陵州贵平、籍县、忠州桂溪、兖州邹县、广州信安、四会、陕府湖城、硖硖石、河中河西、永乐、巴州七盘、其章、坊州升平、春州铜陵、北京大名、洹水、经城、永济、莫州莫、长丰、梧州戎城、邛州临溪、梓州永泰、河阳汜水、沧州饶安、临津、融州武阳、罗城、象州武化、归州兴山、汝州龙兴、怀州脩武、武陟、道州永明、庆州乐蟠、华池、瀛州束城、景城、顺安高阳、澶州顿邱、洺州曲周、临洺、丹州云岩、汾川、潞州黎城、琼州舍城、火山火山、横州永定、宜州古阳、礼丹、金城、述昆、汾州孝义、延州金明、丰林、延水、太原平晋、随州光化、邢州尧山、任县、平乡、秦州长道、达州三冈、石鼓、蜀、扬州广陵、赵州隆平、柏乡、赞皇、雅州百丈、荣经、祁州深泽、同州夏阳、嘉州平羌、河南洛阳、福昌、颍阳、缑氏、伊阙、滨州招安、慈州文城、吉乡、成都犀浦、戎州宜宾、绵州西昌、荣州公井、宁化宁化、乾宁乾宁、真定灵寿、井陉、荆南建宁、枝江、辰州麻阳、招谕、陈州南顿、桂州脩仁、永宁、安州云梦、忻州定襄、剑门关剑门、汉阳汉川、恩州清阳、熙州狄道、河州枹罕、卫州新乡、卫、渝州南川、虢州玉城、果州流溪、利州平蜀、许州许田、岢岚岚谷、蓬州蓬山、良山、冀州新河、涪州温山、阆州晋安、岐平、复州玉沙、润州延陵。

卷十三·权智

陵州盐井，深五百余尺，皆石也。上下甚宽广，独中间稍狭，谓之杖鼓腰。旧自井底用柏木为干，上出井口，自木干垂绠而下，方能至水。井侧设大车绞之。岁久，井干摧败，屡欲新之，而井中阴气袭人，入者辄死，无缘措手。惟候有雨入井，则阴气随雨而下，稍可施工，雨晴复止。后有人以一木盘，满中贮水，盘底为小窍，酾水一如雨点，设于井上，谓之雨盘，令水下终日不绝。如此数月，井干为之一新，而陵井之利复旧。

【译文】陵州有一口盐井，它的深度有五百多尺，井壁都是由石头做成的。盐井的上部和下部都很宽大，唯独中间稍微狭窄一点，叫作"杖鼓腰"。以前从井底将柏木作为支撑井壁的支架，柏木向上直伸到井口上，从井架上放一根绳子下去，才能取到水，井的旁边设置了大型的绞车。时间长了，木制的井架腐烂折断，人们多次想要更换新的井架，但是盐井中阴气很重，人一下井往往就会死去，所以没有办法着手施工。只有等下雨的时候下井，这时候井中的阴气随着雨水一起沉下去，才可以施工，等天晴了又得停止施工。后来有人将木盘盛上水，在底部钻出许多小孔，水就像雨点一样落下，把木盘放置在井口，叫作"雨盘"，让其中的水整天不断地洒下。就这样过了几个月，盐井的井架全部更新完成，陵州这口盐井又可以像以前一样让人们获利了。

世人以竹、木、牙、骨之类为叫子，置人喉中吹之，能作人言，谓之"颡叫子"。尝有病喑者，为人所苦，烦冤无以自言。听讼者试取叫子令颡之，作声如傀儡子。粗能辨其一二，其冤获申。此亦可记也。

【译文】世人用竹子、木材、象牙、骨头之类的材料制作的哨子，放在人的喉咙里面吹它，能发出人说话的声音，被称为"颡叫子"。曾经有一个人因为患病而导致哑疾，被人所陷害，没有办法自己说出冤情。判案的人试着拿来颡叫子让他放在喉咙里吹，发出的声音就像木偶戏中的说话声。判案的人能粗略辨别他话中的意思，他的冤屈于是得到了申诉。这件事也值得记录下来。

《庄子》曰："畜虎者不与全物、生物。"此为诚言。尝有人善调山鹧，使之斗，莫可与敌。人有得其术者，每食则以山鹧皮裹肉哺之，久之，望见真鹧，则欲搏而食之。此以所养移其性也。

【译文】《庄子》说："养老虎的人不喂老虎吃完整的或者活的东西。"这是有道理的话。曾经有人擅长调教山鹞，让他的山鹞和别人的山鹞打斗，没有能战胜他的山鹞的。有人得知了他调教山鹞的方法，每次喂山鹞时都用山鹞的皮包裹着肉来喂，这样喂食的时间长了，那只山鹞看到真的山鹞，就想与它们搏斗，将它们捕过来吃掉。这就是用驯养的方法改变了它的习性。

宝元中，党项犯塞，时新募万胜军，未习战陈，遇寇多北。狄青为将，一日尽取万胜旗付虎翼军，使之出战。虏望其旗，易之，全军径趋，为虎翼所破，殆无遗类。又青在泾原，尝以寡当众，度必以奇胜。预戒军中，尽舍弓弩，皆执短兵器。令军中：闻钲一声则止；再声则严阵而阳却；钲声止则大呼而突之。士卒皆如其教。才遇敌，未接战，遽声钲，士卒皆止；再声，皆却。虏人大笑，相谓曰："孰谓狄天使勇？"时虏人谓青为"天使"。钲声止，忽前突之，虏兵大乱，相蹂践死者，不可胜计也。

【译文】宝元年间，党项羌族进犯边境，当时新招募的万胜军还不熟悉临阵作战，遇到敌军大多战败。狄青作为将领，一次把万胜军的旗帜全部取来交给虎翼军，派虎翼军迎战。敌军望见万胜军的旗帜，就掉以轻心了，全部的军队都径直向前冲，结果被虎翼军击败，几乎全部被歼灭殆尽。又有一次，狄青在泾原时，曾经以少量人马遭遇大批敌军，他想着必须用奇计才能制胜。狄青预先命令军队全部舍弃弓弩，都拿着短兵器作战。他命令军中士兵们：

听到钲响一声就停止前进；听到钲再响就保持严格的阵型假装退却；钲声停止了就大声呼叫着突击敌人。士兵们都按照他的部署行动，军队刚遇到敌军，还没有交战，就立刻敲响了钲，士兵们都停了下来；钲声再次响起，士兵们都开始向后撤退。敌军大笑起来，互相说道："是谁说狄天使的部队勇猛呢？"原来当时敌军称呼狄青为"天使"。等到钲声停止，将士们忽然向前突击敌军，敌军大乱，因为互相踩踏而死去的人数众多，没有办法计算。

狄青为枢密副使，宣抚广西。时侬智高守昆仑关，青至宾州，值上元节，令大张灯烛，首夜燕将佐，次夜燕从军官，三夜飨军校。首夜乐饮彻晓，次夜二鼓时，青忽称疾，暂起如内。久之，使人谕孙元规，令暂主席行酒，少服药乃出，数使人勤劳座客。至晓，各未敢退，忽有驰报者云，是夜三鼓，青已夺昆仑矣。

【译文】狄青担任枢密副使时，被派往广西担任宣抚使。当时侬智高据守昆仑关，狄青来到宾州的时候，正逢上元节，就下令到处大规模地点燃、张挂灯烛，第一夜宴请各位高级军官，第二夜宴请次级军官，第三夜犒劳下级军士。第一夜狄青与军官们一整夜欢歌宴饮，第二夜二更时，狄青忽然托称身体不适，暂时起身进入内室休息。过了很久，狄青派人告诉孙元规，让他暂时代替自己主持酒宴，自己过一会吃些药就出来，并多次派人向座中军官劝酒慰劳。到了第二天早上，各位军官们都不敢退席，忽然有士兵骑快马传信报告说，这天夜里三更时分，狄青已经夺取了昆仑关。

曹南院知镇戎军日，尝出战小捷，虏兵引去。玮侦虏兵去已远，乃驱所掠牛羊辎重，缓驱而还，颇失部伍。其下忧之，言于玮曰："牛羊无用，徒縻军，不若弃之，整众而归。"玮不答，使人候。虏兵去数十里，闻玮利牛羊而师不整，遽袭之。玮愈缓，行得地利处，乃止以待之。虏军将至近，使人谓之曰："蕃军远来，必甚疲。我不欲乘人之怠，请休憩士马，少选决战。"虏方苦疲甚，皆欣然，严军歇良久。玮又使人谕之："歇定可相驰矣。"于是各鼓军而进，一战大破虏师，遂弃牛羊而还。徐谓其下曰："吾知虏已疲，故为贪利以诱之。比其复来，几行百里矣，若乘锐便战，犹有胜负。远行之人若小憩，则足痹不能立，人气亦阑，吾以此取之。"

【译文】曹玮主持镇戎军的时候，曾经在一次战争中获得小胜，敌军撤退了。曹玮侦查到敌军撤退已经很远，就命令军队驱赶着掠夺来的牛羊辎重，慢慢地回去，队形因此有些散乱不整。他的部下都对这种做法感到担心，对曹玮说："牛羊没有什么用处，白白拖累了军队，不如丢弃掉它们，整顿好队伍就回去。"曹玮不答应他们的请求，派人继续侦查。敌军撤退了几十里，听说曹玮贪图牛羊的利益而使得队形不整，急忙回头想要偷袭他的军队。曹玮的军队反而走得更慢，走到地形有利的地方，曹玮就下令停下来等待敌军。敌军快要到了，曹玮派人迎接敌军将领，对他说："你们军队远道而来，想必非常疲惫了。我不想乘着别人懈怠的时候进攻，请让你们的将士和马匹都休息一下吧，我们过一会儿再决战。"敌军正因为奔波疲劳而苦恼，对于曹玮的提议都非常高兴，整顿好队伍休息了很长时间。曹玮又派人告诉他们："如果休息好了就可以开战了。"于是两军各自击鼓进军，曹玮的军队与敌军一交战就大败敌军，于是抛弃了牛羊收兵回军。曹玮缓缓地对部下说："我知道敌人已经很疲惫了，所以故意表现出我们贪图小利的样子来引诱他们。等他们再次赶过来的时候，敌方士兵们几乎已经走了将近百里路程，这时如果他们乘着士气旺盛时开战，恐怕我们两方还是互有胜负的。然而走了远路的人如果稍微休息一会儿，就会腿脚酸软、不能站立，士气也会随着衰败涣散，我正是借着这个机会打败敌军的。"

余友人有任术者，尝为延州临真尉，携家出宜秋门。是时茶禁甚严。家人怀越茶数斤，稠人中马惊，茶忽坠地。其人阳惊，回身以鞭指城门鸱尾。市人莫测，皆随鞭所指望之，茶囊已碎于埃壤矣。监司尝使治地讼，其地多山，险不可登，由此数为讼者所欺。乃呼讼者告之曰："吾不忍尽尔，当贳尔半。尔所有之地，两亩止供一亩，慎不可欺，欺则尽覆入官矣。"民信之，尽其所有供半。既而指一处覆之，文致其参差处，责之曰："我戒尔无得欺，何为见负？今尽入尔田矣。"凡供一亩者，悉作两亩收之，更无一犁得隐者。其权数多此类，其为人强毅恢廓，亦一时之豪也。

【译文】我的朋友中有位善于应变的人，他曾经担任延州临真尉，带着家人从宜秋门出城。当时对茶叶私自买卖的禁令十分严格，他的家人中有人怀中带着几斤越茶，到人口众多的地方时因为马匹受惊，怀中的茶包忽然掉落到地上。我的朋友装作非常吃惊的样子，转身用马鞭指向城门上的鸱尾，街市上的人不知道发生了什么，都朝着他马鞭所指的方向望去，这时候地上的茶包已经被人们踩碎在尘埃里了。监司曾经派他处理关于土地赋税的诉讼，那个地方山很多，险峻得无法攀登，因此官府多次被诉讼的人所欺骗。我的朋友就把诉讼的人叫来，告诉他们说："我不忍心把你们的土地全部没收，可以宽纵你们一半。你们所拥有的土地，两亩地只需要纳一亩地的税，但是你们要慎重行事，不能再度欺骗官府，如果你们再欺骗官府，就把你们的土地全部没收归官府所有。"这些民众相信了他，按照全部所有土地的一半亩数纳税。过了一段时间，我的这位朋友指定一处土地要求核查，挑出其中有差错的地方，斥责土地的主人说："我告诫过你们不要欺骗官府，为什么违背了当时的诺言？现在我要求全部没收你的土地。"凡是之前纳一亩地税的人，都改按两亩地收税，再也没有一点土地能够隐瞒了。他的权术大多像这样的做法，他为人刚毅宽宏，也是当时的杰出人物。

王元泽数岁时，客有以一獐一鹿同笼以问雱："何者是獐，何者是鹿？"雱实未识，良久对曰："獐边者是鹿，鹿边者是獐。"客大奇之。

【译文】 王雱年纪才几岁的时候，有位客人把一头獐和一头鹿放在一个笼子里来问王雱："哪头是獐，哪头是鹿？"王雱并不认识它们，他想了一会儿，回答说："獐的旁边是鹿，鹿的旁边是獐。"客人感到非常惊奇。

濠州定远县一弓手，善用矛，远近皆伏其能。有一偷，亦善击刺，常蔑视官军，唯与此弓手不相下，曰："见必与之决生死。"一日，弓手者因事至村步，适值偷在市饮酒，势不可避，遂曳矛而斗，观者如堵墙。久之，各未能进。弓手者忽谓偷曰："尉至矣。我与尔皆健者，汝敢与我尉马前决生死乎？"偷曰："喏。"弓手应声刺之，一举而毙，盖乘其隙也。又有人曾遇强寇斗，矛刃方接，寇先含水满口，忽噀其面。其人愕然，刃已揕胸。后有一壮士复与寇遇，已先知噀水之事。寇复用之，水才出口，矛已洞颈。盖已陈刍狗，其机已泄，恃胜失备，反受其害。

【译文】濠州定远县有一位弓手，擅长使用矛，远近的人都佩服他的能力。有一个小偷也善于用矛击刺，他常常蔑视官军，唯独和这个弓手不相上下，说："要是与这个弓手相见，我一定要与他一决生死。"一天，弓手因为有事来到村口码头，正巧那个小偷在街市上喝酒，当时的形势下二人的相遇已经不可避免，于是两个人就拿起长矛开始决斗，围观的人多得围成了一堵人墙。两个人打了很久，谁都没有办法取胜。弓手忽然对小偷说："县尉到了。我与你都是壮士，你敢和我在县尉的马前一决生死吗？"小偷说："好。"弓手应声刺向他，一招就刺死了小偷，原来他是乘着小偷一时不备的间隙出击。还有一个人曾经遇到强盗并且与他搏斗起来，刚开打，强盗事先含满一口水，突然往那人的脸上喷去。那人吃了一惊，结果被刀刃刺中了胸膛。后来有一个壮士又与这个强盗相遇，他已经事先知道强盗喷水的伎俩。强盗又用这个伎俩，水刚喷出口，壮士的长矛就已经刺穿了他的颈部。已经用过的伎俩，它的秘密早就已经泄露，强盗倚仗这个方法而失去了防备，结果自己反受其害。

陕西因洪水下大石，塞山涧中，水遂横流为害。石之大有如屋者，人力不能去，州县患之。雷简夫为县令，乃使人各于石下穿一穴，度如石大，挽石入穴窨之，水患遂息也。

【译文】陕西某地因为洪水爆发冲下一块大石，堵塞在山涧中，涧水横流造成了水灾。这石头像一间屋子那么大，仅靠人力没办法移走，州县的官员都对此感到很忧虑。雷简夫当时担任县令，就派人分别在石块下面挖一个坑，估计洞的大小已经像石头一样大了，就把石头拉入坑中填埋进去，水灾就平息了。

熙宁中，高丽入贡，所经州县，悉要地图，所至皆造送，山川道路，形势险易，无不备载，至扬州，牒州取地图。是时丞相陈秀公守扬，给使者欲尽见两浙所供图，仿其规模供造。及图至，都聚而焚之，具以事闻。

【译文】熙宁年间，高丽使者前来进贡，凡是所经过的州县，他们都向当地索要当地地图，他们所到的地方都制作了地图送给他们，各州县中的山川道路、地势险易，地图上没有不详细记载的。到了扬州，他们又呈上公文索取地图。当时丞相陈秀公镇守扬州，就欺骗高丽使者说想看看两浙地区提供给他们的地图，以便仿照这些地图的格式规模绘制地图。等地图送到后，陈秀公就把地图聚在一起全都烧掉，并把这件事上报朝廷。

狄青戍泾原日，尝与虏战，大胜，追奔数里。虏忽壅遏山踊，知其前必遇险。士卒皆欲奋击，青遽鸣钲止之，虏得引去。验其处，果临深涧，将佐皆悔不击。青独曰："不然。奔亡之虏，忽止而拒我，安知非谋？军已大胜，残寇不足利，得之无所加重；万一落其术中，存亡不可知。宁悔不击，不可悔不止。"青后平岭寇，贼帅侬智高兵败奔邕州，其下皆欲穷其窟穴。青亦不从，以谓趋利乘势，入不测之城，非大将军，智高因而获免。天下皆罪青不入邕州，脱智高于垂死。然青之用兵，主胜而已。不求奇功，故未尝大败。计功最多，卒为名将。譬如弈棋，已胜敌可止矣，然犹攻击不已，往往大败。此青之所戒也，临利而能戒，乃青之过人处也。

【译文】狄青戍守泾原的时候，曾经和敌军交战获得大胜，军队追逐敌人奔走了数里路。敌军忽然拥挤在山脚下，狄青知道前面必定是遇到了险境。士兵们都想继续奋力追击敌军，狄青却立即鸣钲停止军队前进，敌军得以逃脱。后来军队察看敌军拥挤之处，果然面临深涧，部将们都后悔当时没有出击。唯独狄青说："不是这样的。溃散逃亡的敌人忽然停下来抵抗我们，我们怎么知道那不是敌军的计谋呢？我军已经获得大胜，追击残余的敌寇不足以带来太大的利益，就算我们取胜了也没有什么可以增加功劳的；但是万一落入敌人的陷阱，我们的结局就不得而知了。宁可后悔当时没有出击，也不能后悔没有及时停止进攻。"狄青后来平定岭南的贼寇，贼寇统帅侬智高战败而出逃到邕州，狄青的部下都希望穷追猛打从而彻底剿灭侬智高的老巢。狄青也不同意，他认为乘着胜利而追求扩大战绩，进入不知道其中虚实的城池，不是大将军应该有的举动，侬智高因而得以幸免于难。天下的人都怪罪狄青不攻入邕州城，使得侬智高在垂死之际得以逃脱。然而狄青用兵，重点在于获得胜利而已。他不追求建立超乎寻常的功勋，所以从来没有一败涂地过。狄青累积的战功最多，因此才能成为著名将领。这就好比两个人下棋，大势上已经战胜对方的时候就可以停止进攻稳固战果了，但是如果还不停地攻击，往往最终会大败。这是狄青之所戒惧的地方，在面临有利局面的时候仍然能够保持警惕，这正是狄青胜过其他人的地方。

瓦桥关北与辽人为邻，素无关河为阻。往岁六宅使何承矩守瓦桥，始议因陂泽之地，潴水为塞。欲自相视，恐其谋泄。日会僚佐，泛船置酒赏蓼花，作《蓼花吟》数十篇，令座客属和；画以为图，传至京师，人莫喻其意。自此始壅诸淀。庆历中，内侍杨怀敏复踵为之，至熙宁中，又开徐村、柳庄等泺，皆以徐、鲍、沙、唐等河，叫猴、鸡距、五眼等泉为之原，东合滹沱、漳、淇、易、白等水并大河。于是自保州西北沈远泺，东尽沧州泥枯海口，几八百里，悉为潴潦，阔者有及六十里者，至今倚为藩篱。或谓侵蚀民田，岁失边粟之入，此殊不然。深、冀、沧、瀛间，惟大河、滹沱，漳水所淤，方为美田；淤淀不至处，悉是斥卤，不可种艺。异日惟是聚集游民，刮碱煮盐，颇干盐禁，时为寇盗。自为潴泺，奸盐遂少。而鱼蟹菰苇之利，人亦赖之。

【译文】瓦桥关北部与辽国相邻，素来没有关河等险要地形可以提供防守。往年的时候，六宅使何承矩镇守瓦桥关，开始建议利用周边沼泽低洼的地形，蓄水作为屏障。他想要亲自去视察地形，又担心谋略被泄漏。于是何承矩每天都约请属官们聚会，与他们划船喝酒赏蓼花，并写了数十篇《蓼花吟》，让在座的客人和诗，并且将饮酒赋诗的情景绘制成图画，传到京城，人们一开始都不明白他的用意。从此，瓦桥关开始填堵部分池塘以聚水成湖。庆历年间，内侍杨怀敏又继续这样做，到了熙宁年间，又开挖了徐村、柳庄等处的湖泊，这些湖泊都以徐水、鲍水、沙水、唐水等河流，叫猴、鸡距、五眼等泉水作为水源，在东面汇合滹沱、漳水、淇水、易水、白水等河流并入黄河。于是从保州西北的沈远泺，向东到沧州泥枯海口，将近八百里的地域都积水形成了湖泊，湖泊宽阔处有的达到了六十里，到现在人们依旧将这些湖泊倚仗为屏障。有人说这种举措侵占了民田，减少了边境地区每年的粮食收入，这种说法是不正确的。深州、冀州、沧州、瀛州一带、只有被黄河、滹沱河、漳水浸灌的土地，才能成为良田；河流浸灌不到的地方，都是盐碱地，不能种植作物。这些地带往日只是聚集一些游民，刮碱土煮盐，经常触犯盐禁，有时还成为盗贼。自从蓄水聚池将这些地方淤塞成湖泊后，私盐就少了，而人们也从此依赖鱼、蟹、茭白、芦苇等水产带来的收益为生。

浙帅钱镠时，宣州叛卒五千余人送款，钱氏纳之，以为腹心。时罗隐在其幕下，屡谏，以谓敌国之人，不可轻信，浙帅不听。杭州新治城叠，楼橹甚盛，浙帅携寮客观之。隐指却敌，佯不晓曰："设此何用？"浙帅曰："君岂不知欲备敌邪？"隐谬曰："审如是，何不向里设之？"浙帅大笑曰："本欲拒敌，设于内何用？"对曰："以隐所见，正当设于内耳。"盖指宣卒将为敌也，后浙帅巡衣锦城，武勇指挥使徐绾、许再思挟宣卒为乱，火青山镇，入攻中城。赖城中有备，绾等寻败，几于覆国。

【译文】钱镠担任两浙地区镇海军节度使的时候，有宣州叛军五千多人前来投诚，钱镠接纳了他们，并把他们当作心腹之人。当时罗隐在钱镠幕府，多次劝谏钱镠，认为敌国的人不能轻易相信，钱镠不听他的劝谏。杭州新建了城墙和望楼，防御设施很完备，钱镠带着幕僚宾客们去视察。罗隐指着这些防卫工事，装作不知道它们用处的样子说："设置这些东西是用来做什么呢？"钱镠说："您难道不知道这是用来备战拒敌的吗？"罗隐故意说："真是如此的话，为什么不面向城内设置呢？"钱镠大笑道："这些东西本就是用来抵御敌人的，设置在城内能有什么用呢？"罗隐回答道："以我的看法，这正应当在城内设置。"罗隐的意思就是指宣州来的叛将将会再度叛乱成为敌人，后来钱镠巡视衣锦城的时候，武勇指挥使徐绾、许再思挟持宣州士兵作乱，放火烧了青山镇，并攻入中城。虽然城中早有防备，徐绾等人很快就失败了，但钱镠差点遭遇灭国之灾。

淳化中, 李继捧为定难军节度使, 阴与其弟继迁谋叛, 朝廷遣李继隆率兵讨之。继隆驰至克胡, 度河入延福县, 自铁茄驿夜入绥州, 谋其所向。继隆欲径袭夏州, 或以夏州贼帅所在, 我兵少, 恐不能克, 不若先据石堡, 以观贼势。继隆以为不然, 曰: "我兵既少, 若径入夏州, 出其不意, 彼亦未能料我众寡。若先据石堡, 众寡已露, 岂复能进?" 乃引兵驰入抚宁县, 继捧犹未知, 遂进攻夏州, 继捧狼狈出迎, 擒之以归。抚宁旧治无定河川中, 数为虏所危。继隆乃迁县于滴水崖, 在旧县之北十余里, 皆石崖, 峭拔十余丈, 下临无定水, 今谓之罗瓦城者是也。熙宁中所治抚宁城, 乃抚宁旧城耳, 本道图牒皆不载, 唯李继隆《西征记》言之甚详也。

【译文】淳化年间, 李继捧担任定难军节度使, 暗中与他的族弟李继迁图谋叛乱, 朝廷派遣李继隆率领军队讨伐他们。李继隆的部队赶到克胡, 渡过黄河进入延福县, 又从铁茄驿连夜进入绥州, 谋划下一步进军的方向。李继隆想要直接偷袭夏州, 有人认为夏州是叛军首领所在之地, 我军兵力少, 恐怕不能直接攻克下来, 不如先占据石堡, 凭借有利地形观察叛军动向。李继隆不这么认为, 他说: "我军的兵力既然不足, 如果直接进攻夏州, 出乎敌军的意料, 敌人也未必会料到我方兵力的多少。如果先占据石堡, 我方兵力的多少就已经暴露, 到时候还怎么再发动进攻呢?" 于是李继隆率领士兵迅速攻入抚宁县, 这时李继捧还不知道, 于是李继隆的军队就进攻夏州, 李继捧狼狈地出来迎战, 战败被俘获带了回去。抚宁县过去的治所在无定河一带，多次遭到敌方的侵扰。李继隆就把县所迁到滴水崖，在之前治所北部十多里的地方，附近都是石崖，峭拔高达十多丈，下临无定河，这就是现在所谓的罗瓦城。熙宁年间抚宁县的治所是抚宁旧城，当地的地图、文书中都没有记载，只有李继隆的《西征记》中记载得非常详细。

熙宁中，党项母梁氏引兵犯庆州大顺城。庆帅遣别将林广拒守，虏围不解。广使城兵皆以弱弓弩射之。虏度其势之所及，稍稍近城，乃易强弓劲弩丛射。虏多死，遂相拥而溃。

【译文】熙宁年间，党项首领的母亲梁氏带兵侵犯庆州大顺城。庆州主帅派遣将领林广据险坚守，敌军围困大顺城不离去。林广让守城的士兵都用威力弱的弓弩射击他们。敌军在估计弓弩手的射击范围后，稍稍逼近了城墙，这时林广便命令士兵更换强劲的弓弩以乱箭一起射击。敌军死伤惨重，于是剩下的敌人就一起溃散逃跑了。

苏州至昆山县凡六十里，皆浅水，无陆途，民颇病涉。久欲为长堤，但苏州皆泽国，无处求土。嘉祐中，人有献计，就水中以蘧蒢、刍藁为墙，栽两行，相去三尺。去墙六丈又为一墙，亦如此。渡水中淤泥实蘧蒢中，候干，则以水车汱去两墙之间旧水。墙间六丈皆土，留其半以为堤脚，掘其半为渠，取土以为堤，每三四里则为一桥，以通南北之水。不日堤成，至今为利。

【译文】苏州到昆山县之间一共六十里，都是浅水滩，没有陆路，当地百姓苦于趟着水走路。人们一直想要在这段路上建造一道长堤，但是苏州一带都是水乡，没有地方可以获取土石。嘉祐年间，有人献计，在水中用苇席和干草编成墙，分别栽种两行，相距三尺。离这道墙六丈远再做一道墙，也像这样栽种。捞取水中的淤泥填满苇席和干草之间，等淤泥干了，就用水车把两道墙之间原来的积水抽干。这样做两道墙之间六丈宽的地方就都是泥土了，留下其中一半作为堤脚，挖掘另一半作为沟渠，挖出来的土用于筑堤，堤坝上每隔三四里就造一座桥，用来沟通南北的水流。没过多久，长堤建成，直到现在都为百姓提供着便利。

李允则守雄州，北门外民居极多，城中地窄，欲展北城，而以辽人通好，恐其生事。门外旧有东岳行宫，允则以银为大香炉，陈于庙中，故不设备。一日，银炉为盗所攘，乃大出募赏，所在张榜，捕贼甚急。久之不获，遂声言庙中屡遭寇，课夫筑墙围之，其实展北城也，不逾旬而就，虏人亦不怪之，则今雄州北关城是也。大都军中诈谋，未必皆奇策，但当时偶能欺敌，而成奇功。时人有语云："用得着，敌人休；用不着，自家羞。"斯言诚然。

【译文】李允则镇守雄州时，城北门外的民居很多，而城内土地狭窄，李允则想要扩展北城，但是因为正与辽国维持友好关系，李允则担心扩建城池辽国会借此生出事端。北门外以前有座东岳庙，李允则用白银铸造了一个大香炉，放置在庙中，故意不设置防备。一天，银炉被盗贼偷走，李允则于是出了很高的赏钱，在并各处张榜紧急追捕盗贼。过了很久还是没有抓获盗贼，于是李允则声称庙中多次遭到盗寇，派民夫筑墙把东岳庙围了起来，其实是在扩展北城，不出十天就修筑好了城墙，辽国也没有怪罪这件事，这就是现在的雄州北关城。大多数军中的计谋，不一定都是奇策，但是当时偶然能起到欺骗敌人的作用，从而成就奇功。当时的人有俗语说："计策如果用得好，敌人就失败了；计策用得不好，就反而会被人取笑。"这句话是很有道理的。

陈述古密直知建州浦城县日，有人失物，捕得莫知的为盗者。述古乃绐之曰："某庙有一钟，能辨盗，至灵。"使人迎置后阁祠之，引群囚立钟前，自陈不为盗者，摸之则无声；为盗者摸之则有声。述古自率同职，祷钟甚肃，祭讫，以帷帷之，乃阴使人以墨涂钟，良久，引囚逐一令引手入帷摸之，出乃验其手，皆有墨。唯有一囚无墨，讯之，遂承为盗。盖恐钟有声，不敢摸也。此亦古之法，出于小说。

【译文】枢密院直学士陈述古担任建州浦城知县的时候，有人丢失了财物，抓获的嫌犯中不知道究竟哪个才是盗贼。陈述古就骗他们说："有一座庙里有一口钟，能够辨别盗贼，非常灵验。"陈述古派人把钟迎来安放在后室供奉起来，带着抓来的嫌犯站在钟面前，告诉他们说没有偷盗的人摸钟时，钟就不会发出声音；而盗贼摸钟时，钟就会发出声音。陈述古亲自率领同僚，非常严肃地做了向灵钟祭祀祷告的仪式，祭祀完毕就用帷幕把钟围起来，暗地里派人在钟上涂上墨汁，过了一会儿，陈述古带着嫌犯，让他们逐一把手伸入帷幕摸钟，出来以后检查他们的手，众人手上都有墨汁的印记。只有一个人手上没有墨汁的印记，陈述古讯问他，他就承认了自己是盗贼。原来这个人因为担心摸到钟会发出声响，所以不敢当真摸上去。这也是古时候的方法，出自于小说中的记载。

熙宁中，濉阳界中发汴堤淤田，汴水暴至，堤防颇坏陷，将毁，人力不可制。都水丞侯叔献时涖其役，相视其上数十里有一古城，急发汴堤注水入古城中，下流遂涸，急使人治堤陷。次日，古城中水盈，汴流复行，而堤陷已完矣，徐塞古城所决，内外之水，平而不流，瞬息可塞，众皆伏其机敏。

【译文】熙宁年间，濉阳境内挖开汴河河堤，引出淤泥造田，结果遇到汴河暴涨，汴河堤防损坏塌陷严重，眼看就要崩溃，靠人力没有办法控制住。都水丞侯叔献当时负责治水工作，视察地形后发现，上游几十里远的地方有一座古城，于是挖开那一段汴河河堤，将汴河的水引入古城中，于是汴河下游的水位就下降了很多，侯叔献赶紧派人修筑河堤。第二天，古城中已经被水灌满后，汴河中的水又沿着它本来的河道大量流向下游，而下游河堤的塌陷此时已经完全修好了，再慢慢堵住古城处被挖开的缺口，此时古城内外的水位持平，水流流速缓慢，缺口很快就能堵住，大家都对侯叔献的机智敏捷感到佩服。

宝元中，党项犯边，有明珠族首领骁悍，最为边患。种世衡为将，欲以计擒之。闻其好击鼓，乃造一马持战鼓，以银裹之，极华焕，密使谍者阳卖之入明珠族。后乃择骁卒数百人，戒之曰："凡见负银鼓自随者，并力擒之。"一日，羌酋负鼓而出，遂为世衡所擒。又元昊之臣野利，常为谋主，守天都山，号天都大王，与元昊乳母白姥有隙。岁除日，野利引兵巡边，深涉汉境数宿，白姥乘间乃谮其欲叛，元昊疑之。世衡尝得蕃酋之子苏吃曩，厚遇之，闻元昊尝赐野利宝刀，而吃曩之父得幸于野利，世衡因使吃曩窃野利刀，许之以缘边职任、锦袍、真金带。吃曩得刀以还，世衡乃唱言野利已为白姥谮死，设祭境上，为祭文，叙岁除日相见之欢。入夜，乃火烧纸钱，川中尽明，虏见火光，引骑近边窥觇，乃佯委祭具，而银器凡千余两悉弃之。虏人争取器皿，得元昊所赐刀，乃火炉中见祭文已烧尽，但存数十字，元昊得之，又识其所赐刀，遂赐野利死。野利有大功，死不以罪，自此君臣猜贰，以至不能军。平夏之功，世衡计谋居多，当时人未甚知之。世衡卒，乃录其功，赠观察使。

【译文】宝元年间，党项羌族侵犯边境，其中有位明珠族首领骁勇强悍，是边境最大的威胁。种世衡作为主将，想用计擒获他。种世衡听说他喜欢击鼓，就造了一面马背上手持的战鼓，用银饰装点，极其华丽，暗中派间谍假装将鼓卖到明珠族。然后种世衡挑选了数百名骁勇善战的士兵，告诉他们说："只要见到随身携带银鼓的人，你们就合力擒住他。"一天，羌族首领背着银鼓出来，就被种世衡擒获了。元昊的大臣野利，经常作为主要谋士，他镇守天都山，号称天都大王，但是与元昊的乳母白姥有矛盾。除夕的时候，野利带领士兵巡视边境，深入汉族境内好几天，白姥趁机诬陷野利想要叛变，元昊对野利产生了怀疑。种世衡曾经结交了一位西夏首领的儿子苏吃曩，待他很周到，听说元昊曾经把一把宝刀赏赐给野利，而苏吃曩的父亲深得野利的信任，种世衡就请苏吃曩把野利的那把宝刀偷过来，许诺事成之后给他边境的官职、锦袍、真金带。苏吃曩偷到宝刀回来，种世衡就四处散布言论说野利已经被白姥陷害致死，在边境上设置祭坛，还写了祭文描述除夕夜自己与野利相见的欢乐。到了夜里，他就用火烧纸钱，把原野照得通明，敌军看见火光，就出动骑兵靠近边境侦查，种世衡就命令士兵假装抛弃祭奠用具，把几乎千余两的银器都抛弃在那里，敌军争相抢夺那些银制器皿，其中就得到了元昊赏赐给野利的宝刀，敌军在火炉中看到祭文已经烧尽，只残剩几十个字，元昊得到这些，又认出他赐给野利的宝刀，于是杀死了野利。野利有大功劳，没有过错却被处死，从此西夏君臣之间相互猜疑，以至于军心涣散。在平定西夏的功绩中，种世衡的计谋居于多数，当时的人并不十分了解。等到种世衡死后，朝廷才核实他的功绩，把观察使这个官位追授给了他。

卷十四·艺文一

扫码听谦德
君为您导读

　　欧阳文忠常爱林逋诗"草泥行郭索，云木叫钩辀"之句，文忠以为语新而属对亲切。钩辀，鹧鸪声也，李群玉诗云："方穿诘曲崎岖路，又听钩辀格磔声。"郭索，蟹行貌也。扬雄《太玄》曰："蟹之郭索，用心躁也。"

　　【译文】欧阳修非常喜欢林逋诗中"草泥行郭索，云木叫钩辀"的诗句，他认为这两句诗语言清新而对仗贴切。"钩辀"是形容鹧鸪的叫声，李群玉有诗说："方穿诘曲崎岖路，又听钩辀格磔声。""郭索"是形容蟹爬行的样子。扬雄的《太玄》说："蟹之郭索，用心躁也。"

　　韩退之集中《罗池神碑铭》有"春与猿吟兮秋与鹤飞"，今验石刻，乃"春与猿吟兮秋鹤与飞"。古人多用此格，如《楚词》："吉日兮辰良"，又"蕙肴蒸兮兰藉，奠桂酒兮椒浆"。盖欲相错成文，则语势矫健耳。杜子美诗：“红稻啄余鹦鹉粒，碧梧栖老凤凰枝。”此亦语反而意全。韩退之《雪诗》：“舞镜鸾窥沼，行天马度桥。”亦效此体，然稍牵强，不若前人之语浑成也。

【译文】韩愈文集中的《罗池神碑铭》有“春与猿吟兮秋与鹤飞”一句，现在对照铭文的石刻参看，应该是“春与猿吟兮秋鹤与飞”。古人大多采用这种格式，比如《楚辞》中“吉日兮辰良”，又如“蕙肴蒸兮兰藉，奠桂酒兮椒浆”。这是有意想要让文词语序形成相错成文的效果，使语句的气势更加矫健。杜甫的诗有：“红稻啄余鹦鹉粒，碧梧栖老凤凰枝。”这句诗也是语词颠倒而诗意完整丰富。韩愈的《雪诗》有：“舞镜鸾窥沼，行天马度桥。”也是仿效这种格式，但是稍微显得牵强，不如前人的用语那样自然浑成。

唐人作富贵诗，多纪其奉养器服之盛，乃贫眼所惊耳，如贯休《富贵曲》云：“刻成筝柱雁相挨。”此下里鬻弹者皆有之，何足道哉？又韦楚老《蚊诗》云：“十幅红绡围夜玉。”十幅红绡为帐，方不及四五尺，不知如何伸脚？此所谓不曾近富儿家。

【译文】唐人写作的富贵诗，大多列举他们衣食器用的丰盛，但这不过是穷人眼中感到的惊奇之处罢了，比如贯休的《富贵曲》中说：“刻成筝柱雁相挨。”这是乡间卖唱的人都有的东西，有什么值得称道的呢？又比如韦楚老的《蚊诗》说："十幅红绡围夜玉。"拿十幅红绡做蚊帐，四周还不到四五尺，不知道该怎么伸展腿脚？这就是人们所说的没见过富贵人家的世面。

诗人以诗主人物，故虽小诗，莫不埏蹂极工而后已。所谓句锻月炼者，信非虚言。小说崔护《题城南诗》，其始曰："去年今日此门中，人面桃花相映红。人面不知何处去，桃花依旧笑春风。"后以其意未全，语未工，改第三句曰："人面只今何处在。"至今传此两本，唯《本事诗》作"只今何处在。"唐人工诗，大率多如此，虽有两"今"字，不恤也，取语意为主耳，后人以其有两"今"字，只多行前篇。

【译文】诗人作诗以表现人物为主，因此即使是小诗，也没有不花功夫反复修改、仔细锤炼润色之后才成稿的。人们所说的经年累月的锤炼，确实不是假话。小说记载崔护的《题城南诗》，最初写道："去年今日此门中，人面桃花相映红。人面不知何处去，桃花依旧笑春风。"后来因为诗歌的意蕴表达不完整，语言不够精致工巧，于是就把第三句改成："人面只今何处在。"到现在流传下来这两种版本，只有《本事诗》写作"只今何处在。"唐人写诗追求精工，大多都像这个例子，即使诗句中有两个"今"字，作者为了表达诗意也不在乎它，他们作诗以语意为主，但是后人因为改后的诗句中有两个"今"字，大多只采用前一篇初稿。

书之阙误，有可见于他书者。如《诗》："天天是椓。"

《后汉·蔡邕传》作"夭夭是加",与"速速方谷"为对。又"彼岨矣岐,有夷之行。"《朱浮传》作"彼岨者岐,有夷之行。"《坊记》:"君子之道,譬则坊焉。"《大戴礼》:"君子之道,譬犹坊焉。"《夬卦》:"君子以施禄及下,居德则忌。"王辅嗣曰:"居德而明禁。"乃以"则"字为"明"字也。

【译文】典籍缺漏、讹误的地方,有的可以在别的书中发现。比如《诗经》中有:"夭夭是椓。"《后汉书·蔡邕传》作"夭夭是加"并与"速速方谷"作为对仗。又例如《诗经·周颂·天作》的"彼岨矣岐,有夷之行。"《后汉书·朱浮传》作"彼岨者岐,有夷之行。"《礼记·坊记》中有:"君子之道,譬则坊焉。"《大戴礼》作:"君子之道,譬犹坊焉。"《夬卦》中有:"君子以施禄及下,居德则忌。"王弼注释说:"居德而明禁。"这里是误把"则"字写为"明"字了。

音韵之学,自沈约为四声,及天竺梵学入中国,其术渐密。观古人谐声,有不可解者。如"玖"字、"有"字多与"李"字协用;"庆"字、"正"字多与"章"字、"平"字协用。如《诗》"或群或友,以燕天子";"彼留之子,贻我佩玖";"投我以木李,报之以琼玖";"终三十里,十千维耦";"自今而后,岁其有,君子有谷,诒孙子";"陟降左右,令闻不已";"膳夫左右,无不能止";"鱼丽于罶,鳏鲤,君子有酒,旨且有。"如此极多。又如:"孝孙有庆,万寿无疆";"黍稷稻粱,农夫之庆”；“唯其有章矣，是以有庆矣”；“则笃其庆，载锡之光”；“我田既藏，农夫之庆”；“万舞洋洋，孝孙有庆”；《易》云“西南得朋，乃与类行；东北丧朋，乃终有庆”；“积善之家，必有余庆；积不善之家，必有余殃”；班固《东都赋》“彰皇德兮侔周成，永延长兮膺天庆”。如此亦多。今《广韵》中“庆”一音“卿”。然如《诗》之“未见君子，忧心怲怲；既得君子，庶几式臧”；“谁秉国成，卒劳百姓；我王不宁，覆怨其正”，亦是“怲”“正”与“宁”“平”协用，不止“庆”而已，恐别有理也。

【译文】从沈约发明四声开始，到来自印度的梵学传入中国，音韵这门学问的理论逐渐精密。古人的谐声有一些不能理解的情况。比如“玖”字、“有”字常与“李”字通押；“庆”字、“正”字多与“章”字、“平”字通押。比如《诗经》中的“或群或友，以燕天子”；“彼留之子，贻我佩玖”；“投我以木李，报之以琼玖”；“终三十里，十千维耦”；“自今而后，岁其有，君子有谷，诒孙子”；“陟降左右，令闻不已”；“膳夫左右，无不能止”；“鱼丽于罶，鰋鲤，君子有酒，旨且有。”像这样的例子有很多。又比如：“孝孙有庆，万寿无疆”；“黍稷稻粱，农夫之庆”；“唯其有章矣，是以有庆矣”；“则笃其庆，载锡之光”；“我田既藏，农夫之庆”；“万舞洋洋，孝孙有庆”；《易经》中有“西南得朋，乃与类行；东北丧朋，乃终有庆”；“积善之家，必有余庆；积不善之家，必有余殃”；班固《东都赋》有“彰皇德兮侔周成，永延长兮膺天庆”，像这样的例子也有很多。现在的《广韵》中“庆”字又读为“卿”。然而像《诗经》中的

"未见君子，忧心忡忡；既得君子，庶几式臧"；"谁秉国成，卒劳百姓；我王不宁，覆怨其正"，也是"忡""正"与"宁""平"通押，不只是"庆"一个字这样，恐怕另外有它的道理。

小律诗虽末技，工之不造微，不足以名家。故唐人皆尽一生之业为之，至于字字皆炼，得之甚难，但患观者灭裂，则不见其工，故不唯为之难，知音亦鲜，设有苦心得之者，未必为人所知。若字字皆是无瑕可指，语意亦揽丽，但细论无功，景意纵全，一读便尽，更无可讽味，此类最易为人激赏，乃诗之《折杨》《黄华》也。譬若三馆楷书作字，不可谓不精不丽；求其佳处，到死无一笔，此病最难为医也。

【译文】绝句的写作虽然是末等的小技艺，但是诗句锤炼得不细腻精妙，便不足以成为名家。所以唐代的人都穷尽一生的精力去锤炼诗句，以至于每个字都要精雕细琢，要写出一句好诗很难，就怕读者草率地读过好句，没有办法领略其精巧妙绝的地方，所以不仅诗歌写作是困难的，能够赏识的行家也很少，即使有费尽心力而写出来的诗句，也不一定能被别人了解。如果一首诗中的每个字都没有瑕疵可以指出，语意也铺张而华丽，但是仔细推敲起来又没什么特别出色的地方，即使诗中写景抒怀都周全完备，也是一读就透，没有什么可以讽诵玩味的地方，这类诗反而最容易被人赞赏，属于诗中的《折杨》《黄华》这一类。就像三馆学士用楷书写字，不能说他的字不精致、不典丽，但是要找出字中的佳处，就是到死也找不出一笔，这种毛病是最难医治的。

王圣美治字学，演其义以为右文。古之字书，皆从左文。凡字，其类在左，其义在右。如木类，其左皆从"木"。所谓右文者，如"戋"，小也，水之小者曰"浅"，金之小者曰"钱"，歹而小者曰"残"，贝之小者曰"贱"。如此之类，皆以"戋"为义也。

【译文】王子韶研究文字学，推演文字的规律，提出了"右文说"，认为字义由字右边的部件表示。古代的字书，都认为字义是由字左边的部件表达。一个汉字，它的类别在左半边，它的语义在右半边。比如表示木一类的字，它们的左半边都是木旁。所谓的"右文"的说法，比如"戋"字表示小的意思，所以小的水称为"浅"，小的金称为"钱"，小的歹称为"残"，小的贝称为"贱"。像这样一类的情况，都由"戋"来表达字的含义。

王圣美为县令时，尚未知名，谒一达官，值其方与客谈《孟子》，殊不顾圣美。圣美窃哂其所论。久之，忽顾圣美曰："尝读《孟子》否？"圣美对曰："平生爱之，但都不晓其义。"主人问："不晓何义？"圣美曰："从头不晓。"主人曰："如何从头不晓？试言之。"圣美曰："'孟子见梁惠王'，已不晓此语。"达官深讶之，曰："此有何奥义？"圣美曰："既云孟子不见诸侯，因何见梁惠王？"其人愕然无对。

【译文】王子韶担任县令的时候，还没有出名，有一次去拜见一位显贵的官员，遇上他正与客人谈论《孟子》，完全没有理会王子韶，王子韶在暗自讥笑他们的言论。过了很久，那位达官忽然回头问王子韶："你曾经读过《孟子》吗？"王子韶回答说："我平生爱读这本书，但是全然不明白书中的意思。"主人问："什么地方不明白呢？"王子韶答道："从头就不明白。"主人问："怎么就从头不明白了？你说说看。"王子韶说："'孟子见梁惠王'，这句就已经不明白了。"这个官员非常惊讶，问道："这有什么深奥的意义？"王子韶说："既然说了孟子不见诸侯，那为什么他要去见梁惠王呢？"那人惊讶得无言以对。

杨大年因奏事论及《比红儿诗》，大年不能对，甚以为恨。遍访《比红儿诗》，终不可得。忽一日，见鬻故书者有一小编，偶取视之，乃《比红儿诗》也，自此士大夫始多传之。予按《摭言》，《比红儿诗》乃罗虬所为，凡百篇，盖当时但传其诗而不载名氏，大年亦偶忘《摭言》所载。

【译文】杨亿因为进奏政事时皇帝谈及《比红儿诗》，自己不能够对答，对此感到非常遗憾。他到处寻找《比红儿诗》，最终还是没有找到。忽然有一天，杨亿看见卖旧书的人有一本小册子，他随手拿过来翻看，发现正是《比红儿诗》，从此《比红儿诗》在士大夫之间逐渐流传起来。我查阅《唐摭言》的记载，《比红儿诗》是罗虬所写，一共有一百篇，大概当时只是流传了诗歌却没有记载作者姓名，杨亿也是偶然间忘记了《唐摭言》的记载。

晚唐士人专以小诗著名，而读书灭裂。如白乐天《题座隅诗》云："俱化为饿殍。"殍作孚字押韵。杜牧《杜秋娘诗》云："厌饫不能饴。"饴乃饧耳，若作饮食，当音"飲"。又陆龟蒙作《药名诗》云："乌啄蠹根回。"乃是乌喙，非乌啄也。又"断续玉琴哀"，药名止有续断，无断续，此类极多。如杜牧《阿房宫赋》误用"龙见而雩"事，宇文时斛斯椿已有此缪，盖牧未尝读《周》《隋书》也。

【译文】晚唐的士人专门靠写作小诗而出名，但是读书方面却粗疏草率。比如白居易的《题座隅诗》中说："俱化为饿殍。"把"殍"字当成了"孚"字押韵。杜牧的《杜秋娘诗》道："厌饫不能饴。""饴"是指麦芽糖，如果用作饮食的意思，应当读作"飲"。又比如陆龟蒙写《药名诗》道："乌啄蠹根回。"诗中说的应该写作乌喙，而不是乌啄。又如"断续玉琴哀"，在药名中只有"续断"，没有"断续"的说法，像这类例子有很多。又比如杜牧的《阿房宫赋》错误地使用"龙见而雩"一事，北周时的斛斯椿就已经犯了这样的错误，杜牧犯这个错误大概是他没有读过《周书》《隋书》的原因。

往岁士人多尚对偶为文。穆修、张景辈始为平文，当时谓之古文。穆、张尝同造朝，待旦于东华门外，方论文次，适见有奔马践死一犬，二人各记其事，以较工拙。穆修曰："马逸，有黄犬遇蹄而毙。"张景曰："有犬死奔马之下。"时文体新变，二人之语皆拙涩，当时已谓之工，传之至今。

【译文】以往的士人大都崇尚用对偶句写作骈文。从穆修、张景等人起开始写散文，在当时称散文为"古文"。穆修、张景曾经有一次一起去上朝，在东华门外面等待天亮，在他们正讨论文章写法的时候，恰好看见有一匹奔马踩死了一条狗，二人分别记录下这件事，来比较各自行文的优劣。穆修写道："马逸，有黄犬遇蹄而毙。"张景写道："有犬死奔马之下。"当时文体刚刚发生新的变化，二人的语言都还比较呆板生硬，但是这在当时已经认为是精工的语句，所以一直流传到现在。

按《史记·年表》，周平王东迁二年，鲁惠公方即位。则《春秋》当始惠公，而始隐，故诸儒之论纷然，乃《春秋》开卷第一义也。唯啖、赵都不解始隐之义，学者常疑之。唯于《纂例》隐公下注八字云："惠公二年，平王东迁。"若尔，则《春秋》自合始隐，更无可论，此啖、赵所以不论也。然与《史记》不同，不知啖、赵得于何书？又尝见士人石端集一纪年书，考论诸家年统，极为详密。其叙平王东迁，亦在惠公二年。余得之甚喜，亟问石君，云出一史传中，遽检未得，终未见的据。《史记·年表》注东迁在平王元年辛未岁，《本纪》中都无说，《诸侯世家》言东迁却尽在庚午岁，《史记》亦自差谬，莫知其所的。

【译文】根据《史记·年表》记载，周平王东迁第二年，鲁惠公才即位。那么《春秋》应该从鲁惠公开始，但实际上却开始于鲁隐公，所以学者们对这件事的说法不一，这是读《春秋》开篇要解决的第一个问题。唯独啖助、赵匡都不解释《春秋》从鲁隐公开始的意义，学者常常对这件事存有疑问。《春秋集传纂例》中只在鲁隐公下面注有八个字说："惠公二年，平王东迁。"如果是这样的话，那么《春秋》自然应该从鲁隐公开始，这没什么可讨论的，这是啖助、赵匡之所以不讨论这个问题的原因。但是这与《史记》的记载不同，不知道啖助、赵匡是根据哪本书得出的结论？我还曾经见到士人石端编纂的一本纪年书，书中考论各家的纪年统序，非常详细周密。他在书中记载平王东迁，也说在鲁惠公二年。我看到以后非常高兴，马上问石端出自何处，石端说出自某一史传中，我马上去查找，但是没能够找到，最终还是没见到确切的证据。《史记·年表》中注有东迁的时间，在平王元年辛未岁，《周本纪》中都没有提及，《诸侯世家》却说东迁时间在庚午岁，《史记》本身的记载也有误差，不知道它以哪种说法为准。

长安慈恩寺塔，有唐人卢宗回一诗颇佳，唐人诸集中不载，今记于此："东来晓日上翔鸾，西转苍龙拂露盘。渭水冷光摇藻井，玉峰晴色堕栏干。九重宫阙参差见，百二山河表里观。暂辍去蓬悲不定，一凭金界望长安。"

【译文】长安慈恩寺塔上存有唐代人卢宗回的一首题诗很好，唐人的各本别集中都没有记载，现在我把它记载在这里："东来晓日上翔鸾，西转苍龙拂露盘。渭水冷光摇藻井，玉峰晴色堕栏干。九重宫阙参差见，百二山河表里观。暂辍去蓬悲不定，一凭金界望长安。"

古人诗有"风定花犹落"之句，以谓无人能对，王荆公以对"鸟鸣山更幽"。"鸟鸣山更幽"本宋王籍诗，元对"蝉噪林逾静，鸟鸣山更幽"，上下句只是一意；"风定花犹落，鸟鸣山更幽"则上句乃静中有动，下句动中有静。荆公始为集句诗，多者至百韵，皆集合前人之句，语意对偶，往往亲切过于本诗。后人稍稍有效而为者。

【译文】古人的诗中有"风定花犹落"的句子，当时的人认为没有人能对出下句，王安石用"鸟鸣山更幽"来对。"鸟鸣山更幽"本来是南朝宋代王籍的诗句，原句是"蝉噪林逾静，鸟鸣山更幽"，上下句只是同一个意思；而"风定花犹落，鸟鸣山更幽"就使得上句静中有动，下句动中有静。王安石最早开始写作集句诗，长的多达百句，都是集合搭配前人的诗句作成，语句的意思和诗句的对偶，往往比原诗更加亲和贴切。后人逐渐开始有仿效王安石写作集句诗的。

欧阳文忠尝言曰："观人题壁，而可知其文章矣。"

【译文】欧阳修曾经说："看一个人在墙壁上的题辞，就能知道他的文章水平。"

毗陵郡士人家有一女，姓李氏，方年十六岁，颇能诗，甚有佳句，吴人多得之。有《拾得破钱诗》云："半轮残月掩尘埃，依稀犹有开元字。想得清光未破时，买尽人间不平事。"又有《弹琴诗》云："昔年刚笑卓文君，岂信丝桐解误身。今日未弹心已乱，此心元自不由人。"虽有情致，乃非女子所宜也。

【译文】毗陵郡的官宦人家有一位女子，姓李，年纪才只有十六岁，就很会写诗，有不少出色的诗句，江浙士人对她的诗句多有耳闻。她有《拾得破钱诗》道："半轮残月掩尘埃，依稀犹有开元字。想得清光未破时，买尽人间不平事。"又有《弹琴诗》道："昔年刚笑卓文君，岂信丝桐解误身。今日未弹心已乱，此心元自不由人。"这类诗歌虽然很有情致，但不是女子适宜作的。

退之《城南联句》首句曰："竹影金锁碎。"所谓金锁碎者，乃日光耳，非竹影也。若题中有日字，则曰"竹影金锁碎"可也。

【译文】韩愈的《城南联句》首句说："竹影金锁碎。"人们作诗时所说的"金锁碎"是形容日光，而不是说竹影。如果题目中有"日"字，那么说"竹影金锁碎"就是可以的了。

卷十五·艺文二

切韵之学本出于西域。汉人训字止曰"读如某字",未用反切。然古语已有二声合为一字者,如"不可"为"叵","何不"为"盍","如是"为"尔","而已"为"耳","之乎"为"诸"之类,以西域二合之音,盖切字之原也,如"輭"字文从而、犬,亦切音也,殆与声俱生,莫知从来。

今切韵之法,先类其字,各归其母,唇音、舌音各八,牙音、喉音各四,齿音十,半齿、半舌音二,凡三十六,分为五音,天下之声总于是矣。每声复有四等,谓清、次清、浊、平也,如颠、天、田、年、邦、胮、庞、厐之类是也,皆得之自然,非人为之。如帮字横调之为五音,帮、当、刚、臧、央是也。帮,宫之清。当,商之清。刚,角之清。臧,徵之清。央,羽之清。纵调之为四等,帮、滂、傍、茫是也。帮,宫之清。滂,宫之次清。傍,宫之浊。茫,宫之不清不浊。就本音本等调之为四声,帮、牓、傍、博是也。帮,宫清之平。牓,宫清之上。傍,宫清之去。博,宫清之入。四等之声,多有声无字者，如封、峰、逢，止有三字；邕、胸，止有两字；竦、火、欲、以，皆止有一字。五音亦然，滂、汤、康、苍，止有四字。四声，则有无声，亦有无字者。如"萧"字、"肴"字，全韵皆无入声，此皆声之类也。所谓切韵者，上字为切，下字为韵，切须归本母，韵须归本等。切归本母，谓之"音和"，如"德红为东"之类，"德"与"东"同一母也。字有重、中重、轻、中轻，本等声尽泛入别等，谓之"类隔"。虽隔等，须以其类，谓唇与唇类，齿与齿类，如"武延为绵"、"符兵为平"之类是也。韵归本等，如"冬"与"东"字母皆属端字，"冬"乃"端"字中第一等声，故都宗切，"宗"字第一等韵也，以其归"精"字，故"精"徵音第一等声；"东"字乃"端"字中第三等声，故德红切，"红"字第三等韵也，以其归"匣"字，故"匣"羽音第三等声。又有互用借声，类例颇多。

大都自沈约为四声，音韵愈密。然梵学则有华、竺之异，南渡之后，又杂以吴音，故音韵庞驳，师法多门，至于所分五音，法亦不一。如乐家所用，则随律命之，本无定音，常以浊者为宫，稍清为商，最清为角，清浊不常为徵、羽。切韵家则定以唇、齿、牙、舌、喉为宫、商、角、徵、羽。其间又有半徵、半商者，如"来"、"日"二字是也，皆不论清浊。五行家则以韵类清浊参配，今五姓是也。梵学则喉、牙、齿、舌、唇之外，又有折、摄二声。折声自脐轮起至唇上发，如舛浮金反之类是也；摄字鼻音，如歆字鼻中发之类是也。字母则有四十二，曰阿、多、波、者、那、啰、呼拖、婆、茶、沙、嚩、哆、也、瑟咤二合、

迦、娑、么、伽、他、社、锁、呼、拖、前一拖轻呼，此一拖重呼。奢、
佉、叉、娑多二合、壤、曷攞多三合、婆上声、车、娑么二合、诃婆
二合、縒、伽上声、吒、拏、娑颇二合、娑迦二合、也娑二合、室者
二合、侘、陀。为法不同，各有理致，虽先王所不言，然不害有
此理，历世浸久，学者日深，自当造微耳。

【译文】切韵的学说本来产生于西域，汉代人解释字音只说
"读如某字"，没有用过反切。但是古语中已经有二音合读为一字
的例子，比如"不可"读作"叵"，"何不"读作"盍"，"如是"读作
"尔"，"而已"读作"耳"，"之乎"读作"诸"之类的例子，类似西
域的两个字拼成一个字，这大概是反切读字的起源，比如"輭"字
的字形从而、从犬，也是反切拼音，它大概是与字音同时产生的，
没有人知道它的起源。

现在切韵的方法，是先把字归类到各个不同的声母，唇音、
舌音各八个，牙音、喉音各四个，齿音十个，半齿、半舌音两个，一
共三十六个，总分为五音，天下所有的声母就都包括在其中了。每
个声母又有四等，叫作清、次清、浊、平，比如颠、天、田、年、邦、
胮、庞、厖之类的，这些都是自然形成的，而不是人为的。比如帮
字横调的五音，是帮、当、刚、臧、央。帮是宫之清。当是商之清。刚是
角之清。臧是徵之清。央是羽之清。纵调的四等，是帮、滂、傍、茫。帮
是宫之清。滂是宫之次清。傍是宫之浊。茫是宫之不清不浊。在本音、本
等的基础上又根据音调分为四声，就是帮、牓、傍、博。帮是宫清之
平。牓是宫清之上。傍是宫清之去。博是宫清之入。四等的声调常会出现
有声而没有字的现象，比如封、峰、逢，只有三个字；邕、胸，只有

两个字；竦，火，欲，以，都只有一个字。五音也是这样，比如滂、汤、康、苍，只有四个字。四声则会出现没有声调的情况，也有一个声调内没有字的情况。比如"萧"字、"肴"字，整个韵部都没有入声，这些都是声母会出现的情况。所谓的切韵，是指以上字为切，下字为韵，上字须与被切字的声母相同，下字须与被切字的韵母相同。上字和被切字的声母相同，称为"音和"，比如"德红两字切得东字"之类的例子，"德"与"东"是同一个声母。字的读音有重、中重、轻、中轻的区别，如果本等声都散入别等，就称为"类隔"。虽然隔等，仍然要以同类相切，指唇音与唇音同类、齿音与齿音同类，比如"武延两字切得绵字""符兵两字切得平字"之类的例子。下字与被切字的韵母相同，比如"冬"与"东"的韵母都属于"端母"，"冬"是"端母"中的第一等声，所以"都""宗"两字切为"冬"字，"宗"是第一等韵，它属于"精母"，所以读"精母"微音的第一等声；"东"字是"端母"中的第三等声。所以"德""红"两字切为"东"字，"红"字是第三等韵，它属于"匣母"。所以读"匣母"羽音的第三等声。还有互相借用声母的类似例子也很多。

　　大概从沈约创立四声之后，音韵的学说就更加精密。然而梵学又有中原与印度的差异，东晋迁到南方之后，又夹杂了南方的吴音。所以音韵系统更加庞杂散乱，有多种不同的师法传承。至于对五音的分类，方法也不一致。比如乐律家使用的五音就是根据音律来命名的，本来没有定音，一般以浊音为宫，稍清音为商，最清音为角，清浊音不定的为徵、羽。切韵家则根据唇、齿、牙、舌、喉的发音部位确定宫、商、角、徵、羽。其间又有半徵、半商两音，比如"来""日"两个字母就是这样，它们都不论清浊。五行家则根据韵学上的清浊搭配确定五音，就是现在所说的五姓。梵学则在喉、牙、齿、舌、唇之外，还有折、摄二声。折声从肚脐开始到唇上发出，比如钵读浮金反之类的字；摄声是鼻音，比如歆字之类的从鼻中发音的字。梵文的字母有四十二个，即阿、多、波、者、那、啰、拖、婆、茶、沙、嚩、哆、也、瑟吒二合。迦、娑、么、伽、他、社、锁、呼、拖、前面的拖字读轻声，这一个拖字要重读。奢、佉、叉、娑多二合。壤、攞曷多三合、婆上声、车、娑么二合、诃婆二合、縒、伽上声、吒、挐、娑颇二合、娑迦二合、也娑二合、室者二合、侘、陀。这些音韵采用的方法不同，各有各的道理，虽然先王以前没有讲过，但并不妨碍这些理论的存在，经历的时间越久，学者的研究也就逐渐深入，研究上的造诣自然会日渐精微。

幽州僧行均集佛书中字为切韵训诂，凡十六万字，分四卷，号《龙龛手镜》，燕僧智光为之序，甚有词辩，契丹重熙二年集。契丹书禁甚严，传入中国者法皆死。熙宁中，有人自虏中得之，入傅钦之家，蒲传正帅浙西，取以镂版。其序末旧云："重熙二年五月序。"蒲公削去之。观其字音韵次序，皆有理法，后世殆不以其为燕人也。

【译文】幽州的和尚行均把佛经中的字收集起来做了注音和解释，一共十六万字，分为四卷，取名为《龙龛手镜》，燕京的和尚智光为这本书作序，很有说服力，这本书在契丹重熙二年编集成书。契丹对图书外传的禁令很严，把书传入中原的人，依法都要处死。熙宁年间，有人从契丹那里得到这本书，传到傅尧俞家中收藏。蒲宗孟任浙西长官时，把这本书拿来用雕版进行了印刷。这本书书序的末尾原本写了："重熙二年五月序。"蒲宗孟把这句话删去了。人们看到书中字的音韵排列次序，都很有逻辑法度，后世的人大概不会认为作者是北方人。

古人文章，自应律度，未以音韵为主。自沈约增崇韵学，其论文则曰："欲使宫羽相变，低昂殊节，若前有浮声，则后须切响。一简之内，音韵尽殊，两句之中，轻重悉异。妙达此旨，始可言文。"自后浮巧之语，体制渐多，如傍犯、蹉对蹉，音千过反、假对、双声、叠韵之类，诗又有正格、偏格，类例极多。故有三十四格、十九图、四声、八病之类。今略举数事，如徐陵云："陪游馺娑，骋纤腰于《结风》；长乐鸳鸯，奏新声于度曲。"又云："厌长乐之疏钟，劳中宫之缓箭。"虽两"长乐"，意义不同，不为重复，此类为傍犯。如《九歌》："蕙肴蒸兮兰藉，奠桂酒兮椒浆。"当曰"蒸蕙肴"对"奠桂酒"，今倒用之，谓之蹉对。如"自朱耶之狼狈，致赤子之流离"，不唯"赤"对"朱"，"耶"对"子"，兼"狼狈""流离"乃兽名对鸟名；又如"厨人具鸡黍，稚子摘杨梅"，以"鸡"对"杨"，如此之类，皆为假对。如"几家村草里，吹唱隔江闻"，"几家""村草"与"吹唱""隔江"，皆双声。如"月影侵簪冷，江光逼屐清"，"侵簪""逼屐"皆叠韵。诗第二字侧入谓之正格，如："凤历轩辕纪，龙飞四十春"之类。第二字平入谓之偏格，如"四更山吐月，残夜水明楼"之类。唐名贤辈诗，多用正格，如杜甫律诗,用偏格者,十无一二。

【译文】古人写作文章,自然符合法则,并没有以音韵为主。自从沈约开始推崇韵律之学,他评论文章说:"要使宫声、羽声相互变化,高低强弱声调分明。如果前面有清扬的音调,那么后面就要有重浊的音调。一章之内,要使音韵完全不同,两句之中,要使读音的轻重都不一样。只有当人们完美地达到这种境界,才能谈论文章。"从这以后,浮艳精巧的语言和体制规范逐渐变得多了起来,比如傍犯、蹉对蹉,音千过反、假对、双声、叠韵之类的例子,诗歌创作又有正格、偏格,类似的例子非常多。因此有三十四格、十九图、四声、八病之类的说法。现在大略举出几个例子,比如徐陵说:"陪游馺娑,骋纤腰于《结风》;长乐鸳鸯,奏新声于度曲。"又说:"厌长乐之疏钟,劳中宫之缓箭。"虽然两次用了"长乐",但是两次使用的意义不同,不算作重复,这类例子叫作傍犯。比如《楚辞·九歌》有:"蕙殽蒸兮兰藉,奠桂酒兮椒浆。"应该写作"蒸蕙殽"才能对上"奠桂酒",现在却颠倒使用。称这种情况为蹉对。比如"自朱耶之狼狈,致赤子之流离",不仅"赤"对"朱","耶"对"子",而且"狼狈"和"流离"也是以兽名对鸟名;又如"厨人具鸡黍,稚子摘杨梅",以"鸡"对"杨",如此之类的情况,都是假对。比如"几家村草里,吹唱隔江闻","几家""村草"与"吹唱""隔江",都是双声。比如"月影侵簪冷,江光逼屐清","侵簪""逼屐"都是叠韵。诗的第二字以仄声起句,称为正格,比如:"凤历轩辕纪,龙飞四十春"之类的诗句。第二字以平声起句,称为偏格,比如"四更山吐月,残夜水明楼"之类的诗句。唐代有名的诗人写诗大多用正格，比如杜甫的律诗。用偏格的诗歌，十首里面没有一二首。

文潞公保洛日，年七十八。同时有中散大夫程珦、朝议大夫司马旦、司封郎中致仕席汝言，皆年七十八。尝为同甲会，各赋诗一首。潞公诗曰："四人三百十二岁，况是同生丙午年。招得梁园为赋客，合成商岭采芝仙。清谈亹亹风盈席，素发飘飘雪满肩。此会从来诚未有，洛中应作画图传。"

【译文】文彦博回到洛阳的时候，年纪已经有七十八岁。同时的中散大夫程珦、朝议大夫司马旦、以司封郎中辞官退休的席汝言，都是七十八岁。他们曾经发起"同甲会"，每个人都作诗一首。文彦博的诗中写道："四人三百十二岁，况是同生丙午年。招得梁园为赋客，合成商岭采芝仙。清谈亹亹风盈席，素发飘飘雪满肩。此会从来诚未有，洛中应作画图传。"

晚唐五代间，士人作赋用事，亦有甚工者。如江文蔚《天窗赋》："一窍初启，如凿开混沌之时；两瓦骈飞，类化作鸳鸯之后。"又《土牛赋》："饮渚俄临，讶盟津之捧塞；度关倘许，疑函谷之丸封。"

【译文】晚唐五代之间士人写赋，运用典故也有很精工规整的。比如江文蔚的《天窗赋》："一窍初启，如凿开混沌之时；两瓦骈飞，类化作鸳鸯之后。"又例如《土牛赋》："饮渚俄临，讶盟津之捧塞；度关侥许，疑函谷之九封。"

河中府鹳雀楼，三层，前瞻中条，下瞰大河。唐人留诗者甚多，唯李益、王之涣、畅诸三篇能状其景。李益诗曰："鹳雀楼西百尺墙，汀洲云树共茫茫。汉家箫鼓随流水，魏国山河半夕阳。事去千年犹恨速，愁来一日即知长。风烟并在思归处，远目非春亦自伤。"王之涣诗曰："白日依山尽，黄河入海流。欲穷千里目，更上一层楼。"畅诸诗曰："迥临飞鸟上，高出世尘间，天势围平野，河流入断山。"

【译文】河中府的鹳雀楼高有三层，前面对着中条山，下面可以俯瞰黄河。唐代在这里留有诗篇的人很多，但只有李益、王之涣、畅诸三篇能描绘其景致。李益的诗写道："鹳雀楼西百尺墙，汀洲云树共茫茫。汉家箫鼓随流水，魏国山河半夕阳。事去千年犹恨速，愁来一日即知长。风烟并在思归处，远目非春亦自伤。"王之涣的诗写道："白日依山尽，黄河入海流。欲穷千里目，更上一层楼。"畅诸的诗写道："迥临飞鸟上，高出世尘间，天势围平野，河流入断山。"

庆历间，余在金陵，有饔人以一方石镇肉，视之，若有镌刻。试取石洗濯，乃宋海陵王墓铭，谢朓撰并书。其字如钟繇，极可爱。余携之十余年，文思副使夏元昭借去，遂托以坠水，今不知落何处。此铭朓集中不载，今录于此："中枢诞圣，膺历受命，於穆二祖，天临海镜。显允世宗，温文著性。三善有声，四国无竞。嗣德方衰，时唯介弟。景祚云及，多难攸启。载骤轮猎，高辟代邸。庶辟欣欣，威仪济济。亦既负扆，言观帝则。正位恭己，临朝渊嘿。虔思宝缔，负荷非克，敬顺天人，高逊明德。西光已谢，东龟又良。龙纛夕俨，葆挽晨锵。风摇草色，日照松光。春秋非我，晚夜何长。"

【译文】庆历年间，我在金陵，有一个厨师用一块方形石板压着肉，我看到石板的表面好像有刻痕。我试着把石头冲洗了一下，发现这原来是《齐海陵王墓铭》，是由谢朓撰文并书写的。谢朓的字像钟繇，非常令人喜爱。我把这块石板带在身上有十多年，后来被文思副使夏元昭借去，就借口把它掉入水中，现在不知道流落到什么地方去了。这篇铭文在谢朓的文集中没有收录，现在我把它记录在这里："中枢诞圣，膺历受命，于穆二祖，天临海镜。显允世宗，温文著性。三善有声，四国无竞。嗣德方衰，时唯介弟。景祚云及，多难攸启。载骤轮猎，高辟代邸。庶辟欣欣，威仪济济。亦既负扆，言观帝则。正位恭己，临朝渊嘿。虔思宝缔，负荷非克，敬顺天人，高逊明德。西光已谢，东龟又良。龙纛夕俨，葆挽晨锵。风摇草色，日照松光。春秋非我，晚夜何长。"

枣与棘相类，皆有刺。枣独生，高而少横枝；棘列生，卑而成林，以此为别，其文皆从朿音刺，木芒刺也。朿而相戴立生者，枣也；朿而相比横生者，棘也。不识二物者，观文可辨。

【译文】枣与棘类似，二者都有刺。枣树是单独生长的，它的树干高，横枝少；棘树是并生，它的树形低矮，一般是成丛生长，二者以这些特点作为区别。它们的文字字形都从束，读音是刺，意思是草木上的小刺。束上下叠起来呈现出直立状态的是枣（棗）字；束左右并列呈现出横向排列的是棘字。不认识这两种植物的人，看着它们的文字字形也能分辨出来。

金陵人胡恢博物强记，善篆隶，臧否人物，坐法失官十余年，潦倒贫困，赴选集于京师。是时韩魏公当国，恢献小诗自达，其一联曰："建业关山千里远，长安风雪一家寒。"魏公深怜之，令篆太学石经，因此得复官，任华州推官而卒。

【译文】金陵人胡恢知识丰富、记忆力强，擅长写篆书和隶书，他喜欢褒贬人物，因为犯法而失去官职十多年，贫困潦倒，为参加官员选拔而来到京城。当时韩琦主持着国家政事，胡恢向他献上小诗来表达自己的心意，诗中有一联写道："建业关山千里远，长安风雪一家寒。"韩琦非常同情他，就任命他去太学用篆书刻写太学石经，因此他得以恢复官职，在担任华州推官时去世。

熙宁六年，有司言日当蚀四月朔。上为彻膳，避正殿。一夕微雨，明日不见日蚀，百官入贺，是日有皇子之庆。蔡子正为枢密副使，献诗一首，前四句曰："昨夜薰风入舜韶，君王未御正衙朝。阳辉已得前星助，阴沴潜随夜雨消。"其叙四月一日避殿、皇子庆诞、云阴不见日蚀，四句尽之，当时无能过之者。

【译文】熙宁六年，掌管天文历法的官员禀报说四月初一将有日蚀。皇帝因为这件事情撤掉了宴席，并且暂停上朝。四月初一前一天晚上下了小雨，第二天没有看到日蚀，百官入宫庆贺，这天又有皇子出生的喜事。蔡挺当时正好担任枢密副使，向皇帝进献一首诗，诗的前四句说："昨夜薰风入舜韶，君王未御正衙朝。阳辉已得前星助，阴沴潜随夜雨消。"诗中叙述了四月一日皇帝暂停上朝、皇子诞生、阴天不见日蚀的事情，他用四句诗说完了所有的事情，在当时没有人的诗能够超过他。

欧阳文忠好推挽后学。王向少时为三班奉职，勾当滁州一镇，时文忠守滁州。有书生为学子不行束脩，自往诣之，学子闭门不接。书生讼于向，向判其牒曰："礼闻来学，不闻往教。先生既已自屈，弟子宁不少高？盍二物以收威，岂两辞而造狱？"书生不直向判，径持牒以见欧公。公一阅，大称其才，遂为之延誉奖进，成就美名，卒为闻人。

【译文】欧阳修喜欢推荐提携后辈的学人。王向年轻时在三班供职，管辖滁州的一个镇，当时欧阳修正担任滁州的主官。有一个书生因为学生不交拜师礼入学，他便亲自上门去教导学生，学生关门不接待他。书生于是向王向提出诉讼，王向在诉状上判道："按照礼数只听说过学生前来向老师学习的，没听说过老师上门前去给学生教学的事情。先生您既然已经屈尊亲自上门，弟子怎么会不慢待老师呢？为什么不用责罚的方法来树立老师的威仪，哪里用得着为此而打官司呢？"书生认为王向的判决不公正，直接拿着诉状去见欧阳修。欧阳修一看到王向的判词，十分称赞王向的才学，于是就传扬他的名誉、并且奖励提携他进取，成就了王向的美名，王向最终成为了知名的人士。

卷十六·艺文三

士人刘克博观异书。杜甫诗有"家家养乌鬼，顿顿食黄鱼。"世之说者，皆谓夔、峡间至今有鬼户，乃夷人也，其主谓之鬼主，然不闻有"乌鬼"之说。又鬼户者，夷人所称，又非人家所养。克乃按《夔州图经》，称峡中人谓鸬鹚为"乌鬼"。蜀人临水居者，皆养鸬鹚，绳系其颈，使之捕鱼，得鱼则倒提出之，至今如此。余在蜀中，见人家有养鸬鹚使捕鱼，信然，但不知谓之乌鬼耳。

【译文】士人刘克广博阅览了各种奇书。杜甫诗中有"家家养乌鬼，顿顿食黄鱼。"的句子。解说杜诗的人都说夔州、峡州一带到现在还有"鬼户"，就是指夷人，他们的首领称为"鬼主"，但是没听说过有"乌鬼"的说法。人们所说的的"鬼户"是对夷人的称呼，不是人们家中饲养的东西。刘克就根据《夔州图经》的记载，指出峡州一带的人把鸬鹚叫作"乌鬼"。蜀地那些靠水居住的人都饲养鸬鹚，人们用绳子系住鸬鹚的颈部，让它们捕鱼，等它们捕到鱼后就倒着提起它们让它们把鱼从嘴中吐出来，到现在人们还是这样做。我在蜀中的时候，见到人家饲养鸬鹚让它们捕鱼，确实是这样，但是不知道它们还被人称为"乌鬼"。

和鲁公有艳词一编，名《香奁集》。凝后贵，乃嫁其名为韩偓，今世传韩偓《香奁集》，乃凝所为也。凝生平著述，分为《演纶》《游艺》《孝悌》《疑狱》《香奁》《籯金》六集，自为《游艺集序》云："余有《香奁》《籯金》二集，不行于世。"凝在政府，避议论，讳其名，又欲后人知，故于《游艺集序》实之，此凝之意也。余在秀州，其曾孙和惇家藏诸书，皆鲁公旧物，末有印记甚完。

【译文】和凝有一部描写男女之情的艳情词集，名叫《香奁集》。和凝后来地位显贵，就把这部词集假借韩偓的名义流传，现在流传的韩偓《香奁集》，其实是和凝所写的。和凝生平的著述，分为《演纶》《游艺》《孝悌》《疑狱》《香奁》《籯金》六部集作，他自己写的《游艺集序》中说："我所写的《香奁》《籯金》两部词集，没有在世上流传。"和凝当时在朝廷任职，为了避免他人议论，就在艳词词集中隐匿了他自己的名字，但他又想让后人知道这是自己的作品，于是他在《游艺集序》中作出了说明，这就是和凝的用意。我在秀州的时候，和凝的曾孙和惇家中收藏了各类书籍，这都是和凝生前的物品，书末盖章的印记都保存得非常完好。

　　蜀人魏野，隐居不仕宦，善为诗，以诗著名。卜居陕州东门之外，有《陕州平陆县诗》云："寒食花藏县，重阳菊绕湾。一声离岸橹，数点别州山。"最为警句。所居颇萧洒，当世显人多与之游，寇忠愍尤爱之。尝有《赠忠愍诗》云："好向上天辞富贵，却来平地作神仙。"后忠愍镇北都，召野置门下。北都有妓女，美色而举止生梗，士人谓之"生张八"。因府会，忠愍令乞诗于野，野赠之诗曰："君为北道生张八。我是西州熟魏三。莫怪樽前无笑语，半生半熟未相谙。"吴正宪《忆陕郊诗》云："南郭迎天使，东郊访隐人。"隐人谓野也。野死，有子闲，亦有清名，今尚居陕中。

　　【译文】蜀地人魏野，退居山野而不做官，他擅长写诗，并以诗作闻名。魏野在陕州东门外居住，他写了《陕州平陆县诗》说："寒食花藏县，重阳菊绕湾。一声离岸橹，数点别州山。"这是最被人所推崇的佳句。他的日常生活十分潇洒，当时有名望的达官贵人大多和他交游，寇准尤其欣赏他。魏野曾经写有《赠忠愍诗》说："好向上天辞富贵，却来平地作神仙。"后来寇准镇守北都时，把魏野招入门下做幕僚。北都有一位妓女，虽然相貌漂亮但举止生硬倔强，士人叫她"生张八"。有一次官府宴会，寇准让她向魏野求诗，魏野赠她诗道："君为北道生张八。我是西州熟魏三。莫怪樽前无笑语，半生半熟未相谙。"吴正宪的《忆陕郊诗》中说："南郭迎天使，东郊访隐人。"其中的隐人说的就是魏野。魏野死后，他的儿子魏闲也很有清美的声誉，直至现在还在陕中居住。

扫码听谦德
君为您导读

卷十七·书画

藏书画者多取空名，偶传为钟、王、顾、陆之笔，见者争售，此所谓"耳鉴"。又有观画而以手摸之，相传以谓色不隐指者为佳画，此又在"耳鉴"之下，谓之"揣骨听声"。

【译文】收藏书画作品的人大多只是为了追求虚名，但却没有鉴赏书画的能力，这些人偶然遇到相传是钟繇、王羲之、顾恺之、陆探微等人的笔墨就争相购买，这就是人们所说的"耳鉴"。还有人观赏画作是用手去触摸，人们相传说用手摸画的着色，没有高低不平、不硌手的就是好画，这种鉴赏的方法水平比"耳鉴"的方法更低，人们把这种方法叫作"揣骨听声"。

欧阳公尝得一古画牡丹丛，其下有一猫，未知其精粗。丞相正肃吴公与欧公姻家，一见曰："此正午牡丹也。何以明之？其花披哆而色燥，此日中时花也；猫眼黑睛如线，此正午猫眼也。有带露花，则房敛而色泽。猫眼早暮则睛圆，日渐中狭长，正午则如一线耳。"此亦善求古人心意也。

【译文】欧阳修曾经得到一幅画牡丹丛的古画，牡丹丛下面画了一只猫，他不知道这幅画的好坏。丞相吴育与欧阳修是儿女亲家，他一见到这幅画就说："这画的是是正午时分的牡丹。凭什么辨别出来的呢？因为画中牡丹完全开放、花瓣散开，而且花朵的色泽显得干燥，说明这是正午时的花；画中猫眼睛中的黑色瞳孔像一条线一样，说明这是正午时的猫眼。如果是早上带着露水的花朵，那么牡丹的花瓣会收拢而且颜色润泽。猫的瞳孔在早晨和傍晚呈现圆形，随着太阳升高而逐渐变得狭长，到正午时就像一条线一样了。"这也是善于研究、揣摩古人作画时的心思笔意啊。

相国寺旧画壁，乃高益之笔，有画众工奏乐一堵，最有意。人多病拥琵琶者误拨下弦，众管皆发"四"字，琵琶"四"字在上弦，此拨乃掩下弦，误也。余以谓非误也，盖管以发指为声，琵琶以拨过为声，此拨掩下弦，则声在上弦也。益之布置尚能如此，其心匠可知。

【译文】相国寺以前的壁画是高益的手笔，其中有一面墙上画着许多乐工在演奏乐曲，最有意趣。人们大多质疑画中抱着琵琶的乐者错误地拨动了琵琶下弦，这是因为各种管乐器发的都是"四"字音，而琵琶的"四"字音在上弦，画中乐工的拨弦动作中手指掩盖了下弦，人们认为这是画错了。我认为这里并没有画错，管乐器是将手指离开孔而发出声音，琵琶则是手指拨过琴弦而发出声音，这里乐工拨动琴弦的动作中手指掩盖了下弦，那么声音应该正是在上弦发出。高益对画面的布置能够精细到这样的地步，我们可以知道他作画时心思的精细巧妙了。

　　书画之妙，当以神会，难可以形器求也。世之观画者，多能指摘其间形象、位置、彩色瑕疵而已，至于奥理冥造者，罕见其人。如彦远《画评》言："王维画物，多不问四时，如画花往往以桃、杏、芙蓉、莲花同画一景。"余家所藏摩诘画《袁安卧雪图》，有雪中芭蕉，此乃得心应手，意到便成，故其理入神，迥得天意，此难可与俗人论也。谢赫云："卫协之画，虽不该备形妙，而有气韵，凌跨群雄，旷代绝笔。"又欧文忠《盘车图》诗云："古画画意不画形，梅诗咏物无隐情。忘形得意知者寡，不若见诗如见画。"此真为识画也。

　　【译文】书画的奥妙之处，要从心领神会的意境上去体悟，难以从具体的形象上寻求。世上那些观赏画作的人，大多数只能批评画面上形象、位置、色彩等方面的瑕疵而已，至于能够领会画作中深刻的哲理和深远的意境、做出大胆的想象与创造的人，则十分少见。比如张彦远在《画评》说："王维画景物，大多不区分四季时令，例如他画花往往把桃花、杏花、芙蓉花和莲花画在同一风景中。"我家中收藏有王维画的《袁安卧雪图》，画中有雪中芭蕉，这正是王维得心应手的画作，他的意趣到处便可成画，所以王维的构思入于神韵之中，深得天机本性，这是很难和俗人讨论的。谢赫说:"卫协的画,虽然不能全面细致地描绘出事物的外在形象,但是具有生动的神气和韵味,所以他的画超越了众多的名家,是从未有过的绝妙作品。"又比如欧阳修的《盘车图》诗中说:"古画画意不画形,梅诗咏物无隐情。忘形得意知者寡,不若见诗如见画。"这才是真正懂得绘画的奥妙之处。

　　王仲至阅吾家画,最爱王维画《黄梅出山图》,盖其所图黄梅、曹溪二人,气韵神检,皆如其为人。读二人事迹,还观所画,可以想见其人。

　　【译文】王钦臣观赏我家中的藏画,最喜爱王维所画的《黄梅出山图》,因为画中所画的黄梅、曹溪二人,神采气度和风情韵致就像他们各自的为人一样。人们阅读了他们二人的生平事迹,再观赏王维的画,就可以想象出他们二人的真实面貌。

　　《国史补》言:"客有以《按乐图》示王维,维曰:'此《霓裳》第三叠第一拍也。'客未然;引工按曲,乃信。"此好奇者为之。凡画奏乐,止能画一声,不过金石管弦同用一字耳,何曲无此声,岂独《霓裳》第三叠第一拍也?或疑舞节及他举动拍法中,别有奇声可验,此亦不然。《霓裳曲》凡十三叠,前六叠无拍,至第七叠方谓之叠遍,自此始有拍而舞作。故白乐天诗云:"中序擘騞初入拍。"中序即第七叠也,第三叠安得有拍?但言"第三叠第一拍,"即知其妄也。或说:尝有人观画

《弹琴图》,曰:"此弹《广陵散》也。"此或可信。《广陵散》中有数声,他曲皆无,如泼攦声之类是也。

【译文】《唐国史补》中有记载说:"有一位客人把《按乐图》拿给王维看,王维说:'这画的是弹奏《霓裳羽衣曲》的第三叠第一拍的场景。'客人认为他说得不对,于是找来乐工演奏这首曲子,见果然如此,这才相信王维的话。"这是喜欢猎奇的人编造出来的故事。但凡人们画奏乐场景,只能画出演奏其中一个音节的场景,不过是金石管弦等各种乐器都同时演奏一字之音而已,哪首乐曲中没有这个音符呢,难道只有《霓裳羽衣曲》的第三叠第一拍才有吗?又有人怀疑在舞蹈的节拍以及其他动作的节拍手法中,另外有独特的音声可以证明这个故事,这也是不对的。《霓裳羽衣曲》一共十三叠,前六叠没有拍,到第七叠才叫作"叠遍",从这里才开始入拍,并开始起舞。所以白居易的诗说:"中序擘騞初入拍。"中序就是第七叠,第三叠怎么会有拍呢?只要有人说"三叠第一拍",就知道他是错误的了。还有人说曾经有人观赏《弹琴图》,说:"这画的是弹奏《广陵散》。"这或许是可信的。《广陵散》中有几个音声,是其他乐曲中都没有的,比如泼攦指法所发的音声就是。

画牛、虎皆画毛,惟马不画。余尝以问画工,工言:"马毛细,不可画。"余难之曰:"鼠毛更细,何故却画?"工不能对。大凡画马,其大不过盈尺,此乃以大为小,所以毛细而不可画;鼠乃如其大,自当画毛。然牛、虎亦是以大为小,理亦不应见毛,但牛、虎深毛,马浅毛,理须有别。故名辈为小牛、小虎，虽画毛，但略拂拭而已。若务详密，翻成冗长，约略拂拭，自有神观，迥然生动，难可与俗人论也。若画马如牛、虎之大者，理当画毛，盖见小马无毛，遂亦不摹，此庸人袭迹，非可与论理也。

【译文】画工在画牛、画虎时都要画它们的毛，只有画马时不画毛。我曾经带着这个问题去问画工，画工说："马毛太细了，所以不能画。"我反驳他说："老鼠的毛更细，为什么反而要画出来呢？"画工没有办法回答。一般情况下画工画马，画中马的大小也就在一尺左右，画马是把大的物体画成小的物体，所以马毛细就不能画；画老鼠则和它的本体一样大，自然应当画毛。然而画工画牛、画虎也是把大的物体画成小的物体，按道理说也不应该画出它们的毛，但是牛、虎的毛比较长，马的毛比较短，对这样的情况理应有所区别。所以名家画小牛、小虎，虽然也画毛，但只是稍微涂抹几笔而已。如果作画时过于追求细密，画作反而显得芜杂累赘，稍微涂抹几笔，画作则自然有神韵，与精细的画法不同，画作显然生动起来，这个道理很难和俗人讨论。假如画马的尺寸比例像画牛、虎那样大，理应画出毛，大概是作画的人看到小马没有画毛，于是画大尺寸的马也就不画毛了，这是庸俗的画家沿袭旧套的做法，在画理上没有办法与他们讲清楚。

又李成画山上亭馆及楼塔之类，皆仰画飞檐，其说以谓自下望上，如人平地望塔檐间，见其榱桷，此论非也。大都山水之法，盖以大观小，如人观假山耳。若同真山之法，以下望上，只合见一重山，岂可重重悉见？兼不应见其溪谷间事。又如屋舍，亦不应见其中庭及后巷中事。若人在东立，则山西便合是远境；人在西立，则山东却合是远境。似此如何成画？李君盖不知以大观小之法，其间折高、折远，自有妙理，岂在掀屋角也？

【译文】还有例如李成画山上亭馆及楼塔之类的建筑，都采取仰视的角度画飞檐，他的说法是从下面向上望，就像人在平地上望间塔楼檐间的结构，可以看到塔楼的椽子，这说法是错误的。一般的山水画的画法，视角是以大观小，就像人看假山一样。如果像画真山那样的画法，人从下往上望，只能看到一重山峰，怎么可能重重山峦都看得见呢？而且也不应该能够看到溪谷之间的情形。又比如画屋舍的时候，也不应该看到屋子的中庭以及后巷中的事物。如果人在东边站立，那么山的西边就应该是远景；如果人在西边站立，那么山的东边就应该是远景。像这样该怎么作画呢？李成大概不知道以大观小的方法，这种方法处理高低、远近的景物，自然有微妙的道理，哪里仅仅在于仰观屋角来作画呢？

画工画佛身光，有匾圆如扇者，身侧则光亦侧，此大谬也。渠但见雕木佛耳，不知此光常圆也。又有画行佛，光尾向后，谓之顺风光，此亦谬也。佛光乃定果之光，虽劫风不可动，岂常风能摇哉？

【译文】画工画佛像身上的灵光时，有的人画成像扇子那样扁圆形的光环，佛像的身子侧过来时光环也随着侧过来，这是非常错误的画法。他们只见过木雕的佛像而已，不知道这佛光始终都是圆的。又有人画行走的佛身上的灵光，灵光有尾巴朝向后面，叫作"顺风光"，这也是错误的画法。佛光是修成正果之光，即使是坏劫中的风灾也不能动摇它，哪里是一般的风就能动摇的呢？

古文"己"字从一、从亡，此乃通贯天、地、人，与"王"字义同。中则为"王"，或左或右则为"己"。僧肇曰："会万物为一己者，其惟圣人乎？子曰：'下学而上达。'人不能至于此，皆自成之也。"得己之全者如此。

【译文】古文的"己（己）"字从一、从亡，这是贯通天、地、人的字，与"王"字的含义是相同的。竖笔写在中间就是"王"字，写在左边或者在右边就是"己"字。僧肇说："能融会万物为一己的，大概只有圣人吧？孔子说：'学习人情事理而进一步通达天理。'人不能达到这一境界，都是自己束缚自己造成的。"只有充分发挥自身潜能的人才能够到达这种境界。

度支员外郎宋迪工画，尤善为平远山水，其得意者有《平沙雁落》《远浦帆归》《山市晴岚》《江天暮雪》《洞庭秋月》《潇湘夜雨》《烟寺晚钟》《渔村落照》，谓之"八景"，好事者多传之。往岁小窑村陈用之善画，迪见其画山水，谓用之曰："汝画信工，但少天趣。"用之深伏其言，曰："常患其不及古人者，正在于此。"迪曰："此不难耳，汝先当求一败墙，张绢素讫，倚之败墙之上，朝夕观之。观之既久，隔素见败墙之上，高平曲折，皆成山水之象。心存目想：高者为山，下者为水，坎者为谷，缺者为涧，显者为近，晦者为远。神领意造，恍然见其有人禽草木飞动往来之象，了然在目。则随意命笔，默以神会，自然境皆天就，不类人为，是谓活笔。"用之自此画格进。

【译文】度支员外郎宋迪善于绘画，尤其擅长画旷远的山水，他得意的画作有《平沙雁落》《远浦帆归》《山市晴岚》《江天暮雪》《洞庭秋月》《潇湘夜雨》《烟寺晚钟》《渔村落照》，它们被叫作"八景"，喜爱这些画的人广泛地传摹它们。往年小窑村的陈用之也善于绘画，宋迪见到他画的山水图后，对陈用之说："你的画作确实非常精巧细致，但是缺少自然的情趣。"陈用之非常叹服他的话，说："我常常担心自己的画比不上古人的地方，正在于这一点。"宋迪说："要做到这点并不难，你先去找到一堵破败的墙壁，把白色的绢布张开贴上去，每天早晚都来观察破败的墙壁在绢布上的投影。等你观察的时间长了，隔着素绢看到破墙表面上高平曲折的地方，都能在想象中变幻成山水的景象。你在心中存留那些山水景象，闭目想象：破墙高处的地方是山峰，低处的是水流，凹陷的地方是山谷，缺损地方的是山涧，清晰的地方是近景，晦暗的地方是远景。这时候你心领神会，忽然发现破墙上面有人物、飞禽、草木飞动往来的景象，这些都清楚地展现在你的眼前。这时你再随意下笔，从意识深处默默领会和揣摩景象中所蕴含的精神

气韵，描绘的意境自然都浑然天成，不像是人工雕琢的，这就叫作
'活笔'。"从此陈用之绘画的格调日渐精进。

　　古文自变隶，其法已错乱，后转为楷字，愈益讹舛，殆不
可考。如言"有口为吴，无口为天"。按字书，"吴"字本从口、
从矢，音捩。非天字也。此固近世谬从楷法言之。至如两汉篆
文尚未废，亦有可疑者。如汉武帝以隐语召东方朔云："先生
来来。"解云："来来，棶也。"按"棶"字从束，音刺。不从来。
此或是后人所传，非当时语。如"卯金刀"为"劉"，"货泉"为
"白水真人"，此则出于纬书，乃汉人之语。按：劉字从卯、音
酉。从金，如柳、駵、留皆从"卯"，非"卯"字也。货从贝，真
乃从具，亦非一法，不知缘何如此？字书与本史所记，必有一
误也。

　　【译文】古代文字自从演变成隶书以后，写法就已经错乱，后
来转变成楷书，就更加错乱了，字原本的含义几乎都没有办法考
证。比如说"有口为吴，无口为天"。按照字书，"吴"字本来从口、
从矢，读音为捩。"吴"字下面的部分不是"天"字。这固然是近代从
楷书的写法进行解说而导致的错误。至于在两汉时代篆书还没有
被人们所废弃的时候，也有值得怀疑的解释。比如汉武帝用隐语
召来东方朔说："先生来来。"后人解释说："来来就是棶。"根据
考证，"棶"字从束，读音为刺。而不是从来。这或许是后人流传的
说法，不是当时的原话。又比如把"卯金刀"解释为"劉"，把"货
泉"解释为"白水真人"，这些则是出于谶纬之书，是汉代人的原

话。根据考证：劉字从夘，读音为酉。从金，就像柳、駠、留等字都从"夘"，而不是从"卯"字。货字从贝，真字从具，也不是一样的字法，不知道为什么会这样？字书和原来史书中的记载，必定有一种是错误的。

唐韩偓为诗极清丽，有手写诗百余篇，在其四世孙奕处。偓天复中避地泉州之南安县，子孙遂家焉。庆历中予过南安，见奕出其手集，字极淳劲可爱。后数年，奕诣阙献之，以忠臣之后，得司士参军，终于殿中丞。又余在京师见偓《送晊光上人》诗，亦墨迹也，与此无异。

【译文】唐人韩偓写诗的风格非常清雅秀丽，有手写的诗稿百余篇，收藏在他的四代孙韩奕那里。韩偓在天复年间隐居在泉州的南安县，他的子孙也就在这里安居。庆历年间，我路过南安，见到韩奕出示韩偓的手稿，手稿上的字体淳朴有力，令人非常喜爱。后来过了几年，韩奕到京城把这些手稿进献给了朝廷，以忠臣后代的身份被任命为司士参军，最终官至殿中丞。我在京城还曾经见过韩偓的《送晊光上人》诗，也是韩偓的亲笔墨迹，上面的字体和这些手稿上的没有差异。

江南徐铉善小篆，映日视之。画之中心，有一缕浓墨，正当其中；至于屈折处，亦当中，无有偏侧处。乃笔锋直下不倒侧，故锋常在画中，此用笔之法也。铉尝自谓："吾晚年始得匀匾之法。"凡小篆喜瘦而长，匀匾之法，非老笔不能也。

【译文】江南徐铉擅长写小篆，对着阳光看他的字，在他的笔画的中心有一缕浓墨，正好处于笔画正中间的位置；到了笔画曲折的地方，这缕浓墨也在正中间，没有一点偏斜的地方。这是因为他下笔写字时笔锋直着下落、不往边上偏斜的缘故，所以他的笔锋常在笔画的正中间，这是小篆书法正宗的运笔方法。徐铉曾经说："我到晚年才学会䂂匾的笔法。"凡是小篆的书写，人们一般崇尚瘦而长的字体，䂂匾的笔法，不是具有老道经验的书法家是写不出来的。

《名画录》："吴道子尝画佛，留其圆光，当大会中，对万众举手一挥，圆中运规，观者莫不惊呼。"画家为之自有法，但以肩倚壁，尽臂挥之，自然中规。其笔画之粗细，则以一指拒壁以为准，自然均匀。此无足奇。道子妙处，不在于此，徒惊俗眼耳。

【译文】《名画录》中记载："吴道子曾经有一次画佛像，留着圆形的佛光没有画，在众人集会的时候，他对着成千上万的人举手一挥，画出来的佛光就像用圆规画出来的一样，观看的人没有不惊叹的。"画家画圆有自己的方法，只需要用肩倚靠着墙壁，伸直了胳臂一挥，自然就合乎圆规标准。至于画出来的笔画粗细，则用一根手指抵着墙壁作为准则，自然画出来就均匀。这没什么让人觉得惊奇的，吴道子绘画精妙的地方并不在这里，这种方法只不过是让普通人感到吃惊罢了。

晋、宋书墨迹，多是吊丧问疾书简。唐贞观中，购求前世墨迹甚严，非吊丧问疾书迹，皆入内府。士大夫家所存，皆当日朝廷所不取者，所以流传至今。

【译文】晋代和宋代书法家的书法真迹，大多是吊丧问病的书信。唐贞观年间，朝廷购求前代墨迹的措施非常严格，只要不是那些吊丧问病的书信墨迹就都被朝廷收入内府。士大夫家里保存的，都是当时朝廷不收的，所以才能流传到现在。

鲤鱼当胁一行三十六鳞，鳞有黑文如十字，故谓之鲤。文从鱼、里者，三百六十也。然井田法即以三百步为一里，恐四代之法，容有不相袭者。

【译文】鲤鱼胁部的一排鳞共有三十六片，鳞片上有像十字一样的黑色纹路，所以称它为鲤。鲤字的字形从鱼、从里，一里的步数刚好就是三百六十步。然而井田制是以三百步为一里，恐怕上古四代的制度或许有不相沿袭的地方。

国初，江南布衣徐熙、伪蜀翰林待诏黄筌，皆以善画著名，尤长于画花竹。蜀平，黄筌并二子居宝、居实，弟惟亮，皆隶翰林图画院，擅名一时。其后江南平，徐熙至京师，送图画院品其画格。诸黄画花，妙在赋色，用笔极新细，殆不见墨迹，但以轻色染成，谓之写生。徐熙以墨笔画之，殊草草，略施丹粉而已，神气迥出，别有生动之意。筌恶其轧己，言其画粗恶不入格，罢之。熙之子乃效诸黄之格，更不用墨笔，直以彩色图之，谓之"没骨图"，工与诸黄不相下。筌等不复能瑕疵，遂得齿院品，然其气韵皆不及熙远甚。

【译文】宋朝立国初年，江南的平民徐熙和后蜀翰林待诏黄筌都以善于绘画而出名，二人尤其擅长画花竹。后蜀灭亡后，黄筌和两个儿子黄居宝、黄居实，弟弟黄惟亮一行人，都进入翰林图画院供职，当时他们擅长绘画的名声非常显赫。后来江南平定，徐熙来到京城，把自己的画作送到翰林图画院来评定他的画格。黄氏一家画的花，精妙的地方在于着色，他们的用笔极其新奇细腻，几乎看不见墨迹，只用淡彩点染而成，这种画法被称作写生。徐熙用墨笔画花，笔法非常潦草，只是稍微点染一些色彩而已，但是画作的神韵气质迥然显露出来，别有一番生动的意境。黄筌嫉妒徐熙的作画水平超过自己，就说他的画风粗俗低劣不入画格，不让他进入图画院。徐熙的儿子就效法黄氏一家的画格，完全不用墨笔勾勒，直接用彩色作画，称这种画法为"没骨图"，他的画精致程度与黄氏一家不相上下。黄筌等人不再能指责他画面上的瑕疵，于是徐熙的儿子和他们一并进入院品，然而他们画作的气韵都远远比不上徐熙。

余从子辽喜学书，尝论曰："书之神韵，虽得之于心，然法度必资讲学，常患世之作字，分制无法。凡字有两字、三、四字合为一字者，须字字可拆。若笔画多寡相近者，须令大小均停。所谓笔画相近，如'殺'字，乃四字合为一，当使'乂''木''几''又'四者大小皆均。如'卡'字，乃二字合，当使'上'与'小'二者，大小长短皆均。若笔画多寡相远，即不可强牵使停。寡在左，则取上齐；寡在右，则取下齐。如从口、从金，此多寡不同也，'唫'即取上齐，'鈤'则取下齐。如从未、从又，及从口、从胃三字合者，多寡不同，则'叔'当取下齐，'喟'当取上齐。"如此之类，不可不知，又曰："运笔之时，常使意在笔前。"此古人良法也。

【译文】我的侄子沈辽爱好学习书法，他曾经在谈论书法时说："书法的神韵，虽然要心中有悟性才能体会到，但是书法的规则法度是必须倚靠讲解学习得来的。我经常担心世人写字时，字各个部件的拆分安排都没有章法。凡是一个字由两个字，或者由三、四个字组合而成时，字的每个部件必须都可以相互拆分。如果字的笔画多少相近，就必须让字各部分大小均匀。所谓的笔画相近，比如'殺'字，是由四个字组合而成的，应当使'乂''木''几''又'这四个部分的大小都均匀一致。比如'卡'字，是由两个字组合而成的，应当使'上'与'小'两个部分的大小、长短都均匀一致。如果字的笔画多少相差较远，就不能勉强使字的各部分均匀。笔画少的在左边，就让字的上部对齐；笔画少的在右边，就让字的下部对齐。比如从'口'、从'金'的字，笔画多少不等，'唫'字的'口'就要上部对齐，'鈤'字的'口'则要下部对齐。如果出现从'未'、从'又'，以及从'口'、从'胃'这种三个字组合的情况，各个字笔画多少也不同，那么'叔'字的'又'应当下部对齐，'喟'字的'口'应当上部对齐。"像这样的各种例子，学书法的人都不能不知道，他还说："运笔的时候，要时常使每一笔的立意在落笔之前。"这是古人练习书法的良好方法。

王羲之书，旧传唯《乐毅论》乃羲之亲书于石，其他皆纸素所传。唐太宗衷聚二王墨迹，惟《乐毅论》石本，其后随太宗入昭陵。朱梁时，耀州节度使温韬发昭陵得之，复传人间。或曰公主以伪本易之，元不曾入圹。本朝入高绅学士家。皇祐中，绅之子高安世为钱塘主簿，《乐毅论》在其家，余尝见之。时石已破缺，末后独有一"海"字者是也。其家后十余年，安世在苏州，石已破为数片，以铁束之。后安世死，石不知所在。或云苏州一富家得之，亦不复见。今传《乐毅论》皆摹本也，笔画无复昔之清劲。羲之小楷字，于此殆绝，《遗教经》之类，皆非其比也。

【译文】王羲之的书法作品，过去相传只有《乐毅论》是他亲手书写刻在石碑上的，其他的作品都是写在纸和绢上流传的。唐太宗搜集了王羲之父子的墨迹，后来只有《乐毅论》的石刻本随唐太宗入葬昭陵。后梁时，耀州节度使温韬盗挖昭陵得到了《乐毅论》，于是《乐毅论》又得以流传在世间。有人说《乐毅论》在随葬时，公主用伪刻的摹本调换了真迹，《乐毅论》的真迹本来就未曾随着太宗埋入陵墓。到本朝，《乐毅论》石碑流入高绅学士家收藏。皇祐年间，高绅的儿子高安世担任钱塘主簿，《乐毅论》的石碑就在他的家中，我曾经亲眼见到过。当时石碑已经破损，末尾单独有一个"海"字的那一块就是《乐毅论》的石碑。在这之后的十多年中，高安世一家居住在苏州，这时石碑已经破碎为好几片了，于是他们用铁索将石碑箍束起来。后来高安世去世，石碑就不知道去哪了。有人说是苏州的一位富豪人家得到了它，但也没有人再见到过。现在流传的《乐毅论》都是石刻本的摹本，摹本笔画已经不像当年的石刻本那样清丽刚劲。王羲之的小楷字作品，从此差不多就绝迹了，《遗教经》之类的作品都不能和它相比。

王铣踞陕州，集天下良工画寿圣寺壁，为一时妙绝。画工凡十八人，皆杀之，同为一坎，瘗于寺西厢，使天下不复有此笔，其不道如此。至今尚有十堵余，其间西廊迎佛舍利、东院佛母壁最奇妙，神彩皆欲飞动。又有鬼母、瘦佛二壁差次，其余亦不甚过人。

【译文】王铣占据陕州的时候，聚集天下优秀的画工为寿圣寺画壁画，这壁画堪称一时妙绝。为寿圣寺画壁画的画工共有十八人，都被王铣杀掉，葬同一个墓穴里，掩埋在圣寿寺的西边，他的做法使得天下不再有这样的妙笔，王铣的残暴就像这样。到现在，寿圣寺还留有十多幅壁画，其中西廊的迎佛舍利画、东院的佛母壁画最为奇妙，它们的神彩都栩栩如生。还有有鬼母、瘦佛二幅壁画，稍微比前两幅差一点，其余的画也没有什么过人之处。

江南中主时，有北苑使董源善画，尤工秋岚远景，多写江南真山，不为奇峭之笔。其后建业僧巨然，祖述源法，皆臻妙

理。大体源及巨然画笔，皆宜远观。其用笔甚草草，近视之，
几不类物象；远观则景物粲然，幽情远思，如睹异境。如源画
《落照图》，近视无功；远观村落杳然深远，悉是晚景，远峰
之顶，宛有反照之色，此妙处也。

【译文】南唐中主时，有北苑使董源善于绘画，尤其擅长画秋
岚远景，他的画大多描写江南的真实山峰，不用奇特峭拔的笔法。
后来建业僧人巨然继承了董源的画法，二人都达到了神妙的境界。
大体上说，董源和巨然的画风，都适宜远观。他们作画用笔非常潦
草粗放，近看会觉得几乎不成景物；远看就会觉得景物鲜明，寄托
了幽远的情思，就像目睹了人间的奇异景观。比如董源画的《落照
图》，近看感觉没有下什么笔法功夫；但是远看时就觉得村落深邃
悠远，全然是一片日落时的晚景，远处山峰的顶端好像有夕阳返照
的色彩，这是他的画作奇妙的地方。

卷十八·技艺

　　贾魏公为相日，有方士姓许，对人未尝称名，无贵贱皆称"我"，时人谓之"许我"。言谈颇有可采，然傲诞，视公卿蔑如也。公欲见，使人邀召数四，卒不至。又使门人苦邀致之，许骑驴，径欲造丞相厅事。门吏止之，不可，吏曰："此丞相厅门，虽丞郎亦须下。"许曰："我无所求于丞相，丞相召我来，若如此，但须我去耳。"不下驴而去。门吏急追之，不还，以白丞相。魏公又使人谢而召之，终不至。公叹曰："许市井人耳，惟其无所求于人，尚不可以势屈，况其以道义自任者乎？"

　　【译文】贾昌朝担任丞相的时候，有一个姓许的方士，对人从来不称自己的姓名，无论对方是达官贵人还是平民百姓，他都自称"我"，当时的人都叫他"许我"。他的言谈中有不少可取的地方，但是性格高傲怪诞，常常对权贵显露轻蔑的样子。贾昌朝想见他，派人邀请了多次，他却始终没来。又派门人苦苦邀请他来，后来有一次许我骑着驴子，径自闯进丞相府大堂。守门的官吏拦住他，说：
"这是丞相府的厅门，即使是寺丞、郎官前来，也必须下马。"许
我说："我对丞相没什么求取的，是丞相请我来的，既然这样，那
我只好走了。"他便不下驴而离去了。守门的官吏连忙去追他，他还
是没回来，官吏把这件事禀告了丞相。贾昌朝又派人去道歉并再次
邀请他，许我最终还是没有再来。贾昌朝感叹道："许我只是一个
市井小民，只因为他对别人无所求，尚且不能用权势让他屈服，何
况是以道义自任的人呢？"

  造舍之法，谓之《木经》，或云喻皓所撰。凡屋有三分去
声，自梁以上为上分，地以上为中分，阶为下分。凡梁长几何，
则配极几何，以为榱等。如梁长八尺，配极三尺五寸，则厅堂
法也，此谓之"上分"。楹若干尺，则配堂基若干尺，以为榱
等。若楹一丈一尺，则阶基四尺五寸之类，以至承拱、榱桷，
皆有定法，谓之"中分"。阶级有峻、平、慢三等，宫中则以御
辇为法：凡自下而登，前竿垂尽臂，后竿展尽臂为峻道；荷辇
十二人：前二人曰前竿，次二人曰前绠，又次曰前胁，后二人曰后胁，又后
曰后绠，末后曰后竿。辇前队长一人，曰传倡，后一人，曰报赛。前竿平
肘，后竿平肩，为慢道；前竿垂手，后竿平肩，为平道，此之谓
"下分"。其书三卷。近岁土木之工，益为严善，旧《木经》多
不用，未有人重为之，亦良工之一业也。

  【译文】 讲述建造屋舍方法的书中，有一本叫《木经》，有人
说是喻皓写的。一般房屋有三个部分：房梁往上算作"上分"，地

面往上算作"中分",台阶是"下分"。确定了房梁长多少,那么房梁到屋顶的高度也要相应地按比例搭配好。假如房梁长八尺,那么适配的屋脊高度就是三尺五寸,这是造厅堂的规格,这称为"上分"。确定了屋柱高多少,那么堂基的尺寸也要相应地按比例搭配好。假如屋柱高一丈一尺,那么相应的台阶宽度就是四尺五寸之类,如此至于斗拱、椽子等材料,都有规定的尺寸,这称为"中分"。台阶有峻、平、慢三等倾斜度,皇宫中则以御辇作为标准:凡从下往上登阶,前竿下垂到手臂的长度,后竿上举到手臂的长度,这样能够保持御辇平衡的台阶称为"峻道";抬辇的共有十二人:前面的二人称为"前竿",其后的二人称为"前绦",再后的二人称为"前胁",后面的二人称为"后胁",其后的二人称为"后绦",最后的二人称为"后竿"。辇前有队长一人,称为"传倡",辇后也有一人,称为"报赛"。前竿与肘部相平,后竿与肩部相平,这样能够保持御辇平衡的台阶称为"慢道";前竿下垂到手臂的长度,后竿与肩部相平,这样能够保持御辇平衡的台阶称为"平道",这些称为"下分"。这本书一共有三卷。近年来,土木工程技术更加严谨完善了,先前的《木经》大多不用了,但是还没有人编写出新的《木经》,这也是优秀的木工应该做的一项事业啊。

审方面势,覆量高深、远近,算家谓之"喜术",喜文象形,如绳木所用墨斗也。求星辰之行,步气朔消长,谓之"缀术"。谓不可以形察,但以算数缀之而已。北齐祖亘有《缀术》二卷。

【译文】推求方位和地形，测量高低和远近，数学家称这些为"弄术"，"弄"是象形字，像在木头上画线时所使用的墨斗。求出星辰的运行，推算节气朔望的变化，这些称为"缀术"。意思是说不可以从外形上考察，只能用数学方法来推算补缀罢了。北齐祖亘著有《缀术》二卷。

算术求积尺之法，如刍萌、刍童、方池、冥谷、堑堵、鳖臑、圆锥、阳马之类，物形备矣，独未有"隙积"一术。古法：凡算方积之物，有"立方"，谓六幕皆方者，其法再自乘则得之。有"堑堵"，谓如土墙者，两边杀、两头齐，其法并上下广折半以为之广，以直高乘之；又以直高为句，以上广减下广，余者半之为股，句股求弦，以为斜高。有"刍童"，谓如覆斗者，四面皆杀，其法倍上长加入下长，以上广乘之；倍下长加入上长，以下广乘之；并二位法，以高乘之，六而一。"隙积"者，谓积之有隙者，如累棋、层坛及酒家积罂之类，虽似覆斗，四面皆杀，缘有刻缺及虚隙之处，用"刍童法"求之，常失于数少。余思而得之，用"刍童法"为上行、下行，别列下广，以上广减之，余者以高乘之，六而一，并入上行。假令积罂：最上行纵横各二罂，最下行各十二罂，行行相次，先以上二行相次，率至十二，当十一行也。以"刍童法"求之，倍上行长得四，并入下长得十六，以上广乘之，得之三十二；又倍下长得二十四，并入上长，得二十六，以下广乘之，得三百一十二，并二位得三百四十四，以高乘之，得三千七百八十四。重列下广十二，以上广减之余十，以高乘之，得一百一十，并入上位，得三千八百九十四，六而一，得六百四十九，此为罂数也。"刍童"求见实方之积，"隙积"求见合角不尽，益出羡积也。

【译文】算术中求体积的方法，如刍萌、刍童、方池、冥谷、堑堵、鳖臑、圆锥、阳马之类，各种形体都具备了，唯独没有"隙积"这一种算法。传统方法：凡是计算立体的物品，有"立方"，指六个面都是正方形的物体，它的算法是把一条边长自乘两次来算出立方。有"堑堵"，指像土墙形状的物体，两边斜、两头平，它的算法是把上底面加下底面的和，乘以二分之一底面的宽，再乘以柱体的高；或者以柱体的高为"勾"，用上底面减下底面的差，乘以二分之一为"股"，再用勾股法求"弦"，这就能得出斜高。有"刍童"，指像倒扣着的斗那样的物体，四面都是倾斜的，其算法是用上长的二倍加下长，再乘以上宽，作为第一项；用下长的二倍加上长，再乘以下宽，作为第二项，把这两项相加，再乘以高，除以六。所谓的"隙积"，是指堆积起来有空隙的物体，比如累棋、层坛及酒家堆积的酒坛之类的物品，虽然形似倒扣的斗，四面都是斜的，但是因为边缘上有亏缺、中间有空隙，所以用"刍童法"计算体积时，往往比实际的数要少。我思考后找到了办法，先用"刍童法"计算它的上行、下行，再单独列出下底宽，减去上底宽，把这个差数乘以高，再除以六，再加上前面的项就是实际体积了。假设堆积酒坛：最上一层纵横各二坛，最下一层各十二坛，每层比上一层少一坛，先从最上层的两只坛数起，数到十二坛，正好是十一层。用"刍童法"来计算，最上一层长乘二得四，加上最下一层长（十二）得十六，乘以最上一层的宽（二），得三十二；再把最下一层长乘二得二十四，加上最上一层长（二）得二十六，乘以最下一层的宽（十二），得三百一十二；把这两项加起来得三百四十四，

乘以高（十一）得三千七百八十四。另外计算最下一层宽十二，减去最上
一层宽（二）余十，乘以高（十一）得一百一十，加上前面算的那项，得
三千八百九十四，再除以六，得六百四十九，这就是酒坛的数目。"刍童"
法求出的实方的体积，"隙积"法求出的截去边角，就是"刍童"法没算进去
的多余部分。

　　履亩之法，方圆曲直尽矣，未有"会圆"之术。凡圆田，
既能拆之，须使会之复圆。古法惟以中破圆法拆之，其失有及
三倍者。余别为"拆会"之术，置圆田，径半之以为弦，又以半
径减去所割数，余者为股，各自乘，以股除弦，余者开方除为
勾，倍之为割田之直径，以所割之数自乘倍之，又以圆径除所
得，加入直径，为割田之弧。再割亦如之，减去已割之数，则
再割之数也。假令有圆田，径十步，欲割二步，以半径为弦，五步自乘
得二十五，又以半径减去所割二步，余三步为股，自乘得九，用减弦外，
有十六，开平方，除得四步为勾，倍之为所割直径。以所割之数二步自乘
为四，倍之得八，退上一位为四尺，以圆径除。今圆径十，已是盈数，
无可除，只用四尺加入直径，为所割之弧，凡得圆径八步四尺也。再割亦
依此法，如圆径二十步求弧数，则当折半，乃所谓以圆径除之。此二类
皆造微之术，古书所不到者，漫志于此。

　　【译文】测量田亩的算法，方圆曲直都可以计算，但是没有求
"会圆"的方法。凡是圆形的田，既然能分开它，也就应该能使它
复原成圆。古时只用平分一个圆的方法拆分计算弧长，这种算法的
误差有时候会达到三倍。我另外推导出了"拆会"的算法，假设有

一块圆形田地，用它的半径作为直角三角形的斜边"弦"，再用这个半径减去所割圆之弓形的高，得到的差为直角三角形的一条直角边"股"，把"弦""股"各自平方，用"弦"的平方减去"股"的平方，差数再开方得到另一条直角边"勾"的长，然后乘以二，就可得到所割圆的弓形的弦长，把所割圆之弓形的高求平方再乘二，然后除以圆的直径所得的商与前面的弦长相加，就是所割弧形的弧长。再割一块田的算法也是这样，总弧长减去已割部分的弧长，就是再割田的弧长。假设有一块圆田，直径有十步，想要割两步的弧长，就以半径作为"弦"，五步自乘得二十五；再用半径减去所割的二步，剩下三步作为"股"，自乘就得九，所得两数相减，得十六，开平方得四步作为"勾"，乘以二就是所割的弦长。用所割的高二步自乘得四，乘二得八，退上一位就是四尺，以直径除。现在圆的直径是十，已是整数，无法再除，只用四尺加上弦长，就是为所割之弧的弧长，所以得到弧长是八步四尺。再割一块田也是这样计算，如果圆的直径是二十步要求弧长，就应当折半，再用圆径来除。这两种算法都是非常精微的算法，古书上没有提到，随笔记录在这里。

蹙融，或谓之"蹙戎"，《汉书》谓之"格五"，虽止用数棋，共行一道，亦有能否。徐德占善移，遂至无敌。其法已常欲有余裕，而致敌人于险。虽知其术止如是，然卒莫能胜之。

【译文】蹙融，或者称做"蹙戎"，《汉书》里称做"格五"，虽然只用少数几枚棋子，在一条棋道中争行，但是也有棋艺高下的区分。徐德占擅长移步争道，所以下棋没有敌手。他的下法是让自己时常处于有余地的棋局，而把敌人置于险境。即使人们知道他的战术就是这样，但是始终没有能战胜他的。

余伯兄善射，自能为弓。其弓有六善：一者性体少而劲，二者和而有力，三者久射力不屈，四者寒暑力一，五者弦声清实，六者一张便正。凡弓性体少则易张而寿，但患其不劲，欲其劲者，妙在治筋。凡筋生长一尺，干则减半，以胶汤濡而梳之，复长一尺，然后用，则筋力已尽，无复伸弛。又揉其材令仰，然后傅角与筋，此两法所以为筋也。凡弓节短则和而虚，"虚"谓挽过吻则无力。节长则健而柱，"柱"谓挽过吻则木强而不来，"节"谓把梢裨木，长则柱，短则虚。节得中则和而有力，仍弦声清实。凡弓初射与天寒，则劲强而难挽；射久、天暑，则弱而不胜矢，此胶之为病也。凡胶欲薄而筋力尽，强弱任筋而不任胶，此所以射久力不屈，寒暑力一也。弓所以为正者，材也。相材之法视其理，其理不因矫揉而直，中绳则张而不跛，此弓人之所当知也。

【译文】我的大哥擅长射箭，并能够自己造弓。他造的弓有六个优点：一是弓体轻巧而刚劲，二是弓容易拉开而且弹力大，三是长时间射击后弓的力道不会减弱，四是无论寒暑弓力保持一致，五是弓弦的声音清脆又坚实，六是拉弓时弓体正而不偏扭。一般弓体轻巧就容易张开并且寿命长，但是就怕它不够强劲，想让弓强劲，关键在于处理筋。凡是一尺长的生筋，干了以后就会缩减一半，用胶汤浸泡并揉搓，能重新恢复成一尺长度，然后再使用，这时候筋力已尽, 不会再伸长松弛了。再把木材向弓的反方向弯曲, 然后缠上角和筋, 这两种办法是用来处理筋的。一般弓的弓节短小, 弓就容易拉开, 但是弹力会虚弱, "虚"是指弓拉满时, 显得没有力量。弓节长的话, 弓就坚硬, 但是难以随势弯曲, "柱"是指弓拉满时, 显得弓臂强硬而难以弯曲, "节"是指弓把上的衬木, 长了就会坚硬, 短了就会力虚。弓节长短适当, 就会既容易拉开又有弹力, 而且弦声清脆坚实。一般弓第一次射或是天冷的时候射, 就会坚硬而难以拉开; 射的时间久了或者天热的时候, 弓力就会减弱而不能发箭, 这是胶的毛病。一般胶要涂得薄, 筋力才能充分发挥, 弓的强弱靠的是筋而不是胶, 这就是弓久射而力量不减弱、天气冷热变化而力道保持一致的原因。张弓时弓体不偏扭, 靠的是木材好。判断木材的方法是观看它的纹理, 如果纹理不经矫正就是直的, 开弓时就不会偏扭, 这些都是造弓的人应该知道的。

小说: 唐僧一行曾算棋局都数, 凡若干局尽之。余尝思之, 此固易耳, 但数多, 非世间名数可能言之, 今略举大数。凡方二路, 用四子, 可变八十一局, 方三路, 用九子, 可变一万九千六百八十三局。方四路, 用十六子, 可变四千三百四万六千七百二十一局。方五路, 用二十五子, 可变八千四百七十二亿八千八百六十万九千四百四十三局。古法: 十万为亿, 十亿为兆, 万兆为秭。算家以万万为亿, 万万亿为兆, 万万兆为垓。今且以算家数计之。方六路, 用三十六子, 可变十五兆九十四万六千三百五十二亿八千二百三万一千九百二十六局。方七路以上, 数多无名可纪。尽三百六十一路, 大约连书万字四十三, 即是局之大数。万字四十三，最下万字是万局，第二是万万局，第三是万亿局，第四是亿兆局，第五是万兆局，第六是万万兆，谓之一垓，第七是万垓局，第八是万万垓，第九是万亿万万垓。此外无名可纪，但五十二次万倍乘之，即是都大数，零中数不与。其法：初一路可变三局，一黑、一白、一空。自后不以横直，但增一子，即三因之。凡三百六十一增，皆三因之，即是都局数。又法：先计循边一行为"法"，凡十九路，得十一亿六千二百二十六万一千四百六十七局。凡加一行，即以"法"累乘之，乘终十九行，亦得上数。又法：以自"法"相乘，得一百三十五兆八百五十一万七千一百七十四亿四千八百二十八万七千三百三十四局，此是两行，凡三十八路变得此数也。下位副置之，以下乘上，又以下乘下，置为上位；又副置之，以下乘上，以下乘下；加一"法"，亦得上数。有数法可求，唯此法最径捷。只五次乘，便尽三百六十一路。千变万化，不出此数，棋之局尽矣。

【译文】有小说中记载：唐代和尚一行曾经计算过围棋的棋局总数，一共有多少局都算尽了。我曾经思考过这个问题，其实很容易，但是算出的数目太大，不是世上现有的数字单位所能表达的，现在略举大数。二路见方的棋盘，用四子，可以变化出八十一种棋局，三路见方的棋盘，用九子，可以变化出一万九千六百八十三种棋局。四路见方的棋盘，用十六子，可以变化出四千三百零四万六千七百二十一种棋局。五路见方的棋局，用二十五子，可以变化出八千四百七十二亿八千八百六十万九千四百四十三种棋局。

按照传统方法：十万为亿，十亿为兆，万兆为秭。算家以万万为亿，万万亿为兆，万万兆为垓。这里姑且用算家的记数法。六路见方的棋盘，用三十六子，可以变化出十五兆九十四万六千三百五十二亿八千二百零三万一千九百二十六局。七路见方以上，数目太大无法记录。穷尽三百六十一路的运算，大约连写四十三个万字，就是棋局的大概数目。四十三个万字，最后一个万字是万局，第二个是万万局，第三个是万亿局，第四个是亿兆局，第五个是万兆局，第六个是万万兆局，称为一垓，第七个是万垓局，第八个是万万垓局，第九个是万亿垓局。此外就没有名称可用了，只把万乘五十二次，就是大概的数目了，零头数字不算在内。计算方法是：第一个位置有三种布局变化，或是黑、或是白、或是空。此后不论横还是直，只要增加一子，就乘以三。增加到三百六十一路，每次都乘以三，就能得出棋局的总数。还有一种方法：先计算边上一行的局数，以此作为"法"，一行共有十九路，得十一亿六千二百二十六万一千四百六十七局。只要增加一行，就把"法"累乘一次，这样乘到第十九行，也能得到上面的数字。还有一种方法：先用"法"自乘，得出一百三十五兆八百五十一万七千一百七十四亿四千八百二十八万七千三百三十四种棋局，这是计算了两行，一共三十八路可以变化出的棋局。然后乘积作为乘数，连续自乘两次；即"法"的六次方。再把得出的数字连续自乘两次；即"法"的十八次方。再乘一次"法"，也能得到上面的数字。有多种算法可以计算，但只有这种方法最快捷。只要乘五次，就能穷尽三百六十一种变化。千变万化，不超出这个数，棋局的总数就穷尽了。

《西京杂记》云："汉元帝好蹴踘，以蹴踘为劳，求相类而不劳者，遂为弹棋之戏。"余观弹棋绝不类蹴踘，颇与击踘相近，疑是传写误耳。唐薛嵩好蹴踘，刘钢劝止之曰：“为乐甚众，何必乘危邀顷刻之欢？”此亦“击踘”，《唐书》误述为“蹴踘”。弹棋今人罕为之，有谱一卷，尽唐人所为。其局方二尺，中心高，如覆盂；其巅为小壶，四角微隆起。今大名开元寺佛殿上有一石局，亦唐时物也。李商隐诗曰：“玉作弹棋局，中心最不平。”谓其中高也。白乐天诗：“弹棋局上事，最妙是长斜。”长斜谓抹角斜弹，一发过半局，今谱中具有此法。柳子厚《叙棋》用二十四棋者，即此戏也。《汉书》注云：“两人对局，白、黑子各六枚。”与子厚所记小异。如弈棋，古局用十七道，合二百八十九道，黑白棋各百五十，亦与后世法不同。

【译文】《西京杂记》中记载：“汉元帝爱好蹴踘，但是玩蹴踘太累，就想找玩法类似踢球却又不费力的游戏，于是发明出了弹棋的游戏。”我看弹棋绝对不同于蹴踘，倒是和击踘非常相似，我怀疑上面的说法是传抄时的错误。唐代的薛嵩爱好蹴踘，刘钢劝阻他说：“能带来快乐的游戏很多，何必要冒着这种危险来享受片刻的欢乐呢？”这里也是讲的“击踘”，《唐书》错误地记作“蹴踘”了。弹棋的游戏，现在人很少玩了，但流传有棋谱一卷，都是唐代人所编。弹棋的棋盘二尺见方，中间高，就像倒扣的盆；顶部是一个小壶，四角微微隆起。现在大名府开元寺的佛殿上有一石制棋盘，也是唐代的遗物。李商隐的诗说：“玉作弹棋局，中心最不平。”说的是棋盘中间高。白居易的诗说：“弹棋局上事，最妙是

长斜。""长斜"是指贴着边角斜弹，只一发就弹过半局，现在的棋
谱中都记有这种方法。柳宗元的《叙棋》说用二十四颗棋子，就
是指这种游戏。《汉书》注说："两人对局，用白、黑子各六枚。"
这和柳宗元记载的稍有差异。就像下弈棋，古局用十七道，共计
二百八十九路，有黑白棋各一百五十枚，也与后代的下法不同。

算术多门，如求一、上驱、搭因、重因之类，皆不离乘除。
唯增成一法稍异，其术都不用乘除，但补亏就盈而已。假如欲
九除者，增一便是；八除者，增二便是。但一位一因之。若位
数少，则颇简捷；位数多，则愈繁，不若乘除之有常。然算术
不患多学，见简即用，见繁即变，不胶一法，乃为通术也。

【译文】算术有多种门类，比如求一、上驱、搭因、重因之类，
这些都离不开乘除运算。只有"增成"这种方法稍微有些不同，运
算时都不采用乘除，只需要补亏就盈就可以。假如一个数被九除，
只要将被除数小数点前移一位，再加上这个数本身即可；被八除，
只要将被除数小数点前移一位，再加上这个数的两倍就行。但是
多补一次就要多加一次。如果算的位数少，这种方法就很简捷；如
果算的位数多，这种方法反而越繁琐，不如乘除运算那样有一定
规律。但是算术不怕多学，见到有简便的算法就采用，见到算法繁
琐了就更换，不拘泥于一种方法，这才是算术的一般原则。

版印书籍，唐人尚未盛为之，自冯瀛王始印五经，已后典
籍，皆为版本。庆历中，有布衣毕昇，又为活版。其法用胶泥

刻字,薄如钱唇,每字为一印,火烧令坚。先设一铁版,其上以松脂、腊和纸灰之类冒之。欲印则以一铁范置铁板上,乃密布字印。满铁范为一板,持就火炀之,药稍镕,则以一平板按其面,则字平如砥。若止印三、二本,未为简易;若印数十百千本,则极为神速。常作二铁板,一板印刷,一板已自布字。此印者才毕,则第二板已具。更互用之,瞬息可就。每一字皆有数印;如"之""也"等字,每字有二十余印,以备一板内有重复者。不用则以纸贴之,每韵为一贴,木格贮之。有奇字素无备者,旋刻之,以草火烧,瞬息可成。不以木为之者,木理有疏密,沾水则高下不平,兼与药相粘,不可取。不若燔土,用讫再火令药熔,以手拂之,其印自落,殊不沾污。昇死,其印为余群从所得,至今保藏。

【译文】雕板印刷书籍,唐人还没有广泛使用,从五代冯道印五经开始,此后的经典书籍,就全部采用刻版印刷了。庆历年间,有一位平民毕昇,又发明出了活字印刷。他的方法是用胶泥刻字,笔画凸出的部分像铜钱的边缘那样薄,每个字做一枚印,用火烧使印变得坚硬。先准备一块铁版,在上面涂盖松脂、蜡和纸灰一类的药料。想要印书时,就取来一个铁框子放在铁板上,在其中密密地排布活字印。排满一铁框就是一板,然后把它拿起来放到火上烤,等到松脂、蜡等药料逐渐融化了,再用一块平板压在字面上,这样字印就像磨刀石一样平整了。如果只印两三本书,这种方法并不简易;但如果印数十、乃至成百上千本书,这种方法就非常神速了。一般准备两块铁板,一块板在印刷时,另外一块板就进行排字。这一块板刚印完，第二块板就已经准备好了。两块板交替使用，很快就能印好书。每一个字都准备数枚活字印；像"之""也"这些字，每个字准备二十几个活字印，用来预备一板中有重复用字的情况。不用印书时，就把印用纸贴好标签，每一个韵部作一个标签，放在木盒子里存放。遇到不常见的字，就立即刻制一个活字印，用草火烧，很快就能制成。之所以不用木料来制作活字印，是因为木料的纹理有疏有密，沾上水后便会高低不平，而且还会和药料粘在一起，难得取下来。不像用泥烧的字印，用完后再用火把药料熔化，用手一拂，字印就会自行脱落，完全不会沾上药料。毕昇死后，他的字印被我的子侄们得到了，到如今还珍藏着。

　　淮南人卫朴精于历术，一行之流也。《春秋》日蚀三十六，诸历通验，密者不过得二十六七，唯一行得二十九，朴乃得三十五，唯庄公十八年一蚀，今古算皆不入蚀法，疑前史误耳。自夏仲康五年癸巳岁，至熙宁六年癸丑，凡三千二百一年，书传所载日食，凡四百七十五。众历考验，虽各有得失，而朴所得为多。朴能不用算，推古今日月蚀，但口诵乘除，不差一算。凡大历悉是算数，令人就耳一读，即能暗诵，傍通历则纵横诵之。尝令人写历书，写讫，令附耳读之，有差一算者，读至其处，则曰："此误某字。"其精如此。大乘除皆不下照位，运筹如飞，人眼不能逐。人有故移其一算者，朴自上至下，手循一遍，至移算处，则拨正而去。熙宁中撰《奉元历》，以无候簿，未能尽其术。自言得六七而已，然已密于他历。

【译文】淮南人卫朴精通历法，是像唐代和尚一行那样的人物。《春秋》记载了三十六次日蚀，把各种历书全部检索一遍，最精密的也不过能算中二十六七次，只有一行和尚算中了二十九次，卫朴则能算中三十五次，唯独庄公十八年的一次日蚀，用今人和古人的历法来演算都无法算中，我怀疑是前代史书记载有误。从夏代仲康五年癸巳，到熙宁六年癸丑，一共三千二百零一年，史书所记载的日食，一共四百七十五次。拿各种历法检验，虽然各自有得失，但是卫朴算中的次数最多。卫朴可以不用工具而凭借心算，推算古今的日月蚀，只要口念乘除运算，就分毫不差。但凡著名历书中经过验证的数据，只要让人在他耳边读一遍，他就能暗自背诵，那些民间的历书他也反复诵读多遍。他曾经让人抄写历书，写完后，叫人在耳边念给他听，如果稍微有差错，人只要读到这个错误的位置，他就能指出："这里是误字。"卫朴就是这么精通历算。大数字的乘除运算他也都不用定位，算筹拨得飞快，人眼都跟不上。有人故意移动了一个算筹，卫朴从上到下用手摸过一遍，到被移动了的算筹的位置，就能随即拨正而去。熙宁年间编订《奉元历》，因为缺乏详密的天象观测记录，没能充分发挥他的才能。他自称《奉元历》的准确率不过六七成而已，但也已经比其他的历法更为精准了。

医用艾一灼谓之"一壮"者，以壮人为法。其言若干壮，壮人当依此数，老幼羸弱量力减之。

【译文】中医用艾灸，每用一根艾柱就称为"一壮"，这是以身体强壮的人为标准。中医说的多少壮，是说强壮的人应当根据这个为剂量，而年老或年幼的、身体瘦弱的人则要根据实际情况减少用量。

四人分曹共围棋者，有术可令必胜，以我曹不能者，立于彼曹能者之上，令但求急，先攻其必应，则彼曹能者其所制，不暇恤局，则常以我曹能者当彼不能者。此虞卿斗马术也。

【译文】四个人分成两方下围棋时，有办法可以让我方必定获胜，用我方水平较差的人对阵对方的高手，让我方棋手迅速落子，先手攻击后，对方必定会回应，那么对方的高手就会被我方牵制住，无暇照应到全局，接着就派我方的高手对阵对方水平较差的棋手。这就是虞卿斗马的方法。

西戎用羊卜，谓之"跋焦"，卜师谓之"厮乩"必定反。以艾灼羊髀骨，视其兆，谓之"死跋焦"。其法：兆之上为神明；近脊处为坐位，坐位者，主位也；近傍处为客位。盖西戎之俗，所居正寝，常留中一间，以奉鬼神，不敢居之，谓之"神明"，主人乃坐其傍，以此占主客胜负。又有先咒粟以食羊，羊食其粟，则自摇其首，乃杀羊视其五藏，谓之"生跋焦"。其言极有验，委细之事，皆能言之。"生跋焦"，土人尤神之。

【译文】西戎人用羊来占卜的做法，称为"跋焦"，卜师们则称为"厮乩"必定反。用艾烧灼羊的大腿骨，看它的裂纹来判断吉凶征兆，这种占卜称为"死跋焦"。占验的方法是：裂纹的上端是神明；靠近脊椎的是坐位，坐位就是主位；靠近边缘的地方是客位。大概西戎一带的风俗，居室的正房中，常常把中间的空出来，用来侍奉鬼神，人不敢自己居住，这称为"神明"，主人则坐在它的旁边，用这种方法占卜主客的胜负。还有先对谷物念咒，然后把谷物喂给羊吃，等羊吃了那些谷物，就会自动摇头，接着杀了羊来看它的五脏，这种占卜称为"生跋焦"。卜师说的话都很灵验，不管多么琐碎细小的事，也都能说出来。这种"生跋焦"占卜法，当地土人尤其信奉。

钱氏据两浙时，于杭州梵天寺建一木塔，方两三级，钱帅登之，患其塔动。匠师云："未布瓦，上轻，故如此。"方以瓦布之，而动如初。无可奈何，密使其妻见喻皓之妻，赂以金钗，问塔动之因。皓笑曰："此易耳。但逐层布板讫，便实钉之，则不动矣。"匠师如其言，塔遂定。盖钉板上下弥束，幕相联如胠箧。人履其板，六幕相持，自不能动。人皆伏其精练。

【译文】钱氏占据两浙的时候，在杭州梵天寺建造了一座木塔，才建了两三层，钱帅登塔视察，担忧塔晃动的情况。工匠说："因为还没有铺瓦，上面轻，所以才这样晃。"等把瓦布满后，木塔还是像原来一样晃动。工匠实在没有办法，就私下里叫他的妻子去找喻皓的妻子，并拿金钗当礼物赠送给对方，借此询问木塔晃动的原因。喻皓笑着说："这很容易。只要在每层木板铺完之后，用钉子钉牢，就不会晃动了。"工匠按照他的说法去做，木塔就稳定了。大概钉牢的木板上下连接更加紧密了，六面联结得就像箱子一样。人走在木板上，六面相互支撑，自然就不会晃动了。人们都佩服喻皓的精明能干。

医者所论人须、发、眉，虽皆毛类，而所主五藏各异，故有老而须白、眉发不白者，或发白而须眉不白者，藏气有所偏故也。大率发属于心，禀火气，故上生；须属肾，禀水气，故下生；眉属肝，禀木气，故侧生。男子肾气外行，上为须，下为势。故女子、宦人无势，则亦无须，而眉发无异于男子，则知不属肾也。

【译文】医家认为人的胡须、头发、眉毛，虽然都属于体毛，但是从属于不同的脏器，所以有人年老胡须都白了但是眉毛和头发没白，又有人头发白了但是胡须和眉毛没白，这是五脏之气有所偏的缘故。一般来说，头发从属于心，承受火气，所以向上生长；胡须从属于肾，承受水气，所以向下生长；眉毛从属于肝，承受木气，所以向侧面生长。男子的肾气向外发散，上面表现为胡须，下面表现为生殖器。所以女子、太监没有男性生殖器，因此也没有胡须，但是眉毛、头发却和普通男性没两样，根据这个也可以知道眉毛、头发不从属于肾。

医之为术，苟非得之于心，而恃书以为用者，未见能臻其妙。如术能动钟乳，按《乳石论》曰："服钟乳，当终身忌术。"五石诸散用钟乳为主，复用术，理极相反，不知何谓。

余以问老医，皆莫能言其义。按《乳石论》云："石性虽温，而体本沉重，必待其相蒸薄然后发。"如此，则服石多者，势自能相蒸，若更以药触之，其发必甚。五石散杂以众药，用石殊少，势不能蒸，须藉外物激之令发耳。如火少，必因风气所鼓而后发；火盛，则鼓之反为害，此自然之理也。故孙思邈云："五石散大猛毒。宁食野葛，不服五石。遇此方即须焚之，勿为含生之害。"又曰："人不服石，庶事不佳；石在身中，万事休泰。唯不可服五石散。"盖以五石散聚其所恶，激而用之，其发暴故也。古人处方，大体如此，非此书所能尽也。况方书仍多伪杂，如《神农本草》最为旧书，其间差误尤多，医不可以不知也。

【译文】医作为一门学问，如果不能心领神会，而只靠套用医书的话，就不能达到神妙境界。比方说白术能激发钟乳的药性，按照《乳石论》的说法："服食钟乳，应当终身忌服白术。"各种五石散都以钟乳为主药，又用白术，药理就完全相反了，这不知道怎么解释。我曾经为这个问题询问了一些老中医，他们都不能清楚地解释其中的道理。考察《乳石论》记载："钟乳石的药性虽然温和，但是药体本身沉重，必须让药物之间相互作用，它的药性才能激发出来。"这样说来，只要服下足够多的钟乳石，它们势必能发生药物作用，如果再加用别的药来激发，它药性的发挥就会很厉害。五石散夹杂着许多别的药物，其中钟乳石的用量很少，势必不能自相反应，必须靠外物激发使其发挥药性。这就像火势小，必须靠风的力量吹动后才能燃烧；如果火势旺，鼓风反而会不利于燃烧，这是自然的道理。所以孙思邈说："五石散毒性猛烈。宁可吃野葛，也不能吃五石散。遇到五石散的方子要立即烧毁，免得危害别人。"他又说："人不服用钟乳石，身体各方面功能都要受影响；钟乳石在身体里，万事都安康。唯独不可服用五石散。"这大概因为五石散中聚集了恶性药物，用白术一类的药物去激发，毒性的暴发就特别猛烈。古人的处方大体都是这样，不是这本书所能概括全的。况且医方书籍中还有很多伪杂的成分，像《神农本草》这种最古老的医书，其中的错误尤其多，医生不可以不清楚。

余一族子，旧服芎䓖。医郑叔熊见之云："芎䓖不可久服，多令人暴死。"后族子果无疾而卒。又余姻家朝士张子通之妻，因病脑风，服芎䓖甚久，亦一旦暴亡，皆余目见者。又余尝苦腰重，久坐，则旅拒十余步然后能行。有一将佐见余曰："得无用苦参洁齿否？"余时以病齿，用苦参数年矣。曰："此病由也。苦参入齿，其气伤肾，能使人腰重。"后有太常少卿舒昭亮用苦参揩齿，岁久亦病腰。自后悉不用苦参，腰疾皆愈。此皆方书旧不载者。

【译文】我的一个子侄，以前服用芎䓖。医生郑叔熊见到后便说："芎䓖不能长久服用，它容易使人突然死亡。"后来那孩子果然没有病患却突然死去了。还有我在朝廷做官的亲家张子通的妻子，因为患有头痛病，服用芎䓖很长时间，也是某一天突然死去，这些都是我亲眼看见的。另外，我曾经苦于腰部沉重，坐久了，就要艰难地走十几步，然后才能正常行走。有一位将官见到我这样，便问：

"你是不是在用苦参洁齿？"我当时患牙痛，用苦参擦牙已经几年了。他说："这就是腰病的根由。苦参进入牙齿，它的药性伤肾，会使人腰部沉重。"后来有太常少卿舒昭亮用苦参擦牙，时间长了也患了腰病。从此以后，我们都不用苦参洁齿，腰病也都好了。这些都是旧的医方书没有记载的。

世之摹字者，多为笔势牵制，失其旧迹，须当横摹之，泛然不问其点画，惟旧迹是循，然后尽其妙也。

【译文】世上临摹字帖的人，大多被笔势所束缚，失去了书法本源的神韵，应该横向临摹，完全不顾字体的笔画，只遵循字体的原本精神，然后才能完全掌握它的奥妙。

古人以散笔作隶书，谓之"散隶"。近岁蔡君谟又以散笔作草书，谓之"散草"，或曰"飞草"。其法皆生于飞白，亦自成一家。

【译文】古人用散笔写隶书，称为"散隶"。近年来蔡襄又用散笔写草书，称为"散草"，或者叫"飞草"。"散隶""散草"都从飞白体衍生，而后自成一家。

四明僧奉真，良医也。天章阁待制许元为江淮发运使，奏课于京师。方欲入对，而其子疾亟，瞑而不食，惙惙欲逾宿矣。使奉真视之，曰："脾已绝，不可治，死在明日。"元曰：

"观其疾势，固知其不可救，今方有事须陛对，能延数日之期否？"奉真曰："如此似可，诸脏皆已衰，唯肝脏独过。脾为肝所胜，其气先绝，一脏绝则死。若急泻肝气，令肝气衰，则脾少缓，可延三日。过此无术也。"乃投药，至晚乃能张目，稍稍复啜粥，明日渐苏而能食。元甚喜，奉真笑曰："此不足喜，肝气暂舒耳，无能为也。"后三日果卒。

【译文】四明和尚奉真是一位良医。天章阁待制许元担任江淮发运使时，进京汇报税收情况。正要进宫奏对时，赶上他的儿子病危，他的儿子闭着眼睛不进食，那奄奄一息的样子，已经超过一夜了。许元请奉真来诊视，奉真说："脾脏已经完全丧失功能，不能救治了，明天就会死。"许元说："看这病势，自然知道救不过来了，但是现在正赶上我有事必须当廷奏对，能不能让他再延长几天期限？"奉真说："这似乎还有可能，他的各类脏器都已经衰竭，唯独肝脏还过于旺盛。脾脏被肝脏所克，所以脾气先衰竭，人体任何一个脏器丧失了功能人就会死亡。如果马上疏泄肝气，使肝气衰减，那么脾脏还能稍微缓一缓，可以延长三天寿命。但以后就没办法了。"于是下了药，到晚上许元的儿子就睁开了眼，稍稍又能喝点粥，第二天就逐渐复苏而且能吃饭了。许元非常高兴，奉真笑着说："这不值得高兴，只是肝气暂时得道疏泄罢了，还是救不了。"三天后许元的儿子果然死了。

卷十九·器用

扫码听谦德
君为您导读

礼书所载黄彝，乃画人目为饰，谓之"黄目"。余游关中，得古铜黄彝，殊不然，其刻画甚繁，大体似缪篆，又如阑盾间所画回波曲水之文，中间有二目，如大弹丸，突起煌煌然，所谓"黄目"也。视其文，仿佛有牙、角、口吻之象，或说"黄目"乃自是一物。又余昔年在姑熟王敦城下土中得一铜钲，刻其底曰"诸葛士全茖鸣钲"，"茖"即占"落"字也，此部落之"落"，士全，部将名耳。钲中间铸一物，有角，羊头，其身亦如篆文，如今时术士所画符。傍有两字，乃大篆"飞廉"字，篆文亦古怪，则钲间所图，盖飞廉也。飞廉，神兽之名。淮南转运使韩持正亦有一钲，所图飞廉及篆字，与此亦同。以此验之，则"黄目"疑亦是一物。飞廉之类，其形状如字非字，如画非画，恐古人别有深理。大底先王之器，皆不苟为，昔夏后铸鼎以知神奸，殆亦此类，恨未能深究其理，必有所谓。或曰：《礼图》樽彝，皆以木为之，未闻用铜者。此亦未可质，如今人得古铜樽者极多，安得言无？如《礼图》瓮以瓦为之，《左传》却有瑶瓮；律以竹为之，晋时舜祠下乃发得玉律，此亦无常法。如蒲谷璧，《礼图》悉作草稼之象，今世人发古冢，得蒲璧，乃刻文蓬蓬如蒲花敷时，谷璧如粟粒耳，则《礼图》亦未可为据。

【译文】礼书上记载的黄彝，是画人的眼睛作为装饰，称为"黄目"。我游历关中的时候，得到一件古代的铜黄彝，却完全不是书上说的那个样子，它器身上的纹饰非常繁缛，大体上像是汉代流行的缪篆字体，又像栏杆上画的回旋形的水波纹，中间有两只眼睛，像弹丸一样大，突起而且很光亮，这就是所谓的"黄目"。观察它的纹饰，仿佛有牙、角、口吻的形象，所以有人说"黄目"是一种动物。另外，我当年在姑熟王敦城下的土中得到过一件铜钲，它的底部刻有"诸葛士全茖鸣钲"几个字，"茖"就是古"落"字，就是部落的"落"，"士全"是部落将领的名字。这个钲的中间铸了一个动物，有角，羊头，它的身体也像篆文一样，类似现在道士画的符。旁边还有两个字，是大篆体的"飞廉"两个字，篆文也很古怪，看来钲中间所画的应该就是"飞廉"了。飞廉是神兽的名字。淮南转运使韩持正也有一件钲，上面画的飞廉纹饰和篆体文字，与我这件相似。根据这些判断，我怀疑"黄目"也是一种动物。飞廉这类图案，形状像字又不是字，像画又不是画，古人这样制作恐怕另有深刻的含义。大致上古代的器物，都不是随随便便制作出来的，过去夏代的帝王铸鼎是为了让人们懂得神奸，大概也是类似这样用意，遗憾的是，我们现在还不能深刻推究其中的道理，但这其中一定有缘故。有人说:《三礼图》中记载的樽彝等器物,都是用木制作的,没听说有用铜制作的。这种说法也未必可信,就像现在人们常常能发现古代的铜樽,又怎么能说樽彝没有铜制的呢?又比如说《三礼图》说瓮是用陶制作的,但是《左传》中却有玉制的瓮;说律管是用竹制作的,但是晋代舜祠地下却发掘出了玉制的律管,可见这些都没有固定的规定。再比如蒲璧和谷璧,《三礼图》画的都是草木和禾稼的形象,现在人们发掘古墓所得到的蒲璧,上面的纹样像茂盛的蒲花,而谷璧上刻的纹样看起来像粟粒,看来《三礼图》这部书也不一定能作为依据。

礼书言罍画云雷之象,然莫知雷作何状。今祭器中画雷,有作鬼神伐鼓之象,此甚不经。余尝得一古铜罍,环其腹皆有画,正如人间屋梁所画曲水。细观之,乃是云、雷相间为饰,如𖣘者,古云字也,象云气之形;如◎者,雷字也,古文𖣘为雷,象回旋之声。其间铜罍之饰,皆一𖣘一◎相间,乃所谓云、雷之象也。今《汉书》罍字作䍃,盖古人以此饰罍,后世自失传耳。

【译文】礼书里说罍上刻的是云雷的形象,但不知道雷是什么样子的。现在祭祀的用器上画有雷,有的把雷画成鬼神敲鼓的样子,这是非常荒谬的。我曾经得到一件古铜罍,环绕着整个腹部都有刻画的纹饰,就好像人们在屋梁上画的曲水纹样。仔细观察,才发现原来是云、雷相间的纹饰,比如𖣘是古代的云字,它的形状像云气的样子;比如◎是古代的雷字,古文的雷字作𖣘,它象征着回旋的声音。铜罍上的纹饰，都是一〇一◎相间，这就是书中所说的云、雷的形象。现在《汉书》中还把"罍"字写成"畾"字，大概是古人用这个作为罍的纹饰，后来就年久失传了。

唐人诗多有言"吴钩"者。吴钩，刀名也，刃弯。今南蛮用之，谓之"葛党刀"。

【译文】唐代人的诗歌中经常有提到"吴钩"的诗句。吴钩是刀的名字，刀身是弯曲的。现在南蛮一带的人还在使用这种刀，称它为"葛党刀"。

古法以牛革为矢服，卧则以为枕。取其中虚，附地枕之，数里内有人马声，则皆闻之。盖虚能纳声也。

【译文】传统的方法中，用牛皮做箭袋，休息时便拿它当枕头。这是利用牛皮箭袋里面是空腔的特点，放在地上当枕头，几里内只要有人马声，就都能够听到。这大概因为中空的东西能接纳声音。

郓州发地得一铜弩机。甚大，制作极工。其侧有刻文曰："臂师虞士，牙师张柔。"史传无此色目人，不知何代物也。

【译文】郓州掘地时发掘出了一架铜弩机。非常大，而且制作得非常精致。它的侧面刻有文字，写着："臂师虞士，牙师张柔。"

历史记载中没有这样的色目人，不知道这架铜弩机是什么年代的
东西。

熙宁中，李定献偏架弩，似弓而施干镫。以镫距地而张
之，射三百步，能洞重札，谓之"神臂弓"，最为利器。李定本
党项羌酋，自投归朝廷，官至防团而死，诸子皆以骁勇雄于
西边。

【译文】 熙宁年间，李定进献了一台偏架弩，它的形状像弓而又
安装了一种铁镫。用脚踩着镫，抵着地面然后张开弓，箭可以射出
三百步远，还能穿透较厚的铠甲，人们称它为"神臂弓"，它算得上
最厉害的武器。李定本来是党项羌族的首领，自从他归附朝廷后，
一直做到团练使、防御使的官职后才去世，他的儿子们都以骁勇善
战而在西部边疆一带称雄。

古剑有沈卢、鱼肠之名，沈音湛。沈卢谓其湛湛然黑色
也。古人以剂钢为刃，柔铁为茎干，不尔则多断折。剑之钢者，
刃多毁缺，巨阙是也，故不可纯用剂钢。鱼肠即今蟠钢剑也，
又谓之"松文"，取诸鱼燔熟，褫去胁，视见其肠，正如今之蟠
钢剑文也。

【译文】 古代宝剑中有名称为沈卢、鱼肠的，沈音湛。沈卢是
说这种剑有深黑色的光泽。古代人用硬度大的钢来铸造剑刃，用
韧性好的铁来铸造剑柄，如果不这样选用材料，剑就容易折断。

但剑如果太过坚硬，剑刃就容易缺损，巨阙就是这样，所以制剑不能全部用剂钢。鱼肠就是现在的蟠钢剑，又叫"松纹"，为什么取名"鱼肠"呢？把鱼烤熟，剥去胸部两边的肉，看鱼的肠子，就像现在蟠钢剑上面的花纹。

济州金乡县发一古冢，乃汉大司徒朱鲔墓，石壁皆刻人物、祭器、乐架之类。人之衣冠多品，有如今之幞头者，巾额皆方，悉如今制，但无脚耳。妇人亦有如今之垂肩冠者，如近年所服角冠，两翼抱面，下垂及肩，略无小异。人情不相远，千余年前冠服已尝如此，其祭器亦有类今之食器者。

【译文】济州金乡县发掘了一座古墓，是汉朝大司徒朱鲔的墓，石壁上都刻着人物、祭祀的器具、乐架之类的壁画。人像穿的衣服、戴的帽子有很多品类，有的像现在的幞头，巾额都是方的，全都像现在的样式，只是没有幞脚罢了。妇女也有的戴着像今人的垂肩冠，就像近些年所戴的角冠，两翼贴着脸部，下面垂到肩头，和现在的样式没什么区别。可见古今人的情致相差不远，一千多年前的衣帽就已经像现在这样了，至于那些祭祀的器具，也有类似现在的饮食器具的。

古人铸鉴，鉴大则平，鉴小则凸。凡鉴洼则照人面大，凸则照人面小。小鉴不能全视人面，故令微凸，收人面令小，则鉴虽小而能全纳人面，仍复量鉴之小大，增损高下，常令人面与鉴大小相若。此工之巧智，后人不能造，比得古鉴，皆刮磨令平，此师旷所以伤知音也。

【译文】古人铸造铜镜时，镜面大的就铸成平面镜，镜面小的就铸成凸面境。凡是镜面凹陷的，照出来的人脸就大，镜面凸起的，照出来的人脸就小。小镜子不能看出人脸的全貌，所以让它微微凸起，使收进去的人脸缩小，这样镜子虽小但也能够完整地照出人脸全貌，然后再根据镜子的大小，来增减打磨它的凹凸程度，以保持人脸与镜子大小相当。这是制作镜子的工匠的技巧和智慧，后人不能像这么制造，如今有人一旦等得到古镜，又都把镜面刮磨成平的，这就是为什么师旷会感伤没有知音的原因啊。

长安故宫阙前，有唐肺石尚在。其制如佛寺所击响石而甚大，可长八九尺，形如垂肺，亦有款志，但漫剥不可读。按《秋官·大司寇》："以肺石达穷民。"原其义，乃伸冤者击之，立其下，然后士听其辞，如今之挝登闻鼓也。所以肺形者，便于垂。又肺主声，声所以达其冤也。

【译文】长安的旧宫殿前面，有一块唐代的肺石还在。它的形制就像佛寺里撞击后能发出声响的石磬，但还要大得多，它大约长达八九尺，形状像垂下的肺，上面还刻有文字，只是已经侵蚀剥落而不能识读了。按照《秋官·大司寇》的记载："用肺石传达百姓的意见。"推究这句话的意思，应该是提供肺石给要伸冤的人敲击，敲完后就站在石下，然后就有官员来听取申诉，就像现在敲登闻鼓一样。之所以用肺那样的形状，是为了方便垂挂。另外，肺负责发声，发声是为了表达冤屈的。

熙宁中，尝发地得大钱三十余千文，皆"顺天""得一"。当时在庭皆疑古无"得一"年号，莫知何代物。余按《唐书》，史思明僭号铸"顺天""得一"钱。"顺天"其伪年号，"得一"特以名铸钱耳，非年号也。

【译文】熙宁年间，曾经从地下挖掘出一批古钱，有三十余千文，都铸着"顺天""得一"的字样。当时在场的人都疑惑古代没有"得一"的年号，不知道这是哪个朝代的东西了。我查阅《唐书》，发现史思明曾经冒用帝王称号，铸造了"顺天""得一"的铜钱。"顺天"是他的伪年号，"得一"是特地用来给铸的铜钱命名的，并不是年号。

世有透光鉴，鉴背有铭文，凡二十字，字极古，莫能读。以鉴承日光，则背文及二十字，皆透在屋壁上，了了分明。人有原其理，以谓铸时薄处先冷，唯背文上差厚，后冷而铜缩多。文虽在背，而鉴面隐然有迹，所以于光中现。余观之，理诚如是。然余家有三鉴，又见他家所藏，皆是一样，文画铭字无纤异者，形制甚古。唯此一样光透，其他鉴虽至薄者皆莫能透，意古人别自有术。

【译文】世上有一面透光的镜子，镜的背面刻有铭文，一共有二十个字，字体非常古奥，不能够识读。把这面镜子放在阳光下，它背后的纹饰和二十个字，都透射在屋子墙壁上，清清楚楚。有人考察其中的原理，认为铸镜时薄的地方先冷却，只有背面有纹饰和文字的地方稍微厚些，冷却得慢，所以铜收缩得多些。纹饰和文字虽然在背面，但是镜面隐隐约约还有痕迹，所以能在阳光的照射下显现。我观察了，认为道理确实是这样。但是我家有三面这样的镜子，又见到别人家收藏的镜子，它们都是一样的，纹饰和铭字没有丝毫不同，形制都很古老。但是唯独这一面能够透光，其他的镜子虽然也很薄，但都不能够透光，我估计古人还有另外的制作技术。

余顷年在海州，人家穿地得一弩机，其望山甚长，望山之侧为小矩，如尺之有分寸。原其意，以目注镞端，以望山之度拟之，准其高下，正用算家句股法也。《太甲》曰："往省括于度则释。"疑此乃度也。汉陈王宠善弩射，十发十中，中皆同处，其法以"天覆地载，参连为奇，三微三小。三微为经，三小为纬，要在机牙"。其言隐晦难晓。大意天覆地载，前后手势耳；参连为奇，谓以度视镞，以镞视的，参连如衡，此正是句股度高深之术也；三经、三纬，则设之于埘，以志其高下左右耳。余尝设三经、三纬，以镞注之发矢，亦十得七八。设度于机，定加密矣。

【译文】我近年在海州的时候，看见有人家从地下挖得一台弩机，它的瞄准部件很长，瞄准部件的旁边还有一行小刻度，像尺子那样刻有分寸。推测它的用意，是用眼睛注视着箭头的尖端，用瞄准部件旁边的刻度来与它匹配，算定发射的高低角度，这正是用的算术家的勾股运算方法。《尚书·太甲》篇记载："察看清楚箭尾的标度再放箭。"我怀疑这说的就是弩机上这种刻度。汉代陈王刘宠擅长发射弓弩，能够十发十中，而且命中的位置都一样，他的方法是："天覆地载，参连为奇，三微三小。三微为经，三小为纬，要在机牙。"这些话隐晦难懂。推测它的大意，"天覆地载"是说发射时前后手的姿势；"参连为奇"说的是刻度对准箭头，箭头对准目标，让三点连成一条线，这正是利用勾股定理测量高低的方法；"三经"、"三纬"，则是设置在靶墙上的三条经线、三条纬线，用来标记箭靶的上下左右。我曾经设置过这种三经、三纬标度，把箭头瞄准靶子发射，也能发十支箭射中七八支。如果再在弩机上设置刻度，一定会射得更加准。

余于关中得一铜匜，其背有刻文二十字曰："律人衡兰注水匜，容一升。始建国元年二月癸卯造。"皆小篆。律人当是官名，《王莽传》中不载。

【译文】我在关中得到了一件铜匜，它的背面刻有铭文二十个字，说："律人衡兰注水匜，容一升。始建国元年二月癸卯造。"都是小篆字体。"律人"应该是官名，《王莽传》中没有记载。

青堂羌善锻甲，铁色青黑，莹彻可鉴毛发，以麝皮为綩旅之，柔薄而韧。镇戎军有一铁甲，椟藏之，相传以为宝器。

韩魏公帅泾原，曾取试之。去之五十步，强弩射之，不能入。尝有一矢贯札，乃是中其钻空；为钻空所刮，铁皆反卷，其坚如此。凡锻甲之法，其始甚厚，不用火，冷锻之，比元厚三分减二乃成。其末留筋头许不锻，隐然如瘊子，欲以验未锻时厚薄，如浚河留土笋也，谓之"瘊子甲"。今人多于甲札之背隐起，伪为瘊子，虽置瘊子，但无非精钢，或以火锻为之，皆无补于用，徒为外饰而已。

【译文】青堂一带的羌人擅长锻造铁甲，铁甲的颜色青黑，外表晶莹透亮到可以照见人的毛发，用麝皮制作成缀有甲片的带子，按顺序排列编扎好，又柔软又轻薄，而且还坚韧。镇戎军那儿有这样一件铁甲，用木匣收藏着，代代相传，作为宝器。韩琦担任泾原路主帅的时候，曾经取出这件铁甲做试验。在距离铁甲五十步外，用强有力的弓箭射击，都射不进去。曾经有一支箭穿透了一块甲片，那是因为射中了甲片中间本来就有的钻孔；而且箭头反被钻孔刮了，铁片都反卷起来，这件铁甲竟然达到了这种坚硬程度。大凡锻造这种铁甲的方法，开始的时候铁片很厚，不用火加热，直接锻打，锻打到原来厚度的三分之二就好了。在铁片的末端留下筷子头大小的地方不锻，隐隐约约就像个瘊子，这是用来检查它没有经过锻打时铁片的厚度，这好比疏浚河道时留下来的标注原来高度的土桩子，所以称它为"瘊子甲"。现在人们铸造铁甲，往往在甲片背上暗留一个伪造的瘊子，虽然制造了瘊子，但原本不是好钢，或者是用火煅烧出来的，都没什么实际用处，只是白白当作外表上的装饰罢了。

朝士黄秉少居长安，游骊山，值道士理故宫石渠，石下得折玉钗，刻为凤首，已皆破缺，然制作精巧，后人不能为也。郑嵎《津阳门》诗云："破簪碎钿不足拾，金沟浅溜和缨緌。"非虚语也。余又尝过金陵，人有发六朝陵寝，得古物甚多。余曾见一玉臂钗，两头施转关，可以屈伸，合之令圆，仅于无缝，为九龙绕之，功侔鬼神。世多谓前古民醇，工作率多卤拙，是大不然。古物至巧，正由民醇故也，民醇则百工不苟。后世风俗虽侈，而工之致力不及古人，故物多不精。

【译文】朝廷的官吏黄秉年轻的时候居住在长安，有一次去骊山游玩，正赶上道士清理旧时宫殿的石渠，在石头下面捡到一支折断的玉钗，钗头刻成凤凰头形，都已经破损了，但是玉钗制作得非常精巧，是我们后代人做不出来的。郑嵎的《津阳门》诗中说："破簪碎钿不足拾，金沟浅溜和缨緌。"这不是虚假的话。我曾经又路过金陵，当时有人挖掘了六朝时期的陵寝，得到很多地下的古物。我曾经见到一支玉臂钗，两头都设有可以旋转的机关，可以弯曲伸缩，合上它就可以变成圆形，几乎看不出有缝隙，还雕刻了九条龙绕在钗上面，真是鬼斧神工。世人都说古时候民众习性质朴，手工大多粗鲁笨拙，根本不是这样的。古物如此精巧，正是因为习性质朴的缘故，民众习性质朴，各种工匠做事就不马虎。后世的风俗虽然奢华，但是工匠们所下的工夫不如古人，所以器物大多不够精致。

屋上覆橑，古人谓之"绮井"，亦曰"藻井"，又谓之"覆海"。今令文中谓之"斗八",吴人谓之"罳顶"。唯宫室祠观为之。

【译文】在屋顶上铺设的屋橑，古人叫它"绮井"，又叫"藻井"，又叫"覆海"。现在的营造规程中叫它"斗八"，江浙一带的人叫它"罳顶"。只有宫室、祠庙和寺观中才有这种装饰。

今人地中得古印章，多是军中官。古之佩章，罢免迁死皆上印绶；得以印绶葬者极稀。土中所得，多是没于行阵者。

【译文】现在的人从地下挖掘出来的古印章，大多是军队当中武官的印。古代官员佩戴印章，在撤职免职、调动职位或去世的时候，都要上交印章，能够带着印章埋葬的人很少。现在挖掘出土的那些印章，大多是死在行军作战中的武官的。

大驾玉辂，唐高宗时造，至今进御。自唐至今，凡三至泰山登封。其他巡幸，莫记其数。至今完壮，乘之安若山岳，以措杯水其上而不摇。庆历中，尝别造玉辂，极天下良工为之，乘之动摇不安，竟废不用。元丰中，复造一辂，尤极工巧，未经进御，方陈于大庭，车屋适坏，遂压而碎，只用唐辂。其稳利坚久，历世不能窥其法。世传有神物护之，若行诸辂之后，则隐然有声。

【译文】皇帝外出乘坐的玉辂，是唐高宗时候造的，到现在还在给君王乘坐。从唐代到现在，一共有三次用它登上泰山封禅。其他的外出巡幸，用的更是不计其数。这辆玉辂至今依然完整牢固，乘坐上去平稳得像是山岳，把一杯水放在上面，水也不会摇晃。庆历年间，朝廷曾经另外造了一辆玉辂，召集了全国优秀的工匠来打造，结果乘上去却晃动不平稳，最终废弃不用了。元丰年间，又打造了一辆玉辂，非常精致，但还没有送进皇宫，正陈列在大庭中的时候，碰巧存车的屋子倒塌了，于是玉辂也被压碎了，只好继续使用那辆唐代的玉辂。唐代玉辂平稳、便利、坚固而且使用时间长，多年来都不能弄清楚它的制作方法。世人相传有神物保护它，如果外出时玉辂排在其他车辆的后面，就会听到隐约的响声。

卷二十·神奇

扫码听谦德
君为您导读

世人有得雷斧、雷楔者，云："雷神所坠，多于震雷之下得之。"而未尝亲见。元丰中，予居随州，夏月大雷震一木折，其下乃得一楔，信如所传。凡雷斧多以铜铁为之，楔乃石耳，似斧而无孔。世传雷州多雷，有雷祠在焉，其间多雷斧、雷楔。按《图经》，雷州境内有雷、擎二水，雷水贯城下，遂以名州。如此，则"雷"自是水名，言"多雷"乃妄也。然高州有电白县，乃是邻境，又何谓也？

【译文】世上有些得到雷斧、雷楔的人，说："这是雷神掉到人间的，常常在雷击之后才能得到它们。"但是我没有亲眼看见过。元丰年间，我居住在随州，夏天的时候有一次大雷击，击断了一棵树，在断木下面就找到了一件楔子，确实是像传说的一样。大凡雷斧大多是用铜铁制作的，雷楔是石头制作的，像斧头但又没有孔洞。世人传说雷州多雷，还有雷祠在那儿，里面有很多雷斧、雷楔。按照《图经》记载，雷州境内有雷水、擎水两条河流，雷水贯穿城下，所以用"雷"作为州名。如果是这样的话，那么"雷"本来是水的名字，传言说成雷州"多雷"就是荒谬的了。但是高州有电白县，它还是雷州邻近的地域，这又如何解释它的称谓呢？

越州应天寺有鳗井，在一大磐石上，其高数丈，井才方数寸，乃一石窍也，其深不可知，唐徐浩诗云："深泉鳗井开。"即此也，其来亦远矣。鳗时出游，人取之置怀袖间，了无惊猜。如鳗而有鳞，两耳甚大，尾有刃迹，相传云黄巢曾以剑刺之。凡鳗出游，越中必有水旱疫疠之灾，乡人常以此候之。

【译文】越州应天寺有一口鳗井，在一块大磐石上面，它的高有几丈，但是井口只有几寸宽，其实就是一个石洞，里面有多深也不能知晓。唐代徐浩写有诗说："深泉鳗井开。"讲的就是这儿，可见它的由来很久远了。井鳗有时候游出水面，人把它抓起来放在怀里或者袖子里，它毫不惊异。它长得像鳗但却有鳞片，两只耳朵非常大，尾巴上有刀痕，传说这是黄巢曾经用剑砍的。一旦这只井鳗游出水面，越中地区就必定会发生水旱、瘟疫等灾难，当地的人常常凭借这一点来做预测。

治平元年，常州日禺时，天有大声如雷，乃一大星，几如月，见于东南；少时而又震一声，移著西南；又一震而坠在宜兴县民许氏园中，远近皆见，火光赫然照天，许氏藩篱皆为所焚。是时火息，视地中有一窍如杯大，极深。下视之，星在其中，荧荧然。良久渐暗，尚热不可近。又久之，发其窍，深三尺余，乃得一圆石，犹热，其大如拳，一头微锐，色如铁，重亦如之。州守郑伸得之，送润州金山寺，至今匣藏，游人到则发视，王无咎为之传甚详。

【译文】治平元年，有一次，常州太阳正落山的时候，天空中传来雷声般的巨大声响，只见空中有一颗大星，几乎同月亮那么大，出现在东南方向；不一会儿，又震了一声，大星移动到西南方向；又一声震动后，大星坠落在宜兴县许姓村民的园子里，远近的人都看到了，火光把天空照得通亮，许家的篱笆都被烧毁了。等到大火熄灭以后，只看见地里有一个像杯子那么大的洞，非常深。往下看，大星就落在里面，还闪闪发光的样子。过了很久，光渐渐暗下来，但还是很热，不能靠近。又过了很久，挖开那个洞，洞深有三尺多，其中找到了一块圆石，石头还是热的，大小如同人的拳头，一头稍微尖锐，颜色像铁一样，重量也和铁差不多。常州长官郑伸得到了它，并把它送到润州金山寺，金山寺直到现在还用盒子收藏着它，有游览的人到来才打开欣赏，王无咎为这件事写了一篇文章，文中记载得非常详细。

山阳有一女巫，其神极灵。予伯氏尝召问之，凡人间物，虽在千里之外，问之皆能言，乃至人中心萌一意，已能知之。坐客方弈棋，试数白黑棋握手中，问其数，莫不符合。更漫取一把棋，不数而问之，则亦不能知数。盖人心所知者，彼则知之，心所无，则莫能知。如季咸之见壶子，大耳三藏观忠国师也。又问以巾箧中物，皆能悉数。时伯氏有《金刚经》百册，盛一大箧中，指以问之："其中何物？"则曰："空箧也。"伯氏乃发以示之，曰："此有百册佛经，安得曰空箧？"巫良久又曰："空箧耳，安得欺我！"此所谓文字相空，因真心以显非相，宜其鬼神所不能窥也。

【译文】山阳县有一个女巫，她的神力特别灵验。我堂兄的家里人曾经把她请来试问，凡是人间的事物，哪怕远在千里之外，只要询问她，她就都能说出来，就连人们内心中萌生出的一个想法，她也能够知道。当时在座的一位客人正在下棋，就试着数出一些白、黑棋子握在手中，询问女巫棋子的数目，她的回答没有不准确的。再随意地抓起一把棋子，没有数过数目就询问她，这时候她就不知道有多少了。这大概是人心中知晓的，她就能够知道，但是如果人的心中没有数，她也就不能够知晓了。这就好像季咸看不出壶子的相，大耳三藏不知道慧忠国师心中所想的地理位置一样。又问她衣箱子里有什么东西，都能一一说出来。当时我堂兄家里有一百册《金刚经》，放在一个大箱子中，于是就指着箱子问她："这里面放了什么东西？"女巫就说："这是一个空箱子。"我堂兄于是打开箱子给她看，说："这里面有一百册佛经，你怎么说是空箱子呢？"女巫过了很久，还是说："这明明就是空箱子，你怎么能骗我呢！"这就是说文字本身无法显现物象，要依靠真心来显现，自然那些鬼神也就不能窥探到了。

神仙之说，传闻固多，余之目睹者二事。供奉官陈允任衢州监酒务日，允已老，发秃齿脱。有客候之，称孙希龄，衣服甚褴褛，赠允药一刀圭，令揩齿。允不甚信之。暇日，因取揩上齿，数揩而良，及归家，家人见之，皆笑曰："何为以墨染须？"允惊，以鉴照之，上髭黑如漆矣。急去巾，视童首之发，已长数寸，脱齿亦隐然有生者。余见允时年七十余，上髭及发尽黑，而下髭如雪。

【译文】关于神仙的说法，传闻自然是很多的，我亲眼目睹的有两件事。供奉官陈允担任衢州监酒务的时候，已经衰老了，头发秃了，牙齿也脱落了。有一天，一位客人等着要见他，自称叫孙希龄，衣服十分破烂，他送给陈允一些药，让他擦在牙齿上。陈允不是很相信这些事。等到空闲的时候，他把药拿出来擦上边的牙齿，擦了几次后感觉还不错，等他回家后，家人看见他，都笑着说："你为什么要用墨染胡须呢？"陈允大吃一惊，对着镜子照自己，发现两腮上的胡须黑得像漆过一样。他又急忙摘下头巾，发现本来的秃顶上长出了头发，已经有几寸长了，脱落的牙齿也隐隐约约有生长出来的样子。我见到陈允的时候他年纪已经七十多了，两腮上的胡须和头发都还是乌黑的，而下巴上的胡须却还是像雪一样白。

又正郎萧渤罢白波辇运，至京师，有黥卒姓石，能以瓦石沙土，手挼之悉成银，渤厚礼之，问其法，石曰："此真气所化，未可遽传。若服丹药，可呵而变也。"遂授渤丹数粒。渤饵之，取瓦石呵之，亦皆成银。渤乃丞相荆公姻家，是时丞相当国，余为宰士，目睹此事，都下士人求见石者如市，遂逃去，不知所在。石才去，渤之术遂无验。石，齐人也。时曾子固守齐，闻之，亦使人访其家，了不知石所在。渤既服其丹，亦宜有补年寿，然不数年间，渤乃病卒，疑其所化特幻耳。

【译文】还有另外一件事：正郎萧渤被罢免了白波辇运官职后，来到京城，遇到了一个被刺了字的石姓士兵，这个士兵用手揉搓瓦石沙土后，瓦石都能够变成银子，萧渤优厚接待了他，并询问他用的什么方法，石姓士兵说："这是真气化成的，方法不能够马上传授给你。如果你服下我的丹药，对着石头呵一口气就能变成银子。"于是给了萧渤几粒丹药。萧渤吃下丹药后，取来一些瓦石呵了口气，瓦石果然也都变成了银子。萧渤是丞相王安石的亲家，当时是王安石掌管朝政，我作为宰相的属官，亲眼目睹了这件事，京城士人中想要见见石姓士兵的多得像集市上的人，于是石姓士兵就逃离京城了，不知道身在哪里。石姓士兵刚刚离开，萧渤的法术就不灵验了。石姓士兵是齐地人。当时曾巩担任齐地长官，听说这件事后，也派人去拜访他的家，还是不知道石姓士兵在哪里。萧渤既然已经服食了他的丹药，按道理也应该能延长寿命，但是没过几年，萧渤就病死了，我怀疑他当时石头变银子的法术只不过是幻术罢了。

熙宁中，予察访过咸平，是时刘定子先知县事，同过一佛寺。子先谓余曰："此有一佛牙，甚异。"余乃斋洁取视之。其牙忽生舍利，如人身之汗，飒然涌出，莫知其数，或飞空中，或堕地。人以手承之，即透过，著床榻，摘然有声，复透下。光明莹彻，烂然满目。余到京师，盛传于公卿间。后有人迎至京师，执政官取入东府，以次流布士大夫之家。神异之迹，不可悉数。有诏留大相国寺，创造木浮图以藏之，今相国寺西塔是也。

【译文】熙宁年间，我在视察访问时路过咸平，当时刘子先担任成平知县，我与他一同经过一座佛寺。子先对我说："这座佛寺里有一颗佛牙，非常神异。"我于是进行斋洁，然后取出佛牙来仔细观察。那颗佛牙忽然生出舍利子，就像人身上的汗珠一样，飒然喷涌出来，不知道有多少数量，有的飞向空中，有的跌落地上。有人用手去接它，结果它穿透了手掌，落在床榻上，铮铮有声，然后又穿透床榻继续往下落。它十分明亮、晶莹、清彻又光彩满目。我回到京城之后，在公卿之间广泛传说这件事。后来有人把佛牙迎到了京城，宰相把它带进自己的居处，然后依次在官宦人家之间流传。它的各种神奇迹象数都数不清楚。皇帝下达诏令，把佛牙留存在大相国寺，并建造木塔来供藏它，这木塔就是现在大相国寺的西塔。

菜品中芜菁、菘、芥之类，遇旱其标多结成花，如莲花，或作龙蛇之形。此常性，无足怪者。熙宁中，李宾客及之知润州，园中菜花悉成荷花，仍各有一佛坐于花中，形如雕刻，莫知其数。暴干之，其相依然。或云："李君之家奉佛甚笃，因有此异。"

【译文】菜品中芜菁、菘、芥一类的蔬菜，遇到天气干旱，它们的顶部常常会结出来花朵，就像莲花一样，也有的结出来龙蛇的形状。这是自然规律，没什么好奇怪的。熙宁年间，李及之担任润州知州，他家菜园中的菜花都长成了荷花的样子，还各有一尊佛像坐在花中，形貌就像雕刻出来的一样，数不清有多少数量。晒干后，它们的形状仍然不变。有人说："李家信奉佛法非常虔诚，所以会有这种奇异的事情。"

彭蠡小龙，显异至多，人人能道之，一事最著。熙宁中，王师南征，有军仗数十船，泛江而南。自离真州，即有一小蛇登船。船师识之，曰："此彭蠡小龙也，当是来护军仗耳。"主典者以洁器荐之，蛇伏其中。船乘便风，日棹数百里，未尝有波涛之恐。不日至洞庭，蛇乃附一商人船回南康。世传其封域止于洞庭，未尝逾洞庭而南也。有司以状闻，诏封神为顺济王，遣礼官林希致诏。子中至祠下，焚香毕，空中忽有一蛇坠祝肩上，祝曰："龙君至矣。"其重一臂不能胜。徐下至几案间，首如龟，不类蛇首也。子中致诏意曰："使人至此，斋三日，然后致祭。王受天子命，不可以不斋戒。"蛇受命，径入银香奁中，蟠三日不动。祭之日，既酹酒，蛇乃自奁中引首吸之。俄出，循案行，色如湿胭脂，烂然有光。穿一剪彩花过，其尾尚赤，其前已变为黄矣，正如雌黄色。又过一花，复变为绿，如嫩草之色。少顷，行上屋梁。乘纸幡脚以行，轻若鸿毛。倏忽入帐中，遂不见。明日，子中还，蛇在船后送之，逾彭蠡而回。此龙常游舟楫间，与常蛇无辨。但蛇行必蜿蜒，而此乃直行，江人常以此辨之。

【译文】彭蠡小龙显现出神异很多次，人人都能讲出关于它的故事，其中有一个故事最出名。熙宁年间，朝廷的军队南征，有几十艘载着军用甲仗的船，顺着江水南下。从离开真州起，就有一条小蛇爬到了船上。船上的师傅认识它，说："这就是彭蠡小龙，应该是来保护军用甲仗的吧。"负责典礼的官员拿出洁净的容器来承放它，蛇就趴在里面了。船队凭借着顺风，每天航行数百里，一路上都没有遇到凶险的波涛。没过几天，船到了洞庭，蛇就跟着一艘商人的船返回南康。人们传说这是因为彭蠡小龙的封管地域到洞庭为止，从来没有越过洞庭而往南的情况。主管的官员把这件事上奏朝廷，皇帝下诏封彭蠡小神龙为顺济王，派遣礼官林希去宣读诏书。林希来到神祠下，焚香结束后，空中忽然出现一条蛇，坠落在祭祀主持的肩膀上，祭祀主持说："龙王来了。"它重得连一只手臂都承受不起。蛇慢慢地爬到桌子的中间，只见它的头如同龟的样子，而不像是蛇的头。林希向它宣读诏书旨意，说："使者来到这里，斋戒了三天，然后再祭祀。王接受天子的册封，是不可以不进行斋戒的。"于是蛇受命了，径自爬进银制的香奁中，盘伏了三天不动。到了祭祀的那天，酹好酒之后，蛇就自己从香奁中伸出头来吸酒。过一会儿出来了，沿着桌子爬行，它身体的颜色就像湿的胭脂一样，璀璨发光。穿过一朵彩花，它的尾巴还是红色的，而身体前端已经变成黄色了，正如同雌黄的颜色。再穿过一朵彩花，又变成绿色了，正如同嫩草的颜色。过了一会儿，爬上屋梁。乘着纸幡的末尾爬行，轻得像鸿毛一样。一下子又穿进帐子里，就不见了踪影。第二天，林希返回朝廷，蛇在船后面送他，送过彭蠡就折回去了。这条龙常常在船桨之间游走，和一般的蛇没什么区别。但是一般的蛇爬行时一定弯弯曲曲的，而彭蠡小龙却是直行的，江上的人常常用这一特点来辨别它。

天圣中，近辅献龙卵，云："得自大河中。"诏遣中人送润州金山寺。是岁大水，金山庐舍为水所飘者数十间，人皆以为龙卵所致。至今椟藏，余屡见之。形类、色理，都如鸡卵，大若五升囊，举之至轻，唯空壳耳。

【译文】天圣年间，皇帝亲近的大臣献上龙蛋，说："这是从黄河中得到的。"皇帝下达诏令，派宦官把龙蛋送到润州的金山寺。这一年发大水，金山寺的房屋被洪水冲走了几十间，人们都认为这是收藏龙蛋造成的。现在龙蛋还收藏在小盒子里，我很多次看见过。它的形状、品类、颜色和纹路都像是鸡蛋，大小如同一个五升的袋子，举起来觉得非常轻，只是一个空壳罢了。

内侍李舜举家曾为暴雷所震。其堂之西室，雷火自窗间出，赫然出檐，人以为堂屋已焚，皆出避之。及雷止，其舍宛然，墙壁窗纸皆黔。有一木格，其中杂贮诸器，其漆器银釦者，银悉镕流在地，漆器曾不焦灼。有一宝刀，极坚钢，就刀室中镕为汁，而室亦俨然。人必谓火当先焚草木，然后流金石，今乃金石皆铄，而草木无一毁者，非人情所测也。佛书言："龙火得水而炽，人火得水而灾"，此理信然。人但知人境中事耳，人境之外，事有何限？欲以区区世智情识，穷测至理，不其难哉？

【译文】内侍李舜举家曾经被大雷暴击中。他家屋堂的西室，有雷火从窗户里冒出来，明晃晃地窜上屋檐，家里人以为堂屋已经全部着火焚烧了，都跑出来躲避。等到雷击停止后，他家的屋舍还是原样子，只是墙壁和窗户上面的纸都黑了。屋里有一个木头格子，其中杂乱存放着各种器皿，那些镶着银的漆器，上面的银全都融化流到了地上，漆器却没有被烧焦。其中有一把宝刀，钢质十分坚硬，就这样在刀鞘中融化成汁水了，而刀鞘还是原来的样子。人们都说火总是先烧着草木，然后才能熔化金石，现在却是金石一类的都熔化了，草木却一样都没有烧毁，这不是普通人的常识能预料得到的。佛书上说："龙火遇到水会烧得更旺盛，而人火遇到水就会熄灭"，这个道理确实不错。普通人只知道人世间的事情罢了，但人世之外的事情哪里有止境呢？想靠这极少量的人世间的智力、情感和见识去追求终极的天理，这不是很难吗？

知道者苟未至脱然，随其所得浅深，皆有效验。尹师鲁自直龙图阁谪官，过梁下，与一佛者谈，师鲁自言以静退为乐。其人曰："此犹有所系，不若进退两忘。"师鲁顿若有所得，自为文以记其说。后移邓州，是时范文正公守南阳。少日，师鲁忽手书与文正别，仍嘱以后事，文正极讶之。时方馔客，掌书记朱炎在坐，炎老人，好佛学，文正以师鲁书示炎曰：

"师鲁迁谪失意，遂至乖理，殊可怪也。宜往见之，为致意开譬之，无使成疾。"炎即诣尹，而师鲁已沐浴衣冠而坐，见炎来道文正意，乃笑曰："何希文犹以生人见待？洙死矣。"与炎谈论顷时，遂隐几而卒。炎急使人驰报文正，文正至，哭之甚哀。师鲁忽举头曰："早已与公别，安用复来？"文正惊问所以，师鲁笑曰："死生常理也，希文岂不达此？"又问其后事，尹曰："此在公耳。"乃揖希文，复逝。俄顷，又举头顾希文曰："亦无鬼神，亦无恐怖。"言讫，遂长往。师鲁所养至此，可谓有力矣，尚未能脱有无之见，何也？得非进退两忘犹存于胸中欤？

【译文】如果有学习道法的人没有达到超脱的境界，那么根据他体会的深浅程度，都会有一定应验的效果。尹洙从直龙图阁的位置上被贬官，路过汴梁时，与一位佛家弟子交谈，尹洙诉说自己把安心退养作为生活的乐趣。那个佛家弟子却说："你这话本身还有所牵挂，不如把为官和退养都忘了。"尹洙顿时觉得心有领悟，回去自己写了篇文章来记录佛家弟子说的话。后来他调到邓州当官，当时范仲淹正在主管南阳事务。没过几天，尹洙忽然寄来亲笔信与范仲淹诀别，并且嘱托了后事，范仲淹非常惊讶他的行为。当时范仲淹正好在招待客人，掌书记朱炎也在座，朱炎是年纪较大的人，而且喜好佛学，范仲淹就把尹洙的信拿给朱炎看，并说道："尹洙被贬官后心里失意，有些违背常理，实在是古怪得很。您应该去看看他，代我给他开导开导，不要让他因为这些情绪落下病来。"于是朱炎就去见尹洙，而这时尹洙已经洗好澡、穿戴好衣帽坐着，见到朱炎来转达范仲淹劝慰的意思，就笑着说："为什么范仲淹还用对待活人的方式对待我呢？我已经死了。"他和朱炎交谈了一会儿，就靠着桌子死去了。朱炎急忙派人快马报告范仲淹，范仲淹来了以后，哭得十分伤心。尹洙忽然抬起头说："我早就和您告别过了，您何必再来见我呢？"范仲淹吃惊地问这中间的缘故，尹洙笑着说："死生都是普通的事情啊，您难道不明白这个道理吗？"范仲淹又问起他的后事，尹洙说："这全看您的了。"于是向范仲淹拱手行礼，就又死过去了。过了一会儿，他又抬起头对范仲淹说："也没有什么鬼神，也没有什么可怕的。"说完，就彻底离开了人世。尹洙修炼到这个程度，可以说是有些功力了，但是他还没能够超脱有无之见，为什么呢？莫不是从前那个为官和退养都忘记的意念还存在心中吧？

　　吴人郑夷甫，少年登科，有美才。嘉祐中，监高邮军税务，尝遇一术士，能推人死期，无不验者。令推其命，不过三十五岁。忧伤感叹，殆不可堪。人有劝其读老庄以自广。久之，润州金山一僧端坐与人谈笑间遂化去。夷甫闻之，喟然叹息曰："既不得寿，得如此僧，复何憾哉？"乃从佛者授《首楞严经》，往还吴中。岁余，忽有所见，曰："生死之理，我知之矣。"遂释然放怀，无复芥蒂。后调封州判官，预知死日，先期旬日，作书与交游亲戚叙诀，及次叙家事备尽，至期，沐浴更衣。公舍外有小园，面溪一亭洁饰，夷甫至其间，亲督人洒扫及焚香，挥手指画之间，屹然立化。家人奔出呼之，已立僵矣，亭亭如植木，一手犹作指画之状。郡守而下，少时皆至，士民观者如墙。明日，乃就敛。高邮崔伯易为墓志，略叙其事。余与夷甫远亲，知之甚详。士人中盖未曾有此事。

【译文】江浙人郑夷甫，年轻时就考中科第，有杰出的才华。嘉祐年间，郑夷甫负责监督高邮军的税务，曾经遇到一个术士，据说这个术士能推算人的死期，结果没有不应验的。郑夷甫让他推算自己的命运，结果算出来说活不过三十五岁。于是郑夷甫常常忧伤感叹，几乎要活不下去了。有人劝他读读老庄的书，来开阔自己的心胸。过了一段时间，润州的金山寺有一位僧人，直挺挺地坐着与人谈笑的时候就去世了。郑夷甫听说这件事情以后，感慨地叹息说："既然不能够长寿，能够像这位僧人这样死去，又有什么可遗憾的呢？"于是就跟着佛家弟子学习《首楞严经》，往来于吴中地区。过了几年，他忽然有了新的领悟，说："生死的道理，我已经明白了。"于是彻底释然，放开了胸怀，心中也不再有疑惑和忧愁了。后来他调到封州担任判官，因为预先知道死亡的日期，在死期前十天左右，就写信和朋友、亲戚们诀别，接着把家里的事情详细安排妥当，到了那一天，就洗好澡换好衣服。他的房屋外面有一个小园子，面对着小溪的一座亭子也很整洁，郑夷甫来到其中，亲自督促下人洒扫和焚香，就在他挥手指画的时候，站立着死去了。家人跑出来呼喊他，他的尸体已经站着僵硬了，高耸的样子就像种植的树木一样，一只手还在做着指画的动作。没过多久，郡守以下的官员都来了，读书人和民众中前来观看的多得围成了一堵墙。第二天，就把他入殓安葬了。高邮的崔伯易为他写了墓志，简略地叙述了这件事情。我和郑夷甫是远方亲戚，所以对这件事情了解得十分详细。

其他读书人中间恐怕没有发生过这样的事。

人有前知者，数千百年事皆能言之，梦寐亦或有之，以此知万事无不前定。余以谓不然，事非前定。方其知时，即是今日，中间年岁，亦与此同时，元非先后。此理宛然，熟观之可谕。或曰："苟能前知，事有不利者，可迁避之。"亦不然也。苟可迁避，则前知之时，已见所避之事，若不见所避之事，即非前知。

【译文】人中有先知的，几百几千年的事都能说出来，甚至做梦的事也能知道，凭靠这点可以知道万事都是事前预定好的。但我认为不是这样的，事情并不是事前预定好的。当未来的某件事情被人知道的时候，那就已经是那一刻"今日"的事了，从现在到将来之间的岁月，也都与这个"今日"等同，本来就没有先和后的区别。这道理是很清楚的，仔细想想就能明白。有人说："如果能够事先预知未来，那么有不好的事情发生，就可以及时避免。"这也是不可能的。如果能够避免，那么预知未来的时候，就已经看得到需要避免的那件事了，如果看不到需要避免的事，那就不叫预知未来。

吴僧文捷，戒律精苦，奇迹甚多，能知宿命，然罕与人言。余群从邁为知制诰，知杭州，礼为上客。邁尝学诵《揭帝咒》，都未有人知，捷一日相见曰："舍人诵咒，何故阙一句？"既而思其所诵，果少一句。浙人多言文通不寿，一日斋心，往问捷，捷曰："公更三年为翰林学士，寿四十岁。后当为地下职任，事权不减生时，与杨乐道待制联曹。然公此时当衣衰绖视事。"文通闻之，大骇曰："数十日前，曾梦杨乐道相过云：'受命与公同职事，所居甚乐，慎勿辞也。'"后数年，果为学士，而丁母丧，年三十九矣。明年秋，捷忽使人与文通诀别，时文通在姑苏，急往钱塘见之。捷惊曰："公大期在此月，何用更来？宜即速还。"屈指计之，曰："急行，尚可到家。"文通如其言，驰还，遍别骨肉，是夜无疾而终。捷与人言多如此，不能悉记，此吾家事耳。捷尝持如意轮咒，灵变尤多，瓶中水咒之则涌立。畜一舍利，昼夜常转于琉璃瓶中，捷行道绕之，捷行速，则舍利亦速，行缓，则舍利亦缓。士人郎忠厚事之至谨，就捷乞以舍利，捷遂与之，封护甚严。一日忽失所在，但空瓶耳。忠厚斋戒，延捷加持，少顷，见观音像衣上一物，蠢蠢而动，疑其虫也，试取，乃所亡舍利，如此者非一。忠厚以余爱之，持以见归，予家至今严奉，盖神物也。

【译文】江浙的僧人文捷，遵守戒律十分认真刻苦，身边有很多神奇的事情发生，而且他能够预知人的命运，但是很少对别人讲。我的侄子沈遘以知制诰的身份出知杭州的时候，曾把文捷当成上等宾客来招待。沈遘曾经学习诵读《揭帝咒》，没人知道他念的是什么，文捷有一天见到了他，问："您诵读咒语，为什么少念了一句呢？"沈遘马上回想自己诵读的咒语，果然缺少了一句。浙江一带的人经常说沈遘不会长寿，一天，沈遘静修之后，跑去问文捷自己的命运，文捷说："您再过三年就会升职成为翰林学士，但寿命只有四十岁。去世后应该会在阴间做官，而且掌握的权力不比活着的时候小，会和杨乐道待制一起分职掌权。不过您那时候正为亲人穿着丧服办丧事。"沈遘听说了这番话，十分惊讶地说："几十天前，我曾经梦到杨乐道来拜访我，并对我说：'我接受委派要与您一起任职，相处得会很快乐，您千万不要推辞啊。'"几年之后，沈遘果然升职成为翰林学士，而又遭遇了母亲的丧事，这时候他年纪已经三十九岁了。第二年秋天，文捷忽然派人和沈遘诀别，当时沈遘在姑苏，急忙赶去钱塘见文捷。文捷惊讶地说："您的死期就在这个月，还来找我干什么？您要赶紧回去。"然后弯曲手指计算着，说："迅速走，还来得及到家。"沈遘听从了他的话，马上往回赶，回家后向亲人一一告别，当天晚上没有发作疾病就去世了。文捷和别人说的话大多像这种情况，不能全部记下来，这只是我们家遇到的事罢了。文捷曾经拿着如意轮念咒语，发生的神奇变化也特别多，瓶子里的水被念了咒语就会涌起来。他收藏的一枚舍利子，白天黑夜都常常在琉璃瓶中转动，文捷绕着瓶子行走，行走得快，舍利子也跟转动得快，行走得慢，舍利子也跟着转动得慢。有一位叫郎忠厚的读书人侍奉他十分周到，向文捷讨要舍利子，文捷就把舍利子给他了，郎忠厚收藏得十分严实。有一天，舍利子忽然丢失了，只剩下一个空瓶子。郎忠厚虔诚地斋戒，并请文捷来加以主持，过了一会儿，只见观音像的衣服上有一样东西，正在慢慢地爬动，他们怀疑是一只虫子，试着取它下来，才发现是丢失的舍利子，像这样的神奇事情不止一件。郎忠厚因为我喜爱这颗舍利子，就拿来赠送给我，我家中如今还恭敬地供奉着，因为这是神物啊。

郢州渔人掷网于汉水，至一潭底，举之觉重。得一石，长尺余，圆直如断椽，细视之，乃群小蛤，鳞次相比，绸缪巩固。以物试抉其一端，得一书卷，乃唐天宝年所造《金刚经》，题志甚详，字法奇古，其末云："医博士摄比阳县令朱均施。"比阳乃唐州属邑。不知何年坠水中，首尾略无沾渍。为土豪李孝源所得，孝源素奉佛，宝藏其书，蛤筒复养之水中。客至欲见，则出以视之。孝源因感经像之胜异，施家财万余缗，写佛经一藏于郢州兴阳寺，特为严丽。

【译文】一个郢州的渔人在汉水中撒网，网下到潭水底下，打捞上来时觉得十分沉重。结果捞出了一块石头，长一尺多，形状尺寸就像一根折断了的椽子，仔细观察它，原来是一群小蛤蜊，像鱼鳞一样挨个排列着，紧密交缠得非常牢固。拿着工具试着挖开它的一端，得到一个书卷，原来是唐代天宝年间制作的《金刚经》，题款十分详细，字体非常古奥，书卷的最后写着："医博士摄比阳县令朱均施。"比阳是唐州下属的一座县邑。不知道这书卷是什么时候掉进水中的，头尾没有一处被浸湿。后来它被当地的富豪李孝源得到了，李孝源向来信奉佛法，就珍藏了这本佛经，又把那个蛤蜊筒放到水里继续养着。有客人来了想看一看，他就拿出来给人观看。李孝源因为感觉这个经卷有着神奇的经历，就把家中的万贯财产都施舍出去，刻写了一套佛经藏在郢州兴阳寺里，佛经特别庄重华丽。

张忠定少时，谒华山陈图南，遂欲隐居华山。图南曰：
"他人即不可知，如公者，吾当分半以相奉。然公方有官职，
未可议此，其势如失火家待君救火，岂可不赴也？"乃赠以
一诗曰："自吴入蜀是寻常，歌舞筵中救火忙。乞得金陵养闲
散，亦须多谢鬓边疮。"始皆不谕其言。后忠定更镇杭、益，晚
年有疮发于顶后，治不差，遂自请得金陵，皆如此诗言。忠定
在蜀日，与一僧善。及归，谓僧曰："君当送我至鹿头，有事奉
托。"僧依其言。至鹿头关，忠定出一书，封角付僧曰："谨收
此，后至乙卯年七月二十六日，当请于官司，对众发之。慎不
可私发，若不待其日及私发者，必有大祸。"僧得其书。至大
中祥符七年，岁乙卯，时凌侍郎策帅蜀，僧乃持其书诣府，具
陈忠定之言。其僧亦有道者，凌信其言，集从官共开之，乃忠
定真容也。其上有手题曰："咏当血食于此。"后数日，得京师
报，忠定以其年七月二十六日捐馆。凌乃为之筑庙于成都。蜀
人自唐以来，严祀韦南康，自此乃改祠忠定至今。

【译文】张咏年轻的时候，曾经去华山拜见陈抟，之后就想要
隐居在华山。陈抟对他说："其他的人我不清楚，但是像您这样的
人，我应当分出一半地盘奉送给您。不过您现在正有官运，我不
能够和您谈论隐居的问题，现在的情势就像是一户失火的人家等
着您去救火一样紧急，您难道能不去救火吗？"于是陈抟赠给他
一首诗，诗说："自吴入蜀是寻常，歌舞筵中救火忙。乞得金陵养闲
散，亦须多谢鬓边疮。"一开始，大家都没有明白诗句的意思。后

来，张咏先后出任杭州、益州知州，晚年因为脑后长出一个恶疮，不能治愈，就自己请求调到金陵出任清闲的职位，才发现这些经历都像诗里写的那样。张咏在蜀地的时候，和一位僧人交情不错。等到他离开蜀地时，对僧人说："您送我到鹿头关吧，我有事想拜托您。"僧人听从了他的话。到鹿头关时，张咏拿出一封书信，把信角都封好后交给僧人，说："请小心收藏这封信，等到乙卯年的七月二十六日，要请官府的人，当着大家的面打开它。千万不能够私自拆信，如果不等到那一天或者私自拆开的话，一定会发生大灾难。"僧人收下了这封信。到了大中祥符七年，逢乙卯年，当时侍郎凌策镇守蜀地，僧人就拿着这封信来到官府，对凌策详细地说了张咏当时说的话。那位僧人也是有道行的人，凌策就相信了他的话，召集了一些手下官员，一起拆开了信，原来是一副张咏的面部画像。上面还有他亲笔写的话："咏当血食于此。"过了几天，从京城得到消息，张咏在这一年的七月二十六日去世了。凌策就为他在成都修筑了祠庙。蜀地的人从唐代以来，一向虔诚地祭祀韦皋，从这以后就改为祭祀张咏，一直到今天。

熙宁七年，嘉兴僧道亲，号通照大师，为秀州副僧正。因游温州雁荡山，自大龙湫回，欲至瑞鹿院。见一人衣布襦，行涧边，身轻若飞，履木叶而过，叶皆不动。心疑其异人，乃下涧中揖之，遂相与坐于石上，问其氏族、闾里、年齿，皆不答。须发皓白，面色如少年。谓道亲曰："今宋朝第六帝也。更后九年，当有疾，汝可持吾药献天子。此药人臣不可服，服之有大责，宜善保守。"乃探囊出一丸，指端大，紫色，重如金锡，以授道亲曰："龙寿丹也。"欲去，又谓道亲曰："明年岁当大疫，吴越尤甚，汝名已在死籍。今食吾药，勉修善业，当免此患。"探囊中取一柏叶与之，道亲即时食之。老人曰："定免矣。慎守吾药，至癸亥岁，自诣阙献之。"言讫遂去。南方大疫，两浙无贫富皆病，死者十有五六，道亲殊无恙。至元丰六年夏，梦老人趣之曰："时至矣，何不速诣阙献药？"梦中为雷电驱逐，惶惧而起，径诣秀州，具述本末，谒假入京，诣尚书省献之。执政亲问，以为狂人，不受其献。明日因对奏知，上急使人追寻，付内侍省问状，以所遇对。未数日，先帝果不豫，乃使勾当御药院梁从政持御香，赐装钱百千，同道亲乘驿诣雁荡山，求访老人，不复见，乃于初遇处焚香而还。先帝寻康复，谓辅臣曰："此但预示服药兆耳。"闻其药至今在彰善阁，当时不曾进御。

【译文】熙宁七年，嘉兴有一位道亲和尚，法号通照大师，担任秀州的副僧正。他趁着游览温州雁荡山的机会，从大龙湫返回，想到瑞鹿院去。路上看见一个人，穿着短布袄，在山涧边行走，身手轻得如同飞行，踏着树叶经过，树叶都不动。道亲和尚心里怀疑这是一位高人，就下到山涧向他拱手行礼，然后与他在石头上相对坐下，询问这人的姓氏家族、籍贯、年龄，他都不回答。只见他的胡须、头发都已经雪白，但是面色却像年轻人。他对道亲和尚说："现在是宋朝的第六位皇帝了。这之后九年，皇帝会生一场病，你可以拿着我的药进献给皇帝。这种药一般的臣子不可以服用，服用了就会有天大的处罚，你要把它妥善保存好。"于是从囊袋中拿出一颗药丸，只有指尖那么大，呈紫色，像金锡一样重，他把药交给道亲和尚，说："这是龙寿丹。"要离开的时候，又对道亲和尚说："明年将爆发大瘟疫，吴越一带流行得格外厉害，你的名字已经列在死亡名录里了。现在吃下我的药，勤勉地修行善业，就可以免除这次灾难。"于是从囊中取出来一枚柏树叶子给道亲和尚，道亲和尚当场就吃了下去。老人说："一定可以免除灾难了。请小心地保护好我的药，到癸亥年的时候，亲自到京城皇宫进献药丸。"说完就离开了。之后南方爆发大瘟疫，两浙地区无论穷人富人都得了疫病，死去的人有一大半，道亲和尚却安然无恙。到了元丰六年夏天，道亲和尚梦到那位老人催促他说："时候到了，为什么还不快去京城皇宫进献药丸？"道亲和尚在梦中被雷电追赶着，惊惶恐惧中醒来，于是直接来到秀州，详细交代了事情的经过，请假进京城，来到尚书省进献药丸。执政的大臣亲自询问了情况，认为他是一个狂妄的疯子，就没有接受他献上的药丸。第二天，大臣趁着奏对把这件事情禀告了皇帝，皇帝急忙派人去追寻道亲和尚，交给内侍省来询问具体的情况，道亲和尚就把他碰到的事情都汇报了。没过几天，皇帝果然生病了，于是派出管理御药院的梁从政带着御香，赏赐许多的服装和钱财，与道亲和尚乘坐驿车到雁荡山，请求拜访那位老人，却没有再见到他了，就在道亲和尚和老人最初相遇的地方焚了香之后返回。不久皇帝就康复了，他对亲近的大臣说："这只是预先告诉我要服药的征兆罢了。"听说这颗药丸现在还放在彰善阁，当时并没有送给皇帝服用。

庐山太平观，乃九天采访使者祠，自唐开元中创建。元丰二年，道士陶智仙营一舍，令门人陈若拙董作。发地忽得一瓶，封镝甚固，破之，其中皆五色土，唯有一铜钱，文有"应元保运"四字。若拙得之，以归其师，不甚为异。至元丰四年，忽有诏进号九天采访使者为应元保运真君，遣内侍廖维持御书殿额赐之，乃与钱文符同。时知制诰熊本提举太平观，具闻其事，召本观主首，推诘其详，审其无伪，乃以其钱付廖维表献之。

【译文】庐山的太平观，是一座九天采访使者的祠庙，唐代开元年间就建造了。元丰二年，道士陶智仙在这里建造了一处房屋，派他的弟子陈若拙来监督实施这项工程。挖掘土地的时候，忽然得到了一个瓶子，上面的锁封非常紧固，打开之后，发现里面都是五色土，只有一枚铜钱，写着"应元保运"四个字。陈若拙得到铜钱后，就拿回去交给了他的师傅，他们不觉得有什么奇怪。到了元丰四年，皇帝忽然下诏，给九天采访使者晋升封号为应元保运真君，派遣内侍廖维拿着皇帝亲笔题写的宫殿匾额赐给太平观，这称号居然和以前挖出来的铜钱上刻的文字完全相同。当时知制诰熊本掌管太平观，听说了这件事，就把太平观的住持找来，打探事情的详细情况，证实了事情不是编造的，就把那枚铜钱交给了廖维并上表进献给皇帝。

祥符中，方士王捷，本黥卒，尝以罪配沙门岛，能作黄金。有老锻工毕升，曾在禁中为捷锻金。升云："其法为炉灶，使人隔墙鼓鞴，盖不欲人觇其启闭也。其金，铁为之，初自冶中出，色尚黑。凡百余两为一饼，每饼辐解，凿为八片，谓之'鸦觜金'者是也。"今人尚有藏者。上令上坊铸为金龟、金牌各数百，龟以赐近臣，人一枚。时受赐者，除戚里外，在庭者十有七人，余悉埋玉清昭应宫宝符阁及殿基之下，以为宝镇。牌赐天下州、府、军、监各一，今谓之"金宝牌"者是也。洪州李简夫家有一龟，乃其伯祖虚已所得者，盖十七人之数也。其龟夜中往往出游，烂然有光，掩之则无所得。其家至今匮藏。

【译文】祥符年间，有一位方士叫王捷，他本来是脸上刺字的士兵，曾经因为犯罪发配到沙门岛，拥有锻造黄金的技能。有一位老锻工叫毕升，曾经在皇宫中帮助王捷锻造黄金。毕升说："王捷的方法是用炉灶来锻造，派人隔着墙鼓动风箱，这是因为他不想被人偷看到自己打开和合拢的动作。他锻造的金子是铁变成的，最开始从炉灶中取出的时候，颜色还是黑的。大概百多两做成一块饼，每一块饼分开，凿成八片，这称为'鸦觜金'。"现在还有人收藏着它。皇帝曾命令尚方署铸造金龟、金牌各几百件，把金龟赐给亲近的大臣，每人一件。当时接受赏赐的，除了皇家亲戚外，在朝廷的还有十七个人，其余的都埋在了玉清昭应宫宝符阁和殿基下面，作为宝物镇藏。金牌赐给全国的州、府、军、监各一块，现在称为"金宝牌"的就是这东西。洪州李简夫家里有一个金龟，是他的伯祖父李虚已当时得到的赏赐，大概李虚已就在那十七个人当中。那金龟夜里常常会爬出来闲逛，散发着璀璨的光亮，遮盖起来就什么也没有了。到现在他们家还用匣子珍藏着。

卷二十一·异事（异疾附）

世传虹能入溪涧饮水，信然。熙宁中，余使契丹，至其极北黑水境永安山下卓帐。是时新雨霁，见虹下帐前涧中。余与同职扣涧观之，虹两头皆垂涧中。使人过涧，隔虹对立，相去数丈，中间如隔绡縠。自西望东则见，盖夕虹也。立涧之东西望，则为日所铄，都无所睹。久之，稍稍正东，逾山而去。次日行一程，又复见之。孙彦先云："虹，雨中日影也，日照雨即有之。"

【译文】人们传说虹能下到溪涧中饮水，确实是这样。熙宁年间，我出使契丹，到了最北边的黑水境内的永安山下扎帐篷设营地。当时刚好雨过天晴，我看见虹下垂到帐篷前的溪涧中间。我和共事的人一起到溪涧边去观看，只见虹的两头都垂下到溪涧里。派人跨过溪涧，隔着虹面对面站立着，相隔几丈远，中间就像隔着一层薄纱。这虹从西边向东边望就可以看见，因为是傍晚的虹。而站在溪涧的东边向西边望，由于太阳晃眼睛，就什么也看不见。过了一会儿，虹稍稍往正东方向移动，慢慢地越过山远去了。第二天再走一段路，又看到了虹。孙彦先说："虹是太阳在雨中的影子，太阳照射雨的时候就会有虹出现。"

皇祐中，苏州民家一夜有人以白垩书其墙壁，悉似"在"字，字稍异。一夕之间，数万家无一遗者，至于卧内深隐之处，户牖间无不到者。莫知其然，后亦无他异。

【译文】皇祐年间的一天夜里，苏州一户居民家中有人用白垩在墙壁上写了字，这些字都像"在"字，只是各个字稍微有些不同。一夜之间，几万户人家中没有一户墙壁上没被写字的，甚至是卧室中非常隐蔽的地方，和那些门窗之间也都留下了字。没有人知道这其中的原因，不过后来也没有发生什么别的怪事。

延州天山之巅，有奉国佛寺，寺庭中有一墓，世传尸毗王之墓也。尸毗王出于佛书《大智论》，言尝割身肉以饲饿鹰，至割肉尽。今天山之下有濯筋河，其县为肤施县。详"肤施"之义，亦与尸毗王说相符。按《汉书》，肤施县乃秦县名，此时尚未有佛书，疑后人傅会县名为说。虽有唐人一碑，已漫灭断折不可读。庆历中，施昌言镇鄜延，乃坏奉国寺为仓，发尸毗墓，得千余秤炭，其棺椁皆朽，有枯骸尚完，胫骨长二尺余，颅骨大如斗。并得玉环玦七十余件，玉冲牙长仅盈尺，皆为在位者所取，金银之物，即入于役夫。争取珍宝，遗骸多为拉碎，但贮一小函中埋之。东上閤门使夏元象时为兵马都监，亲董是役，为余言之甚详。至今天山仓侧，昏后独行者往往与鬼神遇，郡人甚畏之。

【译文】延州天山的峰顶上，有一座奉国佛寺，寺庙的庭园中有一座坟墓，世人传说是尸毗王的墓地。尸毗王的故事出自佛书《大智论》，里面讲他曾经割下身上的肉来喂食饥饿的飞鹰，直到把自己身上的肉全割完。现在天山下面有一条濯筋河，那地方的县名叫肤施县。我详细考察"肤施"的意思，发现也与尸毗王的传说相吻合。但是按照《汉书》的记载，肤施县是秦代时候的县名，当时佛书还没有传入，我怀疑是后人把县名勉强拉扯到这个故事上。当地虽然有一块唐代人的石碑，但是已经模糊折断了，不能够识读上面的信息。庆历年间，施昌言镇守鄜延的时候，把奉国寺折了，改建成仓库，并且发掘了尸毗王的墓地，得到了千多秤的炭，尸毗王的棺材都腐朽了，但是尸骨还比较完整，尸体的胫骨长度有二尺多，颅骨大得像斗一样。还得到了玉环、玉玦等一共七十多件，玉冲牙的长度只有一尺左右，这些东西都被有权势的人拿走了，至于那些金银财物，就落到了那些杂役手中。在争夺珍宝时，墓中的尸骨大多被扯碎，最后就放在一个小匣子里埋了。东上閤门使夏元象当时担任兵马都监，他亲自监督了这个工程，就给我说得很详细。直到今天，在天山的这座仓库旁边，黄昏以后独行的人还常常会遇到鬼神，当地人都十分害怕。

余于谯亳得一古镜，以手循之，当其中心，则摘然如灼龟之声。人或曰："此夹镜也。"然夹不可铸，须两重合之。此镜甚薄，略无焊迹，恐非可合也。就使焊之，则其声当铣塞，今扣之，其声泠然纤远。既因抑按而响，刚铜当破，柔铜不能如此澄莹洞彻。历访镜工，皆罔然不测。

【译文】我在谯亳得到了一面古镜，用手抚摸镜面，按到镜子中心位置的时候，它就会发出好像灼烧龟甲时开裂的声音。有人说："这是夹镜啊。"但是夹镜不能够直接铸造，必须用大小相同的两片铜片合成。这面古镜十分薄，而且一点也没有焊接过的痕迹，恐怕不是合成的。就算是焊接的，它的声音应该像敲击被塞住钟口的钟那样沉闷，现在敲它，声音却清脆悠长。既然是因为按压才发出声响，如果是硬铜的话应该会有破裂，柔铜就不可能像这样声音明亮清脆。我因为这件事多次访问过制造镜子的工匠，他们都说不出其中的原因。

世传湖湘间因震雷，有鬼神书"谢仙火"三字于木柱上，其字入木如刻，倒书之，此说甚著。近岁秀州华亭县，亦因雷震，有字在天王寺屋柱上，亦倒书，云："高洞杨雅一十六人火令章。"凡十一字，内"令章"两字特奇劲，似唐人书体，至今尚在，颇与"谢仙火"事同。所谓"火"者，疑若队伍若干人为一火耳。余在汉东时，清明日雷震死二人于州守园中，胁上各有两字，如墨笔画，扶疏类柏叶，不知何字。

【译文】世人传说在湖湘一带，有一次发生雷击事故后，一个木柱上出现了鬼神写的"谢仙火"三个字，这些字像刻进木柱里一样，而且还是倒着写的，这个传说十分流行。近些年在秀州华亭县，也由于出现了雷击，有字出现在了天王寺的屋柱上，同样是倒着写的，字是："高洞杨雅一十六人火令章。"一共十一个字，其中"令章"两个字写得特别奇劲，像是唐代人的书法字体，直到今天还保留着，这与"谢仙火"的传说十分相似。所谓"火"，我推测就像是队伍中一些人作为一"火"的意思吧。我在汉东的时候，清明节那天，州守的园中雷击死了两个人，他们的肋骨边上各有两个字，好像是用墨笔画的，像是柏树叶子的形状，不知道是什么字。

元厚之少时，曾梦人告之："异日当为翰林学士，须兄弟数人同在禁林。"厚之自思素无兄弟，疑此梦为不然。熙宁中，厚之除学士，同时相先后入学士院，一人韩持国维，一陈和叔绎，一邓文约绾，一杨元素绘，并厚之名缚。五人名皆从"糸"，始悟弟兄之说。

【译文】元绛年轻的时候，曾经梦到有人告诉他说："以后你会当上翰林学士，而且一定是兄弟几个人同时在禁院做官。"元绛自己想了想，他向来没有兄弟，怀疑这个梦不正确。熙宁年间，元绛授予翰林学士的官职，同时先后有几个人进入翰林学士院，一是韩持国名维，一是陈和叔名绎，一是邓文约名绾，一是杨元素名绘，加上元绛的名缚。五个人的名字都有"糸"的偏旁，他这才领悟了梦中兄弟同时做官的说法。

木中有文，多是柿木。治平初，杭州南新县民家折柿木，中有"上天大國"四字。余亲见之，书法类颜真卿，极有笔力。"國"字中间"或"字，仍挑起作尖口，全是颜笔，知其非伪者。其横画即是横理，斜画即是斜理。其木直剖，偶当"天"字中分，而"天"字不破，上下两画并一脚皆横挺出半指许，如木中之节。以两木合之，如合契焉。

【译文】树木中间有文字的，大多数是柿木。治平初年，杭州南新县有一户平民家劈开柿木，发现中间有"上天大國"四个字。我亲眼见到它，书法很像颜真卿的字体，笔势非常有力。"國"字中间的"或"字，挑起的一笔仍然是尖口，全是颜真卿的笔法，就可以知道绝对不是伪造的。字的横画就是木头横的纹理，斜画就是木头斜的纹理。那段木头纵向劈开，正好从"天"字的中间分开，但是"天"字没有被破坏，上下两横笔加上左右的撇捺一脚都横向突出半个手指左右，就像是木头里面的结节。把劈开的两半木头合起来，就像合契一样。

卢中甫家吴中，尝未明而起，墙柱之下，有光熠然，就视之，似水而动，急以油纸扇挹之，其物在扇中滉漾，正如水银，而光艳烂然，以火烛之，则了无一物。又魏国大主家亦尝见此物。李团练评尝与余言，与中甫所见无少异，不知何异也。余昔年在海州，曾夜煮盐鸭卵，其间一卵，烂然通明如玉，荧荧然屋中尽明。置之器中十余日，臭腐几尽，愈明不已。苏州钱僧孺家煮一鸭卵，亦如是。物有相似者，必自是一类。

【译文】卢秉家住在吴中，曾经有一次他天没亮就起床，发现在墙柱下面，有一团鲜明的亮光，凑近一看，见它像水一样晃动，他急忙用油纸扇舀起它来，那团东西在纸扇中晃动，就像水银一样，而且还灿烂发亮，用烛火照它一下，就什么都没有了。另外，魏国大长公主家也曾经看见过这种东西。团练李评曾经和我谈过这件事，说它与卢秉家见到的没什么差别，不知道是什么奇怪的东西。我前些年在海州的时候，曾经有一天晚上煮咸鸭蛋，其中有一只蛋，像玉石一样璀璨明亮，亮荧荧地把整个屋子都照亮了。把它放在容器中十多天，几乎都腐败发臭了，反而越来越明亮。苏州钱僧孺家煮过一只鸭蛋，也像这样情况。这些东西出现相似的现象，一定是属于同一类的。

余在中书检正时，阅雷州奏牍，有人为乡民诅死。问其状，乡民能以熟食咒之，俄顷脍炙之类悉复为完肉；又咒之，则熟肉复为生肉；又咒之，则生肉能动，复使之能活，牛者复为牛，羊者复为羊，但小耳；更咒之，则渐大；既而复咒之，则还为熟食。人有食其肉，觉腹中浑浑而动，必以金帛求解；金帛不至，则腹裂而死，所食牛羊，自裂中出。狱具案上，观其咒语，但曰"东方王母桃，西方王母桃"两句而已。其他但道其所欲，更无他术。

【译文】我在中书省担任检正官时，阅读到雷州的一份奏状，说有人被一个乡民诅咒死了。官府去调查这一情况，才知道这个乡民能对熟肉念咒语，念完不久那被烧熟切细的肉就都变成一块完整的肉了；再念咒语，熟肉就变成了生肉；再念咒语，生肉就能动了，再念又能活起来了，牛肉复活成牛，羊肉复活成羊，只是体积小些罢了；再念咒语，就开始渐渐变大；之后再念咒语，就变回熟肉了。人如果吃了这种肉，就会觉得肚子里有东西在反复搅动，必须用金帛贿赂那个乡民来寻求解脱的方法；如果不交出金帛，就会肚子破裂然后死去，吃进去的那些牛羊肉，会从肚子的裂缝中跑出来。结案后上报案情，看那个乡民的咒语，只是说了"东方王母桃，西方王母桃"两句话罢了。其他的咒语只是说他心中希望的，再也没有别的法术了。

寿州八公山侧土中及溪涧之间，往往得小金饼，上有篆文"刘主"字，世传"淮南王药金"也。得之者至多，天下谓之"印子金"是也。然止于一印，重者不过半两而已，鲜有大者。余尝于寿春渔人处得一饼，言得于淮水中，凡重七两余，面有二十余印，背有五指及掌痕，纹理分明。传者以谓垫之所化，手痕正如握垫之迹。襄、随之间，故春陵、白水地，发土多得金麟趾、褭蹄。麟趾中空，四傍皆有文，刻极工巧。褭蹄作团饼，四边无模范迹，似于平物上滴成，如今干柿，土人谓之"柿子金"。《赵飞燕外传》："帝窥赵昭仪浴，多袖金饼，以赐侍儿私婢。"殆此类也。一枚重四两余，乃古之一斤也。

色有紫艳，非他金可比。以刃切之，柔甚于铅；虽大块，亦可刀切，其中皆虚软。以石磨之，则霏霏成屑。小说谓麟趾褭蹄，乃娄敬所为药金，方家谓之"娄金"，和药最良。《汉书》注亦云："异于他金。"余在汉东一岁凡数家得之。有一窖数十饼者，余亦买得一饼。

【译文】寿州八公山旁边的土中和溪涧中，常常能发现小金饼，上面有篆文"刘主"的字样，这就是世代相传的"淮南王药金"。找到这种小金饼的人很多，大家叫它"印子金"。不过它只有一个印章大小，重的也才半两，很少有更大的。我曾经在寿春的渔人那儿得到一块金饼，渔人说是从淮水中捞到的，它的重量有七两左右，面上有二十几个印章，背后有五指和手掌的印痕，纹理清晰。传给我的人认为这是湿泥化成的，因为上面的手印正像是捏握湿泥的痕迹。襄州和随州之间，也就是过去的春陵、白水一带，挖掘土地时经常能获得麟趾形金币和马蹄形金币。麟趾形金币中间是空的，四旁都有文字，刻得十分精巧。马蹄形金币形状像团饼，四边没有模子浇铸的痕迹，好像是在物体平整的表面上滴成的，就像现在的干柿饼，当地人叫它"柿子金"。《赵飞燕外传》中记载："汉成帝偷看赵昭仪洗澡，经常把小金饼藏在衣袖里，用来收买她的侍女和奴婢。"其中的金饼大概就是这类金币吧。一枚金币重量四两左右，就相当于古代的一斤。其中有颜色紫艳的，其他的金饼都比不上。用刀切开，它比铅还柔软；即使是大块的，也可以用刀切，它中间都是空软的。用石头打磨，就纷纷变成了碎屑。小说说麟趾形金币、马蹄形金币是娄敬所做的药金，方术家叫它"娄金"，用来配药最好。《汉书》注也说："与别的金币不一样。"我在汉东时，一年中有好几户人家得到了这种金币。有一个地窖里藏有几十饼这种金币，我也买到了一饼。

旧俗正月望夜迎厕神，谓之"紫姑"，亦不必正月，常时皆可召。余少时见小儿辈等闲则召之，以为嬉笑。亲戚间曾有召之而不肯去者，两见有此，自后遂不敢召。景祐中，太常博士王纶家因迎紫姑，有神降其闺女，自称上帝后宫诸女，能文章，颇清丽，今谓之《女仙集》，行于世。其书有数体，甚有笔力，然皆非世间篆隶。其名有藻笺篆、茁金篆十余名。纶与先君有旧，余与其子弟游，亲见其笔迹。其家亦时见其形，但自腰以上见之，乃好女子，其下常为云气所拥。善鼓筝，音调凄婉，听者忘倦。尝谓其女曰："能乘云与我游乎？"女子许之。乃自其庭中涌白云如蒸，女子践之，云不能载。神曰："汝履下有秽土，可去履而登。"女子乃袜而登，如履缯絮，冉冉至屋复下。曰："汝未可往，更期异日。"后女子嫁，其神乃不至，其家了无祸福，为之记传者甚详。此余目见者，粗志于此。近岁迎紫姑者极多，大率多能文章歌诗，有极工者，余屡见之，多自称蓬莱谪仙，医卜无所不能，棋与国手为敌，然其灵异显著，无如王纶家者。

【译文】旧习俗中有正月十五晚上迎接厕神的，这叫作"紫姑"，其实也不一定要正月，平时都可以招紫姑。我小时候见到小孩儿们没事干就招紫姑，把这当成一种游戏。亲戚中曾经有把紫姑招来后却不肯离开的情况，两次见到这种事，之后就不敢再招了。景祐年间，太常博士王纶家因为招紫姑，就有神灵附身在他女儿的身上，自称是上帝后宫的女子，能写文章，内容还算清秀华丽，现在把文章集起来命名《女仙集》，流传在世间。她的书法有很多种字体，很有笔力，但都不是世间流行的篆书、隶书。她说这些字体的名称有"藻笺篆"、"茁金篆"等十多种。王纶与我的父亲有交情，我和他家的孩子们游玩时，曾经亲眼见到她的笔迹。在她家里也常常能看到她的形态，只从腰部往上看她，就是一个漂亮的女孩，但是腰部以下常常被云气环绕着。她擅长鼓筝，演奏的音调凄凉哀婉，能让听众忘记疲倦。紫姑曾经对这个女孩说："能不能驾着云与我一起游玩？"女孩答应了。于是从庭中涌起一股升腾的白云，女孩踩上去，云却不能载起她。紫姑说："你的鞋子下面有脏土，可以脱掉鞋子再踩上来。"女孩就只穿着袜子踩上去，好像踩在丝绵上，慢慢地升到屋顶上又降下来。紫姑说："你还不能去，改天再说吧。"后来那女孩出嫁了，神灵就不再来了，她们家中没什么祸福，记载这件事的人描写得十分详细。这些是我亲眼见到的，粗略地记录在这里。近些年招来紫姑的人非常多，大多都是能写文章和诗歌的，其中有的写得非常出色，我见到好几次，她们大多数都自称是被贬谪的蓬莱仙人，医药、占卜等没有不懂的，下棋可以与国手相匹敌，但是她们灵异显著的地方，都比不上王纶家的紫姑。

世有奇疾者。吕缙叔以知制诰知颖州，忽得疾，但缩小，临终仅如小儿。古人不曾有此疾，终无人识。有松滋令姜愚，无他疾，忽不识字，数年方稍稍复旧。又有一人家妾，视直物皆曲，弓弦、界尺之类，视之皆如钩，医僧奉真亲见之。江南逆旅中一老妇，啖物不知饱。徐德占过逆旅，老妇诉以饥，其子耻之，对德占以蒸饼啖之，尽一竹簹，约百饼，犹称饥不已；日饭一石米，随即痢之，饥复如故。京兆醴泉主簿蔡绳，余友人也，亦得饥疾，每饥立须啖物，稍迟则顿仆闷绝。怀中常置饼饵，虽对贵官，遇饥亦便龁啖。绳有美行，博学有文，为时闻人，终以此不幸。无人识其疾，每为之哀伤。

【译文】世上有一些得了奇怪疾病的人。吕缙叔以知制诰的身份主管颍州时，忽然得病，身体不断缩小，临死时只有小孩那么大。古人不曾见过这种疾病，所以始终都没人知道这是怎么回事。还有松滋县令姜愚，身体没有别的毛病，就是忽然不认识字了，过了好几年才渐渐恢复。又有一户人家的小妾，看直的东西都是弯曲的，那些弓弦、界尺一类的东西，看上去都像弯钩子一样，医僧奉真曾经亲自诊视过。江南一家旅店中有一位老妇人，吃东西始终不觉得饱。徐禧经过那一家旅店，老妇人喊肚子饿，她的儿子觉得很难为情，就当着徐禧的面拿出蒸饼给她吃，吃完了整整一竹筐，大约有一百个饼，她还是不停地说饿；她每天要吃一石的米饭，吃完马上就拉肚子排掉，结果又像原来一样饥饿。京兆府醴泉县主簿蔡绳是我的朋友，也得了这种老觉得饿的疾病，每次一饿就必须马上吃东西，稍微慢了一点，就会昏倒在地。他的怀中常常准备着饼食，即便是面对着高官，饿了也要马上吃食物。蔡绳有良好的品行，学识丰富又有文才，是当时的名人，最终还是得了这种不幸的疾病。没人知道这是什么疾病，每每替他感到悲伤惋惜。

嘉祐中，扬州有一珠，甚大，天晦多见。初出于天长县陂泽中，后转入甓社湖，又后乃在新开湖中，凡十余年，居民行人常常见之。余友人书斋在湖上，一夜忽见其珠，甚近。初微开其房，光自吻中出，如横一金线，俄顷忽张壳，其大如半席，壳中白光如银，珠大如拳，烂然不可正视。十余里间林木皆有影，如初日所照，远处但见天赤如野火，倏然远去，其行如飞，浮于波中，杳杳如日。古有明月之珠，此珠色不类月，荧荧有芒焰，殆类日光。崔伯易尝为《明珠赋》。伯易，高邮人，盖常见之。近岁不复出，不知所往。樊良镇正当珠往来处，行人至此，往往维船数宵以待现，名其亭为"玩珠"。

【译文】嘉祐年间，扬州有一颗明珠，体积很大，天色昏暗的时候常常显现。最开始出现在天长县陂泽中，后来转到了甓社湖，再后来出现在新开湖中，有十多年了，附近居民和过路人常常能见到它。我朋友的书斋就在湖上，一天晚上，忽然见到那颗明珠，离得很近。刚开始的时候它略微张开蚌壳，光线从壳缝里射出来，就像横着一条金线，过了一会儿，忽然张开了蚌壳，蚌壳大得像是半张席子，蚌壳中的白光像银子一样，明珠大得像拳头一样，光芒璀璨，不能正眼盯着看。十多里的范围内，林木都出现光影，就像初升的太阳照射一样，远处看来，只见天空红得像燃烧的野火，一会儿就远去了，它行动得像飞一样快，浮在水波中，远远地望去就像太阳。古时候有明月之珠，但这颗珠子的颜色不像月亮，它的光亮荧荧似火焰，完全像是太阳光。崔伯易曾经写了篇《明珠赋》。崔伯易是高邮人，大概经常能见到明珠。近些年明珠不再出现了，不知道去了哪里。樊良镇正好在明珠常常往来的地方，过路人来到这儿，常常会船住系停留几个晚上，等待那颗明珠出现，并且把那座亭子取名为"玩珠"。

登州巨嵎山，下临大海。其山有时震动，山之大石皆颓入海中。如此已五十余年，土人皆以为常，莫知何谓。

【译文】登州的巨嵎山，下面临着大海。那座山有时会震动，山上的大石块都会震落到大海里。这种情况已经五十多年了，当地人都习以为常，但不知道为什么会这样。

士人宋述家有一珠，大如鸡卵，微绀色，莹彻如水。手持之映空而观，则末底一点凝翠，其上色渐浅；若回转，则翠处常在下，不知何物，或谓之"滴翠珠"。佛书："西域有'琉璃珠'，投之水中，虽深皆可见，如人仰望虚空月形。"疑此近之。

【译文】士人宋述的家里有一颗珠子，像鸡蛋那样大小，稍微带点儿红青色，像水一样晶莹透彻。手拿着它，对着天空看，可以看到它的底部有一个深青绿色的凝聚点，向上颜色逐渐变浅；如果把珠子倒转过来，那个深青绿色的点也总在下面，不知道这是什么东西，有人叫它"滴翠珠"。佛书中记载："西域有一种'琉璃珠',投到水里,即使水很深也能够看见,就像人仰望天空中的月影一样。"我怀疑这颗珠子和它很相似。

登州海中,时有云气,如宫室、台观、城堞、人物、车马、冠盖,历历可见,谓之"海市"。或曰:"蛟蜃之气所为",疑不然也。欧阳文忠曾出使河朔,过高唐县,驿舍中夜有鬼神自空中过,车马人畜之声一一可辨,其说甚详,此不具纪。问本处父老,云:"二十年前尝昼过县,亦历历见人物。"土人亦谓之"海市",与登州所见大略相类也。

【译文】登州一带的海上,时常会有云气出现,像宫室、台观、城堞、人物、车马、冠盖等等,一样一样都能清楚看见,这叫作"海市"。有人说:"这是蛟龙之气幻化出来的",我怀疑不是这样。欧阳修曾经出使河朔,路过高唐县,住在旅舍中,夜里听到有鬼神从空中经过,车马、人畜的声音都能一一辨别清楚,他说得很详细,这里就不再详细记录了。我问当地的父老乡亲,他们说:"二十年前,那些鬼神曾经在白天经过县里,也都能清楚地见到人和物。"当地人也叫它"海市",这和登州见到的景象大概相同吧。

近岁延州永宁关大河岸崩,入地数十尺,土下得竹笋一林,凡数百茎,根干相连,悉化为石。适有中人过,亦取数茎去,云欲进呈。延郡素无竹,此入在数十尺土下,不知其何代物。无乃旷古以前,地卑气湿而宜竹耶?婺州金华山有松石,又如核桃、芦根、地蟹之类,皆有成石者,然皆其地本有

之物，不足深怪。此深地中所无，又非本土所有之物，特可
异耳。

【译文】近年来，延州永宁关附近的黄河堤岸崩塌了，塌进地
下数十尺，在土地下面发现一林子竹笋，一共有几百根，根干相连，
都已经化为石头了。正好有宦官路过这里，也拿走几根，说是要
进献给皇帝。延州一向不长竹子，这次的竹笋埋在几十尺深的土地
下，不知道是什么年代的东西。莫非是远古以前，这里地势低洼、气
候湿润所以适合竹子生长吗？婺州金华山也有松树化石，还有像
核桃、芦根、地蟹一类的东西，都有成为化石的，但是那些都是当
地原本就长有的东西，也就不太奇怪了。这次发现的竹笋化石是很
深的地下本来没有的东西，又不是当地原本长有的植物，所以就觉
得特别奇怪了。

治平中，泽州人家穿井，土中见一物，蜿蜿如龙蛇。大畏
之，不敢触，久之，见其不动，试摸之，乃石也。村民无知，遂
碎之，时程伯纯为晋城令，求得一段，鳞甲皆如生物。盖蛇蜃
所化，如石蟹之类。

【译文】治平年间，泽州的一户人家打井，在土中看见一样东
西，弯弯曲曲的就像龙蛇一样。村民非常害怕它，不敢触碰，但是
过了好久，发现那东西不动，就试着摸了它一下，原来是一块石头。
村民不懂，就把它砸碎了，当时程颢担任晋城的县令，要到了其中
一段碎片，只见石上的鳞甲跟活物一样。大概是由蛇蜃化成的，就

像蟹化石那类东西。

随州医蔡士宁常宝一息石，云："数十年前得于一道人。"其色紫光，如辰州丹砂，极光莹如映，人搜和药剂，有缠纽之纹，重如金锡。其上有两三窍，以细篾剔之，出赤屑如丹砂，病心狂热者，服麻子许即定。其斤两岁息。士宁不能名，乃以归余。或云："昔人所炼丹药也。"形色既异，又能滋息，必非凡物，当求识者辨之。

【译文】随州的医生蔡士宁曾经珍藏了一块息石，他说："是几十年前从一位道士那里得到的。"息石有紫色的光，就像辰州的丹砂一样，非常晶莹剔透，人们搜集它来配药，它表面上有缠绕的纹路，重量像金锡一样。息石上面有两三个小洞，用细竹片挖刮它，可以挖出像丹砂一样的红色粉末，患躁狂症的病人，只要服用芝麻大小的粉末就能安定下来。它的重量每年都会增加。蔡士宁叫不出它的名字，就送给我了。有人说："这是古人炼制的丹药。"但是它的形状和颜色既特殊，又能自行生长，想必不是寻常的东西，应该请懂行的人来辨别它。

随州大洪山人李遥，杀人亡命。逾年，至秭归，因出市，见鬻拄杖者，等闲以数十钱买之。是时秭归适又有邑民为人所杀，求贼甚急。民之子见遥所操杖，识之，曰："此吾父杖也。"遂以告官司。执遥验之，果邑民之杖也，榜掠备至。遥实买杖，而鬻杖者已不见，卒未有以自明。有司诘其行止来历，势不可隐，乃通随州，而大洪杀人之罪遂败。卒不知鬻杖者何人，市人千万，而遥适值之，因缘及其隐匿，此亦事之可怪者。

【译文】 随州大洪山有个叫李遥的人，杀人之后亡命天涯。过了一年，他来到了秭归，在集市上见到一个卖拐杖的人，就随便花几十文钱买了一根拐杖。这时候秭归恰好也有一个城里人被人杀害了，官府正十分紧急地捉拿凶手。被害人的儿子看到李遥手里拿的那根拐杖，认出来说："这是我父亲的拐杖。"于是把李遥告上官府。官府捉拿李遥之后检验那根拐杖，果然是死者的拐杖，就对李遥进行各种严刑拷问。李遥确实是买来的拐杖，但卖拐杖的人已经不见踪影了，他始终没有办法证明自己的清白。官吏查问他的行踪来历，由于情势无法再隐瞒，就只好把自己过去随州的事情交代了，于是他在大洪山杀人的罪行败露了。最后还是不知道卖拐杖的是什么人，集市上有那么多的人，但恰好就让李遥碰上了那个卖拐杖的人，因为这个缘故败露了他藏匿的罪行，这也是一件让人奇怪的事情。

至和中，交趾献麟，如牛而大，通身皆大鳞，首有一角。考之记传，与麟不类，当时有谓之山犀者。然犀不言有鳞，莫知其的。回诏欲谓之麟，则虑夷獠见欺；不谓之麟，则未有以质之。止谓之"异兽"，最为慎重有体。今以余观之，殆"天禄"也。按《汉书》："灵帝中平三年,铸天禄、虾蟆于平津门外。"注云："天禄,兽名。今邓州南阳县北宗资碑旁两兽,镌其膊,一曰天禄,一曰辟邪。"元丰中,余过邓境,闻此石兽尚在,使人墨其所刻天禄、辟邪字观之,似篆似隶。其兽有角鬣,大鳞如手掌。南丰曾阜为南阳令,题宗资碑阴云："二兽膊之所刻独在,制作精巧,高七八尺,尾鬣皆鳞甲,莫知何象而名此也。"今详其形,甚类交趾所献异兽,知其必天禄也。

【译文】至和年间,交趾进献了一头麒麟,和牛长得像,但比牛大一点,浑身都长着大鳞片,头上有一只角。从各种传记文献中考察它,觉得和麒麟不是一种东西,当时有人说它是山上的犀牛。但是犀牛没听说过身上有鳞片的,不知道它到底是什么东西。回复的诏书想说它是麒麟,又担心被进贡的蛮人欺骗;不说它是麒麟,又没有什么贴切的称呼。只好称它"异兽",这样显得最谨慎得体。现在根据我对它的观察,估计它是"天禄"。按照《汉书》记载:"汉灵帝中平三年,在平津门外铸造了天禄、虾蟆铜像。"注解上写着:"天禄,野兽的名称。现在邓州南阳县北的宗资碑旁边有两尊石兽,它们的臂膀上刻着字,一尊叫天禄,一尊叫辟邪。"元丰年间,我路过邓州境内,听说这两尊石兽还在那儿,就派人用墨把上面刻的"天禄"、"辟邪"几个字样拓回来观看,字像篆书又像隶书。那些石兽有角有鬣,身上的大鳞片像手掌一样。南丰人曾阜曾经担任南阳令时,在宗资碑的背面题字说:"两尊石兽臂膀上刻的文字还在,石兽制作得精巧,高有七八尺,尾巴上都有鳞甲,不知道是根据什么命名的。"现在详细地考察它的形态,发现与交趾进献的异兽十分相似，就知道它一定是天禄。

钱塘有闻人绍者，尝宝一剑。以十大钉陷柱中，挥剑一削，十钉皆截，隐如秤衡，而剑镵无纤迹。用力屈之如钩，纵之铿然有声，复直如弦。关中种谔亦畜一剑，可以屈置盒中，纵之复直。张景阳《七命》论剑曰："若其灵宝，则舒屈无方。"盖自古有此一类，非常铁能为也。

【译文】钱塘有个叫闻人绍的人，曾经珍藏了一把宝剑。把十根大钉子钉在柱子上，挥剑一砍，十根钉子全被砍断，柱子的表面平得像秤杆一样，但是剑刃上却没有一点痕迹。用力把剑弯曲成钩子那样，手一松开，剑就铿锵一声，又恢复到之前弓弦般笔直的样子。关中的种谔也珍藏了这样一把宝剑，弯曲后可以放在盒子里，拿出来又能够伸直了。张协在《七命》这篇文章中谈论到剑，说："如果像灵宝那样，那么伸直、弯曲就不会受限制了。"大概古代就有这一类宝剑，它不是一般的铁能制成的。

嘉祐中，伯兄为卫尉丞，吴僧持一宝鉴来，云："斋戒照之，当见前途吉凶。"伯兄如其言，乃以水濡其鉴，鉴不甚明，仿佛见如人衣绯衣而坐。是时伯兄为京寺丞，衣绿，无缘遽有绯衣。不数月，英宗即位，覃恩赐绯。后数年，僧至京师，蔡景繁时为御史，尝照之，见已著貂蝉，甚自喜。不数日，摄官奉祠，遂假蝉冕。景繁终于承议郎，乃知鉴之所卜，唯知近事耳。

【译文】嘉祐年间，我堂兄担任卫尉丞的时候，有一个江浙僧人拿着一面宝镜来拜访，对我堂兄说："斋戒后照这面宝镜，能看见自己前途的吉凶。"我堂兄照他的话做了，就用水淋湿那面宝镜，镜子看不太清楚，好像隐约看到有人穿着红色官服坐着。当时我堂兄担任京寺丞，官服是绿色的，没有理由马上穿上红官服。没几个月，英宗开始做皇帝，广施恩惠，堂兄于是获赐了红色官服。又过了几年，那个僧人来到了京城，蔡承禧当时正担任御史，也曾经照过那面宝镜，见到自己戴着有貂蝉装饰的官帽，心里十分高兴。没过几天，命他代理主持祭祀的官职，于是就借戴了貂蝉冠。蔡承禧最后只是官至承议郎，由此可知，宝镜能够预测的，只是最近要发生的事情。

三司使宅，本印经院，熙宁中，更造三司宅，自薛师政经始，宅成，日官周琮曰："此宅前河，后直太社，不利居者。"始自元厚之，自拜日入居之。不久，厚之谪去，而曾子宣继之。子宣亦谪去，子厚居之。子厚又逐，而余为三司使，亦以罪去。李奉世继为之，而奉世又谪。皆不缘三司职事，悉以他坐褫削。奉世去，安厚卿主计，而三司官废，宅毁为官寺，厚卿亦不终任。

【译文】三司使的府第，本来是印经院，熙宁年间，又另外造了三司宅，从薛师政开始经手办理，宅子建好后，天文官周琮说："这座宅子前面是河，后面是太社，对居住的人不利。"最开始是元绛，从任命那天就搬进宅子居住。不久，元绛被贬官而离开了，曾布继任。曾布也被贬官，章惇继任。后来章惇又被罢免了，我担任三司使，也因获罪而离任。李承之接替我，结果也被贬官了。而且我们都不是因为三司本职的事情，全是因为其他事情被罢免。李承之离任后，安焘主管三司工作，不久三司的官职被废除了，三司宅也毁坏并改建成官寺，安焘也没有干到最后。

《岭表异物志》记鳄鱼甚详。余少时到闽中，时王举直知潮州，钓得一鳄，其大如船，画以为图，而自序其下。大体其形如鼍，但喙长等其身，牙如锯齿。有黄、苍二色，或时有白者。尾有三钩，极铦利，遇鹿、豕即以尾戟之以食。生卵甚多，或为鱼，或为鼍、鼋，其为鳄者不过一二。土人设钩于大豕之身，筏而流之水中，鳄尾而食之，则为所毙。

【译文】《岭表异物志》记载鳄鱼的事情十分详细。我年轻时曾经到闽中，当时王举直主管潮州，钓到了一只鳄鱼，体形像船一样大，他把鳄鱼的样子画成了图，还亲自在下面写了序。大体上，鳄鱼的形态像是鼍，只是嘴巴差不多和身体一样长，牙齿像锯齿。有黄色、青色两种颜色，有时还有白色的。尾巴上有三行钩子，十分锋利，遇到鹿、猪等动物就用尾巴攻击它们然后吃掉。鳄鱼生下的卵很多，有的长成鱼，有的长成鼍、鼋，能长成鳄鱼的只有一二只。当地人在大猪身上设置好钩子，然后用竹筏载着大猪放在水里漂流，鳄鱼跟上来把大猪吃下去，就被人杀死了。

嘉祐中，海州渔人获一物，鱼身而首如虎，亦作虎文，有两短足在肩，指爪皆虎也，长八九尺，视人辄泪下。异至郡中，数日方死。有父老云："昔年曾见之，谓之'海蛮师'。"然书传小说未尝载。

【译文】嘉祐年间，海州的渔民捕获到一种动物，它的身体像鱼，但头像老虎，身上也有老虎的花纹，肩背上长着两条短足，指和爪都像老虎一样，身体长八九尺，它一见到人就流泪。把它抬到城里，过了几天才死去。有老年人说："以前曾经见过，这种动物叫'海蛮师'。"但是史书、传记和小说中都没有记载。

邕州交寇之后，城垒方完，有定水精舍泥佛辄自动摇，昼夜不息，如此逾月。时新经兵乱，人情甚惧。有司不敢隐，具以上闻，遂有诏令，置道场禳谢，动亦不已。时刘初知邕州，恶其惑众，乃舁像投江中。至今亦无他异。

【译文】邕州与敌军交战之后，城池、壁垒才刚刚修筑好，有一尊定水精舍的泥佛像，自己会摇动，白天夜晚不停地摇动，这样已经一个多月了。由于当时刚刚遭遇了战乱，人们都很害怕。官府不敢隐瞒，就详细地向朝廷作了汇报，于是朝廷发布命令，设置道场来进行祛除不祥的仪式，但是那泥佛像还是动个不停。当时刘初主管邕州，厌恶它迷惑众人，就派人抬着泥佛像投到江水中。直到现在也没有出现别的异常。

洛中地内多宿藏，凡置第宅未经掘者，例出掘钱。张文孝左丞始以数千缗买洛大第，价已定，又求掘钱甚多。文孝必欲得之，累增至千余缗方售，人皆以为妄费。及营建庐舍，土中得一石匣，不甚大，而刻镂精妙，皆为花鸟异形，顶有篆字二十余，书法古怪，无人能读。发匣，得黄金数百两。鬻之，金价正如买第之直，麤掘钱亦在其数，不差一钱。观其款识文画，皆非近古所有。数已前定，则虽欲无妄费，安可得也？

【译文】洛阳城的地下有很多以前留下的埋藏品，所以凡是购买了住宅而没有开掘过地下的，照例都要拿出一笔掘地钱。任左丞的张观最开始用数千缗的价钱买了洛阳城的一处豪华住宅，价钱已经谈妥了，卖家又提出要一大笔掘地钱。张观势必要买下这块地，最后又增加到一千多缗才成交，人们都觉得他花了冤枉钱。等到建造房屋的时候，在土中挖出一个石匣子，不是太大，但是雕刻得非常精致巧妙，都是花鸟等奇异的形状，匣子顶上有二十多个篆字，书法很古怪，没人能认识。打开匣子，得到几百两黄金。卖掉这些黄金，黄金的总价钱正好和买住宅的钱相等，连掘地钱也算在里面，不差一分。观看这匣子的文字图画，都不是近古具有的样式。所以说人的命数已经提前注定了，即使想不多花那笔钱，又怎么可能得到呢？

熙宁九年，恩州武成县有旋风自东南来，望之插天如羊角，大木尽拔，俄顷旋风卷入云霄中。既而渐近，乃经县城，官舍民居略尽，悉卷入云中。县令儿女奴婢，卷去复坠地，死伤者数人。民间死伤亡失者，不可胜计。县城悉为丘墟，遂移今县。

【译文】熙宁九年，恩州武成县有旋风从东南方向刮来，看着好像羊角直插入天空，粗大的树木都被连根拔起，很快就被旋风卷入云霄中。不久旋风渐渐靠近了，接着就经过县城，官府和民宅几乎被一扫而光，都卷入云霄中。县令的家人和奴婢，被旋风卷走又坠落到地上，死伤的有好几人。老百姓中死伤的、失踪的人员，数都数不清。整个县城都变成了废墟，于是就迁移到了现在的县城。

宋次道《春明退朝录》言："天圣中，青州盛冬浓霜，屋瓦皆成百花之状。"此事五代时已尝有之，余亦自两见如此。庆历中，京师集禧观渠中，冰纹皆成花果林木。元丰末，余到秀州，人家屋瓦上冰亦成花。每瓦一枝，正如画家所为折枝，有大花似牡丹、芍药者，细花如海棠、萱草辈者，皆有枝叶，无毫发不具，气象生动，虽巧笔不能为之。以纸拓之，无异石刻。

【译文】宋敏求在《春明退朝录》中记载："天圣年间，青州的寒冬出现了很重的霜，房屋瓦片上的冰霜都结成了各种花朵的形状。"这样的现象在五代时就已经发生过了，我也有两次亲眼见到这种现象。庆历年间，京城集禧观的沟渠中，冰霜凝结成了花果林木的各种花纹。元丰末年，我在秀州，看见一些人家房屋瓦片上的冰霜也凝结成了花的形状。每片瓦上有一枝花，就像画家画的折枝图，大的像是牡丹、芍药，小的像是海棠、萱草一类的花，都有枝叶，细节处也不差分毫地显现出来，气韵和形象都非常生动，即使人用很灵巧的笔法也画不出来。用纸把它拓下来，和石刻没什么差别。

熙宁中，河州雨雹，大者如鸡卵，小者如莲芡，悉如人头，耳、目、口、鼻皆具，无异镌刻。次年，王师平河州，蕃戎授首者甚众，岂克胜之符豫告邪？

【译文】熙宁年间，河州下起了冰雹，大的像鸡蛋一样大，小的像莲子和芡实一样小，而且它们的形状像人头，耳朵、眼睛、嘴巴、鼻子都完整具备，和雕刻出来的没什么差别。第二年，朝廷军队平定河州，那些西北蛮夷敌人中，投降的或被杀死的很多，之前的冰雹难道是战胜敌人的征兆吗？

卷二十二·谬误（谲诈附）

　　东南之美，有会稽之竹箭。竹为竹，箭为箭，盖二物也。今采箭以为矢，而通谓矢为"箭"者，因其箭名之也。至于用木为笴，而谓之箭，则谬矣。

　　【译文】东南一带的好东西，有会稽的竹箭。竹是竹，箭是箭，这其实是两种植物。现在人们收集箭制作成矢，但一般都把矢叫作"箭"，是用"箭"这种原材料来称呼它。至于用木头制造箭，也叫它"箭"，那就错了。

　　丁晋公之逐，士大夫远嫌，莫敢与之通声问。一日，忽有一书与执政，执政得之，不敢发，立具上闻。洎发之，乃表也，深自叙致，词颇哀切。其间两句曰："虽迁、陵之罪大，念立主之功多。"遂有北还之命。谓多智变，以流人无因达章奏，遂托为执政书，度以上闻，因蒙宽宥。

【译文】丁谓被放逐后，士大夫为了避嫌，都与他保持距离，没人敢和他通信问候。一天，忽然有一封信送给了执政大臣，执政大臣得到信后，不敢私自打开，就把这封信汇报给了皇上。等拆开信，才发现是丁谓谢罪的奏表，内容深刻地讲述了自己的悔过，言辞非常哀伤恳切。其中有两句说："虽然我有像司马迁、李陵那样的大罪，但希望能够考虑，我曾经在辅佐君主登位的事情上也立了许多功劳。"于是皇上下达了让他回京城的命令。丁谓多计谋又懂变通，因为被流放的人没有办法递送奏章，就假装送给执政大臣书信，再估量着执政大臣会让皇上看到，最后因此得到了皇上的宽恕和原谅。

尝有人自负才名，后为进士状首，扬历贵近。曾谪官知海州，有笔工善画水，召使画便厅掩障，自为之记，自书于壁间。后人以其时名，至今严护之。其间叙画水之因曰："设于听事，以代反坫。"人莫不怪之。余切意其心，以谓："邦君屏塞门，管氏亦屏塞门；邦君为两君之好，有反坫，管氏亦有反坫。"其文相属，故缪以屏为反坫耳。

【译文】曾经有一个人很为自己的才华和名气自大，后来他考中了状元，担任过贵官的近臣。他被贬官担任海州知州时，听说有一位画家擅长画水，就召唤来让画家在休息厅中画一幅屏风，自己给屏风作了记文，亲手写在墙壁上。后人因为他当时是名人，所以一直严密地保护到现在。那篇记文中讲到画水的原因，说："设在厅堂里，是用来代替放置酒杯的台子的。"人们看到这句话没有不感到奇怪的。我私下里琢磨他的心思，是《论语》里说："国君有屏风，管仲也有屏风；国君为了两国友好，建了放置酒杯的台子，管仲也建了放置酒杯的台子。"因为这两句话相连靠近，所以他错误地把屏风当成放置酒杯的台子了。

段成式《酉阳杂俎》记事多诞。其间叙草木、异物，尤多缪妄，率记异国所出，欲无根柢。如云："一木五香：根旃檀，节沉香，花鸡舌，叶藿，胶薰陆。"此尤谬。旃檀与沉香，两木元异。鸡舌即今丁香耳，今药品中所用者亦非。藿香自是草叶，南方至多。薰陆，小木而大叶，海南亦有薰陆，乃其胶也，今谓之"乳头香"。五物迥殊，元非同类。

【译文】段成式《酉阳杂俎》中记载的事情有许多荒诞的地方。其中描述草木、异物，错误格外多，那些东西大部分又是外国产出的，让人无法追寻根源。比如书里说："有一种树可以生出五种香药：根是檀香，茎是沉香，花是鸡舌香，叶是藿香，胶是薰陆香。"这条特别荒唐。檀香与沉香，这两种植物本来就不一样。鸡舌就是现在的丁香啊，而且现在药品中使用的也不是真正的鸡舌香。藿香本来是一种草叶，南方有很多。薰陆这种植物，枝干小而叶子大，海南也有薰陆，用的是它分泌的胶，现在称它"乳头香"。这五种植物完全不同，本来就不是同一类东西。

丁晋公从车驾巡幸，礼成，有诏赐辅臣玉带。时辅臣八人，行在祗候库止有七带。尚衣有带，谓之"比玉"，价直数百万，上欲以赐辅臣，以足其数。晋公心欲之，而位在七人之下，度必不及已。乃谕有司，不须发尚衣带，自有小私带，且可服之以谢，候还京别赐可也。有司具以此闻。既各受赐，而晋公一带仅如指阔。上顾谓近侍曰："丁谓带与同列大殊，速求一带易之。"有司奏"唯有尚衣御带"，遂以赐之。其带熙宁中复归内府。

【译文】丁谓跟随着皇帝的车马出行巡视，仪式完成后，皇帝下诏令要赏赐辅佐的大臣们玉带。当时辅佐的大臣一共有八个，但是当地的祇候库里只有七条玉带。另外尚衣局还有玉带，这种玉带叫"比玉"，一条价值数百万，皇帝想拿一条赏赐给辅佐的大臣，来凑足他们八人的数目。丁谓心里想得到那条比玉带，但是他的官位在其余七人的后面，估计比玉带肯定轮不到自己了。于是就对主管官员说，你们不用发尚衣局的玉带了，我自己有小玉带，暂且可以戴着它谢恩，等回到京城以后再另外给我赏赐就行了。那个官员就照这样禀报并且办理了。等到各位大臣都接受完赏赐，才发现丁谓的玉带只有一个手指那么宽。皇帝回头对身边的侍臣说："丁谓的玉带与其他几位大臣相差太多了，快去找一条玉带替换它。"主管官员禀报说"只有尚衣局的比玉带了"，于是就把尚衣局的比玉带赏赐给了丁谓。这条玉带在熙宁年间又还给了内府。

黄宗旦晚年病目。每奏事，先具奏目，成诵于口。至上前，展奏目诵之，其实不见也。同列害之，密以他书易其奏目，宗旦不知也。至上前，所诵与奏目不同，归乃觉之。遂乞致仕。

【译文】黄宗旦晚年患了眼病。每次上朝向皇帝进言时，都要先准备好纲目，把它完全背诵下来。到上朝的时候，他就打开奏书背诵一遍，其实眼睛看不见文字。共事的臣子想陷害他，偷偷地用别的奏书更换了他原本准备好的纲目，黄宗旦一点也不知道。来到皇帝面前，背诵出来的和手里拿的奏书完全不同，等他回家后才察觉到这件事。于是就请求退休了。

京师卖卜者，唯利举场时举人占得失。取之各有术：有求目下之利者，凡有人问，皆曰"必得"。士人乐得所欲，竞往问之。有邀以后之利者，凡有人问，悉曰"不得"。下第者常过十分之七，皆以谓术精而言直，后举倍获。有因此著名、终身飱利者。

【译文】京城里算命卜卦的人，特别能从那些参加科举考试的举人问考没考中的卜卦中赚钱。这些卜卦人各自有不同的赚钱手段：有贪求眼前利益的卜卦人，凡是有人问能不能考中，他都说"必定能考中"。那些喜欢听自己想听的预测的读书人，都争先跑去询问卦象。也有追求长远的利益的卜卦人，凡是有人问能不能考中，他都说"不能够考中"。因为落榜的人常常都超过十分之七，于是大家就都说他算卦的技术精湛而且讲得直率，卜卦人以后赚的钱就更多了。有因为这样出了名，终身从占卜中获利的人。

包孝肃尹京，号为明察。有编民犯法，当杖脊。吏受赇，与之约曰："今见尹，必付我责状。汝第呼号自辩，我与汝分此罪。汝决杖，我亦决杖。"既而包引囚问毕，果付吏责状，囚如吏言，分辩不已，吏大声诃之曰："但受脊杖出去，何用多言！"包谓其市权，捽吏于庭，杖之十七。特宽囚罪，止从杖坐，以抑吏势，不知乃为所卖，卒如素约。小人为奸，固难防也。孝肃天性峭严，未尝有笑容，人谓"包希仁笑比黄河清"。

【译文】包拯治理京城，被人称赞能够明察秋毫。有一个平民犯了法，依照法规应当受脊杖的处罚。有个官吏接受了那人的贿赂，和犯人约定说："等见到府尹，他一定会交给我判决书。你就只管大喊大叫为自己辩解，我同你分担这份罪罚。你被判挨打了，我也必定被判挨打。"不久，包拯把犯人审问完毕后，果然把判决书交给那个官吏，犯人就照着官吏说的，不停地大喊大叫狡辩，官吏就大声呵斥他说："只挨了脊杖就放出去，有什么可多说的！"包拯觉得那官吏有以权谋私的嫌疑，就把他揪到公堂上，也打了十七杖。还特地宽免犯人的罪，只是判了臀杖，用这招来遏制官吏的威风，但包拯不知道自己还是被两个人合谋欺骗了，最后属吏和犯人实现了原先的约定。小人干些包藏奸险的事情，本来就是很难防范的。包拯生来就是刚直严厉的性格，从来没有笑容，人们都说"想让包拯笑，比让黄河水变清还难"。

李溥为江淮发运使，每岁奏计，则以大船载东南美货，结纳当途，莫知纪极。章献太后垂帘时，溥因奏事，盛称浙茶之美，云："自来进御，唯建州饼茶，而浙茶未尝修贡。本司以羡余钱买到数千斤，乞进入内。"自国门挽船而入，称进奉茶纲，有司不敢问。所贡余者，悉入私室。溥晚年以贿败，窜谪海州。然自此遂为发运司岁例，每发运使入奏，舳舻蔽川，自泗州七日至京。余出使淮南时，见有重载入汴者，求得其籍，言两浙笺纸三暖船，他物称是。

【译文】李溥担任江淮发运使的时候，利用每年进京城奏报的机会，用大船载着东南一带的珍宝特产，巴结和贿赂朝廷中掌权的大官，不知道有多么放肆。章献太后垂帘听政的时候，李溥借着奏报的机会，极力鼓吹浙江茶叶的美味，他说："向来进贡给皇宫的，只有建州的饼茶，但浙江的茶叶从来没有进贡过。我的部门用富余的钱买到了数千斤浙江茶叶，请求进贡皇宫。"于是他派人从京城水门拉着大船进城，声称是"进奉茶纲"，执法部门也不敢查问。那些进贡后剩下来的宝物，就都落入私人的手中。李溥晚年因为贪污行贿的事情败露，被贬官流放到海州。但是从他以后，利用奏报走私就成了发运司每年的惯例，每次发运使进京城奏报，接连不断的船只就挤满了河川，从泗州行船需要七天才能到达京城。我出使淮南的时候，见到有满载货物驶进汴河的船只，就想办法找来船的运货清单，上面光是运送两浙地区精美的纸张，就用了三条暖船，其他的物品也像这样。

崔融为《瓦松赋》云："谓之木也，访山客而未详；谓之草也，验农皇而罕记。"段成式难之曰："崔公博学，无不该悉，岂不知瓦松已有著说？"引梁简文诗："依檐映昔耶。"成式以昔耶为瓦松，殊不知昔耶乃是垣衣，瓦松自名昨叶，何成式亦自不识？

【译文】崔融写《瓦松赋》中说："说瓦松是树木吧，询问山里的樵人却说不清楚；说瓦松是草吧，检查神农尝过的百草却也没有记载。"段成式质问崔融说："崔公您学识渊博，没有什么不熟知的，怎么不知道瓦松已经有诗文写过了呢？"他引用梁代简文帝的诗句："依檐映昔耶。"段成式认为"昔耶"就是"瓦松"，但他不知道"昔耶"其实是苔藓，"瓦松"的本名叫"昨叶"，怎么段成式自己也不知道呢？

江南陈彭年，博学书史，于礼文尤所详练。归朝列于侍从，朝廷郊庙礼仪，多委彭年裁定，援引故事，颇为详洽。尝摄太常卿，导驾，误行黄道上，有司止之，彭年正色回顾曰："自有典故。"礼曹素畏其该洽，不复敢诘问。

【译文】江南的陈彭年，书史典籍知识丰富，在礼仪文治方面更是详细精通。他归附朝廷后，被列为侍从官，朝廷举行祭祀天地神和祖先的礼仪，常常会委派陈彭年来作出决定，他擅长引用过去的典章制度，能安排得十分详细完备。陈彭年曾经担任过太常卿，有一次为皇帝引路，错误地走到了黄道上，有官员出来阻止他，陈彭年严肃地回头说："这么走自然是有典故的。"礼官一向敬畏他在这方面知识广博，就不敢再多问了。

海物有车渠，蛤属也，大者如箕，背有渠垄，如蚶壳，故以为器，致如白玉。生南海。《尚书大传》曰："文王囚于羑里，散宜生得大贝，如车渠以献纣。"郑康成乃解之曰："渠，车罔也。"盖康成不识车渠，谬解之耳。

【译文】海洋产物中有一种叫车渠，属于蛤蜊类，个头大的好像簸箕，背上有凹凸不平的沟槽，就像蚶子的壳，所以把它的壳加工成器皿，能打磨得像白玉那样精致。车渠生长在南海中。《尚书大传》里说："周文王被拘禁在羑里，散宜生得到了一个大贝壳，就像车渠一样，于是拿来献给纣王。"郑玄就注释这个词说："渠是车轮周围的框子。"大概是郑玄不认识车渠，所以错误地解释了它。

李献臣好为雅言。曾知郑州，时孙次公为陕漕罢赴阙，先遣一使臣入京，所遣乃献臣故吏，到郑庭参，献臣甚喜，欲令左右延饭，乃问之曰："餐来未？"使臣误意"餐"者谓次公也，遽对曰："离长安日，都运待制已治装。"献臣曰："不问孙待制，官人餐来未？"其人惭沮而言曰："不敢仰昧，为三司军将日，曾吃却十三。"盖鄙语谓遭杖为餐。献臣掩口曰："官人误也。问曾与未曾餐饭，欲奉留一食耳。"

【译文】李淑喜欢说文雅的话。他曾经主管郑州，当时孙长卿被免除陕西转运使的官职，要进朝廷面见皇帝，就先派了一位使臣进入京城，派遣的使臣正好是李淑以前的手下，使臣到郑州时来到官府拜见李淑，见面后李淑非常高兴，想让手下的人招待他吃饭，就问他说："餐来没有？"使臣误解了他的意思，以为"餐"是在问孙长卿，马上回答说："我离开长安的时候，孙长官已经在整理行装了。"李淑说："我没问孙长官，是问你餐来没有？"那个使臣惭愧又沮丧地说："不敢向您隐瞒，我担任三司军将的时候，曾经挨了十三军棍。"原来民间的俗话把挨军杖打叫作"餐"。李淑捂着嘴巴笑道："你误解我的意思了。我问你有没有吃过饭，想留你吃顿饭罢了。"

卷二十三·讥诮（谬误附）

　　石曼卿为集贤校理，微行倡馆，为不逞者所窘。曼卿醉与之校，为街司所录。曼卿诡怪不羁，谓主者曰："只乞就本厢科决，欲诘旦归馆供职。"厢帅不喻其谑，曰："此必三馆吏人也。"杖而遣之。

　　【译文】石延年担任集贤校理的时候，曾经更换衣装偷偷跑去妓院，被一些胡作非为的人为难。石延年喝醉了就与他们争吵起来，被巡街的官吏逮捕了。石延年行为怪诞不受拘束，他对主管的官员说："只请求在你们这里按法规裁决，希望明天早上还能回三馆上班。"官吏不懂他在开玩笑，就说："这个人一定是三馆的小官员。"于是杖打了一顿，然后打发他回去了。

　　司马相如叙上林诸水曰：丹水、紫渊，灞、浐、泾、渭，"八川分流，相背而异态""灏溔潢漾""东注太湖"。李善

注："太湖，所谓震泽。"按八水皆入大河，如何得东注震泽？又白乐天《长恨歌》云："峨嵋山下少人行，旌旗无光日色薄。"峨嵋在嘉州，与幸蜀路全无交涉。杜甫《武侯庙柏》诗云："霜皮溜雨四十围，黛色参天二千尺。"四十围乃是径七尺，无乃太细长乎？防风氏身广九亩，长三丈，姬室亩广六尺，九亩乃五丈四尺，如此防风之身，乃一饼餤耳。此亦文章之病也。

【译文】司马相如《上林赋》叙述上林苑的各条水系时说："丹水、紫渊，灞、浐、泾、渭""八条河川分开流淌，流向各异且形态不同""水流荡漾无边无际""向东流入太湖"。李善注释说："太湖就是所说的震泽。"按照考证，八条河流都是流向黄河的，怎么会东流入震泽呢？另外，白居易《长恨歌》中说："峨嵋山下少人行，旌旗无光日色薄。"峨嵋山在嘉州，和唐玄宗逃亡四川的路途完全没有关系。杜甫《武侯庙柏》诗中说："霜皮溜雨四十围，黛色参天二千尺。"四十围就是直径七尺，这样的树不是太细长了吗？传说防风氏的身体宽有九亩，长有三丈，按周代的长度来算，一亩宽六尺，九亩就宽五丈四尺，防风氏这样的身体模样，只是一块糕饼的样子罢了。这也是文学作品的错误啊。

库藏中物，物数足而名差互者，帐籍中谓之"色缴"，音叫。尝有一从官，知审官西院，引见一武人，于格合迁官，其人自陈年六十，无材力，乞致仕，叙致谦厚，甚有可观。主判攘手曰:"某年七十二,尚能拳欧数人。此辕门也,方六十岁,岂得遽自引退?"京师人谓之"色缴"。

【译文】仓库里的物品,数目充足但是名称相互搞错了,在账本上就叫"色缴",音叫。曾经有一位从官,主管审官西院,想引见一个武人,按照规定正好可以调动官职,那人自己说年纪已经六十了,没什么本事,请求退休,他讲得谦虚又诚恳,言辞十分动人。但是管事的官员却挥着手说:"我年纪已经七十二了,还能用拳殴打好几个人。这里是军营,你才刚刚六十岁,怎么能急急忙忙让自己退休呢?"京城人也开玩笑把这一做法叫作"色缴"。

旧日官为中允者极少,唯老于幕官者,累资方至,故为之者多潦倒之人。近岁州县官进用者,多除中允。遂有"冷中允""热中允"。又集贤院修撰,旧多以馆阁久次者为之。近岁有自常官超授要任,未至从官者多除修撰,亦有"冷撰""热撰"。时人谓"热中允不博冷修撰"。

【译文】以前被授予太子中允官职的人非常少,只有那些长时间担任幕府官员的人,靠着积累的资历才能够得着,所以得到这个官职的,大多数是失意潦倒的人。近年来,只要是从州县官职的位置上升迁的人,大多被授予了太子中允官职。于是就有了"冷中允"和"热中允"这样的说法。还有集贤院修撰,以前常常是让那些长时间在馆阁担任职务却还没被提拔的人来担任。近年来,那些从一般官职上越级提拔担任要职,但又没有侍从官资格的人,也大多被授予了集贤院修撰，所以也有了"冷撰"和"热撰"这样的说法。当时人说"热中允不换冷修撰"。

梅询为翰林学士，一日，书诏颇多，属思甚苦，操觚循阶而行，忽见一老卒，卧于日中，欠伸甚适。梅忽叹曰："畅哉！"徐问之曰："汝识字乎？"曰："不识字。"梅曰："更快活也！"

【译文】梅询担任翰林学士的时候，有一天，要写的诏书很多，构思得非常辛苦，他就拿着笔沿着台阶散步，忽然见到一位老兵，躺在太阳底下，很舒服地伸着懒腰。梅询忽然感叹地说："真快活啊！"又慢慢地问他说："你识字吗？"老兵回答说："不识字。"梅询说："这就更快活了啊！"

有一南方禅僧到京师，衣间绯袈裟。主事僧素不识南宗体式，以为妖服，执归有司，尹正见之，亦迟疑未能断。良久，喝出禅僧，以袈裟送报慈寺泥迦叶披之。人以谓此僧未有见处，却是知府具一只眼。

【译文】有一位南方禅宗的和尚来到京城，穿的是杂染红色的袈裟。主事的和尚一向不懂南方禅宗的服装式样，认为他穿的是妖服，就把他抓起来送到了官府，知府见了这件袈裟，也犹犹豫豫拿不定主意。过了很久，大声叫出这位禅宗和尚，让他把袈裟送到报慈寺，给泥塑的迦叶法师披上。人们认为主事的和尚没有见识，但是知府大人眼光敏锐深刻。

士人应敌文章，多用他人议论，而非心得。时人为之语曰：“问即不会，用则不错。”

【译文】读书人写驳论文章时，常常会使用别人的议论，而不是自己的心得体会。当时的人们把这种情况概括成：“问起来都不懂，用起来却不错。”

张唐卿进士第一人及第，期集于兴国寺，题壁云：“一举首登龙虎榜，十年身到凤凰池。”有人续其下云：“君看姚晔并梁固，不得朝官未可知。”后果终于京官。

【译文】张唐卿考中了状元，按惯例在兴国寺集会宴游，他在壁上题写了两句诗：“一举首登龙虎榜，十年身到凤凰池。”有人给续写了下句：“君看姚晔并梁固，不得朝官未可知。”后来张唐卿果然只做到了京官。

信安、沧、景之间，多蚊虻。夏月，牛马皆以泥涂之，不尔多为蚊虻所毙。效行不敢乘马，马为蚊虻所毒，则狂逸不可制。行人以独轮小车，马鞍蒙之以乘，谓之“木马”。挽车者皆衣韦裤。冬月作小坐床，冰上拽之，谓之“凌床”。余尝按察河朔，见挽床者相属，问其所用，曰：“此运使凌床”“此提刑凌床"也。闻者莫不掩口。

【译文】信安、沧州、景州一带地区，有很多蚊蝇。夏天的时候，牛马的身上都要涂满泥土，不然的话，大多数会被蚊蝇叮咬死去。在郊外出行时都不敢乘马，因为马被蚊蝇叮咬中毒后，就会狂奔而不能控制。出行的人就用独轮小车，把马鞍铺放在车上乘坐，叫它"木马"。拉车的人都穿着皮裤。冬天的时候，就制作一种小型坐床，在冰上拉着它走，叫它"凌床"。我曾经察访河朔一带，见到拉床的人接连不断，问这些车是给谁使用的，回答说："这是转运使的凌床（谐音灵床）""这是提刑的凌床"。听到这话的人没有不捂着嘴巴笑的。

庐山简寂观道士王告，好学有文，与星子令相善。有邑豪修醮，告当为都工。都工薄有施利，一客道士自言衣紫，当为都工，讼于星子云："职位颠倒，称号不便。"星子令封牒与告，告乃判牒曰："客僧做寺主，俗谚有云：散众夺都工，教门无例。虽紫衣与黄衣稍异，奈本观与别观不同。非为称呼，盖利乎其中有物，妄自尊显，岂所谓大道无名？宜自退藏，无抵刑宪。"告后归本贯登科，为健吏，至祠部员外郎、江南西路提点刑狱而卒。

【译文】庐山简寂观有一位道士叫王告，喜爱学习也很有文采，与星子县的县令关系很好。县里有一个富豪要请人设坛念经做法事，按常理王告应当担任都工。当都工能够稍微得些别人给的好处，就有一个外面来的道士，自称穿了紫色的道袍，应该担任都工，于是向星子县县令告状说："让王告当都工，是颠倒了道士的等级职务，不便于称呼。"县令把诉讼状封好交给王告看，王告就就对诉讼状写了这样的判语："外来的和尚做本寺的主持，这就是民间俗话说的：闲散群众都争抢当个都工，教门规矩却没有这个先例。虽然紫衣道袍与黄衣道袍稍微有些不同，但可惜我们这儿的道观和别的地方的道观也不同啊。你这不是为了称呼考虑的，实际上是贪图担任都工的利益，过分自大，哪里懂得道家常说的'大道无名'呢？你应该自己退避离开，不要触犯了有关的法典。"王告后来回到原籍考中进士，成为了一名能干的官员，做官做到祠部员外郎、江南西路提点刑狱然后才去世。

旧制，三班奉职月俸钱七百，驿羊肉半斤。祥符中，有人为诗，题所在驿舍间曰："三班奉职实堪悲，卑贱孤寒即可知。七百料钱何日富？半斤羊肉几时肥？"朝廷闻之曰："如此何以责廉隅？"遂增今俸。

【译文】以前的规定，三班奉职的官吏每月薪水是七百文钱，再加上驿站供给的半斤羊肉。大中祥符年间，有人在住宿的驿站中题写了一首诗说："三班奉职实堪悲，卑贱孤寒即可知。七百料钱何日富？半斤羊肉几时肥？"朝廷听说这件事情后，说："像这种情况怎么能够要求他们成为廉洁的官吏呢？"于是就增加到了现在的薪酬标准。

尝有一名公，初任县尉，有举人投书索米，戏为一诗答之曰："五贯九百五十俸，省钱请作足钱用。妻儿尚未厌糟糠，僮仆岂免遭饥冻？赎典赎解不曾休，吃酒吃肉何曾梦？为报江南痴秀才，更来谒索觅甚瓮。"熙宁中，例增选人俸钱，不复有五贯九百俸者，此实养廉隅之本也。

【译文】曾经有一位名人，最开始担任县尉的时候，有个举人写信来索要粮米，他就用开玩笑的口吻写了一首诗答复道："五贯九百五十俸，省钱请作足钱用。妻儿尚未厌糟糠，僮仆岂免遭饥冻？赎典赎解不曾休，吃酒吃肉何曾梦？为报江南痴秀才，更来谒索觅甚瓮。"熙宁年间，按例增加了入选官员的俸禄，不再有只拿"五贯九百俸"的官了，这真的是培养廉洁官员的根本举措啊。

石曼卿初登科，有人讼科场，覆考落数人，曼卿是其数。时方期集于兴国寺，符至，追所赐敕牒靴服。数人皆啜泣而起，曼卿独解靴袍还使人，露体戴幞头，复坐，语笑终席而去。次日，被黜者皆授三班借职。曼卿为一绝句曰："无才且作三班借，请俸争如录事参？从此罢称乡贡进，且须走马东西南。"

【译文】石延年刚刚考中进士时，有人申诉科举考场舞弊，经过复查审核后，有些人被除名而落第，石延年是其中的一个。当时，新中的进士们正在兴国寺集会游宴，命令下来了，要追回先前赏赐的诏令文书和官服等。很多人都哭哭啼啼地起身离开，只有石延年一个人当场脱下赏赐的衣帽交还给使者，赤身露体，只戴着头巾，重新坐回了筵席，与人说笑着直到集会结束才离开。第二天，那些被除名的进士都被授予了三班借职这种闲散职位。石延年就写了一首绝句说："无才且作三班借，请俸争如录事参？从此罢称乡贡进，且须走马东西南。"

蔡景繁为河南军巡判官日，缘事至留司御史台阅案牍，得乾德中回南郊仪仗使司牒检云："准来文取索本京大驾卤簿，勘会本京卤簿仪仗，先于清泰年中，末帝将带逃走，不知所在。"

【译文】蔡承禧担任河南军巡判官的时候，因为有公事来到留司御史台查阅案卷，得到一份乾德年间回复南郊仪仗使司的文书，上面写着："依照来文，要索取本朝廷皇帝的车马仪仗，经过调查，本朝的仪仗队早在后唐清泰年间，就被末代皇帝带着逃跑了，现在不知道在哪里。"

江南宋齐丘，智谋之士也，自以谓江南有精兵三十万：士卒十万，大江当十万，而已当十万。江南初主，本徐温养子，及僭号，迁徐氏于海陵。中主继统，用齐丘谋，徐氏无男女少长，皆杀之。其后，齐丘尝有一小儿病，闭阁谢客，中主置燕召之，亦不出。有老乐工，且双瞽，作一诗书纸鸢上，放入齐丘第中，诗曰："化家为国实良图，总是先生画计谟。一个小儿抛不得，上皇当日合何如？"海陵州宅之东，至今有小儿坟数十，皆当时所杀徐氏之族也。

【译文】 南唐的宋齐丘是个足智多谋的人，他自己认为江南有精兵三十万：其中士兵有十万，长江可以抵十万，而自己可以抵十万。江南初主李昇，本来是徐温的养子，等到他篡位称帝之后，把徐氏家族迁到了海陵。中主李璟继位，采纳了宋齐丘的计谋，将徐氏家族，无论男女老少，全部杀光。后来有一次，宋齐丘的一个小儿子生病了，他就关起家门来谢绝客人来访，中主设好宴席招他，他也不出家门。有一位老乐工，已经双目失明了，在风筝上写了一首诗，放飞进宋齐丘的宅院里，诗中写道："化家为国实良图，总是先生画计谋。一个小儿抛不得，上皇当日合何如？"海陵州官府的东面，至今还有几十个小孩的坟墓，都是当时被杀害的徐氏家族的人啊。

有一故相远派在姑苏，有嬉游，书其壁曰："大丞相再从侄某尝游。"有士人李璋，素好讪谑，题其傍曰："混元皇帝三十七代孙李璋继至。"

【译文】 有一位前宰相的远亲，在姑苏游玩，他在壁上写了句："大丞相再从侄某某曾经到此一游。"有个读书人名字叫李璋，一向喜欢开玩笑讥讽别人，就在旁边另外题写了一句："混元皇帝三十七代孙李璋跟着来了。"

吴中一士人，曾为转运司别试解头，以此自负，好附托显位。是时侍御史李制知常州，丞相庄敏庞公知湖州。士人游毗陵，挈其徒饮倡家，顾谓一驺卒曰："汝往白李二，我在此饮，速遣有司持酒肴来。"李二，谓李御史也。俄顷，郡厨以饮食至，甚为丰腆。有一蓐医，适在其家，见其事，后至御史之家，因语及之。李君极怪，使人捕得驺卒，乃兵马都监所假，受士人教戒，就使庖买饮食，以给坐客耳。李乃杖驺卒，使街司押士人出城。郡僚有相善者，出与之别，唁之曰："仓卒遽行，当何所诣？"士人应之曰："且往湖州，依庞九耳。"闻者莫不大笑。

【译文】江浙一带有个士人，曾经担任过转运司的别试解头，所以非常自负，喜欢假托攀附高官。当时侍御史李制担任常州知州，丞相庞籍担任湖州知州。那个士人到毗陵游玩时，带着自己的手下到妓院去喝酒，看见一个赶车的差役说："你去告诉李二，说我在这里饮酒，快点派人把酒菜送来。"李二，指的就是李御史。很快，府里的厨子就把酒菜送到了，还非常丰盛。有一位产科医生，正好也在那里，目睹了这件事，后来到了李御史的家里，就说起了这件事。李制觉得很奇怪，就派人把那个赶车的差役抓回来讯审问，原来是从兵马都监那儿借来的，受了那个士人的教唆指使，就让厨师去买来酒菜，用来欺骗在座的客人。李制用杖刑惩罚了这个差役，还让街司押解那个士人出城。郡城里有一些和士人关系还不错的小官吏，出城与他告别，慰问他说："这么匆匆忙忙地就走了，你要去什么地方呢？"士人回答说："我要去湖州找庞九。"听到这话的人没有不大笑的。

馆阁每夜轮校官一人直宿，如有故不宿，则虚其夜，谓之
"豁宿"。故事，豁宿不得过四，至第五日即须入宿。遇豁宿，
例于宿历名位下书："腹肚不安，免宿。"故馆阁宿历，相传谓
之"害肚历"。

【译文】馆阁每天夜里轮流由一名校官值夜班，如果因为有
事不值班，那么这一夜就空着，人们叫它"豁宿"。按照惯例，豁宿
不能超过四天，到第五天就必须去值夜班。遇到豁宿的时候，按
例要在值班安排表的名字下面写上："肚子不舒服，免去值班。"
所以馆阁的值班安排表，相传称为"害肚历"。

吴人多谓梅子为"曹公"，以其尝望梅止渴也。又谓鹅为
"右军"，以其好养鹅也。有一士人遗人醋梅与煿鹅，作书云：
"醋浸曹公一鬶，汤煿右军两只，聊备一馔。"

【译文】江浙一带的人大多称梅子为"曹公"，因为曹操曾经
有望梅止渴的故事。人们又称鹅为"右军"，因为王羲之喜欢养
鹅。有一个读书人赠送别人醋梅和烧鹅，还写了封信说："醋浸曹
公一瓶，汤煮右军两只，就算供你一顿家常饭菜吧。"

扫码听谦德
君为您导读

卷二十四·杂志一

延州今有五城，说者以谓旧有东、西二城，夹河对立，高万兴典郡，始展南、北、东三关城。余因读杜甫诗云："五城何迢迢，迢迢隔河水。""延州秦北户，关防犹可倚。"乃知天宝中已有五城矣。

【译文】延州现在有五座城，谈到它的人说这儿以前只有东、西两座城，隔着河水相对立，高万兴担任郡守的时候，开始扩建南、北、东三座关城。不过，我因为读到杜甫的诗说："五城何迢迢，迢迢隔河水。""延州秦北户，关防犹可倚。"就知道天宝年间延州已经有五座城了。

鄜延境内有石油，旧说"高奴县出脂水"，即此也。生于水际，沙石与泉水相杂，惘惘而出，土人以雉尾裹之，乃采入缶中。颇似淳漆，然之如麻，但烟甚浓，所沾幄幕皆黑。余疑其烟可用，试扫其煤以为墨，黑光如漆，松墨不及也，遂大为之，其识文为"延川石液"者是也。此物后必大行于世，自余始为之。盖石油至多，生于地中无穷，不若松木有时而竭。今齐、鲁间松林尽矣，渐至太行、京西、江南，松山大半皆童矣。造煤人盖未知石烟之利也，石炭烟亦大，墨人衣。余戏为《延州诗》云："二郎山下雪纷纷，旋卓穹庐学塞人。化尽素衣冬未老，石烟多似洛阳尘。"

【译文】鄜延境内有石油，过去的说法"高奴县出产脂水"，指的就是它。石油产生在水边，从沙石与泉水相混杂的地方缓缓流出来，当地人用鸡毛沾起它，然后采集到陶罐里面。它的样子很像纯净的油漆，烧起来又像麻杆一样，但是烟非常浓，被浓烟沾染的帐幕都变黑了。我猜测这种烟灰可以利用，就试着把烟灰扫起来造墨，制造出来的墨又黑又亮，好像漆过一样，松墨也比不上它，于是就大规模地生产了一批，上面刻写着"延川石液"文字的就是这种墨。这种墨以后一定会在世上广泛地流行，它是从我开始制作的。石油非常多，能从地底下无穷无尽地生出来，不像松树有时候会用完。现在齐、鲁一带的松树林已经没有了，逐渐延伸到太行、京西、江南一带，松树林大部分都光秃秃的了。用松烟制作墨的人大概不知道用石油烟灰制作墨的好处，烧石炭产生的烟也很大，能够把人的衣服染黑。我曾经开玩笑写了首《延州诗》说："二郎山下雪纷纷，旋卓穹庐学塞人。化尽素衣冬未老，石烟多似洛阳尘。"

解州盐泽之南，秋夏间多大风，谓之"盐南风"。其势发屋拔木，几欲动地，然东与南皆不过中条，西不过席张铺，北不过鸣条，纵广止于数十里之间。解盐不得此风不冰，盖大卤之气相感，莫知其然也。又汝南亦多大风，虽不及盐南之厉，然亦甚于他处，不知缘何如此？或云："自城北风穴山中出。"今所谓风穴者已夷矣，而汝南自若，了知非有穴也。方谚云："汝州风，许州葱。"其来素矣。

【译文】解州盐泽的南面，夏秋之间常常刮大风，人们叫它"盐南风"。它的风势可以把屋舍掀翻、把树木拔起，几乎要震动大地，但是这股风向东和向南都越不过中条山，向西越不过席张铺，向北越不过鸣条冈，范围只在横竖几十里内。解州的盐池如果没有这股大风就没办法凝结成晶体，大概含盐量高的水汽可以和这股风相互感应吧，不知道这到底是什么原因。另外，汝南也常有大风，虽然比不上"盐南风"的猛烈，但是也比其他地方的风厉害不少，不知道为什么会这样？有人说："汝南风是从城北的风穴山中吹出来的的。"现在所谓的"风穴"已经变成平地了，但是汝南的风还是那么猛烈，就能知道这并不是因为有风穴。地方谚语说："汝州风，许州葱。"可见汝州的风一向这么大啊。

昔人文章用北狄事，多言黑山。黑山在大漠之北，今谓之"姚家族"，有城在其西南，谓之庆州。余奉使，尝帐宿其下。山长数十里，土石皆紫黑，似今之磁石，有水出其下，所谓黑水也。胡人言黑水原下委高，水曾逆流，余临视之，无此理，亦常流耳。山在水之东。大底北方水多黑色，故有卢龙郡，北人谓水为龙，"卢龙"即黑水也。黑水之西有连山，谓之"夜来山"，极高峻。契丹坟墓皆在山之东南麓，近西有远祖射龙庙，在山之上，有龙舌藏于庙中，其形如剑。山西别是一族，尤为劲悍，唯啖生肉血，不火食，胡人谓之"山西族"，北与"黑水胡"、南与"达靼"接境。

【译文】前人文章里写到北方少数民族的事情时，经常提起黑山。黑山在戈壁沙漠的北边，现在叫作"姚家族"，有一座城在它的西南方向，叫作庆州。我奉命出使契丹的时候，曾经在黑山脚下扎帐篷过夜。黑山的长度有几十里，山上的土壤和石子都是紫黑色的，好像现在的磁石，有一条河流发源自山下，就是所谓的"黑水"。契丹人说黑水源头的地势低而聚水处的地势高，所以河水曾经倒流过。我靠近观察它，觉得没有这种道理，这不过是一条平常的河流罢了。黑山在黑水的东面。大概北方的水很多是黑色的，所以有卢龙郡，北方人把水称为龙，"卢龙"就是黑水的意思。黑水的西边有连绵不断的山脉，叫作"夜来山"，非常高耸险峻。契丹人的坟墓都在山的东南麓，靠近西面有契丹人供奉远代祖先的射龙庙，庙在山的上面，还有龙舌藏在庙里，龙舌的形状像剑一样。山的西面是另外一个部落，他们格外强劲彪悍，只吃生肉生血，不吃熟食，契丹人称他们为"山西族"，他们北边与"黑水胡"、南边与"鞑靼"接壤。

余姻家朝散郎王九龄常言：其祖贻永侍中，有女子嫁诸司使夏偕，因病危甚，服医朱严药，遂差。貂蝉喜甚，置酒庆之。女子于坐间求为朱严奏官，貂蝉难之，曰："今岁恩例已许门医刘公才，当候明年。"女子乃哭而起，径归不可留，貂蝉追谢之，遂召公才，谕以女子之意。辄是岁恩命以授朱严。制下之日而严死。公才乃嘱王公曰："朱严未受命而死，法容再奏。"公然之，再为公才请。及制下，公才之尉氏县，使人召之。公才方饮酒，闻得官，大喜，遂暴卒。一四门助教，而死二医。一官不可妄得，况其大者乎？

【译文】我的姻亲朝散郎王九龄经常说起：他的祖父王贻永侍中，有个女儿嫁给了诸司使夏偕，有一次她女儿病得很厉害，吃了医生朱严的药，病就好了。王贻永很高兴，摆了酒席庆祝这件事。他的女儿在酒席间请求父亲为朱严谋一个官当，王贻永很为难，说："今年的荫官名额已经答应给门下的医生刘公才了，只能等明年了。"他的女儿就哭着起身离开了，直接回家，连留也留不住，王贻永追上去道歉，后来就召请刘公才来，把女儿的意思告诉了他。最后放弃了这年原本的打算，从而把机会转给了朱严。结果诏命发下来的那天，朱严却死了。刘公才就再三请求王贻永，说："朱严还没接受命令就死了，按规矩是可以重新推荐别人的。"王贻永答应了他，就再次为刘公才请求官职。等到诏命发下来的时候，刘公才已经去了尉氏县，于是王贻永派人召他回来。刘公才当时正在喝酒，听说自己得了官，十分狂喜，结果就猝死了。为了区区一个四门助教的小官，却死了两个医生。一个小官职都不能随随便便得到，更何况那些大的官职呢？

赵韩王治第，麻捣钱一千二百余贯，其他可知。盖屋皆以板为笪，上以方砖甃之，然后布瓦，至今完壮。涂壁以麻捣土，世俗遂谓涂壁麻为麻捣。

【译文】赵普修建府第，光是麻捣花的钱就用了一千二百多贯，其他的花费可想而知。覆盖屋顶时都用木板代替粗竹席，上面用方砖砌好，然后再铺上瓦片，到现在都完好结实。因为涂墙壁用的是麻混合泥土后捣烂的材料，所以世人就把涂墙壁用的麻叫作"麻捣"。

契丹北境有跳兔，形皆兔也，但前足才寸许，后足几一尺。行则用后足跳，一跃数尺，止则蹶然扑地。生于契丹庆州之地大莫中。余使虏日，捕得数兔持归。盖《尔雅》所谓"蟨兔"也，亦曰"蛩蛩巨驉"也。

【译文】契丹边境的北部有一种跳兔，形状完全是兔子，但是前肢只有一寸多，后肢却将近一尺。行动的时候就用后肢跳跃，一下能跳起好几尺，停下来就会跌倒在地。这种兔子生长在契丹庆州一带的广袤沙漠中。我出使辽国的时候，抓到几只跳兔带回来了。这大概就是《尔雅》所说的"蟨兔"，也叫作"蛩蛩巨驉"。

蟭蟟之小而绿色者，北人谓之"螓"，即《诗》所谓"螓首蛾眉"者也，取其顶深且方也。又闽人谓大蝇为胡螓，亦螓之类也。

【译文】蟪蟧中身形小而呈现绿色的一种，北方人叫它"蟓"，就是《诗经》所说的"蟓首蛾眉"，这句诗取自它又广又方的额头形态。另外，福建人把大蝇叫作"胡蟓"，也是蟓的同类昆虫。

北方有白雁，似雁而小，色白，秋深则来。白雁至则霜降，河北人谓之"霜信"。杜甫诗云："故国霜前白雁来。"即此也。

【译文】北方有一种白雁，形态像雁但是比雁小，白颜色，深秋时节会飞到这儿来。白雁来了就开始下霜，所以河北一带的人叫它"霜信"。杜甫诗《九日》中说："故国霜前白雁来。"就是指它。

熙宁中，初行淤田法。论者以谓《史记》所载："泾水一斛，其泥数斗，且粪且溉，长我禾黍。"所谓"粪"，即"淤"也。余出使至宿州，得一石碑，乃唐人凿六陟门，发汴水以淤下泽，民获其利，刻石以颂刺史之功。则淤田之法，其来盖久矣。

【译文】熙宁年间，开始推行淤田法。谈论这个政策的人说根据《史记》记载："泾水一斛，其泥数斗，且粪且溉，长我禾黍。"其中的"粪"，就是指淤田。我曾经出使到宿州，发现了一块石碑，原来是唐代人开凿六陟门，引出汴水来淤下游的贫瘠的沼泽，人民得到了好处，所以刻了石碑来歌颂刺史的功绩。所以说淤田的方法，由来大概已经久远了啊。

余奉使河北，遵太行而北，山崖之间，往往衔螺蚌壳及石子如鸟卵者，横亘石壁如带。此乃昔之海滨，今东距海已近千里。所谓大陆者，皆浊泥所湮耳。尧殛鲧于羽山，旧说在东海中，今乃在平陆。凡大河、漳水、滹沱、涿水、桑干之类，悉是浊流。今关、陕以西，水行地中，不减百余尺，其泥岁东流，皆为大陆之土，此理必然。

【译文】我奉命出使河北察访，沿着太行山北行，那些山崖之间，常常会发现镶嵌着螺蚌壳和像鸟卵一样的石子，它们横贯在石壁上像带子一样。这是从前的海滨，现在东距大海已经将近千里远了。所谓的"大陆"都是水流夹带的泥沙沉积从而形成的。尧处死鲧的羽山，过去传说是在东海，而现在那里已经是大陆了。像黄河、漳水、滹沱、涿水、桑干河之类的河水，都是含有泥沙的河流。现在关、陕以西的水流，都在地下不少于一百多尺的深处流动着，水中的泥沙每年都向东流去，最后都沉积为陆地的泥土，这是必然的道理。

唐李翱为《来南录》云："自淮沿流，至于高邮，乃溯至于江。"《孟子》所谓"决汝、汉，排淮、泗而注之江"，则淮、泗固尝入江矣,此乃禹之旧迹也。熙宁中,曾遣使按图求之,故道宛然,但江、淮已深,其流无复能至高邮耳。

【译文】唐人李翱撰写《来南录》说:"从淮河沿着流水,到达高邮,于是就溯游到长江了。"也是《孟子》所说的"开决汝水、汉水,排空淮水、泗水而注入长江",由此可知,淮水、泗水原来曾经流入过长江,这个改变是禹治水的旧迹。熙宁年间,曾经派使者根据地图寻找旧河道,旧河道还仿佛能看见,但是长江、淮河的河床都已经很深了,它们的水流不能再流到高邮了。

予中表兄李善胜,曾与数年辈炼朱砂为丹。经岁余,因沐砂再入鼎,误遗下一块,其徒丸服之,遂发惛冒,一夕而毙。朱砂至凉药,初生婴子可服,因火力所变,遂能杀人。以变化相对言之,既能变而为大毒,岂不能变而为大善?既能变而杀人,则宜有能生人之理,但未得其术耳。以此知神仙羽化之方,不可谓之无,然亦不可不戒也。

【译文】我的中表兄李善胜,曾经和几位同辈一起炼朱砂做丹药。过了一年多,因为要把洗净的朱砂再放进丹炉去炼,不小心遗落下一块,他的徒弟把它当成丸药吃了,很快就昏迷不醒,一夜之间就死了。朱砂是非常好的药物,初生的婴儿都可以服用,但是因为炼丹时火力发生了变化,所以就能致人死亡。从事物变化的相对性来说,既然能变为剧毒,难道就不能变成大有用处吗?既然能致人死亡,那也应该有能救人的道理,只是人还没找到方法罢了。这么说来，那些修道成仙的方术不能说它没有，但也不能不谨慎啊。

温州雁荡山，天下奇秀，然自古图牒未尝有言者。祥符中，因造玉清宫，伐山取材，方有人见之，此时尚未有名。按西域书，阿罗汉诺矩罗居震旦东南大海际雁荡山芙蓉峰龙湫。唐僧贯休为《诺矩罗赞》，有"雁荡经行云漠漠，龙湫宴坐雨濛濛"之句。此山南有芙蓉峰，下芙蓉驿，前瞰大海，然未知雁荡、龙湫所在。后因伐木，始见此山。山顶有大池，相传以为雁荡；下有二潭水，以为龙湫。又以经行峡、宴坐峰，皆后人以贯休诗名之也。谢灵运为永嘉守，凡永嘉山水，游历殆遍，独不言此山，盖当时未有雁荡之名。余观雁荡诸峰，皆峭拔险怪，上耸千尺，穿崖巨谷，不类他山。皆包在诸谷中，自岭外望之，都无所见；至谷中，则森然干霄。原其理，当是为谷中大水冲激，沙土尽去，唯巨石岿然挺立耳。如大小龙湫、水帘、初月谷之类，皆是水凿音漕，去声之穴，自下望之，则高岩峭壁；从上观之，适与地平，以至诸峰之顶，亦低于山顶之地面。世间沟壑中水凿之处，皆有植土龛岩，亦此类耳。今成皋、陕西大涧中，立土动及百尺，迥然耸立，亦雁荡具体而微者，但此土彼石耳。既非挺出地上，则为深谷林莽所蔽，故古人未见，灵运所不至，理不足怪也。

【译文】温州雁荡山有天下著名的神奇秀美，但自古以来的地图文册中都没有提到过。祥符年间，因为建造玉清宫，要砍伐山林采集木材，这才有人见到雁荡山，当时它还没什么名气。根据西域佛教书籍的记载，阿罗汉诺矩罗居住在震旦东南海滨的雁荡山芙蓉峰的龙湫。唐僧贯休写了《诺矩罗赞》，其中就有"雁荡经行云漠漠，龙湫宴坐雨濛濛"的句子。这座山的南部有芙蓉峰，峰下有芙蓉驿，前望可以俯瞰大海，但是不知道雁荡、龙湫在什么地方。后来因为要砍伐木材，才见到了这座雁荡山。山顶有一口大池，传说这就是雁荡了；山下有两潭水，被人们认为是龙湫。还有经行峡、宴坐峰，这些都是后人根据贯休的诗来命名的。谢灵运担任永嘉太守的时候，凡是永嘉的山水，他都游览了个遍，唯独没有提到过这座雁荡山，可能因为当时还没有雁荡山的名字。我看那雁荡山的几座山峰，全都峭拔险怪，高耸千尺，还有高崖深谷，不像其它普通的山那样。山全被包孕在山谷中，从山岭外看去，什么也看不到；但是如果进到山谷当中，就能看到山峰林立，直冲云霄。推究这中间的道理，应该是因为山石被山谷中的大水冲刷，沙土都被冲走了，只有巨大的岩石还高峻地挺立在那里。像大小龙湫、水帘、初月谷之类的地方，都是流水冲凿音漕，出来的洞穴，从山下望去，见到的就是高岩峭壁；但从山上看去，就刚好和地面平齐，甚至有几座山峰的顶端，也都比周围山顶的地面低。世上那些沟壑中被流水冲凿的地方，也都有直立的土柱和凹陷的岩石，同样类似这种情况。现在成皋、峡西的大山涧中，直立的土柱往往高达百尺，突出地耸立着，也就是雁荡山这种情况的一个缩影，这不过这里的山是土山而那里的山是石山罢了。因为雁荡山既没有挺立在地面上，又被深谷和山林遮蔽了起来，所以古人没有见到过它，谢灵运也没有去过山上，按这个道理也没什么奇怪的。

内诸司舍屋，唯秘阁最宏壮。阁下穹隆高敞，相传谓之"木天"。

【译文】宫里各个官署机构的房屋，只有秘阁建得最宏伟壮丽。阁里的穹顶高大又宽广，世代相传它为"木天"。

嘉祐中，苏州昆山县海上，有一船桅折，风飘抵岸。船中有三十余人，衣冠如唐人，系红鞓角带，短皂布衫，见人皆恸哭，语言不可晓，试令书字，字亦不可读，行则相缀如雁行。久之，自出一书示人，乃唐天祐中告授屯罗岛首领陪戎副尉制；又有一书，乃是上高丽表，亦称屯罗岛，皆用汉字，盖东夷之臣属高丽者。船中有诸谷，唯麻子大如莲的，苏人种之，初岁亦如莲的，次年渐小，数年后只如中国麻子。时赞善大夫韩正彦知昆山县事，召其人，犒以酒食。食罢，以手捧首而鞠，意若欢感。正彦使人为其治桅，桅旧植船木上，不可动，工人为之造转轴，教其起倒之法。其人又喜，复捧首而鞠。

【译文】嘉祐年间，苏州昆山县的海面上，有一艘船的桅杆折断了，于是船顺着风漂流到了岸边。船上有三十多个人，衣着打扮都像唐代人，身上系着红色的皮腰带，穿黑色的短布衫，见到人就悲伤痛哭，说的话也没人能够听懂，试着让他们把说的话写成文字,写的字也无法识读出来,他们走路的时候,就像大雁一样互相跟随着行动。过了很久,他们才拿出一封信给当地人看,原来是唐代天祐年间封授屯罗岛首领为陪戎副尉的诏书;另外还有一封书信,是要上奏给高丽国的表文,也自称是屯罗岛,信都是用汉字书写的,推测他们大概是东夷族群中一个臣属高丽国的部落。船上有各种谷物粮食,其中的芝麻大得像莲子一样,苏州人试着种起这种芝麻来,第一年的时候也结得像莲子那么大,第二年就渐渐变小了,几年以后就只和中国的芝麻一样大了。当时赞善大夫韩正彦担任昆山知县,他把那些外族人招来,用美酒佳肴慰劳他们。吃完饭后,那些外族人都用手捧着脑袋并露出了笑容,看样子好像非常高兴。韩正彦派人帮助他们修理桅杆,桅杆原先是固定在船板上的,不能活动自如,工人们就给他们造了个转轴,并且教授他们起帆和倒帆的方法。那些人又高兴起来,再一次用手捧着脑袋露出了笑容。

熙宁中,珠辇国使人入贡,乞依本国俗撒殿,诏从之。使人以金盘贮珠,跪捧于殿槛之间,以金莲花酌珠,向御座撒之,谓之"撒殿",乃其国至敬之礼也。朝退,有司扫彻得珠十余两,分赐是日侍殿阁门使、副、内臣。

【译文】熙宁年间,珠辇国派使者来我国进贡,他们请求按照本国的风俗行撒殿礼,皇帝下令同意了这个要求。这些使者们用金盘盛着珍珠,捧着盘子跪在宫殿栏杆之间,然后用金子制成的莲花舀起珍珠,向皇帝的御座上抛撒,这就叫"撒殿"礼,是他们国家最高规格的礼仪。退朝后，有关部门的官吏打扫宫殿，扫到了十多两珍珠，于是就把珍珠分别赏赐给了当天在殿上执勤的阁门官员和宦官们。

方家以磁石磨针锋，则能指南，然常微偏东，不全南也。水浮多荡摇，指爪及碗唇上皆可为之，运转尤速，但坚滑易坠，不若缕悬为最善。其法取新纩中独茧缕，以芥子许蜡缀于针腰，无风处悬之，则针常指南。其中有磨而指北者，余家指南、北者皆有之。磁石之指南，犹柏之指西，莫可原其理。

【译文】方术家用磁石摩擦针尖，就能让针尖指向南方，但是针尖经常会稍微偏东一些，而不是完全指向正南方向。针浮在水面上常常会摇晃，在指甲和碗边上都可以放置针，能够运转得很灵活，但是这些东西坚硬又光滑，针容易坠落，不如用丝线悬着针尖最好。这个方法是取用新缫好的单根茧丝，用芥菜籽大小的蜡粘连在针的腰部，找个没风的地方悬挂起来，这样针尖就能经常指向南方了。这其中也有用磁石摩擦后指向北方的，我家里指南针、指北针都有。磁石磨的针可以指向南方，这就像柏木偏向西边生长一样，真搞不懂其中的原理。

岁首画钟馗于门，不知起自何时。皇祐中，金陵发一冢，有石志，乃宋宗悫母郑夫人。宗悫有妹名钟馗，则知钟馗之设亦远。

【译文】元旦日在门上画钟馗像的风俗，不知道从什么时候起源的。皇祐年间，金陵发掘出了一座坟墓，里面有石刻的墓志铭，原来是南朝宋人宗悫母亲郑夫人的墓。宗悫有个妹妹名叫钟馗，由此可知钟馗的来历有很久了。

信州杉溪驿舍中，有妇人题壁数百言。自叙世家本士族，父母以嫁三班奉职鹿生之子，鹿忘其名。娩娠方三日，鹿生利月俸，逼令上道，遂死于杉溪。将死，乃书此壁，具逼迫苦楚之状，恨父母远，无地赴诉。言极哀切，颇有词藻，读者无不感伤。既死，藁葬之驿后山下。行人过此，多为之愤激，为诗以吊之者百余篇。人集之，谓之《鹿奴诗》，其间甚有佳句。鹿生，夏文庄家奴，人恶其贪忍，故斥为"鹿奴"。

【译文】信州杉溪的一间驿站屋舍中，有一位妇人在墙壁上题写了几百字的文字。其中自叙自己原本出身在世代为官的家中，父母把她嫁给了一个三班奉职的鹿姓人的儿子，忘记他的名了。妇人生下孩子后才三天，鹿生贪图早一个月任职的薪水俸禄，就逼着她动身，结果她就死在杉溪了。妇人临死前，就在这墙壁上写了这些话，详细地说出自己遭受逼迫的痛苦状况，她只恨父母离得太远，自己没办法前去诉苦。这些话语写得十分哀婉凄切，而且还挺有文采，读到这些话的人没有不感到伤心的。她死了以后，被草草地安葬在驿站的后山脚下。行人路过这地方的时候，大多替她感到愤慨不平，写诗来吊唁她的人一共写了百多篇。有人把这些诗收集起来，集名叫《鹿奴诗》，这些诗中有很多佳句。鹿生，是夏竦家里的奴仆，人们厌恶他的贪婪残忍，所以斥责他为"鹿奴"。

　　士人以氏族相高，虽从古有之，然未尝著盛。自魏氏铨总人物，以氏族相高，亦未专任门地。唯四夷则全以氏族为贵贱，如天竺以刹利、婆罗门二姓为贵种，自余皆为庶姓，如毗舍、首陀是也。其下又有贫四姓，如工、巧、纯、陀是也。其他诸国亦如是，国主、大臣，各有种姓，苟非贵种，国人莫肯归之；庶姓虽有劳能，亦自甘居大姓之下，至今如此。自后魏据中原，此俗遂盛行于中国，故有八氏、十姓、三十六族、九十二姓。凡三世公者曰"膏粱"，有令仆者曰"华腴"，尚书、领、护而上者为"甲姓"，九卿、方伯者为"乙姓"，散骑常侍、太中大夫者为"丙姓"，吏部正员郎为"丁姓"，得入者谓之"四姓"。其后迁易纷争，莫能坚定，遂取前世仕籍，定以博陵崔、范阳卢、陇西李、荥阳郑为甲族。唐高宗时又增太原王、清河崔、赵郡李，通谓"七姓"。然地势相倾，互相排抵，各自著书，盈编连简，殆数十家，至于朝廷为之置官撰定。而流习所徇，扇以成俗，虽国势不能排夺。大率高下五等，通有百家，皆谓之士族，此外悉为庶姓，婚宦皆不敢与百家齿，陇西李氏乃皇族，亦自列在第三，其重族望如此。一等之内，又如冈头卢、泽底李、土门崔、靖恭杨之类，自为鼎族。其俗至唐末方渐衰息。

　　【译文】士人们用氏族来区分地位高下的做法，虽然自古以来就有了，但是从前并没有盛行成风。自从曹魏用九品中正制来选用官员，士人们就开始用氏族来区分地位高下了，但也没有专门以门第作为标准。只有四方的少数民族才完全根据氏族来区分贵贱，比如印度把刹帝利、婆罗门两个当成贵族的种姓，而把其余的都当成平民的种姓，比如毗舍、首陀罗之类的。这以下又有所谓的贫民四类种姓，比如工、巧、纯、陀这样的。其他各国也像印度这样，他们的国王和大臣，都各自有特别的种姓，假如他们不是贵族的种姓，民众就不会愿意归顺；平民种姓出身的人，即使有才能，也自己甘心屈居在大姓之下，到如今还是这种情况。自从曹魏占据中原以后，这种风俗就在中国流行起来，所以有了所谓的八氏、十姓、三十六族、九十二姓。凡是三世以上担任过三公的氏族就称为"膏梁"，担任过尚书令、仆射的称为"华腴"，担任过尚书、领军、护军以上的就称为"甲姓"，担任过九卿、州刺史的就称为"乙姓"，担任过散骑常侍、太中大夫的就称为"丙姓"，担任过吏部正员郎的就称为"丁姓"，凡是能够进入以上这四类的都称为"四姓"。后来世事变迁、氏族纷争，人们没办法严格地确定家世高下了，于是就根据前代当官的籍贯情况，把博陵崔氏、范阳卢氏、陇西李氏、荥阳郑氏定为甲族。唐高宗时又增加了太原王氏、清河崔氏、赵郡李氏，一起称为"七姓"。但是这些氏族势力相互倾轧、排挤攻击，各自撰写族谱，连篇累牍，几乎多达数十家，以至于朝廷专门为此设置了官署来评定高下。而这种习惯沿袭下来，就成了风俗，即使用国家权力都无法撼动他们的地位。大体上氏族按高下分成五个等级，总共有一百家，都统称为士族，此外的就都是平民姓氏，平民婚姻和做官都不敢与那百家士族同列，陇西李氏是唐朝的皇族，也只把自己列在第三等，可见当时重视族望的风气竟达到了这种程度。同一等级的氏族中间，又有像冈头卢氏、泽底李氏、土门崔氏、靖恭杨氏一类的，更是显赫的氏族。这种社会风俗到唐末才逐渐衰落下来。

茶牙，古人谓之"雀舌""麦颗"，言其至嫩也。今茶之美者，其质素良，而所植之土又美，则新牙一发，便长寸余，其细如针。唯牙长为上品，以其质干、土力皆有余故也。如雀舌、麦颗者，极下材耳，乃北人不识，误为品题。余山居有《茶论》，《尝茶》诗云："谁把嫩香名雀舌？定来北客未曾尝。不知灵草天然异，一夜风吹一寸长。"

【译文】茶的芽叶，古人叫它"雀舌""麦颗"，这是说它非常细嫩。现为茶中的精品，它们品质本来就优良，而且所种植的土壤又很肥沃，所以它们新的芽叶一长出来就有一寸多长，细得像针一样。只有芽长的茶芽才是上品，这是因为它的品种、枝干、土壤都富有余力的缘故啊。像那些雀舌、麦颗一类的，都是非常下等的东西罢了，只是北方人不了解，错误地把它们当成茶芽的上品来评定了。我在山中居住时，曾经写有《茶论》一书，其中有《尝茶》诗写道："谁把嫩香名雀舌？定来北客未曾尝。不知灵草天然异，一夜风吹一寸长。"

闽中荔枝，核有小如丁香者，多肉而甘。土人亦能为之，取荔枝木去其宗根，仍火燔令焦，复种之，以大石抵其根，但令傍根得生，其核乃小，种之不复牙。正如六畜去势，则多肉而不复有子耳。

【译文】福建的荔枝，有一种核小得像丁香一样的品种，它肉很多而且味道甘甜。本地人也能种植这种荔枝，把荔枝树去掉它的主根，用火把根部烧焦，再种下去，并用大石头抵压住它的主根部，只让旁侧的根得到生长，这样结出来的荔枝果核就小了，但是这种荔枝种下去却不会再发芽。这就像把畜牲阉割后，它们就能多长肉，但不会再有生育能力了。

元丰中，庆州界生子方虫，方为秋田之害。忽有一虫生，如土中狗蝎，其喙有钳，千万蔽地。遇子方虫，则以钳搏之，悉为两段。旬日，子方皆尽，岁以大穰。其是旧曾有之，土人谓之"傍不肯"。

【译文】元丰年间，庆州地界出现了好蚄虫，当时正是秋季作物的敌害。这时忽然出现一种昆虫，长得就像土里的狗蝎，它的口部有钳子，这些昆虫成千上万地布满一地。遇到了好蚄虫，它们就用钳子搏杀掉，那些好蚄害虫都被斩成了两段。过了十多天时间，好蚄害虫都被它们杀干净了，最后这一年作物获得了大丰收。这种昆虫以前也出现过，当地人称它为"傍不肯"。

养鹰鹯者，其类相语谓之"咊以麦反漱"。三馆书有《咊漱》三卷，皆养鹰鹯法度及医疗之术。

【译文】养鹰雕的人，把呼唤鹰雕的叫声称为"咮以麦反漱"。三馆的藏书中有《咮漱》三卷，讲的都是驯养鹰雕的方法，并记录了治疗它们疾病的技术。

处士刘易，隐居王屋山。尝于斋中见一大蜂胃于蛛网，蛛搏之，为蜂所螫，坠地。俄顷，蛛鼓腹欲烈，徐行入草。蛛啮芋梗微破，以疮就啮处磨之，良久腹渐消，轻躁如故。自后人有为蜂螫者，挼芋梗傅之则愈。

【译文】处士刘易隐居在王屋山里。他曾经在斋房中见到一只大蜂被缠困在蜘蛛网上，蜘蛛过去捕捉它，结果被大蜂螫到，摔落到地上。不一会儿，蜘蛛的腹部肿得像是快要裂开，于是它就慢慢爬进草丛中。只见那蜘蛛把芋梗的外皮稍微咬破，把被螫的疮口挨上去磨擦，过了很久，它腹部的肿胀就渐渐消退了，蜘蛛恢复到以前灵活轻快的样子。从这以后，如果人们有被蜂螫了的，揉搓芋梗再敷上去就能恢复了。

宋明帝好食蜜渍鲼鲗，一食数升。鲼鲗乃今之乌贼肠也，如何以蜜渍食之？大业中，吴郡贡蜜蟹二千头、蜜拥剑四瓮。又何胤嗜糖蟹。大底南人嗜咸，北人嗜甘。鱼、蟹加糖蜜，盖便于北俗也。如今之北方人，喜用麻油煎物，不问何物，皆用油煎。庆历中，群学士会于玉堂，使人置得生蛤蜊一篑，令饔人烹之。久且不至，客讶之，使人检视，则曰："煎之已焦黑，而尚未烂。"坐客莫不大笑。余尝过亲家设馔，有油煎法鱼，鳞鬣虬然，无下筯处。主人则捧而横啮，终不能咀嚼而罢。

【译文】南朝的宋明帝喜欢吃蜜渍鲑鳀。一顿就要吃上好几升。鲑鳀就是现在的乌贼肠子，这怎么能用蜜腌渍了吃呢？隋朝大业年间，吴郡上贡了两千只蜜蟹、四坛蜜蝤蛑。此外还有梁代的何胤很爱吃糖蟹。大体上南方人喜欢吃咸的，北方人喜欢吃甜的。鱼蟹加上糖蜜的做法，大概是为了迎合北方的口味。就好比现在的北方人，喜欢用麻油来煎食物，不管是什么东西，都用油来煎着吃。庆历年间，翰林学士们在玉堂聚会，派人拿来了一筐生蛤蜊，并叫厨师去烹制。过了好久蛤蜊都没端上来，客人们都感到奇怪，就派人去检查情况，人回报说："蛤蜊已经煎得焦黑了，但是还没有烂熟。"在坐的客人们没有不大笑的。我曾经到亲家的家里吃饭，席上有一道油煎腌鱼，鱼鳞、鱼鳍等部位都煎得翻卷了起来，没有能下筷子的地方。主人索性用手拿起鱼横着咬，最后还是因为很难咀嚼就放弃了。

漳州界有一水，号乌脚溪，涉者足皆如墨。数十里间，水皆不可饮，饮则病瘴，行人皆载水自随。梅龙图公仪宦州县时，沿牒至漳州。素多病，预忧瘴疠为害，至乌脚溪，使数人肩荷之，以物蒙身，恐为毒水所沾。兢惕过甚，睢盱矍铄，忽坠水中，至于没顶。乃出之，举体黑如昆仑，自谓必死。然自此宿病尽除，顿觉康健，无复昔之羸瘵。又不知何也？

【译文】漳州境内有一条河流称为"乌脚溪"，涉过这条河流的人脚都像墨一样黑。这儿方圆几十里内的水都不能饮用，喝了就会患病，过往的行人都自己随身带着水。梅挚担任州县官的时候，曾经因为公事路过漳州。他一向体弱多病，来之前就担心自己会被漳州的瘴疬之气侵害，到了乌脚溪，他就让几个人用肩扛着自己过河，还拿东西蒙住身体，十分害怕被有毒的河水沾染上。因为戒备警惕过了头，他仰脸朝天惊恐地过河，一不小心忽然掉到水里，连头顶都被水没过了。众人把他救上来以后，发现他全身上下就像昆仑奴那样黑，梅挚以为自己必死无疑。但没想到从此后他身上各种旧病都没有了，顿时间觉得身体安康健壮，不再像以前那样羸弱了。这又不知道是怎么回事了？

北岳恒山，今谓之"大茂山"者是也，半属契丹，以大茂山分脊为界。岳祠旧在山下，石晋之后，稍迁近里，今其地谓之"神棚"，今祠乃在曲阳，祠北有望岳亭，新晴气清，则望见大茂。祠中多唐人故碑，殿前一亭，中有李克用题名云："太原河东节度使李克用，亲领步骑五十万，问罪幽陵，回师自飞狐路即归雁门。"今飞狐路在大茂之西，自银冶寨北出倒马关，度虏界，却自石门子、令水铺入瓶形、梅回两寨之间，至代州。今此路已不通，唯北寨西出承天阁路可至河东，然路极峭狭。太平兴国中，车驾自太原移幸恒山，乃由土门路。至今有行宫。

【译文】北岳恒山就是现在被称为"大茂山"的那座山,它有一半属于契丹,以大茂山的山脊为分界线。岳神祠以前在大茂山下,后晋以后,稍微往南迁了一点,现在那地方称为"神棚",现在的岳神祠在曲阳,祠的北面有个望岳亭,赶上天气刚刚放晴又空气清新的时候,在亭上就能够望见大茂山。岳神祠中有很多唐人的旧碑刻,大殿前有一座亭子,里面有李克用的题名,说:"太原河东节度使李克用,亲自率领步骑五十万,讨伐幽陵,回朝的军队从飞狐路走到归雁门。"现在的飞狐路在大茂山以西,从银冶寨向北出倒马关,经过契丹的地界,再从石门子、令水铺穿过瓶形、梅回两座寨子之间,到达代州。现在这条路已经走不通了,只有从北寨西出承天阁路才可以到河东,但是路途十分陡峭狭窄。太平兴国年间,皇帝的车驾从太原前往恒山,就是经过的土门路,到现在那里还留有行宫。

镇阳池苑之盛,冠于诸镇,乃王镕时海子园也,镕尝馆李正威于此。亭馆尚是旧物,皆甚壮丽。镇人喜大言矜大其池,谓之"潭园",盖不知昔尝谓之"海子"矣。中山人常好与镇人相雌雄,中山城北园中亦有大池,遂谓之"海子",以压镇之潭园。余熙宁中奉使镇定,时薛师政为定帅,乃与之同议,展海子直抵西城中山王冢,悉为稻田。引新河水注之,清波弥漫数里,颇类江乡矣。

【译文】镇阳池沼园林的繁盛,在各个镇子中居首位,这地方本来是王镕时的"海子园",王镕曾经留李匡威在这里客居过。现在园里的亭台楼馆还是当年的旧建筑，全都非常壮丽。镇阳人喜欢吹嘘这池子，把它称为"潭园"，人们大概不知道它过去曾经被称为"海子"。中山人常常喜欢和镇阳人争高下，中山城北边的园子里也有一片大池沼，于是中山人就把它称为"海子"，用这称呼来压倒镇阳的"潭园"。我在熙宁年间曾经奉命访察镇定，当时薛向担任镇定的地方长官，我就和他一起商量，把"海子"扩展出去，一直扩到城西的中山王墓地，并且把土地全部改成稻田，引来新河的水注入池沼里，清澈的水波荡漾在方圆几十里之间，很有江南水乡的感觉。

卷二十五·杂志二

宣州宁国县多枳首蛇，其长盈尺，黑鳞白章，两首文彩同，但一首逆鳞耳。人家庭槛间，动有数十同穴，略如蚯蚓。

【译文】宣州宁国县有很多的枳首蛇，这种蛇身长一尺多，长有黑鳞和白纹，两个头的斑纹和色彩相同，只不过有一个头的鳞是逆着长的。当地人家的庭院和门槛之间，常常就有几十条枳首蛇居处在同一个洞穴里，这有点像蚯蚓。

太子中允关杞曾提举广南西路常平仓，行部邕管，一吏人为虫所毒，举身溃烂。有一医言能治，呼使视之，曰："此为天蛇所螫，疾已深，不可为也。"乃以药傅其创，有肿起处，以钳拔之，有物如蛇，凡取十余条而疾不起。又余家祖茔在钱塘西溪，尝有一田家，忽病癞，通身溃烂，号呼欲绝。西溪寺僧识之，曰："此天蛇毒耳，非癞也。"取木皮煮，饮一斗许，令其恣饮，初日疾减半，两三日顿愈。验其木，乃今之秦皮也，然不知天蛇何物。或云草间黄花蜘蛛是也，人遭其螫，仍为露水所濡，乃成此疾。露涉者亦当戒也。

【译文】太子中允关杞曾经主管广南西路常平仓，他巡视邕州地区的时候，有一名属吏被虫子毒害了，全身溃烂。有一位医生说自己能够医治，关杞就把他叫来诊断，医生说："这是被天蛇给螫了，中毒已经很深，没办法再救治了。"于是他就用药物敷在患者的创口上，但凡有肿起的地方，就用钳子往外拔，拔出了像蛇一样的东西，一共取出十多条，但是那名属吏还是病死了。另外，我家的祖坟在钱塘的西溪，那地方曾经有一个农户，突然间得了癞病，全身溃烂，哀叫得死去活来。西溪寺的有个僧人认识这种病，他说："这是天蛇的毒，并不是癞病。"于是僧人取来一种树皮煮水，给农户灌了一斗左右，还叫他尽量多喝，第一天农户的病就好了一半，过了两三天就痊愈了。察看那种树皮，发现它就是现在的秦树皮，但是不知道天蛇是什么东西。有人说天蛇就是草丛中的黄花蜘蛛，人被它螫到后，再被露水沾湿，就会得这种病。从有露水的草丛里行走的人也要当心啊。

天圣中，侍御史知杂事章频使辽，死于虏中。虏中无棺椁，舁至范阳方就殓，自后辽人常造数漆棺，以银饰之，每有使人入境，则载以随行，至今为例。

【译文】天圣年间，侍御史知杂事章频出使辽国，死在了辽国境内。辽国人没有棺材，就只好把尸体运到范阳才安放进棺材，从此以后，辽国人常常会准备几口漆好的棺材，并且用银子装饰好，每次有使者入境，就带上棺材跟在后面，到如今这还是常例。

　　景祐中，党项首领赵德明卒，其子元昊嗣立，朝廷遣郎官杨告入蕃吊祭。告至其国中，元昊迁延遥立，屡促之，然后至前受诏。及拜起，顾其左右曰："先王大错！有国如此，而乃臣属于人。"既而飨告于厅，其东屋后若千百人锻声。告阴知其有异志，还朝，秘不敢言。未几，元昊果叛。其徒遇乞，先创造蕃书，独居一楼上，累年方成，至是献之。元昊乃改元，制衣冠、礼乐，下令国中，悉用蕃书、胡礼，自称大夏。朝廷兴师问罪，弥岁，虏之战士益少，而旧臣宿将如刚浪唛遇、野利辈，多以事诛，元昊力孤，复奉表称蕃。朝廷因赦之，许其自新，元昊乃更称兀卒曩宵。

　　【译文】景祐年间，党项羌族首领赵德明去世，他的儿子元昊继位，朝廷派郎官杨告到党项去吊唁。杨告到了那里，元昊却犹犹豫豫地站得很远，再三催促他，然后才到杨告面前接受封诏。等到行礼完起身后，他回头对左右说："父皇大错特错了！有我们这样的势力，还去向别人称臣。"接着在厅堂上设宴邀请杨告，厅堂东屋的后面好像传来千百人打铁的声音。杨告心底明白元昊已经怀有二心了，但是他回到朝廷后，却没敢说出来。不久后，元昊果然叛变了。他的属下遇乞，事先创造了西夏文字，遇乞曾经独自居住在一座小楼上，经过一年才制成西夏文字，到元昊自立成功时就献上来。于是元昊改换了年号，制订好衣冠、礼乐制度，并下令全国民众，都要用西夏文、行西夏礼，自称"大夏"。我们朝廷调派军队前去问罪，双方打了将近一年，西夏的战士越来越少，而且他们那些老臣旧将们，比如刚浪唛遇、野利等人，大多都因故被杀害，元昊势单力薄，只好再次上表称臣。朝廷就赦免了他，容许他改过自新，元昊于是更改称号为"兀卒曩宵"。

庆历中，契丹举兵讨元昊，元昊与之战，屡胜，而契丹至者日益加众。元昊望之，大骇曰："何如此之众也？"乃使人行成，退数十里以避之。契丹不许，引兵压西师阵。元昊又为之退舍，如是者三。凡退百余里，每退必尽焚其草莱。契丹之马无所食，因其退，乃许平。元昊迁延数日，以老北师。契丹马益病，亟数军攻之，大败契丹于金肃城，获其伪乘舆、器服、子婿、近臣数十人而还。

【译文】庆历年间，契丹派兵讨伐元昊，元昊与契丹作战，虽然打了好几次胜仗，但是契丹投到前线的兵力越来越多了。元昊看着契丹军，十分惊恐地说："为什么来了这么多敌人？"于是就派人去求和，并且撤退了几十里来避开契丹军。契丹不答应议和，继续派兵逼进西夏军队的阵地。元昊又因此撤退了三十里，反复这样撤退三次。西夏军一共撤退了一百多里，每次撤退时都焚烧掉地上的牧草。契丹的战马没有东西吃，趁着元昊撤退的机会，就答应了议和。元昊拖延了好些天商议，用这招来消耗契丹军队。契丹的战马更加瘦弱无力了，这时候西夏就迅速派出多支部队攻击契丹军，在金肃城战胜契丹军，缴获契丹皇帝的车驾、器物、服饰，俘虏驸马、近臣等几十人后就回去了。

先是，元昊后房生一子，曰宁令受，"宁令"者，华言大王也。后来又纳没臧讹庞之妹，生谅祚而爱之。宁令受之母恚忌，欲除没臧氏，授戈于宁令受，使图之。宁令受间入元昊之室，卒与元昊遇，遂刺之，不殊而走。诸大佐没臧讹庞辈仆宁令，枭之。明日，元昊死，立谅祚，而舅讹庞相之。有梁氏者，其先中国人，为讹庞子妇。谅祚私焉，日视事于国，夜则从诸没臧氏。讹庞怼甚，谋伏甲梁氏之宫，须其入以杀之。梁氏私以告谅祚，乃使召讹庞，执于内室。没臧，强宗也，子弟族人在外者八十余人，悉诛之，夷其宗。以梁氏为妻，又命其弟乞埋为家相，许其世袭。谅祚凶忍，好为乱。治平中，遂举兵犯庆大顺城。谅祚乘骆马，张黄屋，自出督战。陴者彍弩射之中，乃解围去。创甚，驰入一佛祠，有牧牛儿不得出，惧伏佛座下，见其脱靴，血浣于踝，使人裹创舁载而去。至其国死。子秉常立，而梁氏自主国事。梁乞埋死，其子移通继之，谓之"没宁令"。"没宁令"者，华言天大王也。

【译文】先前，元昊的妻子生了一个孩子，名字叫作"宁令受"，"宁令"在汉语里是大王的意思。后来元昊又娶了没臧讹庞的妹妹，生下儿子谅祚并且元昊非常喜爱他。宁令受的母亲又生气又妒忌，就想除掉没臧氏，于是她把武器交给宁令受，让他找机会杀掉没藏氏。宁令受悄悄潜入元昊的房间，没想到突然遇上了元昊，于是干脆刺杀元昊，没有刺杀成功就逃跑了。没藏讹咙等大臣们抓住宁令受，把他杀了。第二天，元昊也死了，于是大臣们拥立谅祚为王，并且让谅祚的舅舅没藏讹咙辅佐他。有一位梁氏，本来是中原人，是没藏讹咙的儿媳。谅祚与她私通，白天在朝堂上处理国事，晚上就和没藏家的儿媳鬼混在一起。没藏讹咙非常愤恨，打算在梁氏的房间里埋伏甲兵，等谅祚一进来就杀掉他。梁氏暗地里把这件事告诉了谅祚，让他召见没藏讹咙，在房间里把他抓了起来。没藏氏是西夏的强大家族，子弟族人在外的有八十多人，谅祚把他们都杀了，灭掉了没藏氏这个家族。谅祚娶梁氏作为妻子，又让梁氏的弟弟梁乞埋担任家相，允许他世袭相位。谅祚凶狠残忍，喜欢挑起战乱。治平年间，他就派兵侵犯庆州大顺城。谅祚乘坐着骆马，张着黄色车盖，亲自出兵监督战事。城上的弓箭手放箭射中了他，这才解除包围离开了。谅祚伤得很严重，跑进一座佛堂里，佛堂里有一个牧牛的小儿没有跑出来，害怕地躲在佛座下面，他看到谅祚脱下靴子，鲜血沾满了脚踝，让随从包扎好伤口后抬着走了，等谅祚回国后就死了。谅祚的儿子秉常继承王位，但是由太后梁氏亲自主持国政。梁乞埋死后，他的儿子移逋继承职位，称为"没宁令"。"没宁令"在汉语里的意思就是天大王。

秉常之世，执国政者有嵬名浪遇，元昊之弟也，最老于军事，以不附诸梁，迁下治而死。存者三人，移逋以世袭居长契，次曰都罗马尾，又次曰关萌讹，略知书，私侍梁氏。移逋、萌讹皆以昵倖进，唯马尾粗有战功，然皆庸才。秉常荒孱，梁氏自主兵，不以属其子。秉常不得志，素慕中国。有李青者，本秦人，亡虏中。秉常昵之，因说秉常以河南归朝廷。其谋泄，青为梁氏所诛，而秉常废。

【译文】秉常主政时期，掌管国政的大臣里有个叫嵬名浪遇的，他是元昊的弟弟，最精通军事，因为不肯依附梁氏一伙人，被放逐到偏僻的地方然后死掉了。剩下来的大臣有三个，移逋因为世代承袭就居住在长契，第二个叫都罗马尾，第三个叫关萌讹，他们都读过一些书，私底下侍奉梁氏。移逋、萌讹都因为亲近梁氏、受到宠幸才得到进用，只有马尾稍微有点战功，但都是些才能平庸的人。秉常荒淫又软弱，梁氏自己着掌握兵权，不肯把军权交给自己的儿子。秉常不能施展志向，所以一直很仰慕中国。有个叫李青的人，本来是陇西人，后来流亡到西夏。秉常十分亲近他，他就趁机劝说秉常把河套南部归还给中国朝廷。结果这件事泄露了，李青被梁氏杀死，秉常也被废黜了。

古人论茶，唯言阳羡、顾渚、天柱、蒙顶之类，都未言建溪。然唐人重串茶粘黑者，则已近乎"建饼"矣。建茶皆乔木，吴、蜀、淮南唯丛茭而已，品自居下。建茶胜处曰郝源、曾坑，其间又岔根、山顶二品尤胜。李氏时号为北苑，置使领之。

【译文】古人谈论茶叶时，只说阳羡、顾渚、天柱、蒙顶之类的产地，都没有提到过建溪。然而唐人所看重的粘黑串茶，就已经接近"建饼"茶了。建溪的茶树都是高大乔木，而江浙、四川、淮南的茶树只是丛生的灌木罢了，茶叶的品色自然在建溪之下。建溪茶著名的产地是郝源、曾坑，其中又数岔根、山顶两种品种最出色。建溪在南唐时号称为"北苑"，曾经专门设置官员掌管着。

信州铅山县有苦泉，流以为涧。挹其水熬之则成胆矾。烹胆矾则成铜，熬胆矾铁釜，久之亦化为铜。水能为铜，物之变化，固不可测。按《黄帝素问》有"天五行，地五行，土之气在天为湿，土能生金石，湿亦能生金石"，此其验也。又石穴中水，所滴皆为钟乳、殷孽。春秋分时，汲井泉则结石花，大卤之下，则生阴精石，皆湿之所化也。如木之气在天为风，木能生火，风亦能生火。盖五行之性也。

【译文】信州的铅山县有一口苦泉，泉水流出来形成山涧。把它的水舀出来熬煮就能够生成胆矾。再熬煮胆矾就能生成铜，那熬煮胆矾的铁锅，时间长了也会变成铜。水能变化成铜，物质的变化，真是不能推测啊。按照《黄帝素问》的说法，"天有五行，地有五行，土气在天是湿，土能生成金石，湿也能生成金石"，上面讲的例子就是书中说法的验证。另外，石洞中的水，滴下来都能成为钟乳、石笋。春分、秋分的时候，打上来井里的泉水，就会结出石花，如果把泉水放进浓度高的卤水下，就会生成阴精石，这些东西都是湿气化成的。这就类似于木气在天是风，木能生成火，风也能生成火。这都是五行的性质。

古之节如今之虎符，其用则有圭璋龙虎之别，皆椟，辅之英荡是也。汉人所持节，乃古之旄也。余在汉东，得一玉琥，美玉而微红，酣酣如醉肌，温润明洁，或云即玫瑰也。古人有以为币者，《春官》"以白琥礼西方"是也；有以为货者，《左传》"加以玉琥二"是也；有以为瑞节者，"山国用虎节"是也。

　　【译文】古代的符节就像现在的虎符，它使用时有圭、璋、龙、虎不同形状的区别，一般都用匣子装着，这就是所谓的"辅之英荡"。汉代使者手持的节，就是古代的旄。我在汉水以东一带，曾经得到了一件玉琥，它玉质优良而且略微带些红色，色泽浓郁得像是醉酒后的肌肤，温润又洁净，有的人说这就是玫瑰。古人有拿它当作礼物的，《周礼·春官》中说的"以白琥礼西方"就是个例子；有拿来作为财物的，《左传》中说的"加以玉琥二"就是个例子；也有拿它当作信符的，《周礼·地官》中说的"山国用虎节"就是例子。

　　国朝汴渠，发京畿辅郡三十余县夫，岁一浚。祥符中，阁门祗候使臣谢德权领治京畿沟洫，权借浚汴夫。自尔后三岁一浚，始令京畿民官皆兼沟洫河道，以为常职。久之，治沟洫之工渐弛，邑官徒带空名，而汴渠有二十年不浚，岁岁堙淀。异时京师沟渠之水皆入汴，旧尚书省都堂壁记云，"疏治八渠，南入汴水"是也。自汴流堙淀，京城东水门下至雍丘、襄邑，河底皆高出堤外平地一丈二尺余。自汴堤下瞰，民居如在深谷。熙宁中，议改疏洛水入汴。余尝因出使，按行汴渠，自京师上善门量至泗州淮口，凡八百四十里一百三十步。地势，京师之地比泗州凡高十九丈四尺八寸六分。于京城东数里白渠中穿井，至三丈方见旧底。验量地势，用水平、望尺、干尺量之，不能无小差。汴渠堤外，皆是出土故沟，余因决沟水令相通，时为一堰节其水，候水平，其上渐浅涸，则又为一堰，相齿如阶陛。乃量堰之上下水面相高下之数，会之乃得地势高下之实。

【译文】本朝的汴渠，每年都要发动京城周围三十多个县的民工来疏浚一次。大中祥符年间，阁门祗候使臣谢德权负责治理京城地区的沟渠，就暂时借用了负责疏浚汴渠的民工们。从那次以后，朝廷改成每三年疏浚一次沟渠，最开始是命令京城地区的地方官员都共同来管理沟渠和河道，并把这件事列为他们的日常工作。时间一长，治理沟渠的工作就渐渐松懈下来，地方官员只是挂着个兼管的空名，而汴渠已经有二十年没有疏浚了，年年都有新的淤积阻塞。过去京城沟渠中的水都流入汴河，以前尚书省都堂的厅壁记上写的"疏治八渠，南入汴水"，说的就是这个意思。自从汴渠被淤积阻塞，从京城东水门一直到雍丘、襄邑地区，河底都高出堤外的平地一丈二尺多。从汴水的河堤往下俯看，民众的房屋就好像处在深谷中。熙宁年间，朝廷商议着另外引导洛水进入汴渠。我曾经因为这件事受到朝廷委派，前去勘察汴渠，从京城的上善门测量到泗州的淮口，一共有八百四十里一百三十步。从地势上说，京城的地面比泗州一共高出十九丈四尺八寸六分。在京城以东几里的白渠中挖井，要挖到三丈深才能见到汴渠以前的河底。测量地势时，即使用水平、望尺、干尺等工具来测量，也难免会有些小误差。汴渠的河堤外面，都是以前修堤时挖土留下的旧沟，我就挖开沟让它们相互连通，每隔一段就修筑一道堰来拦截沟里的水，等到沟里的水与堤堰齐平了，就在它上游逐渐变浅或干涸的地方再修筑一道堰，一道道堤堰排列起来就像台阶一样。然后测量堤堰上下水面相差的数值，把它们加起来就得到地势高低的实际落差了。

唐风俗，人在远或闺门间，则使人传拜以为敬，本朝两浙仍有此俗。客至，欲致敬于闺阃，则立使人而拜之，使人入见所礼乃再拜致命。若有中外，则答拜，使人出，复拜客，客与之为礼如宾主。

【译文】唐代有一种风俗，人在外乡或者闺门附近时，就要派使者去代替拜见以表示敬意，本朝的两浙地区现在还有这种风俗。客人来了，如果想对女眷表示敬意，就派出使者向女眷行礼，使者进入内室见到要致敬的对象，就再次行礼传达敬意。如果有女眷和客人有亲戚关系，那么女眷就要答拜还礼，等使者出来，再向客人行礼，客人和使者之间行礼就好像宾客和主人之间行礼一样。

庆历中，王君贶使契丹。宴君贶于混融江，观钓鱼。临归，戎主置酒谓君贶曰："南北修好岁久，恨不得亲见南朝皇帝兄，托卿为传一杯酒到南朝。"乃自起酌酒，容甚恭，亲授君觎举杯，又自鼓琵琶，上南朝皇帝千万岁寿。先是，戎主之弟宗元为燕王，有全燕之众，久畜异谋。戎主恐其阴附朝廷，故特效恭顺，宗元后卒以称乱诛。

【译文】庆历年间，王拱辰出使契丹。契丹人在混同江设宴席招待王拱辰，还请他观看钓鱼。王拱辰快要离开时，辽兴宗又设酒席，并对王拱辰说："南北两朝关系融洽好多年了，我恨不得亲自去会见南朝的皇帝兄，只能拜托您替我传一杯酒到南朝。"于是辽兴宗亲自起身倒酒，样子非常恭敬，接着亲手举起酒杯递给王拱辰，还自己弹起琵琶，给南朝的皇帝祝寿。原来在这以前，辽兴宗的弟弟宗元被封为燕王，握有着整个燕地的军民，早就有叛乱的阴谋了。辽兴宗担心他私底里依附北宋朝廷，所以才特意表现得很恭顺，宗元后来终于因为作乱而被诛杀。

潘阆字逍遥，咸平间有诗名，与钱易、许洞为友，狂放不羁。尝为诗曰："散拽禅师来蹴鞠，乱拖游女上秋千。"此其自序之实也。后坐卢多逊党亡命，捕迹甚急，阆乃变姓名，僧服入中条山。许洞密赠之诗曰："潘逍遥，平生才气如天高。倚天大笑无所惧，天公嗔尔口呶呶。罚教临老头补衲，归中条。我愿中条山神镇长在，驱雷叱电依前趁出这老怪。"后会赦，以四门助教召之，阆乃自归，送信州安置。仍不惩艾，复为《扫市舞》词曰："出砒霜，价钱可。赢得拨灰兼弄火，畅杀我。"以此为士人不齿，放弃终身。

【译文】潘阆字逍遥，在咸平年间有擅长写诗的名气，他与钱易、许洞是朋友，个性狂放不受拘束。潘阆曾经写诗说："散拽禅师来蹴踘，乱拖游女上秋千。"这诗句确实是他的自我写照。后来他因为受到卢多逊案件的牵连而逃亡在外，被官府追捕得很紧，潘阆就改名换姓，穿着僧人的衣服躲进了中条山。许洞偷偷写诗送给他说："潘逍遥，平生才气如天高。倚天大笑无所惧，天公嗔尔口呶呶。罚教临老头补衲，归中条。我愿中条山神镇长在，驱雷叱电依前趁出这老怪。"后来碰上了朝廷大赦天下，朝廷用四门助教的官职召请他出山，潘阆就自己跑回来了，随后被遣送到信州安置。但是他仍然不吸取教训，又写了一首《扫市舞》词说："出砒霜，价钱可。赢得拨灰兼弄火，畅杀我。"因此遭到士人们的鄙视，一直到死都被放逐在外地。

江湖间唯畏大风。冬月风作有渐，船行可以为备，唯盛夏风起于顾盼间，往往罹难。曾闻江国贾人有一术，可免此患。大凡夏月风景，须作于午后，欲行船者，五鼓初起，视星月明洁，四际至地，皆无云气，便可行，至于巳时即止，如此，无复与暴风遇矣。国子博士李元规云："平生游江湖，未尝遇风，用此术。"

【译文】船行驶在江河湖面上，就怕有大风。冬天的风刮起来有渐渐加大的趋势，行船时可以提前防备好，只有盛夏的风是转眼间就刮起来的，所以船只常常会遇难。我曾经听说在江河湖面上来往的商人有一种方法，可以避免这种危险。一般盛夏的风，都是在午后发作，想要行船的人，可以在五更初的时候起来，如果看到星星、月亮明亮又洁净，从天际四周直到地面都没有云气，就可以动身出发了，到巳时的时候就停止行船，这样做，就不会再遭遇盛夏的暴风了。国子博士李元规说："我平生在江河湖面上来往，从来没有遇到过大风，用的就是这种方法。"

余使虏，至古契丹界，大蓟茇如车盖，中国无此大者。其地名蓟，恐其因此也，如杨州宜杨、荆州宜荆之类。荆或为楚，楚亦荆木之别名也。

【译文】我出使契丹的时候，曾经到达古契丹的地界，看到大蓟茇像车盖那样大，中原地区没有长得这么大的。这个地方的名字叫"蓟"，恐怕也是上面这个原因吧，这就像扬州适宜生长杨树、荆州适宜生长荆木一样。荆地有时又称为楚地，楚也是荆木的别名。

刁约使契丹，戏为四句诗曰："押燕移离毕，看房贺跋支。饯行三匹裂，密赐十貔狸。"皆纪实也。移离毕，官名，如中国执政官。贺跋支，如执衣、防阁。匹裂，似小木罂，以色绫木为之，加黄漆。貔狸，形如鼠而大，穴居，食果谷，嗜肉，狄人为珍膳，味如独子而脆。

【译文】刁约出使契丹，打趣地写了四句诗说："押燕移离毕，看房贺跋支。饯行三匹裂，密赐十貔狸。"这些诗句都是记录事实的。"移离毕"是指官名，相当于中原地区的执政官。"贺跋支"，相当于中原地区的执衣、防阁。"匹裂"长得像小木罐子，是用色绫木制成的，表面涂饰了黄漆。"貔狸"的形状像老鼠但比老鼠大，住在洞穴里，吃果子、谷物，尤其喜欢吃肉，契丹人把它当作珍奇美味的菜肴，它的滋味像乳猪，但是更加脆些。

世传江西人好讼，有一书名《邓思贤》，皆讼牒法也。其始则教以侮文；侮文不可得，则欺诬以取之；欺诬不可得，则求其罪劫之。盖思贤，人名也，人传其术，遂以之名书。村校中往往以授生徒。

【译文】世上相传江西人喜欢打官司，有一本书名叫《邓思贤》，讲的都是写诉讼状的方法。书的开头是教人歪曲法律条文的方法；如果靠歪曲法律条文不能够达到目的，那就靠欺骗和诬陷的方法来达到；如果欺骗和诬陷也达不到目的，那就找出对方的罪名来威胁他。大概思贤是一个人的名字，人们传播他的诉讼方法，后来就用他的名字来命名这本书了。乡村的学校里往往拿这本书教授学生。

蔡君谟尝书小吴笺云："李及知杭州，市《白集》一部，乃为终身之恨。此君殊清节，可为世戒。张乖崖镇蜀，当遨游时，士女环左右，终三年未尝回顾。此君殊重厚，可以为薄夫之检押。"此帖今在张乖崖之孙尧夫家。余以谓买书而为终身之恨，近于过激。苟其性如此，亦可尚也。

【译文】蔡襄曾经在一张小吴笺上写道："李及担任杭州知州的时候，曾经购买了一部《白居易诗集》，结果这件事成为了他一辈子的遗憾。这个君子非常清廉守节，可以作为世人的榜样。张咏曾经镇守四川，他在四方奔走巡视时，都有年轻女子环绕在身旁，但他在三年的任期中始终没有注意过她们。这个君子非常稳重厚道，可以作为轻薄者的榜样。"蔡襄的这一幅书帖现在收藏在张咏的孙子张尧夫的家里。我觉得，如果因为买了一部书就声称是一辈子的遗憾，这有点接近偏激了。不过如果这个人的天性就是这样，那么这种做法也是值得推崇的。

陈文忠为枢密，一日，日欲没时，忽有中人宣召。既入右掖，已昏黑，遂引入禁中。屈曲行甚久，时见有帘帏、灯烛，皆莫知何处。已而到一小殿，殿前有两花槛，已有数人先至，皆立廷中，殿上垂帘，蜡烛十余炬而已，相继而至者凡七人，中使乃奏班齐。唯记文忠、丁谓、杜镐三人，其四人忘之，杜镐时尚为馆职。良久，乘舆自宫中出，灯烛亦不过数十而已。宴具甚盛，卷帘，令不拜，升殿就坐。御座设于席东，设文忠之坐于席西，如常人宾主之位。尧叟等皆惶恐不敢就位，上宣喻不已，尧叟恳陈："自古未有君臣齐列之礼。"至于再三，上作色曰："本为天下太平，朝廷无事，思与卿等共乐之。若如此，何如就外朝开宴？今日只是宫中供办，未尝命有司，亦不召中书辅臣。以卿等机密及文馆职任侍臣无嫌，且欲促坐语笑，不须多辞。"尧叟等皆趋下称谢，上急止之曰："此等礼数皆置之。"尧叟悚慄危坐，上语笑极欢。酒五六行，膳具中各出两绛囊，置群臣之前，皆大珠也。上曰："时和岁丰，中外康富，恨不得与卿等日夕相会。太平难遇，此物助卿等燕集之费。"群臣欲起谢，上云："且坐，更有。"如是酒三行，皆有所赐，悉良金重宝。酒罢，已四鼓，时人谓之"天子请客"。文忠之子述古得于文忠，颇能道其详，此略记其一二耳。

【译文】陈尧叟担任枢密使的时候，有一天，太阳快要落山了，忽然有一个宦官传唤他入宫。等他进入宫廷右掖门后，天色已经昏暗了，于是宦官就引他进入禁宫中。他弯弯绕绕地走了很久，不时看见有帘帏、灯烛等东西，但都不知道是什么地方。最后他们来到了一座小宫殿，殿前有两列雕花栏杆，已经有几个人先到了，都站在庭中等待，殿上垂着帘子，只点了十几支蜡烛，前前后后到来的一共还有七个人，于是宦官就禀告说人来齐了。只记得其中有陈尧叟、丁谓、杜镐三个人，其余的四个人忘记是谁了，杜镐当时正在馆阁担任职务。过了很久，皇帝乘着车座从宫中出来了，这时候的灯烛也不过只点了几十盏。宴席准备得十分丰盛，皇帝让人把帘子卷起来，要大臣们不必行叩拜礼，直接来殿堂就坐。皇帝的御座设在宴席的东面，陈尧叟等人的座位设在宴席的西面，就像平常人请客时的宾主位次一样安排。陈尧叟等人都惶恐不安而不敢轻易就位，皇帝一再邀请他们就坐，陈尧叟恳切地陈述道："自古以来，就没有君主和臣子同列就坐的礼节。"大家这样反复推辞了好几次，皇帝就生气地说："本来只因为天下太平，朝廷无事，我就想同你们一起高兴一下。如果你们这样拘束，那我还不如到外朝去设宴。今天只是在宫里设宴，没有通知光禄寺准备，也没有召请中书省、门下省的辅臣。这是因为你们几个属于机密官员或者是在文馆职任的侍臣，我们在一起没什么大碍，就是想和你们亲近点，坐下来说说笑笑，你们不必再推辞了。"陈尧叟等人都要恭敬地跑下台阶谢恩，皇帝急忙制止说："这些礼数暂且都免了。"陈尧叟惶恐地端正坐着，皇帝却说说笑笑得非常高兴。酒喝过五六巡后，下人在餐具中间各放了两个红色袋子，摆在群臣面前，里面都是大珍珠。皇帝说："现在风调雨顺，五谷丰登，天下富贵安康，我恨不得日日夜夜与你们相聚。太平时节难遇，这些东西拿来资助你们作为宴饮聚会的费用。"大臣们都要起来谢恩，皇帝说："都坐下，一会儿还有东西呢。"这样又喝了三巡酒，每次都有赏赐，还都是一些珍贵的金银珠宝。酒宴结束后，已经是四更天了，当时人将这件事称为"天子请客"。陈尧叟的儿子陈述古从陈尧叟那儿听说了这件事，还能说得很详细，这里只是简略记载了一些情况罢了。

关中无螃蟹。元丰中，余在陕西，闻秦州人家收得一干蟹。土人怖其形状，以为怪物。每人家有病虐者，则借去挂门户上，往往遂差。不但人不识，鬼亦不识也。

【译文】 关中地区没有螃蟹。元丰年间，我人在陕西，听说秦州有一户人家收到了一只晒干的螃蟹。当地人觉得它的形状很可怕，以为这是一种怪物。每次人们的家里有得病的人，就借走螃蟹挂在自家门户上，病常常就好了。看来这东西不但人不认识，连鬼也不认识。

丞相陈秀公治第于润州，极为闳壮，池馆绵亘数百步。宅成，公已疾甚，唯肩舆一登西楼而已。人谓之"三不得"：居不得，修不得，卖不得。

【译文】丞相陈升之在润州修建宅第，修得非常宏阔壮丽，池塘馆舍连绵着几百步。但宅子建成的时候，陈升之已经病得很厉害了，只让人抬着上了一次西楼罢了。人们称这个宅第为"三不得"：居不得，修不得，卖不得。

福建剧贼廖恩，聚徒千余人，剽掠市邑，杀害将吏，江浙为之搔然。后经赦宥，乃率其徒首降，朝廷补恩右班殿直，赴三班院候差遣。时坐恩黜免者数十人。一时在铨班叙录其脚色，皆理私罪或公罪，独恩脚色称："出身以来，并无公私过犯。"

【译文】福建一带的大盗廖恩，曾经聚集党徒一千多人，在城镇里抢劫掠夺，还杀害文武官员，江浙一带被他搅得不安宁。后来经过朝廷赦免，廖恩就率领着他的党徒投降了，朝廷恩赐他右班殿直的官职，让他到三班院听候差遣。当时受廖恩作乱的牵连而被罢免的官员还有几十个人。他们同时在吏部汇报履历，官员们都注明了自己有什么私罪或者公罪，只有廖恩的履历上自称："自从授官以来，我并没有什么公私方面的过错。"

曹翰围江州三年，城将陷，太宗嘉其尽节于所事，遣使喻翰："城下日，拒命之人尽赦之。"使人至独木渡，大风数日，不可济。及风定而济，则翰已屠江州无遗类，适一日矣。唐史部尚书张嘉福奉使河北，逆韦之乱，有敕处斩，寻遣使人赦之。使人马上昏睡，迟行一驿，比至，已斩讫。与此相类，得非有命欤？

【译文】曹翰围攻江州长达三年，江州城即将被攻破了，太祖皇帝赞赏江州的守军对他们国家的事业尽忠守节，就派出使者给曹翰下令说："等到城池被攻下的那天，把据险江州坚守抵抗的人员一律赦免。"使者走到独木渡的时候，遇到刮了好几天的大风，没办法及时渡过河流。等风停下来顺利过河了后，曹翰已经杀光了江州的军民，正好就在这前一天。唐代的吏部尚书张嘉福曾经奉命出使河北，当时韦后作乱，朝廷下达命令要将他斩首，但随后又改变主意派出使者赦免他。当时使者在马上打瞌睡，耽误了一站地的时间，等使者赶到的时候，人已经处决完了。这件事和江州被屠城的事情类似，该不会是人的生死由天命注定吧？

庆历中，河北大水，仁宗忧形于色。有走马承受公事使臣到阙，即时召对，问："河北水灾何如？"使臣对曰："怀山襄陵。"又问："百姓如何？"对曰："如丧考妣。"上默然。既退，即诏阁门："今后武臣上殿奏事，并须直说，不得过为文饰。"至今阁门有此条，遇有合奏事人，即预先告示。

【译文】庆历年间，河北路发大水，仁宗皇帝满脸愁容。有一位走马承受公事使臣到京城汇报情况，仁宗皇帝马上召见他，问道："河北的水灾情况怎么样了？"使臣回答说："怀山襄陵。"又问道："百姓的情况怎么样了？"使臣回答说："如丧考妣。"皇帝沉默不语。等使者退出后，他立即下令阁门司："从今天起，武臣们上殿报告事情，都必须直接了当地说，不要像这样过分堆砌辞藻。"直到现在阁门司还有这一条规定，遇到有需要向皇帝报告事情的人，就会提前提醒他们。

予奉使按边，始为木图，写其山川道路。其初遍履山川，旋以面糊、木屑写其形势于木案上。未几寒冻，木屑不可为，又熔蜡为之。皆欲其轻、易赍故也。至官所，则以木刻上之。上召辅臣同观。乃诏边州皆为木图，藏于内府。

【译文】我奉命出使察访边境的时候，创造出了木图，用来模拟那里的山川道路。首先要走遍那里的山川，随后马上用面糊、木屑把那里的地形做成模型，塑造在木案上。但是没过多久天寒地冻，木屑用不了了，于是又改成用熔化的蜡来制作。选用这些材料都是因为它们轻巧方便、容易携带。回到官署后，再雕刻成木图献给皇上。皇上召集辅臣们一起观看。后来皇上就下令要求边境各州都制作木图并上献，把木图收藏在皇宫的府库中。

蜀中剧贼李顺，陷剑南两川，关右震动，朝廷以为忧。后王师破贼，枭李顺，收复两川，书功行赏，了无间言。至景祐中，有人告李顺尚在广州，巡检使臣陈文琏捕得之，乃真李

顺也，年已七十余。推验明白，囚赴阙，覆按皆实。朝廷以平
蜀将士功赏已行，不欲暴其事，但斩顺，赏文琏二官，仍阁门
祗候。文琏，泉州人，康定中老归泉州，余尚识之。文琏家有
《李顺案款》，本末甚详。顺本味江王小博之妻弟，始王小博
反于蜀中，不能抚其徒众，乃共推顺为主。顺初起，悉召乡里
富人大姓，令具其家所有财粟，据其生齿足用之外，一切调
发，大赈贫乏；录用材能，存抚良善；号令严明，所至一无所
犯。时两蜀大饥，旬日之间，归之者数万人，所向州县，开门延
纳，传檄所至，无复完垒。及败，人尚怀之，故顺得脱去三十
余年，乃始就戮。

【译文】四川的大反贼李顺攻陷了剑南、两川一带，关中地区
动荡不安，朝廷对这件事非常担忧。后来官军击破了贼兵，杀死了
李顺并且收复了两川地区，之后按照军功进行赏赐，人们对此没有
一点儿流言蜚语。但到了景祐年间，有人告发说李顺还在广州，巡
检使臣陈文琏抓住了他，确实是真的李顺，年纪已经七十多岁了。
把他的身份核查清楚后，押送到京城，京城复查后也认为这个案
子情况属实。但朝廷考虑到对平定蜀地的将士们的赏赐都已经执
行了，就不想再张扬这件事，只是处斩了李顺并给陈文琏升了两级
官衔，担任阁门祗候。陈文琏是泉州人，康定年间因为年老而回到
泉州，我还认识他。陈文琏家中有《李顺案款》，其中对这件事的
经过记载得很详细。李顺本来是味江王小博的妻弟，最开始和王
小博在四川造反，但是王小博没能力安抚跟随自己的部下，于是贼
寇们共同推举李顺作为首领。李顺开始起兵的时候，把乡里的富人

大族都召集起来，让他们把家里所有的钱财粮食都拿出来，除了按他们的家庭人口留下足够的粮食外，剩下的全都拿出来赈济贫民百姓；他还录用有才能的人，抚恤慰问善良的人；他发号施令严肃又分明，军队所到之处，丝毫不侵犯民众。当时两川地区正遭遇着大饥荒，十几天的时间，投奔他的人数就超过了几万，他进攻的那些州县，都纷纷打开城门引见接纳他，凡是他下达文书讨伐的地方，没有攻不下的。等到李顺战败后，人们还是很怀念他，所以他才得能够逍遥法外三十多年后才被杀死。

交趾乃汉、唐交州故地。五代离乱，吴昌文始据安南，稍侵交、广之地。其后昌文为丁琏所杀，复有其地。国朝开宝六年，琏初归附，授静海军节度使；八年，封交趾郡王。景德元年，土人黎威杀琏自立；三年，威死，安南大乱，久无酋长。其后国人共立闽人李公蕴为主。天圣七年，公蕴死，子德政立。嘉祐六年，德政死，子日尊立。自公蕴据安南，始为边患，屡将兵入寇。至日尊，乃僭称"法天应运崇仁至道庆成龙祥英武睿文尊德圣神皇帝"，尊公蕴为"太祖神武皇帝"，国号大越。熙宁元年，伪改元宝象，次年又改神武。日尊死，子乾德立，以宦人李尚吉与其母黎氏号鸶鸾太妃同主国事。熙宁八年，举兵陷邕、钦、廉三州。九年，遣宣徽使郭仲通、天章阁待制赵公才讨之，拔广源州，擒酋领刘纪，焚甲峒，破机郎、决里，至富良江。尚吉遣王子洪真率众来拒，大败之，斩洪真，众歼于江上，乾德乃降。是时，乾德方十岁，事皆制于尚吉。

【译文】交趾是汉代、唐代时期交州的旧地。五代时战乱，吴昌文最开始占据安南，随后渐渐入侵交州、广州的辖地。后来吴昌文被丁琏杀死，丁琏又占据了那片土地。本朝开宝六年，丁琏首次前来归附，被授予静海军节度使；开宝八年，又被封为交趾郡王。景德元年，当地人黎威杀死丁琏并自立为王；景德三年，黎威去世，安南内部大乱，很长时间没有领袖。之后，当地人一起拥立福建人李公蕴为王。天圣七年，李公蕴去世，他的儿子李德政继位。嘉祐六年，李德政去世，他的儿子李日尊继位。自从李公蕴占据安南开始，那地方就开始成为边境的祸害，多次发兵侵犯本朝。到李日尊在位时，甚至僭越地自称"法天应运崇仁至道庆成龙祥英武睿文尊德圣神皇帝"，并且尊李公蕴为"太祖神武皇帝"，取大越为国号。熙宁元年，李日尊又改元称"宝象"，第二年又改元称"神武"。李日尊去世后，他的儿子李乾德继位，由宦官李尚吉和他的母亲黎氏（号为"鹭鸾太妃"）共同主持国政。熙宁八年，他们举兵攻陷本朝的邕、钦、廉三州。熙宁九年，朝廷派遣宣徽使郭仲通、天章阁待制赵公才讨伐李氏政权，夺取了广源州，俘虏了敌人首领刘纪，还焚毁了甲峒，攻破了机郎、决里县，最后抵达富良江。李尚吉派王子李洪真率领部众抵御本朝军队，被打败了，李洪真被斩，部众被歼灭在富良江一带，李乾德这才投降。当时，李乾德才十岁，他们的国政都由李尚吉把持着。

广源州者，本邕州羁縻。天圣七年，首领侬存福归附，补存福邕州卫职，转运使章频罢遣之，不受其地，存福乃与其子智高东掠笼州，有之七源。存福因其乱杀其兄，率土人刘川，以七源州归存福。庆历八年，智高自领广源州，渐吞灭右江、田州一路蛮峒。皇祐元年，邕州人殿中丞昌协奏乞招收智高，不报。广源州孤立，无所归。交趾觇其隙，袭取存福以归。智高据州不肯下，反欲图交趾；不克，为交人所攻，智高出奔右江文村，具金函表投邕州，乞归朝廷；邕州陈拱拒不纳。明年，智高与其匹卢豹、黎貌、黄仲卿、廖通等拔横山寨入寇，陷邕州，入二广。及智高败走，卢豹等收其余众，归刘纪，下广河。至熙宁二年，豹等归顺。未几，复叛从纪。至大军南征，郭帅遣别将燕达下广源，乃始得纪，以广源为顺州。

【译文】广源州这个地方，本来是邕州下属的羁縻州。天圣七年，当地首领侬存福归顺本朝，被授予邕州卫的职位，转运使章频排斥他，不接受他的土地，侬存福就和他的儿子侬智高向东劫掠了笼州，转而又进攻七源州。侬存福趁乱杀害了他的兄弟，当地人刘川就把七源州献给了侬存福。庆历八年，侬智高自己担任广源州的首领，并逐渐吞并、消灭了右江、田州一路的少数民族聚落。皇祐元年，邕州人殿中丞昌协上奏，请求朝廷招安侬智高，朝廷没有答复他的请求。广源州孤立，没有地方归属。交趾抓住这个机会，偷袭了侬存福，并把他抓了回去。侬智高占据着广源州不肯投降，反而打算进攻交趾；结果没有成功攻下，而遭到了交趾人的攻打，侬智高逃到右江文村，准备好财物和文书送到邕州，请求归顺朝廷；邕州知州陈拱拒绝不肯接纳他。第二年，侬智高和他的部下卢豹、黎貌、黄仲卿、廖通等人攻下横山寨，并继续进犯，攻陷邕州，闯入两广一带。后来等到侬智高作乱失败的时候，卢豹等人就收拾了他余下的部队，归附了交趾人刘纪，攻下了广源州。到了熙宁二年时，卢豹等人归顺朝廷。不久，他又背叛朝廷而依附刘纪。直到北宋大军南征的时候，主帅郭仲通派出别将燕达攻下广源，这才抓到刘纪，把广源州改为顺州。

甲峒者，交趾大聚落，主者甲承贵，娶李公蕴之女，改姓甲氏。承贵之子绍泰，又娶德政之女，其子景隆，娶日尊之女，世为婚姻，最为边患。自天圣五年，承贵破太平寨，杀寨主李绪；嘉祐五年，绍泰又杀永平寨主李德用，屡侵边境；至熙宁大举，乃讨平之，收隶机郎县。

【译文】甲峒，是交趾的一个大聚落，它的首领是甲承贵，甲承贵娶了李公蕴的女儿，妻子随之改姓甲氏。甲承贵的儿子甲绍泰又娶了李德政的女儿，甲绍泰的儿子甲景隆又娶了李日尊的女儿，两家世代联姻，是边境上最大的祸患。从天圣五年起，甲承贵就攻破了太平寨，杀死了寨主李绪；嘉祐五年，甲绍泰又杀死了永平寨主李德用，还多次侵犯边境；直到熙宁年间，朝廷军队大规模兴兵南下，才平定了他们，最后把甲峒收编到机郎县。

太祖朝，常戒禁兵之衣，长不得过膝；买鱼肉及酒入营门者，皆有罪。又制更戍之法，欲其习山川劳苦，远妻孥怀土之恋。兼外戍之日多，在营之日少，人人少子，而衣食易足。又京师卫兵请粮者，营在城东者，即令赴城西仓；在城西者，令赴城东仓；仍不许佣僦车脚，皆须自负，尝亲登右掖门观之。盖使之劳力，制其骄惰，故士卒衣食无外慕，安辛苦而易使。

【译文】太祖当政的时候，曾经约束禁卫军的服饰，要求服饰的长度不能够超过膝盖；并且规定凡是买了鱼肉和酒带回军营的人，都要治罪。又制定了定期轮换防区的法令，这是希望士兵们习惯山川环境的劳累辛苦，减少对妻子儿女和家乡的依恋。这么做还有一个好处，士兵们在外守卫的时间长，在军营的日子就少了，这样每个人都能够少生孩子，衣食生活更容易满足。另外，京城的卫兵领取军粮时，让那些营区在城东的士兵，到城西的仓库去领取；那些营区在城西的士兵，到城东的仓库去领取，而且不允许他们雇佣车马脚夫，都必须自己背回来，太祖还曾经亲自登上右掖门视察士兵背军粮的情况。这些措施是为了让士兵们劳动卖力，扼制他们骄傲、懒惰的习气，所以这些士兵除了穿衣吃饭等基础生活外也没什么可美慕的外物，他们安于辛苦就比较容易指挥。

青堂羌本吐蕃别族。唐末，蕃将尚恐热作乱，率众归中国，境内离散。国初，有胡僧立遵者，乘乱挟其主箧逋之子唃厮啰，东据宗哥邈川城。唃厮啰人号"瑕萨箧逋"者，胡言"赞普"也。唃厮，华言"佛"也；啰，华言"男"也，自称"佛男"，犹中国之称"天子"也。立遵姓李氏，唃厮啰立，立遵与邈川首领温殖、温逋相之，有汉陇西、南安、金城三郡之地，东西二千余里。宗哥邈川，即所谓"三河间"也。祥符九年，立遵与唃厮啰引众十万寇边，入古渭州，知秦州曹玮攻败之，立遵归乃死。

【译文】青堂羌本来是吐蕃族的一支分支族。唐代末年，吐蕃族的将领尚恐热在本地作乱，率领部下归附中原，吐蕃族内部就分裂了。本朝初年，有一位名叫立遵的胡僧趁乱挟持了吐蕃王室钱逋的儿子唃厮啰，并向东占据了宗哥邈川城。人们称唃厮啰为"瑕萨钱逋"，也就是吐蕃人说的"赞普"。"唃厮"是汉语里所说的"佛"，"啰"是汉语里所说的"男"，他自称"佛男"，这就好比在中原自称"天子"。立遵姓李，唃厮啰当了首领后，李立遵与邈川的首领温殣、温逋一起辅佐他，占有了汉朝陇西、南安、金城三个郡的土地，从东到西的国界长达二千多里。宗哥邈川就是所谓的"三河间"。大中祥符九年，李立遵和唃厮啰率领十万兵众侵犯中原边界，打进了古渭州，之后秦州知州曹玮击败了他们，李立遵战败回去后就死了。

唃厮啰妻李氏，立遵之女也，生二子，曰瞎毡、磨毡角。立遵死，唃厮啰更取乔氏，生子董毡，取契丹之女为妇。李氏失宠，去为尼；二子亦去其父，瞎毡居河州，磨毡角居邈川，唃厮啰往来居青堂城。赵元昊叛命，以兵遮厮啰，遂与中国绝。屯田员外郎刘涣献议通唃厮啰，乃使涣出古渭州，循末邦山，至河州国门寺，绝河，逾廊州，至青堂，见唃厮啰，授以爵命，自此复通。磨毡角死，唃厮啰复取邈川城，收磨毡角妻子，质于结罗城。唃厮啰死，子董毡立，朝廷复授以爵命。

【译文】唃厮啰的妻子姓李，是李立遵的女儿，她生了两个儿子，分别叫"瞎毡"和"磨毡角"。李立遵死后，唃厮啰又娶了乔氏，生下儿子"董毡"，还娶了契丹女子当媳妇。李氏失宠后，就离去当了尼姑；她的两个孩子也离开了他们的父亲，瞎毡占据着河州，磨毡角占据着邈川，唃厮啰则往来在这几个地方并且占据着青堂城。后来赵元昊称帝，派兵阻断了吐蕃与中原的通道，于是唃厮啰就和中原断了联系。屯田员外郎刘涣建议朝廷与唃厮啰取得联系，于是就派刘涣出使古渭州，他沿着末邦山，来到河州国门寺，渡过黄河，再穿越廓州，来到青堂城，见到了唃厮啰，并且授予唃厮啰官职爵位，从此吐蕃和中原又重新建立了关系。磨毡角死后，唃厮啰又攻取了邈川城，把磨毡角的妻子儿女作为人质，关押在结罗城。唃厮啰死后，他的儿子董毡继位，朝廷也授予了他官职爵位。

瞎毡有子木征，木征者，华言"龙头"也。以其唃厮啰嫡孙，昆弟行最长，故谓之"龙头"。羌人语倒，谓之"头龙"。瞎毡死，青堂首领瞎药鸡罗及胡僧鹿尊共立之，移居滔山。董毡之甥瞎征伏，羌蕃部李铖星之子也，与木征不协，其舅李笃毡挟瞎征居结古野反河，瞎征数与笃毡及沈千族首领常尹丹波合兵攻木征，木征去，居安乡城。有巴欺温者，唃氏族子，先居结罗城，其后稍强。董毡河南之城遂三分：巴欺温、木征居洮河涧，瞎征居结河，董毡独有河北之地。熙宁五年秋，王子醇引兵，始出路骨山，拔香子城，平河州。又出马兰州，擒木征母弟结吴叱，破洮州，木征之弟已毡角降。尽得河南熙、河、洮、岷、叠、宕六州之地，自临江寨至安乡城，东西一千余里，降蕃户三十余万帐。明年，瞎木征降，置熙河路。

【译文】瞎毡有个儿子叫"木征"，木征就是汉语里所说的"龙头"。因为他是唃厮啰的嫡孙，在兄弟中论起排行最年长，所以称他为"龙头"。羌人的语序是颠倒的，所以这个称呼其实是"头龙"。瞎毡死后，青堂族首领瞎药鸡罗和胡僧鹿尊一起拥立了木征，并移居到滔山。董毡的外甥瞎征伏，是吐蕃另一个部族李铖星的儿子，他和木征关系不好，他的舅舅李笃毡就挟持了瞎征伏，并占据了结古野反河，瞎征伏多次和李笃毡以及沈千族的首领常尹丹波联合军队攻打木征，木征只好移居到安乡城。又有个叫巴欺温的人，是唃氏一族的后裔，开始时居住在结罗城，后来实力逐渐强大起来。这样，董毡在黄河以南的城池就分裂为三块：巴欺温、木征分别占据洮水与黄河，瞎征占据结河，董毡一个人占据黄河以北的土地。熙宁五年秋天，王韶带兵，先从路骨山出击，攻下香子城，平定了河州。接着又进军马兰州，俘虏了木征的舅舅结吴叱，再击破洮州，木征的弟弟巴毡角投降。这样我们朝廷就完全控制了黄河以南熙、河、洮、岷、叠、宕六个州的土地，从临江寨直到安乡城，东西之间有一千多里地，投降的吐蕃人有三十多万帐。第二年，瞎木征投降，朝廷就设置了熙河路来管辖那一带。

范文正常言：史称诸葛亮能用度外人。用人者莫不欲尽天下之才，常患近己之好恶而不自知也，能用度外人，然后能周大事。

【译文】范仲淹曾经说:史书上说诸葛亮能任用那些与自己关系不好的人。用人的人没有不想把天下的人才都网罗尽的,但也常常担心不能清晰地判断那些与自己亲近的人是好是坏,只有能够任用那些与自己关系不好的人,然后才能办成大事。

元丰中,夏戎之母梁氏遣将引兵卒,至保安军顺宁寨,围之数重。时寨兵至少,人心危惧。有倡姥李氏,得梁氏阴事甚详,乃掀衣登陴,抗声骂之,尽发其私。虏人皆掩耳,并力射之,莫能中。李氏言愈丑,虏人度李终不可得,恐且得罪,遂托以他事,中夜解去。鸡鸣狗盗皆有所用,信有之。

【译文】元丰年间,西夏太后梁氏派将率兵进攻保安军顺宁寨,把寨城围了好几层。当时寨里士兵非常少,人们的心里都感到危险害怕。有一个曾经当过娼妓的老妇人李氏,对梁太后的秘事了解得很详细,就掀起衣裙登上城头,大声叫骂,把梁太后的隐私都抖了出来。西夏士兵们都把耳朵堵上,一起射击她,但都射不中。李氏越骂越难听,西夏人估计这个李氏最后也没办法抓到,又害怕因此得罪梁太后,就借口有其他事情,在半夜里解围撤走了。卑微的技能也都有它的用处,确实是有这样的事。

宋宣献博学,喜藏异书,皆手自校雠。常谓:"校书如扫尘,一面扫,一面生。故有一书每三四校,犹有脱谬。"

【译文】宋绶学识渊博,喜欢收藏珍奇的书籍,而且书籍都由他亲手校勘。他常常说："校勘书籍就像扫灰尘一样，一面扫去，一面产生。所以有时候一部书即使校勘了三四遍，也还是会有漏字、错字等错误。"

卷二十六·药议

古方言："云母粗服，则著人肝肺不可去。"如枇杷、狗脊毛不可食，皆云"射入肝肺"。世俗似此之论甚多，皆谬说也。又言"人有水喉、气喉"者，亦谬说也。世传《欧希范真五脏图》，亦画三喉，盖当时验之不审耳。水与食同咽，岂能就中遂分入二喉？人但有咽、有喉二者而已。咽则纳饮食，喉则通气。咽则下入胃脘，次入胃，又次入广肠，又次入大、小肠。喉则下通五脏，为出入息。五脏之含气呼吸，正如冶家之鼓鞲。人之饮食药饵，但自咽入肠胃，何尝能至五脏？凡人之肌骨、五脏、肠胃虽各别，其入肠之物，英精之气味，皆能洞达，但滓秽即入二肠。凡人饮食及服药既入肠，为真气所蒸，英精之气味，以至金石之精者，如细研硫黄、朱砂、乳石之类，凡能飞走融结者，皆随真气洞达肌骨，犹如天地之气，贯穿金、石、土、木，曾无留碍。自余顽石、草木，则但气味洞达耳。及其势尽，则滓秽传入大肠，润湿渗入小肠，此皆败物，不复能变化，惟当退泄耳。凡所谓某物入肝、某物入肾之类，但气味到彼耳，凡质岂能至彼哉？此医不可不知也。

【译文】古代医方上说："云母如果不经加工处理直接服用，就会粘附在人的肝肺上去除不掉。"这就像枇杷、狗脊毛不能直接吃一样，都是说这些东西会"射入肝肺"。世间像这样的议论很多，都是错误的说法。又有人说"人有水喉、气喉"，这也是错误的说法。世代相传的《欧希范真五脏图》中也画了三个喉部，这是因为当时人观察得不够仔细啊。水和食物一起吞咽下去，怎么可能吃进去就自然分成了水喉和食喉两个部分呢？人体只有咽和喉两个器官罢了。咽负责吞咽食物，喉负责通气。食物从咽部向下进入胃腔，接着进入肠道，再接着进入大、小肠。喉则向下通到五脏，是气息的出入口。五脏的含气呼吸，就像冶炼金属的人用的鼓风机一样。既然人体服下的饮食药物，只能从咽喉进入到肠胃，那又怎么能够到达五脏呢？大概是人的肌肉骨骼、五脏、肠胃虽然各有不同，但是进入肠胃里的食物，其中的精华的气味，都能通达全身的部位，只有其中剩下的残渣才进入大、小肠。但凡人吃喝的食物和服下的药物进入肠道后，就会被体内的真气蒸发，那些精华的气味，直至金石药物中的精粹，比如精细研磨好的硫黄、朱砂、乳石一类东西，只要是能够挥发融化的，都可以随着真气而通达到全身的肌骨，就好像天地之气可以自由贯穿金、石、土、木中一样，丝毫没有障碍。剩下的那些顽石、草木等药物，就只有它们的气味能够通达全身。等到功能发挥完了，它们的残渣就转入大肠，水分就渗入小肠，这些都是废物，不能够再进一步起变化了，所以只能排泄出来了。凡是所谓"某物入肝，某物入肾"之类的说法，只是在说气味能到达那里罢了，而具体物质性的东西怎么能够到达肝、肾等脏器呢？这些道理，医生不能不清楚啊。

余集《灵苑方》，论鸡舌香以为丁香母，盖出陈氏《拾遗》。今细考之，尚未然。按《齐民要术》云："鸡舌香，世以其似丁子，故一名丁子香。"即今丁香是也。《日华子》云："鸡舌香，治口气。"所以三省故事，郎官日含鸡舌香，欲其奏事对答，其气芬芳。此正谓丁香治口气，至今方书为然。又古方五香连翘汤用鸡舌香，《千金》五香连翘汤无鸡舌香，却有丁香，此最为明验。《新补本草》又出丁香一条，盖不曾深考也。今世所用鸡舌香，乳香中得之，大如山茱萸，剉开，中如柿核，略无气味。以治疾，殊极乖谬。

【译文】我编集《灵苑方》的时候，曾经判定鸡舌香应该是丁香母，这个说法出自陈藏器的《本草拾遗》。现在再详细考证，好像还不完全是这样的。根据《齐民要术》的说法："鸡舌香这种植物，世人因为它长得像钉子，所以又称它丁子香。"也就是现在的丁香。《日华子》上说："鸡舌香可以用来祛除口气。"所以按照三省的惯例，郎官们每天要口含鸡舌香，这是希望他们陈奏事务、对答问题的时候能够口气芬芳。这就是所谓的丁香能祛除口气，直到如今的医方书上还是这样说的。另外，古方中的五香连翘汤里用鸡舌香，而《千金方》中的五香连翘汤没有用鸡舌香，但是用了丁香，这也是最明显的证据。《新补本草》这本书在讲述鸡舌香之外，又单列出了一个丁香的条目，这是作者没有深入考证的原因。现在世上所用的鸡舌香是从乳香中得到的，它的大小像山茱萸一样，剖开来，中间长得像柿核，没什么气味，用这种东西来治病是非常荒谬的。

旧说有"药用一君、二臣、三佐、五使"之说。其意以谓药虽众，主病者专在一物，其他则节级相为用，大略相统制，如此为宜，不必尽然也。所谓君者，主此一方者，固无定物也。《药性论》乃以众药之和厚者定以为君，其次为臣、为佐，有毒者多为使，此谬说也。设若欲攻坚积，如巴豆辈，岂得不为君哉？

【译文】过去用药时有"药用一君、二臣、三佐、五使"的说法。大致意识是说药物虽然有很多种，但是主治病症的专门只在一种药物，其他的药物是按照一定次序发挥药效的，它们大体上相互统属、制约，这样用药是很恰当的，但也不一定都需要这样。所谓的"君药"，就是指在治疗时起主要作用的药物，它原本没有限制固定的药类。而《药性论》中却把各种药物中药性平和淳厚的那些认定为"君药"，其余的药物依次定为"臣药""佐药"，具有毒性的药物就大多定为"使药"，这是错误的说法。如果想要用药物来治疗顽固的积食症，那么像巴豆这样的药物，难道不应该作为"君药"吗？

金罂子止遗泄，取其温且涩也。世之用金罂者，待其红熟时，取汁熬膏用之，大误也。红则味甘，熬膏则全断涩味，都失本性。今当取半黄时采，干，捣末用之。

【译文】金罂子能够治疗遗精、泄泻，这是取用了它温又涩的药性。世人用金罂子都是等它的果实红熟后，再榨取它的汁液熬成膏服用，这是非常错误的方法。金罂子红熟后味道变甘甜，熬成膏就完全没有了涩味，全然失去了它作为药物的本性。应当在果实半黄时采摘它，晒干后捣成碎末服用。

汤、散、丸，各有所宜。古方用汤最多，用丸、散者殊少。煮散古方无用者，唯近世人为之。大体欲达五脏四肢者莫如汤，欲留膈胃中者莫如散，久而后散者莫如丸。又无毒者宜汤，小毒者宜散，大毒者须用丸。又欲速者用汤，稍缓者用散，甚缓者用丸。此其大概也。近世用汤者全少，应汤皆用煮散。大率汤剂气势完壮，力与丸、散倍蓰。煮散者一啜不过三五钱极矣，比功较力，岂敌汤势？然汤既力大，则不宜有失消息。用之全在良工，难可定论拘也。

【译文】中医上有汤剂、散剂、丸剂，它们治疗疾病有各自适宜的情况。古代医方中用汤剂的最多，而用丸剂、散剂的情况很少。煮散这种方法，古代医方中是不用的，只在近代以来世人才开始使用。大体上说，想要让药力通达五脏、四肢的话最好用汤剂，想要让药力留在膈膜、肠胃中的话最好用散剂，希望药力持久、最后才发散的话最好用丸剂。另外，无毒性的药物适宜用汤剂，有微弱毒性的药物适宜用散剂，毒性比较强的药物就必须用丸剂。再次，想要药物生效快的建议用汤剂，生效稍缓一点的用散剂，生效更缓的用丸剂。这些就是它们大致的使用方法。近代以来，世上用汤剂的很少，在应该用汤剂的时候都用煮散的方法。大体上说，汤剂的气势完整又壮实，药力是丸剂、散剂的好几倍。煮散的话，每服药不过三五钱就到顶了，它的药效和功力哪里比得上汤剂的力量呢？不过汤剂既然药力很大，使用时就不应该在剂量上出差错。其实如何用好药剂全靠高明的大夫，很难用某种定论来拘束。

古法采草药多用二月、八月，此殊未当。但二月草已芽，八月苗未枯，采掇者易辩识耳，在药则未为良时。大率用根者，若有宿根，须取无茎叶时采，则津泽皆归其根。欲验之，但取芦菔、地黄辈观，无苗时采，则实而沉；有苗时采，则虚而浮。其无宿根者，即候苗成而未有花时采，则根生已足而又未衰。如今之紫草，未花时采，则根色鲜泽；过而采，则根色黯恶，此其效也。用叶者取叶初长足时，用芽者自从本说，用花者取花初敷时，用实者成实时采。皆不可限以时月，缘土气有早晚，天时有愆伏。如平地三月花者，深山中则四月花。白乐天《游大林寺》诗云："人间四月芳菲尽，山寺桃花始盛开。"盖常理也，此地势高下之不同也。如筀竹笋，有二月生者，有三四月生者，有五月方生者，谓之"晚筀"；稻有七月熟者，有八九月熟者，有十月熟者，谓之"晚稻"。一物同一畦之间，自有早晚，此性之不同也。岭、峤微草，凌冬不凋，并、汾乔木，望秋先陨；诸越则桃李冬实，朔漠则桃李夏荣，此地气之不同也。一亩之稼，则粪溉者先芽；一丘之禾，则后种者晚实，此人力之不同也。岂可一切拘以定月哉？

【译文】按传统的做法，采草药大多在二月和八月进行，其实这很不合适。只不过是因为二月时草已经发芽，八月时苗还没有枯萎，采药的人容易辨识罢了，但是这对药本身来说却不是最好的采摘时期。大体上说，用根入药的植物，如果有隔年老根的，就必须在它没有茎叶的时候采集，这时候植物的精华都集中在根部。想要验证这一点，只要拿芦菔、地黄这些植物观察一下，在没有苗的时候采摘，它们的根部充实又饱满；长了苗以后再采摘，它们的根部就会空虚又轻浮。那些没有隔年老根的植物，就要等苗已经长成但还没有开花的时候采摘，这样它的根部就有了充分生长但又没到衰败的时候。就像现在的紫草，没开花的时候采摘，它的根部就颜色鲜艳润泽；如果花期过了再采摘，它的根部就颜色灰暗枯黄，这就是上述规律的证明。用叶入药的植物，要在叶子刚刚长成的时候采摘；用芽入药的植物，按过去二月的时间采摘就行了；用花入药的植物，要在花刚刚绽开时采摘；用果实入药的植物，要在果实刚刚长成的时候采摘。每种草药都不能限定在固定的时间采摘，这是因为不同地区的气候有早晚之分，大自然的时序也会出现气候失常。比如在平原地区三月开花的植物，在深山中就要四月才能开花。白居易的《游大林寺》诗中说："人间四月芳菲尽，山寺桃花始盛开。"这是很寻常的道理，因为两处地势的高低不同。比如笔竹笋，有的二月萌生，有的三、四月萌生，有的到五月才萌生，后者称为"晚笔"；稻子有七月成熟的，有八九月成熟的，有十月才成熟的，后者称为"晚稻"。一种植物生长在同一个垄畦里，成熟时间也会有早有晚，这是因为物性不同。岭、峤一带的小草，经过隆冬也不凋谢，并、汾一带的乔木，快到秋天时就开始落叶；南越一带的桃李冬天结果，朔漠一带的桃李夏天开花，这是由于不同地区气候的差异。同一亩的庄稼，肥料灌溉得多的就先发芽；同一丘的禾苗，稍后种植的就晚结实，这是由于人力的不同。植物的生长有这么多差别，怎么能够全都局限在固定的时间里呢？

《本草注》："橘皮味苦，柚皮味甘。"此误也。柚皮极苦，不可向口，皮甘者乃橙耳。

【译文】《本草注》上说："橘子皮味道苦，柚子皮味道甜。"这是错误的。柚子皮味道也非常苦，没办法入口，皮有甜味的那是橙子。

按《月令》："冬至麋角解，夏至鹿角解"，阴阳相反如此。今人用麋、鹿茸作一种，殆疏也。又有刺麋、鹿血以代茸，云"茸亦血耳"，此大误也。窃详古人之意，凡含血之物，肉差易长，其次筋难长，最后骨难长。故人自胚胎至成人，二十年骨髓方坚。唯麋角自生至坚，无两月之久，大者乃重二十余斤，其坚如石，计一昼夜须生数两。凡骨之顿成生长，神速无甚于此，虽草木至易生者，亦无能及之。此骨之至强者，所以能补骨血、坚阳道、强精髓也，岂可与凡血为比哉？麋茸利补阳，鹿茸利补阴。凡用茸，无乐大嫩，世谓之"茄子茸"，但珍其难得耳，其实少力，坚者又太老。唯长数寸，破之肌如朽木，茸端如玛瑙、红玉者最善。又北方戎狄中有麋、麝、麈，驼鹿极大而色苍，麂黄而无斑，亦鹿之类。角大而有文，莹莹如玉，其茸亦可用。

【译文】根据《月令》的记载："冬至时麋角脱落，夏至时鹿角脱落"，两者的阴阳差异如此相反。现在人们把麋茸、鹿茸当成同一种东西，这就疏忽考察了。又有人刺取麋、鹿的血来代替鹿茸，说"茸也是血啊"，这是非常错误的。我私下里考究古人的意思，应该是说大凡含血的动物，肉都比较容易生长，其次是筋，筋就比较难长，最后是骨，骨最难长。所以人类胎儿开始到长大成人，需要经过二十年时间，骨髓才能够足够坚实。只有麋角从开始生长到坚实，只用不到两个月的时间，大的麋角重有二十多斤，坚硬得像石头一样，算起来它一天一夜就要增长几两重。凡是那些骨质生长迅速的生物，也都没有比它更神速的，即使是草木那种最容易生长的生物，也比不过它。这就是骨性最强的东西，所以它能够用来补养骨血、壮实阳性、增强精髓，哪里是那些普通骨血能比的呢？麋茸有利于补阳，鹿茸有利于补阴。但凡是服用茸，并不需要追求太嫩，世人所说的"茄子茸"，只是因为珍惜它很难得到罢了，其实它的药力并不大，但是那些太过坚硬的茸又太老了。只有那些几寸长短，剖开来质地如同朽木，茸的顶端像玛瑙、红玉的茸才是最好的。另外，北方戎狄地区生长着麋、麝、麈，驼鹿体型非常大而毛色苍灰，麂的毛色黄而没有斑纹，它们也属于鹿类。它们角大而有花纹，坚硬光亮如同玉石，它的茸也能当药用。

枸杞，陕西极边生者，高丈余，大可作柱，叶长数寸，无刺，根皮如厚朴，甘美异于他处者。《千金翼》云："甘州者为真，叶厚大者是。"大体出河西诸郡，其次江池间埂上者。实圆如樱桃，全少核，暴干如饼，极膏润有味。

【译文】枸杞，生长在陕西很靠近边境地区的那些，高有一丈多，大的能当柱子，叶子有几寸长，没有刺，根皮就像厚朴一样，这地方的枸杞味道甘美，远胜过其余地方。《千金翼》上说："甘州生产的才是真枸杞，叶片厚大的那种就是。"大体上，生长在河西地区的枸杞最上乘，稍次一点的就是生长在江河湖泊边的堤坝和田埂上的。它的果实像樱桃一样圆，基本上没有核，晒干后就像饼一样，非常肥厚润泽而且有滋味。

"淡竹"对"苦竹"为文。除苦竹外，悉谓之"淡竹"，不应别有一品谓之淡竹。后人不晓，于《本草》内别疏淡竹为一物。今南人食笋有苦笋、淡笋两色，淡笋即淡竹也。

【译文】"淡竹"是相对"苦竹"而言的。除了苦竹以外，其余的都可以称为"淡竹"，而不应该另有一个品种叫作淡竹。后人不了解情况，所以在《本草》中另外分列出淡竹作为一个品类。现在南方人吃的笋有苦笋和淡笋两种，这种淡笋就是淡竹。

　　东方、南方所用细辛皆杜衡也，又谓之"马蹄香"，黄白，拳局而脆，干则作团，非细辛也。细辛出华山，极细而直，深紫色，味极辛，嚼之习习如椒，其辛更甚于椒。故《本草》云："细辛，水渍令直。"是以杜衡伪为之也。襄、汉间又有一种细辛，极细而直，色黄白，乃是鬼督邮，亦非细辛也。

　　【译文】东方、南方所用的细辛都是杜衡，又叫作"马蹄香"，它的颜色是黄白色的，卷曲而爽脆，晒干后就变成团状，这其实不是细辛。真正的细辛出产在华山，长得非常细而且直，颜色呈深紫色，味道非常辛辣，嚼起来像花椒一样，比花椒还要辣。所以《本草》里说："细辛，用水浸渍可以让它伸直。"这是用杜衡冒充细辛。襄阳、汉水地区又有另一种细辛，长得非常细而且直，颜色是黄白色的，其实它是鬼督邮，也不是真正的细辛。

　　《本草注》引《尔雅》云："蘦，大苦。"注："甘草也。蔓延生，叶似荷，青黄，茎赤。"此乃黄药也，其味极苦，谓之"大苦"，非甘草也。甘草枝叶悉如槐，高五六尺，但叶端微尖而糙涩，似有白毛，实作角生，如相思角，四五角作一本生，熟则角坼。子如小匾豆，极坚，齿啮不破。

　　【译文】《本草注》引注《尔雅》说："蘦，大苦。"郭璞注说："就是甘草，蔓延着生长，叶子像荷，青黄色，茎是红色的。"这种蘦其实是黄药，味道非常苦，所以说它"大苦"，而不是引注所说的甘草。甘草的枝叶都像槐树一样，高有五六尺，不过它的叶端稍微尖细而且粗糙，好像长着白毛，它的果实呈荚形，就像相思豆一样，四五个果实长在一根枝上，成熟后果实就会裂开。它结的籽像小的扁豆，非常坚硬，用牙都咬不破。

胡麻直是今油麻，更无他说，余已于《灵苑方》论之。其角有六棱者、有八棱者。中国之麻，今谓之大麻是也，有实为苴麻，无实为枲麻，又曰牡麻。张骞始自大宛得油麻之种，亦谓之麻，故以"胡麻"别之，谓汉麻为"大麻"也。

【译文】胡麻就是现在的油麻，再没有别的称呼了，我已经在《灵苑方》中讨论过这个问题。它的荚果有六条棱的、有八条棱的。中原地区的麻，就是现在所说的大麻，能开花和结实的雌株叫作苴麻，能开花而不能结实的雄株叫作枲麻，又叫作牡麻。因为张骞最开始从大宛国得到的油麻品种也叫作麻，所以就改叫"胡麻"来区别它们，而把汉族地区产的麻叫作"大麻"。

赤箭，即今之天麻也。后人既误出天麻一条，遂指赤箭别为一物。既无此物，不得已又取天麻苗为之，兹为不然。《本草》明称"采根阴干"，安得以苗为之？草药上品，除五芝之外，赤箭为第一，此神仙补理、养生上药。世人惑于天麻之说，遂止用之治风，良可惜哉。以谓其茎如箭，既言赤箭，疑当用茎，此尤不然。至如鸢尾、牛膝之类，皆谓茎叶有所似，用则用根耳,何足疑哉?

【译文】赤箭就是现在的天麻,后人先是错误地把天麻分列成一条,后来就把赤箭当成了另一种东西。既然本来就不存在这种东西,后人只好不得已又把天麻的苗说成是赤箭,其实事实完全不是这样的。《本草》中清楚地说"采根阴干",怎么能用苗来充当呢?草药中的上等品,除了五种灵芝以外,就数赤箭是第一了,这是神仙用来调理、养生的上等药材。世人被它就是天麻的说法所困惑,所以就只用它来治疗中风等病症,这实在是可惜啊。还有人认为它的茎部长得像箭,既然还称它为赤箭,就怀疑应该取它的茎来入药,这种说法更是不对的。像鸢尾、牛膝一类的药,它们的名称都和茎、叶有相似,但是入药时用的却是根,这名称有什么值得怀疑的呢?

地菘即天名精也。世人既不识天名精,又妄认地菘为火蔹,《本草》又出鹤虱一条,都成纷乱。今按,地菘即天名精,盖其叶似菘,又似蔓菁,蔓菁即蔓精也。故有二名,鹤虱即其实也。世间有单服火蔹法,乃是服地菘耳,不当用火蔹。火蔹,《本草》名稀蔹,即是猪膏苗。后人不识,亦重复出之。

【译文】地菘就是天名精。世人先是不认识天名精,后来又错误地把地菘认成是火蔹,所以《唐本草》中又列出鹤虱一条,真相全被搅乱了。根据我的考证,地菘就是天名精,大概是因为它的叶子长得像菘,又长得像蔓菁,蔓菁就是蔓精,所以它有两个名称,鹤虱就是它的果实。世上有单独服用火莶的用药方法，其实这是服用地菘，不能说是服用火莶。火莶在《唐本草》中叫作"稀莶"，就是猪膏苗。后人不认识它，也重复设立了不同的条目。

南烛草木，记传、《本草》所说多端，今少有识者。为其作青精饭，色黑，乃误用乌桕为之，全非也。此木类也，又似草类，故谓之"南烛草木"，今人谓之"南天烛"者是也。南人多植于庭槛之间，茎如蒴藋，有节，高三四尺，庐山有盈丈者，叶微似楝而小，至秋则实赤如丹。南方至多。

【译文】南烛草木，在文献记载和《本草》的说法有很多种，现在很少有认识它的人了。因为用它做出来的青精饭是黑色的，人们就误用乌桕来充当它，这是完全不对的。它属于木类，又类似草类，所以称它"南烛草木"，其实就是现在人们说的"南天烛"。南方人大多把它种在庭院里，它的茎长得像蒴藋，有节，高三四尺，庐山上的南烛草木有高达一丈多的，它的叶子长得像楝而体形偏小，到秋天的时候，它的果实红得像丹砂一样。南方有很多南烛草木。

太阴玄精，生解州盐泽大卤中，沟渠土内得之。大者如杏叶，小者如鱼鳞，悉皆六角，端正如龟甲。其裙襕小堕，其前则下刻，其后则上刻，正如穿山甲，相掩之处，全是龟甲，更无异也。色绿而莹彻，叩之则直理而折，莹明如鉴，折处亦六角，如柳叶。火烧过则悉解折，薄如柳叶，片片相离，白如霜雪，平洁可爱。此乃禀积阴之气凝结，故皆六角。今天下所用玄精，乃绛州山中所出绛石耳，非玄精也。楚州盐城古盐仓下土中，又有一物，六棱，如马牙硝，清莹如水晶，润泽可爱，彼方亦名太阴玄精，然喜暴润，如盐碱之类。唯解州所出者为正。

【译文】太阴玄精，产出在解州盐泽的卤水中，可以在沟渠的土壤里找到它。大的像杏叶那么大，小的像鱼鳞那么大，形状都呈六角形，就像龟甲一样端正。这种晶石的边缘部分稍微低下些，前端的斜面向下倾斜，后部的斜面向上倾斜，就像穿山甲那样，重叠相掩的地方全是龟甲，没什么不同。它的颜色是绿的，而且晶莹剔透，敲击它后就会顺着纹理裂开，里面晶莹明亮，就像镜子一样，断裂部分的形状也是六角形，如同柳叶。用火烧过后它就会全部散裂开，薄得像柳叶一样，片片分离，白得像霜雪，平整又洁净，非常可爱。它禀受了积累久的阴气而后凝结形成的，所以都呈六角形。现在天下使用的玄精石，大多都是绛州山中产出的绛石罢了，并不是正宗的玄精石。楚州盐城旧盐仓下面的土壤中，还有另一种晶石，呈六棱状，长得像马牙硝，清澈透明，就像水晶一样润泽可爱，那儿的人们也称它"太阴玄精"，但是那种晶体容易上潮分解，就像盐碱一类的东西。只有解州产出的才是正宗的玄精石。

稷乃今之穄也。齐、晋之人谓即、积皆曰"祭"，乃其土音，无他义也。《本草注》云："又名穄子。"穄子乃黍属。《大雅》："维秬维秠，维穈维芑。"秬、秠、穈、芑皆黍属，以色别，丹黍谓之"穈"，音门。今河西人用穈字而音穄。

【译文】稷就是现在的"穄"。齐、晋一带的人把"即""积"都说成是"祭",这是当地的方言,并没有什么别的意义。《本草注》说:"又叫穈子。"穈子属于黍类作物。《诗经·大雅》里说:"维秬维秠,维穈维芑。"秬、秠、穈、芑都属于黍类作物,可以根据它们的颜色相互区别,红色的黍称为"穈",音门。现在河西人使用"糜"的字形但是读作"穈"的音。

苦耽即《本草》酸浆也。新集《本草》又重出苦耽一条。河西番界中,酸浆有盈丈者。

【译文】苦耽就是《本草》中的酸浆。新编修的《本草图经》中又重复将苦耽单列为一条。在河西的西夏境内,有的酸浆有高达一丈多的。

今之苏合香,如坚木,赤色,又有苏合油,如㯉胶,今多用此为苏合香。按刘梦得《传信方》用苏合香云:"皮薄,子如金色,按之即小,放之即起,良久不定如虫动。气烈者佳也。"如此则全非今所用者,更当精考之。

【译文】现在的苏合香,就像坚硬的木头,呈红色,另外又有一种苏合油的东西,就像㯉胶,现在大多把这种东西当成了苏合香。根据刘禹锡《传信方》中对苏合香的描述说:"皮薄,颜色像黄金,用手按压它就变小,把手松开它就弹起,长时间摇摆不定,就像虫子在蠕动一样。气味浓烈的最优良。"如果按照这个说法,那么这种东西完全不是现在所用的苏合香，还应当进一步仔细考证。

薰陆即乳香也。本名薰陆，以其滴下如乳头者，谓之"乳头香"；镕塌在地上者，谓之"塌香"。如腊茶之有滴乳、白乳之品，岂可各是一物？

【译文】薰陆就是乳香。它本名叫薰陆，将薰陆中滴下来像乳头的那些叫作"乳头香"，融化后摊在地上的那些叫作"塌香"。这就像腊茶有滴乳、白乳的不同品种，怎么能够说它们分别是不同的东西呢？

山豆根味极苦，《本草》言味甘者，大误也。

【译文】山豆根的味道非常苦，《本草》里说它味道甘甜，这完全是错误的。

蒿之类至多。如青蒿一类，自有两种：有黄色者，有青色者。《本草》谓之"青蒿"，亦恐有别也。陕西绥、银之间有青蒿，在蒿丛之间，时有一两株，迥然青色，土人谓之香蒿，茎叶与常蒿悉同，但常蒿色绿，而此蒿色青翠，一如松桧之色。至深秋，余蒿并黄，此蒿独青，气稍芬芳。恐古人所用，以此为胜。

【译文】蒿的种类非常多。比如青蒿一类，就有两个品种：有黄色的，有青色的。《本草》上称为"青蒿"，也恐怕还有别的品种。陕西的绥德、银州一带长有青蒿，在蒿丛当中，常常会有一两株，与其余的蒿呈完全不同的青色，当地人称它为"香蒿"，它茎叶的形状与一般的蒿都相同，但是一般的蒿是绿色的，而这种蒿却是青翠色的，就像松桧的颜色。到了深秋，其他的蒿都发黄了，唯独这种蒿仍然是青色的，气味有点芬芳。恐怕古人所用的青蒿，以这种品种的最上乘。

按，文蛤即吴人所食花蛤也，魁蛤即车螯也。海蛤今不识其生时，但海岸泥沙中得之，大者如棋子，细者如油麻粒。黄、白或赤相杂，盖非一类。乃诸蛤之房，为海水砻砺光莹，都非旧质。蛤之属其类至多，房之坚久莹洁者，皆可用，不适指一物，故通谓之"海蛤"耳。

【译文】根据考证，文蛤就是江南人吃的花蛤，魁蛤就是车螯。我们现在不了解这些海蛤的生活情况，只是能够在海岸边的泥沙中找到它们，大的海蛤就像棋子一样，小的海蛤就像油麻粒一样。有黄色、白色或者与红色相互夹杂，各种颜色的海蛤应该不是同一种类。而是由于各种蛤类的壳，被海水冲刷、磨砺得光滑晶莹，外表都已经不是原来的样子了。蛤的种类非常多，那些外壳坚硬、历时久、晶莹光洁的都可以食用，不专指一种品类，所以通称它们为"海蛤"。

今方家所用漏芦乃飞廉也。飞廉一名漏芦，苗似箬叶，根如牛蒡、绵头者是也，采时用根。今闽中所用漏芦，茎如油麻，高六七寸，秋深枯黑如漆，采时用苗。《本草》自有条，正谓之"漏芦"。

【译文】现在方术家所用的漏芦就是飞廉。飞廉又名漏芦，它的苗像箬叶一样，根像牛蒡一样，那种带有白色细毛的就是飞廉了，采摘的时候取用它的根部。现在福建一带所用的漏芦，茎像油麻一样，高有六七寸，深秋时枯萎得像黑漆一样，采摘的时候取用苗的部分。《本草》中自列出条目，正称它为"漏芦"。

《本草》所论赭魁皆未详审，今赭魁南中极多，肤黑肌赤，似何首乌。切破，其中赤白理如槟榔，有汁赤如赭，南人以染皮制靴，闽、岭人谓之"余粮"。《本草》"禹余粮"注中所引，乃此物也。

【译文】《本草》中对赭魁的论述都不够详细精确，现在四川一带有很多赭魁，它外面是黑色的，里面是红色的，就像何首乌一样。把它切破，里面红白色的肌理就像槟榔，有红得像赭色一样的汁液，南方人用它来给皮革染色制成靴子，福建、五岭一带的人称它为"余粮"。《本草》"禹余粮"的注解中所提到的就是这种东西。

石龙芮今有两种：水中生者叶光而末圆，陆生者叶毛而末锐。入药用生水者。陆生亦谓之"天灸",取少叶揉系臂上,一夜作大泡如火烧者是也。

【译文】石龙芮现在有两个种类:生长在水上的那一种叶面光滑而且末端浑圆,生长在地上的那一种叶面粗糙而且末端尖锐。入药时需要用生长在水上的那种。生长在地上的那种也叫作"天灸",取来少量它的叶片揉碎后系在胳臂上,一个晚上皮肤上就能灼出大水泡,像是被火烧的一样。

麻子,海东来者最胜,大如莲实,出屯罗岛。其次上郡、北地所出,大如大豆,亦善。其余皆下材。用时去壳,其法取麻子帛包之,沸汤中浸,候汤冷,乃取悬井中一夜,勿令著水。明日,日中暴干,就新瓦上轻挼,其壳悉解。簸扬取肉,粒粒皆完。

【译文】芝麻,要数从东部沿海传来的那种最好,它大小像莲子一样,出产在屯罗岛。其次的品种是上郡、北地出产的,大小像大豆一样,也还不错。其余的就都是下等品了。服用的时候要去掉壳,方法是将麻子用布帛包好,放在沸水中浸泡,等水冷却后,再取出来悬挂在井里一晚上,注意不要让它沾着水。第二天,在太阳底下晒干,然后放在新制成的瓦片上轻轻揉搓,它的壳就都脱落下来了。最后用簸箕把壳筛掉,取出剩下的籽实,粒粒都能完好无损。

补笔谈卷一·故事

　　故事，不御前殿，则宰相一员押常参官再拜而出。神宗
初即位，宰相奏事多至日晏。韩忠献当国，遇奏事退晚，即依
旧例一面放班，未有著令。王乐道为御史中丞，弹奏语过当，
坐谪陈州，自此令宰臣奏事至辰时未退，即一面放班，遂为
定制。

　　【译文】按照惯例，皇帝不在文德殿上朝的时候，就由一名宰
相带领上朝的文武百官行朝拜礼，然后再退朝。神宗刚刚即位时，
宰相奏事经常要说到很晚。韩琦担任宰相时，遇到奏事繁多而要
晚退的情况，他就按照过去的惯例让其余的官员自行朝拜然后退
朝，但这一做法没有成为正式的法令。王陶担任御史中丞时，把这
件事当理由来弹劾韩琦，朝廷认为这么做太过分了，于是把他贬到
了陈州，从这以后皇帝就立下了规定，宰相奏事如果到辰时还没结
束，就允许其余的官员自行朝拜然后退朝，于是这种方法被确定为

正式的制度。

故事，升朝官有父致仕，遇大礼则推恩迁一官，不增俸。熙宁中，张丞相杲卿以太子太师致仕，用子荫当迁仆射。廷议以为执政官非可以子荫迁授，罢之。前两府致仕，不以荫迁官，自此始。

【译文】按照惯例，升朝官中如果有父亲退休的人，遇到郊祀大典时就可以受恩惠晋升一级官阶，但是不增加俸禄。熙宁年间，丞相张杲卿以太子太师的官衔退休，根据这种恩荫惯例，他的儿子应当升为仆射。朝廷讨论时认为，执政官不能够由受到恩荫庇荫而升官的人来担任，于是没有批准他儿子升官的这件事。中书、枢密两府不因长官退休而恩荫给亲属升官的制度，就是从这件事开始的。

故事，初授从官、给谏未衣紫者，告谢日面赐金紫。何圣从在陕西就任除待制，仍旧衣绯。后因朝阙，值大宴，殿上独圣从衣绯，仁宗问所以，中筵起，乃赐金紫，遂服以就坐。近岁许冲元除知制诰，犹著绿，告谢日面赐银绯，后数日别因对，方赐金紫。

【译文】按照惯例，首次被授予中书、门下省属官、给事中、谏议大夫官职的人，如果还没有穿上紫色官服，可以在告谢的时候被当面赐予金紫官服。何郑在陕西任上被授予了待制职衔，却依旧穿着红色官服。后来因为入京朝见时赶上庆典大宴，大殿上只有他一个人穿着红色官服，仁宗皇帝就问起他原因，便在宴会上直接赐给他金紫官服，他当场换了衣服就座。近年来，许将被授予知制诰时，依旧穿着绿色官服，告谢的时候当面赐给他银绯官服，过了几天后，又因为需要奏对，才赐给他金紫官服。

自国初以来，未尝御正衙视朝。百官辞见，必先过正衙，正衙既不御，但望殿两拜而出，别日却赴内朝。熙宁中，草视朝仪，独不立见辞谢班。正御殿日，却谓之"无正衙"，须候次日依前望殿虚拜，谓之"过正衙"。盖阙文也。

【译文】从本朝初年以来，皇帝从没有到过文德殿视朝。但是文武百官辞见时，都必须先到文德殿，皇帝既然不在文德殿，他们就空对着正殿行两次跪拜礼然后退出，另外再找时间到垂拱殿参见皇帝。熙宁年间，朝廷重新起草了朝会的礼仪，唯独没有规定召见辞谢官员的礼仪。文武百官在垂拱殿朝见皇帝的日子，却称为"无正衙"，要等到第二天再像过去那样空对着文德殿的正殿虚拜，称为"过正衙"。这是礼仪上的缺陷。

熙宁三年，召对翰林学士承旨王禹玉于内东门小殿。夜深，赐银台烛双引归院。

【译文】熙宁三年，皇帝在内东门小殿召见翰林学士承旨王珪。夜深后，才派两个宦官拿着银烛台的蜡烛送他回学士院。

夏郑公为忠武军节度使，自河中府徙知蔡州，道经许昌。时李献臣为守，乃徙居他室，空使宅以待之，时以为知体。庆历中，张邓公还乡，过南阳，范文正公亦虚室以待之，盖以其国爵也。遂守为故事。

【译文】夏竦担任忠武军节度使的时候，曾经从河中府改任知蔡州，途中路过许昌。当时李淑担任许昌守，于是他就移到别的房间居住，把官署空出来接待夏竦，当时人们觉得李淑懂得大体。庆历年间，张士逊退休还乡，路过南阳，范仲淹也把官署空出来招待他，大概是因为张士逊有国公的封爵。后来这种做法就成为了惯例。

国朝仪制，亲王玉带不佩鱼。元丰中，上特制玉鱼袋，赐扬王、荆王施于玉带之上。

【译文】按照本朝的礼仪规定，亲王的玉带上并不佩带鱼符。元丰年间，皇帝特地制作了玉鱼袋，赐给扬王、荆王佩戴在玉带上。

旧制，馆职自校勘以上，非特除者，皆先试，唯检讨不试。初置检讨官，只作差遣，未比馆职故也。后来检讨给职钱，并同带职在校勘之上，亦承例不试。

【译文】按照过去的规定，凡是校勘官以上的馆阁职员，除了特别任命的人以外，都需要先进行考试，唯独检讨官不用考试。这是因为一开始设置检讨官，只是把它作为一个差遣职务，不像其余的馆职那样可以作为官衔兼带。后来检讨官也像官职那样给了俸禄，同时可以兼任，级别在校勘官之上，不过它的录用方式还延续着惯例，不用进行考试。

旧制，侍从官学士以上方腰金。元丰初，授陈子雍以馆职，使高丽，还除集贤殿修撰，赐金带。馆职腰金出特恩，非故事也。

【译文】按照过去的规定，侍从官中官位在学士以上的官员才能够使用金带。元丰初年，朝廷授予陈睦馆职，派他出使高丽，他回来以后，被授予集贤殿修撰的官职，并赐给金带。馆职官员能够佩戴金带一般是出于朝廷特别的恩典，而不是惯例。

今之门状称"牒件状如前，谨牒"，此唐人都堂见宰相之礼。唐人都堂见宰相，或参辞谢事先具事因，申取处分，有非一事，故称"件状如前"。宰相状后判"引"，方许见。后人渐施于执政私第，小说记施于私第自李德裕始。近世谄敬者，无高下一例用之，谓之"大状"。予曾见白乐天诗稿，乃是新除寿州刺史李忘其名门状，其前序住京因宜，及改易差遣数十言，其末乃言"谨祗候辞，某官"。至如稽首之礼，唯施于人君，大夫家臣不稽首，避人君也。今则虽交游皆稽首。此皆生于谄事上官者，始为流传，至今不可复革。

【译文】现在登门造访的门状称"牒件状如前，谨牒"，这是唐代人在都堂拜见宰相的礼仪。唐代人在都堂拜见宰相时，如果有参拜、辞别和致谢等事，都要事先写清楚事情的原由，申请后才能听取宰相的安排，有时候人们不止请求一件事，所以这叫作"件状如前"。宰相在门状后面批答"引"，才允许申请者进见。后来人们渐渐把这种礼节用在宰相的私宅中，根据小说笔记的记载，这种礼节用在私宅的做法是从李德裕开始的。近年那些谄媚的人，无论官位高下，一律使用这种格式，这称为"大状"。我曾经见到过白居易的一篇诗稿，背面写的是新任寿州刺史李某的门状，忘了它的名字。文章前面几十字叙述他住在京城的原因以及改换的官职，最后写着"谨祗候辞，某官"。至于稽首一类的礼节，在过去只能够对君主时使用，士大夫的家臣并不行稽首礼，这是特地为了避开对君主使用的礼节。但是现在朋友之间都流行着稽首礼。这些礼节的变化都是源自谄媚高官的人，从他们开始流传起来，到今天已经没办法再革除了。

辨 证

今人多谓廊屋为庑。按《广韵》："堂下曰庑。"盖堂下屋檐所覆处，故曰"立于庑下"。凡屋基皆谓之"堂"，廊檐之下亦得谓之"庑"，但庑非廊耳。至如今人谓两廊为东、西序，亦非也，序乃堂上东西壁，在室之外者。序之外谓之荣，荣，屋翼也。今之两徘徊，又谓之两厦，四柱屋则谓之东西溜，今谓之"金厢道"者是也。

【译文】现在的人大多把廊屋叫作"庑"。根据《广韵》的记载："堂下曰庑。"庑是指堂下被屋檐所遮盖的地方，所以才说"立于庑下"。凡是建在房屋地基之上的建筑都叫作"堂"，走廊、屋檐之下的部分可以叫作"庑"，但庑不是廊。至于今天人们把房屋两侧的走廊叫作东序、西序的说法，也是不正确的，"序"是指堂屋的东墙、西墙，或者是堂室之外的厢房。序外侧的叫作"荣"，荣就是墙上和屋檐翼角相结合的部位。如今又把两侧的回廊叫作两"厦"，如果是四柱的房屋就叫作东溜、西溜，就是今天所说的"金厢道"。

梓榆，南人谓之"朴"，齐鲁间人谓之"驳马"，驳马即梓榆也。南人谓之朴，朴亦言驳也，但声之讹耳，《诗》"隰有六驳"是也。陆玑《毛诗疏》："檀木皮似系迷，又似驳马。人云'斫檀不谛得系迷，系迷尚可得驳马'。"盖三木相似也。今梓榆皮甚似檀，以其班驳似马之驳者。今解《诗》用《尔雅》之说，以为"兽，锯牙，食虎豹"，恐非也。兽，动物，岂常止于隰者？又与苞栎、苞棣、树檖非类，直是当时梓榆耳。

【译文】梓榆这种植物，南方人叫它"朴"，齐鲁一带的人叫它

"驳马"，驳马就是梓榆。南方人叫它"朴"，"朴"也就是"驳"，是两个字读音相近造成的错误罢了，其实就是《诗经》中所说的"隰有六驳"。陆玑的《毛诗疏》中说："檀木的皮类似系迷，又好像驳马。有人说'砍檀木不仔细就会错砍到系迷，砍系迷不仔细就会错砍到驳马'。"大概是因为这三种树木的形态相似。如今梓榆的皮很像檀木皮，因为它斑驳的色彩很像马的花斑。现在解释《诗经》的人借用《尔雅》的说法，认为"驳"是一种野兽，有锯齿形的牙齿，能够吞吃虎豹，恐怕不是这样的。兽是动物，怎么可能长时间停留在低湿的地方呢？它又与《诗经》中提到的苞栎、苞棣、树檖等不是同类，所以只能是指当时的梓榆。

　　自古言楚襄王梦与神女遇，以《楚辞》考之，似未然。《高唐赋序》云："昔者先王尝游高唐，怠而昼寝，梦见一妇人，曰：'妾巫山之女也，为高唐之客。朝为行云，暮为行雨。'故立庙号为朝云。"其曰"先王尝游高唐"，则梦神女者怀王也，非襄王也。又《神女赋序》曰："楚襄王与宋玉游于云梦之浦，使玉赋高唐之事。其夜，王寝，梦与神女遇。王异之，明日以白玉。玉曰：'其梦若何？'对曰：'晡夕之后，精神恍惚，若有所熹，见一妇人，状甚奇异。'玉曰：'状如何也？'王曰：'茂矣，美矣，诸好备矣；盛矣，丽矣，难测究矣；瑰姿玮态，不可胜赞。'王曰：'若此盛矣，试为寡人赋之。'"以文考之，所云"茂矣"至"不可胜赞"，云云。皆王之言也。宋玉称叹之可也，不当却云："王曰：'若此盛矣，试为寡人赋之。'"又曰："明日以白玉。"人君与其臣语，不当称"白"。又其赋曰：
"他人莫睹，玉览其状，望余帷而延视兮，若流波之将澜。"
若宋玉代王赋之若玉之自言者，则不当自云"他人莫睹，玉览
其状"。既称"玉览其状"，即是宋玉之言也，又不知称"余"
者谁也。以此考之，则"其夜王寝，梦与神女遇"者，"王"字乃
"玉"字耳。"明日以白玉"者，以白王也。"王"与"玉"字误
书之耳。前日梦神女者，怀王也，其夜梦神女者，宋玉也，襄王
无预焉，从来枉受其名耳。

【译文】从古以来人们都说楚襄王在梦中与神女相遇，但
根据《楚辞》考证，好像不是这么回事。《高唐赋序》中说："以前
先王曾经游览高唐，因为感到疲倦就在白天睡着了，他梦见一位妇
人，说：'我是巫山的神女，在高唐作客。早晨化成流动的行云，晚
上化成飘洒的雨水。'于是楚人就为她修建了祠庙，并把庙命名为
朝云。"文章里说"先王曾经游览高唐"，那么梦到神女的应该是楚
怀王而不是楚襄王。另外，《神女赋序》说："楚襄王与宋玉在云
梦浦游览，他让宋玉创作一篇《高唐赋》。这天夜里，襄王就寝，
做梦时与神女相遇了。襄王觉得十分奇异，第二天就把这件事和
宋玉说了。宋玉问：'那是一个怎样的梦呢？'襄王回答道：'傍晚
过后，我觉得精神恍惚，眼前好像有一道光芒出现，然后就看见
了一位妇人，相貌非常奇异。'宋玉问：'那女子相貌怎么样？'襄
王说：'容貌非常美丽，可以说所有美好的品质她都具备了；服饰非
常华丽，很难靠服饰来推测她的来历；还有那美好的姿态和身段，
怎么也赞美不完。'襄王说：'她就是这样美丽，请你为我写一篇赋

吧。'"根据文意来考证，文章中从"茂矣"到"不可胜赞"等一大段句子，都是楚襄王说的话。宋玉对襄王的话表示赞叹是合理的，但他不应该说："襄王说：'她就是这样美丽，请你为我写一篇赋吧。'"文章中又提到："明日以白玉。"事实上君主和自己的臣子对话，不应该使用"白"。另外，宋玉的赋中又说："他人莫睹，玉览其状，望余帷而延视兮，若流波之将澜。"如果是宋玉模仿襄王的口气来描述这件事的话，就不应该说"他人莫睹，玉览其状"。既然说了"玉览其状"，那么这就是宋玉所的话了，这样一来，读者就不知道文章中所谓的"余"到底是指谁了。根据原文考证，在"其夜王寝，梦与神女遇"这句话中，"王"字应该是"玉"字。"明日以白玉"应该是"以白王"。两个地方的"王"与"玉"字互相写错了。所以说，以前梦到神女的是楚怀王，那天晚上梦到神女的是宋玉，而和楚襄王没什么关系，他一直以来都错担了这个名声。

《唐书》载：武宗宠王才人，尝欲以为皇后。帝寝疾，才人侍左右，熟视曰："吾气奄奄，顾与汝辞，奈何？"对曰："陛下万岁后，妾得一殉。"及大渐，审帝已崩，即自经于幄下。宣宗即位，嘉其节，赠贤妃。按李卫公《文武两朝献替记》云："自上临御，王妃有专房之宠，以娇妒忤旨，日夕而殒。群情无不惊惧，以谓上成功之后，喜怒不测。"与《唐书》所载全别。《献替记》乃德裕手自记录，不当差谬。其书王妃之死，固已不同。据《献替记》所言，则王氏为妃久矣，亦非宣宗即位乃始追赠。按《张祜集》有《孟才人叹》一篇，其序曰："武宗皇帝疾笃，迁便殿。孟才人以歌笙获宠者，密侍其右。上目

之曰：'吾当不讳，尔何为哉？'指笙囊泣曰：'请以此就缢。'
上悯然。复曰：'妾尝艺歌，愿对上歌一曲，以泄其愤。'上以
其恳，许之。乃歌一声《何满子》，气亟立殒。上令医候之，曰：
'脉尚温，而肠已绝。'"详此，则《唐书》所载者，又疑其孟
才人也。

【译文】《新唐书》中记载：唐武宗宠爱王才人，曾经打算把
她立为皇后。武宗卧病在床时，王才人侍奉在他身边，武宗认真地
盯着她很久，说："我已经气息奄奄了，马上就要和你永别了，你可
怎么办啊？"王才人回答说："陛下您走后，妾身会以身相殉。"等
到武宗病危时，她确定皇帝已经去世后，就在帷帐后面自尽了。唐
宣宗即位后，为了表彰王才人的节操，于是就追赠她为贤妃。但根
据李德裕《文武两朝献替记》的记载："自从武宗皇帝亲政以来，
就只宠爱王妃一个人，不料她因为过于傲慢妒嫉而忤逆了皇帝，在
某一天晚上就死掉了。大臣们对这件事没有不感到惊惧的，大家都
认为武宗皇帝即位后，喜怒变得难以预测了。"这书里和《新唐书》
的记载完全不同。《献替记》是李德裕亲手记录的，按道理不应该
有什么错误，所以这里记载的王妃之死，固然说法已经不一样了。
而且按照《献替记》中所说的"王妃"，那么王氏很早以前就已经
是妃了，也不是唐宣宗即位后才追赠的。另外发现《张祜集》中有
一篇《孟才人叹》，这篇文章的序中说："武宗皇帝病得很重，迁居
到别殿。孟才人是因为擅长歌笙而受到宠爱的人，在皇帝临死前
还亲密地侍奉在他身边。皇帝看着她说道：'我就快不行了，你怎
么办啊？'孟才人就指着装笙的袋子，哭着说：'请让我用它来自

尽。'皇帝露出哀怜的神情。孟才人又说:'我以前很会唱歌,现在希望能给您献上一曲歌,来抒发心中不平的感情。'武宗皇帝看她很恳切,就同意了。孟才人刚唱了一句《何满子》,就缓不上气然后去世了。皇帝让医生诊断她,医生说:'才人的脉搏还有余温,但是肠子已经断了。'"根据这些内容,我又怀疑《新唐书》中记载的可能是孟才人了。

建茶之美者号"北苑茶"。今建州凤凰山,土人相传,谓之"北苑",言江南尝置官领之,谓之"北苑使"。予因读《李后主文集》有《北苑诗》及《文苑纪》,知北苑乃江南禁苑,在金陵,非建安也。江南北苑使,正如今之内园使。李氏时有北苑使,善制茶,人竟贵之,谓之"北苑茶"。如今茶器中有"学士瓯"之类,皆因人得名,非地名也。丁晋公为《北苑茶录》云:"北苑,地名也,今曰龙焙。"又云:"苑者,天子园囿之名。此在列郡之东隅,缘何却名北苑?"丁亦自疑之,盖不知北苑茶本非地名。始因误传,自晋公实之于书,至今遂谓之"北苑"。

【译文】建州茶中最好的号称为"北苑茶"。现在建州的凤凰山,就是当地人相传的"北苑",说是南唐时曾经派官员掌管这个地方,称这个官职为"北苑使"。我因为读到了《李后主文集》有《北苑诗》和《文苑纪》,才知道"北苑"是南唐的宫廷园苑,地处金陵,而不在建安。南唐所设置的"江南北苑使",就类似现在的"内园使"。李煜在位时有一位北苑使,擅长制茶,人们争相抬高他所制的茶，并称这种茶为"北苑茶"。这就像现在的茶具中有"学士瓯"一类的名称，都是因为人而得名，而不是因为地而得名的。丁谓的《北苑茶录》中说："北苑是地名，现在叫作龙焙。"又说："苑是天子园圃的名称。这个地方明明在建州郡的东南角，为什么那儿却叫作北苑呢？"可见丁谓自己也有些怀疑，大概他不了解"北苑茶"本就不是因为地而得名的。这种说法开始的时候是因为误解的流传，自从丁谓把它明着写进书里后，直到现在人们就都习惯把那儿叫作"北苑"了。

唐以来，士人文章好用古人语，而不考其意。凡说武人，多云"衣短后衣"，不知短后衣作何形制。"短后衣"出《庄子·说剑篇》，盖古之士人衣皆曳后，故时有衣短后之衣者。近世士庶人衣皆短后，岂复更有短后之衣？

【译文】唐代以来，士人写文章喜欢用古人的话语，但是却不仔细考查古人用语背后的意思。他们写文章时但凡提到武人，就常常说"身穿短后衣"，却不清楚短后衣是什么样子的。"短后衣"出自《庄子·说剑篇》，大概上古士人的衣服都拖在身后，所以当时有穿着后摆缩短这种特制衣服的武人。近代士人和平民的衣服都已经缩短了后摆，怎么会还另外有什么"短后衣"呢？

班固论司马迁为《史记》，"是非颇谬于圣人，论大道则先黄老而后六经，序游侠则退处士而进奸雄，述货殖则崇势利而羞贫贱，此其蔽也"。予按《后汉》王允曰："武帝不杀司马迁，使作谤书流于后世。"班固所论，乃所谓谤也。此正是迁之微意，凡《史记》次序、说论，皆有所指，不徒为之。班固乃讥迁"是非颇谬于圣贤"，论甚不慊。

【译文】班固评论司马迁写的《史记》，说它"是非评判标准和圣人不合，谈论大道时把黄老学说放在前面而把儒家的六经放在后面，叙述游侠时贬低隐居不仕的高人而称赞狡诈欺世的雄才，讲述经商时推崇势利而羞于贫贱，这是他见事不明的地方啊"。我考察《后汉书》记载王允的说法："汉武帝不杀司马迁，让他写出了一部诽谤的书来流传后世。"班固说的那些问题，就是这里所谓的"诽谤"。然而这种写法正包含着司马迁的微妙用意，凡是《史记》中的篇目次序、叙述评价，都有一定的指向性，而不是随随便便写上去的。班固居然因此讥讽司马迁"是非评判标准和圣人不合"，这个结论让人很不满意。

人语言中有"不"字，可否世间事，未尝离口也，而字书中须读作"否"音也。若谓古今言音不同，如云"不可"，岂可谓之"否可"？"不然"岂可谓之"否然"？古人曰"否，不然也"，岂可曰"否，否然也"？古人言音，决非如此，止是字书谬误耳。若读《庄子》"不可乎不可"须云"否可"，读《诗》须云"曷否肃雍""胡否佽焉"，如此全不近人情。

【译文】人们说话时常常用"不"字，"不"字可以用来否定世间一切的事物，几乎天天都要用到，但是字书里却说这个字的发音应该读作"否"。假如说这是古今发音的不同，那么像现在说的"不可"，难道能读作"否可"吗？"不然"难道能读作"否然"吗？古人说"否就是不然"，难道可以说"否就是否然"吗？古人的发音，绝对不是这样的，只是字书写错了而已。假如读《庄子》"不可乎不可"一定要读成"否可"，读《诗经》一定要读成"曷否肃雍""胡否伏焉"，这样是完全不合乎人的常情的。

古人谓章句之学，谓分章摘句，则今之疏义是也。昔人有鄙章句之学者，以其不主于义理耳。今人或谬以诗赋声律为章句之学，误矣。然章句不明，亦所以害义理。如《易》云"终日乾乾"，两乾字当为两句，上乾知至至之，下乾知终终之也。"王臣蹇蹇"，两蹇字为王与臣也。九五、六二，王与臣皆处蹇中。王任蹇者也，臣或为冥鸿可也。六二所以不去者，以应乎五故也。则六二之蹇，匪躬之故也。后人又改"蹇蹇"字为"謇謇"，以謇謇比谔谔，尤为讹谬。"君子夬夬"，夬夬二义也，以义决其外，胜己之私于内也。凡卦名而重言之，皆兼上下卦，如"来之坎坎"是也，先儒多以为连语，如虢虢、哑哑之类读之，此误分其句也。又"履虎尾咥人凶"当为句，君子则夬夬矣，何咎之有，况于凶乎？"自天祐之吉"当为句，非吉而利，则非所当祐也。《书》曰："成汤既没，太甲元年。"孔安国谓："汤没，至太甲方称元年。"按《孟子》，成汤之后，尚有外丙、仲壬，而《尚书疏》非之，又或谓古书缺落，文有不具。以予考之，《汤誓》《仲虺之诰》，皆成汤时诰命，汤没，至太甲元年, 始复有《伊训》著于《书》。自是孔安国离其文于"太甲元年"下注之, 遂若可疑。若通下文读之曰:"成汤既没, 太甲元年伊尹作《伊训》。"则文自足, 亦非缺落。尧之终也, 百姓如服考妣之丧三年。百姓, 有命者也。为君斩衰, 礼也。邦人无服, 三年四海无作乐者, 况畿内乎?《论语》曰:"先行。"当为句, "其言"自当后也。似此之类极多, 皆义理所系, 则章句亦不可不谨。

【译文】古人所说的章句之学, 是通过分章断句来解释经籍的学问, 也就是现在疏通解释文意的学问。过去有鄙视章句之学的人, 认为这种学问不重视阐发经典的义理。如今又有人错误地把诗赋声律的内容当成章句之学, 这是错误的。但是如果不把分章断句弄明白, 也会妨碍对文章道理和意义的理解。比如《易》中说"终日乾乾", 两个"乾"字应该断成两句话, 前一个"乾"字就是《文言》中的"知至至之", 后一个"乾"字是《文言》中的"知终终之"。又比如"王臣蹇蹇"句, 两个"蹇"字说的分别是王与臣。在该卦的九五、六二两爻中, 是说明王与臣都处在艰险境况中。王是艰险的承担者, 而臣有可能避免艰险。六二中的臣之所以不离开王, 就是要与王共渡难关, 所以六二的"蹇"就是爻辞所谓的"匪躬之故"。后人又把"蹇蹇"说成是"謇謇", 用"謇謇"来比"谔谔"的忠诚意思, 这么解释是非常错误的。又比如"君子夬夬"句, "夬夬"也有两重意义, 指对外要把义当成处理事务的准则, 对内要用义来战胜内心的私念。凡是卦名中遇到有重叠字的情况, 都是兼指上下卦, 比如"来之坎坎"一类的, 过去的学者大多认为"坎坎"

是普通的联绵词,按照"虩虩"、"哑哑"一类的方法来句读,这是错误的断句方式。又比如"履虎尾咥人凶"应当断成一句,君子刚毅果决,就不会有什么过失,更何况灾祸呢?"自天祐之吉"应当断为一句,不吉而得利,那就不是上天所保祐的。《尚书》说:"成汤既没,太甲元年。"孔安国解释说:"成汤死后,一直到太甲即位时才称元年。"根据《孟子》的记载,成汤之后,还有外丙、仲壬两位君主,而《尚书疏》又不承认这种说法,又有人说这是因为古书文字经常有缺失脱落,所以造成了文献记载不详。按照我的考证,《汤誓》和《仲虺之诰》都是成汤时的诏令文书,原文应该是说成汤去世后,直到太甲元年,才有了《伊训》被收录进《尚书》。自从孔安国在"太甲元年"的位置断了句,并且做了注释后,这句话才出现了可疑之处。如果连通这句话下面的文字一起读:"成汤既没,太甲元年伊尹作《伊训》。"那么文意就自然圆满了,也不是什么文字缺失脱落导致的。尧去世的时候,百姓像对待死去的父母一样为他服丧三年。这里的"百姓"是指有爵位的贵族,为君主服斩衰之丧三年,这是一种固定的礼制。一般的平民虽然没有要服丧的规定,但是在尧去世后的三年中,连国家四方边境的少数民族都自发地不奏乐了,更何况君主自己辖区的子民呢?《论语》说:"先行。"应当断为一句,"其言"自然应该是在行为后的。书中类似这样的例子非常多,大部分都和义理有关,可见分章断句的学问也不能不谨慎。

古人引《诗》,多举《诗》之断章。断音段,读如断截之断,谓如一诗之中,只断取一章或一二句取义,不取全篇之义，故谓之"断章"。今之人多读为断章，断音锻，谓诗之断句，殊误也。诗之末句，古人只谓之"卒章"，近世方谓"断句"。

【译文】古人引用《诗经》，大多截取《诗经》诗篇的断章来引用。"断"发音为"段"，读音如"断截"的"断"，意思是说在一首诗中，只截取其中一章或者一两句的意思，而不用全篇的涵义，所以称这种做法为"断章"。现在的人大多读为"断章"，把"断"发音为"锻"，用来指诗篇的末句，这完全把意思搞错了。诗的末句，古人只称它为"卒章"，近世人才称为"断句"。

古人谓币言"玄纁五两"者，一玄一纁为一两。玄，赤黑，象天之色。纁，黄赤，象地之色。故天子六服，皆玄衣纁裳，以朱渍丹秫染之。《尔雅》曰："一染谓之縓"，縓，今之茜也，色小赤。"再染谓之竀"，竀，赪也。"三染谓之纁"，盖黄赤色也。玄、纁二物也，今之用币，以皂帛为玄纁，非也。古之言束帛者，以五匹屈而束之，今用十匹者，非也。《易》曰："束帛戋戋。"戋戋者，寡也，谓之盛者非也。

【译文】古人提到礼币时所说的"玄纁五两"，是以一玄一纁为一两。玄是赤黑色，代表天的颜色。纁是黄赤色，代表地的颜色。所以天子的六种礼服，都采用玄衣纁裳，用朱砂浸渍的丹秫来染色。《尔雅》说："第一次浸染后的颜色称为縓"，縓就是现在的茜色，色泽淡红。"第二次浸染后的颜色称为竀"，竀是浅红色。

"第三次浸染后的颜色称为纁",就是黄赤色。玄与纁是两种东西,现在人们使用礼币,把黑色的帛当作玄纁,这是错误的。古代所谓的"束帛",是把五匹布对折捆在一起,现在用十匹布来形容是错误的。《易》中说:"束帛戋戋。"戋戋就是少的意思,把它解释成众多,这是错误的。

《经典释文》如熊安生辈,本河朔人,反切多用北人音;陆德明,吴人,多从吴音;郑康成,齐人,多从东音。如"璧有肉好",肉音揉者,北人音也。"金作赎刑",赎音树者,亦北人音也。至今河朔人谓肉为揉、谓赎为树。如打字音丁梗反,罢字音部买反,皆吴音也。如疡医"祝药劀杀之齐",祝音咒,郑康成改为注,此齐鲁人音也,至今齐谓注为咒。官名中尚书本秦官,尚音上,谓之尚书者,秦人音也,至今秦人谓尚为常。

【译文】《经典释文》中收录了各个大家的注音,其中熊安生本来是黄河以北的人,所以他在反切注音时大多使用北方人的语音;陆德明是江南人,所以他在注音时多依靠江浙语音;郑康成是山东人,所以他在注音时多依靠山东语音。比如"璧有肉好",把"肉"读成"揉",这是北方人的语音。"金作赎刑",把"赎"读成"树",这也是北方人的语音。到现在黄河以北的人仍然把"肉"读成"揉"、把"赎"读成"树"。又比如把"打"字读成"丁梗反","罢"字读成"部买反",这些都是江浙语音。又比如《周礼·疡医》中的"祝药劀杀之齐","祝"的读音是"咒",郑玄把"祝"字改写成"注",这是山东人的语音,到现在山东人仍然把"注"读成

"咒"。官名中的"尚书"原本是秦国的官职，"尚"的读音是"上"，"尚书"是秦人的语音，到现在西北人仍然把"尚"读成"常"。

乐 律

兴国中，琴待诏朱文济鼓琴为天下第一。京师僧慧日大师夷中尽得其法，以授越僧义海，海尽夷中之艺，乃入越州法华山习之，谢绝过从，积十年不下山，昼夜手不释弦，遂穷其妙。天下从海学琴者辐辏，无有臻其奥。海今老矣，指法于此遂绝。海读书，能为文，士大夫多与之游，然独以能琴知名。海之艺不在于声，其意韵萧然，得于声外，此众人所不及也。

【译文】太平兴国年间，琴待诏朱文济的弹琴技艺是天下第一的。京城的僧人慧日大师夷中学到了他的全部技艺，并且把这技艺传授给了越僧义海，义海也完全学到了夷中的技艺，于是就跑到越州法华山去练习弹琴，谢绝了与人们的交往，连续十年没有下山，日夜不停地弹奏，最终完全掌握了其中的奥妙。天下的人像车辐集中在车毂那样都跟随着义海学琴，却没有一个人能够达到他那臻妙的水平。义海现在已经衰老了，他的弹奏指法从此就要失传了。义海喜欢读书，能作诗文，士大夫常常和他来往，然而他却独独以擅长弹琴而被世人知晓。义海的弹奏艺术不在于琴音而在于意韵的萧然深远，那种意韵来自琴音之外，这一点是很多学弹琴的人都达不到的。

十二律，每律名用各别，正宫、大石调、般涉调七声：宫、羽、商、角、徵、变宫、变徵也。今燕乐二十八调，用声各别。正宫、大石调、般涉调皆用九声：高五、高凡、高工、尺、上、高一、高四、六、合；大石角同此，加下五，共十声。中吕宫、双调、中吕调皆用九声：紧五、下凡、工、尺、上、下一、四、六、合；双角同此，加高一，共十声。高工、高大石调、高般涉皆用九声：下五、下凡、工、尺、上、下一、下四、六、合；高大石角同此，加高四，共十声。道调宫、小石调、正平调皆用九声：高五、高凡、高工、尺、上、高一、高四、六、合；小石角加勾字，共十声。南吕宫、歇指调、南吕调皆用七声：下五、高凡、高工、尺、高一、高四、勾；歇指角加下工，共八声。仙吕宫、林钟商、仙吕调皆用九声：紧五、下凡、工、尺、上、下一、高四、六、合；林钟角加高工，共十声。黄钟宫、越调、黄钟羽皆用九声：高五、下凡、高工、尺、上、高一、高四、六、合；越角加高凡，共十声。外则为犯。燕乐七宫：正宫、高宫、中吕宫、道调宫、南吕宫、仙吕宫、黄钟宫。七商：越调、大石调、高大石调、双调、小石调、歇指调、林钟商。七角：越角、大石角、高大石角、双角、小石角、歇指角、林钟角。七羽：中吕调、南吕调又名高平调。仙吕调、黄钟羽又名大石调。般涉调、高般涉、正平调。

【译文】十二律在不同律调上的名称和用法都不一样，正宫、大石调、般涉调为七声：宫、羽、商、角、徵、变宫、变徵。现在的燕乐有二十八调，所用的音声也各不相同。正宫、大石调、般涉调都用九声：高五、高凡、高工、尺、上、高一、高四、六、合；大石角与此相同，再加上下五，一共是十声。中吕宫、双调、中吕调都用九声：紧五、下凡、工、尺、上、下一、四、六、合；双角与此相同，再加上高一，一共是十声。高工、高大石调、高般涉都用九声：下五、下凡、工、尺、上、下一、下四、六、合；高大石角与此相同，再加上高四，一共是十声。道调宫、小石调、正平调都用九声：高五、高凡、高工、尺、上、高一、高四、六、合；小石角再加上勾字，一共是十声。南吕宫、歇指调、南吕调都用七声：下五、高凡、高工、尺、高一、高四、勾；歇指角再加上下工，一共是八声。仙吕宫、林钟商、仙吕调都用九声：紧五、下凡、工、尺、上、下一、高四、六、合；林钟角再加上高工，一共是十声。黄钟宫、越调、黄钟羽都用九声：高五、下凡、高工、尺、上、高一、高四、六、合；越角再加上高凡，一共是十声。这之外的就是犯调了。燕乐有七个宫调：正宫、高宫、中吕宫、道调宫、南吕宫、仙吕宫、黄钟宫。有七个商调：越调、大石调、高大石调、双调、小石调、歇指调、林钟商。七个角调：越角、大石角、高大石角、双角、小石角、歇指角、林钟角。七个羽调：中吕调、南吕调又名高平调。仙吕调、黄钟羽又名大石调。般涉调、高般涉、正平调。

　　十二律并清宫，当有十六声。今之燕乐止有十五声，盖今乐高于古乐二律以下，故无正黄钟声。今燕乐只以合字配黄钟，下四字配大吕，高四字配太蔟，下一字配夹钟，高一字配姑洗，上字配中吕，勾字配蕤宾，尺字配林钟，下工字配夷则，高工字配南吕，下凡字配无射，高凡字配应钟，六字配黄钟清，下五字配大吕清，高五字配太蔟清，紧五字配夹钟清。虽如此，然诸调杀声，亦不能尽归本律。故有祖调、正犯、偏犯、傍犯，又有寄杀、侧杀、递杀、顺杀。凡此之类，皆后世声律渎乱，各务新奇，律法流散。然就其间亦自有伦理，善工皆能言之，此不备纪。

【译文】十二律连同清宫应该一共有十六声。现在的燕乐却只有十五声，这是因为现在的乐律高于古乐二律不到，所以没有准确的黄钟声。现在的燕乐只是用"合"字配黄钟，"下四"字配大吕，"高四"字配太蔟，"下一"字配夹钟，"高一"字配姑洗，"上"字配中吕，"勾"字配蕤宾，"尺"字配林钟，"下工"字配夷则，"高工"字配南吕，"下凡"字配无射，"高凡"字配应钟，"六"字配黄钟清，"下五"字配大吕清，"高五"字配太蔟清，"紧五"字配夹钟清。虽然如此，但是各个调的结束音，也还是不能都回到本调的音声上来。所以有祖调、正犯、偏犯、傍犯，又有寄杀、侧杀、递杀、顺杀。像这样的情况，都是后世乐律的混乱导致的，乐工们各自追求新奇，所以音律制度就流散混乱。不过这其中也还是自有条理，通晓音律的乐工都能够细说出其中的门道，这里就不详细记载了。

乐有中声，有正声。所谓中声者，声之高至于无穷，声之下亦无穷，而各具十二律。作乐者必求其高下最中之声，不如是不足以致大和之音，应天地之节。所谓正声者，如弦之有十三泛韵，此十二律自然之节也。盈丈之弦，其节亦十三；盈尺之弦，其节亦十三。故琴以为十三徽。不独弦如此，金石亦然。《考工》为磬之法："已上则磨其耑，已下则磨其旁。"磨之至于击而有韵处, 即与徽应, 过之则复无韵, 又磨之至于有韵处, 复应以一徽。石无大小, 有韵处亦不过十三, 犹弦之有十三泛声也。此天地至理, 人不能以毫厘损益其间。近世金石之工, 盖未尝及此。不得正声, 不足为器; 不得中声, 不得为乐。

【译文】音乐有中声, 还有正声。所谓的中声, 就是说音声可以高到无穷, 也可以低到无限, 但是各自都要具备十二律的要求。制作乐律的人必须找到音律高低当中最合适的音声, 不然就没办法找到阴阳和谐的旋律, 没办法顺应天地自然的节律。所谓的正声, 就好比琴弦有十三个泛音, 这也是十二律的自然节律。长一丈多的弦, 它的韵节也是十三个; 长一尺多的弦, 它的韵节也是十三个。所以琴把这十三个韵节当成徽位。不仅弦类乐器如此, 金石打击乐器也是这样的。《考工记》中记载制磬的方法说:"制磬时, 声音太高就要磨它的两侧, 声音太低就要磨它的顶端。"磨到敲击时有韵音的地方, 就与徽音相应和, 超过了这个地方就不会再有韵音了, 再磨到另外一个有韵音的地方, 又与另外一个徽音相应和。无论金石是大是小, 有韵音的地方也都不会超过十三处, 就像琴弦上固定有十三个泛音一样。这是天地间的自然规律, 人不能在这上面增减分毫。近世制作金石乐器的工匠, 都还没有认识到这一点。得不到正声, 就不足以制作乐器; 得不到中声, 就无法创造音乐。

律有四清宫, 合十二律为十六, 故钟磬以十六为一堵。清宫所以为止于四者, 自黄钟而降, 至林钟宫、商、角三律, 皆用正律，不失尊卑之序。至夷则即以黄钟为角，南吕以大吕为角，则民声皆过于君声，须当折而用黄钟、大吕之清宫。无射以黄钟为商，太蔟为角。应钟以大吕为商，夹钟为角，不可不用清宫，此清宫所以有四也。其余徵、羽，自是事、物用变声，过于君声无嫌，自当用正律，此清宫所以止于四而不止于五也。君、臣、民用从声，事物用变声，非但义理次序如此，声必如此然后和，亦非人力所能强也。

【译文】乐律中有四种清宫，再加上十二律一共就是十六音，所以钟磬要以十六个编为一堵。清宫之所以只有四个，是因为从黄钟宫以下，到林钟宫、商、角三个音律，都要用正律，不能失去尊卑高低的次序。到了夷则宫就以黄钟为角，南吕宫以大吕为角，这样角音会高于宫音，就属于民声超过了君声，必须转而用黄钟、大吕的清宫。无射宫以黄钟为商，太蔟为角。应钟宫以大吕为商，夹钟为角，这些都不能不用清宫，这是清宫只有四种的原因。其余的徵、羽，自与事、物相配而属于变声，所以超过了宫音（君声）也没什么关系，可以自然取用与它相应的正律，这就是清宫之所以只有四种而没有第五种的原因。君、臣、民用从声相配，事、物用变声相配，不但道理、次序是这样，声音也必须是这样，然后才能和谐，这也不是人力能强制改变的。

本朝燕部乐，经五代离乱，声律差舛。传闻国初比唐乐高五律，近世乐声渐下，尚高两律。予尝以问教坊老乐工，云："乐声岁久，势当渐下。一事验之可见：教坊管色，岁月浸深，则声渐差，辄复一易，祖父所用管色，今多不可用。唯方响皆是古器，铁性易锈，时加磨莹，铁愈薄而声愈下。乐器须以金石为准，若准方响，则声自当渐变。"古人制器，用石与铜，取其不为风雨燥湿所移，未尝用铁者，盖有深意焉。律法既亡，金石又不足恃，则声不得不流，亦自然之理也。

【译文】本朝的燕乐，经过五代的动乱后，声律上具有很多差错。据说本朝初年的乐律比唐代高出五律，近年的乐声逐渐低下了，但还是比唐律高出两律。我曾经带着乐声变化的这个疑问去询问教坊的老乐工，他说："乐声时间长了，势必会逐渐低下。有一件事可以证明：教坊的乐管，用的年代长了，音色上就会发生变化，这时候就需要再重新更换，我们祖辈、父辈使用的乐管，现在大多都没办法使用了。只有方响都还是用的以前的古器，因为铁容易生锈，时常加以打磨，铁片被打磨得越薄，声音就越低。而乐器必须以金石的声音为标准，如果以方响为标准，那么音声自然会逐渐变化。"古人制作乐器，大多采用石器或铜器，这是看中了它们不会因为风雨燥湿的环境产生变化而影响音质的特点，古人从没有用铁来制作乐器，这其中大概是有深意的。现在乐律的标准已经不存在了，金石乐器又不足以为据，那么音声就不得不出现差错，这也是很自然的道理。

古乐钟皆匾如合瓦。盖钟圆则声长，匾则声短。声短则节，声长则曲。节短处声皆相乱，不成音律。后人不知此意，悉为扁钟，急叩之多晃晃尔，清浊不复可辨。

【译文】古代的乐钟都扁得像合起来的瓦。乐钟越圆发出的声音就越长，乐钟越扁发出的声音就越短。声音短就能有节奏，声音长就会有杂音。快速敲打的情况下，声音就会混杂错乱，不成音律。后人不了解这些道理，把乐钟都铸成扁的，快速敲击的时候常常发出晃晃的声响，导致声音的高低清浊都没办法分辨了。

琴瑟弦皆有应声：宫弦则应少宫，商弦即应少商，其余皆隔四相应。今曲中有声者，须依此用之。欲知其应者，先调诸弦令声和，乃剪纸人加弦上，鼓其应弦，则纸人跃，他弦即不动，声律高下苟同，虽在他琴鼓之，应弦亦震，此之谓正声。

【译文】琴瑟的乐弦都有应声：宫弦对应少宫弦，商弦对应少商弦，其余的都是相隔四弦而相应。如果现在的乐曲中想要有应声，就必须按照这个规律来运用。想要知道哪两根琴弦相应，首先要调整好各个琴弦，让它们的音声和谐，然后剪出纸人放在琴弦上，当弹到对应的琴弦时，纸人就会跃起，弹到其余不对应的琴弦时就不动，如果声律的高低相同，那么即使是在别的琴上弹奏，这张琴上的对应弦也会跟着振动，这就是所谓的正声。

乐中有敦、揭、住三声。一敦、一住，各当一字，一大字住当二字，一揭减一字。如此迟速方应节，琴瑟亦然。更有折声，唯合字无，折一分、折二分，至于折七八分者皆是。举指有浅深，用气有轻重，如笙箫则全在用气，弦声只在抑按。如中吕宫一字、仙吕宫工字，皆比他调低半格，方应本调。唯禁伶能知，外方常工多不喻也。

【译文】乐谱中有"敦""掣""住"三种声音符号。一敦、一住，各自相当于一拍，一个"大住"相当于两拍，一"掣"就是缩减一拍。这样音律的快慢才能适应节奏，演奏琴瑟都是这样的。另外还有"折声"，唯独没有"合"字，折一分、折二分，至于折七八分的也有。手指按奏有深有浅，发音用气有轻有重，像笙箫一类乐器就全靠用气，而演奏弦乐就只在于手指按奏。如中吕宫的"一"字、仙吕宫的"工"字，都要比其余的乐调低半音，才能与本调相应。这些道理只有宫廷的乐工能知晓，民间普通的乐工大多都不明白。

熙宁中宫宴，教坊伶人徐衍奏稽琴，方进酒而一弦绝，衍更不易琴，只用一弦终其曲。自此始为"一弦稽琴格"。

【译文】熙宁年间的一次宫廷宴会上，教坊乐工徐衍负责弹奏稽琴，正在进酒的时候，忽然弹断了一根琴弦，但徐衍也不更换新琴，只靠剩下的一根琴弦奏完了整支曲子。从那以后就有了所谓的"一弦稽琴格"。

律吕宫、商、角声各相间一律，至徵声顿间二律，所谓变声也。琴中宫、商、角皆用缠弦，至徵则改用平弦，隔一弦鼓之，皆与九徽应，独徵声与十徽应，此皆隔两律法也。古法唯有五音，琴虽增少宫、少商，然其用丝各半本律，乃律吕清倍法也。故鼓之六与一应，七与二应，皆不失本律之声。后世有变宫、变徵者，盖自羽声隔八相生再起宫，而宫生徵虽谓之宫、徵，而实非宫、徵声也。变宫在宫、羽之间，变徵在角、徵之间，皆非正声，故其声庞杂破碎，不入本均，流以为郑、卫，但爱其清焦，而不复古人纯正之音。惟琴独为正声者，以其无间声以杂之也。世俗之乐，惟务清新，岂复有法度，乌足道哉？

【译文】在乐律上，宫、商、角声各自相隔一律，到了徵声就顿时改成相隔二律了，这就是所谓的"变声"。琴上的宫、商、角声都用缠弦，到徵声就改用平弦，如果每隔一弦弹奏，就都和第九个徽位的泛音相应，只有徵声与第十个徽位的泛音相应，这是因为角、徵之间相隔两律的缘故。古代的乐律只有五音，琴上虽然增加了少宫、少商两根弦，然而它们的用丝只是宫弦、商弦的一半，这是音律上清半浊倍的法度。所以弹奏时，第六弦（少宫）与第一弦相应（宫），第七弦（少商）与第二弦相应（商），总体上并没有改变本律的音声。后来又出现了变宫和变徵，是从羽声用"隔八相生"法再进行损益而产生的变宫，而后变宫再产生变徵，虽然它们两个也被称为宫、徵，但实际上并非宫声、徵声。变宫的音阶在宫、羽之间，变徵的音阶在角、徵之间，都不是标准的音声，所以它们的音声庞杂又破碎，不属于音阶中的正音，于是就演变成了郑、卫之音，人们单单喜爱它们声音的高昂急促，却无法再恢复古人那些纯正的乐音了。唯独琴还保留着正声，因为它没有掺杂变宫、变徵那样的间声。世俗的音乐，如果只追求新奇动听，哪里还会有什么法度，而且又有什么可值得称道的呢？

十二律配燕乐二十八调,除无徵音外,凡杀声黄钟宫,今为正宫,用六字;黄钟商,今为越调,用六字;黄钟角,今为林钟角,用尺字;黄钟羽,今为中吕调,用六字;大吕宫,今为高宫,用四字;大吕商、大吕角、大吕羽、太蔟宫,今燕乐皆无;太蔟商,今为大石调,用四字;太蔟角,今为越角,用上字;太蔟羽,今为正平调,用四字;夹钟宫,今为中吕宫,用一字;夹钟商,今为高大石调,用一字;夹钟角、夹钟羽、姑洗商,今燕乐皆无;姑洗角,今为大石角,用凡字;姑洗羽,今为高平调,用一字;中吕宫,今为道调宫,用上字;中吕商,今为双调,用上字;中吕角,今为高大石调,用六字;中吕羽,今为仙吕调,用上字;蕤宾宫、商、羽、角,今燕乐皆无;林钟宫,今为南吕宫,用尺字;林钟商,今为小石调,用尺字;林钟角,今为双角,用四字;林钟羽,今为大吕调,用尺字;夷则宫,今为仙吕宫,用工字;夷则商、角、羽、南吕宫,今燕乐皆无;南吕商,今为歇指调,用工字;南吕角,今为小石角,用一字;南吕羽,今为般涉调,用四字;无射宫,今为黄钟宫,用凡字;无射商,今为林钟商,用凡字;无射角,今燕乐无;无射羽,今为高般涉调,用凡字;应钟宫、应钟商,今燕乐皆无;应钟角,今为歇指角,用尺字;应钟羽,今燕乐无。

【译文】十二律可以对应燕乐二十八调,除了没有徵音外,黄钟宫的杀声,在现在的燕乐中是正宫,用"六"字;黄钟商在现在的燕乐中是越调,用"六"字;黄钟角在现在的燕乐中是林钟角,用

"尺"字；黄钟羽在现在的燕乐中是中吕调，用"六"字；大吕宫在现在的燕乐中是高宫，用"四"字；大吕商、大吕角、大吕羽、太蔟宫，在现在的燕乐中都没有；太蔟商在现在的燕乐中是大石调，用"四"字；太蔟角在现在的燕乐中是越角，用"上"字；太蔟羽在现在的燕乐中是正平调，用"四"字；夹钟宫在现在的燕乐中是中吕宫，用"一"字；夹钟商在现在的燕乐中是高大石调，用"一"字；夹钟角、夹钟羽、姑洗商，在现在的燕乐中都没有；姑洗角在现在的燕乐中是大石角，用"凡"字；姑洗羽在现在的燕乐中是高平调，用"一"字；中吕宫在现在的燕乐中是道调宫，用"上"字；中吕商在现在的燕乐中是双调，用"上"字；中吕角在现在的燕乐中是高大石调，用"六"字；中吕羽在现在的燕乐中是仙吕调，用"上"字；蕤宾的宫、商、羽、角，在现在的燕乐中都没有；林钟宫在现在的燕乐中是南吕宫，用"尺"字；林钟商在现在的燕乐中是小石调，用"尺"字；林钟角在现在的燕乐中是双角，用"四"字；林钟羽在现在的燕乐中是大吕调，用"尺"字；夷则宫在现在的燕乐中是仙吕宫，用"工"字；夷则的商、角、羽、南吕宫，在现在的燕乐中都没有；南吕商在现在的燕乐中是歇指调，用"工"字；南吕角在现在的燕乐中是小石角，用"一"字；南吕羽在现在的燕乐中是般涉调，用"四"字；无射宫在现在的燕乐中是黄钟宫，用"凡"字；无射商在现在的燕乐中是林钟商，用"凡"字；无射角，在现在的燕乐中没有；无射羽在现在的燕乐中是高般涉调，用"凡"字；应钟宫、应钟商，在现在的燕乐中都没有；应钟角在现在的燕乐中是歇指角，用"尺"字；应钟羽，在现在的燕乐中没有。

补笔谈卷二·象数

又一说，子、午属庚，此纳甲之法。震初爻纳庚子、庚午也。丑、未属辛，巽初爻纳辛丑、辛未也。寅、申属戊，坎初爻纳戊寅、戊申也。卯、酉属己，离初爻纳己卯、己酉也。辰、戌属丙，艮初爻纳丙辰、丙戌也。巳、亥属丁。兑初爻纳丁巳、丁亥也。一言而得之者，宫与土也；假令庚子、庚午，一言便得庚。辛丑、辛未，一言便得辛；戊寅、戊申，一言便得戊；己卯、己酉，一言便得己，故皆属土，余皆仿此。三言而得之者，徵与火也；假令戊子、戊午，皆三言而得庚；己丑、己未，皆三言而得辛；丙寅、丙申，皆三言而得戊；丁卯、丁酉，皆三言而得己，故皆属火。五言而得之者，羽与水也；假令丙子、丙午，皆五言而得庚；丁丑、丁未，皆五言而得辛；甲寅、甲申，皆五言而得戊；乙卯、乙丑，皆五言而得己，故皆属水。七言而得之者，商与金也；假令甲子、甲午，皆七言而得庚；乙丑、乙未，皆七言而得辛；壬申、壬寅，皆七言而得戊；癸丑、癸酉，皆七言而得己，故皆属金。九言而得之者，角与木也。假令壬子、壬午，皆九言而得庚；癸丑、癸未，皆九言而得辛。庚寅、庚申，皆九言而得戊。辛卯、辛酉，皆九言而得己，故皆属木。此出于

《抱朴子》，云是《河图玉版》之文。然则一何以属土？三何以属火？五何以属水？其说云："中央总天之气一，南方丹天之气三，北方玄天之气五，西方素天之气七，东方苍天之气九。"皆奇数而无偶数，莫知何义，都不可推考。

【译文】关于纳音，还有一种说法，子、午属庚，这是纳甲的方法。震的初爻纳庚子、庚午。丑、未属辛，巽的初爻纳辛丑、辛未。寅、申属戊，坎的初爻纳戊寅、戊申。卯、酉属己，离的初爻纳己卯、己酉。辰、戌属丙，艮的初爻纳丙辰、丙戌。巳、亥属丁。兑的初爻纳丁巳、丁亥。当位直接对应而得到的关系，是宫和土；例如庚子、庚午，当位直接对应就得到了庚；辛丑、辛未，当位直接对应就得到了辛。戊寅、戊申，当位直接对应就得到了戊；己卯、己酉，当位直接对应就得到了己，所以它们都属于土，其他的都按照这样推算。下推三位对应得到的关系，是徵和火；例如戊子、戊午，都是下推三位对应而得到了庚；己丑、己未，都是下推三位对应而得到了辛；丙寅、丙申，都是下推三位对应而得到了戊；丁卯、丁酉，都是下推三位对应而得到了己。所以它们都属火。下推五位对应得到的关系，是羽和水；假令丙子、丙午，都是下推五位对应而得到了庚；丁丑、丁未，都是下推五位对应而得到了辛；甲寅、甲申，都是下推五位对应而得到了戊；乙卯、乙丑，都是下推五位对应而得到了己，所以它们都属于水。下推七位对应得到的关系，是商和金；例如甲子、甲午，都是下推七位对应而得到了庚；乙丑、乙未，都是下推七位对应而得到了辛；壬申、壬寅，都是下推七位对应而得到戊；癸丑、癸酉，都是下推七位对应而得到了己，所以它们都属于金。下推九位对应得到的关系，是角和木。例如壬子、壬午，都是下推九位对应而得到了庚；癸丑、癸未，都是下推九位对应而得到了辛；庚寅、庚申，都是下推九位对应而得到了戊；辛卯、辛酉，都是下推九位对应而得到了己，所以它们都属于木。这些说法出自《抱朴子》，据说是《河图玉版》上的文字内容。但是关于一为什么属于土？三为什么属于火？五为什么属于水？它的说法是："中央总天之气一，南方丹天之气三，北方玄天之气五，西方素天之气七，东方苍天之气九。"这些都是奇数却没有偶数，也不知道是什么意思，都没办法推求考查。

世俗十月遇壬日，北人谓之"入易"，吴人谓之"倒布"。壬日气候如本月，癸日差温类九月，甲日类八月，如此倒布之，直至辛日如十一月。遇春秋时节即温，夏即暑，冬即寒。辛日以后，自如时令。此不出阴阳书，然每岁候之，亦时有准，莫知何谓。

【译文】按照民间习俗，如果在十月份遇到壬日，北方人称这为"入易"，江浙人称这为"倒布"。壬日的气候与本月的一样，癸日稍微温暖一点，气候如同九月，甲日如同八月，像这样逆着往前排，直到辛日就如同十一月一样。如果对应的月份属于春秋时节的话，该日就比较温暖，对应的月份属于夏季，该日就会暑热，对应的月份属于冬季，该日就会寒冷。辛日以后的气候，又和当时时令正常的气候一致。这种说法在阴阳学的书籍中没有记载，但是每年的实际情况都验证了，而且时常很准确，不知道这是为什么。

卢肇论海潮，以谓"日出没所激而成"，此极无理。若因日出没，当每日有常，安得复有早晚？予常考其行节，每至月正临子午，则潮生，候之万万无差。此以海上候之，得潮生之时。去海远，即须据地理增添时刻。月正午而生者为潮，则正子而生者为汐；正子而生者为潮，则正午而生者为汐。

【译文】卢肇谈论潮汐现象时，认为"潮汐是日出和日落的激荡造成的"，这种说法是非常没有道理的。如果是因为日出和日落，那么潮汐每天应该是在固定时间出现的，那它的出现怎么又会有早有晚呢？我曾经考察过潮汐涨落的规律，每当月亮运行到子午圈上的时候，潮汐就会产生，照这样检验一点也不会出差错。这是在海上观测然后得到的潮生时间。如果是离海比较远的地方，就必须按照当地的地理位置来相应地增加潮生的时刻。如果月亮运行到月正午时产生的是潮，那么运行到月正子时产生的就是汐；如果月亮运行到月正子时产生的是潮，那么运行到月正午时产生的就是汐。

历法见于经者，唯《尧典》言"以闰月定四时成岁"。置闰之法，自尧时始有，太古以前，又未知如何。置闰之法，先圣王所遗，固不当议，然事固有古人所未至而俟后世者，如岁差之类，方出于近世，此固无古今之嫌也。凡日一出没谓之一日，月一盈亏谓之一月。以日月纪天，虽定名，然月行二十九日有奇，复与日会，岁十二会而尚有余日。积三十二月，复余一会，气与朔渐相远，中气不在本月，名实相乖，加一月谓之"闰"。闰生于不得已，犹构舍之用樀楔也。自此气、朔交争，岁年错乱，四时失位，算数繁猥。凡积月以为时，四时以成岁，阴阳消长，万物生杀变化之节，皆主于气而已。但记月之盈亏，都不系岁事之舒惨。今乃专以朔定十二月，而气反不得主本月之政。时已谓之春矣，而犹行肃杀之政，则朔在气前者是也，徒谓之乙岁之春，而实甲岁之冬；时尚谓之冬也，而已行发生之令，则朔在气后者是也，徒谓之甲岁之冬，乃实乙岁之春也。是空名之正、二、三、四反为实，而生杀之实反为寓，而又生闰月之赘疣，此殆古人未之思也。

【译文】儒家经典中讨论历法的，只有《尚书·尧典》中所说的"用闰月来调整四时节气，然后成一年的时令"。设置闰月的方法，从尧在位的时代就开始有了，上古以前，还不知道是什么情况。设置闰月的方法，是上古的圣王流传下来的，本来不应当议论，但是确实也有古人没做到而等着后人来完善的事情，比如岁差之类的问题，就是近代才提出的，这事情本来就不存在古今的嫌隙。凡是太阳的一次升起、落下就叫作一日，月亮的一次满月、弦月就叫作一月。用日月来记录时序，虽然是确定的名称，但是月亮的实际运行，需要二十九日多一点才能再度和太阳相会，每年日月相会十二次后还有剩余的日子。累积到三十二个月的时候，日月就又多了一次相会，从而导致节气和朔望会逐渐错位开，中气不在原本的月份，时序名称和实际情况相互背离，这就需要人为增再加一月叫作"闰"。闰月的产生是出于实际情况的不得已，就像建造房子时必须使用能填补木料中间空隙的楔子一样。从此节气、朔望相互矛盾，年与年发生错乱，四季偏离原位，计算变得繁琐复杂。一般积累月份而组成四季，积累四季而组成年岁，阴阳消长，万物盛衰变化的节律，都是由节气来主导的。如果历法仅仅只是记录月亮的盈亏，就和每年每季阴阳万物的盛衰变化完全没有关联了。现在单纯用月朔来规定十二月，而节气反而不能主导当月的阴阳了。有时候从月份上说已经是春季，但是节气还停留在万物萧条的冬季，这就是朔望走在了节气的前面，名义上说到了第二年的春季，其实还处在第一年的冬季；有时候从月份上说只是冬季，但是节气已经开始到了万物生长的春季，这就是朔望走在了节气的后面，名义上说还是前一年的冬季，其实已经处在第二年的春季了。这样一来，徒有其名的正月、二月、三月、四月反而成了实际，而原本阴阳万物盛衰变化的实际却沦落成了依附，而且又不得已产生了闰月这么个计算累赘，这恐怕是古人没想到的。

今为术，莫若用十二气为一年，更不用十二月。直以立春之日为孟春之一日，惊蛰为仲春之一日，大尽三十一日，小尽三十日，岁岁齐尽，永无闰余。十二月常一大、一小相间，纵有两小相并，一岁不过一次。如此，则四时之气常正，岁政不相凌夺。日、月、五星，亦自从之，不须改旧法。唯月之盈亏，事虽有系之者，如海、胎育之类，不预岁时寒暑之节，寓之历间可也。借以元祐元年为法，当孟春小，一日壬寅，三日望，十九日朔；仲春大，一日壬申，三日望，十八日朔。如此历日，岂不简易端平，上符天运，无补缀之劳？予先验天百刻有余、有不足，人已疑其说。又谓十二次斗建当随岁差迁徙，人愈骇之。今此历论，尤当取怪怒攻骂，然异时必有用予之说者。

【译文】现在我的办法是，不如直接用十二气来作为一年，不要再使用十二月了。直接把立春那天作为孟春的第一天，把惊蛰那天作为仲春的第一天，大月三十一天，小月三十天，这样每年都能整齐完整，永远没有什么剩余的闰月了。十二月常常是一个大月、一个小月相间隔，即使有两个小月连在一起，一年中也只不过就一次。像这样安排，四季的节气就都是正常的，阴阳万物节气的变化也不会相互干扰。日、月、五星，也都能自然地与此相随，不需要改变原先的历法。只有月亮的盈亏稍微特殊，有些事情虽然和它的运行有关系，比如海水的潮汐、动物的胎育之类的，但是这些事情并不影响到岁时寒暑的节气，只需要把它们格外附加到上面的历法中间就行了。试着用元祐元年的历法当一个例子，当年的孟春应当是小月，一日为壬寅，三日为望，十九日为朔；仲春是大月，一日为壬申，三日为望，十八日为朔。这样计算历法，难道不是简易又整齐，既符合自然运行的规律，又免去了人为修补的麻烦吗？我先前曾经验证说每天的一百刻有时候会超过、有时候会不足，人们已经很怀疑我的说法了。我曾经又说十二月的斗建应当随着岁差而改变，人们就更加惊骇了。现在我这么讨论历法问题，肯定更会引起更多的大惊小怪、攻击谩骂，但是将来一定会有人采用我的学说。

《黄帝素问》有五运、六气。所谓五运者，甲、己为土运，乙、庚为金运，丙、辛为水运，丁、壬为木运，戊、癸为火运。如甲、己所以为土，戊、癸所以为火，多不知其因。予按，《素问·五运大论》黄帝问五运之所始于岐伯，引《太始天元册文》曰："始于戊、己之分。""所谓戊、己分者，奎、壁、角、轸，则天地之门户也。"王砅注引《遁甲》："六戊为天门，六己为地户。"天门在戌、亥之间，奎、壁之分；地户在辰、巳之间，角、轸之分。

凡阴阳皆始于辰，上篇所论十二月谓之十二辰，十二支亦谓之十二辰，十二时亦谓之十二辰，日、月、星谓之三辰，五行之时谓之五辰。五运起于角、轸者，亦始于辰也。甲、己之岁，戊己黅天之气经于角、轸，故为土运。角属辰，轸属巳。甲、己之岁，得戊辰、己巳。干皆土，故为土运。下皆同此。乙、庚之岁，庚辛素天之气经于角、轸，故为金运，庚辰、辛巳也。丙、辛之岁，壬癸玄天之气经于角、轸，故为水运，壬辰、癸巳也。丁、壬之岁，甲乙苍天之气经于角、轸，故为木运，甲辰、乙巳也。戊、癸之岁，丙丁丹天之气经于角、轸，故为火运，丙辰、丁巳也。《素问》曰："始于奎、壁、角、轸，则天地之门户也。"凡运临角、轸，则气在奎、壁以应之。气与运常同天地之门户。故曰："土位之下，风气承之。"甲、己之岁，戊己土临角、轸，则甲乙木在奎、壁。奎属戌，壁属亥。甲、己之岁，得甲戌、乙亥。下皆同此。曰"金位之下，火气承之"者，乙、庚之岁，庚辛金临角、轸，则丙丁火在奎、壁。曰"水位之下，土气承之"者，丙、辛之岁，壬癸水临角、轸，则戊己土在奎、壁。曰"风位之下，金气承之"者，丁、壬之岁，甲乙木临角、轸，则庚辛金在奎、壁。曰"相火之下，水气承之"者，戊、癸之岁，丙丁火临角、轸，则壬癸水在奎、壁。古今言《素问》者，皆莫能喻，故具论如此。

【译文】《黄帝素问》中有五运、六气的说法。其中所说的五运，就是说甲、己为土运，乙、庚为金运，丙、辛为水运，丁、壬为木运，戊、癸为火运。至于说为什么甲、己是土运，戊、癸是火运，人们大多都不知道其中的原因。据我考证，《素问·五运大论》中黄帝曾经询问岐伯"五运"的起源，岐伯引用《太始天元册文》中的说法来回答："这开始于戊、己之分。""所谓的戊、己之分，是指奎宿、壁宿、角宿、轸宿，它们是天地的门户。"王砅的注引《遁甲》说："六戊是天门，六己是地户。"天门在戊、亥之间，相当于奎宿、壁宿的分界；地户在辰、巳之间，相当于角宿、轸宿的分界。

凡是阴阳都始于"辰"，上一篇所论述的十二月叫作"十二辰"，十二支也叫作"十二辰"，十二时也叫作"十二辰"，日、月、星合称"三辰"，五行的时节叫作"五辰"。五运起始于角宿、轸宿，也是始于"辰"。遇到甲年、己年，戊己黅天之气经过角宿、轸宿，所以是土运。角宿属于辰，轸宿属于己。遇到甲年、己年，就对应戊辰、己巳。此时的天干都属于土，所以是土运。下面的推演都与此相同。遇到乙年、庚年，庚辛素天之气经过角宿、轸宿，所以是金运，即庚辰、辛巳。遇到丙年、辛年，壬癸玄天之气经过角宿、轸宿，所以是水运，即壬辰、癸巳。遇到丁年、壬年，甲乙苍天之气经过角宿、轸宿，所以是木运，即甲辰、乙巳。遇到戊年、癸年，丙丁丹天之气经过角宿、轸宿，所以是火运，即丙辰、丁巳。《素问》中说："起始于奎宿、壁宿、角宿、轸宿，这就是天地之间的门户。"凡是"运"走到角宿、轸宿，那么"气"就在奎宿、壁宿，二者相互呼应。"气"和"运"经常同时处在天地的门户上。所以说："土位之下，风气承之。"遇到甲年、己年，戊己土走到角宿、轸宿，这时甲乙木就在奎宿、壁宿。奎宿属于戌，壁宿属于亥。遇到甲年、己年，就对应甲戌、乙亥。下面的推演都与此相同。说"金位之下，火气承之"，就是遇到乙年、庚年，庚辛金走到角宿、轸宿，那么丙丁火就在奎宿、壁宿。说"水位之下，土气承之"，就是遇到丙年、辛年，壬癸水走到角宿、轸宿，那么戊己土就在奎宿、壁宿。说"风位之下，金气承之"，就是遇到丁年、壬年，甲乙木走到角宿、轸宿，那么庚辛金就在奎宿、壁宿。说"相火之下，水气承之"，就是遇到戊年、癸年，丙丁火走到角宿、轸宿，那么壬癸水就在奎宿、壁宿。从古到今讨论《素问》的人，都不明白其中的道理，所以我才在这里详细地总结出来。

世之言阴阳者，以十干寄于十二支，各有五行相从。唯戊己则常与丙丁同行，五行家则以戊寄于巳，己寄于午；六壬家亦以戊寄于巳，而以己寄于未。唯《素问》以奎、壁为戊分，轸、角为己分。奎、壁在亥、戌之间，谓之戊分，则戊当在戌也。轸、角在辰、巳之间，谓之己分，则己当在辰也。《遁甲》以六戊为天门，天门在戌、亥之间，则戊亦当在戌；六己为地户，地户在辰、巳之间，则己亦当在辰。辰、戌皆土位，故戊、己寄焉。二说正相合。按字书：戊，从戈、从一，则戊寄于戌，盖有从来。辰文从厂音汉、从辰，音身，《左传》："亥有二首六身。"亦用此辰字。辰从乙音隐、从匕，则己寄于辰，与《素问》《遁甲》相符矣。五行土常与水相随。戊，阳土也。一，水之生数也，水乃金之子，水寄于西方金之末者，生水也，而旺土包之，此戊之理如是。己，阴土也。六，水之成数也，水乃木之母，水寄于东方木之末者，老水也，而衰土相与隐于厂下者，水土之墓也。厂，山岩之可居者；乙，隐也。

【译文】世上讨论阴阳的人，都把十干依附于十二支，然后各个有五行与之相从。唯独戊己经常与丙丁在一起，五行家就把戊依附于巳，把己依附于午；六壬家也把戊依附于巳，而把己依附于未。只有《素问》把奎宿、壁宿作为戊分，把轸宿、角宿作为己分。奎宿、壁宿在亥、戌之间，叫作戊分，那么戊应当在戌。轸宿、角宿在辰、巳之间，叫作己分，那么己应当在辰。《遁甲》中把六戊作为天门，天门在戌、亥之间，那戊也应当在戌；把六己作为地户，地户在辰、巳之间，那么己也应当在辰。辰、戌都在土位，所以戊、己依附在它们那儿。这两种说法正好相吻合。根据字书：戌字从戊、从一，那么戊依附于戌，大概是有来历的。辰字从厂音汉、从辰，音身，《左传》中有："亥有二首六身。"也用这个辰字。辰字从乙音隐、从己，那么己依附于辰，这就和《素问》《遁甲》的说法相符合了。在五行中，土常常与水相随。戊是阳土，一是水的生数，水是金所生出的，水依附于西方金末位的是生水，而外面有旺土包裹，这就是戊的道理。己是阴土，六是水的成数，水能生出木来，水依附于东方木末位的是老水，而衰土和它一起隐蔽在厂的下面，是水土的墓地。厂就是山岩之间可以居住的地方，乙就是隐蔽的意思。

律有实积之数，有长短之数，有周径之数，有清浊之数。所谓实积之数者，黄钟管长九寸，围九分，以黍实其中，其积九九八十一，此实积之数也；太蔟长八寸，围九分，八九七十二

《前汉书》称八八六十四，误也。解具下文，余律准此。所谓长短之数者，黄钟九寸，三分损一，下生林钟，长六寸；林钟三分益一，上生太蔟，长八寸，此长短之数也，余律准此。所谓周径之数者，黄钟长九寸，围九分；古人言"黄钟围九分"，举盈数耳。细率之，当周九分七分之三。林钟长六寸，亦围九分；十二律皆围九分。《前汉志》言"林钟围六分"者，误也。予于《乐论》辨之甚详。《史记》称"林钟五寸十分四"，此则六九五十四，足以验《前汉》误也。余律准此。所谓清浊之数者，黄钟长九寸为正声，一尺八寸为黄钟浊宫，四寸五分为黄钟清宫；倍而长为浊宫，倍而短为清宫。余律准此。

【译文】十二乐律有实积之数、长短之数、周径之数、清浊之数。所谓的"实积之数"，比如黄钟管长九寸，周长九分，把黍填满其中，它的容积为九九八十一，这就是"实积之数"；太蔟管长八寸，周长九分，它的容积为八九七十二，《汉书》称它的容积为八八六十四，这是错的。详细解释见下文。其余的律管依此类推。所谓的"长短之数"，比如黄钟管长九寸，通过减三分之一的算法，下生林钟，林钟管长六寸；林钟管通过增三分之一的算法，上生太蔟，太蔟管长八寸，这就是"长短之数"，其余的律管依此类推。所谓的"周径之数"，比如黄钟管长九寸，周长九分；古人说"黄钟管周长九分"，这说的只是整数位。仔细计算的话，周长应该是九又七分之三分。林钟管长六寸，也是周长九分；十二律都是周长九分。《汉书·律历志》说"林钟管周长六分"是错误的。我在《乐论》中已经考辨得很详细了。《史记》中说"林钟管五又十分之四寸"，按这么计算，它的实积为六九五十四，足够用来证明《汉书》的错误。其余的律管依此类推。所谓的"清浊之数",比如黄钟管长九寸,是标准音声,那么一尺八寸就是黄钟浊宫的管长,四寸五分就是黄钟清宫的管长;加倍延长就是浊宫管,减半缩短就是清宫管。其余的律管依此类推。

八卦有过揲之数,有归余之数,有阴阳老少之数,有河图之数。所谓过揲之数者,亦谓之八卦之策:乾九揲而得之,揲必以四,四九三十六;坤六揲而得之,揲必以四,四六二十四。此乾、坤之策,过揲之数也,余卦准此。前卷叙之已详。所谓归余之数者:乾一爻三少,初变之初五,再变、三变之初各四,并卦为十四爻,三合四十二,此乾卦归余之数也。坤一爻三多,初变之初九,再变、三变各八,并卦为二十六爻,三合之七十八,此坤卦归余之数也,余卦准此。阴阳老少之数:乾九揲而得之,故曰老阳之数九;坤六揲而得之,故曰老阴之数六。震、艮、坎皆七揲而得之,故曰少阳之数七;巽、离、兑皆八揲而得之,故曰少阴之数八。所谓河图之数者:河图北方一,南方九,东方三,西方七,东北八,西北六,东南四,西南二,中央五。乾得东、东南、西南、中、北,故其数十有五;坤得西、南、东北、西北,故其数三十;震得东南、西南、东、西、北,故其数十有七;巽得南、中、东北、西北,故其数二十有八;坎得东南、西南、东北、西北、中,故其数二十有五;离得东、西、南、北,故其数二十;艮得南、东、西、东北、西北,故其数三十有三;兑得东南、西南、中、北,故其数十有二。具图如后（图缺）。

【译文】八卦有过揲之数、归余之数、阴阳老少之数、河图之数。所谓的"过揲之数"，也叫作八卦的策数：乾卦经过九次揲数而后得出，每揲必须是四根蓍草，所以四九三十六；坤卦经过六次揲数而后得出，每揲必须是四根蓍草，所以四六二十四。这乾卦、坤卦的策数，就是"过揲之数"，其余的卦数依此类推。前几篇已经叙述得很详细了。所谓的"归余之数"：乾卦每一爻的三变都是少，第一变归余是五，再变、三变的归余各是四，加上卦本身是十四爻，三项合起来就是四十二，这是乾卦的"归余之数"。坤卦每一爻的三变都是多，第一变的归余是九，再变、三变的归余各是八，加上卦本身是二十六爻，三项合起来就是七十八，这是坤卦的"归余之数"，其余的卦数依此类推。所谓的"阴阳老少之数"：乾卦经九次揲数而后得出，所以说老阳之数是九；坤卦经六次揲数而后得出，所以说老阴之数是六。震卦、艮卦、坎卦都是经七次揲数而后得出，所以说少阳之数是七；巽卦、离卦、兑卦都是经八次揲数而后得出，所以说少阴之数是八。所谓的"河图之数"：河图的北方是一，南方是九，东方是三，西方是七，东北是八，西北是六，东南是四，西南是二，中央是五。乾卦得的方位是东、东南、西南、中、北，所以它的数目是十五；坤卦得的方位是西、南、东北、西北，所以它的数目是三十；震卦得的方位是东南、西南、东、西、北，所以它的数目是十七；巽卦得的方位是南、中、东北、西北，所以它的数目是二十八；坎卦得的方位是东南、西南、东北、西北、中，所以它的数目是二十五；离卦得的方位是东、西、南、北，所以它的数目是二十；

艮卦得的方位是南、东、西、东北、西北，所以它的数目是三十三；兑卦得的方位是东南、西南、中、北，所以它的数目是十二。详细的图像见后面（图缺）。

揲蓍之法，凡一爻含四卦，凡一阳爻，乾为老阳，两多一少，非震即坎，非坎即艮。少在前，震也；少在中，坎也；少在后，艮也。三揲之中，含此四卦，方能成一爻。阴爻亦如此，三爻坤为老阴，两少一多，非巽即离，非离即兑。多在前，则巽也；多在中，离也；多在后，兑也。积三爻为内卦，凡含十二卦。一爻含四卦，三爻共十二卦也。所以含十二卦，自相重为六卦爻，凡得六十四卦。重卦之法：以下爻四卦乘中爻四卦，得十六卦；又以上爻四卦乘之，得六十四卦。外卦三爻，亦六十四卦。以内外六十四卦复自相乘，为四千九十六卦，方成《易》之卦。此之卦法也。揲蓍凡十有八变，成《易》之一卦。一卦之中，含四千九十六卦在其间，细算之乃见。凡一卦可变为六十四卦，此变卦法，《周易》是也。六十四卦之为四千九十六卦，此之卦法也。如乾之坤、之屯、之蒙，尽六十四卦。每卦皆如此，共得四千九十六卦。今焦贡《易林》中所载是也。四千九十六卦方得能却成一卦，终始相生，以首生尾，以尾生首，积至微之数，以成至大；积至大之数，却为至微；循环无端，莫知首尾。故《罔象成名图》曰："其大无外，其小无内，迎之不见其首，随之不见其尾。"一卦变为六十四卦，六十四卦之为四千九十六卦，四千九十六卦却变为一卦。循环相生，莫知其端。大小一也，积小以为大，积大复为小，岂非一乎？往来一也，首穷而成尾，尾穷而反成首，岂非一乎？故至诚可以前知，始末无异故也。以夜为往者，以昼为来；以昼为往者，以夜为来。来往常相代，而吾所以知之者，一也。故藏往知来，不足怪也。圣人独得之于心，而不可言喻，故设象以示人。象安能藏往知来，成变化而行鬼神？学者当观象以求圣人所以自然得者，宛然可见，然后可以藏往知来，成变化而行鬼神矣。《易》之象皆如是，非独此数也。知言象为糟粕，然后可以求《易》。

【译文】运用揲蓍的方法成卦，凡是一爻就包含了四种成卦的可能，如果是阳爻的话，归余为三多的是老阳，也就是乾卦，归余为两多一少的，不是震卦就是坎卦，不是坎卦就是艮卦。少在前是震卦，少在中是坎卦，少在后是艮卦。在三变揲数之中，包含这四种可能的卦中间的一种，才能得出一爻。阴爻也是这样，归余为三少的是老阴，也就是坤卦，归余为两少一多的，不是巽卦就是离卦，不是离卦就是兑卦。多在前就是巽卦，多在中是离卦，多在后是兑卦。积累三爻就可以形成内卦，一共含有十二种可能的卦。一爻包含四种可能的卦，三爻一共就包含十二种可能的卦。把这十二种内卦自相重叠，得到六爻的卦，一共能有六十四种可能的卦。重卦的方法是：用下爻四种可能的卦乘上中爻四种可能的卦，得到十六种可能的卦；再乘上上爻四种可能的卦，就得到六十四种可能的卦。外卦也由三爻组成，也能形成六十四种可能的卦。把内卦、外卦这六十四卦再互相乘起来，就能得到四千零九十六卦，这才算穷尽了《易》中所有可能的变卦。这是一种卦法。通过揲蓍成卦，经过一共十八种变卦，得到《易》中的一卦。每一卦中，又包含了四千零九十六种变卦的可能，仔细计算就能明白了。每一卦能变为六十四卦，这是变卦的方法，也就是《周易》的算法。六十四卦又能变为四千零九十六卦，这是卦法。

比如乾之坤、乾之屯、乾之蒙，穷尽六十四卦。每一卦都是这样，一共能得到四千零九十六卦。现在焦延寿的《易林》中记载的就是这种方法。经过四千零九十六卦才能够了却成一个卦，可以说是开端和终结相生，从开头生出结尾，又从结尾生出开头，累积最小的数，最终成为最大的数；累积最大的数，最终却又成为最小的数；如此循环往复，不知道开头和结尾。所以《罔象成名图》中说："它庞大到没有什么能出它以外，它微小到没有什么能入它之内，迎接上去看不到它的开头，跟随上去看不到它的结尾。"一卦可以变为六十四卦，六十四卦可以变为四千零九十六卦，四千九十六卦却又可以变为一卦。这样循环往复，不知开端和结尾。它们大小相同，积累小的变成大的，积累大的又变成小的，这难道不是一样的吗？它们往来一致，把开头穷尽了就成为结尾，把结尾穷尽了又反而成为开头，这难道不是一样的吗？所以达到最高境界的人可以预知未来，这是因为过去、未来是没有什么差异的。如果把黑夜视为过去，那么白天就是未来；如果把白天视为过去，那么黑夜就是未来。过去与未来常常可以相互取代，而我们之所以能够去推知它们，是因为它们两个本身是相同的，所以了解过去和预知未来都没什么好奇怪的。圣人自己心中明白这一真理，但又没办法用言语形容，所以设计出卦象来启示人们。其实卦象又哪里能够了解过去、预知未来呢？又怎么能产生变化、驱使鬼神呢？学者应当通过观察卦象，来体会圣人从自然中领悟出的真理，并将其内化到自己可以看清楚的程度，然后就可以了解过去、预知未来，可以产生变化、驱动鬼神了。《易》的象全都是这个道理，不单单只有这些数理。如果人能够明白谈论《易》象其实是在谈论糟粕，然后就可以把握《易》的真理了。

官　政

　　有一朝士，与王沂公有旧，欲得齐州。沂公曰："齐州已差人。"乃与庐州。不就，曰："齐州地望卑于庐州，但于私便尔耳。相公不使一物失所，改易前命，当亦不难。"公正色曰："不使一物失所，唯是均平。若夺一与一，此一物不失所，则彼一物必失所。"其人惭沮而退。

　　【译文】有一位朝士，因为曾经和王曾有旧交情，就想让王曾帮忙让自己当齐州的长官。王曾说："齐州的长官已经派给别人了。"于是就把庐州分配给他。那个人不想去庐州赴任，说："齐州的地位名望都比庐州低，只是去齐州对我来说有便利的地方罢了。您办事总是让人各得其所的，如果要更改一下先前的任命，应该也不是一件难事。"王曾严肃地对他说："要让人各得其所，最关键的是平均、公平。如果从一个人那里夺来交给另一个人，这个人合适了，另一个人肯定就不合适了。"那个人惭愧又沮丧地退下了。

　　孙伯纯史馆知海州日，发运司议置洛要、板浦、惠泽三盐场，孙以为非便。发运使亲行郡，决欲为之，孙抗论排沮甚坚。百姓遮孙，自言置盐场为便。孙晓之曰："汝愚民，不知远计。官买盐虽有近利，官盐患在不售，不患盐不足，盐多而不售，遗患在三十年后。"至孙罢郡，卒置三场。近岁连、海间，刑狱、盗贼、差徭比旧浸繁，多缘三盐场所置积盐如山，运卖不行，亏失欠负，动辄破人产业，民始患之。朝廷调发军器，有弩椿箭干之类，海州素无此物，民甚苦之，请以鳔胶充折。孙谓之曰："弩椿箭干，共知非海州所产，盖一时所须耳。若以土产物代之，恐汝岁被科无已时也。"其远虑多类此。

【译文】孙冕担任海州知州的时候，发运司商议着在洛要、板浦、惠泽兴建三处制盐场所，孙冕认为这样对老百姓不好。发运使亲自来视察郡县，坚决要设置盐场，孙冕表示抗议并且抵制得很坚决。百姓们阻拦着孙冕，都说在当地设置盐场有很多好处。孙冕告诉他们说："你们真是愚蠢啊，不知道做长远的打算。向官府买盐，短时间内虽然有好处，但就怕官盐卖不出去，不是怕盐产量不足，盐多了却卖不掉，这样留下的祸患会在三十年后显露。"等到孙冕离任海州后，朝廷最终还是在这建置了三处盐场。到近些年来，连州、海州一带的刑狱、盗贼、差徭都比从前多了，这主要是因为三处盐场的盐堆积如山，销售不畅，所以经常要亏钱、欠债，动不动就让人们破产，百姓们这时候才意识到建盐场的危害。有一次，朝廷要在海州征调军用器械，其中有弩椿、箭杆一类的东西，海州向来没有这些东西，百姓们都为这件事苦恼，就请求地方官府用鳔胶来充数抵扣。孙冕对百姓们说："弩柄、箭杆，大家都知道不是海州能出产的东西，只是朝廷一时的需要罢了。如果这次用海州的土产来代替它们，恐怕你们以后每年都要被征收这些东西，再也没休止了。"孙冕的深谋远虑大多像这样。

孙伯纯史馆知苏州，有不逞子弟与人争"状"字当从犬、当从大，因而构讼。孙令褫去巾带，纱帽下乃是青巾。孙判其牒曰："偏傍从大，书传无闻；巾帽用青，屠沽何异？量决小杖八下。"苏民闻之，以为口实。

【译文】孙冕担任苏州知州的时候，有不讲道理的子弟跟别人争论"状"字的右边应当从"犬"还是应当从"大"，还因为这件事引起了官司。孙冕命人剥去他的巾带，那人纱帽下面还包着青色头巾。孙冕在文书上写下判词道："作为偏旁从'大'，在典籍书论中没听说过这说法；而你堂堂子弟却带着青色的巾帽，这和杀猪卖酒的人有什么区别呢？判罚打小杖八下。"苏州百姓听说后，都把这件事当笑话谈。

忠定张尚书曾令鄂州崇阳县。崇阳多旷土，民不务耕织，唯以植茶为业。忠定令民伐去茶园，诱之使种桑麻。自此茶园渐少，而桑麻特盛于鄂、岳之间。至嘉祐中，改茶法，湖、湘之民苦于茶租，独崇阳茶租最少，民监他邑，思公之惠，立庙以报之。民有入市买菜者，公召谕之曰："邑居之民，无地种植，且有他业，买菜可也。汝村民，皆有土田，何不自种而费钱买菜？"笞而遣之。自后人家皆置圃，至今谓芦菔为"张知县菜"。

【译文】张咏曾经担任过鄂州崇阳县的县令。崇阳一带有很多荒废的土地，百姓不从事耕田、织布的劳作，只知道依靠种植茶树过日子。张咏就命令百姓把茶园都砍掉，引导他们种植桑麻等农作物。从这以后，当地茶园的数量逐渐减少，而桑麻的产量在鄂、岳一带变得很高了。到了嘉祐年间，朝廷改革茶法，湖、湘一带的百姓都苦于茶租税务的繁重，只有崇阳县要交的茶租最少，百姓们看到其他县的情况，感念起张咏的恩泽，就建立了祠庙来报答他。当时，有的村民到市场上买菜，张咏把他们叫来，说："住在县城里的人，因为没有土地可以种植菜蔬，而且有别的工作要做，所以买菜是可以的。但你们这些农村人，自己都有土地田产，为什么不自己种却要浪费钱财去买菜呢？"于是把他们打了一顿才放走。从这以后，村民家里都开辟了菜园，人们直到今天还把萝卜叫作"张知县菜"。

权 智

王子醇枢密帅熙河日，西戎欲入寇，先使人觇我虚实。逻者得之，索其衣缘中，获一书，乃是尽记熙河人马刍粮之数，官属皆欲支解以殉。子醇忽判杖背二十，大刺面"蕃贼决讫放归"六字，纵之。是时适有戍兵步骑甚众，刍粮亦富。虏人得谍书，知有备，其谋遂寝。

【译文】王韶担任熙河主帅的时候，西戎想要入侵中原，他们先派出人员来侦查我军的虚实。结果巡逻兵捉住了这个人，还从他的衣服边缝中找到一封秘密情报，上面详尽地记录了熙河的人马和军粮的数目，王韶下面的人都想把这个人杀死。王韶却忽然判处在他后背打二十军杖，再在他脸上刺上"蕃贼决讫放归"六个字，然后把那人放了。这时候，当地戍守的军队正好人马充足，军队的粮草也很丰富。敌人得到这样的情报后，知道我军已经充分防备，于是就打消了入侵的谋划。

宝元元年，党项围延安七日，邻于危者数矣。范侍郎雍为帅，忧形于色。有老军校出，自言曰："某边人，遭围城者数次，其势有近于今日者。虏人不善攻，卒不能拔。今日万万无虞，某可以保任。若有不测，某甘斩首。"范嘉其言壮人心，亦为之小安。事平，此校大蒙赏拔，言知兵善料敌者，首称之。或谓之曰："汝敢肆妄言，万一言不验，须伏法。"校笑曰："君未之思也。若城果陷，何暇杀我耶？聊欲安众心耳。"

【译文】宝元元年，党项敌人围困延安足足有七天，延安城好多次濒临险境。当时范雍担任我军主帅，忧心忡忡的神态显露在脸上。这时候有一位老军校站出来，自称："我是边境上的人，以前遭遇过好几次围城，有的同现在的情形类似。以往那些外族敌人都不擅长攻城，最终还是没办法夺下城池。这次您也千万不用忧心，我可以担保。如果出了什么意外，我甘愿被斩首。"范雍赞许他的话能够激励士气，自己也稍微觉得安心了。等延安解围后，这位老军校受到很大的赏赐和提拔，说懂得军事、知晓敌情的人，首先就要数他了。有的人对他说："你当时怎么敢那么放肆地口出妄言呢，万一你说的不准，可是要被杀头的呀。"老军校笑着说："你没好好想想啊。如果当时延安城真的陷落了，哪里还有时间杀我呢？我只想勉强安定大家的心罢了。"

　　韩信袭赵，先使万人背水阵，乃建大将旗鼓，出井陉口，与赵人大战，佯败，弃旗鼓走水上。军背水而阵，已是危道，又弃旗鼓而趋之，此必败势也，而信用之者。陈余老将，不以必败之势邀之，不能致也，信自知才过余，乃敢用此耳。向使余小黠于信，信岂得不败？此所谓知彼知己，量敌为计。后之人不量敌势，袭信之迹，决败无疑。汉五年，楚汉决胜于垓下，信将三十万，自当之。孔将军居左，费将军居右，高帝在其后，绛侯、柴武在高帝后。信先合不利，孔将军、费将军纵，楚兵不利，信复乘之，大败楚师，此亦拔赵策也。信时威震天下，籍所惮者，独信耳。信以三十万人不利而却，真却也，然后不疑。故信与二将得以乘其隙，此"建成堕马"势也。信兵虽却，而二将维其左右，高帝军其后，绛侯、柴武又在其后，异乎背水之危，此所以待项籍也，用破赵之迹，则奸矣。此皆信之奇策。观古人者，当求其意，不徒视其迹。班固为《汉书》，乃削此一事，盖固不察所以得籍者，正在此一战耳。从古言韩信善用兵，书中不见信所以善者。予以谓信说高帝，还用三秦，据天下根本，见其断；虏魏豹、斩龙且，见其智；拔赵、破楚，见其应变；西向师亡虏，见其有大志。此其过人者，惜乎《汉书》脱略，漫见于此。

【译文】韩信袭击赵国的时候，先派一万士兵排出背水列阵，然后树起大将的旗鼓，从井陉口出兵，与赵国人大战一场，接着假装战败，抛弃旗鼓，从水上逃走。军队背水列阵，已经是很危险的战术了，还抛弃旗鼓撤退，这是必败的战势了，但是韩信却能够使好这种计策。对手陈余是经验丰富的老将，不采用看似必败的战势来诱惑他，他一定不会上钩，韩信自己清楚自己的才能超过陈余，所以才敢用这种险计。假如陈余稍微比韩信聪明狡猾一点，韩信怎么可能不战败呢？这就是所谓的知彼知己，能够根据敌人的情况来制定军事计策。后来的人不分析敌方形势，只照着韩信的战法，就必败无疑。汉五年，楚汉在垓下决一胜负，韩信率领三十万士兵，独自抵挡一面。孔将军在他左面，费将军在他右面，汉高帝刘邦在他后面，绛侯、柴武跟在汉高帝后面。韩信率先和楚军交战而失利，随后孔将军、费将军纵兵冲出来夹击，楚兵就失利了，于是韩信又乘机杀回，最后把楚军打得大败，这也是当时韩信攻下赵国的计策。韩信当时威震天下，项羽害怕的只有韩信一人。韩信最开始率领三十万士兵，战败而退却，这是真的退却，这样退了以后，项羽才没有怀疑战况。所以韩信才能和孔、费二将抓到机会夹击项羽，这就是"建成堕马"的阵势。虽然最开始韩信的部队退却了，但是孔、费二将还护卫在他的左右，刘邦的军队还在他的后面，绛侯、柴武的军队又在刘邦的后面，这时的战况和那会儿背水一战的危机并不一样，这是用来对付项羽的计策，如果还用当年击破赵国的方法对付项军，那就会被项军歼灭。这些都是韩信的神奇战策。了解古人的用兵之道，应当推求他们的精神用意，而不能只看他们的做法。班固编撰《汉书》时，把这一件战事删掉了，大概班固不知道韩信之所以能战胜项羽，靠的就是这一战。自古以来都说韩信擅长用兵，但是书中却见不到韩信是怎么擅长用兵的。我认为韩信劝说刘邦夺取三秦，以占据天下的根本，这中间可以看出他的决断；俘虏魏豹、斩杀龙且，这中间可以看出他的智慧；攻陷赵国、击破楚国，这中间可以看出他的随机应变；恭敬地对待俘虏，这中间可以看出他有着雄心壮志。这就是他的胜过别人的地方，可惜《汉书》的记载有敷衍省略，所以我随手记在这里。

种世衡初营清涧城，有紫山寺僧法崧，刚果有谋，以义烈自名。世衡延置门下，恣其所欲，供亿无算。崧酗酒、狎博无所不为，世衡遇之愈厚。留岁余，崧亦深德世衡，自处不疑。一日，世衡忽怒谓崧曰："我待汝如此，而阴与贼连，何相负也？"拽下械系捶掠，极其苦楚。凡一月，滨于死者数矣。崧终不伏，曰："崧，丈夫也！公听奸人言，欲见杀，则死矣，终不以不义自诬。"毅然不顾。世衡审其不可屈，为解缚沐浴，复延入卧内，厚抚谢之曰："尔无过，聊相试耳。欲使为间，万一可胁，将泄吾事。设虏人以此见穷，能不相负否？"崧默然曰："试为公为之。"世衡厚遗遣之，以军机密事数条与崧曰："可以此藉手，仍伪报西羌。"临行，世衡解所服絮袍赠之曰："胡地苦寒，以此为别。至彼，须万计求见遇乞，非此人无以得其心腹。"遇乞，虏人之谋臣也。崧如所教，间关求通遇乞。虏人觉而疑之，执于有司。数日，或发袍领中，得世衡与遇乞书，词甚款密。崧初不知领中书，虏人苦之备至，终不言情。

虏人因疑遇乞，舍崧，迁于北境。久之，遇乞终以疑死。崧避逅得亡归，尽得虏中事以报。朝廷录其劳，补右侍禁，归姓为王。崧后官至诸司使，至今边人谓之王和尚。世衡本卖崧为死间，邂逅得生还，亦命也。康定之后，世衡数出奇计。予在边，得于边人甚详，为新其庙像，录其事于篇。

【译文】种世衡开始建造清涧城的时候，有一位紫山寺的和尚名叫法崧，为人刚毅果敢又有谋略，常常以忠义刚烈自称。种世衡把他招揽到自己门下，放任他的要求，给他的东西不计其数。法崧好喝酒，又喜欢狎玩、赌博，没什么不干的，种世衡却对他越来越优厚。这样待了一年多，法崧也深深感受到种世衡对自己的恩德，就自顾自地待在这里，没有起一点儿疑心。一天，种世衡突然愤怒地对法崧说："我对你这么好，你却私底下和敌人勾结，为什么要背叛我？"并且把他拖下去严刑拷打，让他吃尽了苦头。一个月里，法崧好几次差点被折磨死。法崧始终还是不服气，说："我法崧是大丈夫！您听了奸人的话，想要杀我，我死了就死了，但始终不能被不道义的罪名诬陷。"他对种世衡的做法毅然而不顾。种世衡看到没办法让他屈服，就替他解开绳索，让他沐浴，然后又请他到内室之中，安慰并道歉地说："你的确没什么过错，我只是想考验考验你罢了。我想派你去当间谍，又怕万一你被敌人胁迫后，就要泄漏我的计划。假如虏人也像这样用尽刑罚拷问你，你也能不背叛我吗？"法崧沉默了一会儿，说："我试着为您做这件事吧。"种世衡赏赐给他丰厚的东西并派他出行敌国，并告诉他很多军机密事，说："可以带着这些信息，假装投靠西羌。"法崧临走时，种世衡解下自己穿的丝绵袍子赠给他说："胡地艰苦寒冷，我送这件衣服作为送别礼物。到了那边，一定要想尽千方百计去求见遇乞，如果结识不到这个人的话，就没办法被敌人信任。"遇乞是西羌虏人的谋臣。法嵩就按照种世衡嘱咐的，想尽各种办法求见和结识遇乞。结果被西羌虏人察觉到这件事并产生了疑虑，就把他抓到了官府里。几天后，有人从他的丝绵袍子的衣领里面找出了一封种世衡写给遇乞的信，字里行间显得非常亲密。法嵩开始时并不知道领子里的书信，西羌虏人对他严加拷打，但他始终也不肯说出实情。于是虏人怀疑起自己这边的遇乞，把法嵩放了，遣送他到北部的边境。过了一段时间后，遇乞终于因为受到主人的怀疑而被处死了。法嵩找机会逃了回来，把敌方的情报都汇报给了朝廷。朝廷记下了他的功劳，任命他担任右侍禁，并恢复了他本来的王姓。王嵩后来做官做到了诸司使，直到现在，边境上的人还把他称为王和尚。种世衡本想出卖法嵩去当一个必死的间谍，没想到最后法嵩碰巧活着回来了，这也是命中注定啊。康定之后，种世衡多次献出奇计。我在边境的时候，从边民那里了解到种种非常详细的情况，为了给他重修祠庙塑像的事情，我把他的这些事情记录在文章里。

　　祥符中，禁火。时丁晋公主营复宫室，患取土远，公乃令凿通衢取土，不日皆成巨堑。乃决汴水入堑中，引诸道竹木排筏及船运杂材，尽自堑中入至宫门。事毕，却以斥弃瓦砾灰壤实于堑中，复为街衢。一举而三役济，计省费以亿万计。

　　【译文】 大中祥符年间，皇宫被火灾烧毁。当时丁谓负责重新修建宫殿，因为觉得取土的地方太遥远，他就下令挖掘附近的街道来取土，没过几天，大街都被挖成了深沟。然后就打开汴河的堤坝把水引入深沟中，又调来各地的竹木排筏和船只来运输外面各种零杂建材，全部都从深沟中直接运送到宫门。宫殿修完后，就把那些废弃的瓦砾、渣土重新填进深沟中，又恢复成了街道。这一个办法就让取土、运料和处理废弃物的三件事同时解决，总共节省了亿万的费用。

国初，两浙献龙船，长二十余丈，上为宫室层楼，设御榻，以备游幸。岁久腹败，欲修治，而水中不可施工。熙宁中，宦官黄怀信献计，于金明池北凿大澳，可容龙船，其下置柱，以大木梁其上，乃决水入澳，引船当梁上，即车出澳中水，船乃笐于空中，完补讫，复以水浮船，撤去梁柱。以大屋蒙之，遂为藏船之室，永无暴露之患。

【译文】本朝初年，两浙地区进献龙船，船长达二十多丈，甲板上修筑了宫室层楼，还设有皇帝的坐卧具，用来预备皇帝外出游览时使用。时间长了，船身开始腐烂，朝廷想要修补它，但是在水里又没办法施工。熙宁年间，宦官黄怀信出了个主意，在金明池的北边开凿一个深水池，容积能放得下龙船的大小，水池下面安放柱子，用大木头架在上面当作梁。然后引金明池水到这个深水池中，把龙船开到梁上，再用水车把深水池里的水排出来，龙船就被悬空架了起来，等修补完成后，再重新放水进池使龙船浮起，撤去下面支撑的梁柱。在深水池的外面修建一个大屋盖，这样就变成了一间藏船室，从此龙船再也没有暴露在外面受侵蚀的危害了。

艺 文

李学士世衡喜藏书。有一晋人墨迹，在其子绪处。长安石从事尝从李君借去，窃摹一本，以献文潞公，以为真迹。一日潞公会客，出书画，而李在坐，一见此帖，惊曰："此帖乃吾家物，何忽至此？"急令人归，取验之，乃知潞公所收乃摹本。李方知为石君所传，具以白潞公。而坐客墙进，皆言潞公所收乃真迹，而以李所收为摹本。李乃叹曰："彼众我寡，岂复可伸？今日方知身孤寒。"

【译文】 李世衡学士喜欢藏书。他的儿子李绪那里有一帖晋人的墨迹。长安有一位石姓的从事曾经向李世衡借去，并偷偷摹写了一本，用来献给文彦博，文彦博以为那是真迹。一天，文彦博会见宾客，拿出一些书画共赏，恰好当时李世衡也在坐席间，一见到这幅字帖，就惊讶地问："这幅字帖是我家收藏的东西，为什么会突然到你这里来了呢？"李世衡急忙派人回家，取来字帖验看，于是知道了文彦博收藏的是摹本。李世衡这才发现字帖是被石姓的从事传出去的，他详细地把实情告诉了文彦博。但当时在座的宾客很多，都说文彦博收藏的才是真迹，而把李世衡收藏的说成是摹本。李世衡只好感叹道："他们众人齐口，我只有一个人，怎么能说得明白呢？今天才知道我出身贫寒无依所以言论不被重视啊。"

　　章枢密子厚善书，尝有语："书字极须用意，不用意而用意，皆不能佳。此有妙理，非得之于心者，不晓吾语也。"尝自谓"墨禅"。

　　【译文】章惇擅长书法，他曾经说过这样的话："写字必须非常集中精力，一会儿不集中，一会儿又集中，都写不出好作品。这其中有非常高妙的道理，不是自己在心中领会到的人，是不能够理解我讲的这话的。"章惇曾经自称为"墨禅"。

　　世上论书者，多自谓书不必有法，各自成一家。此语得其一偏，譬如西施、毛嫱，容貌虽不同，而皆为丽人，然手须是手，足须是足，此不可移者。作字亦然，虽形气不同，掠须是掠，磔须是磔，千变万化，此不可移也。若掠不成掠，磔不成磔，纵其精神筋骨犹西施、毛嫱，而手足乖戾，终不为完人；杨朱、墨翟，贤辩过人，而卒不入圣域。尽得师法，律度备全，犹是奴书，然须自此入，过此一路，乃涉妙境，无迹可窥，然后入神。

　　【译文】世上讨论书法的人，大多数自认为书法不必有一定的法度，各人能各成一家。这话只说对了一个方面，比如西施、毛嫱，容貌虽然不同，但都是美女，然而她们的手必须是手，脚必须是脚，这些是不可改变的。写字也是这样，虽然每个人写出的形态、气象不相同，但字的撇必须是撇，捺必须是捺，即使书法的形态、气象千变万化，这些也是不可改变的。如果撇不成撇，捺不成捺，即使书法的精神筋骨像西施、毛嫱一样，而手脚却不正常，最终算不上一个完人；即使像杨朱、墨翟一样，辩论技术高超过人，但最终达不到圣人的境界。学习书法者即使完全学到了师法，规矩法度全都齐备，这样仍然只是奴书。但是又必须从这儿入门，经过了这一步，才能进入神妙境界，书法中没有了学习摹仿的痕迹，然后才能达到出神入化的境界。

今世俗谓之"隶书"者，只是古人之"八分书"，谓初从篆文变隶，尚有二分篆法，故谓之"八分书"。后乃全变为隶书，即今之正书、章草、行书、草书皆是也。后之人乃误谓古八分书为隶书，以今时书为正书，殊不知所谓正书者，隶书之正者耳。其余行书、草书，皆隶书也。杜甫《李潮八分小篆歌》云："陈仓石鼓文已讹，大小二篆生八分。苦县光和尚骨立，书贵瘦硬方通神。"苦县，《老子朱龟碑》也。《书评》云："汉、魏牌榜碑文和《华山碑》，皆今所谓隶书也。杜甫诗亦只谓之八分。"又《书评》云："汉、魏牌榜碑文，非篆即八分，未尝用隶书。"知汉、魏碑文皆八分，非隶书也。

【译文】现在世俗称作"隶书"的，其实只是古人的"八分书"，这是说最初从篆文演变成为隶书，其中尚且存有二分篆文的写法，所以称隶书为"八分书"。后来就完全变为隶书写法了，现在的正书、章草、行书、草书都是这样。后来的人错误地把古代的八分书称为隶书，而把现在的字体称为正书，这是完全不知道所谓的"正书"，就是隶书的正体。其余的像行书、草书，都是隶书。杜甫的《李潮八分小篆歌》中说:"陈仓石鼓文已讹,大小二篆生八分。苦县光和尚骨立,书贵瘦硬方通神。"苦县,是指《老子朱龟碑》。《书评》说:"汉、魏牌榜碑文和《华山碑》,都是现在所谓的隶书。杜甫诗中也只称它为八分。"另外,《书评》又说:"汉、魏牌榜碑文,不是篆书就是八分,从来没有用过隶书。"可知汉、魏碑文都是八分书而不是隶书。

江南府库中,书画至多。其印记有"建业文房之印""内合同印"。"集贤殿书院印",以墨印之,谓之"金图书",言惟此印以黄金为之。诸书画中,时有李后主题跋,然未尝题书画人姓名,唯钟隐画,皆后主亲笔题"钟隐笔"三字。后主善画,尤工翎毛。或云:"凡言'钟隐笔'者,皆后主自画。后主尝自号钟山隐士,故晦其名,谓之钟隐,非姓钟人也。今世传钟画,但无后主亲题者,皆非也。"

【译文】江南府的仓库中,书法绘画作品非常多。那些作品上面盖的印记有"建业文房之印""内合同印"等。其中,"集贤殿书院印",是用墨色加盖的,称为"金图书",意思是说只有这枚印章是用黄金铸成的。在各种书画作品中,常常有南唐李后主的题跋,但是却没有题写书画创作者的姓名,只有钟隐的画,都有李后主亲笔题写的"钟隐笔"三个字。李后主擅长绘画,尤其善绘花鸟画。有人说:"凡是题写了'钟隐笔'的画,实际都是李后主自己画的。李后主曾经自号钟山隐士,所以隐去原本的姓名,并自称钟隐,这不是指别的姓钟的画家。现在世上流传的'钟画',但凡画上没有李后主亲笔题签的，就都不是真品。"

器 用

熙宁八年，章子厚与予同领军器监，被旨讨论兵车制度。本监以《周礼·考工记》及《小戎》诗考定：车轮崇六尺，轵崇三尺三寸。毂末至地也，并轸襥为四尺。牙围一尺一寸，厚一尺三分寸之二。车罔也。毂长三尺二寸，径一尺三分寸之二，轮之薮三寸九分寸之五，毂上札辐凿眼是也。大穿内径四寸五分寸之二，《记》谓之"贤"，毂之里穿也。小穿内径三寸十五分寸之四。《记》谓之"轵"，毂之外穿也。辐九寸半，辐外一尺九寸，并辐三寸半，共三尺二寸，乃毂之长。金厚一寸，大小穿，其金皆一寸。辐广三寸半。深亦如之。舆六尺六寸，车队四尺四寸。队音遂，谓车之深。盖深四尺四寸，广六尺六寸也。式深一尺四寸三分寸之二，七寸三分寸之一在轸内。崇三尺三寸，半舆之广为之崇。较崇二尺二寸，通高五尺五寸。较，两輢上出式者，并车高五尺五寸。轸围一尺一寸，车后横木。式围七寸三分寸之一，较围四寸九分寸之八，轵围三寸二十七分寸之七，此轵乃輢木之植者，衡者与毂末同名。轛围二寸八十一分寸之十四，此式之植者，衡者如较之植轵而名互异。任正围一尺四寸五分寸之二，此舆下三面材持车正者。辀深四尺七寸，此梁舡辀也。轵崇三尺三寸。此辀如桥梁，矫上四尺七寸。并衡颈为八尺七寸。国马高八尺，除衡颈则如马之高。长一丈四尺四寸，軓前十尺，队四尺四寸。軓前一丈，筴长五尺，衡围一尺三寸五分寸之一，长六尺六，轴围一尺三寸五分寸之一，兔围一尺四寸五分寸之二，辀当伏兔者，与任正相应。颈围九寸十五分寸之九，颈，辀前持衡者。踵围七寸七十五分寸之五。踵，辀后承辕处。轨广八尺，两辙之间。阴如轨之长，侧于轨前。轵二，前著骖辔，后属阴。在骖之外，所以止出。胁驱长一丈，皮为之，前系于衡，当骖马内，所以止入。服马颈当衡轭，两服齐首。骖马齐衡，两骖雁行，谓小却也。辔六。服马二辔，骖马一辔。度皆以周尺，一尺当今七寸三分少强。以法付作坊制车，兼习五御法。是秋八月，大阅，上御延和殿亲按。藏于武库，以备仪物而已。

【译文】熙宁八年，章惇和我共同主持军器监的工作，我们承奉圣旨讨论兵车的规制。军器监根据《周礼·考工记》和《小戎》诗进行考据认定：车轮高六尺，轵高三尺三寸。从毂的末端到地面，加上辐毂是四尺。牙围一尺一寸，厚一尺三分之二寸，就是车围。毂长三尺二寸，直径一尺三分之二寸，轮轴辐条的汇聚处长三寸九分之五寸，就是毂上札辐凿眼的地方。大穿内径长四又五分之二寸，《考工记》中称它为"贤"，是毂的内穿。小穿内径长三又十五分之四寸。《考工记》中称它为"轵"，是毂的外穿。辐长九寸半，辐外一尺九寸，加上辐的三寸半，一共有三尺二寸，就是车毂的长度。金属包片厚一寸，大穿、小穿，它们的金属包片都厚一寸。辐宽三寸半。厚度也像金属包片这样。车厢长六尺六寸，队长四尺四寸。队，音为遂，指车厢的长度。长度是四尺四寸，宽度是六尺六寸。车轵长一尺四又三分之二寸，其中七又三分之一寸在辐内。高三尺三寸，以车厢一半的高度为高。较高二尺二寸，通高五尺五寸。较是车厢两边长出车轵的部分，加上车高是五尺五寸。辐围一尺一寸，也就是车后横木。轼围七又三分之一寸，较围四又九分之八寸，轵围三又二十七分之七寸，这个轵是輢木插入的地方，横着的轵和毂末名称相同。轐围二又八十一分之十四寸，这是车轐插入的地方，横着的轐就像是较上插的轵，只是名称不同。任正围一尺四又五分之二寸，这是车厢下的三面横木，用来保持车厢平衡的。车辕深四尺七寸，这是梁舩辀。轵高三尺三寸。这种车辕就像桥梁，轿上四尺七寸。加上衡颈是八尺七寸。国马高八尺，除去衡颈就像马一样高了。长一丈四尺四寸，軓前十尺，队四尺四寸。軓前一丈，策长五尺，衡围一尺三又五分之一寸，长六尺六，轴围一尺三又五分之一寸，兔围一尺四又五分之二寸，辀当伏兔，与任正相照应。颈围九又十五分之九寸，颈是辀前面连接车衡的部位。踵围七又七十五分之五寸。踵是辀后面承辕的地方。轨宽八尺，是指两轮之间的距离。阴如轵的长度，在轵侧前方。靷绳两根，前面系在骖马的缰绳上，后面连接阴。在骖马的外面，用来防止它们跑出去。胁驱长一丈，皮制的，前面系在横木上，装在骖马的内侧，用来防止它们挤进来。服马的颈部架在衡轭上，两匹服马的马头相齐平。骖马和横木对齐，两匹骖马像大雁一样排列，指它们稍微靠后一点。缰绳六根。服马一匹两根，骖马一匹一根。这些计算长度都按周代的尺，周代一尺相当于现在的七寸三分多一点。我们把这种规制交付给作坊来制造车，并且教习五种驾驭车的方法。这年秋天的八月，朝廷为此举行了盛大的检阅典礼，皇帝到延和殿亲自检查。后来把车收藏在武库里，只作为备用展览的礼仪用品罢了。

古鼎中有三足皆空、中可容物者，所谓鬲也。煎和之法，常欲滒在下，体在上，则易熟而不偏烂。及升鼎，则浊滓皆归足中。《鼎卦》初六："鼎颠趾，利出否。"谓浊恶下，须先泻而虚之，九二阳爻，方为鼎实。今京师大屠善熟彘者，钩悬而煮，不使著釜底，亦古人遗意也。又古铜香炉，多镂其底，先入火于炉中，乃以灰覆其上，火盛则难灭而持久。又防炉热灼席，则为盘荐水，以渐其趾，且以承灰她之坠者。其他古器，率有曲意，而形制文画，大概多同。盖有所传授，各守师法，后人莫敢辄改。今之众学人人皆出己意，奇邪浅陋，弃古自用，不止器械而已。

【译文】古代有一种三足中空、足中可以装东西的鼎，这就是所谓的"鬲"。一般煎煮烹饪的方法，常常是把肉汤放在下面，肉块放在上面，这样肉就容易煮熟而且不会夹生。等到烧完以后，那些肉的渣滓就沉到鼎足中空的地方。《易经·鼎卦》初六爻说："把鼎颠倒过来，有利于清除污垢。"意思是说污垢都沉在下面，烹饪时必须先把这些东西倒出来让鼎清空，到九二阳爻，才是指鼎里实际有东西。现在京城中那些擅长烧肉的大厨师，都把肉钩起来悬挂着煮，不让肉和锅底接触，这也是古人流传下来的煮肉方法。另外，比如古代的铜制香炉，大多也在它的底部挖出孔洞，使用时先把火种放到炉子里，然后用灰覆盖在它的上面，这样就可以让火力旺盛难以熄灭，而且长时间维持。再比如古人为了防止炉子太热而烧坏席子，就准备一个盘子装上水，用来浸泡炉子的足，还能盛放掉下来的灰。其他的古器，也都有它们不易察觉的特殊用意，而形状、图案则大致相同。大概是古代重视传承和教授，工匠们各自遵守师法，后人不敢随便更改规制。但是现在的各种技艺，人人都从自己的意思出发，落得个离奇又浅陋，抛弃前人的做法而自以为是，这种现象不仅仅表现在器械制作的方面。

"大夫七十而有阁。""天子之阁，左达五，右达五。"阁者，板格，以庋膳羞者，正是今之立镉。今吴人谓"立镉"为"厨"者，原起于此，以其贮食物也，故谓之"厨"。

【译文】《礼记》上说："大夫七十而有阁。""天子之阁，左达五，右达五。"这里的阁，就是指板格，是用来存放美食的东西，正好就是今天的立柜。现在江浙一带的人称立柜为"厨"，这个称呼的起源就在这里，因为是用来贮藏食物的，所以称它为"厨"。

补笔谈卷三·异事

韩魏公庆历中以资政殿学士帅淮南，一日，后园中有芍药一干分四岐，岐各一花，上下红，中间黄蕊间之。当时扬州芍药未有此一品，今谓之"金缠腰"者是也。公异之，开一会，欲招四客以赏之，以应四花之瑞。时王岐公为大理寺评事通判，王荆公为大理评事金判，皆召之。尚少一客，以判铃辖诸司使，忘其名，官最长，遂取以充数。明日早衙，铃辖者申状暴泄不至。尚少一客，命取过客历求一朝官足之，过客中无朝官，唯有陈秀公时为大理寺丞，遂命同会。至中筵，剪四花，四客各簪一枝，甚为盛集，后三十年间，四人皆为宰相。

【译文】庆历年间，韩琦以资政殿学士的身份主管淮南，有一天，他家的后园中的一枝芍药，一根枝干上生出了四根枝杈，每根枝上各开了一朵花，花上下都是红色的，中间有黄色的花蕊点缀其间。当时扬州的芍药还没有这一品种的，也就是现在所谓的"金缠腰"。韩琦觉得奇怪，就在家举行了一场聚会，想招揽四位客人一起观赏，借以对应四朵花的吉祥征兆。当时王珪担任大理寺评事通判，王安石担任大理寺评事金判，韩琦把他俩都招来了。还少一位客人，以判铃辖诸司使，忘了他的名字，官职最高，就也把他请来凑数。第二天早上韩琦坐衙治事的时候，那位铃辖汇报说自己严重腹泻，没办法去聚会了。这样就还是少了一位客人，于是韩琦就派人取来路过附近的官员名录，想要从中找出一位中央官员来凑数，但路过附近的官员中并没有中央官员，只有陈升之当时担任着大理寺丞，于是韩琦就请他一同参加聚会。到了筵席中，就剪下那四朵花，在四位客人的头上各插一枝，实在是一场盛大的集会，后来三十年间，这四位客人都成了宰相。

濒海素少士人。祥符中，廉州人梁氏卜地葬其亲，至一山中，见居人说，旬日前，有数十龟负一大龟葬于此山中。梁以谓龟神物，其葬处或是福地，与其人登山观之，乃见有丘墓之象。试发之，果得一死龟，梁乃迁葬他所，以龟之所穴葬其亲。其后梁生三子：立仪、立则、立贤。立则、立贤皆以进士登科，立仪尝预荐，皇祐中，侬智高平，推恩授假板官。立则值熙宁立八路选格，就二广连典十余郡，今为朝请大夫致仕，予亦识之。立仪、立则皆朝散郎，至今皆在。徙居广州，郁为士族，至今谓之"龟葬梁家"。龟能葬，其事已可怪，而梁氏适兴，其偶然邪？抑亦神物启之邪？

【译文】濒海地区一向很少有士人。大中祥符年间，廉州人梁氏选择土地安葬他的亲人，来到了一座山中，他听到住在那儿的人说，十几天前，有几十只乌龟背来一只大乌龟埋葬在这座山中。梁氏认为乌龟是神奇的动物，它们埋葬的地方可能是有福的好地方，就和说这话的当地人一起登山观察，于是看到一个地方有坟墓的形状。试着发掘出来，果然发现了一只死乌龟，梁氏就把乌龟迁移改葬到别的地方，在乌龟原来埋葬的地方埋葬了自己的亲人。后来梁氏生下三个儿子：梁立仪、梁立则、梁立贤。梁立则和梁立贤都考中了进士，梁立仪曾经获得官府举荐，皇祐年间，侬智高叛乱被平定，梁立仪接受皇帝所施恩惠而被授予代理官。梁立则赶上了熙宁年间设置的八路选官标准，在两广一带连续担任了十几个州郡的长官，现在他以朝请大夫的官职退休了，我也认识他。梁立仪、梁立则都是朝散郎，直到如今还在任上。梁家后来迁居到广州，在那儿发展成为世家大族，人们直到今天还称他们家为"龟葬梁家"。乌龟能自行择地安葬，这已经是奇怪的事情了，而梁氏恰好在那以后开始兴盛，这难道是偶然的吗？还是说真有神物的开导呢？

杂 志

宋景文子京判太常日，欧阳文忠公、刁景纯同知礼院。景纯喜交游，多所过从，到局或不下马而去。一日退朝，与子京相遇，子京谓之曰："久不辱至寺，但闻走马过门。"李邯郸献臣立谈间，戏改杜子美《赠郑广文》诗嘲之曰："景纯过官舍，走马不曾下。忽地退朝逢，便遭官长骂。多罗四十年，偶未识摩毡。赖有王宣庆，时时乞与钱。"叶道卿、王原叔各为一体诗，写于一幅纸上，子京于其后题六字曰："效子美诮景纯。"献臣复注其下曰："道卿著，原叔古篆，子京题篇，献臣小书。"欧阳文忠公又以子美诗书于一绫扇上。高文庄在坐，曰："今日我独无功。"乃取四公所书纸为一小帖，悬于景纯直舍而去。时西羌首领唃厮罗新归附，摩毡乃其子也。王宣庆大阉求景纯为墓志，送钱三百千，故有摩毡、王宣庆之诮。今诗帖在景纯之孙概处，扇诗在杨次公家，皆一时名流雅谑，予皆曾借观，笔迹可爱。

【译文】宋祁主管太常寺的时候，欧阳修、刁约一同在礼院任职。刁约喜欢与人交往，经常有应酬往来，有时候到官署时，人还没下马就赶着离开了。有一天他退朝，正好遇到了宋祁，宋祁对他说："很久没有劳您到太常寺来了，但是常常听到您的马从门口经过。"李淑趁着他们两人站着谈话的时间，戏谑地改写了杜甫的《赠郑广文》诗，嘲讽刁约道："景纯过官舍，走马不曾下。忽地退朝逢，便遭官长骂。多罗四十年，偶未识摩毡。赖有王宣庆，时时乞与钱。"叶清臣、王洙也各自用一种字体，把这首诗抄写在一幅纸上，宋祁在诗后面题写了六个字的题目道："效子美诮景纯。"李淑又在诗下面注道："叶清臣书，王洙用古篆，宋祁题写篇名，李淑小注。"欧阳修又把杜甫的诗写在一面绫扇上。高若讷当时也在坐，说："今天只有我没有为这件事出力。"于是取来他们四位所写的纸粘成一张小帖子，悬挂在刁约办公的地方就走了。当时西羌首领唃厮罗刚刚归附朝廷，摩毡是他的儿子。大太监王宣庆曾经请刁约为他作墓志铭，送给他三百千的润笔钱，所以这首诗中有提及摩毡、王宣庆的讥讽言语。现在这幅诗帖在习约的孙子习概那里，扇面诗收藏在杨杰家里，都是当时名流之间趣味高雅的戏谑，我都曾借来观赏过，那书法让人敬爱。

禁中旧有吴道子画钟馗，其卷首有唐人题记曰：明皇开元讲武骊山，岁口翠华还宫，上不怿，因疟作，将逾月。巫医殚伎，不能致良。忽一夕，梦二鬼，一大一小。其小者衣绛犊鼻，屦一足，跣一足，悬一屦，搢一大筠纸扇，窃太真紫香囊及上玉笛，绕殿而奔。其大者戴帽，衣蓝裳，袒一臂，鞹双足，乃捉其小者，刳其目，然后擘而啖之。上问大者曰："尔何人也？"奏云："臣钟馗氏，即武举不捷之士也。誓与陛下除天下之妖孽。"梦觉，疟若顿瘳，而体益壮。乃诏画工吴道子，告之以梦，曰："试为朕如梦图之。"道子奉旨，恍若有睹，立笔图讫以进。上瞠视久之，抚几曰："是卿与朕同梦耳，何肖若此哉？"道子进曰："陛下忧劳宵旰，以衡石妨膳，而疟得犯之。果有蠲邪之物，以卫圣德。"因舞蹈，上千万岁寿。上大悦，劳之百金，批曰："灵祇应梦，厥疾全瘳，烈士除妖，实须称奖。因图异状，颁显有司。岁暮驱除，可宜遍识。以祛邪魅，兼静妖氛。仍告天下，悉仿知委。"熙宁五年，上令画工摹搨镌板，印赐两府辅臣各一本。是岁除夜，遣入内供奉官梁楷就东西府给赐钟馗之象。观此题相记，似始于开元时。皇祐中，金陵上元县发一冢，有石志，乃宋征西将军宗悫母郑夫人墓。夫人，汉大司农郑众女也，悫有妹名钟馗。后魏有李钟馗，隋将乔钟馗、杨钟馗，然则钟馗之名，从来亦远矣，非起于开元之时。开元之时，始有此画耳。"钟馗"字亦作"钟葵"。

【译文】皇宫中有过去吴道子画的钟馗像，画的卷首有唐代人的题记道：开元年间，唐玄宗皇帝在骊山阅兵，回宫后就感觉不舒服，接着患上了疟疾，病了快一个月。巫医使尽了招数，也没办法治好玄宗的病。忽然有一天晚上，玄宗梦到两个鬼，一大一小。小鬼穿着红色的短裤，一只脚穿着鞋，一只脚光着，腰上挂着一只鞋，并插着一把大竹柄纸扇，它偷了杨贵妃的紫香囊和玄宗的玉笛，绕着大殿奔跑。大鬼戴着帽子，穿着士人的襕衫，露出一只胳臂，双脚穿着皮靴，捉住那只小鬼，把它的眼睛挖出来，然后把它撕碎吃掉了。皇帝问大鬼说："你是什么人？"大鬼回答道："臣是钟馗氏，就是武举考试没有中第的人。我发誓要为陛下您除尽天下的妖孽。"玄宗梦醒了以后，就觉得自己的疟疾一下子好了，而且身体也变得更强壮了。于是下令召见画工吴道子，把梦里的事情告诉给他，并说："你试着为我把梦中的情景画出来。"吴道子遵从旨意，自己也恍惚觉得看到了那梦境一样，就立刻下笔画好后呈给皇帝。皇帝张大眼睛盯着画看了很久，抚着几案说："莫莫非你与我做了相同的梦，为什么会画得这么像呢？"吴道子上前回答："陛下日夜操劳政务，因为公务繁忙而影响了日常的膳食起居，结果得了疟疾。但终究会有驱邪的东西，来保卫皇帝的圣明德行。"于是就安排舞蹈来祝玄宗长寿。玄宗非常高兴，赏给他百两黄金，并且批示道："灵祇应梦，厥疾全瘳，烈士除妖，实须称奖。因图异状，颁显有司。岁暮驱除，可宜遍识。以祛邪魅，兼静妖氛。仍告天下，悉仿知委。"

熙宁五年，神宗皇帝命令画工照着吴道子画的钟馗像临摹，刻成版刻，印刷后赐给中书、枢密两府的辅臣每人一本。这一年的除夕，派入内供奉官梁楷到中书、枢密两府去分赏钟馗的画像。从上述的画像题记来看，钟馗的传说似乎是起源于唐开元年间。而皇祐年间，金陵的上元县发掘了一座坟墓，其中有石刻的墓志铭，是南朝刘宋征西将军宗悫的母亲郑夫人的墓地。郑夫人，是汉代大司农郑众的后人，宗悫有个妹妹，名叫钟馗。后魏有人叫李钟馗，隋代有将领叫乔钟馗、杨钟馗，这就说明钟馗这个名字，由来很久了，并非起源于唐开元年间。只不过开元年间，才开始有这幅画像罢了。"钟馗"两个字也写作"钟葵"。

故相陈岐公，有司谥荣灵。太常议之，以荣灵为甚，请谥恭。以恭易荣灵，虽差美，乃是用唐许敬宗故事，适足以为累耳。钱文僖公始谥不善，人有为之申理而改思，亦是用于頔故事，后乃易今谥。

【译文】宰相陈执中去世，有关部门准备封他谥号"荣灵"。太常寺礼院讨论时，认为"荣灵"太过分了，请求改为谥"恭"。用"恭"改换"荣灵"，虽然更好听一点，但是却沿用了唐代许敬宗的成例，反而连累了陈执中的名声。钱惟演开始拟定的谥号有贬义，有人为他申辩而改谥为"思"，这也是沿用唐代于頔的成例，后来才改成现在的谥号。

地理之书，古人有《飞鸟图》，不知何人所为。所谓"飞鸟"者,谓虽有四至里数,皆是循路步之,道路迂直而不常,既列为图,则里步无缘相应,故按图别量径直四至,如空中鸟飞直达,更无山川回屈之差。予尝为《守令图》,虽以二寸折百里为分率,又立准望、牙融、傍验、高下、方斜、迂直七法,以取鸟飞之数。图成,得方隅远近之实,始可施此法,分四至、八到为二十四至,以十二支、甲乙丙丁庚辛壬癸八干、乾坤艮巽四卦名之。使后世图虽亡,得予此书,按二十四至以布郡县,立可成图,毫发无差矣。

【译文】地理类的书籍中,有一本古人的《飞鸟图》,不知道是什么人写的。所谓的"飞鸟",意思是说一般地图虽然有两点之间的方位与距离,但都是沿着道路步测出来的,但是道路的曲直不一定,画到图上以后,就会和实际距离不相应,所以要根据图另外量出各个方位的直线距离,就像在空中的鸟直达飞翔目标一样,不再有因为山川相隔、道路曲折而产生的误差。我曾经编订过《守令图》,除了用二寸代表一百里的比例外,又通过准望、牙融、傍验、高下、方斜、迂直等,一共七种方法,计算各地的直线距离。图制成以后,算出各个方位和距离的实际数值,才能用这种方法,把四至、八到细分为二十四至,用十二地支、甲乙丙丁庚辛壬癸八天干、乾坤艮巽四卦来命名它们。这样即使以后地图亡佚了,只要能得到我这本书,根据二十四个方位排布郡县,也可以立刻制成地图,不会有分毫差错。

咸平末,契丹犯边,戍将王显、王继忠屯兵镇定。虏兵大至,继忠力战,为契丹所获,授以伪官,复使为将,渐见亲信。继忠乘间进说契丹,讲好朝廷,息民为万世利。虏母老,亦厌兵,遂纳其言。因寓书于莫守石普,使达意于朝廷,时亦未之信。明年,虏兵大下,遂至河。车驾亲征,驻跸澶渊,而继忠自虏中具奏戎主请和之意,达于行在。上使曹利用驰遗契丹书,与之讲平。利用至大名,时王冀公守大名,以虏方得志,疑其不情,留利用未遣。会围合不得出,朝廷不知利用所在,又募人继往,得殿前散直张皓,引见行在。皓携九岁子见曰:"臣不得虏情为报,誓死不还,愿陛下录其子。"上赐银三百两遣之。皓出澶州,为徼骑所掠,皓具言讲和之意,骑乃引与俱见戎母萧及戎主。萧搴车帏召皓,以木横车轭上,令皓坐,与之酒食,抚劳甚厚。皓既回,闻虏欲袭我北塞,以其谋告守将周文质及李继隆、秦翰、文质等,厚备以待之。黎明,虏兵果至,迎射其大帅挞览坠马死,虏兵大溃。上复使皓申前约,及言已遣曹利用之意。皓入大名,以告王冀公,与利用俱往,和议遂定,乃改元景德。后皓为利用所轧,终于左侍禁。真宗后知之,录其先留九岁子牧为三班奉职,而累赠继忠至大同军节度使兼侍中。国史所书,本末不甚备,予得其详于张牧及王继忠之子从伓之家。蒋颍叔为河北都转运使日,复为从伓论奏,追录其功。

【译文】咸平末年,契丹侵犯我朝边界,守将王显、王继忠屯兵在镇州、定州。敌军来势凶猛,王继忠奋力战斗,还是被契丹俘虏，契丹授予他伪官，又命他担任将领，并逐渐对他信任起来。王继忠趁机向契丹进言，希望他们与北宋朝廷议和，使民众休养生息，以谋求子孙后代的利益。当时契丹太后年事已高，也厌倦了战争，就采纳了王继忠的建议。于是写信给莫州守将石普，让他把契丹方议和的意思转达给朝廷，当时朝廷还不相信。第二年，辽军大举入侵，一直打到黄河边上。皇帝御驾亲征，驻留在澶渊，而王继忠在契丹营中传达了辽帝请求讲和的意思，也送到了皇帝驻地。皇帝派曹利用快马前去给契丹送信，与他们讲和。曹利用来到大名府，当时王钦若镇守着大名府，他认为敌人刚刚战胜得志，恐怕议和没有诚意，就留下曹利用没让他继续前去讲和。结果赶上大名府被辽军围城而无法出城，朝廷不知道曹利用在哪，又准备派别的人继续前往契丹，选中了殿前散直张皓，把他引到皇帝的驻地面见。张皓带着自己九岁的儿子一起见了皇帝，说："臣如果得不到契丹敌人的回复情况，就誓死不回来，希望陛下能收留我的儿子。"皇帝赐给他三百两银子派遣他去了。张皓从澶州出发，被敌人的骑兵抓住，张皓详细地说明了议和的来意，骑兵就带他一起去见萧太后和辽帝。萧太后掀起车驾的帷幕招呼张皓，把木头横在车辕上，让张皓坐下，赏赐给他酒食，盛情地慰劳他。张皓回来后，听说辽军想要偷袭我朝澶渊以北的要塞，就把敌人的阴谋告诉了守将周文质以及李继隆、秦翰、文质等人，让他们做好充分准备等待敌人的进攻。黎明时分，辽军果然来了，守军迎战，射中了敌方的大帅挞览，挞览坠马而死，敌军溃败。皇帝再次派张皓前去辽地申明前面商量的合约，并且告诉他先前已经派遣出曹利用的情况。张皓来到大名府，将这些情况告诉了王钦若，并和曹利用一同前往辽地，和议才最终达成，于是皇帝改元为景德。后来张皓被曹利用排挤，官位只做到左侍禁。真宗皇帝后来得知了这一情况，就录用了张皓先前留下的九岁的儿子张牧，让他在三班奉职，而多次加赠王继忠的官职，直到大同军节度使兼侍中。国史对这件事情的记载，始末都不太详细，我从张牧以及王继忠的儿子王从伓那里详细地了解了情况。蒋之奇担任河北都转运使的时候，再次为王从伓上奏，朝廷追加表彰了他的功劳。

前世风俗，卑者致书于所尊，尊者但批纸尾答之曰"反"，故人谓之"批反"，如官司批状、诏书批答之类。故纸尾多作"敬空"字，自谓不敢抗敌，但空纸尾以待批反耳。尊者亦自处不疑，不务过敬。前世启甚简，亦少用联幅者。后世虚文浸繁，无昔人款款之情，此风极可惜也。

【译文】过去的风俗，地位低下的人写信给自己的尊长，尊长只在信纸的末尾批语作答，称为"反"，因此人们把这叫作"批反"，就好像官府的判词、诏书的批答之类的。所以人写信的时候大多在纸尾写上"敬空"字样，自称不敢与收信方匹配，只留空信纸的末尾，来等待对方的批反罢了。尊长也安然自处没有疑义，不追求更过分的谦敬。以前的书信礼节很简单，也很少有再添加一页纸的。后世不切实际的礼节文字越来越繁多，反而没有了过去人淳朴的情意，形成这种风气实在是令人惋惜啊。

风后八阵，大将握奇，处于中军，则并中军为九军也。

唐李靖以兵少难分九军，又改制六花阵，并中军为七军。予按，九军乃方法，七军乃圆法也。算术，方物八裹一，盖少阴之数，并其中为老阳；圆物六裹一，乃老阴之数，并其中为少阳。此物之定行，其数不可改易者。既为方、圆二阵，势自当如此。九军之次，李靖之后，始变古法。为前军、策前军、右虞候军、右军、中军、左虞候军、左军、后军、策后军。七军之次：前军、右虞候军、右军、中军、左虞候军、左军、后军，扬奇备伏。先锋、踏白，皆在阵外；跳荡、弩手，皆在军中。

【译文】风后八阵，大将掌握着机动兵力，位于中军位置，这样加上中军就是九军了。唐代李靖因为兵力少，难以分成九军，另外改变创造出六花阵，这样加上中军就是七军了。根据我的考证，九军阵形是方形的阵法，七军阵形是圆型的阵法。在算术上，方形的物体是八个包裹一个，是少阴之数，加上中间的一个就是老阳之数；圆形的物体是六个包裹一个，是老阴之数，加上中间的一个就是少阳之数。这是万物的定理，它们的数量是不可以更改的。既然是方、圆两种阵法，那么阵形按道理应当如此。九军阵形的次序，在李靖以后，开始改变古法。包括：前军、策前军、右虞候军、右军、中军、左虞候军、左军、后军、策后军。七军阵形的次序是：前军、右虞候军、右军、中军、左虞候军、左军、后军，此外还有先锋队、机动队、支援队、预备队。冲锋的步兵、骑兵，都在阵形的外面；攻坚的突击队和弓手，都在阵形的中间。

熙宁中，使六宅使郭固等讨论九军阵法，著之为书，颁下诸帅府,副藏秘阁。固之法,九军共为一营阵,行则为阵,住则为营。以驻队绕之。若依古法,人占地二步,马四步,军中容军,队中容队,则十万人之阵,占地方十里余。天下岂有方十里之地无丘阜沟涧林木之碍者?兼九军共以一驻队为篱落,则兵不复可分,如九人共一皮,分之则死,此正孙武所谓"縻军"也。有言阵法有"面面相向,背背相承"之文,固不能解,乃使阵间士卒皆侧立,每两行为巷,令面相向而立。虽文应古说,不知士卒侧立,如何应敌?上疑其说,使予再加详定。予以谓九军当使别自为阵,虽分列左右前后,而各占地利,以驻队外向自绕,纵越沟涧林薄,不妨各自成营;金鼓一作,则卷舒合散,浑浑沦沦而不可乱;九军合为一大阵,则中分四衢,如井田法;九军皆背背相承,面面相向,四头八尾,触处为首。上以为然,亲举手曰:"譬如此五指,若共为一皮包之,则何以施用?"遂著为令,今营阵法是也。

【译文】熙宁年间,朝廷派六宅使郭固等人讨论九军阵法,并写成书,颁发给各路的帅府,副本就收藏进秘阁。郭固提出的阵法是,九军共同组成一个营阵,行动时就组成阵,停下时就组成营。外面用驻队环绕起来。如果按照古法,一个人占地二步,一匹马占地四步,军中有军,队中有队,那么十万人的阵形,就要占地十里多。天下哪里有方圆十里的土地上,没有丘壑、沟涧、林木等障碍的呢?再说如果九军共同由一支驻队环绕成编队,那么士兵就不再能分开行动,就像九个人共用一张皮,一旦分开就会死去,这正是孙武所说的"縻军"。古代人所说的阵法中，有一句"面面相向，背背相承"的条文，郭固等人不能理解其中的意义，就让阵营中的士兵都侧身站立，每两行组成一条巷，令士兵们脸对脸地相向而立。这种做法虽然字面对应了古人的说法，但是不知道士兵们都侧身站立，该如何应对敌人呢？皇帝也怀疑他这种说法，就派我再多加详细考定。我认为九军应当是让他们各自组成阵形，虽然分别排列在前后左右，但是各自占据有利地形，各自组成驻队在一方阵外形成约束，即使穿越沟涧、密林等地形，也不妨碍士兵各自形成阵营；作战时，鸣金与击鼓声一响起，就按队形收缩展开、集合分散，形成一个整体而不会紊乱；九军合起来成为一个大阵的时候，就在中间分出四条通道，如同井田法的布置那样；这样九军之间都能形成背背相承、面面相向的格局，有四面八方，与敌人接战的阵营就成为正面。皇帝认为我的理解是对的，亲自举起手说："就像这五根手指一样，如果共用一张皮包起来，它们该怎么运动呢？"于是就写定为条令，现在的营阵法就是这样的。

古人尚右：主人居左，坐客在右者，尊宾也。今人或以主人之位让客，此甚无义。惟天子适诸侯，升自阼阶者，主道也，非以左为尊也。《礼记》曰："主人就东阶，客就西阶。客若降等，则就主人之阶。主人固辞，乃就西阶。"盖尝以西阶为尊，就主人阶，所以为敬也。韩信得广武君，东向坐，西向对而师事之，此尊右之实也。今惟朝廷有此礼，凡臣僚登阶奏事，皆由东阶立于御座之东；不由西者，天子无宾礼也。方外唯释门主人升堂，众宾皆立于西，惟职属及门弟子立于东，盖旧俗时有存者。

【译文】古人以右侧为尊贵：主人坐在左侧，客人坐在右侧，这是尊敬宾客。现在有的人把主人的位置让给客人坐，这么做非常没有道理。只有天子到诸侯那里去时，才从大殿东侧的阶梯上殿，这也只是因为那里是主人的通道，而不是以左侧为尊的意思。《礼记》说："主人站在东阶，客人站在西阶。客人如果地位低于主人，那就先站在主人一侧的东阶。主人几番礼让后，客人再站到西阶上去。"这是因为过去以西阶为尊位，客人先站到主人的东阶上去，以表示对主人的尊敬。韩信俘虏李左车后，让他面向东而坐，自己面向西，像对待老师一样对待他，这是以右为尊位的实例。现在只有朝廷上有这种礼节，凡是臣子们上台阶向皇帝奏事，都从东阶上殿，站立在御座的东侧；不从右侧的西阶上殿，是因为天子没有宾礼。方外人士中只有佛教的主人登堂时，众宾客都站在西侧，只有担任教职的僧人和门下弟子站在东侧，过去的习俗常常还有留存下来的。

扬州在唐时最为富盛，旧城南北十五里一百一十步，东西七里三十步，可纪者有二十四桥。最西浊河茶园桥，次东大明桥，今大明寺前。入西水门有九曲桥，今建隆寺前。次东正当帅牙南门有下马桥，又东作坊桥，桥东河转向南，有洗马桥，次南桥，见在今州城北门外。又南阿师桥，周家桥，今此处为城北门。小市桥，今存。广济桥，今存。新桥，开明桥，今存。顾家桥，通泗桥，今存。太平桥，今存。利园桥，出南水门有万岁桥，今存。青园桥，自驿桥北河流东出，有参佐桥，今开元寺前。次东水门，今有新桥，非古迹也。东出有山光桥，见在今山光寺前。又自衙门下马桥直南有北三桥，中三桥，南三桥，号"九桥"，不通船，不在二十四桥之数，皆在今州城西门之外。

【译文】扬州城在唐代最为富裕繁盛，旧城南北长有十五里一百一十步，东西长有七里三十步，扬州城值得一提的有二十四桥。最西面是浊河上的茶园桥，稍微往东一些是大明桥，就在现在的大明寺前方。进入西水门有九曲桥，在现在的建隆寺前方。再稍微往东一些，正当着官府南门有下马桥，再往东是作坊桥，桥的东面，河流转向南流，有洗马桥，次南桥，在现在的州城的北门以外。再往南是阿师桥，周家桥，现在这里是城北门。小市桥，现在还在那儿。广济桥，现在还在那儿。新桥，开明桥，现在还在那儿。顾家桥，通泗桥，现在还在那儿。太平桥，现在还在那儿。利园桥，出南水门有万岁桥，现在还在那儿。青园桥，在驿桥北面，河流向东流，有参佐桥，在现在的开元寺前方。再下来是东水门，现在建有新桥，并非古代原迹。再往东有山光桥，在现在的山光寺前方。另外，从衙门口的下马桥直接向南走有北三桥，中三桥，南三桥，它们合起来号称"九桥"，这些桥下面不能通船，不算在二十四桥的数目中，都在现在州城的西门以外。

士人李，忘其名，嘉祐中为舒州观察支使，能为水丹。时王荆公为通判，问其法，云："以清水入土鼎中，其下以火然之，少日则水渐凝结如金玉，精莹骇目。"问其方，则曰："不用一切，但调节水火之力。毫发不均，即复化去。此坎、离之粹也。"曰："日月各有进退节度。"予不得其详。推此可以求养生治病之理。如仲春之月，草木奋发，鸟兽孳乳，此定气所化也。今人于春、秋分夜半时，汲井水满大瓮中，封闭七日，发视则有水花生于瓮面，如轻冰，可采以为药，非二分时，则无，此中和之在物者。以春、秋分时吐翕咽津，存想腹胃，则有丹砂自腹中下，璀然耀日，术家以为丹药，此中和之在人者。凡变化之物，皆由此道，理穷玄化，天人无异，人自不思耳。深达此理，则养生治疾，可通神矣。

【译文】有一位李姓士人，忘记他的名字了，嘉祐年间曾经担任舒州观察支使，能够制作水丹。当时王安石担任通判，问他用的什么方法制成水丹的，他回答说："把清水倒入土鼎中，下面用火点燃加热，没几天后，水就会逐渐凝结，像金玉一样，晶莹夺目。"再问他用的什么配方，他回答说："什么都不需要用，只要调节水和火的多少。如果水火比例稍微有一点不均衡，水丹就会消失。这是运用了坎、离两卦的精粹。"他还说："随着时令的变化，水火也有各自有增减的度量。"我不知道这制丹的详情。但是根据他说的方法来推论，可以寻求出养生治病的道理。比如仲春二月，草木生长，鸟兽繁殖，这是时令节气的自然衍化。现在的人在春分、秋分的夜半时分，汲取井水，注满大瓮中，封闭七天，打开后就会看到有水花出现在水面上，像薄冰一样，可以把它采集入药，不是春分、秋分的时候，它就不会出现，这是中和之道在物理上的体现。在春分、秋分的时候，呼吸吐纳，吞咽唾液，将意念专注在腹部，就会有类似丹砂的东西从腹中向下运行，璀璨夺目，方术家把这看作内丹，这是中和之道在人体上的体现。凡是变化的事物，都遵循这个道理，它的道理穷尽了各种玄妙的变化，在自然和人体之间，都没有差异，只是人们自己不去思考罢了。如果能深入地思考这些道理，就可以养生治病，可以通神了。

药 议

世人用莽草，种类最多，有叶大如手掌者，有细叶者，有叶光厚坚脆可拉者，有柔软而薄者，有蔓生者，多是谬误。按《本草》："若石南，而叶稀，无花实。"今考木若石南，信然，叶稀、无花实，亦误也。今莽草，蜀道、襄汉、浙江湖间山中有，枝叶稠密，团栾可爱，叶光厚而香烈，花红色，大小如杏花，六出反卷向上，中心有新红蕊，倒垂下，满树垂动摇摇然，极可玩。襄汉间渔人竞采以捣饭饴鱼，皆翻上，乃捞取之。南人谓之"石桂"，白乐天有《庐山桂》诗，其序曰："庐山多桂树。"又曰："手攀青桂树。"盖此木也。唐人谓之"红桂"，以其花红故也。李德裕诗序曰："龙门敬善寺有红桂树，独秀伊川，移植郊园，众芳色沮。乃是蜀道莽草，徒得佳名耳。"卫公此说亦甚明。自古用此一类，仍毒鱼有验。《本草》木部所收，不知何缘谓之草，独此未喻。

【译文】世人使用的莽草种类最多，有叶片大如手掌的，有叶子细小的，有叶片光洁厚实、硬脆又可以拉断的，有叶片柔软而薄的，有蔓生的，其实这些大多数不是莽草。根据《本草图经》记载："莽草就像石南，但叶子比较稀疏，没有花和果实。"如今我考察到，莽草的枝干确实像石南一样，不过说它叶片稀疏、没有花和果实，这也是错误的。现在的莽草，生长在蜀道、襄汉、浙江一带湖边的山中，枝叶稠密，浑圆可爱，叶片光洁厚实而且香气浓烈，开红色的花，大小就像杏花一样，六个花瓣反卷向上，中心有鲜红的花蕊，花倒着垂下来，垂满一树，动起来就摇晃个不停，非常值得赏玩。襄汉一带的渔民争相采集莽草，把它捣入饭食中喂给鱼吃，鱼吃了后就都会毙命，尸体翻上水面，渔民们就把死鱼捞起来吃。南方人称它为"石桂"，白居易有《庐山桂》诗，诗序中说："庐山多桂树。"又有诗句说："手攀青桂树。"大概就是指这种树了。唐人称它为"红桂"，这是因为它的花是红色的缘故。李德裕的诗序中说："龙门敬善寺有一棵红桂树，在伊川一带是最秀美的，把它移植到郊外的园中，其余的花卉都显得逊色。其实它就是蜀道上的莽草，只不过在这里得了个好名字罢了。"李德裕这里也说的很明白。自古以来使用的莽草应该是指这个品种，现在用它来毒鱼还有效验。它被《神农本草》的木部收录进去，但是不知道为什么它被称为草，只有这一点还不明白。

孙思邈《千金方》人参汤，言须用流水煮，用止水则不验。人多疑流水、止水无异。予尝见丞相荆公喜放生，每日就市买活鱼，纵之江中，莫不洋然，唯鳝鲋入江中辄死。乃知鳝鲋但可居止水，则流水与止水果不同，不可不知。又鱼生流水中，则背鳞白而味美；生止水中，则背鳞黑而味恶，此亦一验。《诗》所谓"岂其食鱼，必河之鲂？"盖流水之鱼，品流自异。

【译文】孙思邈《千金方》中的人参汤，说必须用流动的水来煮，用不流动的水来煮就无法产生药效。人们大多怀疑流动的水、不流动的水没什么差别。我曾经见到王安石丞相喜欢放生，每天他都到市场上购买活鱼，然后把它们放到江水中，鱼儿都游得舒缓自适，只有泥鳅和黄鳝放入江水后就会死去。这才知道泥鳅和黄鳝只能生活在不流动的水中，可见常流动的水和不流动的水果然是不同的，人不可以不知晓这一点啊。另外，生长在流动的水中的鱼，就会背鳞呈白色而且味道鲜美；生长在不流动的水中的鱼，就会背鳞呈黑色而且味道也不好，这也是一条证据。《诗经》中说："岂其食鱼，必河之鲂？"这是因为生长在流动的水中的鱼，品质自然就不同了。

熙宁中，阇婆国使人入贡方物，中有摩娑石二块，大如枣，黄色，微似花蕊；又无名异一块，如莲荷，皆以金函贮之。问其人："真伪何以为验？"使人云："摩娑石有五色，石色虽不同，皆姜黄汁磨之，汁赤如丹砂者为真。无名异，色黑如漆，水磨之，色如乳者为真。"广州市舶司依其言试之，皆验，方以上闻。世人蓄摩娑石、无名异颇多，常患不能辨真伪。小说及古方书如《炮炙论》之类亦有说者，但其言多怪诞，不近人情。天圣中，予伯父吏书新除明州，章宪太后有旨，令于舶

船求此二物，内出银三百两为价，值如不足，更许于州库贴
支。终任求之，竟不可得。医潘璟家有白摩娑石，色如糯米
糍，磨之亦有验。璟以治中毒者，得汁栗壳许入口即瘥。

【译文】熙宁年间，阇婆国派使者前来进贡土特产，其中有摩
娑石两块，大小像枣一样，呈黄色，有点像花蕊；又有无名异一
块，像莲子一样，它们都用金色盒子装着。官员问使者说："怎么样
能够检验它们的真假呢？"使者回答："摩娑石有五种颜色，石头
的颜色虽然不同，但是用姜黄汁研磨后，汁液红得像丹砂那样的
就是真品。无名异的颜色像漆一样黑，用水研磨后，颜色像乳汁一
样的就是真品。"广州市舶司的官员按照他的话进行试验，都很灵
验，然后才上报给朝廷。世人收藏的摩娑石、无名异很多，人们常
常担心不能辨别它们的真伪。小说以及古代像《炮炙论》一类的方
书中也有一些验证说法，但那些说法大多怪异荒唐，不近人情。天
圣年间，我的伯父受到吏部调派，担任明州长官，章宪太后下达旨
令，命他在往来的船舶中寻找这两样东西，内府出价三百两银子作
为价钱，如果钱还不够，再准许用州府的钱库来垫付。但一直到他
的任期结束，竟然都没能够寻找到。医生潘璟的家中有一块白色的
摩娑石，颜色就像糯米糍，研磨后也证实了它是真品。潘璟用它来
治疗中毒的人，只要服用一栗子壳那么多的汁液，病就能好了。

药有用根，或用茎、叶，虽是一物，性或不同，苟未深达
其理，未可妄用。如仙灵脾，《本草》用叶，南人却用根；赤箭，
《本草》用根，今人反用苗。如此未知性果同否？如古人远志

用根，则其苗谓之小草，泽漆之根乃是大戟，马兜零之根乃
是独行。其主疗各别，推此而言，其根、苗盖有不可通者。如
巴豆能利人，唯其壳能止之；甜瓜蒂能吐人，唯其肉能解之；
坐挐能懵人，食其心则醒；楝根皮泻人，枝皮则吐人；邕州所
贡蓝药，即蓝蛇之首，能杀人，蓝蛇之尾能解药；鸟兽之肉皆
补血，其毛角鳞鬣皆破血；鹰鹯食鸟兽之肉，虽筋骨皆化，而
独不能化毛。如此之类甚多，悉是一物而性理相反如此。山
茱萸能补骨髓者，取其核温涩，能秘精气，精气不泄，乃所以
补骨髓；今人或削取肉用，而弃其核，大非古人之意。如此皆
近穿凿，若用《本草》中主疗，只当依本说。或别有主疗改用
根、茎者，自从别方。

　　【译文】药物有用植物根部的，有用茎、叶的，虽然属于同一
种植物，但是不同部位的药性却不一定相同，如果没有深入地体
察它们的药理，就不能随便用药。比如仙灵脾，《本草》中用叶入
药，南方人却用根入药；赤箭，《本草》中用根入药，现在人们反而
用苗入药。像这样不了解药性就随便使用，药理能一样吗？比如古
人用远志的根入药，而把它的苗称为小草，泽漆的根部其实是大
戟，马兜零的根部其实是独行。它们主治的疾病各有分别，由此推
论，有些植物的根、苗都有不能通用的情况。比如巴豆能够利泻，
但是它的壳却能够止泻；甜瓜的瓜蒂能够致人呕吐，但是它的瓜肉
却能够解吐；坐挐能够致人昏迷，但吃它的茎髓却能够让人苏醒；
楝的根皮能够致人腹泻，而它的枝皮却能够让人呕吐；邕州进贡
的蓝药，就是蓝蛇的头部，能够毒死人，而蓝蛇的尾部却能够当解

药；鸟兽的肉都可以补血，它的毛、角、鳞、鬣都会损耗血；鹰鹘吃下鸟兽的肉，即使那些筋骨都能够消化，但唯独不能够消化毛。像这样的例子非常多，都是属于同一种东西，但各个部分的性理却如此相反。山茱萸能补骨髓，是取用它果核温涩能够收敛精气的特点，精气不外泄，这样就能补骨髓了；现在有的人削取山茱萸的肉来用药，而把核抛弃了，这完全不是古人的意思。像这样用药都近乎穿凿附会，如果要采用《本草》说的主治药物，就应该依据书中原本的说法来用药。如果另外有别的主治药物而改用根、茎的，那就自当依据别的药方。

岭南深山中有大竹，有水甚清澈。溪涧中水皆有毒，唯此水无毒，土人陆行多饮之。至深冬，则凝结如玉，乃天竹黄也。王彦祖知雷州日，盛夏之官，山溪间水皆不可饮，唯剖竹取水，烹饪饮啜，皆用竹水。次年被召赴阙，冬行，求竹水，不可复得。问土人，乃知至冬则凝结，不复成水。遇夜野火烧林木为煨烬，而竹黄不灰，如火烧兽骨而轻。土人多于火后采拾，以供药品，不若生得者为善。

【译文】岭南的深山中有一种大竹，竹里有清澈的水。附近溪涧中的水都有毒，唯独这竹子里的水没有毒，当地人在陆地上行路时大多饮用这种竹水。到了深冬，竹水就会凝结成像玉一样的东西，就是天竹黄。王彦祖任雷州知州的时候，在盛夏时赴任，山溪间的水都无法饮用，只能剖开竹子取水，做饭和饮用，都用的是竹子里的水。第二年他被召去京城，在冬天启程，想找竹子里的水却再也找不到了。他问起当地人，才知道到了冬天竹子里的水就会凝结，不再能成为水了。有时候夜间遇到野火把林木烧成灰烬了，那些竹黄却不会被火烧成灰烬，就像用火烧兽骨只会变轻一样。当地人经常在火烧过后采拾竹黄，用来当作药物，但是这种竹黄的品质不如从活着的竹子里取得的好。

以磁石磨针锋，则锐处常指南，亦有指北者，恐石性亦不同。如夏至鹿角解、冬至麋角解，南北相反，理应有异，未深考耳。

【译文】用磁石磨擦针锋，那么针尖那头常常会指向南方，当然也有指向北方的，这恐怕是因为磁石的性质也存在不同。就像夏至的时候鹿角脱落、冬至的时候麋角脱落，南北相反，按理也会产生差异，只是人们没有深入研究罢了。

吴人嗜河豚鱼，有遇毒者，往往杀人，可为深戒。据《本草》："河豚味甘温，无毒，补虚，去湿气，理腰脚。"因《本草》有此说，人遂信以为无毒，食之不疑，此甚误也。《本草》所载河豚，乃今之鲔鱼，亦谓之鲍五回反鱼，非人所嗜者，江浙间谓之回鱼者是也。吴人所食河豚有毒，本名侯夷鱼。《本草注》引《日华子》云："河豚有毒，以芦根及橄榄等解之。肝有大毒。又名鲴鱼、吹肚鱼。"此乃是侯夷鱼，或曰胡夷鱼，非《本草》所载河豚也。引以为注，大误矣。《日华子》称："又

名规鱼。"此却非也，盖差互解之耳。规鱼，浙东人所呼，又
有生海中者，腹上有刺，名海规。吹肚鱼，南人通言之，以其
腹胀如吹也。南人捕河豚法：截流为栅，待群鱼大下之时，小
拔去栅，使随流而下，日莫猥至，自相排蹙，或触栅，则怒而腹
鼓，浮于水上，渔人乃接取之。

【译文】江浙一带的人喜欢吃河豚鱼，有遇上中毒的情况时，
往往会死人，应该对这件事深以为戒。根据《开宝本草》的说法：
"河豚味道甘美而温和，无毒，可以补虚，去湿气，治疗腰脚病。"
因为《开宝本草》中有这样的说法，人们就相信了，以为河豚无
毒，食用时没有一点怀疑，这是非常错误的。《开宝本草》所记载
的河豚，其实是现在的鳠鱼，又称为鮠五回反鱼，这种鱼，并不是
人们爱吃的那种河豚，它是江浙一带所谓的回鱼。而江浙人爱吃的
河豚有毒，本名叫作侯夷鱼。《本草注》引《日华子》说："河豚有
毒，可以用芦根和橄榄等解它的毒。它的肝有剧毒。又称为鳠鱼、
吹肚鱼。"其实这是侯夷鱼，或者叫作胡夷鱼，并不是《本草》所记
载的河豚。引来作为注解，是很荒谬的错误。《日华子》称："又名
规鱼。"这又不对了，大概是解释的时候相互混淆了。把它叫作规
鱼，是浙东人的称呼，它还有生长在海里的，腹部有刺，名叫海规。
把它叫作吹肚鱼，是南方人的常用称呼，因为它的腹部可以胀大，
就像是吹起来的一样。南方人捕捉河豚的方法是：在河流上设置
栅栏把河截断，等鱼群大量游下时，稍微抽去几根栅栏，使鱼群能
顺流而下，到傍晚时分，鱼群大量出现，就会相互拥挤，有的鱼碰
到栅栏，就会发怒而腹部鼓胀，浮到水面上，渔人就这样将这样

的河豚鱼捕捞上来。

零陵香，本名蕙，古之兰蕙是也，又名薰。《左传》曰：
"一薰一莸，十年尚犹有臭。"即此草也。唐人谓之铃铃香，亦
谓之铃子香，谓花倒悬枝间如小铃也。至今京师人买零陵香，
须择有铃子者，铃子，乃其花也。此本鄙语，文士以湖南零陵
郡，遂附会名之。后人又收入《本草》，殊不知《本草》正经自
有薰草条，又名蕙草，注释甚明。南方处处有，《本草》附会其
名，言出零陵郡，亦非也。

【译文】零陵香本名叫蕙，就是古代的兰蕙，又名叫薰。《左
传》说："一薰一莸，十年尚犹有臭。"说的就是这种草。唐代人称
它铃铃香，又称它铃子香，意思是说它的花朵倒悬在枝条间就像
小铃一样。直到今天京城人买零陵香，还必须要选择有铃子的植
株，铃子就是它的花。"零陵香"本来是民间的通俗称呼，但是文
人看到湖南有零陵郡这个地名，就用来附会成它的名称。后人又
将它收录进《本草》，却不知道《神农本草》中原本已经有薰草的
条目，又叫它蕙草，注释得非常明白。这种草南方到处都有，《开宝
本草》却附会它的名称，说它产自零陵郡，这也是错误的。

药中有用芦根及苇子、苇叶者。芦苇之类，凡有十数多
种，芦、苇、葭、菼、藘、萑、蒹息理反、华之类皆是也，名字错
乱，人莫能分。或疑芦似苇而小，则藘非苇也。今人云："葭一

名华。"郭璞云："蒮似苇，是一物。"按《尔雅》云："葭、蒮、苇、芦"，盖一物也，名字虽多，会之则是两种耳。今世俗只有芦与荻两名。按《诗》疏亦将葭、葮等众名判为二物，曰："此物初生为葮，长大为蒮，成则名为萑；初生为葭，长大为芦，成则名为苇。"故先儒释蒮为萑，释葭为苇。予今详诸家所释葭、芦、苇，皆芦也；则葮、蒮、萑，自当是荻耳。《诗》云："葭葮揭揭。"则葭，芦也；葮，荻也。又曰"萑苇"，则萑，荻也；苇，芦也。连文言之，明非一物。又《诗》释文云："蒮，江东人呼之为乌蓲。"今吴中乌蓲草，乃荻属也。则萑、蒮为荻明矣。然《召南》："彼茁者葭"，谓之初生可也。《秦风》曰："兼葭苍苍，白露为霜。"则散文言之，霜降之时亦得谓之葭，不必初生，若对文须分大小之名耳。荻芽似竹笋，味甘脆，可食；茎脆，可曲如钩，作马鞭节；花嫩时紫，脆则白，如散丝；叶色重，狭长而白脊。一类小者，可为曲薄，其余唯堪供爨耳。芦芽味稍甜，作蔬尤美；茎直；花穗生，如狐尾，褐色；叶阔大而色浅；此堪作障席、筐篑、织壁、覆屋、绞绳杂用，以其柔韧且直故也。今药中所用芦根、苇子、苇叶，以此证之，芦、苇乃是一物，皆当用芦，无用荻理。

【译文】药物中有用到芦根以及苇子、苇叶的。芦苇一类的东西，总共有十多种名称，芦、苇、葭、葮、蒮、萑、蒹息理反、华之类的都是，名称混淆错乱，人们难以分清。有人怀疑芦类似苇而小，那么蒮就不是苇了。现在有人说："葭，又叫作华。"郭璞说："蒮类似苇，它们是同一种东西。"根据《尔雅》的说法：葭、薍、苇、芦，这些都是同一种东西，名称虽然繁多，综合起来就只有两种罢了。现在世上只有芦和获两种名称。《诗经》疏中也将葭、葭等众多名称区分成两种植物，说："这两种植物：初生时称为葭，长大后称为薍，长成后就称为萑；初生时称为葭，长大后称为芦，长成后就称为苇。"所以先儒把"薍"解释为"萑"，把"葭"解释为"苇"。我现在仔细考证，各家所解释的葭、芦、苇，都是"芦"；那么葭、薍、萑，自然应当是"获"了。《诗经》说："葭葭揭揭。"那么葭就是"芦"，葭就是"获"。又说"萑苇"，那么萑就是"获"，苇就是"芦"。书把两者连起来一起说，很明显它们不是同一种植物。另外还有《诗经》的释文说："薍，江东人称为乌蓲。"现在吴中一带有乌蓲草，和获是同一类植物。那么很明显，萑和薍就是"获"了。但是《召南》中说："彼茁者葭。"把初生的称为葭，这是可以的。《秦风》说："蒹葭苍苍，白露为霜。"要是分开来说，那么长到霜降时候的也可以称为葭，不一定是指初生时的，如果结合上下文相对而论，就必须区分初生和长大的名称了。获的芽类似竹笋，味道甘甜而爽脆，可以食用；茎也很脆，可以弯曲得像钩子一样，外形像马鞭那样；花朵嫩的时候是紫色的，老了就会变白色，像散丝一样；叶片的颜色很深，呈狭长形而有白色的脊。叶片中有一种比较小的，可以拿来做成曲薄，其余的就只能拿去烧火了。芦的芽味道比较甜，作为蔬菜更好；茎是直的；花朵呈穗状生长，就像狐狸尾巴一样，是褐色的；叶片阔大而颜色比较浅；这种植物可以拿来做障席、圆筐、编织墙壁、覆盖屋顶、绞绳子等杂用，因为它柔韧而且挺直的缘故。现在药物中所使用的芦根、苇子、苇叶，根据上文考证，芦和苇其实是同一种植物，入药都应该用芦，而没有用荻的道理。

　　扶栘即白杨也。《本草》有白杨，又有扶栘。扶栘一条，本出陈藏器《本草》，盖藏器不知扶栘便是白杨，乃重出之。扶栘亦谓之蒲栘，《诗》疏曰："白杨，蒲栘是也。"至今越中人谓白杨只谓之蒲栘。藏器又引《诗》云："棠棣之华，偏其反而。"又引郑注云："棠棣，栘也，亦名栘杨。"此又误也。《论语》乃引逸《诗》："唐棣之华，偏其反而。"此自是白栘，小木，比郁李稍大，此非蒲栘也，蒲栘乃乔木耳。木只有常棣，有唐棣，无棠棣。《尔雅》云："常棣，棣也。唐棣，栘也。"常棣，即《小雅》所谓"常棣之华，鄂不韡韡"者；唐棣即《论语》所谓"唐棣之华，偏其反而"者。常棣，今人谓之郁李。《豳诗》云："六月食郁及薁。"注云："郁，棣属，即白栘也。"以其似棣，故曰棣属。又谓之车下李，又谓之唐棣，即郁李也。郁、薁同音。注谓之蘡薁，盖其实似蘡，蘡即含桃也。《晋宫阁铭》曰："华林园中有车下李三百一十四株，薁李一株。"车下李，即郁也，唐棣也，白栘也；薁李，即郁李也，薁也，常棣也；与蒲栘全无交涉。《本草》续添"郁李，一名车下李"，此亦误也。《晋宫阁铭》引华林园所种车下李与薁李，自是二物。常棣字或作棠棣，亦误耳。今小木中却有棣棠，叶似棣，黄花绿茎而无实，人家亭槛中多种之。

【译文】扶栘就是白杨。《开宝本草》中既有白杨,又有扶栘。扶栘这一条目,原本出自陈藏器的《本草拾遗》,估计陈藏器不知道扶栘就是白杨,所以重复出了一条目。扶栘也叫作蒲栘,《诗》疏说:"白杨就是蒲栘。"直到今天浙江人提到白杨时还只叫它蒲栘。陈藏器又引《诗》说:"棠棣之华,偏其反而。"并且他引用郑玄注说:"棠棣就是栘,也叫作栘杨。"这就又错了。《论语》中引逸《诗》说:"唐棣之华,偏其反而。"这里说的其实是白栘,它是一种小树木,比郁李稍微大一点,而不是蒲栘,蒲栘属于乔木。树木中只有常棣、唐棣,没有棠棣。《尔雅》说:"常棣就是棣。唐棣就是栘。"常棣就是《小雅》中所说的"常棣之华,鄂不韡韡"中的常棣;唐棣就是《论语》中所说的"唐棣之华,偏其反而"中的唐棣。常棣,现在人称为郁李。《豳风》诗说:"六月食郁及薁。"这句的注释说:"郁是棣属植物,就是白栘。"因为它的外形像棣,所以叫它棣属。又称它为车下李,又称它为唐棣,也就是郁李。郁和薁发音相同。注释中说是蘡薁,因为它的果实像蘡,蘡就是含桃。《晋宫阁铭》说:"华林园中有车下李三百一十四株,薁李一株。"车下李就是郁,即唐棣、白栘;薁李就是郁李,即薁、常棣,它和蒲栘完全没有关系。《本草》中又增加了"郁李,一名车下李"一句话,这也是错误的。《晋宫阁铭》引用华林园所种植的车下李和薁李,说明它们本来就是两种不同的植物。常棣两个字,在有的书也写作棠棣,这也是错误的。现在小型树木中倒是有棣棠,它的叶子长得像棣,开黄花,绿色的茎而不结果实,人们住宅的亭院中经常种植它。

杜若即今之高良姜，后人不识，又别出高良姜条，如赤箭
再出天麻条，天名精再出地菘条，灯笼草再出苦耽条，如此之
类极多。或因主疗不同，盖古人所书主疗，皆多未尽，后人用
久，渐见其功，主疗浸广。诸药例皆如此，岂独杜若也？后人又
取高良姜中小者为杜若，正如用天麻、芦头为赤箭也，又有用
北地山姜为杜若者。杜若，古人以为香草，北地山姜，何尝有
香？高良姜花成穗，芳华可爱，土人用盐梅汁淹以为菹，南人
亦谓之山姜花，又曰豆蔻花。《本草图经》云："杜若苗似山
姜，花黄赤，子赤色，大如棘子，中似豆蔻，出峡山、岭南北。"
正是高良姜，其子乃红蔻也，骚人比之兰、芷。然药品中名
实错乱者至多，人人自主一说，亦莫能坚决，不患多记，以广
异同。

【译文】杜若就是现在的高良姜，后人因为不认识它，所以又
另外列出一个高良姜的条目，这就像有了赤箭条还再分出天麻条
目，有了天名精条目还再分出地菘条目，有了灯笼草条目还再分出
苦耽条目，这种错误增加药目的例子非常多。有时候是因为主治
的病症不同，一般古人医书中记载的药物的主治病症，很多都不完
善，后人用药的时间长了，逐渐发现它们其余的功效，药物的主治
病症也就慢慢增广了。各种药物都有这种情况，哪里只有杜若是这
样呢？后人又把高良姜中形态较小的另称为杜若，这正像把天麻、
芦头叫作赤箭一样，又有把北地山姜叫作杜若的。杜若，古人说它
是一种香草，北地山姜哪里会有杜若的那种香气呢？高良姜的花呈
穗状，芳华可爱，当地人用盐梅汁把它淹成腌菜吃，南方人又叫它

山姜花，又叫它豆蔻花。《本草图经》说："杜若苗类长得像山姜，开黄赤色的花，籽是红色的，大小像酸枣一样，中间长得像豆蔻，出产于峡山、岭南以北。"这正是高良姜，它的籽就是红蔻，文人将它比作兰、芷。不过药品中名称和实物错乱的现象非常多，人人都各自持有一种说法，我也不能完全肯定，所以就不厌其烦地多记下一段，以便增广见识、比较异同。

钩吻，《本草》"一名野葛"，主疗甚多。注释者多端：或云可入药用，或云有大毒，食之杀人。予尝到闽中，土人以野葛毒人及自杀，或误食者，但半叶许入口即死，以流水服之，毒尤速，往往投杯已卒矣。经官司勘鞫者极多，灼然如此。予尝令人完取一株观之，其草蔓生，如葛；其藤色赤，节粗，似鹤膝；叶圆有尖，如杏叶，而光厚似柿叶；三叶为一枝，如菉豆之类，叶生节间，皆相对；花黄细，戢戢然一如茴香花，生于节叶之间。《酉阳杂俎》言"花似栀子稍大"，谬说也。根皮亦赤。闽人呼为吻莽，亦谓之野葛，岭南人谓之胡蔓，俗谓断肠草。此草人间至毒之物，不入药用。恐《本草》所出，别是一物，非此钩吻也。予见《千金》《外台》药方中，时有用野葛者，特宜仔细，不可取其名而误用。正如侯夷鱼与鯼鱼同谓之河豚，不可不审也。

【译文】钩吻，《神农本草》中说"又叫作野葛"，主治病症非常多。但是注释的人对此有很多说法：有人说它可以入药使用，有人说它有剧毒,吃下可以杀人。我曾经到过福建一带,当地人有用野葛来毒害他人或者自杀的,也有误食的,只要半片左右的叶子入口就会死,用流水服下,毒性发作得更加快速,往往刚放下杯子人就已经死了。经官府审讯勘察的野葛相关案例非常多,可见它的毒性非常剧烈。我曾经派人取来一株完整的野葛植株观察,它的草是蔓生的,像葛一样;它的藤是红色的,藤节很粗,长得像鹤膝;叶片呈圆形而有尖,像杏叶的形状,但叶片又光滑厚实,像柿叶一样;三片叶子是一枝,就像绿豆一类的植物,叶子生长在藤节之间,都是相对着生长的;开小黄花,聚在一起就好像茴香花,生长在藤节的叶片之间。《酉阳杂俎》说它"花像栀子而稍微大些",这是错误的说法。它的根皮也是红色的。福建人叫它吻莽,也叫它野葛,岭南人叫它胡蔓,通俗的说法是断肠草。这种草是人世间毒性最大的植物,不可以作为药用。恐怕《神农本草》中讲的是另一种植物,而不是这种钩吻。我看到《千金方》和《外台秘要》记载的药方中,有时候会提到使用野葛入药,人特别要仔细考察,不能因为它们名称相同就误用了。这种情况就像侯夷鱼与鯸鱼都被叫作河豚,人不能不仔细辨别啊。

黄镮,即今之朱藤也,天下皆有。叶如槐,其花穗悬,紫色,如葛花。可作菜食,火不熟亦有小毒。京师人家园圃中作大架种之,谓之紫藤花者是也。实如皂荚,《蜀都赋》所谓"青珠黄镮"者,黄镮即此藤之根也。古今皆种以为亭槛之饰。今人采其茎,于槐干上接之,伪为矮槐。其根入药用,能吐人。

【译文】黄镮就是现在的朱藤，天下各个地方都长有。它的叶子像槐叶，花朵呈悬穗状，紫色，就像葛花。它可以作为蔬菜食用，但是如果没有烧熟的话，它也有小毒。京城人家的园圃中搭了大架子种植，还称为紫藤花的就是这种植物了。它的果实像皂荚一样，就是《蜀都赋》中所说的"青珠黄镮"，黄镮就是这种藤的根。古往今来，人们都种植它来作为亭院的装饰。现在的人把它的茎部采集起来，然后嫁接到槐树干上，伪装成矮槐。它的根部入药使用，能够使人呕吐。

栾有二种：树生，其实可作数珠者，谓之木栾，即《本草》栾花是也。丛生，可为杖棰者，谓之牡栾，又名黄荆，即《本草》牡荆是也。此两种之外，唐人《补本草》又有栾荆一条，遂与二栾相乱。栾花出《神农正经》，牡荆见于《前汉·郊祀志》，从来甚久。栾荆特出唐人新附，自是一物，非古人所谓栾荆也。

【译文】栾有两个品种：树形的那一种，果实可以做成念珠，称为木栾，就是《本草》中的栾花。灌木形丛生的那一种，可以做成杖刑用的棍棒，称为牡栾，又叫作黄荆，就是《本草》中的牡荆。这两种栾以外，唐人的《补本草》中又有栾荆一个条目，所以就和这两种栾相互混淆了。栾花出自《神农正经》，牡荆参看《前汉书·郊祀志》，来历都非常久远。栾荆只是唐人新近附加到书上的，自然是另外一种植物，不是古人所说的栾荆了。

紫荆，陈藏器云："树似黄荆，叶小，无桠。夏秋子熟，正圆如小珠。"大误也。紫荆丛生小木，叶如麻叶，三桠而小。黄荆稍大，圆叶，实如樗英，著树连冬不脱，人家园亭多种之。

【译文】紫荆，陈藏器说它："树像黄荆，叶片小，没有枝桠。到夏秋时籽实成熟，圆形，就像小珠子一样。"这是十分错误的。紫荆是丛生的小树木，叶片像芝麻的叶子，有三个枝桠，但形状比较小。黄荆的树形稍微大一点，叶片是圆形的，果实就像樗的果实，挂在树上一整个冬天都不脱落，人们家里的园亭中经常种植它。

六朝以前医方，唯有枳实，无枳壳，故《本草》亦只有枳实。后人用枳之小嫩者为枳实，大者为枳壳，主疗各有所宜，遂别出枳壳一条，以附枳实之后，然两条主疗亦相出入。古人言枳实者，便是枳壳，《本草》中枳实主疗，便是枳壳主疗。后人既别出枳壳条，便合于枳实条内摘出枳壳主疗，别为一条，旧条内只合留枳实主疗。后人以《神农本经》不敢摘破，不免两条相犯，互有出入。予按，《神农本经》枳实条内称："主大风在皮肤中如麻豆苦痒，除寒热结，止痢，长肌肉，利五脏，益气轻身，安胃气，止溏泄，明目。"尽是枳壳之功，皆当摘入枳壳条。后来别见主疗，如通利关节、劳气、咳嗽、背膊闷倦、散瘤结、胸胁痰滞，逐水，消胀满、大肠风，止痛之类皆附益之，只为枳壳条。旧枳实条内称："除胸胁痰癖，逐停水，破结实，消胀满、心下急痞痛、逆气。"皆是枳实之功，宜存于本条，别有主疗亦附益之可也。如此二条始分，各见所主，不至甚相乱。

【译文】六朝以前的医方中，只有枳实，没有枳壳，所以《本草》中也只有枳实。后人把枳的小嫩果实称为枳实，把个大成熟的果实称为枳壳，它们主治病症也各有不同，于是就另外分出枳壳一个条目，附列在枳实的后面，但是这两条的主治病症也互有出入。古人说的枳实就是枳壳，《本草》中枳实的主治病症就是枳壳的主治病症。后人既然另外分出了枳壳的条目，就自然要在原本的枳实条内摘出属于枳壳的主治病症，另外单列一条，原本的条目中只应该保留枳实的主治病症。后人因为不敢割裂古籍《神农本经》，所以这两条就难免先后重复、互有出入了。据我考证，《神农本经》枳实条中所说的："主治风邪在皮肤中引起的麻疹、天花般的瘙痒，祛除寒热郁结，止痢疾，长肌肉，利五脏，益气轻身，安胃气，止腹泻，明目。"都是是枳壳的功效，都应当摘录到枳壳的条目里。那些后来另外发现的主治病症，比如通利关节、劳气、咳嗽、背膊闷倦，散气血郁结、胸胁痰滞，消除水肿，消胀满、风热肠胃病，止痛之类的，都附加在上面，另外设立一个枳壳条目。原来的枳实条就只要说："祛除胸胁痰癖，消除水肿，破气血郁结，消胀满、胸腹间阻塞疼痛、逆气。"这些都是枳实的功效，应该留存在原本的条目中，另外如果还发现别的主治病症也可以附加上去。这样两个条目才能区分清楚，各自显示自己的主治病症，不会出现相互之间非常混淆紊乱的情况。

续笔谈

　　鲁肃简公劲正，不狥爱憎，出于天性，素与曹襄悼不协。天圣中，因议茶法，曹力挤肃简，因得罪去，赖上察其情，寝前命，止从罚俸。独三司使李谘夺职，谪洪州。及肃简病，有人密报肃简，但云"今日有佳事"。鲁闻之，顾婿张昷之曰："此必曹利用去也。"试往侦之，果襄悼谪随州。肃简曰："得上殿乎？"张曰："已差人押出门矣。"鲁大惊曰："诸公误也，利用何罪至此？进退大臣，岂宜如此之遽？利用在枢密院，尽忠于朝廷。但素不学问，倔强不识好恶耳，此外无大过也。"嗟惋久之，遽觉气塞。急召医视之，曰："此必有大不如意事动其气，脉已绝，不可复治。"是夕，肃简薨。李谘在洪州，闻肃简薨，有诗曰："空令抱恨归黄壤，不见崇山谪去时。"盖未知肃简临终之言也。

　　【译文】鲁宗道正直刚毅，做事不出于一己的爱憎，出于他先天具有的品性，而他向来与曹利用关系不融洽。天圣年间，因为讨论茶法的事，曹利用极力排挤鲁宗道，鲁宗道因此获罪而离官，幸亏仁宗皇帝察觉到他的冤情，于是中止了先前的命令，只罚了他一些俸禄。唯独三司使李谘被罢官，贬谪到洪州去了。等到鲁宗道病重的时候，有人把宫中消息悄悄告知他，只说"今天有好事"。鲁宗道听到这话后，转头对他的女婿张昷之说："这回肯定是曹利用要丢官了。"张昷之试着打听了一下，果然是曹利用被贬谪到随州了。鲁宗道问女婿："他有没有进朝廷奏对呢？"张昷之说："现在已经被差人押出城门了。"鲁宗道十分惊讶地说："执政大臣们都办错事了啊，曹利用有什么罪过，一定要弄到这种地步呢？进用或罢免一个大臣，怎么能够这么仓促呢？曹利用在枢密院工作的时候，对朝廷竭尽忠诚。只是他一向没什么学问，性格倔强，不识好歹罢了，除此之外，他没什么大的过错啊。"鲁宗道为曹利用慨叹惋惜了很长时间，忽然间觉得自己胸闷气塞。家人急忙请医生来诊断他的病情，医生说："这一定是有什么非常不如意的事让他动气了，现在气脉已经断绝，没办法再救治了。"这天夜里，鲁宗道就去世了。李谘在洪州，听说鲁宗道去世的消息，作了一首诗道："空令抱恨归黄壤，不见崇山谪去时。"大概他不知道鲁宗道临终时为曹利用说的那些话啊。

太祖皇帝常问赵普曰："天下何物最大？"普熟思未答间，再问如前，普对曰："道理最大。"上屡称善。

【译文】太祖皇帝曾经问赵普说："天下什么东西最大？"赵普

正在仔细思考还没来得及回答的时候，太祖又问了一遍同样的问题，赵普回答说："道理最大。"皇帝一再称赞他说得好。

杜甫诗有"家家养乌鬼，顿顿食黄鱼"之句，近世注杜甫诗，引《夔州图经》称："峡中人谓鸬鹚为乌鬼。"蜀人临水居者，皆养鸬鹚，系绳其颈，使之捕鱼，得鱼则倒提出之，至今如此。又尝有近侍奉使过夔、峡，见居人相率十百为曹，设牲酒于田间，众操兵仗，群噪而祭，谓之养鬼养读从去声，言乌蛮战殇，多与人为厉，每岁以此禳之，又疑此所谓养乌鬼者。

【译文】杜甫诗中有"家家养乌鬼，顿顿食黄鱼"的句子，近代人们注解杜甫的这句诗时，引用《夔州图经》说："峡州人把鸬鹚叫作乌鬼。"蜀地那些临水而居的人，都养鸬鹚，用绳子系住它们的颈部，让它们捕鱼，等它们捕到鱼后就从嘴中倒提出来，直到今天都这样做。另外，曾经有一位近侍奉使路过夔州、峡州一带，见到当地居民十个或百个地组成一群，在田间陈设牲畜和酒水等祭品，大伙手持兵器，一起叫喊着举行祭祀活动，这叫作养鬼。说是那些乌蛮间争战的死难者，常常变成厉鬼，每年人们就用这种仪式来驱鬼消灾。我怀疑这才是所谓的养乌鬼。

寇忠愍拜相白麻，杨大年之词，其间四句曰："能断大事，不拘小节。有干将之器，不露锋芒；怀照物之明，而能包纳。"寇得之甚喜，曰："正得我胸中事。"例外别赠白金百两。

【译文】寇准被任命为宰相时，是杨亿起草的诏书文词，其中有四句说道："能断大事，不拘小节。有干将之器，不露锋芒；怀照物之明，而能包纳。"寇准看到这几句话后非常高兴，说："这些话正合我心意。"于是在规定的赏赐之外，又加赠给杨亿一百两银子。

陶渊明《杂诗》："采菊东篱下，悠然见南山。"往时校定《文选》，改作"悠然望南山"，似未允当。若作"望南山"，则上下句意全不相属，遂非佳作。

【译文】陶渊明《杂诗》中有一句："采菊东篱下，悠然见南山。"以前校定《文选》的时候，把这句改作"悠然望南山"，好像不太合适。如果写作"望南山"，那么上下句的意思会变得完全不相关，这首诗也就称不上佳作了。

狄侍郎棐之子遵度，有清节美才。年二十余，忽梦为诗，其两句曰："夜卧北斗寒挂枕，木落霜拱雁连天。"虽佳句，有丘墓间意，不数月卒。高邮士人朱适，予舅氏之婿也。纳妇之夕，梦为诗两句曰："烧残红烛客未起，歌断一声尘绕梁。"不逾月而卒。皆不祥之梦，然诗句清丽，皆为人所传。

【译文】狄棐侍郎的儿子狄遵度有着清廉的节操和聪慧的才干。在狄遵度二十多岁时，忽然在梦中作了一首诗，其中有这样两句："夜卧北斗寒挂枕，木落霜拱雁连天。"虽然是上好的诗句，但是有坟墓间的意象，没过几个月人果然死了。高邮士人朱适，是我舅舅的女婿。他新婚成亲的那一夜，也在梦中得诗，其中有两句说："烧残红烛客未起，歌断一声尘绕梁。"不出一个月人就死了。这些都是不祥的梦，但是梦中诗句却清丽，都被人们广为传颂。

成都府知录，虽京官，例皆庭参。苏明允常言：张忠定知成都府日，有一生，忘其姓名，为京寺丞知录事参军，有司责其庭趋，生坚不可。忠定怒曰："唯致仕即可免。"生遂投牒乞致仕，自袖牒立庭中。仍献一诗辞忠定，其间两句曰："秋光都似宦情薄，山色不如归意浓。"忠定大称赏，自降阶执生手曰："部内有诗人如此而不知，咏罪人也。"遂与之升阶置酒，欢语终日，还其牒，礼为上客。

【译文】成都府知录事参军，虽然属于京官，但照例都要到公堂参见长官。苏洵曾经提到这样一件事：张咏主管成都府的时候，有一位年轻人，忘记了他的姓名，以京寺丞的身份担任知录事参军，官府人员命令他到公堂参见长官，那人坚决不肯去。张咏生气地说："只有辞了官才能免去这个参拜礼节。"那位年轻人就呈上文书请求辞去官职，他先把文书藏在袖子里，站立在公堂中。然后献上一首诗辞别张咏，中间有两句诗说："秋光都似宦情薄，山色不如归意浓。"张咏听到后大加称赏这诗句，亲自走下台阶，握着那年轻人的手说："我的官署里有像你这么好的诗人，我却不知道，这是我的罪过啊。"于是就拉着他走上台阶，摆设酒宴，谈笑了一整天，又把他辞职的文书还给他，从此像对待上宾一样招待他。

王元之知黄州日，有两虎入郡城夜斗，一虎死，食其半。又群鸡夜鸣，司天占之曰："长吏灾。"时元之已病，未几移刺蕲州，到任谢上表两联曰："宣室鬼神之问，绝望生还；茂陵封禅之书，付之身后。"上闻之愕然，顾近侍曰："禹偁安否？何以为此语？"不逾月，元之果卒，年四十八。遗表曰："岂知游岱之魂，遂协生桑之梦。"

【译文】王禹偁担任黄州知州的时候，有两只老虎夜里跑进郡城争斗，其中一只老虎被咬死，并被吃掉了一半。另外，还有一群鸡在夜里鸣叫，掌管天象的官员对这种异象占卜，说："长官将遭灾祸。"当时王禹偁已经有病在身，没过多久就被调任到蕲州，他到任时写的谢上表中有两联说："宣室鬼神之问，绝望生还；茂陵封禅之书，付之身后。"皇帝听到后非常惊讶，回头对身边的侍臣说："禹偁身体还好吗？怎么会写出这样的联语？"不到一个月，王禹偁果然去世了，年仅四十八岁。他临终前所写的章表中说："岂知游岱之魂，遂协生桑之梦。"

元祐六年，高丽使人入贡，上元节于阙前赐酒，皆赋《观灯》诗，时有佳句。进奉副使魏继延句有："千仞彩山擎日起，一声天乐漏云来。"主簿朴景绰句有"胜事年年传习久，盛观今属远方宾。"

【译文】元祐六年，高丽派使者来朝廷进贡，上元节的时候，皇帝在宫殿前赐酒给众人，众人都创作《观灯》诗，中间常常出现一些佳句。比如进奉副使魏继延有诗句说："千仞彩山擎日起，一声天乐漏云来。"主簿朴景绰有诗句说："胜事年年传习久，盛观今属远方宾。"

欧阳文忠有《奉使回寄刘元甫》诗云："老我倦鞍马，谁能事吟嘲？"王荆公《赠弟纯甫》诗云："老我衔主恩，结草以为期。"言"老我"则语有情，上下句皆有惜老之意。若作"我老"，与"老我"虽同，而语无情，诗意遂颓惰。此文章佳语，独可心喻。

【译文】欧阳修《奉使回寄刘元甫》诗中有两句说："老我倦鞍马，谁能事吟嘲？"王安石《赠弟纯甫》诗中有两句说："老我衔主恩，结草以为期。"用"老我"两字，就显得诗句饱含深情，上下句都有惜老的意思。如果写成"我老"，虽然含义与"老我"相同，但是诗句显得没有情味了，诗意也会变得消沉、萎靡。这是诗文中隽永美好的词语，只能够用心体会。

韩退之诗句有"断送一生唯有酒"，又曰"破除万事无过酒"。王荆公戏改此两句为一字题四句曰："酒，酒，破除万事无过，断送一生唯有。"不损一字，而意韵如自为之。

【译文】韩愈的诗中有一句"断送一生唯有酒"，还有一句"破除万事无过酒"。王安石开玩笑地改动了这两句诗，合为"一

字题"，诗中四句说："酒，酒，破除万事无过，断送一生唯有。"这
"一字题"没有减少原诗的一个字，而意境和韵味就像是王安石自
己写的一样。

谦德国学文库丛书

（已出书目）

安士全书　　　　　　　古今谭概

感应篇汇编　　　　　　劝戒录全集

天工开物　　　　　　　曾国藩家书

梦溪笔谈